新潮文庫

橋のない川

第一部

住井すゑ著

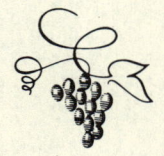

新潮社版

2701

橋のない川

第一部

星霜

一

ホーイ　ホーイ……
〝あ、誰《だれ》やら呼んだはる。あれは私《わい》を呼んだはるネ。〟
少女は走った。追風が少女を助けた。
ホーイ　ホーイ……
〝あ、誰やら呼んどる。たしかに、あれは俺《わし》を呼んでるんや。〟
少年も走った。追風が少年を助けた。
ヤッ　ホーイ……
少女は走りながらこたえた。
少年も走りながらこたえた。
ヤッ　ホーイ……
やがて少女は少年をみつけた。

少年も少女をみつけた。

　少女と少年の間には、黄金色に熟した稲田《いなだ》の落水が、ちろちろ小溝《こみぞ》をなして流れている。

「おふで。」

　少年によばれて、少女ははっと気がついた。

　ふではもう少女ではなかった。呼んだ少年は、夫の進吉だった。

　しばらく、いや、もう何年ごし遇《あ》わずにしまった夫の進吉。その進吉が、今、小溝の向う側に立っている……。ふでは小溝をとびこえるべく身構えた。とたんに、小溝は滔々《とうとう》たる大河となって彼女をさえぎった。

　進吉は対岸を上流に向いて駈《か》け出す。

　ふでも上流に向いて走りつづける。

「ああどこかに橋があるはずや。」

「あ、橋が……。」

　ふでは叫《さけ》んだ。彼女は橋をめがけていきせき切った。だが、それは半円の虹《にじ》だった。虹はものすごく幅をひろげながら、ずんずん天空に昇《のぼ》って行く……。

　そんならもっと上流へ――。ふでは走った。進吉も走る。けれども、上流はきり立った大氷山でかぎられていた。ふでと進吉は身をひるがえし、再び下流に向いて走りつづけた……。「どこかに橋があるはずや……。」

しかし川幅はいよいよ広く、水流は勢いを増してゆくばかり。しかもふでには、進吉の呼吸までが耳にひびく。進吉は喘《あえ》いでいる……。苦しそうに喘いでる……。なぜそんなに苦しいのだろうか？　あ、雪だ。雪のせいだ。対岸はいつの間にか丈余《じょうよ》の積雪。進吉は、その雪の底深く埋《う》もれ去ろうとしているのだ。

わーっ……

手放しでふでは泣いた。ふでは恋《こい》しかった。ただただ、進吉が恋しかった。

「おふで、これ、おふで。」

姑《しゅうとめ》のぬいに肩先《かたさき》をたたかれて、ふでは眼がさめた。

〝なんや、今のは夢やったんか。〟

けれども、恋しい思いは、まだ瑞々《みずみず》しく血肉の中に動いている。

ふでは、胸においた両手をそのままに、

「わい、何かいいましたけ？」

「いいや、なんにも言やへんけどな、呼吸《いき》づかいがしんどそうやさかい、夢でも見てるんやないかと思うて一寸《ちょっと》起してみたんや。」

　答える代りに、ふでは溜息《ためいき》をついた。

　ぬいは枕《まくら》のかげんをなおして、

「さっき、四時打ったとこやから、もう一寝入《ねい》りできる。夜業《よなべ》、夜業で毎晩十二時やさかい、朝でもちっとゆっくりせんことには……。」

　けれども、ぬい自身は、もうねむれないのを知っていた。五十七歳になる彼女《かのじょ》は、年齢《ねんれい》のせいというのか、この頃、三時というときっと眼がさめ、それから、障子の桟《さん》が仄《ほの》見《み》える時刻まで、〝しょもない〟ことを考えつづけるのがくせになっている。

　そしていつもなら五時近くまで熟睡《じゅくすい》するふでも、けさは、もう眠《ねむ》れそうもないと思った。彼女は手さぐりで、ふとんの上にぬぎかけておいたきものを引き上げ、寄り添《そ》って寝ている孝二の肩先にかけてやった。

「けさはきっと霜《しも》やで。」

　ぬいも、いいながら、自分のきものを誠太郎のために手探《てさぐ》った。誠太郎は数え年の十一、孝二は七つ。兄弟は、進吉とふでのむすこで、ぬいには孫だ。

　ところで、兄の誠太郎は、孝二がうまれてこの方、祖母のふところを恋しがり、一夜もその床《とこ》から離《はな》れたことがない。けれどもそれだからとて、誠太郎が特別泣き虫というわけではなく、むしろ家の外ではヤンチャ者で、兵隊ごっこではいつも大将だった。というのは、一つには日露役戦歿勇士《にちろえきせんぼっ》の遺児という、〝燦《さん》たる歴史〟のにない手だったからだ。

さて、一しきり夢のあとを辿《たど》っていたふでは、つい口を辷《すべ》らせた。

「お姑《かあ》はん。わいな、進《しん》さんの夢を見ましてン。」

「まあ、そうかえ。」

ぬいは、ふでの寝床に顔を向けて、

「それで、進は、どうしてたけ？」

「それが、おっかしな夢ですネ。進さんもわいも、子供や思うてたら、いつの間《ま》にか大人になってましてン。せやけど、間に大けな川がおまして、わいは、どねんしても、進さんとこへ行けしまへんのや。」

「なんでやな？」

「橋がおまへんネ。それで、川上へ走ったんやけど、やっぱり橋はおまへん。こんどは川下へ走りましたんやけど、やっぱり橋はのうて、そのうち、大雪になりましてン。進さんは、苦しそうな呼吸《いき》づかいをしながら、だんだん、その雪の中にうずまっていかはるやおまへんか。わいは、もう、どねんしてええやら、ようわかりまへんさかい……。」

〝恋しかった〟と、ふでは言わなかった。けれども、ぬいにはわかる。永久に相見《あいまみ》えることのない夫への思いは、恋情《こいごころ》の他ではない。

ぬいは仰向《あおむ》けになって両手を胸に組みなおした。彼女には、雪に埋もれて行くむすこの姿が、単に愚《おろ》かな夢話の一こまとは思えなかった。そうだ、進吉は、まさにそのようにして死んで行ったにちがいないのだ……。

その時、孝二は数えで三つ。誠太郎は七つ。そして進吉はちょうど三十の男盛《ざか》りだった。彼は明治三十七年二月十日、対露宣戦が発布されて間もなく召集《しょうしゅう》され、四月二十日には早くも第二軍に所属して広島をたち、五月五日、遼東《りょうとう》半島に上陸した。上陸後は文字通りの〝戦野〟だった。金州城をはじめ、得利寺《とくりじ》付近の激戦、つづいて大石橋《たいせっきょう》、遼陽、最後に沙河《しゃか》の戦いだ。それはまた積雪と厳寒の戦いでもあった。ことに沙河の戦いは、一時形勢不利となり、多くの犠牲《ぎせい》を出した。そして、それを挽回《ばんかい》するための決戦に、進吉は三十年の生涯《しょうがい》を終ったのだ。

もちろん戦死の公報には、進吉の最期《さいご》を伝える一言半句もなかったが、しかし十二月三日という戦死の日付に、ぬいとふでは、雪と氷を感じた。けれども、ぬいもふでも、その事を口にするのがこわかった。というのは砲煙弾雨《ほうえんだんう》よりも、雪と氷は現実の生々しさで進吉の死の姿を浮《う》き上らせるからだ。母のぬいは涙《なみだ》にくれながら一人ごとのように言ったことだ。

「ぬくいメリヤスのシャツ一枚着せずに育ててしもてのう、進吉よ。」

実際、寒い、冷たい進吉の生涯だった。

さて、少し間をおいて、またふでが低声《こごえ》で呼んだ。

「な、お姑《かあ》はん。」

「なにえ？」と、ぬいも小さくこたえる。

ふではいよいよ声を落して、

「進さんが、わいに、あんな夢見せはるとこみると、どうしても雪の中で凍《こご》え死にしゃはったとしか思えまへん。お姑はんは、どう思いなはるか？」

「わいも、ほんまのとこはそう思うてたんや。」

「そうですやろ。あねんな大雪では、ちっとでも怪我《けが》すると、もう歩けしめへんもの。凍って死ぬのがあたりまえや。」

「せやけど、な、おふで。今じゃ、もう言うてもしょもないことや。」

「それでもな、お姑はん、あんまり可《か》哀《わい》そうや。進さんは、ほんまに帰りたそうな顔して、じーっと、わいの顔見たはりましてン。」

「だけどな、それはおふでが、いつでも進吉のこと、心に思うてるからとちがうか？」

「それはきっとその通りだす。いつも心で思うてるから夢に見たのにちがいおまへん。せやけど、死んだ人にも、やっぱり魂《たましい》があるのやおまへんやろか。」

「それは、あるかもしれんけどな。でも生きててもなかなか思うとおりにゆかぬのが人間やさかい、死んでからの魂が、たとい飛んでも跳《は》ねてもどもならぬワ。」

ぬいは、軽く笑って手足をのばした。彼女は嘉永《かえい》五年（一八五二）のうまれで、それから安政《あんせい》、万延《まんえん》、文久《ぶんきゅう》、元治《げんじ》、慶応《けいおう》、明治と、五十七年を生きてきた。それは、ぬい自身には勿論《もちろん》、はた目にも辛酸《しんさん》労苦の連続だったが、しかし彼女は、なお生きることに自信があった。そのささえは、とりもなおさず両手両足だ。彼女は明治四年の秋、二十歳《さい》でこの畑中《はたなか》の家に嫁《よめ》にきたが、その直前、手相見だという爺《じい》さんに、「こねん大きい手の娘《こ》は、一生、自分の働きで食うことになるんやで。」といわれた。そして去年死んだ亭主《ていしゅ》には、「われ（お前）は、長い指してるさかい、器用なうまれつきや。」とほめられた。そのどちらもが当ったというのか、大きい手のぬいは、鍬《くわ》も針も、更《さら》に履物《はきもの》材料も器用にこなし、それが生活の資になった。だから、文盲《もんもう》の不自由さはあっても、彼女の生きる自信には、少しもひびが入らなかった。今もぬいは、のばした手足に力をこめ、もうあと二十年は生きられる、いや、生きなければと考えた。二十年たてば、誠太郎は三十一、孝二は二十七で、二人とも、きっと自由に読み書きが出来るにちがいない……。

ぬいは首をもたげて、

「おふで、誠太郎もなかなか見込《みこ》みがある子やけど、孝二ときたら、まだ上かもわからぬで。」

「はア。」と、ふでは返事にまごついた。実は彼女は今見た夢のあとを、なお一人で行きつ、もどりつしていたのだ。

ふでももちろん姑にいわれるまでもなく、進吉の魂が夜毎《よごと》に舞《ま》い戻《もど》ってきたところで、それが何の足しにもなるものでないのを知っている。進吉は、遥《はる》かな人、あの世の人、もう何の反応も示さぬ人なのだ。けれども、その人は、夢の中では生きている。夢の中では、呼吸をし、口をきく。ふでは、その進吉が恋しいのだ。共に暮した頃《ころ》よりも、ずっとせつない思いをこめて、じーっと自分をみつめた、あの進吉が愛《いと》しいのだ。

その時ふでの胸先《むなさき》に孝二がぐいと手をのばした。ふでは、はじめて眼がさめた思いで、小さなその手を受けとめた。

「ゆうべも、みイ。孝二は一人でむつかしい字を石盤《せきばん》に書いとったで。」

また、ぬいが言った。

「さよですネ。孝二は、もう上手に平仮名書きまんネ。同じ一年生の中には、片仮名かてまだよう書かぬ子もいますやろに。」

「うんと、仕込んでやりたいもんやな。」

「…………。」

「これからは、学問せにゃあかぬさかい。」

「…………。」

「学問さえありゃ、どねんでも出来る。」

「そうでっしゃろか?」

「………。」

こんどはぬいが黙《だま》りこんだ。

「お姑《かあ》はん、ほんまのとこ、わいは、どねん子供に学問さしたかて、やっぱりあかぬ思いますネ。わいらはエッタや。そのくせ、戦死だけは人並で、わいは軍国の妻で、お姑はんは軍国の母や。」

ぬいはやっぱりだまっている。

ふでは眼をつむった。さっと大川が眼底にひらけた。滔々《とうとう》たる水の流れ。その流れをはさんで川岸に無数の足跡《あしあと》。足跡は雪溶《ゆきど》けのあとにもくっきりと彫《ほ》りつけられている……。

まだ夢を見ているのだろうか？　ふでは眼瞼《まぶた》をあけた。となりの仕事場の障子が仄白い。夜が明けかかっているのだ。

ふではそろっと孝二の手を離した。その気配を察してぬいが言った。

「おふで、もうちっと寝ててもええがな。気がかりな夢を見る時は、きっと、身体《からだ》の方が疲《つか》れてるもんや。」

ふではきのうから生理日にかかっていたのだ。

二

吉野の花の香をしめて
三笠《みかさ》の月の影《かげ》宿し
歴史にあとをのこしたる
大和《やまと》の国はうまし国

七代栄えしいにしえの
奈良の都におかれにし
わが連隊に集れる
健児の数は数千人

大和魂《やまとだましい》つつにこめ
国の光を剣にとぎ
守れ世界に二つなき
金甌《きんおう》無欠の君主国

君は民見る子のごとく
民は君見る親のごと
智仁勇ちょういしずえに
立てし柱は忠と孝……

それは、「奈良五十三連隊の歌」だ。誠太郎を隊長とする、字《あざ》小森の健児三十数名は、その歌を高唱しながら葛城川《かつらぎがわ》の西堤《づつみ》を下った。彼等は川原の芒穂《すすきほ》が灰色の暮色《ぼしょく》に包まれるまで、精かぎり、根かぎり戦いつづけたのだ。しかし、むらに近づくにつれて、その歌声は低くなる。家々の灯が、立ち昇《のぼ》る煙《けむり》が、彼等を現実に呼び戻すからだ。彼等には苦りきった両親の顔がみえる。そのがなり声がきこえる。〝この、ど阿呆《あほう》め。一日中遊びくさって……。それ、水でも汲《く》め、火でもたけ。穀《ごく》つぶしの糞《くそ》たれめ！〟

そして誠太郎も決して例外ではなかった。彼はしきいを跨《また》ぐなり祖母にどなられた。

「阿呆やな。毎日毎日兵隊ごとばかししてて。そんなしょもないまねしてるひまに、水でも汲むものや。考えてみ。お前《ま》はんは、もとなら、もう学校しもうてるんやで。」

「うん、そや、そや。」

誠太郎は何の反抗もなくうなずいて、「もとなら、わしは、もう丁稚《でっち》や。」

ぬいは苦笑い。かまどを焚《た》いていたふでもくすっと笑った。

実は、それまで四年制だった尋常《じんじょう》小学校が、ことしから六年制に切りかわり、誠太郎は思いもかけず、五年生に籍《せき》をもつことになったのだ。けれどもそれは誠太郎にとって、むしろありがた迷惑《めいわく》だった。というのは、彼はそれほど学校が好きではなかったからだ。彼の友達には、既《すで》に四年で学校を切り上げ、大阪へ丁稚奉公《ぼうこう》に行ったのもあれば、家で子守をしているのもある。しかし、日露役戦歿《せんぼつ》勇士の遺児である誠太郎は、その名誉にかけて、義務教育だけは受けねばならなかった。

さて、祖母や母の笑いをすばやく読み取った誠太郎は、こんどは安心してかまどに近よった。

「あ、さつまのお粥《かい》さんや。早う食うたろ。」

ちょうど鍋《なべ》ぶたが半分あいていて、米粒《こめつぶ》といっしょに踊《おど》っているさつま芋《いも》の輪切りが、誠太郎の空腹をいやが上にも刺激《しげき》した。

「じゃ、誠太郎。もう一寸《ちょっと》焚いてんか。今、さつまを入れたばっかしや。」

ふではかまどの火焚きを誠太郎にあずけて、自分では板の間に雑巾《ぞうきん》をかける。畳《たたみ》二枚分のこの板の間は、家代々の茶の間であり、子供の遊び場であり、そして時には近所の人たちをもてなす客間でもあった。

孝二はそれまで一人で蛽廻《ばいまわ》しをしていたが、母の雑巾がけがはじまるといっしょに、追い立てられてかまどに下りた。

「孝二もきたらよかったのに。今日は川のまん中で白兵戦や、面白《おもろ》かったで。」

藁《わら》をくべながら、誠太郎がささやく。

「うん。せやかて、わし兵隊ごときらいやモン。」

「こいつ、弱虫やなア。」

誠太郎は、ごつんとなぐるまねをした。

ぬいは目ざとくそれを見つけて、

「これ、誠太郎。兵隊ごとばかしてると、だんだん、そうなるんや。あんな危ないまねが、なんでそねんに面白いネ。孝二は勉強ずきやさかい、そんなしょもないことは、嫌《きら》いや。」

「せやかて、えらい人はみな軍人さんや。中将や大将いうたら、ほんまにえらいこっちゃ。お祖母《ばあ》んは知ってるけ。その上にまだ元帥《げんすい》がいやはるんやで。」

「…………。」

「元帥の上は大元帥、天皇陛下や。」

とたんに、ぬいの眉尻《まゆじり》がぴんとはね上った。

ふでは、いよいよ首をすくめて板の間を拭《ふ》いた。ふきながら、彼女は大空が重石《おもし》になって、背中の上にのしかかってくるような気がした。彼女はその重みにたえるために、きっと唇《くちびる》をかみしめた。

しかし孝二は瞳《ひとみ》をかがやかせて、

「兄《にい》やんは、大きなったら兵隊になるのけ。」

「うん、大将になったるネ。」

「ははゝゝ。誠太郎のはがき大将や。」

祖母の言葉に、孝二はげらげら笑った。

やがてふではふききよめた板の間に粥鍋《かゆなべ》をぬきおろし、あらためてしゃもじで掻《か》きまぜながら、

「お姑《かあ》はん。夕飯にしまひょ。」

ぬいは仕事場を立ち、のきばで前掛《まえかけ》をはたいた。ほこりが灰のように渦巻《うずま》いて、彼女はゴホンと一つ空咳《からせき》。ぬいとふでは、農閑期《のうかんき》中は、いつも板の間つづきの仕事場で、麻《あさ》裏草履《うらぞうり》の表《おもて》を編む。もともと、二反《たん》三畝《せ》の耕地では農が本業ともいえず、働く時間数からいえば、むしろ草履作りが本職だったのだ。

さて、粥鍋をまん中に、四人ぐるりと並んですわった。

「みんな、仰山《ぎょうさん》たべや。さつまは、頭がようなるんやと。」

ふでは、特別大きなさつまの輪切りを誠太郎の茶碗《ちゃわん》にすくい入れる。

「そんなん、嘘《うそ》や。さつまは、屁《へ》の原料や。せやけど、わし、大好きやネ。」

誠太郎は大口にかぶりつく。粥に入れたさつまは、米の成分を吸うのであろうか、ふ

しぎなうまみを持っていた。それに、ありがたいことにさつまを入れると米がたすかる。端境期《はざかいき》、一合の米も惜《お》しまねばならぬ時期に、さつまは米に代って家族の胃の腑《ふ》を満足させてくれるのだ。

ふでは、自分の茶碗に粥をよそると、はじめて思い出し顔に手拭《てぬぐい》をとった。彼女は美人というほどではないが、色白の丸顔で、どことなしに愛嬌《あいきょう》があると、近所の者にも好感を持たれた。けれども、少し赤味がかったその頭髪《かみ》は、まだ三十三だというのに艶《つや》がない。もっとも年に一度、髪油《かみあぶら》を使うか使わないかの生活では、それがむしろ自然なのかもしれなかったが――。

「さあ、おかずも食べや。青物は身体《からだ》の薬やで。」

ふでは、粥ばかり立てつづけに食べる誠太郎に、漬物《つけもの》の丼《どんぶり》をおしやった。〝クキ〟といわれる大根葉を塩漬にしたこの漬物は、ちょっとおつな風味を持っていたが、しかし、それは子供に好かれる性質《たち》のものではない。誠太郎は、五杯《はい》めの茶碗を出しながら、

「そんなクキみたいなもン、鶏《にわとり》のくうもんや。」

そして、更《さら》に六杯めを出した。

ふでは呆《あき》れ顔に、

「まあ、まだ食うのけ。お前はん、一寸立ってみ。下にたまってるのとちがうか。わははゝゝ。」

ぬいも〝クキ〟をかみかみ、「あぶないもんやな。ふふ、、、。」

「せやかて、わしは鮟鱇《あんこう》やもん。まだあと二杯ぐらい食うたるワ。」

しかし誠太郎もさすがにおかしくて、自分でもくすくす笑った。

鮟鱇というのは誠太郎の綽名《あだな》で、それはいうまでもなく特別口が大きいからのことだ。そしてその口は、死んだ父親ゆずりだとふでは思っているが、進吉の大きな口は、また母親ゆずりのものらしく、ぬいは、女には珍《めずら》しいほど大きな口をしている。けれどもその大きな口が、かえってぬいの魅力《みりょく》で、彼女の男のような逞《たくま》しさは、かかってその口もとから出ているのだ。

さて、粥鍋が空になって、〝鮟鱇〟も漸《ようや》く満腹、げーっと、甘酸《あまず》っぱいげっぷをした。あとは、もう寝《ね》るだけだ。というのは、ここ、盆地《ぼんち》のまん中では燃料が不足で、どの家でも、風呂《ふろ》が立つのは七日に一度、或《ある》いは十日に一度で、子供達の夜は、粥から寝床《ねどこ》へ流れるのが普通《ふつう》だった。

だが孝二は、こんやも母たちの夜業《よなべ》のランプの下に、学用品の風呂敷包みをひろげた。時計は、まだ七時前だ。

「誠太郎も、ちっと勉強したらどうやな。」

ふでが、今にもあくびしそうな誠太郎に、わざときまじめに呼びかける。

「うん。でも、あしたは式やさかい、今夜は、勉強せんでもええネ。」

聞いてふでは思い出した。あしたは十一月三日。天長節なのだ。

「あ、それはええあんばいや。」

と、ぬいは、仕事の手をせわしく動かしながら、

「あしたは稲刈《いねか》りやさかい、誠太郎も、兵隊ごとやめて手伝いや。式は朝のうちにすむよってな。」

「ふーん。もう稲、刈るのけ。」

「刈るネ。」

とこんどは、ふでがこたえた。

「ほんまは、まだちょっと早いのやけどな、ほら、もうじっき大演習がはじまるやろ。その時、馬や兵隊にふみ荒《あら》されるかもしれんさかい、刈れそうなのは刈った方がええと聞いたんや。」

なるほどと誠太郎はうなずいた。誠太郎も、もちろん大演習のことは知っている。誠太郎たちが、連日、兵隊ごっこに熱を上げているのも、実は大演習のさわぎにあおられてのことだ。そして、同級生の中には「俺《わし》とこには将校が泊《とま》るんや。」と得意がるのもあれば、「俺とこには七人泊るぞ。」と、その人数を自慢《じまん》するのもある。何をいうにも、大阪第四、京都第十六、姫路第十、名古屋第三の四個師団、約四万の兵員が小さな盆地になだれ込むのである。その上、ここ大和盆地が、特別大演習の中心地になるのは稀有《けう》

のことだ。人々が妙《みょう》に昂奮《こうふん》するのも、あながち無理ではなかったといえる。

「じゃあ、お母《かあ》ん。わし、あした稲刈りしたる。」

誠太郎につづいて孝二も言った。

「わしかててつだうで。」

まさに一家は〝非常時〟だった。

次の朝誠太郎はいつも学校にしめていく紺木綿《こんもめん》の前掛をはずして、代りに、黒い新モスの三尺帯をしめた。孝二は夏の終り方から着通しだった単衣《ひとえ》を、茶縞木綿《しまもめん》の袷《あわせ》に換《か》えた。それが〝天長の佳節《かせつ》〟にのぞむ子らへの、ふでの精一杯の心づかいだったのだ。

三

葛城川の大橋を東に渡《わた》ると、ゆるい傾斜《けいしゃ》の道はそのまま校門に辷《すべ》りこむ。誠太郎たちの学校「坂田尋常《じんじょう》小学校」だ。ことしから六年制になった学校は、誠太郎たちの学年を最高に、一学年一学級の五学級。全校生徒二百七十三名、そのうち字《あざ》小森は八十一名で、数の上では他の字より優勢だったが、出席率では最下位だ。そして、それを示すのが学校の往復時、いつも誠太郎の肩《かた》に支えられている旗だ。旗は紫地《むらさきじ》に白く桜の花を染めぬいてなかなか華《はな》やかだったが、しかし、旗手の誠太郎には、ほこりも満足もなかった。というのは、旗の下隅《したすみ》に、五本の白線が通っていたからだ。

五つの字――本川、小森、坂田、島名、安土《あづち》を通学区とする坂田尋常小学校に、この旗が備えつけられるようになったのは今年の四月からで、下隅に一本から五本の白線が染めぬかれているのは、各字の出席率を一目でそれとわからせるためだ。そして、各字毎の出席率は、毎月末公表されることになっていて、一番成績のいい字には白線一本の旗が、二番には二本線の旗が渡される。当然、ビリの五番には五本線の旗がくるわけだ。

このねらいは、いうまでもなく字別の競争によって出席率を向上させようというもので、発案者側は、何ほどかの効果をつかんだかもしれない。けれども誠太郎たち小森の子供には、これはまさに屈辱《くつじょく》の旗だった。

というのは、半年、一年、或いは二年、三年の長欠児がぞろり名前をつらねている小森には、五本線の旗の他は、絶対に廻《まわ》ってくる見込《みこ》みがないからだ。

誠太郎は、しかし小森字の団長の責任で、毎月末この旗を受けないわけにはいかないし、受けた旗は、学校のゆきかえり、必ず捧《ささ》げ持たねばならない。けれども、黒塗《くろぬり》の旗《はた》竿《ざお》はいやに重くて、誠太郎はついだらしなく肩にかついでしまうのだった。

だが、けさの誠太郎は、高々と旗をかかげ、堂々と日の丸の交叉《こうさ》する校門をくぐった。式日の今日は学用品の風呂敷包みがなく、彼は両手でしっかり旗竿をつかむことが出来たのだ。

ところで、平日は八時四十分の始業だったが、けさは式場の準備の都合でか、九時を過ぎても、まだ集合のかねが鳴らない。けれども運動場の子供には、それは決して退屈《たいくつ》な時間ではなかった。彼等は、今日はそろって〝よそいき〟だ。ふだん、前掛一つで登校する子は帯をしめ、ふだんから帯をしめている子はちゃんと袴《はかま》をつけている。履物《はきもの》もたいてい一段ずつ上って、最高は表つきの高い木履《ぽっくり》だ。そしてそれがうれしくて、男生も女生も駈《か》け廻る……。

だが運動場の北隅の一団だけは、もうかなり長い間そこに坐《すわ》っていた。葛城川の堤《つつみ》と接するそのあたりは、堤の芝生《しばふ》が這《は》いこんで、坐るのに恰好《かっこう》なしとねだった。さて、一団の中心は教室で誠太郎と机を並べる松崎豊太。彼は膝《ひざ》にひろげた赤い表紙の分厚な本を、さっきから音読していたが、その時、頁《ページ》をくりながら言った。

「次は〝折れた弓〟」

そして、声をあらたに読み出した。

その弓は満月といいました。満月は強い弓です。満月は、どんな強いけものも、ただ一矢で射たおします。どんなすばやい鳥でも、ただ一ねらいで射《う》ちおとします。世界の人々は、みんな満月をほしがりました。それで満月のねだんがだんだんせり上って、しまいには、お金を山のように積まなければ、手に入らないことになりました。

その頃、〝ただら〟の国に、穂《ほ》高《だか》の金丸という大金持ちがいました。金丸が、なぜそんなに大金持ちなのか、それは誰《だれ》も知りませんでしたが、金丸のおじいさんが、恐《おそ》ろしい力持ちだったということは、みんな聞いて知っていました。それで、もしかしたら、金丸のおじいさんは、よその国といくさをして、その国を負かし、宝物という宝物を、みんな自分のものにしたのかもしれないという人もありました。また中には、金丸のおじいさんはふしぎな力をもっていて、金でも銀でも、思うままに作ることが出来たのだという人もありました。それというのも、みんなは働いても働いても貧乏《びんぼう》で、やっとおかゆをすすって生きているだけなのに、金丸のやしきは三里四方もあって、大勢の人を召《め》し使い、どんな贅沢《ぜいたく》もできたからです。

ところが金丸は、この頃《ごろ》は贅沢にもあきあきして、何か珍しいものを手に入れたいと、しきりに召使いにさがさせていました。すると、或日、お気に入りの召使いの福丸が、世にも珍しい満月の話を聞いてきて、それを金丸に伝えました。

とび上ってよろこんだ金丸は、

「その満月のためなら、俺は持っている金銀財宝を半分やっても惜しくないぞ。」といいました。

こうして、強い弓の満月は、金丸の財宝半分と引き換えに、金丸の所有になりました。

ところが、いよいよ買い取ってみますと、満月は何の飾《かざ》りもない普通の弓で、ちっとも立派でもなければ、強そうでもありません。金丸は、だまされたかと、きげんを悪くしましたが、福丸は笑っていいました。

「弓は、矢をつがえて引いてみなければ、強いかどうかわかるものではございません。さあ、あの庭の巨石《おおいし》でも試しに射《う》ってごらんなさいませ。満月なら、必ずあの巨石を射抜《いぬ》く筈《はず》でございます。」

「なるほど、そちの言うとおりじゃ。」

金丸はうなずいて、満月に矢をつがえ、巨石めがけて、ひょうと射放しました。とたんに、あたりをゆるがす爆発《ばくはつ》音を立てて、巨石は真っ二つに割れました。

福丸は金丸の前に進み出て、

「これでご主人さまは、今日からこのただらの国の王様でございます。もうただの金持ちではございません。なぜかと申しますと、その満月をお持ちなさいますかぎり、もはや誰もご主人様の命令にそむくことが出来ないからでございます。」と、頭を下げて言いました。

「ではさっそく、この弓で攻《せ》めてみるとしようか。」

金丸は、退屈しのぎの遊びとばかり、次の日から、国の人々をせめ出しました。はじめ、人々はてむかいました。けれどもてむかえば必ず満月に射たれて死ぬのがわかってきましたので、みんな金丸に降参することになりました。金丸は、一年たたずに、ただらの国王になりました。

金丸は、こんどは隣《となり》の国を攻めました。東西南北、一つのこらず攻めました。隣の国の人々も、はじめはてむかって、はげしいいくさをしましたが、だんだん満月の威《い》力《りょく》がわかってきて、七年たつうちに、とうとうみんな降参しました。こうして、たくさんの国を討《う》ち従えた金丸は、金丸大王と名のることになりました。

「これも、みんな満月の手柄《てがら》。満月こそ俺《おれ》の宝じゃ。」

大王はあらためて満月に感謝しました。しかしそれにしても、満月が見たところ、ちっとも立派そうでもなければ、また強そうでもないのが、大王には不満でした。大王がそのことを言いますと、一人の家来が進み出て、

「それには、いいことがございます。今、世界に有名な彫刻師《ちょうこくし》のたかむらが、ちょうど船で渡りつきました。あれに、彫刻をおさせになっては如何《いかが》でございましょうか。彫刻ならば、どんなに古くなっても蒔絵《まきえ》のように消えることはございませんし、それに、名人たかむらの彫刻は、もしばらの花ならば、すばらしい匂《にお》いを放つそうでございますから、ライオンでもお彫《ほ》らせなさいますれば、必ず深山幽谷《しんざんゆうこく》に響《ひび》き渡る勇壮な吼《ほ》え声がきけることでございましょう。」といいました。

大王が、すぐたかむらを招かせることにしたのはいうまでもありません。そして彫刻師たかむらも、また大王の命をよろこんで受けました。

「大王さま。お気に召しますでございましょうか。これは、たかむら、一世一代の傑《けっ》作《さく》でございます。」

たかむらが、彫り上げた弓をもって、大王の前に伺候《しこう》したのは、それから三年三月《つき》たってのことでした。

大王は、一目で気に入りました。満月には、金丸大王が弓でライオンを射たおす図が彫ってありました。

「あ、これで、いかにも大王さまのお弓らしくなりました。さすがは世界に名高い彫刻師。見事、見事。」

家来たちも口々にほめました。

彫刻師たかむらは、望み通りのお礼をもらって、またよその国へと旅立ちました。

大王はあくる日、大勢の家来をつれて狩《かり》に出ました。時はちょうど秋のさなか、野《の》兎《うさぎ》がたのしそうに群れ遊んでいます。大王は満月に矢をつがえ、走る仔兎《こうさぎ》めがけて、ひょうと射放しました。矢は光よりも早く宙をとんで、ぶつり仔兎のせなかに……と思いきや、弓はぽきんと二つに折れ、矢は落ちてぐさり大王の右足を突《つ》き刺《さ》しました。

「あっ！　いててて……。」

大王は、夢中で右足の矢をぬこうとしました。けれども、矢はびくともしません。矢は大王の足を貫《つらぬ》いて、大地深く突きとおっていたのです。

「助けてくれえ！」

大王は叫《さけ》びました。

「助けてくれえ！　助けてくれえ……ほうびをやるから助けてくれえ！」

やっと家来が駈けつけて、大王の足の矢をぬこうとしました。けれども、やっぱりぬけません。

「切ってくれえ、切ってくれえ。足首を切って助けてくれえ！」

それはもう悲鳴でした。家来たちは、あわてて、大王の足首を切りました。

そのとたん、大王はどうとたおれました。大王は、足といっしょに、いきも切れたのです。

それにしても、世界一のあの満月が、どうしてぽきんと折れたのでしょうか。家来の一人が、折れた弓をひろって、大王の首のところで、じーっとみつめました。そしてうなずきました。満月は、彫りつけられた大王の首のところで、あわれ、二つに折れているのです。それは彫刻師が大王の顋《あご》を、生きている大王の顋そっくりに突き出させようとして、首のところをぐっと深く彫りこんだからにちがいありません。

それから長い月日がたちました。遠い海の向うの国々には、たくさんの戦争が起って、人々は、苦しみつづけました。けれども、ただらの国だけは、いつも平和で幸福でした。それは、金丸大王のあわれなさいごを伝え聞いた人々が、誰一人として、特別金持ちになりたいとも思わなければ、まして王さまなどになりたいと思わなかったからです。今もただらの国には、その昔、大地にとじつけられた金丸大王の足跡《あしあと》がはっきりのこっているそうです。

「おしまい。」

いいながら豊太のあげた眼が、ぱったり誠太郎と出くわした。

「この本、貸したろか?」

いわれて誠太郎はもじもじした。その誠太郎の三尺帯を、孝二がぐいぐい背後《うしろ》から引っ張った。誠太郎にはわかる。孝二はその本が借りてもらいたいのだ。

すると話の途中《とちゅう》から一団にまぎれ込んでいた佐山仙吉が、

「そんな嘘本《うそぼん》、読んでもあかんワ。」と言った。仙吉も、誠太郎と同じ五年生だった。

豊太は赤い表紙のその本を羽織の下に入れながら、

「これは、おとぎ噺《ばなし》や。嘘本とちがう。読むとええ勉強になりまっせ。」

とたんに仙吉が笑い出して、

「阿呆《あほ》たれ。そんな本が、なんで勉強になるもんか。勉強というのはな、学校の本を読むこっちゃ。」

一瞬《いっしゅん》みんな沈黙《ちんもく》した。仙吉の家は坂田《さかた》字《あざ》。そしてその家が坂田一番の金持ちだということは大方のものが知っていた。

その時、「なんや、けんかか?」と仙吉の仲間たちが寄ってきた。

誠太郎は、桜の根こぶに腰《こし》かけたまま、

「けんかやない。仙やんが、豊さんの本に、ケチつけたんや。」

「本て、どの本や。」

「これ。」と言って豊太はあかい表紙を羽織の下からのぞかせた。式日の今日、彼は紺《こん》がすりの袷《あわせ》に揃《そろ》いの羽織。そして、ひだ目の通った小倉袴《こくらばかま》をつけていた。

「それ、何の本や?」

「嘘本や。それをこいつら、読むと勉強になるて言いくさるさかい、わし勉強というのは、学校の本を読むこっちゃて言うたってん。」

「そや、そや。」

仙吉の仲間は口をそろえる。

誠太郎はじりじりして、もう木の根に腰かけていることが出来なかった。彼は立ち上りざま、自分でもびっくりするような激しい調子で言った。

「学校の本かていっぱい嘘が書いたるど。」

「じゃ、それ、言うてみい。どこに、どねんな嘘が書いたるか言うてみい。」

仙吉も負けない激しさだ。

「言うたる。言うたるとも……。」

しかし誠太郎は、とっさに言葉をまとめることが出来なかった。

「なんや。こう言わんのかっ」

冷笑が、大きく仙吉の口許《くちもと》を流れる……。

それは誠太郎にとって、不当にも心臓に突きつけられた匕首《あいくち》のようなものだった。彼は相手の匕首にぱっと飛びかかる思いで、

「日向《ひゅうが》の高千穂《たかちほ》の峰《みね》に、天から神さまが舞《ま》いおりてきた話。あんなん、大嘘や。」

仙吉の仲間は互《たが》いに顔を見合せた。それは彼等にとって、あまりにも意外な発言だった。だが、やがて仙吉は切りかえした。

「じゃ、われ（お前）は先生が嘘を教えとるというんやな。」

「そうや。みんな嘘たれじゃ。」

「じゃ、天皇陛下も嘘か。」

「…………。」

「天皇陛下は、天照大神《あまてらすおおみかみ》のご子孫や。その天照大神のお話が嘘なら、天皇陛下も嘘になるやないのか？」

「…………。」

「そーら。もうよう言わんやろ。われらみたいな奴《やつ》は、いくらえらそうに言うてもあか

ぬワ。天長節やいうのに、袴もはいとらん貧乏《びんぼう》たればっかしや。豊さんはこっちにきて間がないさかい、何にも知らんと、本を貸したるいうけども、そんな奴に本を貸してみ、一ぺんに臭《くそ》うなってしもて、もう、どもならぬ。」

〝わはは……。〟僅《わず》か四人の哄笑《こうしょう》だったが、それは台風のように誠太郎をたたきつけた。事実、誠太郎たち小森の少年は、一人として袴をつけていない。中には、垢《あか》びかりのする単衣《ひとえ》に、よごれた前掛《まえかけ》という、ふだん着そのままの者もいる。みんないわずと知れた〝貧乏たれ〟だ。そして貧乏たれは臭くもあろう。しかし仙吉が臭いというのは、単に貧乏なからではなく、エタのせいだ。誠太郎ののどがぐうと動いた。涙《なみだ》がそこまで突き上げてきたのだ。

その時、カン、カンと集合のかねが鳴った。

「誠やん。この本、貸したるで。帰りにな。」

豊太は羽織の上から本をたたいた。彼は九月の新学期、大阪から転校してきたばかり。家は島名で、母親との二人ぐらし。誠太郎が豊太について知っているのはそれだけだった。

四

タッタッタッタッタ……と、唐箕《とうみ》をくるようなその音。軽機関銃《じゅう》だ。

パーンパーン……と風船のはじけるようなその音。小銃だ。

ふでとぬいは、はげしい応戦の気配をよそに、今日も草履表《ぞうりおもて》を編んでいた。三日に刈《か》って架《か》けた稲《いね》はまだそのままたんぼにあったが、まさかそれまで踏みたおされようとは思えない。それに、小森には兵隊宿舎の割りあてがなく、坂田や本川や島名ではお祭り騒《さわ》ぎをしていても、小森では空ふく風で、彼女たちは完全に昂奮《こうふん》の外にいた。けれども誠太郎は、昨日は夕方まで兵隊の足跡を追って駈《か》け廻《まわ》り、けさも、朝飯の粥《かゆ》を搔《か》きこむさえもどかしそうなようすだった。

ふではそれを見て、「演習なんか、なんぼ見てもあかぬ。走ると、腹がへるだけや。」と言った。

「せやけど、面白《おもろ》いで。それに、今日は、天皇陛下が、耳成山《みみなしやま》で特別大演習を見やはるネ。せやもの、兵隊は一生けんめいや。」

そして誠太郎は、ふかしさつまをふところにねじこんで駈け出して行った。それから、もう数時間たっている。なるほど、いくさはヤマに向うらしく、軽機関銃は互いに敵を掃射《そうしゃ》する様子である。

だが孝二はなりをひそめて、朝からずっと仕事場の隅《すみ》にすわっていた。そこは家中で一番日当りがよく、夜分はまたランプが頭の上について、孝二の勉強にはもってこいの場所なのだ。

それにしても、演習がはじまってこの三日、孝二がそんなにも夢中になっているのは、いったいどんな本だろうか？ ふでは首をのばしてのぞいた。細かい字がぎっしりならんでいる。五年生の誠太郎の教科書より、まだ一段小さい活字だ。

「そんなむつかしい本、孝二はよめるのけ。」

「うん。」

「読んでわかるのけ。」

「うん。」

「何、書いたるネ。」

「はなしや。」

「面白《おもろ》いのけ？」

「うん。」

「読んできかしてみ。」

はじめて孝二は顔をあげ、きまり悪げににっと笑った。

「それ、誰《だれ》が貸してくれたんや？ 高い本やろに、ようまあ、貸してくれはったな。」

ぬいも眼をやった。まっかな表紙がまぶしかった。

「島名の豊さんが、兄《にい》やんに貸してくれたんや。豊さんはな、大阪から来やはってン。」

「それ、孝二がよむのかい。えらいもんやな。」

「せやかて、むつかしい字にみんなかながついたるもの、よめるがナ。」

そして孝二は、「その弓は満月といいました。満月は強い弓です。」

と声をはり上げたが、あとは声を消してしまった。

「弓のはなしやな。こんど、よんで聞かしてや。」

ふでとぬいは目顔で笑った。それはふでたちにとって、ひたひたと光の波が打ち寄せてくるような幸福な瞬間だった。たのもしい孫。たのもしいむすこ。むすこの小さな背中を、さっきから数匹の蠅《はえ》が這《は》いまわっていた。

さてその夕方、誠太郎は例にもれず、空腹に追われて飛び帰ったが、しかし彼は茶碗《ちゃわん》を持つよりも先に、さも大事のように報告した。

「今夜はな、兵隊さん、野営しやはるネ。いくさが負けそうやから、宿泊《しゅくはく》は取りやめになったんや。そいで、坂田の奴らも、島名の奴らも、みんなぽかーんや。わし、うまいことしたで。」

「なんでや？」

「野営しやはるとこ、見にいけるもン。坂田と島名に泊《とま》るはずやった兵隊さんは、今夜は葛城川《かつらぎがわ》の橋々をねずに守備しやはるネ。」

ふでは思わずつり込まれて、「わいも一緒《いっしょ》に見に行きたいな。」

「行こ、行こ。わしも兵隊さん見とうなった。」ぬいも冗談《じょうだん》でなく言った。

「行くんなら、さつまをふかして持って行たげたらどうですやろか。一人でも二人でも、もし食べてくれはったらええこっちゃ。」

「せや、せや。さつま持って行ったろ。わしとこのさつまはうまいよって。」

誠太郎はあふれる嬉《うれ》しさのやり場に困って、暫《しばら》く土間をうろうろしていた。

やがて夕飯がすんで、みんなでさつまふかしの準備だ。それだけが畑中家の所有である屋敷《やしき》つづきの五畝《せ》の畑。そのうちの三畝に作ったさつまは、端境期《はざかいき》の重要食料ではあったが、しかしそのため、みんなは一層兵隊さんにご馳走《ちそう》してみたかったのだ。ちょうど十時だった。さつまが冷めるのを案じたふでは、釜《かま》ごとかごに入れて背負いながら、

「誠太郎。一足先に行て、さつまを食べてくれはる兵隊さん、さがしとき。」

「えらいこっちゃ。」

誠太郎はうれしくわめきながら、月夜の野道を川堤《かわづつみ》に向って走った。堤には、背嚢《はいのう》のままの兵隊がそこここに群れをなしてうずくまっていた。誠太郎は橋の袂《たもと》の一群に近よって、

「兵隊さん、さつま、食うとくなはるけ？」

「あ、坊《ぼん》はさつま持ってきてくれたんか。ありがと。よろこんでよばれるよ。」

大きい兵隊が、大きいてのひらを出した。

「今、うちのお母《かあ》んが持ってくるネ。」

「それは、おおきに。」

兵隊さんたちはけらけら笑う。間もなくふでとぬいが、孝二を中にしてやってきた。

ぬいのさげた提灯《ちょうちん》が、微《かす》かにふでのおろしたかごを照らした。

「これは、すみませんでした。ご厚意ありがたくお受けします。」

強いさつまの匂《にお》いがみんなの鼻を衝《つ》いたらしく、兵隊さんたちは忽《たちま》ちかごの周囲に集まって、

「お、これは熱いぞ。」

「天のめぐみか。」

「何よりのご馳走だ。」と、代る代る釜に手を出した。

「兵隊さんは朝までここにお出《いで》ですかいの?」

ぬいがたずねた。

「それは戦況《せんきょう》の如何《いかん》で……。」

「今夜はゆっくりお泊りにもなれんで、お気の毒なこっちゃ。」

「しかし、この演習が終れば、めでたく除隊する者も多いのです。これが実戦なら生きて還《かえ》るものは極《ご》くわずかです。」

「ほんまにさよですなア。うちの伜《せがれ》は、沙河《しゃか》というとこで戦死しましてなア……。」

「お婆《ばあ》さん。それでわかりました。こんな時刻に、こんな熱いさつまを、ただの人は、持ってきてくれる気がつきませぬ。それを、子供さんまで一緒になって……。ありがとう。」

「ありがと。」

「ごちそうさん。」

「坊、元気でな。」

「しっかり勉強してや。」

兵隊さんの大きな手が、孝二と誠太郎の頭をなでた。二人とも嬉しかった。そのくせ、二人とも泣きたいように胸が一杯《いっぱい》だった。

次の朝、誠太郎はむっくり起き上りながら言った。

「孝二。行てみよう。」

「うん。」と孝二もはね起きた。以心伝心、孝二には行く先がわかっていた。

二人は、朝あけの野道を走った。道は雪のような霜《しも》だった。二人の素足《すあし》は、忽ちまっかだ。

ふーっ。ふーっ。せわしく白いいきを吐《は》きながら、二人はまっすぐ橋上へ――。けれどもあたりには人のかげもなく、堤の穂芒《ほすすき》が霜に折れ伏《ふ》しているばかり。

「もう兵隊さん、去《い》てしもた。」

ぽつりと誠太郎が言った。事実、葛城川の守備隊は、その夜半遂《つい》に陣地《じんち》を放棄《ほうき》して、北へ北へと敗走していたのだ。

孝二はかじかんだ両手にはーっといきを吐きかけた。

五

「あしたから、また学校や。」

夕飯の粥をすすり終って、誠太郎は溜息《ためいき》のように呟《つぶや》いた。この四日間、華《はな》やかな祭礼のように大和盆地《やまとぼんち》をにぎわした陸軍特別大演習も、きょう、奈良での観兵式をさいごに幕を閉じるのだ。誠太郎は、好きな紺絣《こんがすり》のよそいき着を、よごれた縞《しま》のふだん着に着かえる時のようにわびしい。

しかし、そうはいうものの、もちろん誠太郎は、よそいき着はいつか脱《ぬ》がねばならぬのを知っている。知っていながら、いざとなると、彼はいつでも味気ない。そのように、機関銃《じゅう》や、連隊旗や、馬や兵隊さんとは、当然別れねばならぬと知っていながら、彼はやっぱりさびしいのだ。

母のふでには、そうした誠太郎の気持ちがよくわかる。ふだん着があまりにも粗末《そまつ》なだけに、たった一枚のよそいき着に寄せる愛着は深い。あまりにもふだんの生活《くらし》がみじめなだけに、祭礼の華やかさに酔《よ》いしれたい。それはふで自身、身におぼえのあることだ。

けれども、そんなふでは、かえってきびしく言わねばならなかった。

「あしたから学校でえやないけ。鉄砲《てっぽう》や、大砲やいうて、いつまでも走り廻ってたらあかぬ。それに百姓《ひゃくしょう》は、今がせわしい時期やさかい、わいら、兵隊さんが去《い》てしもてやれやれや。」

すると、祖母のぬいも、

「誠太郎らは、四日も演習で学校が休みになったんやさかい、もう、あしたから、よう勉強せにゃあかぬで。」

それから孝二の頭に手をおいて、「なあ、孝二。」

孝二は、にこっと笑った。

「ほんまに、うかうかしてたら孝二に負けるで。誠太郎も、本気に勉強しいや。」

ぬいは誠太郎の頭もなでた。誠太郎の頭は孝二の頭よりずっと温《ぬく》かった。

誠太郎は、しかし祖母の手を振《ふ》りきるように頭をふって、

「わし、勉強より、兵隊、好きや。」

「兵隊かて、勉強せにゃあかぬワ。」

ふでは、すかさず誠太郎の言葉尻《じり》をつかまえる。ぬいも追い討《う》ちをかけるように、

「ほんまに、そやで。勉強せぬ子は、ええ兵隊になれへん。」

誠太郎は瞬時《しゅんじ》口をつぐんだが、

「せやけどな、お祖母《ばあ》ん、どねん勉強しても、尋常《じんじょう》小学校だけやったら、ええ兵隊になれへんネ。将校は、みんな、ええ学校へ行《い》たはるネ。わしも、ええ学校へやってくれたら大将になったるがナ。」

そして誠太郎は、じっと祖母をみつめた。

「はは、、、。何も大将になってくれんかてええけどな。」

ぬいは立ってランプを吊《つ》りかえる。今夜も麻裏草履《あさうらぞうり》の夜業《よなべ》がはじまるのだ。ふでは、粥鍋《かゆなべ》をかたづけたり、よごれた茶碗《ちゃわん》を洗ったり、鍋ずみのあとを拭《ふ》いたりして、とにかく貧しいなりに主婦の役を果し、やがてぬいと並んで仕事にかかった。終日編んで、約二十足。材料代を差し引くと、二人で二十銭そこその収入だったが、収入が低ければ低いだけに、彼女たちは一層作業に根をつめねばならないのだ。

その横で、孝二が本をひろげ、石盤《せきばん》と対《む》き合う。誠太郎は手持ち無沙汰《ぶさた》に暫くぽかんとしていたが、やがて孝二の学用品包みの中から、赤い表紙のお伽噺《とぎばなし》をぬき出した。

それをみつけて、またふでが言った。

「誠太郎。兵隊になるんやったら、算術、勉強せにゃあかぬで。」

「でもな、わし、算術、どねんしてもあかぬネ。」

「あかぬさかい、勉強せにゃあかぬのや。」

「それが、なんぼしてもあかぬネ。」

すると、孝二が石筆を止めて、

「お寺の秀坊《ひでぼ》んやったら、算術もきっとよう出来《でけ》るな。」と言った。

それはいささか唐突《とうとつ》だったが、しかし、みんなうなずいた。

秀坊んは、ふでたち小森字《あざ》の真宗寺院である安養寺の住職、村上秀賢氏のむすこで、字ではたった一人の中学生だ。孝二は、日《ひ》頃《ごろ》から、この金釦《きんボタン》の詰襟服《つめえりふく》に自転車通学という秀坊んに、羨望《せんぼう》と尊敬を寄せている。孝二には、自分たちには不可能なことも、秀坊んには可能に思えるのだ。いや、秀坊んには、およそ不可能なことはない……と孝二は感じている。その孝二が、今秀坊んを引き合いに出しても、だからそんなに不自然ではなかったのだ。

「孝二も、大きなったら、秀坊んみたいに中学校へいくけ？」

ふでは首をかしげて孝二の横顔をのぞいた。未知の世界への不安と希望が、早くも彼女の胸をわくつかせる。

「うん。……せやけど、わし、兵隊になるのはきらいや。」

「きらいやったら、むりに兵隊にならぬかてええ。わいも、ほんまは、兵隊は好かぬのや。お寺の秀坊んも、中学校に行かはっても、兵隊にはなりゃはらぬ。あの主《しゅ》は、お寺をつがはる人やさかい。」

「なーんや。そんなこと、もう今から決ったるのか。」

呆《あき》れたように、そしてまた腹立たしそうに誠太郎は叫んだ。彼は、秀坊んがお寺をつぐように、お前はこの家をついで、百姓と草履を作る他に生きる道がないのだと、何ものかに強くきめつけられたような気がしたのだ。もしそのとおりなら、学校に行くなんて無駄《むだ》なことだ。算術に苦しむことなんてばかげたことだ！

だが、彼の崇拝《すうはい》する豊太閤秀吉《ほうたいこうひでよし》は、草履とりから身を起して、天下を平定したのだ。百姓だって、草履作りだって、〝精神一到《いっとう》何事か成らざらん。〟先生も先達《せんだ》ってこう教えてくれたではないか。

けれども、えらい兵隊になるには、やはり上級学校に行かねばならぬ。それには、金が要《い》る。家にはその金がない。〝やっぱり俺《わし》はあかぬ。〟

誠太郎は、ぽいと隣室《りんしつ》のくらがりに飛びこんだ。そこに、二つの寝床《ねどこ》がとってあった。彼はその一つにもぐりこみ、頭からすっぽりふとんをかむった。つぎつぎに攻め寄《せ》せる〝矛盾《むじゅん》〟の敵をふせぐには、そうやってふとんのとりでにかくれるしかなかったのだ。そこでは、少々泣いても笑っても、誰《だれ》にも知れまいから安心だ。

「しゃあない子やな、誠太郎は。なんでまあ、あねん勉強ぎらいやら……。」

少し笑いを含《ふく》んで祖母がいう。

「せやけど、お姑《かあ》はん。わいら、誠太郎にわからぬとこ教えてくれていわれても、よう教えてやりまへん。せやからあの子は、よけい勉強ぎらいになるのとちがいますか。」

「それもそやな。孝二が平仮名をおぼえよったのも、誠太郎という先生のおかげや。やっぱり勉強もええ手引きがないとあかぬのやな。」

「うん。」と孝二は祖母の説を肯定した。片仮名の五十音にならべて、はじめて平仮名を書いてみせてくれたのは兄の誠太郎だ。それ以来、孝二は片仮名の教科書を、平仮名で石盤に書きとるのを毎晩の勉強にしている。こんやも、読本の中の一つのおはなしを平仮名になおした。それは読本の中で、孝二の一番好きなお話だ。彼は寝床へもぐった兄を弁護《べんご》する気持ちで、特に声を張り上げてそれを読んだ。


　いぬが、さかなを　くわえて　はしの上にきました。下をみると川のなかにも、さかなを　くわえた　いぬが　います。いぬは　そのさかなも　ほしく　なって　わんと　ひとこえ　ほえました。ほえると　くちがあいて　くわえていた　さかなは　みずの中に　おちて　しまいました。


「へーえ。」と、ぬいは、笑い切れぬ笑いに困惑《こんわく》顔をした。

「うふふ……。読本にも、おもしろいこと、書いたるんやな。」

我が子の才能により重点をおいて、ふでは満足の表情である。

「やっぱり、欲張りはあかぬな。せっかくのさかなを、川の中におとしてしまいよった。はっ、はっ、はは。」

男のように荒《あら》っぽく笑って、ぬいは、こんどは安心顔だ。実をいうと、ぬいははじめ短いそのはなしの中に、抱《かか》え切れぬ大きなものを直感して戸惑《とまど》った。それは単なる教訓ではなかった。そこには無限のひろがりがあった。大臣や金持ちになった人の話や、忠義や孝行のために死んで行った人の話よりも、もっと強く胸を打つものがあった。けれどもぬいには、そんな感動を適切に表現する言葉がない。結局彼女は、欲張り犬を嗤《わら》うことで、自分の心に一応幕を引くしかなかったのだ。

孝二はしばらく読本をみつめていたが、

「わしは、お祖母《ばあ》ん、この犬、可哀《かわい》そやネ。」

そして、祖母と母に読本を向けた。そこには、さかなをくわえた犬が、橋上から小川をのぞいている絵があった。しかしぬいもふでも、次の瞬間、さかなを失《な》くしてすごすご立ち去る犬の姿が見えるような気がした。それは、孝二のいうとおり、〝可哀そうな〟犬だった。犬は失意と後悔《こうかい》にだらりと尾を垂れ下げている。彼の欲張りは、間髪《かんはつ》を入れず膺懲《ようちょう》されたのだ。そのように犬の世界では、たった一尾のさかなの欲さえもゆるされないのだ。それに引きかえ、なんと人間社会には、大欲や強欲《ごうよく》が横行することか。三度の粥にも事かく小森をよそに、身分をほこり、富をほこる人たちがいる。みんな欲で築かれた身分であり、富ではないか。

しかしぬいもふでも、そのことはただ胸に思うばかりで口には出せない。

「孝二。もうそれだけ勉強したら十分や。あしたから学校やさかい、もう寝えや。」

やがてしずかに、ふでが言った。

誠太郎は、孝二の枕《まくら》をあわてて引きよせた。母たちが夜業《よなべ》を終えるまで、誠太郎は孝二と一つふとんに寝るつもりだった。

六

次の日——空は申し分のない秋晴れで、盆地《ぼんち》をかこむ山々も、思いなしか悠然《ゆうぜん》と落ついて見えた。大演習の嵐《あらし》が去って、山々も久方ぶりで自然にかえったのだろう。実際、今となっては、天皇統監《とうかん》の感激も昂奮《こうふん》も、つまりは盆地の人たちに背負わされた重荷に過ぎなかったのがよくわかる。わけても収穫《しゅうかく》期に当る農家には大きないたでだった。せめてもの埋《う》め合せは、暫《しばら》くつづきそうな秋日和《びより》である。さあ、この天気の崩《くず》れぬうちに稲刈《いねか》りだ、稲こきだ。
ふでとぬいも、誠太郎と孝二を弁当持ちで学校にやると、一刻を争うように荷車をひき出した。荷車には、稲こきに必要な、むしろ、金ごき、ふごの類。それに弁当と水の土瓶《どびん》。耕地までは五町ばかり、決して遠い作り田ではないが、それでも、昼飯の往復につぶす時間が惜《お》しいのだ。

さて、演習前に刈った稲は、もう乾《かわ》きすぎるほど乾いていて、尖《とが》った葉先がとげのように肌《はだ》を刺《さ》す。ふでとぬいは、それを防ぐためにボロ前掛《まえかけ》を首にまき、手甲も深く紐《ひも》をしめた。

畦《あぜ》をへだてた隣《とな》り田は、三人がかりで稲刈りだった。作り人《て》は、同じ小森の永井藤作で、女房《にょうぼう》のさよと、娘《むすめ》のなつが、藤作に負けず刈りすすむ。いつともなく家族三人、互《たが》いに作業で張り合って、無駄口一つきかぬ真剣さ。もちろん、ふでたちとの間にも何の話のやりとりもなく、二家族はただ黙々《もくもく》と働きつづける。

やっとひる時、ふでは弁当を畦にひろげながら言った。

「おさよさんとこ、ことしは、ええ出来でんな。三石の上《ごく》だっせ。」

すると、藤作は首をふって、

「三石。じょうだんはよしてんか。」

さよも言う。

「まあ、ええとこ、二石六斗《と》だっしゃろ。」

「そんでも、みなはれ。」と、ぬいは首にまきつけた前掛をはずして、

「お前《ま》はんとこは自分の田やさかい、二石六斗まるのこりや。わしとこは小作やよってあかぬ。おんなじ二石六斗でも、残るのは六斗と藁《わら》だけや。ほんまに、貧乏《びんぼう》ていう荷物

ほど、しんどい物はおまへんな。」

「せやかて、畑中のお婆《ば》はん。」

さよも、ふでのすぐ近くに自分たちの弁当をひろげて、

「わしとこは九人家内や。二石六斗ぐらい、じきに食うてしまいますネ。けさかてな、六合、お粥《かゆ》さん炊《た》きましてン。六合のお粥さん鍋《なべ》は重《おも》とうて、女の腕《かいな》では、へっついさん（竈《かまど》）からぬくの、たいぎでっせ。それがあんた、見てるまに無《の》うなりますネ。みんな、大丼《おおどんぶり》みたいな胃袋《いぶくろ》しとりまんのや。ははゝゝゝ。」

ふでも笑えばぬいも笑った。米粒《こめつぶ》を底に沈《しず》ませて、たぷたぷと粥汁《かゆじる》の波打つ大鍋が、ありありと実感で迫《せま》ってくる。しかしながら、朝毎《ごと》に新しい粥が炊けるのは、小森字《あざ》で僅《わず》か数軒だ。あとは前夜の残り粥に水を増しての〝温《ぬく》め粥〟である。こんな食生活の下では、それがどんなに黒い麦飯であれ、飯というだけで既《すで》にご馳走《ちそう》なのだ。そのご馳走に、畦にすわった二家族は、これからありつこうとしている。さて、ぐう、ぐうと五つの咽喉《のど》は暫くよろこびの曲を奏《かな》で、やがてごくんと藤作の咽喉が水で鳴った。

「昔から、よう言うたもんや。」

藤作は軽くいきを入れて、「泣くほど引き止めたい客かて、去《い》んだらほっとするネ。わしは兵隊好きやから、もう二、三日演習見たい思うたけど、去んでしもたら、やっぱり気らくや。」

そして彼はふでに向いて笑ってみせた。

ふでは黙《だま》ってうなずいた。ちょうどさいごの飯が咽喉をとおるところだった。

さよはぬいの方に首をかしげて、

「この主《しゅ》は、五十面《づら》して、まだこねん子供ですネ。わいら、あんな演習みたいなもの一日もいりまへん。なア、畑中のお婆《ば》はん。」

「まあ、な。」と、ぬいは苦笑いでごまかした。

藤作は少し急《せ》きこんで、

「せやかて、お婆はんとこは、小森一《いち》、演習好きやてみんな言うてまっせ。お婆はんとこは、あの寒《さ》むい夜さりに、わざわざさつまふかして、兵隊さんに持っていてやらはったそやないか。なみでは出来ぬこっちゃ。やっぱり、進吉つぁんが戦争で死んでるさかい、よう気が付かはったんやて、みなほめてまっせ。」

「はっ、はっ、はっ……えらい大《おお》けに。」

ぬいは、豪快《ごうかい》に笑った。それは、〝演習好きでさつまを持って行ったのではない〟という否定をこめての笑いだった。しかし、そのことは、ふでにだけしか通じなかった。

さよは土瓶をさかさにして自分の茶碗《ちゃわん》に水を注《つ》ぎこみ、ごくごくと音高く飲んだ。それから手拭《てぬぐい》をひきしめるようにかむりなおして、

「わいら、やっぱり演習は好きまへん。せっかくみのった稲を踏《ふ》み荒してもろて、それ

で面白《おもろ》がってる主の気がしれまへんワ。演習みたいなもン、がきめのほたえ事（いたずら遊び）と同じや。そんなん見てたのしんでいやはるのは、天皇陛下と大将だけや。あの主らはひまで、食う心配もないさかい、何を見ても面白いのや。」

「でもな、そねんな事、大きい声でいうたらあかぬ。もし巡査《じゅんさ》にでも聞かれてみ、一寸《ちょっと》駐在所《ちゅうざいしょ》まで来いやがな。」

藤作は大げさにあたりを見廻《みまわ》した。娘のなつが、くすくす笑う。

「どうも女子《おなご》は。」と、藤作は煙管《きせる》を取り出し、きざみをつめ、しゅっとマッチをすって、

「うまれつき、嫉妬《しっと》深うていかぬ。人間はこの世にうまれる時、めいめい運の箱を背負うてくるんやさかい、その箱に、王さまの位がはいってりゃ運がええし、乞食《こじき》のくらしがはいってりゃ、運が悪いとあきらめるしかないネ。それを、ええ主のことを嫉《ねた》んで、とやかく言うた日には世の中が治まらぬ。あれ、見い。天皇陛下が一ぺん山に来やはると、山のかっこうが変る程《ほど》、広い道もつくのやで。みな、天皇さんのご威光《いこう》や。」

きざみの煙《けむり》が、藤作の狭《せま》い額をはい上り、更《さら》にのびた頭髪をつたって、ゆっくり大気にとけこんで行く。

ぬいは藤作から耳成山に瞳《め》を移した。藤作のいうとおり、山は天皇のために、白々と帯のような〝行幸路〟を、そのはだえに巻きつけた。これぞ、草木も御稜威《みいつ》になびき伏《ふ》

す時世のしるしか！

ふでは弁当がらを包みながら、ふと風呂敷《ふろしき》のはしに一粒白く光る飯粒をみつけた。彼女はそれをつまんで口に入れ、じっと前歯でかみしめる……。

〝進吉さんが戦死したのは、進吉さんの運が悪かったからやろか？ もしそうなら、その運は、いったい誰《だれ》がきめるんやろうか。神さま？ 仏さま？ でも、誰にも公平なのが、神さまや仏さまではないのやろうか。〟

ふでは顔がほてった。胸先《むなさき》がじりじりした。そして、気持ちが混乱した。

その時、なつが立ち上って、

「あの道は、だいぶ広いんやろな。」と言った。

「うん、二間幅《けんはば》はあるのやないかな。木を伐《き》ったり、砂利を敷いたり、えらいこっちゃがな。それに、いくら小っさい言うても山は山や。下から上までぐるぐる廻って、ええ道程《みちのり》あるで。それがおまえ、じきに出来《でけ》てしもた。天皇さんの力は、えらいもんや。」

「せやかて、お父《と》っあん。あの道は、何も天皇陛下が作らはったんやない。みな、あの辺の百姓《ひゃくしょう》が働きに行《い》て作ったんや。」

「阿呆め。そねんなこと、言わんでもようわかったる。なんで神さまといわれたはる天皇さんが、道作りみたいな下賤《げせん》な仕事しやはるもんか。」

「ほんまにお父っあん、天皇陛下は神さまか？」

少し間《ま》をおいてなつが言った。その間が何かの作用をしたのか、こんどは藤作も、

「さあ、な。」とたじろぎ気味だ。なつはそれに勢いづいて、

「神さまいうたら、空でも海でも、どんどん行かはるネ。天皇陛下も、ほんまに神さまやったら、あねんな道作らんかて、よう山に登らはるはずや。それを、わざわざ大けな道作らせはるとこみると、天皇陛下も山道はしんどいのとちがうか。」

「ばちがあたるど。」

　藤作はどなって、またあたりを見廻した。

　なつはすばやく立毛《たちげ》の中にとび込んで稲刈りをはじめた。十六娘のなつは、この秋の収穫がすむと、大阪へ女中奉公《ぼうこう》に出るとのうわさだった。

　ところでその時刻、坂田小学校の校庭では、弁当をすませた子供たちが、佐山仙吉の周囲を幾重《いくえ》にも取り巻いていた。それは彼の胸に、〝魔法《まほう》のめがね〟が吊《つ》り下っているからだ。既に朝のうち、その眼鏡をのぞかせてもらった幾人かの子供は、自分の幸運に酔《よ》いながらしゃべり立てた。

「あのめがねでのぞいたら、耳成山の木も道も、学校のすぐねき（近く）にあるみたいによう見えた。あれは、兵隊さんの双眼鏡《そうがんきょう》や。兵隊さんでも、えらい主《しゅ》しか持てへんのや。それ、わし、見せてもろたんや。」

「わしは、稲こきしやはる人見たで。金ごきも、よう見えた。」

「わしは、工場の煙突《えんとつ》のぞいたった。煙突め、すぐねきに立っとんのでびっくりしたで。」

「わしは、牛車みてたんや。そしたら、牛め、尻尾《しっぽ》立てて牛の糞しよった。はゝゝゝ。」

「嘘《うそ》たれめ！」

「嘘やない。ほんまや。ほんまに、牛が牛の糞しよってん。」

「阿呆かいな。牛が牛の糞しよるのあたりまえやないか。」

みんなげらげら笑う。その笑いの中で仙吉が命令した。

「この双眼鏡を見たい者は一列にならべ。並んだ順に見せてやる。」

子供たちは、仙吉の足許《あしもと》を起点に忽《たちま》ち長蛇《ちょうだ》の列を作る。

孝二もまごつきながら、列の後尾にとりついた。見ると、誠太郎は列から離《はな》れて立っている。〝兄やんは、魔法のめがねが見たくないのかしらん？〟孝二は兄のために残念だった。

やがて双眼鏡は、仙吉の親友の岩瀬重夫をかんとくにして、列の先頭から廻され出した。

一方、仙吉を中心に、まだ大演習の昂奮からさめ切らぬ少年たちは、口々に語り合った。大砲《たいほう》や機関銃《じゅう》のはなし。斥候《せっこう》や喇叭手《ラッパしゅ》のはなし。そして惜しくも流れた宿舎の割当の件では、一層みんな熱を入れた。

「俺《わし》とこは、四人兵隊さんが泊《とま》るはずで、ふとんも枕《まくら》も、みんな新《さら》でこしらえたんや。せやのに、にわかに泊らんようになって、ほんまに阿呆みたで。」

「俺とこは、五人泊るいうてたのに、負けいくさやから泊れんいうて、みんな去《い》てしもた。」

「俺とこは将校宿舎やから、さかなも牛肉も山ほど買うといた。酒も樽《たる》ですえたってんで。せやけど、負けいくさやもの、食うてるひまがあるかいな。しゃあないから、家中でご馳走《つそ》の千度《せんど》食《ぐ》い（飽食《ほうしょく》）や、はは、、、。」

「はは、、、。負けいくさは、あかぬな。」

「演習でも負けたらあかぬ。ほんまの戦争で負けたらもっとあかぬワ。」

「ほんまの戦争で負けよるのは、チャンころと露助《ろすけ》や。」

「あいつらは、ご馳走もよう食わんと逃《に》げていきよるネ。」

「はは、、、。」

　みんな声を合わせて笑った。

　けれども列から離れたまま、誠太郎はしゃべりもしなければ笑いもしなかった。もともと兵隊宿舎の割当がなかった小森では、誠太郎にかぎらず、誰も口をきく材料を持たないのだ。

するとその誠太郎をみつけて、佐山仙吉が言った。

「誠やんら、小森の者にはあっさりしてて、ええな。はじめから兵隊さんが泊りにくる心配がなかったさかい、負けて去《い》てしもても屁《へ》のカスやろ。」

「そうや。」

受けて出たのは誠太郎でなく、永井しげみだった。彼女は永井藤作の三女で、なつの妹。学校では〝はちめろ〟で通っていた。〝はちめろ〟というのは、よくいえば男まさり、悪くいえばおてんばの事だ。

さて、ちょっと言葉を区切ったしげみは、素早く小森の仲間を見廻して、

「小森は貧乏《びんぼう》たればっかしやさかい、兵隊さんはよう泊めん。ふとんもよけにないし、ご馳走《ちそう》もよう買わんよってに……。せやけどな、誠やんとこは、堤《つつみ》で野宿しやはった兵隊さんに、さつまいもをふかして、持って行かはったんや。仙やんら、宿舎にあたったいうても何一つ兵隊さんに食わしてやらなんだやないか。せやもの小森の方が、ずっと上《うえ》や。」

「へーえ。さつまいも！」

仙吉は頓狂《とんきょう》に叫《さけ》んだ。

みんな、どっと笑い崩《くず》れた。

誠太郎は笑いの波に足もとをさらわれそうな気がした。〝みんな俺を嘲《わら》笑ってるんや。俺の貧乏をわらってるんや。酒やさかなが山のように用意されている時に、お前はさつまいもか！というてわろうてるんや。でも兵隊さんは、あんなによろこんで食べてくれた。そして、俺と孝二の頭をなでてくれた……。〟

誠太郎はその真実が伝えたかった。彼は勇をふるって早口に言った。

「あの晩は寒かったさかい、野宿の兵隊さんは、みんなふかし立ての熱いさつまを、うまがって食べてくれたんや。」

「でも、それはな、」と、仙吉は、特別ゆっくりした口調で、

「あの兵隊さんは名古屋師団で、このへんのことは、なんにもよう知らんからや。もし誠やんが小森の者やいうのわかったら、なんでそんなさつま食うもんか。かわいそうに、負けいくさの兵隊は、とうとうエッタのさつま食いよった。くうさい、くうさい、エッタのさつま食いよった。はは、、、。」

仙吉は鼻をつまみ、嘔吐《おうと》をまねた。

ちょうどその時、松崎豊太に双眼鏡の順番が廻ってきていた。しかし彼は、「いらぬ。」と突《つ》きはなして列を出た。

「なんや、豊さんは今まで順番待ってたくせに。」

重夫は拒絶《きょぜつ》された不愉快《ふゆかい》さを、口にも身ぶりにもはっきり出した。

「いらぬという奴《やつ》に、むりに貸したらんかてええわい。」

仙吉はいいながら豊太をにらむ。

「えらい威張りやな。そんな遠めがねぐらい、なんやネ。」

そして豊太は誠太郎の肩をつかんで、「誠やん、行こう。」

「はは、、、。お前ら二人はエッタに、私生児。どっちもくそうてええ仲間や。」

とたんに、仙吉はどーんと胸を突かれた。あとは、数人入り乱れての修羅場《しゅらば》である。

「けんかや、けんかや。先生、けんかや。」

「先生、先生! エッタの奴があばれとる!」

注進が忽ち職員室に飛んで、昼の平穏《へいおん》をかき乱した。

七

通りに面した雨戸が閉《た》てきりで、家の中はうす暗い。孝二は母たちの仕事場の障子をあけてそこに腰《こし》かけた。

狭い干し物庭をへだてて、名ばかりの納屋《なや》が口をあけている。藁《わら》むしろ、唐箕《とうみ》、古俵に藁束。その一隅《いちぐう》にから臼《うす》。みんな主《あるじ》の留守を心得顔にひっそり閑《かん》としている。

チク、タク。チク、タク……。時計はやがて三時だ。

〝三時になったら、兄《にい》やんが帰る。〟

孝二は小さく声に出して言った。けれども、孝二は自分の言ったことが信じられなかった。信じられない孝二は、こんどはもう少し声を高くして言ってみた。「兄やんは三時に帰る。」

すると、もういよいよ、三時に兄やんの帰らないのが決定的になった。

〝兄やんは、運動場の土ぼこりによごれたまま、職員室にしょっ引かれて行った。途中《とちゅう》、何度か抵抗《ていこう》した兄やんは、そのたんびに先生になぐられた。そんな兄やんが、なんであたりまえに、三時に帰ってくるもんか！〟

孝二の顔はけいれんした。涙《なみだ》が、あとからあとから頰《ほお》を伝った。

やがて孝二は、おもちゃ箱から蛽《ばい》ごまを取り出した。蛽ごまの廻し綱《つな》は常になくきりっと巻けた。孝二の指が、拭《ぬぐ》った涙でまだ湿《しめ》っていたからだ。孝二は綱のかげんに満足して、さっ！　と投げた。たしかな手応《てごた》え。ブーン、ブーン。唸《うな》りを上げてこまは廻る。

孝二はもう一つの蛽にも手早く綱を巻いた。ブーン。ブーン。二つの蛽は並んでまわる。

「しっかり、しっかり。兄やん、しっかり。豊さん、しっかり。」

さて、三つめは朱色の蠟蛽《ろうばい》だった。孝二は自信たっぷり、さっと投げた。だが、蛽は怒ったようにぽーんと飛んで障子にかちり。孝二はあらためて生命《いのち》の綱を巻きなおし、

「そら、しっかり!」

こんどは見事にすわって、ブーン、ブーン。

「しげやん、負けるな。しげやん、負けるな。」

孝二は本気で手をうった。孝二にはその赤い蠟蛽が、〝はちめろ〟のしげみそっくりに見えたのだ。

ところで、チン、チン、チン。もう三時だ。孝二は耳をすました。遠くに幾人かの話し声がする。あの中に兄やんもいるかな?

孝二は表に駈《か》け出した。

紫《むらさき》の団旗を中に七、八人、小森への道を曲ってくる。だが、誠太郎はいない。孝二は、ぐっと突き上げてくるものを呑《の》みこみ呑みこみ、紫の団旗に近づいた。

「孝やん、誠やんはバケツ持って立たされとるぞ。」

「誠やんはまだまだよう帰らんど。」

「早うても日の暮や。」

同情してのしらせだろうか? 彼らは孝二を取りかこむ。

孝二は、そんな兄の仲間にむっとした。彼は囲みを突き破り、風のように学校への道を走った。

〝兄やんがバケツを持って立たされている。重い水のバケツを持って立たされてる!〟

バケツの重みが、孝二の顔を歪《ゆが》ませた……。

事実誠太郎はバケツの重みに耐《た》えかねて、何度も膝《ひざ》をつきそうになった。けれども校長の姿を見ると、彼はしゃんとなった。というのは、誠太郎たち五年生を受け持つ校長が、誠太郎と豊太に、水バケツの罰《ばつ》を科すにあたり、くり返し言ったからだ。

「お前ら、佐山仙吉君をなぐって、ほんまに悪かったと、しんから後悔するまで、このバケツを下ろしてはいかぬ。ええか。わかったか。」

だから、夜になっても持っててやる。腕《うで》がぬけても持っててやる。豊さんだって、きっと同じ覚悟《かくご》にちがいない……。

しかし、豊太の顔色は刻一刻蒼《あお》ざめつつあった。肉体の苦痛が、もはや極点に達しようとしているのだ。

さすがに見かねたように、首席訓導の江川先生が声をかけた。

「お前ら、そんな強情《ごうじょう》はらんと、早《はよ》うあやまるもんや。佐山君をなぐったのは、何というても悪いんやからな。」

「いや、かまわんとおきなさい。きっとまだ、自分たちのした事を、正当のように思っとるんだ。そんな根性は、こんりんざいたたきのめさにゃいかぬ。」

けれども、校長の言葉をあとに、つかつか二人の前にやってきた江川先生は、

「畑中。」と誠太郎の肩《かた》に手をおいた。

一年生当時受持ちだった首席の江川先生。幾たびか、頭に、肩に、じっとのせられた、うれしい記憶《きおく》のその手。誠太郎は、わけもなく涙がこみ上げた。

「バケツをおろし。」

静かな命令だ。二人は、バケツをおろした。とたんに、すーと肩のあたりが冷たくなった。と思うと、忽《たちま》ちかっと指先がほてった。屈辱《くつじょく》から解放されて、両腕の血潮がさっと動き出したのだ。

「さあ、校長先生にあやまり。」

江川先生は豊太の肩にも手をやって、

「校長先生は、用があって、もう帰らはるんや。さあ、早うあやまって、早う帰してもらい。お母さん、きっと心配して待ったはるで。」

「でも、先生。僕《ぼく》は、何も悪いことしてまへん。」

豊太は江川先生よりも、校長の方に向いて言った。

「なに？　悪いことしてない？　じゃあ、佐山にけがをさせといて、それでまだええていうのか？」

校長は既《すで》に帽子《ぼうし》をかむっていたが、その帽子をほうり出すようにテーブルにおいた。

職員室の、もう三人の先生は、わざと素知らぬふりで事務をとっている。

「先生。仙やんをどづいたのは、わしや。」

誠太郎は、自分でも意外なほど、大きな声で言った。けれどもその時意外なことが起った。豊太が、再び両腕にバケツをひっさげたのだ。

校長は、それは自分に対するゆるしがたい反抗だと受け取った。

「よーし。そんなら、あしたの朝までそうして立っとれ。」

いいすてて、校長は、ずっし、ずっしと職員室を出て行った。

「さあ、もう強情はらんと、バケツをおろし。先生は、佐山がお前らに双眼鏡《そうがんきょう》を見せてやらんと言うたんで、お前らが腹を立てて佐山をなぐったと聞いたんやけど、それならお前らも悪いやないか。」

「ちがいますネ。先生。そんなん、大嘘《おおうそ》や。校長先生は、仙やんのいうことばかし、ほんまにしたはるけど、仙やんがわしらの悪口をいいよりましてン。」

「ふーむ。そうか。それなら、はじめから、ようわけを話してみ。他の先生にも聞いてもろうたる。けんかのはじまりは何やね？」

「さつまいもや。」

くすっと女の先生が笑った。

若い男の先生二人も、はは丶丶丶、と声を立てて笑った。

「そのさつま、どうしたんや？」

「くさい、て言いよりましてん。エッタのさつまやからくさい、て。」

「…………。」

先生たちは事務の手をとめ、互《たが》いに顔を見合せた。

「それで、先山をなぐったんやな？」

ひといき経《た》って、江川先生が言った。沈《しず》んだ声の中に、しかし強くひびくものがあった。

「はいそうですネ。仙やんはいつでも、わしを、エッタ、エッタといいます。他の子もいいます。先生、わしは、エッタやいわれるのが一番つらいネ。なんぼ自分でなおそう思うても、エッタはなおせまへん。先生、どねんしたらエッタがなおるか、教えとくなはれ。」

「わかった。ようわかった。松崎は、友達の畑中が悪口《あっこう》されたので、それで怒《おこ》ったんやな。」

〝そうです〟と豊太は言いかけて口を閉じた。もちろん、誠太郎のためもあった。しかし、今日彼が仙吉をなぐったのは、より自分のためだった。彼は〝私生児〟と罵《ののし》られた。それは誠太郎のエタ同様、彼自身にはなおしようのないことだ。にも拘《かかわ》らず、相手はそれを醜《しゅう》として軽蔑《けいべつ》し、悪として責め立てるのだ。そんな者に対しては、ただ、なぐり返すしかないではないか。

豊太はいよいよ強くバケツのてをつかんだ。

「とにかく、そのバケツはおろし。もう話はわかったんやからな。先生はあした、校長先生にもよう言うとく。」

江川先生は、豊太の手からバケツをもぎとり、さっさと廊下《ろうか》の外に持ち出した。

「さあ、もうじき日が暮れるで。早《はよ》う帰り。」

「はい。」

豊太といっしょに、誠太郎も頭を下げた。三人の先生は、かすかにうなずき返した。

さて、校門前まで走って、誠太郎は「豊さん。」豊太も「誠やん。」そして二人は肩を寄せ、次の瞬間《しゅんかん》、ぱっと左右に別れた。

「兄《にい》やーん。」

まさかこんな時刻に……。しかし、やっぱり孝二だった。孝二は堤《つつみ》のかげから、小犬のように誠太郎にとびついた。

「孝二。今日のことは、お母んにも、お祖母《ばあ》んにも言うたらあかぬで。」

「うん。」

あとはだまって大橋を西へ渡《わた》った。夕風が二人のきものの裾《すそ》を、はたはたと吹《ふ》き上げた。

八

「えらい遅《おそ》かったやないけ。」

ふでは疑い深く誠太郎をみつめた。ふでとぬいは、ちょうどもみのふごをはこび帰ったところだった。

「ちょっと用があったんや。」

誠太郎は本の包みを孝二に渡し、ふごをおろす母たちに手を貸した。

「そうならええけどな。もしや悪さして、立たされでもしたんかと思うて心配したがな。」

「悪さなんかせえへん。」

すると、ぬいが笑って、

「悪さしても、けんかしても、泣いてこんけりゃええがな。男の子やもの、人形さん遊びもしてられへんワ。のう、誠太郎。」

しかしそうは言いながら、ぬいも内心誠太郎の様子をいぶかっていた。〝何かがある。いや、何かがあった！〟ぬいはそれをたしかめようとひそかにあせった。

ところでその夜、ふでは久しぶりに風呂《ふろ》をたてた。まつ毛までが真白になる稲《いね》こきのあとでは、さすがに風呂が恋《こい》しかった。しかし、字《あざ》の習わしどおり、ふではせっかくたてた風呂ながら、誠太郎と孝二を入れたあとは近所の人たちを招待して、自分では〝仕《し》舞《ま》い風呂〟を待った。

誠太郎と孝二は、ねむさを忘れて、いつまでもランプの下にすわっていた。一番近い北隣《どな》りの小父《おっ》さんと小母《おば》はんも、お客然としてなかなか火鉢《ひばち》のそばを離《はな》れない。むりもない。月に一、二回、風呂によび合う夜だけが、お互い世間話に花が咲いて、生きている情感にもひたれるのだ。

それに、恰好《かっこう》なことに、小父さんは荷車挽《ひ》きが生業で、時に大阪へ、時に吉野の山奥《やまおく》へ荷物をつけて往復する。自然話題も多く、その上話術も巧《たく》みである。今夜も小父さんは、ふでが風呂から上ってくるのを待って、

「俺《わし》は、きょう、面白《おもろ》いこと聞いてきたで。」

と、たばこで黄色くなった歯を見せた。

「さよか。そねん面白い話やったら、お茶でも入れて聞かしてもらいまひょか。」

ふでも、あいそがいい。そのふでに、

「あかぬ。あかぬ。」と小母はんは手をふって、「この主《しゅ》は、何をいうてかわかりまへんよって、なんのお茶などいりますもんかいな。喋《しゃべ》りくたびれよったら、水でも呑ましとくなはれ。それで結構や。」

「水くさい嬶《かかあ》や。なんで俺みたいなええ男に、こねんな嬶があたったんかいな。」

小父さんは上機嫌《じょうきげん》だ。

ぬいもひるまの疲《つか》れを忘れた様子で、

「夫婦《ふたり》で仲ようばっかりしてて、かんじんの面白い話はどうなりましたんやな。はゝゝ。」

「それやがな。」

小父さんは小膝を打って、

「畏《おそ》れ多いことながら、天皇陛下さまの話やで。誠やんらもこんどの演習に、天皇陛下がお出《い》ではったの知ってるやろ。その天皇陛下さまのたばこのすいがらを、どこの奴《やつ》とかが拾いよったんや。えらいこっちゃ。」

「どこで拾うたの？」と誠太郎の眼が光る。

「どこか知らん。せやけど、大方、耳成山のどこかにきまったる。」

「でも、すいがらではあかぬワ。」

「それはなア、誠やんらには、そのすいがらの値打ちがわからぬからや。畏《かし》くも、天皇陛下さまのすいがらやで。天皇陛下が、口にくわえはったたばこやで。そんなもの、もう、どねん探しても手に入らぬ。拾うた奴は、えらい儲《もう》けものや。そいつは、きっと代々家の宝にしよる。それでな、その話を聞いた近所の小父《おっ》さんが、自分も天皇陛下さまの〝かたみ〟を代々の家の宝にしたい思うて、山へさがしに行《い》たんや。せやけど、すいがらは、もう落ちてへん。そこで、ちえを出して……ふふ。何を見つけたと思うか、誠やん。」

「足跡《あしあと》。」

女たちは揃《そろ》って笑った。足跡では、せっかく見つけても持ち帰るわけにいかないからだ。

ところが、小父さんは短い間《ま》をおいて、

「そいつは、かたみを持って来よったそうな。」

「足跡の土を掻《か》っぱいてきたんやろ。」

小母はんは、したたか、軽蔑の調子で言う。

小父さんは首をふって、

「あかぬ。お前らのちえでは、察しられへん。そいつは、天皇陛下さまの糞《ばば》をみつけてきよったんや。はつめい(悧巧《りこう》)な奴や。」

さすがに、みんなきょとんとした。

小父さんは、いよいよ得意気に、

「なるほど、天皇陛下さまは、一昼夜、耳成山にいやはった。なんぼ天皇陛下やいうても、糞《ばば》はしやはる。そこに気イついたとは、えらい奴や。」

「神さまでも、糞、しやはるのけ?」

小さな声で孝二が言った。その眼は、寝間《ねま》との境のかもいにしつらえられた神棚《かみだな》を見ていた。彼には、あまりにも解《げ》せない小父さんの話だった。彼は、学校の先生さえ、自分たちのような、臭《くさ》い糞をするとは思っていない。まして神さまともあろう天皇が、山に糞をたれのこして行くなどとは奇怪《きかい》である。

「あっはっは、、、。」

咽喉《のど》の奥からむせるようにぬいは笑った。

「はは、、、。はは、、、。」

ふでも笑いの波に押《お》しもまれた。

「奈良の二月堂の〝お水取り〟というのは聞いてるけどな、耳成山の糞取りというのははじめてや。」

小母はんも、いいながら、笑いの涙《なみだ》をふいている。

誠太郎は、だまって身体《からだ》をゆすぶった。彼には、言いたい沢山《たくさん》の意見があった。けれども、何からいい出していいかわからない。すると、煙管《きせる》をくわえた小父さんが、

「なア、同じ人間でもえらい違《ちが》いや。天皇さんは、糞でも宝物にされなはるし、こちらは、作った米さえ、くさいの、汚《きた》ないのときらわれる。」

そして、ぐるっと目玉を天井《てんじょう》に向けた。

誠太郎はぎくりとして、もう身体をゆすぶる余裕もない。もしや小父さんは、今日の学校の出来事を、誰《だれ》かに聞いて知っているのではあるまいか。〝くさい米〟それは、〝くさいさつま〟の暗示かもしれぬ。

「孝二。寝よう。もう九時半やで。」

誠太郎は孝二を促《うなが》した。

けれども孝二はいつになく強情《ごうじょう》にかぶりを振《ふ》って、

「わし、ちっとも、ねむとうない。もっとはなし聞いてんネ。」

誠太郎はいよいよあわてた。彼は孝二の口から、今日の一件がばれるのがこわかった。彼はなんとかして、〝くさいさつま〟の絶望的な打撃《だげき》から、母や祖母を護《まも》りたかったのだ。

その時、孝二が小父さんの方に身体を乗り出して、

「小父《おっ》さん、〝しせいじ〟てなんや？」

「しせいじ？　それ、なんのことやネ。」

「人のことや。」

「人のこと？」

「よその子が、よその子に、〝しせいじ〟て言いよってん。」

「うーん。それならわかった。そしたら、言われた子は、赤い顔しよったやろ？」

「…………。」

「それとも、怒りよったか？　たいてい怒るやろな。私生児ていうのはな、父《と》うちゃんが居ない子のことや。」

「ふーむ。じゃア、兄《にい》やんも、わしもしせいじけ。」

また笑いがぶり返した。ふでは孝二の肩《かた》をたたいて、

「孝二はお父っあんが居やはるやないか。」

「うそや。お父っあんは死んでいやへん。」

「でも、もとは居やはったんや。私生児のその子には、はじめからお父っあんが居やはらへんネ。」

「いや、居るで。豊さんは、あの赤い表紙の本も、大阪にいるお父さんが送ってくれたというてた。」

つい黙《だま》っていられなくて誠太郎が言った。

「あはは、、。こいつはあかぬ。小父さんもうまいこと、よう言わん。どれ、負けたから帰るとしよか。」

小父さんは大きく腰《こし》をふって土間におりた。そして草履《ぞうり》をさがしながら、ふと思い出したように言った。

「同じてかけ腹でもな、身分が高いと、かまへんネ。柳原二位《やなぎはらにい》の局《つぼね》とかいうのは、いうてみれば天皇さんのてかけや。その女《ひと》の産みやはったのが皇太子や。それから昔の大名はな、みんな二十人も三十人も、てかけを持っててんで。将軍なんか、五十人も持ってたか知れへん。そのてかけの子が、みんなえらいお武士《さむらい》やがな。こちとらは嫡出《ちゃくしゅつ》でもあ

かぬ。米がくさいみたいに、やっぱりくさいネ。」

「何がくさいもんか。ちゃんと風呂に入れてもろて、よう洗《あろ》たワ。わはは、、、。」

小母はんは一足先に外に出た。

「そうや、そうや。」と小父さんも小走りに後を追う。

ふでたちは旋風《せんぷう》が吹《ふ》きぬけたあとのように、暫《しばら》く茫然《ぼうぜん》としていたが、やがてぬいが言った。

「誠太郎は、今日、その豊さんと遊んでたんとちがうか。」

「そうや。豊さんの家へいて遊んでてン。」

「その子のお母はん、どんなお人や?」

「きれいな人や。」

いいながら、誠太郎は寝間に逃《に》げた。

「ほんまに、豊さんとこで遊んでたんやろか。」

ぬいは怪《あや》しむようにふでを見た。

しかし、まだ旋風の衝撃からさめ切らぬふでは、じっとランプを見つめたままだ。

くさい米。

くさい子供。

おりのように、その言葉がふでの胸に沈《しず》みこむ――。

さて、次の日、誠太郎は学校で豊太に誘《さそ》われた。

「冬休みに、俺《わし》とこへ遊びにきてんか。俺も、誠やんとこへ遊びに行くさかい。」

返事の代りに誠太郎はきいた。

「おまはんとこのお母はん、きれいなお人か？」

豊太はにこっと笑った。誠太郎は安心した。ゆうべ、祖母に言ったのが〝嘘《うそ》〟でなくなったからだ。

誠太郎は仙吉にはわざとぐいと肩を張ってみせた。〝またいつでもバケツを下げて立ってやる！〟張った肩は巧みにそれを表現していた。

仙吉は、まだいくらかはれ気味の右頰《ほお》をなでるようなかっこうで眼をそらせた。

九

「あ、誠太郎、ええとこへ帰ってきた。これから唐臼《からうす》ふみや。」

鼻にかかったふでの声が、誠太郎の足をつかまえた。ふでは地面に両膝《りょうひざ》をついて、唐臼の底を掃除《そうじ》していた。

誠太郎は〝しまった！〟と叫《さけ》びたかった。彼はどの仕事よりも、この唐臼ふみが嫌《きら》いなのだ。ことに臼の中味が大麦でもあると、まったく、〝いや、はや〟である。

けれども誠太郎は、〝しまった〟ともいえなければ、逃げ出すわけにも行かなかった。弟の孝二が、既《すで》に母の唐臼ふみを助《す》けるつもりらしく、神妙《しんみょう》な顔付でそこに突《つ》っ立っていたからだ。いきおい、誠太郎も言わざるを得なくて、

「よっしゃ。わし、なんぼでも唐臼ふんだる。ふむのは、麦け、米け？」

すると、納屋《いなや》ののきばに仕事筵《むしろ》を敷いて、じょりじょり太縄《ふとなわ》を綯《な》っていた祖母のぬいが、

「米や。それももち米やで。」

そして、持ち前の大口を仰向《あおむ》けて笑った。彼女は、えりぬきの長い新藁《しんわら》を材料にしていたので、その一綯《な》い毎《ごと》に上半身が伸《の》び切り、更《さら》に頤《あご》までが上向きになるのだった。

「もち米？」と、誠太郎は疑わしげに祖母の筵に近づいて、

「ほんまかや、お祖母《ばあ》ん。」

「ほんまやとも。そこの斗枡《とます》に、ちゃんともち米がはいったるやないか。」

嘘ではなかった。唐臼のすぐわきにおかれた一斗枡の底に、白くよどんで見えるのはたしかにもちの玄米《げんまい》だ。

「じゃ、餅《あも》、搗《つ》くのけ？」

「そうや。誠太郎も孝二も、もう餅が食いとうなった頃《ころ》や思うてなア。お母《かあ》はん、えらい、よう気イつきなはる。はは、、、。」

「なんやら、ちっと、おっかしな。」

誠太郎は、くすぐったくて、鼻の両わきに小皺《こじわ》を寄せた。

けれども、孝二は依然《いぜん》として神妙な顔をつづけている。きっと孝二は、事の真相を知っているのだ。

やがてふでは杵《きね》の加減をなおし、斗枡の玄米をざーっと臼の中に傾《かたむ》け、上からぷっぷっと霧《きり》を吹いて、

「仰山《ぎょうさん》やないさかい、じきに糠《ぬか》が立つで。そしたら、誠太郎は遊びに行てもええがな。」

「ううん、わし、遊びに行かんと、しまいまで踏《ふ》んだる。せやけど、お母ん、なんで餅つくネ?」

「お前《ま》はんら、食いたがってるさかいや。」

そう言うふでの小鼻も、くすぐったそうにうごめいている。

「さよか。せやったら、遠慮《えんりょ》せんとよばれたる。わしは、鮟鱇《あんこう》や。十くらい、一ぺんや。」

誠太郎は唐臼の踏み台に上った。つづいてふで。孝二も横の補助台に上って、力まかせに踏み木をふむ。

踏まれた踏み木は、いやおうなしに頭の杵をふり上げ、次の瞬間《しゅんかん》、地中に伏《ふ》せこまれた臼のただなかに落下する。どっすん、どっすん。こうして唐臼は、人間の体重を動力

源に、玄米や玄麦を精白するのだ。

唐臼はまた、その杵を取りかえると、豆類や穀類の製粉にも役立つ。恐《おそ》らくその名の示すとおり、いつの時代にか中国大陸から渡来《とらい》したにちがいないこの便利な足踏み臼は、あたりの農家ではなくてかなわぬ生活用具になっている。それにしても、唐臼ふみは、何と単調な、そして足のくたびれる作業であろうか。二百、三百。まだまだ臼の中の玄米はしょっきりとして、上皮をぬぐ様子がない。

その時、誠太郎が一回踏み足をぬいた。今までの右足を、左足にかえるためだった。とたんに、ふではぐんと杵の重みを足のうらに感じた。彼女は笑って、

「鮟鱇はものもよう食うけど、その代り力があるんやなア。きっとあした餅を食うたら、正月までに、まだもっと力が出るようになるがな。」

「じゃ、餅はあした搗くのけ?」

俄然《がぜん》、誠太郎は勢いづいた。けれども、それは束の間《つかま》、彼はしゅんとなった。ふでが言ったのだ。

「そうや。お父《と》ったんに供えたげるんや。」

聞いてみれば〝なるほど〟である。あすは十二月三日。父が雪の満州で戦死した日なのだ。

誠太郎は、もう食べる餅の数を誇張《こちょう》する気にもなれなかった。彼は額の生えぎわに汗《あせ》

をにじませながら、けんめいに唐臼をふんだ。

それは孝二も同じだった。孝二ははじめから、それが父への供物《くもつ》なのを知らされていただけに、口もきかずに踏みつづける。彼は彼なりに、父の戦死について一心に考えていたのだ。

しかし、考えても考えても、孝二には〝戦争〟というものがわからない。いや、考えれば考える程《ほど》、孝二には何のことやらわからなくなる。

〝よそのお父ったんは、みんな元気に生きたはる。生きて、仕事をしたはる。そやのに、なんでうちのお父ったんは、戦争に行《い》かはったんやろか？　そんなあぶないところへ行かんけりゃよかったのに。〟

孝二には一つだけ、父についての記憶《きおく》がある。四角張った大きな頭だ。それは、バンコ（土製の炬燵《こたつ》）に似ていて、やはりバンコのように仄《ほの》ぬくい。今から思えば、父は応召直前、孝二を肩車にのせてあるいてくれたのだ。孝二はその肩車からおっこちるのが怖《こわ》くて、両手でしっかり父の頭にしがみついていたような気がする。

しかし孝二は、父のバンコ頭については、母にも祖母にも一言もはなしていない。それは、仄ぬくいバンコ頭は、自分だけのお父ったんのような気がするからだ。もし、へたに話して、お父ったんの頭はそんな恰好《かっこう》でなかったといわれでもしたらがっかりだ。

ぼっくり、ぼっくり。唐臼に調子を合わせて、四角いバンコ頭は、今も孝二の眼の前をあるいて行く……。だから孝二は、いよいよ固く唇《くちびる》をむすんで唐臼をふむのだ。

「もう糠が立ってきたみたいやな。」

暫くたってぬいが言った。彼女は臼の中をのぞかなくても、杵の音でそれとわかるのだ。

「そうでんな。」

ふではこたえて突っ張り棒で踏み木をおさえる。

誠太郎と孝二は祖母の筵に辷《すべ》りこみ、疲《つか》れた両足をぐんと伸ばした。

「お前《ま》はんら、しんどかったやろ。せやけど、唐臼ふみをてつどうとけば、あとで、きっとええ事があるわな。食う餅かて、よけ、うまいしな。」

慰《なぐさ》め顔にぬいがいう。

誠太郎はだまって投げ出した両膝をさすっていたが、孝二はぬいの肩に手をのせて、

「お祖母《ばあ》ん。わし、わからへんネ。」

「何がわからへんのけ？　孝二は、よう勉強でけるのに。」

「勉強のこととちがうネ。お父《と》ったんの事や。」

「お父ったんの事け。それやったら、わからんのがあたりまえや。孝二は、まだ三つやったさかい、どねん悧巧《りこう》かて、お父ったんの顔までおぼえてられへン。」

「そんなんとも違うネ。お祖母ん。わし、なんでお父ったんが戦争に行たんか、ようわ

からんネ。」

「戦争になったから行たんや。」誠太郎が口をはさんだ。

孝二はじっと兄の顔を見た。

すると、篩《ふるい》で糠をふるっていたふでが、

「その戦争なんで起るのか、わいも、よう知らんワ。ほんまに戦争ておっかしなものや。」

「戦争は、けんかや。」

また、誠太郎が言った。

ふではうなずいて、

「それは、ふわいもわかるけどな、でもなんで神さまやという天皇陛下が先立ちで、けんかみたいな悪いことをしやはるのやろ？」

「ロシヤが悪いからや。ほうっとくと、ロシヤは日本を取りにきよる。せやから、こっちから取りに行たんや。」

「すると、戦争ていうのは場とり鬼《おに》みたいなもんやな。はは……。」

ぬいは、屈託《くったく》なげに笑った。出来ることなら、彼女は孫たちの戦争話を、笑いで打ち消してしまいたかったのだ。

けれども、孝二は彼女の意に反して更に言った。

「お祖母ん。わし、ほんまにわからんネ。日本は戦争に勝ったんやのに、なんで、お父《と》ったんは死んだんや？」

「こいつ、阿呆《あほ》かいな。」

誠太郎は、半ばからかうように孝二の頭を小突いて、

「戦争は勝っても、弾丸《たま》にあたった兵隊さんは、死ぬのがあたりまえや。」

「せやけど、死んだら負けとちがうんか？」

「負けやない。日本は勝ったんや。」

「お父《と》ったんが死んでもか。」

「あったりまえや。勝つために、お父ったんは死んだんや。他の兵隊さんも、みんな勝つために死なはったんや。」

「？」

孝二は、ぬいのうしろに綯いたまっている太縄をみていた。一尺、二尺。祖母の上半身がのびる毎《ごと》に、縄もまた伸びて行く……。孝二はいつの間にかその縄が、ぐるぐる身体に巻きついてくるような錯覚《さっかく》を感じた。

「？……？……勝つために死んだ。死んでも勝った。ほんまやろか？」

孝二はいき苦しかった。それに、彼は少し腹が立った。孝二は縄を踏んづけて、「せやかて、死んだら、あかぬワ。」とどなった。とたんに父のバンコ頭が、いよいよ大き

く孝二の瞳《ひとみ》に甦《よみがえ》った。

ぬいは溜息《ためいき》まじりに、

「ほんまやな。ほんまに、死んだらあかぬ。進《しん》はえらい餅が好きやったが、死んでは、もうどねんお供物してもろても、一つもよう食わん。」

「せやかて、お祖母ん。お父ったんは勝ったんやで。」

誠太郎は赤くなって言い張った。彼は勝利を抜《ぬ》きにして父を考えたくなかったのだ。

ふでは糠をふるったもち米を、再び臼に戻《もど》した。もう一度糠が出るまで唐臼にかけるのだ。彼女はずれた手拭《てぬぐい》をかむりなおして踏み台に上った。あとは一人で踏むつもりだった。

けれども、それと見て、誠太郎はすぐ踏み台に駈《か》け寄った。孝二も補助台に上る……。

「な、お母《かあ》ん。お父ったんは死んでも……。」

またしても言いかける誠太郎を、ふでは軽く睨《にら》んで、

「じゃ、わいが教えたる。戦争に勝たはったんは天皇陛下や。戦争で死なはったんはお父ったんら大勢の兵隊さんや。」

「やっぱり、お母んだけあって、ええこと言うてやなア。ほんまにその通りや。誠太郎も合点いったけ？」

ぬいは、すっくと立って、綯った太縄をたぐり出した。太縄は、一かかえもある束に

なった。

唐臼のもち米は、それから三十分あまりで搗き上った。あたりは、米の白さが際立《きわだ》つほどにうす暗い。ふでは急いでもち米を井戸ばたに持ち出した。

誠太郎と孝二は、母が米を磨《と》ぎながら、なんども鼻をすするのを聞いた。それは、寒さのためばかりではないように二人には思われる。もう一きれの餅も食えなくなった父に、供物の餅を搗いてやるのは、誠太郎も、孝二も、決してたのしくはなかったのだ。

十

「孝二。これ。」

誠太郎は、握《にぎ》っていた右手を孝二の目の高さで開いた。孝二は少しのび上って兄のてのひらを見つめる……。

〝蛽《ばい》のようだが？〟首をかしげる孝二に、誠太郎は笑いかけて、

「これ、鉄蛽《かなばい》や。こいつ、強いで。」

そして孝二のてのひらに鉄蛽をのせた。

「ふーむ。」と、孝二は鉄蛽をとみ、こうみ。それは蠟蛽《ろうばい》より、形《なり》はいくらか小ぶりだが、鉄のせいか蠟蛽より重い。

「これ、どうしたん？」

「豊さんにもろたんや。大阪では、蠟蛽より鉄蛽がはやってるんやて。こいつは蠟蛽みたいなもん、一ぺんに負かっしよるで。」

「ほんまけ？」

「ほんまや。嘘《うそ》や思たら、一ぺん、勝負、いこか。」

孝二は、部屋のくらがりをさぐっていたが、やがて三つの蠟蛽を見つけ出した。

誠太郎は、手早く鉄蛽に綱《つな》を巻いた。

「なんや。今夜は、勉強しないのけ？」

夕飯のあと片づけにせわしいふでが、土間の隅《すみ》からふりかえった。

「勉強は、あとや。」

誠太郎は、威勢《いせい》よく言って、さっと綱をひいた。孝二も負けずに綱をひく。畳《たたみ》二枚分の板の間の中央、二つの蛽は、時に近づき、時にはなれ、互《たが》いに呼吸をはかるかに見えたが、やがて鉄蛽は右肩《かた》を斜《はす》に切りかえて、さっと相手に体当りだ。

ごろ、ごろ。蠟蛽はあえなく二横転。もう死んだように動かない。そのまわりを、鉄蛽はなおも勝利に酔《よ》うて駈け廻る……。

「へえー。どんなもんやいうたら、まあ、こんなもんや。ふふゝゝ。」

誠太郎は意気揚々《ようよう》、殊勲《しゅくん》の鉄蛽を手中におさめ、

「どうや、もう一ぺん行くか？」

「うん。こんどは、こいつや。」

孝二は、赤い蠟蜆に綱を巻いた。

だが赤い蠟蜆は、先の青い蠟蜆より一層あっけなく敗北した。彼は、一回めの衝突《しょうとつ》で、もうこらえ性《しょう》もなく、ぽーんと土間にすっ飛んだ。

「誠太郎。ええ加減にしいや。孝二と蜆をして、勝ってもえらいことあらへん。」

ふでは小言っぽく言って、土間にはじき出された赤い蠟蜆を拾った。見ると、蠟蜆は一番ふくらんだ胴《どう》のあたりで、むざんにもめり込《こ》むように欠けている。

「もう蜆はしまいにし。」

ふでは怒《おこ》り声を出した。

孝二は少々ばつが悪く、そっと母から蜆を受取ったが、たちまち彼も蜆の傷に気がついた。

「あっ。この蜆、けがしとる。」

「はは、ヽ、ヽ。そいつ、負けたんや。ほんまに、この鉄蜆に負けよったんや。はじめにわしが言うたとおりや。」

「…………。」

「そんな貝の蜆みたいなもん、鉄蜆にかかったらころ負けや。」

「…………。」

「この鉄蛽は、火の中でかんかん打たれた鉄やさかい、大砲《たいほう》の弾丸《たま》みたいに強いのや。孝二、ほしかったらやるで。どや？　ほしいけ。」

「いらん。」

孝二はかぶりを振《ふ》った。くやしいのと一緒《いっしょ》に、孝二は悲しかった。彼の蠟蛽は生きていた。それは肉の代りに蠟をつめられてはいたが、しかしそのつやつやしい皮膚《ひふ》に依然として紫色《むらさきいろ》の斑点《はんてん》をとどめ、孝二の巻く生命綱《いのちづな》で、よくその生命を吹き返し、時に応じて高く低く歌をうたった。それはまた、うまれて一度も海を見たことのない孝二に、海の話もつたえてくれた。

海貝の蛽は、孝二にはかけがえのない遊び友達だったのだ。

孝二は三つの蛽を箱に入れ、上から綱でしばった。

「わし、もう、蛽廻しはやめや。」

「それがええ。」

と、既《すで》に草履《ぞうり》編みの夜業《よなべ》にかかっていたぬいが言った。

「わいらも、勝負ごとは大きらいや。学校でも、蛽廻しはとめたはる。ばくちまがいになるからや。誠太郎らも、そんなことより勉強せにゃあかぬ。あしたは仏壇《ぶつだん》におまいりして、お父ったんにも、よう約束し。勉強して、きっとえらい人になりますいうて。」

けれども、誠太郎は祖母の言葉半ば、早くも寝床《ねどこ》にもぐり込んだ。孝二の蠟蛽をやっつけた強い鉄蜧は、彼の枕《まくら》もとで尖《とが》った尻《しり》を天井《てんじょう》に向けていた。

次の朝、誠太郎は、餅搗《もちつき》の杵音《きねおと》で眼がさめた。

孝二もむっくり頭をもたげている。

「起きよか？」

誘《さそ》いかける誠太郎に、孝二は枕もとの鉄蜧を指して、

「兄《にい》やん、まだ、それやるのけ？」

「やるとも。こいつで、いっぱい勝ったるネ。」

「…………。」

「みんなの持っとる弱虫の蠟蜧を、こいつで負かして取ったるネ。」

「かわいそやで。」

「誰が？　負けよる奴《やつ》か？」

「ちがう。蜧や。」

「なんで蜧がかわいそや？」

「人にけんかやらされよるさかいや。」

「…………。」

「蜧はむりにけんかやらされて、けがしよるネ。」

「ふふゝゝ。」

「ほんまやで、兄やん。蜆は、もうけんかしとうないて言うとる。わし、大きなって、海の方へ行けるようになったら、蜆をみんな海へほかしたるネ。海は蜆の家《うち》やもの。」

「じゃ、鉄蜆の家はどこや。」

「そんなんわし、よう知らん。兄やん、その鉄蜆にきいてみ。」

誠太郎は、もう完全に口をきくことが出来なかった。孝二のいうことは、阿呆らしいと思いながら、さて、やりこめる言葉がない。その間《ま》の悪さをごま化すために、誠太郎は意味もなく喚《わめ》いてはね起きた。

孝二は、一人でじっと鉄蜆をみていた。みているうちに、孝二はその鉄蜆も生きているように思え出した。孝二は鉄蜆に口を寄せてつぶやいた。

「鉄蜆はん。おまはんかて、けんかやらされるとしんどいやろ？　けんかして、けがしたら痛いやろ。せやから、こんどから、もうけんかはいややいうて逃《に》げなはれ。けんかして、死んだらあかんで。」

すると、ひょっこり、大きなバンコ頭が眼の前に浮んで、くるくる蜆のように舞《ま》い出した。孝二は声に出して言った。

「あ、お父ったんや。」

「せや。お父ったん、ここにいやはるネ。」

ふでが言った。彼女はちょうど仏壇の扉《とびら》をあけたところだった。

祖母のぬいも供物《くもつ》の餅を盛った高坏《たかつき》を、仏壇の適当な位置にそなえながら、

「孝二も顔を洗うておまいりしや。」

孝二はふとんの上にすわって、母や祖母を見ていた。

母は、燈明《とうみょう》をつけた。

祖母はチーンとりんをたたいた。そして二人ですわって〝なむあみだぶつ。〟

気がつくと、誠太郎が孝二のふとんの裾《すそ》に突《つ》っ立っている。ふでは振り向いて、

「なんやネ、誠太郎は。そんなとこに立ってんと、早《はよ》うおまいりしなはれ。」

その兄をかばうように孝二が言った。

「わし、顔を洗うてきて、兄やんと二人でまいるネ。」

「それがええ。」と、祖母はすぐに賛成した。そして、孝二が顔を洗ってくるまで、彼女はむにゃむにゃと口の中でつぶやきながらそこに坐《すわ》っていた。

「さあ、誠太郎も孝二も、お父ったんと、よう話をしいや。お父ったんはなんでもよろこんで聞いてくれはるで。」

立ち際にふでが言った。ぬいも、まじめな口ぶりで、

「ええ話をしてお父ったんをよろこばしたりや。」

「うん。」

誠太郎はうなずいて、チーン、チーンとりんをたたいた。けれども、その顔は今にも

ふき出しそうだ。孝二も、りんをたたく兄が妙《みょう》におかしくて、ふふゝゝと首をすくめて笑った。

さすがにぬいも笑いをそそられて、

「子供はええなア。何の苦労ものうて。せやから育っていけるネ。苦労してたら、縮こまるばっかしや。はは、ゝゝ。」

さて、祖母と母が立ち去るのを待って誠太郎が言った。

「孝二。あの、お前《ま》はんの蠟蜆な、あれ、早いとこ海へ帰してやったらどうや？」

「海？　せやかて、わし、海へはまだまだよう行かん。」

「せやから、わし、ええこと考えたんや。ほら、あの葛城川《かつらぎがわ》な。あの川、ずーっと流れて大阪の海へいくんやで。」

「あ。」

孝二はほんとに口をあけたままだった。彼は矢のように突っ走る金色の光を見たのだ。その光は、蜆をのせて海のただ中に突き進む……。

「じゃ、兄やん。あの川へほかしたら……。」

「そやがな。きっと、蜆は、海まであるいて行きよるで。」

「うふふゝゝ。あはは、ゝゝ。」

こんなうれしい事が、こんな楽しいことが、こんな愉快《ゆかい》なことが、またとあろうか。

「いつほかそか、兄やん。」

「ほかすときまれば早い方がええ。」

「じゃ、学校へ行きしなか。」

「そうや。せやけど、大橋の上からほかしたらあかぬなア。」

「せやな。あねん高いとこからほかしたら、蜆は目をまわしよるものな。」

「せやから、川の中へおりて行《い》て、あんじょう、水の中へ入れたらなあかぬ。」

孝二は坐った膝《ひざ》の間に両手を突っ込み、駈《か》け出したくなる衝動を抑えた。それから、彼は声をおとして、

「兄やん、蜆のことは誰《だれ》にも言わんとこな。」

「うん。内密《ないしょう》や。せやけど孝二、お父《と》ったんはもうみんな聞かはったで。」

「お父ったんは別や。」

「じゃ、早いとこ朝飯《あさはん》食うて、みんなより先に堤《つつみ》にいこ。そうして、海に近いように、出来《でけ》るだけ川下へ入れたろ。」

まっさおな朝空を映して、静かに川底を行く冬の水。その水に乗って、ふるさとの海へ旅する蜆三つ。誠太郎にも孝二にも、それがはっきり眼にうつる。

高坏の供物は、やがて消えようとする燈明にてらされて、白い花のように光っていた。

十一

小麦は三枚、大麦は四枚、蚕豆《そらまめ》は五枚に葉がふえた。十二月は、あと三日でおしまいだ。そして孝二たちには冬休みがやってくる。

孝二は学校ぎらいではない。入学当初は、何もかもがはずかしくて、ろくろく口もきけなかったが、今では受持ちの柏木先生とも話が出来る。もちろん、友達もぐんとふえた。しかし、それでも、やっぱり冬休みはうれしい。孝二は先頭の誠太郎を追いかけるように校門をくぐった。

「みんな、掃除《そうじ》やで。」

竹箒《たけぼうき》をつかんだ女生徒が四、五人、昇降口《しょうこうぐち》をかけ出してきながら言った。

「なんで朝から掃除するネ。」

永井しげみが訊《き》きかえす。

「郡長さんが来やはるんやて。」

「ほんまか？」

「ほんまや。ことしは、しげみさんが褒美《ほうび》もらうかわからへんで。」

「ふん、阿呆《あほ》らしいワ。小森の者《もん》らに、なんで褒美、くれはるけ。」

誠太郎は一人で昇降口をのぼり、部団旗を職員室の前の旗台に立てた。旗台には、既に一等の部団旗が立っている。それは十一月中、一番出席成績のよかった坂田字《あざ》の旗だ。気がつくと、佐山仙吉と岩瀬重夫が職員室の床《ゆか》を拭《ふ》いている。郡長を迎《むか》えるための特別清掃だ。

「仙やん、わしも拭こか？」

誠太郎は硝子戸《ガラスど》越しに声をかけた。

仙吉は顔を上げたが、にたりと笑うと、くるっと尻を向けた。重夫は、そしらぬ振りで拭きつづける。

誠太郎は、すぐに立ち去るわけにもいかず、そうかと言って職員室に入りこむ決断もつかず、一瞬《いっしゅん》、間《ま》の悪さに立ち竦《すく》んだ。その誠太郎を救うように、江川先生が言ってくれた。

「お、畑中。早《はよ》うきたものから手伝うて、式場を作るように言うてくれんか。」

「はい。」

誠太郎は昇降口に引っ返して仲間を呼んだ。式場作りというのは、三、四、五年の三教室を打ちぬいて、そこに壇を設け、適宜《てきぎ》に椅子《いす》をならべ、そして、オルガンを持ちこむことだった。毎年の習慣では、二学期の通知簿《つうちぼ》をもらってから、新年祝賀のためにこういう式場を作るのだが、ことしは、郡長歓迎《かんげい》で、半日、式場作りが繰《く》り上ったわけだ。

それにしても名誉ある今年の郡長賞は、いったい誰に与《あた》えられるのだろうか？

さて、十時近く、二台の人力車が正面玄関《げんかん》に梶棒《かじぼう》をおろした。校長はじめ、四人の先生がいそぎ出迎える中を、郡長とそのとも人は胸を張って応接室に通る……。誠太郎は、そのとも人が郡視学といって、郡長のつぎにえらい人だということを知っていたが、孝二は、〝安養寺のお住持さんに似た人〟と理解した。それは、その人の顔が赤く、眉《まゆ》が毛虫のように太くて、安養寺のお住持さんにそっくりだったからだ。そして、ぴんと八字ひげのはね上った郡長は、いつか町の薬屋さんにかかっていた絵の人にそっくりだと思った。孝二はそれが〝仁丹《じんたん》〟の広告なのを知らなかった。

ところで、実に孝二が驚《おどろ》いたことに、授賞式がはじまるや否《いな》や、毛虫眉の人が、

「二年、畑中孝二。」と呼んだのだ。孝二は反射的に、受持ちの先生を見上げた。すると、受持ちの柏木先生は、毛虫眉の人のうしろでうなずいてくれた。

「はい。」

孝二は綱をひかれた蛽《ばい》のように、さっと郡長の前に進み出た。

「同じく、杉本まちえ。」

そのまちえと、孝二は席に戻《もど》る途中《とちゅう》、かるくぶつかった。誰かが、くすくすっと笑った。

やがて、二年、三年と進んで、さいごに五年生だ。

「兄やんと豊さんももらうかな。」

微《かす》かな希望に、孝二の胸は波立つ。けれども、その波はすぐに消えた。五年は、佐山仙吉と、孝二の全く知らない宮島きぬの二人だった。

さて、これからどうなるのだろうか？　郡長賞の分厚い雑記帳を膝にのせて、孝二は気もそぞろだ。

すると、毛虫眉の人が郡長の立つ壇の下に進み出て、

「これから、皆さんに、すこしばかり質問します。こわがらず、はずかしがらずに答えて下さい。」

それから生徒席をぐるっと見渡《みわた》して、

「杉本まちえ、あなたは、この頃《ごろ》、どんなよい事をしましたか。」

まちえは暫《しばら》くもじもじしていたが、そのうち彼女は柏木先生の促《うなが》すような視線に出遇《であ》い、少しどもりながら答えた。

「お、お母さんの、肩《かた》たたき、しました。」

「ほう。お母さんに孝行しましたか。それはえらいですね。では、畑中孝二。君はどんなよいことをしましたか。」

「蛽を、川に、ほかしました。」

ふふ、ゝ、ゝと、そこ、ここで笑うのが聞えた。蛽を川にすてるのは、何等善行に値《あたい》しないと、その笑いは嘲《あざけ》っているのだ。ところが毛虫眉の人は大きくうなずいて、

「ほう、それは大層よいことをしました。蜆まわしは、賭《か》け事で、よい遊びではありません。蜆を持ってる人は、今日すぐ、川へほかすか、或《ある》いはこわすかしなければなりません。」

もう一人も笑わなかった。いや、笑うどころでなかった。男生は、ほとんどみんな蜆を持っている。それを捨てたり、こわしたりしなければならないとあっては、これはまさに一大事だ。

しかし、困惑《こんわく》した点では孝二も変らなかった。あれから二十日あまり、孝二は学校のゆきかえり、どんなにうれしく、たのしく、葛城川の流れを見下ろしたことか。時には、つづく晴天に水流が細帯のように狭《せま》くなり、蜆の安否が気づかわれたが、でも、蜆はやはり元気に故郷への旅をつづけていると信じている。だからこそ、蜆を川にほかしたのを、最上の善行として報告したのだ。にもかかわらず、毛虫眉の人は命令する。〝蜆を持ってる人は、今日すぐ、川へほかすか、こわすかしなければなりません。〟と。

孝二は〝ちがいます。〟と叫《さけ》びたかった。けれども、そんなことがゆるされようか。孝二は入学以来、もうなんどとなく、えらい人の言葉には頭を下げて従うべきだと教えられている！　そして、毛虫眉の人は、郡長ほどえらくないにしても、校長先生よりはえらいのだ。

孝二は、耳たぶを真赤にしながらじっとうつ向いていた。まわりの子供たちは、さもなくても内気な孝二が、晴れがましくも郡視学からほめられたはずかしさに、そんなにも赤くなっているのだと横目で見ていた。

「では、次に佐山仙吉。君は、この十月、畏《かしこ》くも天皇陛下の賜《たまわ》りました詔《みことのり》を、なんと申し上げるか知っていますか。」

「………。」

「知らない？　では、知っている人、手をあげて。」

孝二は、そっと振《ふ》りかえった。一番後列の右端《はし》で、松崎豊太が手を挙げていた。

「はい、君。」と毛虫眉は豊太を指した。

「戊申詔書《ぼしんしょうしょ》と申し上げます。」

「よろしい。それでは、なぜ天皇陛下が戊申詔書をお下しになりましたか、そのあらましを郡長さまにお話しいただくことにします。」

毛虫眉の人は、もとの位置へ戻った。

先生たちの詰襟《つめえり》服にくらべて、威厳《いげん》そのもののようなフロックの郡長は、それにふさわしい口調で話し出した。

「皆さん。畏くも天皇陛下には、このたび、戊申詔書をお下し遊ばされました。それは、私たち国民が、日露戦争の大勝利に酔《よ》うて、その生活がだんだん贅沢《ぜいたく》になり、勤倹貯蓄《きんけんちょちく》の心がうすれてきたのをご心配あそばされたからであります。

皆さん。日本はなるほど戦争に勝ちました。けれども、その戦争に使った二十億円は、私たちの借金になっています。つまり、よそから二十億円借りているのです。これは、国民一人あたり四十円です。うまれたての赤ん坊も、九十のお婆《ばあ》さんも、みんな四十円ずつ、お金を借りているのです。それなのに国民は、日増しに贅沢になって行き、物の値段は上るばかりです。畏くも天皇陛下は、このことをご心配遊ばされて倹約をするようにと仰《おお》せ出されました。皆さんは、お家の人たちにも、よくこのことをつたえねばなりません。」

郡長の話は、それからまだ暫くつづいた。子供たちはまっすぐ顔を上げて郡長の髯《ひげ》を見ていた。それは子供たちにとって、てんで何のことやらわからない話だった。けれどもわからない話や、腑《ふ》に落ちない話は、修身の類《たぐ》いだということを、彼等はいつともなく知っていた。そして、そういう話は、特別身を正して聞かねばならないということもしつけられている。だから時々流れ出そうになる鼻汁《はなじる》をすする他は、彼等はおしなべて行儀がよかった。

やがて郡長は軽くおじぎをして壇をおり、柏木先生がオルガンをひき出した。

君が代は……………

子供たちは、急に元気づいて声を張り上げる……。孝二も歌った。歌っているうちに、孝二の熱かった耳たぶがだんだん冷たくなってきた。

間もなく廊下に出た孝二は、豊太ににっこり笑みかけられた。するとこんどはほんとにはずかしくて、孝二は顔まで赤くなった。そのすぐそばを、仙吉は足早に通り過ぎた。郡長の質問に答えられなかったいたでが、その身ぶりにはっきり出ていた。

十二

十二月も小森は出席率が一番低く、誠太郎は規定どおり五等の旗をもらった。それはあんまり愉《ゆ》快《かい》なことではなかった。といって、誠太郎には対策がない。誠太郎は、小森字《あざ》に欠席が多いのは、みんな休んで仕事をしているからだということを知っている。

校門を出る時、誠太郎は、そこに残っている人力車のわだちに気がついた。すると郡長のはね上った口髭《くちひげ》と、視学の赤ら顔がならんで見えた……。

〃国民一人一人に、よく働き、そして倹約するようにと仰せ出されました。〃

もしさっき郡長が言ったとおりなら、天皇陛下は小森字が貧乏《びんぼう》で、子供は学校を休んでまで働いているのを知らないのだ。天皇は国の父だといいながら、ほんとは国民のことなどさっぱり知らないのだ。誠太郎は何かにぶつかりたいような気がして、思わずぐんぐん走った。冷たい西風が紫の部団旗をはためかせ、切るような鋭《するど》さで顔をたたく。

孝二たちも旗におくれまいと走る。しげみたち女生徒もいきを切らしながらあとを追う。

橋上に出ると、小森字は眼の下にひらける。互《たが》いに肩を寄せ合って、やっと崩《くず》れ去るのをこらえているような藁《わら》屋根と藁屋根。そのところどころに立ち昇《のぼ》る煙《けむり》は、しかし美しい濃紫色《こむらさきいろ》だ。けれども、誠太郎は、その濃紫色が藁やもみがらを燃やしているせいなのを知っている。美しい紫の煙も、小森の竈《かまど》から立つかぎり、それは貧しさの象徴でしかないのだ。

部落《むら》の入口で、誠太郎は団旗を友達に渡した。団旗は、安養寺の庫裡《くり》の玄関に保管してもらう習わしで、五年生の佐味田要三の家が一番寺に近いところから、いつも彼にたのむのだ。

「今日は、誠やんとこ、みんなえびすさんやで。ほんまに、小森で郡長さんの褒美《ほうび》をもろたんは孝やんがはじめてや。」

要三は団旗を受取りながら、自分でもえびすのように眼を細くして言った。

誠太郎は「うふふん。」と咽喉《のど》と鼻で笑った。彼は孝二の受賞をよろこびながらも、何かしら裏切られたような、そしてまた何かを裏切ったような気がして、心の底から笑えなかったのだ。けれども家の閾《しきい》を跨《また》ぐと、彼はやっぱり昂奮《こうふん》して、

「お祖母《ばあ》ん、お母《かあ》ん。孝二が、郡長さんの褒美もろたで。」と大声にどなった。

「ほう、それはえらかった。」

真っ先に応《こた》えたのは、母でも祖母でもなかったが、誠太郎や孝二は、それがかえって

うれしかった。二人は草履《ぞうり》をぬぐのももどかしく、仏壇《ぶつだん》のある部屋にかけ上った。井野の伯父《おじ》は、ちょうど仏壇におまいりをすませたところだった。伯父は、誠太郎たちの母、ふでの兄で、その家は小森から一里半ばかり離《はな》れた下川《しもかわ》村、字《あざ》井野。誠太郎たちは、年に一、二度伯父のところへ遊びに行くし、伯父もまた年に二、三回誠太郎の家に顔を見せる。けれども伯父は遊びでなく、いつもきまって仕事の手伝いにきてくれるのだった。

ふでとぬいは賞状をひろげた。文盲《もんもう》とはいいながら、ぬいにも〝畑中孝二〟の四文字は読める。

「進《しん》が生きてたらなア……。」

ぬいの笑顔に涙《なみだ》が流れた。

「通知簿《つうちぼ》を見せてみ。」

ふでは孝二のふところから通知簿を引き出した。全課目が〝甲《こう》〟だ。

「あ、孝二は、品行も甲や。」

通知簿をのぞいて、誠太郎はびっくりしたように叫んだ。

「あたりまえや。品行が乙《おつ》やったら、あとがみんな甲かて、郡長さんは褒美くれはらへん。」ふでが言った。

「せやけど、今まで小森の者は、どねん行儀がようても、品行はみな乙やったんやで。」

「それは、自分で行儀がええ思うてても、先生が見やはったら、やっぱりどこやら悪かったんや。」

「うん。……せやけどな、わし、品行というの、何のことやらようわからんネ。品行というのは、着てるきものの事とちがうやろ？」

「それはちがう。」と伯父が言った。

「頭髪《あたま》がのびてるのも、品行が悪いのとはちがうなア？」

「うん。ちがう。」

「そやのにな、先生はいつかて、小森の者はきものがきたないから、品行悪いて言やはるネ。孝二は兵隊ごともしよらぬし、背負う赤んぼもいよらぬさかい、きものはいつでもきれいや。せやから、品行、甲になったんや。」

「じゃ、誠太郎は兵隊ごとで、いつでもきものを破ったり、よごしたりするんやな。」

「うん。せや。伯父さんとこの健やんや、桂やんは、兵隊ごと、せえへんか？」

「するの、せんのて、毎日、そればっかしや。秋からこっち、どんだけきものを汚《よご》したり、破ったりしたかしれん。どうやな、冬休みのうち、一ぺん遊びにきて、いっしょに兵隊ごとやってみたら？」

「兄さん。そねんな事言うておだてたらあきまへん。誠太郎は、大元帥《だいげんすい》陛下のつもりで、乗り込《こ》んで行きよりますわな。ははゝゝ。」

「ところがな。」と、伯父は笑いをおさえるために眉根《まゆね》にしわを寄せて、

「健一や桂三は、大元帥陛下より、まだもっとえらい女神さまを持っとるネ。なんでも中学生に聞いたらしいんやけど、ずっと昔、フランスとイギリスが百年も戦争してたんやと。その頃《ころ》、フランスの田舎《いなか》に、ジャンヌ・ダークという娘《こ》がいて、その娘が、神さまのお告げを受けたというて、王様に願い出て、とうとう白い馬に跨《また》がって、フランス軍の先頭に立つことになったんや。そしたら不思議なことに、それからフランス軍がどんどん勝って、イギリス軍にとられていた城もとりかえし、いくさはおしまいになったというんや。せやから健一らは、兵隊ごとというと、きっと七重を連れて行きよるネ。つまり七重がジャンヌ・ダークや。」

「ふーっ。」

誠太郎は、感嘆《かんたん》と羨望《せんぼう》の溜息《ためいき》をついた。孝二は、伯父の膝《ひざ》に手をおいて、じっとその唇《くちびる》を見ていた。孝二は白馬に跨ったジャンヌ・ダークの話がもっとききたかったのだ。

「せやけど、兵隊ごとに引っ張り出されて、七重は、ええ迷惑やな。」

ふでは、孝二より二つ年下の幼い姪《めい》が、玩具《がんぐ》のように引き廻《まわ》されている図を思い描いて苦笑した。

「せやかて、ジャンヌ・ダークは勝つんやもの、ええがな。」と、誠太郎はまたしても溜息をついた。彼は自分に、七重のような妹のないのが残念だった。

さて、昼飯にふでは特別ご馳走《ちそう》を作った。麦の入らない〝白飯《しろめし》〟だ。誠太郎と、孝二は、相伴《しょうばん》のよろこびにうずうずしたが、伯父は、しんから気の毒そうに、

「わしは、麦飯でも、お粥《かゆ》でもええ。これん米だ高いんやからな」と何度も言った。

「せやかて、俵《たわら》をしめてくれはる人に、お粥も出せへん。」

ふでは給仕をしながらこたえた。誠太郎や孝二はそれで知った。伯父は米俵をしめるために、わざわざやって来てくれたのだ。そして事実、伯父は昼飯の箸《はし》を離すと、向う鉢巻《はちまき》で納屋《いなや》に下りた。

納屋には、臼《うす》ひきを終った玄米《げんまい》が、幾《いく》つかの畚《ふご》に入れてあった。ぬいとふでが、それを俵にはかり入れる。伯父が桟俵《さんだわら》をあてて目貫《めぬき》をとり、縄《なわ》でしめる。誠太郎も孝二も、俵をささえたり、縄や桟俵を右や左にうつしたり、なかなかのせわしさだ。

〝天皇陛下も郡長さんも、わしらがこねん働いてるの、よう知らんと、もっと働けと言やはる。〟

誠太郎は素足で納屋の土間を蹴《け》った。焦燥《しょうそう》感で足のうらがむずむずしたのだ。

「ほんまに、こねんな世柄《よがら》になって、貧乏百姓《びゃくしょう》はえらいこっちゃ。地主さんは、米が上ると見込んで、年貢《ねんぐ》は金ではあかぬ、みんな米で持ってこいといやはるし、年貢納めたら、食う米が足らんようになるし……。兄さんとこの方はみんなどねんしたはるネ？」

伯父が一俵しめ上げたところでふでが言った。

「わしとこの方は、みんな南京米《ナンキンまい》や。作った米があっても、高いから勿体《もったい》ないいうて、それを売って南京米買うてる。ふでらは、南京米食うてへんのか？」

「食うとええのやけど、誠太郎がきらいやいうさかい。」

「それは贅沢《ぜいたく》や。」

伯父は誠太郎を見て笑った。

誠太郎は、また地団駄《じだんだ》をふむように、ささえている俵のまわりを廻った。彼が南京米をいやがるのは、それが赤や青の米粒《こめつぶ》をまじえているからでもなければ、ぷんと鼻をつくその匂《にお》いのためでもない。彼は小森字《あざ》以外の子供たちに〝小森はくさい南京米食うとるさかい、よけい臭《くさ》い〟といわれるのが辛《つら》かったのだ。だから彼は、たいていの日は昼食を家まで食いに戻《もど》った。家へ帰ればお粥ですむからだ。

しかし誠太郎は、そのことを母にも祖母にも打ちあけかねた。彼としては学校仲間から受ける差別や軽蔑《けいべつ》が、あまりにもはげしく骨肉《ほねみ》にこたえるだけに、母や祖母には内《ない》密《しょう》にしておかずにいられないのだ。

「せやけど、悠治さん。」と、やがて祖母は伯父の名を呼んで、

「日本は戦争に勝ったというのに、なんでこねん不景気なんでっしゃろか。」

「それは、わしもあんまりよう知りまへんけどな。」

伯父は二俵目をぐいぐいしめながらいいつづける……。

「不景気やいうたかて、それは貧乏人がよけい貧乏になっただけで、金持主《しゅ》らは、一層大金持ちになりやはったんだっせ。第一、地主さんらは、米の値上りで大儲《おおもう》けや。戦争前は一石《こく》十三円そっちこっちやったのが、去年から今年は十六円の上もしますものな。なんでも京や大阪の工場に働いたはる人は、賃銀が安うて、糠《ぬか》に米をちっとばかしまぜて食うたはるそうな。」

「兄さん、わしかてな、いつも、おっかしい思うてんネ。進《しん》さんが死なはって、わしとこは三百円の公債《こうさい》もろたるけど、年四分の利子で、一年に十二円や。米にしたら一石もあれへん。そやのに、生きたはる将校さんら、みな、えろう位があがって、仰山《ぎょうさん》お金もろたはる。男爵《だんしゃく》だの、子爵だのにもなったはる。なんでおかみの主らは、これん区別しやはるネ。学校では、国民はみな兄弟で、天皇陛下は親やと教えたはるのに。」

「それが、世の中やが。」

「そんな世の中、まちごうてるのとちがうか。」

「まちごうても、しやァないネ。わしらは、もともと……。」

伯父はしめ上げた俵をどんと蹴った。ごろん、ごろん。俵は誠太郎の足もとにころげ寄る……。

「伯父さん。わしほんまに冬休み中に行くで。」

誠太郎はいいながら、その俵に馬乗りになった。

「そやがな。きて、兵隊ごとして遊んだらええ。南京米きらいやったら、特別、ええ飯炊《た》いたるで。」

「伯父さん。わしも行く。」孝二も言った。

「そやとも。孝二がきてくれんことにはあかぬ。あの郡長さんの褒美持ってきて、桂三や健一に見せたって。」

「ふふ、、、。」

孝二は、また耳が赤くなるような気がした。実は孝二は、ジャンヌ・ダークが見たかったのだ。

かわいい、かわいい、ほんとに人形のような顔つきの七重。その面影《おもかげ》は、いつもうついしえのように、孝二の胸のどこかに張りついている……。

翌日、ふでとぬいは、米俵を荷車に積んで、何度も大橋を渡《わた》った。二反三畝《たんせ》の小作料四石六斗《と》。俵にして十一俵半。荷車で四往復だった。そして誠太郎と孝二は、その都度、登り坂を押し上げ、

「もっと押して行こうか。」

と言った。けれども、祖母もふでも、

「ここでええ。」

という。彼女たちもまた、地主佐山慶造から受ける差別や軽蔑のいたみを、子や孫に知らせたくなかったのだ。

誠太郎と孝二は、橋の上で帰り車を待ちながら遥《はる》かな川下を眺《なが》めた。互いにだまっていても、その思っていることが通じ合った。蛽《ばい》は、もう海へ帰りついたであろうか？盆地《ぼんち》をかこむ連山は、空に浮《うか》ぶ幾片《いくへん》かの雲の行方《ゆくえ》を、悠然《ゆうぜん》として眺めるかたちである。

饅《まん》頭《じゅう》

一

雪花ァ
散り花ァ
窓に花
咲いたげな
扇《おうぎ》こしにさして
きりきりっと
舞うたげな……

剃《そ》りたての坊主《ぼうず》頭に雪の片《ひら》を受けながら、孝二は嬉々《きき》として歌い、踊《おど》った。

祖母のぬいは、仕事場の障子をがらり開いて、

「孝二、えらい上手やな。はっ、はっはゝゝゝ。」

すると、母の両膝《りょうひざ》にしっかと頭をはさまれたままの誠太郎が、

「そんなん、女子《おなご》の歌や。」と、けちをつけた。

ふでは一層両膝に力をこめて、

「これ、誠太郎、動いたらあかぬ。」

誠太郎ははっとして眼を閉じた。冷たい剃刀《かみそり》が眼瞼《まぶた》の辺りにやってきたのだ。けれどもそうやって眼をつむっていても、なお降りしきる雪の状況《さま》が瞳《め》に映る。それは灰色の国から、うわーん、うわーんと声のない唸《うな》りをあげてやってくる。それは、田も畑も、庭も屋根も占領《せんりょう》するぞとやってくる。ほんに勇ましい雪の兵隊だ。

さて、誠太郎は暫《しばら》くじっとこらえていたが、やがてもどかしそうに、つむったままの眼玉を動かした。

「じゃ、もうええことにするワ。そーら。」

ふでは剃刀をおいて、誠太郎の首に巻いた手拭《てぬぐい》をとる。

誠太郎は、廻《まわ》し綱《づな》から放たれた蛽《ばい》ごまのように、軒端《のきば》から庭へすっ飛んだ。

雪は降り出して、まだほんの十二、三分だが、乾《かわ》き切った地面はそのまま雪片《せっぺん》を受けとめて、もう庭全体が白い。あわよくば、あしたの朝は、三、四寸積ってるかもしれぬ……。のどが鳴るようなうれしさに、誠太郎は声を張り上げた。

　雪の進軍氷をふんで
　どこが川やら道さえしれず

馬はたおれるすてても おけず
ここはいずくぞみな敵の国……

けれども、こんどは、祖母はほめもせず、ぴたり障子を閉《た》てた。それぱかりか、やがて祖母は叱言《こごと》っぽく言った。

「孝二も誠太郎も、もうなかに入らにゃあかぬ。さかやきしたばっかしで、雪にぬれたらかぜひくがな。」

実際、坊主頭に降りかかる雪は、次から次へ雫《しずく》になって、二人のえり首をぬらしていた。しかし誠太郎も孝二も、そのまま内に入るのが惜《お》しかった。二人は納屋《いなや》の裏戸をあけた。そこからは右手に町の紡績工場の高い煙突《えんとつ》が、左手に葛城川《かつらぎがわ》の堤防《ていぼう》がずっと上流までのびて見える。更《さら》に瞳《め》をあげると、葛城、金剛《こんごう》の連山が大空をかぎっている。

孝二は暫くあたりを見廻していたが、

「どっこも、みんな、雪や。」と、感にたえぬ面持《おもも》ちだ。

「あたりまえや。」

うそぶくように答えたものの、誠太郎も内心、雪の偉力《いりょく》に感嘆《かんたん》していた。雪はもう、盆地全体を占領しようとしているのだ。

「兄《にい》やん、雪は、どねんして降るんやろ？」

「どねんして？ そんなん、孝二はよう知らんのか。雪は雨の代りや。」

「ふーむ。」

孝二は爪先立《つまさきだ》ちで野面《のづら》を見やった。裏作の麦や菜種が、やがて雪の帽子《ぼうし》にかくれようとしている……。麦は、寒いだろうか。いいや。……菜種は冷たいだろうか？　いいや。麦も菜種も、雪を好きがってる……。

雪。それは孝二にとって、ただ、もう不思議だった。誠太郎は、雪は雨の代りだというが、孝二にはどうしてもそんなには思えない。もしかすると、雪は、あのまっさおに晴れた空が、そのまま千切れて降ってくるのではあるまいか？

孝二は戸口から顔を上向けて呼んだ。

雪花さん
散り花さん
窓に花　咲ァかして……

それにこたえるように、雪の片が孝二の額を撫《な》でた。その時、誠太郎がささやいた。

「孝二。わし、あした、正月の式のあとで豊さんとこへ行くネ。孝二も行きたかったら連れていたるで。」

もちろん孝二は行きたかった。孝二は、まだ一ぺんも島名に行ったことがない。だから、どんなところか行って見たい。それに豊太はいろいろなお話の本も持っているにちがいない。それも見せてもらいたい。けれども、島名に行くには、どうしても坂田字《あざ》を通らねばならない。孝二は、それがこわい。

「兄やん、わし、行きとうないネ。」

孝二は戸口から引っこんで、ぬれた足のうらを、そばの藁束《わらたば》にこすりつけた。

「なんでやな？　もう豊さんは、孝二も来ると思うてるで。」

「せやかて、島名は遠いもん。」

「遠いもんか。坂田の、すぐねき（近く）や。」

「だけど、坂田には、こわい子が仰山《ぎょうさん》いよるもん。」

「こわい子て、どいつや？　仙やんか。重やんか。ははは、、、あいつら、わしを見たら逃《に》げよるワ。」

「…………。」

「わしら、何も悪いことしに行くんやない。ただ、坂田を通って豊さんとこへ遊びに行くだけや。せやもの、ちっともこわいことあらへん。」

だが、そういう誠太郎自身、やはり一人では何となく不安なのだ。もしかしたら物かげから〝エッタ！〟と罵《ののし》られ、更に小石を投げつけられるかもしれぬ。しかしそれでもなお誠太郎は豊太の招きに応じたかった。それはもう二カ月越しの約束なのだ。

「孝二、たのむでえ。」

と、そこへ母の呼び声がした。孝二はとっさに了解《りょうかい》した。ランプのホヤ掃除《そうじ》だ。

誠太郎は裏戸をたて、かんぬきを掛《か》ける。孝二は急に兄に加勢する気持ちで、

「兄やん、わしも行く。」と言い切った。

誠太郎は、うす暗くなった納屋の中で満足そうにうなずいた。

さて、ランプのホヤは、いつも安心して孝二の手を迎《むか》え入れる。くる、くる、くる。数回、ホヤの中で孝二の手がまわると、それはもうみちがえるほど透明《とうめい》になる。祖母のぬいは、かたわらでそれを見ながら、一寸《ちょっと》心配顔に言った。

「孝二に、早《はよ》う大きなってもらいたいけど、大きなると、ランプのホヤに手がはいらぬさかい、こんどは誰《だれ》にホヤの掃除をたのむかなア。」

「そしたら、お祖母《ばあ》ん、デンキ、つけたらええネ。」

孝二は、さも当然のことのように答える。

ぬいは思わず笑って、

「そうや。デンキやったら、ホヤの掃除もいらんし、それに夜業《よなべ》かてよう出来《でけ》るし、危ないこともないでのうてええのう。」

「せやけど、小森は貧乏《びんぼう》やさかい、デンキ、引けへんのやろ？　そんなん、もう、ようわかったる。」

誠太郎が、大人びた口ぶりで言う。こんどはふでが笑って、

「その通りや。せやから、誠太郎、早う大きなって働いてや。」

「うん。せやけど、お母ん、毎晩お粥さん食うてると、胃袋ばっかしふくらんで、身体には力がつかへんネ。」

「えらいなまいき言うてやな。」

ふではランプに灯をともし、粥鍋《かゆなべ》をぬきおろして、「でもな、同じお粥さんいうたかて、うちのは、これん濃《こ》いやないか。よそのは、眼の玉がうつるほどシャブシャブや。」

「はい、おおけに、すんまへん。」

誠太郎はおどけて、坊主頭をぺこりさげた。

ところで、夕飯のあと、ふでは仕事場に吊《つ》りかえたランプの下に、いつになく風呂敷《ふろしき》包みを持ち出した。そして、

「それ、なんや?」といぶかる誠太郎に、彼女は、

「ええもんや、あててみ。」

孝二は直感した。それは、自分と、兄のものにちがいない。

誠太郎は風呂敷のすみを一寸押しあけたが、忽《たちま》ち、

「あ、かすりの、きものや。」と叫んだ。

「羽織やで。」

ふでは、いいながら風呂敷をとく……。それは大柄《おおがら》、小柄二枚の羽織で、ともに白めの鮮《あざ》やかな伊予《いよ》ものだった。

「お母ん、これ、わしのけ。」

誠太郎は、小柄の分を膝にとり、更に頭にのせかえて、

「わし、とうから羽織が欲《ほ》しがってン。」

と溜息《ためいき》をついた。思いが叶《かな》った誠太郎は、かえって、がっくりするような気持ちなのだ。

孝二も、大柄の分を抱《だ》きかかえて、

「わしも、羽織、すきや。」

「はは、、、。孝二は、羽織、すきけ。」

ふでは、孝二の頭をなでた。

「ほんまに、孝二も誠太郎も、羽織こしらえてもろてよかったなア。ちょっと手を通して、わいに見せてんか。」

ぬいはまぶしそうに眼をしばたたく。実は正月の式に、二人の孫に羽織を着せてやりたいと言い出したのは彼女で、仕立ても草履《ぞうり》あみのすきをぬすんで、自ら手がけたことだった。そんなぬいは、嬉《うれ》しさを通り越して、もう、うら悲しいのだ。

誠太郎は、新しい羽織をよごすのをおそれるように、そろっと手を通した。ふでがその紐《ひも》を結んでやった。白黒四つ編みの羽織紐は、房《ふさ》の部分がぴんと上向いて、誠太郎はひとりでに笑わずにいられない。いかにも〝男の子〟らしいからだ。

孝二は祖母にてつだってもらって袖《そで》を通した。孝二のは羽織の紐丈《ひもたけ》が短くて、誠太郎のようには結べない。けれども、幼《ちい》さい孝二には、それがかえって可愛《かわい》く、孝二自身も満足だ。彼はくるくる祖母の前に身を廻して見せながら、

「お祖母《ばあ》ん。この羽織、わしにうつる（似合う）け?」

ぬいは、ぷっとふき出したいのをこらえて、

「あ、あ、孝二も誠太郎もよううつるで。誰が見やはっても、ええとこの坊《ぼ》んや。」

「わし、な、あした、兄やんと島名へいくネ。お母ん、この羽織、着て行《い》てもええか?」

孝二はふでの前で、もう一ぺんくるり身体を廻してみせた。

「それァな、島名へ行くんやったら着てでもええけど、でも、島名のどこへ行くネ。」

「豊さんとこや。あの、赤い表紙の本貸してくれはった子が、もう先《せん》から遊びに来《き》いていうたはるネ。」

誠太郎の言葉で、ぬいもふでも思い出した。たしかその子は〝私生児〟だった。そして、その子の母親は、きれいな人の筈《はず》だった。

ぬいは、丸髷《まるまげ》の美しい女人像を心に描きながら、

「そやったら、寄せてもらい。せやけど、行儀ようせんときらわれるで。」

「行儀は大丈夫《だいじょうぶ》や。孝二は、品行甲《こう》で、郡長賞までもろうてるし、わしも、この羽織着

てたら、誰が見やはってもええとこの坊《ぼ》んやて、今、お祖母《ばあ》んが言うたばっかしやないけ。」

「あっはっは、、、これは、もう、えらいこっちゃ。」

ぬいは笑いながら眼がしらをふいた。嬉しいのと、おかしいのといっしょだった。しかし、その嬉しさとおかしさのかげに、笑いではとけ切れぬ一つの汚点《しみ》があった。不安だ。すると、ふでがまるでその不安に感染《かんせん》したように、

「寄せて下はるのは結構やけども、その子のお母はんは、誠太郎が小森やいうの、知ったはるのかいな。」と言った。

誠太郎はぎくりとした。しかし、彼はすぐはね返すように、

「そんなん、知ったはっても、知らはらんでも、わし、かまわん。わしの友達は豊さんや。」

「それは、その通りやな。」

ぬいはいくらか安心した。彼女は、早速夜業《よなべ》に取りかかって、

「それじゃ、あの本も、あしたは返してくるんやな？　そやったら、一つ、面白い話を読んで聞かしてんか。」と話の向きをかえた。

「あの本やったら、わしより、孝二の方が、よう読んどるワ。」

誠太郎は羽織をぬぎ、あらぬか火の火鉢《ひばち》のそばにすわり込《こ》んで、自分でも話をきくつ

もりだ。

孝二は、はにかむように首をすくめたが、

「わし、な、弓の話が好きやネ。もう、百ぺんからも読んでン。お祖母んも、これでええか。」

「あ、ええとも。」

「わいもそれがええ。」とふでも言った。

「もう先《せん》、孝二が読んでくれるいうてたのは、それやったな?」

「そうや。」

「そやったら、よけ、たのしみや。」

ふでは、ランプのしんを巻き上げた。あたりがぐんと明るくなった。

その時、さらさらと雪が雨戸をさすった。風が出たのだ。

孝二は膝《ひざ》をそろえて読みはじめる……。その話の筋を追い顔に、柱時計が、ちっく、たっくと針を進める。

ふでとぬいは、途中幾度《いくど》か溜息をついた。それは作り話にもかかわらず、妙《みょう》に思いあたるふしがあった。〝みんなは働いても働いても貧乏で、やっとおかゆをすすっているだけなのに、金丸のやしきは三里四方もあって、大勢の人を召《め》し使い、どんな贅沢《ぜいたく》もできた〟という。そして金丸は、〝その金にものを言わせて強弓、満月を買いとり、それでもって人を攻め、国を乗っ取り、とうとう大王の位についた〃のだ。

それは、ほんとうにありそうなことだ。いや、現にふでたちは働いても働いても貧乏《せ》で、今夜もおかゆをすすったではないか。

ところで金丸大王は、自分で自分の足を射ぬき、とうとう〃いきが切れた〃のだ。そして、それからのただらは、もう国中の誰一人、自分だけ特別、金持ちになりたいとか、王さまになって威張《いば》りたいとか、そんな考えは起さなかったので、戦争も全然おこりようがなかったという。

〃そうや。戦争がなけりゃ、進吉も生きてたんや。それを軍艦《ぐんかん》や、大砲《たいほう》やいうて、人を攻め殺す道具があるばっかしに……。〃ぬいは唇《くちびる》をかんだ。

実際、ぬいも、ふでも、軍艦や大砲は話にきくだけで、ただの一度も実物を見たことがない。けれども、その恐《おそ》ろしい破壊《はかい》力だけは十分想像がつく。そして、それは、今の話に出てきた強弓満月の変身のように思えるのだ。だが満月は遂《つい》に折れ、大王は傷つき、そして死んだ。すると満月の変身の軍艦や大砲も、いつかは折れ砕《くだ》け、消え沈《しず》み、大元《だいげん》帥《すい》も元帥も大将もみんな死んで、戦争はなくなるのだろうか？

「孝二、ご苦労はん。お祖母《ばあ》んは、死ぬまでその話をおぼえてるで。」

ぬいは、仕事の手を休めずに言った。

ふでは暫《しばら》くだまっていたが、やがて小用を足すふりで外に出た。

雪はやんで、荒々《あらあら》しい雲間を月が行く……。

ふでは膝をついて、ぐっと積雪に右手をさしこんだ。進吉の戦死この方、はじめての大雪だった。

二

トントン、下駄《げた》の雪をはたき落す気配がして……

「今日《こんち》は、よろーし。」

特徴のあるさび声は、大竹の小父《おっ》さんだ。ふでは、昼餉《ひるげ》のあとを手早くかたづけて、

「お越しなはれ。」

大竹の小父さんは、なかに入るより早く煙管《きせる》をぬいた。

ぬいが仕事場から手焙《てあぶ》り火鉢を持ち出して、

「えらい雪でんな。」

「珍《めずら》しいな。このあんばいでは、ことしの麦は豊稔《ほうねん》やで。」

「麦なと、よけとれんことには……。」と、ふでは笑いながら、もう仕事にかかる。小父さん相手は、ぬいがつとめてくれるからだ。

「ここのぼんさんら、どこへ行《い》たネ。さっき坂日の向うで遇《お》うたんやけど。」

「島名の友達が、遊びに来《き》い言やはるいうて、そこへ行きよりましてン。」

ぬいは、つとめて平常心《あたりまえ》らしく答える。けれども彼女は、それに対する小父さんの反応を十分予期していた。事実、小父さんは〝ふーむ〟と煙管をくわえての驚《おど》き顔だ。そして、やがてその煙管をおろすと、小父さんは感に堪《た》えぬ面持《おもも》ちで、

「昔とは、えらいちがいやなア。わしら、子供のじぶんは、よそ村など、とてもよう通らんかった。見つかりしだい、エッタ、エッタで、石やへぐら（瓦《かわら》かけ）をほうられるさかい。」

「それは、わいらも同じこっちゃ。大竹はんは、わいと幾つちがいやったかなア。」

「わしは、年こしがきたら五十三。今は、まだ五十二で、お婆《ば》はんよりたしか五つ下や。」

「じゃア、安政でんな。」

「さよ。安政四年うまれや。」

「それやったら、あの明治四年の〝解放令〟ていうの、おぼえてなはるやろ?」

「おぼえてるともな。あの時、お婆はんはいくつやった。」

「二十《はたち》や。」

「わしは、十五やった。解放令ていうのは、禁廷様（天皇）のありがたい思召《おぼしめ》しやいうて大よろこびしたもんや。もうあくる日から、エッタもヨツも消えてしまうと思うてナ。ははゝゝゝ。」

「わしとこの村は、また泣き笑いや。大竹はんも、うわさに聞きはったか思うけど、本村の庄屋の旦那《だんな》はんが、わいらの字《あざ》の旦那を呼び出さはって、〝あのエタ、ヒニンの解放令は、おかみで出すには出しなはれたけれども、ほんまに通用するのは五万日先やさかい、まだまだよろこぶのは早いで〟と言わはったんや。そいで、わいら、それ聞いて、もう世の中がまっくらけになってしもた。わいらは、それまで下賤《げせん》な身分やからいうて、娘《むすめ》になっても、帯をしめるのまで禁《と》められてた。それが解放令のおかげで、人並に帯もしめてあるけると思うてたら、五万日の日延べや言やはるんやものな。」

「そう、そう。そんなことがあったな。そしたら、それは庄屋の旦那のわるさやいうのがわかって、みんな、怒《おこ》ったり、よろこび直したり……。あれから三十七年たつわけやが、もし五万日の日延べやったら、あとまだ百年、わしらはエッタや。はは、、、。」

「でも、大竹はん。世間ではまだまだ、わいらを別扱《あつか》いしやはります。五万日の日延べも同じことや。」

仕事場から、ふでが言った。

大竹の小父《おっ》さんは新しく煙草《たばこ》をつめて、

「それはな、仕方ないネ。昔からのくせみたいなもんやさかい。今もお婆《ば》はんが言やはる通り、お婆はんの若いじぶんは、帯さえ締《し》められなんだ。わしも子供の時は、いつでも帯代りに縄《なわ》や。女の子いうたら前だれ一つや。むろん、学校へなんか行けへん。それが今では甲斐性《かいしょう》しだいで、羽織でも洋服でも着られるし、学校へも行ける。その上このぼんさんは、郡長賞までもろたそやないか。このあんばいで行《い》たら、わしら、今に、何もかもようなるように思うんやがな。」

「ようなってくれんことには、どもならぬ。わいらかて、ちっとも変ったとこがあるわけやなし……見なはれ、雪が降るのはどの村も一しょ。溶けるのもやっぱりいっしょや。」

ぬいは、藁《わら》に荒れきった大きな手を火鉢の上でこすり合せた。

「ほんまに、お婆はんの言やはるとおりや。人間は、みんな同じこっちゃ。ただ、金持ちと貧乏《びんぼう》のちがいがあるだけや。せやけど、貧乏の穴は、うまいこと働きゃ埋《う》められまっせ。お婆はんとこは、兵隊の金ももろたはるし、小森では、ええくちや。」

「なんの、大竹はん、女世帯やもん、食うのがやっととこせや。」

「その女世帯がよろしのや。男は、酒だの、煙草だのというて、儲《もう》けるより使うのが先や。時に、島名に、中稲《なかて》のええ藁があるんやけど、買《こ》うときなはるけ？　あこ（あすこ）は昔から、よそより藁丈が長うて、表作りには引張りだこや。」

「去年も世話してもろたさかい、ことしもまた頼みたい思うてたとこや。ことしはどんなあんばいでっか？」

「去年より、ちっと高いで。米が高いよってな。でもまア、心配せんと、わしに任せとき。」

「せやけど、またこの頃《ごろ》、米が安うなってきてるというやおまへんか。」

「そうや。米相場は、いつでも動いとんネ。」

「わいら、ようわからんけど、世間には、米相場で大身上《おおしんしょう》作らはる人もいやはるてな。」

「さよ、さよ。おかみは、ばくちは悪いからて取り締らはるけど、米相場のばくちは、天下の公認《こうにん》にしとかはる。わいも金がでけたら、一生に一ぺんでええから米相場やってみようと思うてる。はは、、、。そんな金は、でけよがないけどな。……そいじゃ、道がようなったら藁をはこぶとして、まあ、一段分も買《こ》うとくか？」

藁、竹の皮、棕梠《しゅろ》など、草履表《ぞうりおもて》の材料を仲介する大竹の小父《おっ》さんは、商談成立に気をよくして、それからまだ暫く話し込んでいたが、やがて、時計が一時を打つのを聞くと、さもせわしそうに着物の裾《すそ》をはし折って帰って行った。

「孝二ら、まだ遊ばしてもろてるのやろか。」

ぬいは、いささか案じ顔だ。ふでも時計を眺《なが》めて、

「みんな式から帰ってきやったのが十一時前やったさかい、もう二時間からたちますな。」

「ええ気で、ご馳《つ》走《そ》でもよばれてんのかな。」

「ひょっとしたら、そうかもしれまへん。」

「その子のお母はんが、孝二らが小森やいうの知っててご馳走してくれはるんやったらええけどなア。」

「それだ、わいも心配ですえ。」

「でもな、その子のお母はんも、あたりまえとはちがうさかい、きっと苦労の味は知ったはるで。そやから孝二らにも、ようしてくれはるのかもしれん。」

「旧の正月にでも、その子が来てくれはるとよろしのやけど……。どねんな子か、わいも見たい思いますネ。」

それは正直なふでの告白だった。けれども、それを口にしながら、ふと彼女は気羞《きは》ずかしくなった。人から別扱いされることに、いつも苦しみ悩《なや》んでいながら、一方では私生児と、その母親に、特殊《とくしゅ》な興味を抱《だ》いているのに気がついたからだ。

ふでは障子をあけた。いき苦しい思いを散らすためだった。とたんに、どさーんと屋根の雪が崩《くず》れ落ちた。

「あしたまでに、もう大方溶けるな。」

ぬいは晴れやかに言った。材料藁の買い入れ約束が、彼女を元気づけていたのだ。

三

広縁《ひろえん》に向いた築地塀《ついじべい》の内側は磨《みが》いたような白壁《しらかべ》で、さつきの古木が幾株もならび、南天は赤い実を、椿《つばき》は、紅《くれない》の花をつけている。そして太い松が一本、高々と梢《こずえ》を空に突《つ》き上げている。他に、誠太郎の名も知らぬ数多《あまた》の植木。そして、苔《こけ》むした石燈籠《いしどうろう》。豊太とそのお母さんは、この庭つきの離《はな》れ座敷《ざしき》に住んでいるのだ。

はじめ、誠太郎は気おくれがして、まともには座敷を見廻すことが出来なかった。けれども、かるた、すごろく、かくれんぼと、遊び興じているうちに気易《きやす》くなり、やがて善哉《ぜんざい》の匂《にお》いがする頃は、空いた胃袋《いぶくろ》をぐうと鳴らすほどに物馴《ものな》れた。

豊太のお母さんもにこにこして、

「おいしおまへんけどな、たんと召《あが》っとくなはれや。」と、火鉢《ひばち》に善哉鍋《なべ》をかけ放しにしてくれた。

「ほんまに、きれいなお母さんや。」

誠太郎は、しんから感心した。

孝二は自分のお母んにくらべて、あまりにもかけ《か》ってのちがう豊太のお母さんにびっくりした。豊太のお母さんは、色が白くて唇《くちびる》が紅《あか》い。髪《かみ》は黒くて、ちゃんと丸髷《まるまげ》に結っている。まるで、今からよそへお客に行くみたいだ。それに、両手はさくら色で、孝二のお母んみたいなひびやあかぎれは、ただの一つも見当らない。

〝これでも、お母んだろうか?〟

お母んとは、朝から晩まで働くものだと思い込《こ》んでいる孝二には、豊太のお母さんは、どこか遠い国の人のように思われた。

ところで、善哉に満腹した誠太郎たちのそばへ、豊太のお母さんは再びその美しい姿を現わして言った。

「坊《ぼ》んは、善哉お好きでっか？」

「好きや。」

孝二は、はにかみ笑いをしながらこたえた。

「そやったら、また遊びにきとくなはれ。いつでも善哉、つくりまっせ。その代りうちの豊太もよせてもらいます。」

「でも、わしとこ、何もご馳走、ない《つそ》ネ。」

「ほほ、、、。坊んはあんなおりこう言やはる。なんで坊んとこにご馳走おまへんもんでっか。坊んとこは、坂田一のええ主《しゅ》やおまへんか。」

「嘘《うそ》や。わしとこ、貧乏や。」

すると、豊太のお母さんはいよいよ笑って、

「大きい坊んは、よう知ってですやろ。お宅は、坂田一の地主さんや。わて、ここへ来るなりお宅のことは聞きましたで。」

そしてお母さんは、まだ少し残っている善哉の鍋を持って座敷を出て行った。

豊太は、そのあとの襖《ふすま》をぴたりたてて、

「誠やん。言うたらあかぬ。ほんまのこと、言うたらあかぬ。」と、少し赤くなって手を振《ふ》った。

誠太郎もあかくなった。だが、それは彼の思いちがいで、実は、彼の顔色は蒼《あお》ざめていた。しかし、誠太郎も孝二も、耳たぶだけは火のように熱かった。

まもなく一時が鳴った。

「わし、帰る。」

なるべくとげ立たぬようにと、誠太郎は気を配りながら立ち上った。

「怒ってんのか?」と豊太も立ち上る。

「怒ってへん。」

笑うつもりが、誠太郎はつい顔が歪《ゆが》んだ。

「帰るんやったら、送ったる。」

「ええが。道が悪いさかい。」

「わし、靴《くつ》をはいていく。」

それから豊太はふと思い出したように、

「孝二君には、好きな本をあげる。この前のお伽噺《とぎばなし》と、それからもう一冊。好きなのをとってええで。」

「わし、これだけでええネ。」

孝二は、返すつもりだった本の包みを小脇《こわき》に抱《かか》えた。

「あら、もう帰りやはるの？　もっと遊んでいきなはれな。」

いいながら、豊太のお母さんは、客路地のところまで見送ってくれた。けれども、誠太郎も孝二も、もう何も返事が出来なかった。

さて、島名の字《あざ》は、戸数が六十あまり。豊太の住居はその中間で、字を出外れるのに七、八分かかった。

「豊さん、もうここでええ。」

誠太郎は字の出口の道標で、下駄《げた》の歯の泥雪《どろゆき》をおとした。

「わしとこのお母さん、阿呆《あほ》やネ。」

豊太がいった。

「…………。」

「坂田の佐山仙吉君と友達やいうたら嬉《うれ》しがるけど、小森の畑中誠太郎君と友達やいうたら怒《おこ》らはる。せやから、だましておいたんや。」

豊太はあたりの残雪を、ざっく、ざっくと踏《ふ》みつけた。

「だますのはいかんネ。」

「なんでいかんで、豊さん。」

「親不孝や。」

「あはは、、、。親不孝とは、誠やん、うまいこと言うた。」

豊太は道ばたの雪をつかむと、ぎゅっと握《にぎ》ってぶーんと投げた。それから、もう一度げらげら笑って、

「せやけどな、誠やん、もし、親をだますのが親不孝やったら、あの〝養老の滝《たき》〟はどうや。あのむすこは、川の水を酒やいうて父親に飲まっしよったもの、わしより、まだもっと悪いで。」

「せやかて、あれはほんまに酒の味がして、お父さんは満足しやはったさかい、あれでええね。」

「そやったら、わしとこのお母さんかて同《おん》じこっちゃ。誠やんを、仙やんや思うて満足したはる。せやもの、わしは親不孝どころか、えらい親孝行や。」

誠太郎は言い返す言葉がなかった。豊太のいうのは、いかにも尤《もっと》もだった。それでいて、妙《みょう》に腑《ふ》に落ちかねるふしがある。

気がつくと、もうすぐ坂田だった。誠太郎は足をとめて、

「ここまで送ってもろたらけっこうや。」

「でも、ついでや。誠やんとこまで送ったる。」

「お母さんに知れたら怒られるで。」

「知れんようにするからええ。」

「また仙やんとこへ行《い》たことにするんか?」

「まあ、その時のかげんで。ふふ、、、。」

しかしそんな嘘がいつまでも続く筈《はず》がないと誠太郎は不安になった。

「ほんまに、もう帰ってや。わしと孝二で大丈夫《だいじょうぶ》やさかい。」

それでもと、豊太も言いかねた。彼はまた雪を握って、佐山仙吉の屋敷の方角にぽーんと投げた。その時、ふと島名の方を振り向いた孝二が、

「あ、お寺の秀坊《ひでぼ》んがきやはる。」

と、はしゃいだ声を立てた。走ってくる自転車。それは、たしかに黒マントを羽おった中学生の秀昭だった。そうだ、あの自転車について走って行けば、坂田の〝関所〟は、きっと無事に越えられる。坂田のどんな悪童も、まさか中学生の秀坊んには歯が立つまい……。

誠太郎は急いで足袋《たび》をぬいだ。走る準備なのだ。彼は孝二にも言った。

「足袋をぬぎ。よごしたらあかぬ。」

孝二も足袋の紐《ひも》をとく。母が手縫《てぬ》いの白木綿《しろもめん》足袋は、誠太郎のも孝二のも細長い紐つきだった。ところで、そのまま走りつづけると思った自転車が、急に誠太郎のそばでぴたりとまって――

「誠やんら、帰りか?　そやったら、孝ちゃん、これに乗せたろか?」

これとは自転車のことだろうか？　孝二は紐足袋をぶらさげたまま、ぽかんと秀昭の顔を見ていた。

秀昭は笑って、

「孝ちゃん、自転車、こわいの？　なーにちっとも、こわいことあれへん。まあ、一寸《ちょっと》乗ってみ。わし、押《お》したるで。」

「そや。孝ちゃん、乗せてもらい。」

豊太は孝二の身体を自転車の方に押しやった。秀昭がそれを受けとめるように抱き上げて、

「さ、ハンドルを持ちゃ。」

すかさず、誠太郎は足袋と本の包みを孝二から受けとった。

「さいなら。」

豊太は安心して大きく手をふった。

「さいなら。」

孝二は固くなって豊太にこたえた。ハンドルにしがみついていても、まだ落ちそうでこわかったのだ。

誠太郎は、坂田の曲り角で、あらためて豊太に手をふった。豊太は、まだ別れた地点に佇《たたず》んで、じっと誠太郎たちを見送っていたのだ。

「誠やん、知ってるけ。ここが佐山や。」

花崗岩《かこうがん》を土台にした分厚い土塀《どべい》のわきで秀昭が言った。

「よう知ってる。ここの仙やんは、わしと同級や。」

「兄《あに》きは、わしと同じ組や。」

「仙やんは、この前、郡長賞もろたで。」

「孝ちゃんももろたやないか。孝ちゃんのは真物《ほんもの》や。せやから祝いに自転車に乗せたるネ。はは、、、。」

その時、立ち並ぶ蔵《くら》のあたりで犬が吠《ほ》えた。まるで誠太郎たちに吠えかかっているようだ。すると、土塀の片隅《かたすみ》の木戸があいて、ふと顔がのぞいた。仙吉だった。しかし、彼は物も言わずにその木戸をたてた。

秀昭は同じ速度で自転車を押しながら、

「誠やん、その包みは本やな。」

「うん、お伽噺や。」

「誠やんは、お伽噺、好きけ?」

「うん、せやけど、孝二はわしよりまだ好きや。これ、さっきの友達が孝二に呉《く》れたんや。」

「ほーお。そねんな友達がいて、誠やんらはええな。」

〝では、秀坊《ぼ》んには友達がないのだろうか？　しかし、自分たちの友達のお母さんは、もし自分たちが小森の者だということがわかれば、もう絶対友達づき合いはゆるしてくれないのだ……。〟誠太郎はうつ向いた。何かにぐいぐい首すじをおしつけられるようだった。

道はもう一度曲って、いよいよ坂田を出外れる。坂田を出ると学校が近い。学校を過ぎれば橋が見える。秀昭といっしょでも、なお不安な誠太郎は、一刻も早く橋の袂《たもと》に着きたかった。

ところが、曲って、はじめてわかった。出外れに近い駄菓子屋の前に、七、八人も群《た》集《か》って、蛽《ばい》ごま遊びに興じている。

〝あいつら、大丈夫かな？　だまって、わしらを通してくれるかな？〟

誠太郎は、急に口が乾《かわ》いた。

思いなしか、秀昭も身体《からだ》を硬《かた》くしている。〝やっぱり……〟と、誠太郎は崩《くず》れ込《こ》むような不安の中で、足袋と本包みを抱きしめた。

けれども、何のことはなかった。蛽廻しの連中は、誠太郎たちには無関心らしく、自分たちの勝負を見まもっている。

それは嶮《けわ》しい峠《とうげ》を越えた安堵《あんど》であり、暗いトンネルをぬけ出した解放感だった。誠太郎は頭を上げて空を見た。

だがその瞬間《しゅんかん》だった。わーっと笑い声が背後《うしろ》から誠太郎たちを突きとばして——

やーい エッタの中学生
椅子《いす》にすわって
い書く
ろ書く
あいさ（間）に尻《けつ》掻く
どたま（頭）掻く

そして悪態は更《さら》につづいた。

エッタの子供がエタ羽織
羽織は羽織でもエタ羽織……

「こらっ！」

誠太郎は、はだしになって駈《か》け戻《もど》った。

子供たちは先を争って店屋の中にかけ込んで行く。

「おまはんら、エッタの子にかもたらあかぬ。エッタはこわいで。じき腹たてて怒ってきよる。親が知ったら、太鼓《たいこ》たたいて攻《せ》めてきよる。」

店やの小母はんは、土間に片足をおろしてしゃべっている。下駄の片方を子供たちに蹴飛《けと》ばされ、小母はんは足がとどかないのだ。やがて小母はんは片手で下駄をひき寄せ、

ふと誠太郎に気づいた素振りで、

「あ、この子供らは怒っとくさかい、かんにんしたってや。ほんまに、つまらぬわるさするがきらや。」

けれども、そういう小母はんの顔は笑っている。それはどんな悪態よりも誠太郎の胸を刺《さ》す。誠太郎は泥雪をつかんで、店の土間へ投げつけた。

「兄《にい》やん。下駄。」

自転車からおりた孝二が、やがて戻ってきた誠太郎の前に下駄をそろえた。誠太郎はその下駄をつかんで、

「もうじっきやさかい、はだしで帰る。」

「そんなことしたら風邪《かぜ》ひくで。さあ、これで足を拭《ふ》き。」

秀昭は腰《こし》の手拭《てぬぐい》をとって、むりやり誠太郎に足を拭かせた。

橋を渡《わた》ると、南西に向いた堤《つつみ》の斜面《しゃめん》はもうきれいに乾いて、枯芝《かれしば》がぬくぬく陽を浴びている。小森が眼のあたりに見渡せるその斜面は、文字通り安全地帯だ。誠太郎たちは孝二を真ん中に並んで坐《すわ》った。

「な、誠やん。よそで何《なん》て言われても、怒《おこ》ったらあかぬ。怒ったところで同じや。かえって、よけ、いろいろ言われる。」

秀昭は帽子《ぼうし》をとって額をなでた。生え際《ぎわ》が汗でびっしょりだ。鼻すじの通った細面《ほそおもて》で、

身体つきもきゃしゃな秀昭には、雪溶《ゆきど》けの泥濘《ぬかるみ》を、孝二を乗せた自転車を押しあるくのは、可成り苦労だったのにちがいない。

一せやかて、あいつら、秀坊《ぼ》んにまで悪口言いよるんやもン。わし、腹立って、しやァないネ。わし、あいつらを片《かた》っ端《ぱし》からどづいたろ思うた。」

「………。」

「わしら、エッタや言われてもかまへん。せやけど、秀坊んはエッタとちがう。そやのに、あいつらは秀坊んにまで言いくさる。」

誠太郎は下駄をぬいで足のうらに陽《ひ》光をあてた。あかぎれだらけの黒いかかとが、自分ながらきまり悪かった。

秀昭は暫《しばら》くだまって枯芝をむしっていたが、

「誠やん、わしかて、エッタや。」

「ちがう、ちがう。そんなん、ちがう。」

誠太郎は激しく頭を振った。

「いいや、ほんまや。」と秀昭。

「いいや、嘘《うそ》や。」と誠太郎。そして彼は一息入れて、「秀坊《ぼ》んとこはお寺はんで、秀坊んは中学生や。中学生のエッタなんかあらへん。」

「ところがな、誠やん、お寺でも、金持ちでも、学者でも、小森にうまれたらみんなエッタや。小森の親戚《しんせき》もみんなエッタや。」

「ふーむ。なんでやな?」

「なんでというて、昔からそうなってるんや。」

「そんじゃ秀坊んも中学校でエッタや言われたはんのか。」

「言われてる。」

「言われたら、どづいたったらええネ。」

「どづいても、喧嘩《けんか》になるだけやさかい、わし近いうちよその中学校へかわろうかと思うてる。」

秀昭はむしった枯芝をふっと吹《ふ》きとばした。その一片《ぺん》が誠太郎の胸先に止った。誠太郎はじっとそれを見ていた。

「これは〝破戒《はかい》〟ていう小説やから、まア、作った話やけどな。」

秀昭は、新しくむしった枯芝を両手の中でもみながら、

「師範《しはん》学校を卒業して、高等小学校の先生になりやはった瀬川丑松《せがわうしまつ》という人が、やっぱりエタやいうのがわかって、えらい苦労しやはる話があるネ。誠やんらも、もうちっと大きなったら読める小説や。」

「それ、どこの話や?」

「長野県の話や。長野県て知ってるか。」

「知ってる。地理で習うた。遠いとこや。せやけど、そんなとこにもわしらみたいな人がいやはるのけ？」

「いやはるらしい。」

ごしごし、誠太郎は素足を堤芝《どてしば》にこすりつけた。じっとしていると、全身に蜘蛛糸《くもいと》がからまりつきそうにもやもやするのだ。それは焦燥《しょうそう》とも不安ともいいようのない気持だった。

すると、さっきからだまって二人の話にきき耳をたてていた孝二が言った。

「その先生、しまいにどうしやはったン？」

「あ、その先生か。」

秀昭は思い掛《か》けぬ孝二の質問に微笑《ほほえ》んで、

「その先生は、しまいにアメリカへ行かはった。教えてた生徒たちに、今までエッタを隠《かく》してて、たいへん悪かったとあやまって。」

「先生があやまらはったの？」

孝二は不審《ふしん》顔だ。

秀昭は重ねて答えた。

「そう。悪かったいうて、机に額をすりつけるようにしてあやまらはったんや。」

とたんに、誠太郎は下駄をつかんで拍子木《ひょうしぎ》のようにたたきつけた。雑木の下駄は、パ

ンと鈍重《どんじゅう》な響《ひび》きを立て、同時に湿《しめ》った土の一塊を誠太郎の膝《ひざ》に振《ふ》り落した。誠太郎はそれを手荒《てあら》く払《はら》いのけて、

「そいつ、あかぬ奴やな。そんなんあやまらんと、エッタやという奴《やつ》を、みなどづいたったらええネ。わしやったら、どづいたる。」

「孝ちゃんやったら、どねんする？」

秀昭は孝二の肩《かた》に手をかけて、「孝ちゃんもどづくか。」

「どづかん。わし、勉強したる。」

「えらそに言うな！」

誠太郎は、孝二の頭をごつんとなぐった。

「誠やん。ここで孝ちゃんの頭をどづいてもあかぬやないか。」

いわれて、誠太郎は首をすくめ、きまり悪さをごまかすように、

「秀坊ん、今の小説、いつか貸してや。わしも、本を読むのきらいやないネ。これも何べんも読んでみたんや。」

誠太郎は包み紙をといた。

赤い表紙にはやっと読める程度にうすれた金文字で「諸国王様物語り」とあった。

「ほう。これはええ本や。わしもお伽噺《とぎばなし》が好きや。孝ちゃんらの読本にも、ええ話が出てるやろ。あの、犬がさかなをくわえてきて、橋の上から川の中に落しよる話や。あれ

は大昔、ギリシャという国の奴隷《どれい》――ちょうどわしらみたいに、王様や金持ちから馬鹿にされてた人が作らはったんやで。」

余りに意外だった。誠太郎と孝二は言葉もなく眼をぱちくりさせた。

それにしても、何と愉快《ゆかい》なことだろう。秀坊んは、そんなことまでちゃーんと知っている。その秀坊んに、悪口たれる阿呆ながきども！　誠太郎は揚々《ようよう》と下駄をはいた。

さて、三時近く家に帰った誠太郎と孝二は、それぞれきものの腰揚《こしあ》げから、蜜柑《みかん》を二つ取り出した。正月を祝って、学校から配り渡されたものだ。

「お祖母《ばあ》んに一つ。」と、誠太郎はぬいの膝に、孝二はふでの膝に蜜柑をのせた。

「まあ、誠太郎も孝二も、自分で食わんと持ってきてくれたのけ。これは、大きに。」

ふでは蜜柑にぺこり頭を下げた。

孝二は皮をむきながら、

「帰り途中《みち》で食うたら、乞食《こじき》やて、先生が言やはったもン。お母ん、乞食が一番あかんな。」

「それは、あかんとも。」

「乞食は、なんで乞食になってン？」

「毎日、仕事せんと、遊んでばっかしいたからや。」

「遊んで、うまいものばっかし食うてると、誰《だれ》でもしまいに乞食になるネで。」とぬいも言い添《そ》えた。

「ふーむ。」

孝二は、蜜柑の一ふくろをかみしめる。かみしめながら、彼の心は質問していた。

〝じゃア、エッタは、どねんしてなってン？〟

けれどもそれを口にするのが、もう孝二は恐《こわ》かった。それが祖母たちをどんなに困惑《こんわく》させ、不愉快がらせるかということを、この頃《ごろ》孝二は知って来ている。

「あ、うまい蜜柑や。」

ふでは食べ終えた蜜柑の皮で手の甲《こう》をこする。ひび、あかぎれの薬のつもりなのだ。

誠太郎はずしんと胸先が重くなった。豊太の母の、さくら色の両手を思い出したのだ。

すると、ふでが催促《さいそく》するような口ぶりで、

「どうやったな。豊さんのお母はん、やっぱり、ええお人け？」

「ええお人や。うまい善哉《ぜんざい》、ご馳走《ちそう》してくれはった。」

誠太郎はいいながら、懸命《けんめい》にさくら色の手の記憶《きおく》を押しやろうとつとめた。

「ほんまに、よう出来《でけ》たお人やな。苦労したはるだけあって……。」

ふでは、前掛で手をふいて、また仕事にかかった。指先が素早く動いて、よろこんでいるのが性《しょう》でわかる。

誠太郎は、いよいよ気が重い。豊太がその母をだましたように、彼もまた母をだましているのだ。しかも、だまされて母はよろこんでいる。いや、母をよろこばせるためには、絶対だまさねばならないのだ。

「じゃア、あしたは、下川《しもかわ》の伯父《おじ》さんとこへ行こか?」

うれしい母は、もう一つうれしさを追い求めるように言葉をついだ。

「あの時、伯父さんは冬休みに来《き》いて言うてたし、誠太郎も孝二も行くと約束したんやさかい。伯父さんも健やんらも、きっと待ってるで。」

「お母んもいっしょか。」

「うん。わいも行《い》てみたいネ。」

「行てくるとええがな。」

ぬいがすすめ顔に言った。

けれども、誠太郎は分別臭《くさ》く、

「せやけど、道は雪がとけて泥《どろ》んこや。とても下川まで歩けへんで。」

「それもそうやな。じゃ、春休みまでのばそか。」

何の疑いも抱《いだ》かぬ母。誠太郎は羽織をぬぎながら、〃わしは、またお母んをだました〃と思った。事実、健一や桂三や七重など、大勢のいとこが待っている母の実家《さと》へは、たとえどんどん雪が降るさなかでも、遊びに出かけるのは決して苦ではない。しかし坂田や、その他の字々《あざあざ》の関所を、母といっしょに越えるのがこわい。もし今日のように、〝エッタの子供がエタ羽織……〟と浴びせかけられたらどうしよう。

ぬいだ羽織を無器用にたたみながら、誠太郎は、心のキバをぐっとかみしめた。

ところで翌日の朝、いとこの健一から思いも寄らぬハガキがとどいた。誠太郎は、うまれてはじめて自分の名宛《なあて》でもらったハガキがうれしく、目の高さに持ち上げて朗読した。

七重が、ハシカになりました。孝二君にうつると悪いよって、今はこないで、春の休みにきて下さいと、お父さんがゆいました。僕らのいくさは、ジャンヌ・ダークがおきるまで休みです。ジャンヌ・ダークがいないと負けるさかい。ジャンヌ・ダークというのは七重のことや。

「健やん、うまいこと書いてきやはったな。はっ、はっはア……。」

ぬいは派手に笑った。彼女には健一のハガキ文もさることながら、それがすらすら読める誠太郎の成長が、しんから満足だったのだ。

そのかたわらに坐って、孝二は消えのこりの雪を見ていた。しかし、ほんとうに孝二が見ているのは、寝《ね》ている七重の顔だった。

〝きのう秀坊《ぼ》んは、小森の親類は、みんなエタや言やはったけど、そんなら七重もエタだろうか？　学校へ行くようになったら、七重もみんなに別にされたり、いじめられたりするんやろか?〟

孝二は雪の反射がまぶしくて眼をつむった。すると、一層はっきり七重の顔が浮き出した。

四

二月一日。月おくれの正月。餅《もち》を搗《つ》いて、しめ縄《なわ》を飾《かざ》って、やっぱりこんどがほんとの正月らしい。ただ残念なことに、今日は月曜。誠太郎はつけ焼き餅を竹の皮に包みながら、「今日の学校はげんくそ悪いな。」と苦笑した。

そばで、孝二の弁当を包んでいたふでが、

「そねん、お前《ま》はんのええようにばかり行くかいな。……せやけど、校長さん、今日はひょっとしたら、はんどんにしてくれはるかもしれんで。どっこもみな正月やさかいに。」と言った。

誠太郎は「あかぬ、あかぬ。」と頭を振って、

「校長先生はしぶたれや。半どんくれるの、自分が損するみたいに思うたはる。それに校長先生は、いつでも言うたはるネ。みんな、旧だの、二月正月だのはやめて、新の正月にせなあかぬ。なんでか言うと、新の正月は三大節の一つで、天皇陛下が朝の五時半からだいじな儀式をしやはる日や。せやのにその日旗も立てんと、かってに仕事なんか

してるのは不忠や、て。せやもの、なんで今日、半どんにしてくれはるもんけ。」

「ふーむ。新の正月いうのはそんなもんけ。わいはまた、役人さんやら、町の衆やらの正月やとばっかし思うてた。ふふっ……。」

　すると、雑煮《ぞうに》の煮えかげんを見ようと、竈《かまど》にかけた雑煮鍋《なべ》をかきまわしていたぬいが言った。

「この節の学校は、いつでも天皇陛下の式やな。わいが子供のじぶんは、そんな三大節やらいうもんはのうて、五節句というのがあったんや。正月の七日に、三月の三日。五月の五日に、七月の七日。それから九月の九日や。今でも三月三日のひなの節句と、五月五日の菖蒲《しょうぶ》の節句はのこったるけど、昔は、もっとなんやらふかふかしてて、たのしみやったなア。」

　一瞬《いっしゅん》、ぬいの表情は若やいだ。彼女は五十年の過去をぐいと手繰《たぐ》りよせ、その中に、二、三度呼吸《いき》づいたのだ。けれども手繰り寄せた過去は忽《たちま》ちするっとすり抜《ぬ》ける。ぬいは雑煮鍋の耳をつかんだ自分の両手が、古ぼけた熊手《くまで》そっくりなのに苦笑せずにいられない。しかし、思えば無理もない。その両手は、この五十年間、生活の資を掻き集めるべく、全く熊手のようにがんばってきたのだ。

　ふではいつになく板の間にすわって雑煮をよそった。誠太郎と孝二は、それでまたまた正月らしい気持ちがした。日ごろ、ふでは板敷《いたじ》きの端《はし》に腰かけるか、或《ある》いは立ったままで食事をすることが多かった。

ぬいも、もちろんけさはでんと坐《すわ》って、うまそうに雑煮の餅を食《は》む。戦死した進吉の餅好きも、この母親の遺伝にちがいないと思われるほど、ぬいは餅が好きなのだ。それに、雑煮の具の、豆腐《とうふ》、大根、里芋《さといも》の取り合せも、彼女にはぴたり嗜好《しこう》にかなっている。彼女は三杯《ばい》目を食べながら、

「今日、学校がひけたらな、わいが二人に、ゼネ（銭）やるで。誠太郎も孝二も、このごろ、よう、ようきり手伝うてくれるさかい。それで、いか（凧）でも、かるたでも、なんでも欲《ほ》しいもの買《こ》うたらええがな。」

誠太郎と孝二は、〝やっぱり正月や〟と、ますますうれしくなった。

ようきりというのは、藁《わら》のしんぬき作業のことで、穂《ほ》の部分は箒《ほうき》になり、次の二節《ふたふし》のようが草履表《ぞうりおもて》の材料になるわけだ。新の正月、仲買人の大竹庄平が斡旋《あっせん》してくれた島名産の藁は、一段分が四円で、あんまり安くはなかったが、しかし品質は上等で、ようきりするにも張り合いがあった。誠太郎と孝二は、柄《え》のとれた古鎌《ふるがま》を器用に使って、昨日はほとんど終日納屋《いなや》にこもってようきりをした。二人は、仲間たちと遊び戯《たわむ》れているよりも、そうして仕事をしていた方が、正月が早くやってきそうな気がしたのだ。それは一面、まともな感じ方だった。誠太郎一家の時間は、常に仕事を中心にして動く。仕事をぬきにしては、今日もなければ、明日もない。勢い、正月を引きよせるために、誠太

郎も孝二も、うんと気張ってようきりするしかなかったのだ！

しかしぬいは、孫たちが仕事を手伝うのは、もうそれぞれにわきまえや分別が出来てのことと思い、一人で感激して、つい幾何《いくばく》かのゼニを出す気になったのだ。

ふでとても同様である。時には、彼女は自分から〝ようきりしてんか〟とたのむこともあったが、それでいて、彼女の心のどこかには、なるべくそうした作業から誠太郎や孝二を引き離《はな》しておきたい願いがあった。彼女は誠太郎や孝二がととのえてくれた美しい材料を手にするたびに、〝こねんな草履作りは、もう、わいの代でたくさんや。誠太郎らにはこねんな仕事させとうない！〟と胸の中で思うのだ。

そんなふでは、やがて誠太郎と孝二を学校に出すと、一人納屋にこもってようきりをした。

「おふで。今日だけは、仕事を休んでもええやないけ。」

ぬいは、二度、三度、ふでの肩《かた》をたたかんばかりにして言ったが、ふではその都度笑って答えた。

「お姑《かあ》はん。こんなようきりみたいなもん、仕事のうちに入りゃしまへん。」

それで結局ぬいもふでにつき合って、昼まで納屋にこもることになった。

ところで午後二時、いつもより一時間ばかりおくれて帰ってきた孝二は、あわてた手つきで学用品包みを解きにかかった。

「なんや？　もう勉強するのけ？」

いぶかるふでに、孝二は強くかぶりをふって、

「ちがう、風呂敷、干すネ。」

「風呂敷、よごれたんけ？」

「うん。」

「なんでやな。まさか、道草してたんやあるまい？」

「道草なんかせえへん。今日は勉強しもうてから、みんな、砂取りしてン。」

「砂取りて、あの葛城川《かつらぎがわ》の砂を取ったんか？」

「うん。砂を取って、運動場へ運んだんや。その砂で、運動場をようするんやと。」

「それはええことやけど、何もわざわざ、二月正月にやらさんでもよさそうなもんや。先生、ほんまにいじ悪しやはるな。」

ふでは朝の誠太郎の言葉を思い出して苦笑した。誠太郎は、しぶたれの校長先生は、二月正月だといっても半どんにはしてくれまいと言ったが、なるほどその通りで、一年生の孝二まで、いつもより帰りがおくれたのだ。もしかしたら校長先生は、二月正月などやるのは天皇陛下に不忠だといって、罰《ばつ》のつもりで砂運びをやらせたのかもしれぬ。大字安土《あづち》の小地主である大鳥校長は、近郷でも有名な忠君愛国家で、最も畏敬《いけい》するのは天皇陛下、信服するのは乃木《のぎ》大将だと常に公言しているが、ふでもそれはうわさに聞い

て知っていた。

ふでは孝二から受けとった風呂敷を物干しざおにかけた。茶縞木綿《ちゃしまもめん》を二幅はぎにした風呂敷は全体にしっとり湿《しめ》って、縫目《ぬいめ》にぎっしり砂粒《すなつぶ》がもぐり込んでいる。ふでは川底を走る孝二の姿が眼に映った。せっせと砂を掻きよせる両手も見えた。

「お祖母《ばあ》ん。わし、餅食《あも》うネ。」

孝二は、はだかの学用品をかたわらに、板敷きにすわって弁当をひろげた。

「なんや、弁当、のこしてきたのけ。」と、ぬいは手あぶり火鉢《ひばち》を孝二のそばに押《お》しやって、

「かとうなったやろから、ここで焙《あぶ》りなおして食べ。せっかく、ええ餅入れて行《い》ても、食わんと残してきたらあかぬやないけ。」

「せやかて、お祖母ん。みんな、ええ餅持ってきよったいうて、のぞきにくるさかい、わし、一つしかよう食わなんだ。」

「阿呆やな。そねんな弱虫では損や。」

ぬいは叱《しか》るように言ったが、しかし彼女も孝二の性質から推《お》してさもあろうとうなずいた。糯米《もちごめ》ばかりで作った白餅、即《すなわ》ちええ餅は、小森の子等にはめったに食えない。坂田や島名や安土でも、貧農の子等は、恐《おそ》らくどや餅といって、粳《うるち》の砕《くだ》け米に、少しばかり糯米をまぜた黒い餅を弁当にしているにちがいない。そんな子等が、羨《うらや》ましさも手伝

って、気弱な孝二をからかい、その邪魔《じゃま》をするのは有りそうなことだ。そして孝二はそんな場合、もう羞《は》ずかしくて、とても弁当などひろげていられないのだ。

しかし誠太郎は……とぬいは思った。するとその眼に微笑《びしょう》が動いた。彼女は昂然《こうぜん》と、いやむしろ得意気に白餅をぱくついている誠太郎を想《おも》い描《えが》いたのだ。それにしても、誠太郎はまだその砂運びとやらをつづけているのだろうか？　ぬいは時計を見やって、

「誠太郎は、まだよう帰らんかいな。」

「きっと、まだや。兄《にい》やんらは、五時間習うてから砂運びするさかい。」

「そいじゃ、きっと、えらい腹へるな。誠太郎はあの通り鮟鱇《あんこう》やし。」

ぬいは金網《かなあみ》の餅をひっくり返した。焼き直しの餅は、醬油《しょうゆ》のこげる匂《にお》いをあたりに流して、もうだいぶ柔《やわ》らかだ。ぬいはその匂いに刺激されて自分でも食欲を感じた。すると、一層誠太郎の空腹が思われた。

けれどもその時刻、誠太郎自身はそれ程《ほど》空腹を感じていなかった。彼は砂取りが面白くて、往《ゆ》きも復《かえ》りも駈《か》け足だ。仲間が二回運ぶうちに、彼は三回も運んだ。そして四回目、誠太郎はもうこれでおしまいとばかり、ごっそり砂を掻きよせた。だが、そのとたん、彼は思わず〝あっ！〟と叫《さけ》んだ。

「なんや、誠やん。けがしたんか？」

豊太が聞きつけて声をかけた。

誠太郎はしゃがんだまま、「ううん。」と曖昧《あいまい》にこたえる。

「けがしたんやないのか?」

「ううん。」

「けがはどこや?」

豊太は二足三足近よった。誠太郎はその豊太を避《さ》けるように、突然川下に向いて駈け出した。

ただごとではない! と豊太も駈けた。ざくざく。足が川砂にめりこんだ。

「待ち、待ち、誠やん。」

豊太ははげしく呼んだ。川筋はそのあたりで大きく曲りくねって、彼は見知らぬ世界にとびこむように不安になった。しかし、誠太郎は、なおも川下さして駈けつづける。彼には不安も恐怖もなさそうだ。いや、不安や恐怖より、もっとはげしいものに彼は取り憑《つ》かれているのだ。

やっと誠太郎の足がとまった。と思うと、どうと倒《たお》れるように彼は砂上にへたばりこんだ。

「あかぬ!」

追いついた豊太に、誠太郎は一言つぶやいて、あとは泣き笑いの表情である。

「何があかぬのや?」と豊太。

「………。」

「けがはどこや？」と、更《さら》に豊太。

「けがは、こいつや。」

誠太郎は右手を開いた。豊太は呆《あき》れた。誠太郎のてのひらにのっているのは、まぎれもなく蠟蜓《ろうばい》だ。

「それ、蜆やないか。それ、どねんしたんや。」

「さっき砂の中から出て来よったんや。」

「せやったら、誰《だれ》か放《ほ》かしたのを誠やんが拾たんや。せやけど、そんなつまらん物持って、なんでこねんなとこまで走ってくるネ。」

「これはな、豊さん。わしと孝二が、もう先《せん》ほかした蜆や。なんでほかしたかというと……。」

いい、せきれいが一羽、下流さしてゆっくり電光型にわたって行く。時に川岸の杭《くい》にとまって、長い尻尾《しっぽ》を二ふり、三ふり。誠太郎は、せきれいが見えなくなってからも、まだ蜆を放つまでの細かいいきさつを話しつづけた。

「蜆の話はようわかった。……誠やんも、孝やんも、詩人やなア。」

豊太は誠太郎の手の蜆をあらためて眺《なが》めた。

「しじんて、何や？」誠太郎は不審《ふしん》そうだ。

「詩人ていうのは、美しい心を持ったはる人のことや。」

「うふっ。」

少しきまり悪くて、誠太郎は首をすくめる。

「いや、ほんまに誠やんらは詩人やで。ほかした三つの蜆の中で、こいつだけがけがしとったさかい、遠い海へよう去《い》なんと、もとの川の中に残っとったなんて、わしやったら、そんなええこと、とてもよう思いつかんワ。」

「せやかて、あとの二つは居《お》らんもの。やっぱりけがしとったこいつだけ、うまいこと泳げなんだのや。せやから、川下の水のあるとこに入れたろ思うて走ってきてン。でもあかぬ。川はどこもからからや。」

「だけど、雨はこんやにも降るかしれんさかい、この辺においといたったらええやないけ。」

「うん、そうしよう。でもな、豊さん。このこと、誰にも言うたらあかんで。みんな阿呆《あほ》やいうて嗤《わら》いよる。嗤いよるのはまだええけどな、孝二がきいたら心配しよる。あいつは、もう三つとも海へ去んだとばっかし思うとるんや。」

「大丈夫《だいじょうぶ》、誰にも言わへん。さあ、指きりや。」

二人は指を、更にてのひら全体を組み合せた。

ところで、傷ついた赤い蠟蜆を、川砂に軽く埋《う》めて、誠太郎と豊太は初めて気がついた。砂取りの仲間は、もう帰りはじめているのではなかろうか。二人はもとの地点に駈け戻《もど》った。

案の定、あたりには一人の影《かげ》もなく、入り乱れた足跡《あしあと》の中に、二枚の風呂敷《ふろしき》が主《あるじ》待ち顔にひかえている。誠太郎と豊太は手早く砂をかきこみ、更に誠太郎は前掛《まえかけ》をはずしてそれにも砂をつめこんだ。

さて、運動場にはまだ七、八人のこっていたが、しかしもうみんな風呂敷に教科書類を包んでいる。

「なんや、誠やんら、今まで何しててン？」

「きっとどこかにかくれて遊んどったんや。」

彼等は口々にからかい立てる。

「阿呆たれ。なんでかくれて遊ぶんや。遊ぶんやったら、ここで遊ぶ。ここがわしらの運動場じゃ。」

誠太郎は高声にいい返しながら砂をあけた。砂は既《すで》に小山を築いて、まじった雲母の細片《さいへん》が夕日にきらめく。

その時、校舎から出てくる校長の姿が見えた。子供たちはにげ腰《ごし》で立ち去った。

「豊さん、去《い》のう。」

誠太郎が促《うなが》した。だがそのとたん、二人は校長に呼びとめられた。

「おい、畑中と松崎。帰ってはいかぬ。お前らがどこに隠《かく》れて遊んでたか、先生はちゃーんと知ってるんだ。さあ、もう一ぺん運んでこい。今日はどの組も三回以上はこぶんだと、初めにちゃんと言うたじゃないか。」

「先生。せやから、わし、四回はこびましてン。前掛のとで、五回はこんだことになります。」

誠太郎は落ちついて言った。嘘《うそ》も掛引もない真実が彼を勇気づけたのだ。

けれども大鳥校長には、それが却《かえ》って小森特有の図々しさに見えた。

「よおし。そんな強情《ごうじょう》張るなら、そのままそこで立っとれ！」校長は言いすててすたすた立ち去った。

「きょうのところはバケツなしで。」豊太はつぶやいてくすり笑った。誠太郎も思わずふき出した。

やがて豊太は、砂山の砂を大きく両手でしゃくりながら、

「誠やん。わしも誠やんらの心が感染《うつ》ったと見えて、なんやら、蜆が生きとるみたいな気イしてきたで。ほんまに孝やんは、ええこと言うなア。蜆は、むりに人に喧嘩《けんか》やらされて、けがしよるさかい、かわいそや、て。せやけど誠やん。人もやっぱりかわいそや。人も、好きでのうても、むりに喧嘩やらされる。あの戦争のことを誠やんはどねん思う。あれもむりやりにやらされる喧嘩や。」

「うん。それはわしかてそう思うてる。わしとこのお父《と》ったんは、日露戦争やらされて死んでしもた。蜆と同じこっちゃ。」

「せやのに誠やんは、なんで兵隊が好きやネ。」

「…………。」

「兵隊になったら、まっ先喧嘩やらされるで。」

「せやけど、豊さん。」と、誠太郎は砂山ふかく両手を突《つ》っ込《こ》んで、

「わしは兵隊になったら、誰にも、エッタやヨツやて言われないと思うネ。」

「…………。」

豊太もだまって砂山ふかく両手をさしこんだ。

「ほんまに、わし、どねん兵隊が辛《つろ》うても、戦争であぶない弾丸《たま》の下をくぐらされても、エッタやヨツやといわれるよりまだましやネ。」

「誠やん。わかった。」少し間をおいて豊太が言った。そして彼は砂山から両手を引きぬいた。その両手は、いっぱい砂を握《にぎ》りしめている。やがて彼はその握りかためた砂を手榴弾《てりゅうだん》のように力任せに投げつけ、さっと風呂敷をつかんで駈け出した。そして、職員室の窓下までくると、

「先生、もう帰りまっせ。よろしおまっか。」と大声に叫んだ。

「おお帰れ。」

校長は窓から苦笑の顔をつき出して、「お前ら、本はどうした。」

「本は机の中においときます。こねん濡《ぬ》れた風呂敷では包めしまへん。」

「畑中もか。」

「誠やんは、わしよりよけ運びよったさかい、もっと濡れてまっせ。」

校長はそのまま顔を引っこめた。

「お、阿呆くさ。」

豊太はいいながら、門の柱でぱたんと風呂敷をはたいた。誠太郎は一寸《ちょっと》立ち止って前掛をしめた。すると、けさの祖母の言葉がひょいと思い浮《うか》んだ。

〝今日、学校がひけたらな、わいが二人にゼニやるで。〟

その銭《ぜに》であれを買おうか、これを買おうか。誠太郎は思わずにこりとした。

豊太は友の笑顔に安心して、

「誠やん、さいなら!」

めっきりのびた陽脚《ひあし》に裏作の麦類は春をみつけたのであろう、もう一せいに節立とうとしていた。

五

小日暮、風呂でぬくもり、夕飯に満腹し、更にてのひらに五銭白銅を光らせて誠太郎と孝二は有頂天《うちょうてん》だ。

ふでも子供のよろこびにつりこまれて、

「ええ正月やな。孝二はそれで何買うの。」

「何も買わんと持ってるネ。」

「なんでも買うたらええのに。」

「銭の方がええもン。」

「せや。銭の方がええな。」

いいながらふでは苦笑した。僅《わず》かな銭でも、銭には銭の特別な魅力《みりょく》があるのを、彼女は今更のように意識したのだ。

誠太郎も銭をにぎるまではあれこれと買いたい物が多かったが、いざ握ってみると、妙《みょう》に手離《てばな》すのが惜《お》しかった。彼は五銭白銅をほうり上げ、かちんと天井《てんじょう》から落ちてくるのをひょいと受けとめては悦《えつ》に入る。孝二も暫《しばら》くそれをまねていたが、

「兄やん、この銭についたるのは稲《いね》の穂《ほ》やな。」

「うん。稲の穂や。」

「なんで銭に稲の穂をつけとくネ。」

「それは、稲の穂はええもんやからや。」

「なんでええネ。」

「なんでいうて、稲は米やないか。米はわしらの生命《いのち》の親や。その稲やもん、ええやないか。」

「うん、せやったら、稲を作らはる人もええ人やな。」

「そら、ええ人や。」

「わしとこも、稲作るで。」

「せやから、わしとこもええ人や。」

「ええ人と、ええ主《しゅ》はちがうな。」

「そらちがう。ええ人は、働く人や。ええ主《しゅ》は、金持ちや。」

「えらい人も金持ちか。」

「そら金持ちや。えろうなったら金がはいるし、金がなけりゃえらい人にはなれぬもの、どっちにしてもえらい人は、みな仰山《ぎょうさん》金を持ったはるで。」

「どねん仰山持ったはるの。一斗枡《とます》に一杯《ぱい》か、二杯か。」

ぬいとふではふき出した。しかし一斗枡を持ち出す孝二の無邪気《むじゃき》さは、一面、貧しい子のあわれさでもある。ふでは急に胸をしめつけられる思いで、

「孝二。うちかて今に一斗枡に一杯も二杯もお金がたまるで。うちは稲も作るし、稲の藁《わら》で履《は》きものまでこしらえるんやもン。もし神さまが居やはったら、よう働くいうてきっと金持ちにしてくださる。」

「いったいお父《と》ったんは何してるんかいな。死んで神さまになったんなら、早《はよ》う助けにきてくれりゃええのに。」

誠太郎が言った。そのおどけた非難がおかしくて、ふでとぬいはまた笑いたくなった。

「せやけど、こうしてみんな丈夫で正月がでけるのは、やっぱり進《しん》があの世から助けてくれるからや。わしも進が戦死してから、よけ達者になった。」

ぬいは手焙《てあぶ》りの上で両手を閉じたり開いたりした。まだまだ働けるという自信のあらわれのようなものだった。その時表に足音がして、

「誠やん、遊ぼ。」清一《きよかず》の声だ。彼は北隣《どな》りの馬車挽《ひ》き、志村広吉の長男で、誠太郎と級は同じだったが、学校は行く日よりも休む日の方が多かった。けれども三年生になる妹のはるえは、殆《ほとん》ど休むことがなく、家にいる時はたいてい孝二と遊んだ。今も彼女は、兄につづいて呼びかけた。

「孝やん、かるた、しようか。」

「まあ、おはいり。」

ふでが下りて障子戸をあけた。

清一は、「こんばんは。」と、ぬいの方に頭をペコリ下げた。彼は、男のように大きい口をぎゅっと結んでいるぬいが、近所で一番煙《けむ》たかったのだ。それでいて、清一はどことなくぬいが好きだった。それというのも、彼にはもうお祖母《ばあ》さんがいなかったからだ。

さて、部屋に上りこんだ清一とはるえは、さっそく〝いろはかるた〟の絵札を並べて、

「小母はん、読んで。」と、先《ま》ずはるえからせがむ。

清一も落ちつきなく膝《ひざ》をゆすりながら、

「わしとこのお母んは、字、よめんさかい、面白《おもろ》うないネ。誠やんとこのお母んは、字読めてええこっちゃ。」

「せやから清やんも。」

と、ぬいが手焙りごしに清一の顔をのぞきこんで、「今夜かるたでよう遊んで、あしたから休まんと学校へ行き。清やんのお母んは、学校へ行きとうても行かしてもらえなんだんや。せやもの、字読めんかてしゃあないネ。ちょうどわいと同じこっちゃ。」

「ほんまに清やん、学校へ行けるのは結構なことやさかい、あしたから行きなはれ。小父《お》さんかて、きっとよろこばはるで。」

ふでも言った。

清一は読み札をきり終えて、

「はい、はい。ようわかりました。あしたから学校へ行きますさかい、さあ、小母はん、読んどくなはれ。へて（そして）、勝った者に、ええ餅《あも》、ごっそしとくなはれ。」

「あはは、、。清やんの口には、ころっとだまされるがな。」

ぬいも、つい笑ってしまった。そして彼女はとっておきの白餅《しろもち》を幾《いく》つか膳棚《ぜんだな》から取り

出した。せめて三が日だけはと、彼女は三升《じょう》の糯米《もちごめ》を餅に搗《つ》いておいたのだ。耕地の狭《せま》い小森では、それが最上級の正月だった。

さて、一回、二回は、既《すで》に絵札になじみを持っていた清一とはるえに分があったが、三回目は、誠太郎が優勝した。

「やっぱり、優等生にはかなわん。」

清一は本気で言う。

「なに言うてんネ。わしら、優等なんかしたことあらへん。」

誠太郎も本気だ。

「うん。せやけど、ほんまは、誠やんが組中で一番や。誰《だれ》でもそねん言うとる。」

「ちがう。一番は佐山仙吉や。」

「あんなん、ひいきや。」

「まあ、まあ、そんな詮議《せんぎ》はあとにして、餅が焼けたさかい、食べなはれ。昔から、腹が減ってはいくさが出来ぬというたるで。」

ぬいは子供たちに一つずつ餅を持たせた。土地のならわしで丸くつくられた餅は、一つでもなかなか食いでがあった。

ところで、黙々《もくもく》とかるたを取り、黙々と餅を食べていた孝二が、つと一枚の読み札をふでに示して、

「お母ん、これ、なんのことや。」

それは〝い〟の札で、〝石の上にも三年〟とあった。ふでは一寸小首をかしげていたが、

「わいも、あんまりよう知らんけどな、冷たい石の上かて、三年も坐ってたら、ぬくとうなるみたいに、どねん難儀《なんぎ》なことかて、三年間もじっと辛抱《しんぼう》したら、あんじょう、ようなるていうのやないやろか。」

「せや、せや。てっきり、せやで。」

誠太郎は膝をたたいた。母の解釈《かいしゃく》が如何《いか》にも適切に思えたのだ。

けれども清一は、「ほんまかや？」と不信の面持《おもも》ちで、

「わしは四年からも辛抱して学校へ行《い》たけど、とんとあかんワ。」

「それは休むからや。」

また、ぬいが言った。

清一は急《せ》き込んで、

「おばあんはそねん言やはるけどな、わしは阿呆《あほ》らしゅうて学校へよう行かんネ。あいつらは何かいうと、小森や、小森やてぬかしゃがるし、先生も、わしらはみなはち（粗《そ》暴《ぼう》）やて思うたはるし。なんぼ勉強せにゃあかぬて言われても、わしは学校好かんネ。」

ぬいはうなずいて、残りの餅を特別清一の手に持たせせた。

清一の母のかねが〝今晩は〞と入口をあけたのは、清一が二つめの餅をぱくついている最中だった。彼女は目ざとくそれをみつけて、

「清《きよ》はええ正月さしてもろてンな。」

「わいもよばれてン。」と、はるえが報告する。

「ははゝゝ。お前《ま》はんらかるたにかこつけてご馳走《つそ》になったんとちがうか。」

いいながらかねも上りこんだ。

「お母《か》ん、わしらの邪魔したらあかんで。」と、清一が釘《くぎ》をさす。

「なにも邪魔するもんかいな。ただ、見てるだけや。年に一ぺんの正月やもン、お母んかてかるたぐらい見てもええやないけ。」

「そやったら見ててもええけどな、お母んは、かるたのわけ、知ってるけ？」

「知ってるの、なんので、お母んはセンセ（先生）や。」

かねは馬力をこめていうと、「あはは、ゝ。」と笑い崩《くず》れた。

「じゃ、言うてみ。石の上にも三年て、なんのことや。今、誠やんのお母んは、うまいこと言わはったで。」

「じゃ、わいも負けんとうまいこと言うたる。わいの方が四つ五つ年も上やさかい。はて……石の上に三年か……。」

かねは少し表情を固くして天井を見上げたが、やがて膝の前掛をさすって、

「なんで石の上に三年もじっとしていられるもんかいな。そんなことしたら、わいら、死んでしまう。毎日働かんけりゃ、食うていけへん。はは、、。」

「おけに、ごもっとも。」

ぬいは真顔で合槌《あいづち》を打った。しかし清一はきまり悪そうにニヤリとして、

「お母ん、それはちがう。石の上に三年やのうて、石の上にもと、も
の字がつくんやで。これがつくとつかないで、だいぶわけがちがうやないけ。」

「うむ。それは、そうやろのう。石の上に三年やのうて、石の上にも三年か。ちょっと、もの字でくどくなるのう。はーて、石の上にも三年じっとすわってたら……すわっていられるわけはないけど、まあ、すわってるとしての……、冷たい石の奴《やつ》かて、だんだんぬくとうなってきよるのう。」

「せや、せや。」

はるえが嬉《うれ》しそうに手をうった。母の解釈が、ふでのそれに似てきたからだ。かねは自信を得た様子で、

「石がぬくとうなる時分は、坐《すわ》ってる方もなれるさかい、なんぼ石が硬《かと》うても、もう平気ですわってることができる。それと同じことで、どねん貧乏《びんぼう》やいうたかて、また小森やいうたかて、何年も住んでたら、けっこう馴《な》れて面白《おもろ》うなる。つまり住めば都ていうわけや。」

かねは自分の解釈に満足して屈託《くったく》なく笑い声を立てた。

清一はそれまでにやにや笑いを続けていたが、そのうちだんだん神妙な顔つきに変って行った。それは母親の解釈に感心し、その説に納得《なっとく》したからではない。むしろ彼は、母親の解釈はひどいこじつけだと思った。にも拘《かかわ》らず、そこには拒否《きょひ》しきれぬ何かがあった。

そして、ぬいやふでも、やはり同じだった。二人はむしろかねの解釈の方が当っているのではないかと思った。なる程《ほど》、石の上にも三年とか、艱難汝《かんなんなんじ》を玉にすとか、昔からいわれてきている諺《ことわざ》や格言には、それぞれ深い道理や、巧《たく》みな処世術が含《ふく》まれている。けれどもその道理も処世術も、小森には通用せぬことが多いのだ。ぬいは思った。

〝自分たちは石どころか、もっと痛いいばらの上に、もう何百年も坐ってきた。人生の艱難という艱難もなめつくした。けれども、何がどうよくなったろうか。結局、かねが言うみたいに、石にすわることに馴れて、やっと生きてゆけるのやなかろうか〟

ふではふでで考えた。

〝小森の者は、なぜ石の上に坐ってなけりゃいけんのやろか？〟

そして誠太郎は自分で自分に言いきかせた。〝石から腰《こし》を上げろ。石なんか蹴《け》っとばして立ち上れ！〟

「よっしゃ、さあ、こい！」

誠太郎はぐいと両肱《りょうひじ》を張った。またかるたがはじまった。誠太郎はふでの読み上げる札を、眼もとまらぬ早業《はやわざ》で手に入れた。

「強い奴やな。」と清一は音をあげて、「やっぱり鮟鱇《あんこう》にゃかなわん。あい(平常)から大飯食うとるさかい。」

「なあに、そんなことあるかいな。誠やんはなんでもよう勉強してやから頭がすばしこいネ。清もなまけんと学校へ行かなあかん。これからは六年生卒業せんことにゃ、大阪の店やでも、工場でも、使うてくれはらんそうやで。」

かねは急にしんみりとした口調になった。折柄《おりから》、季節風がひゅーんと屋根をこえ、かたんと裏戸をたたき、ぎーっと井戸のはねつるべをゆすぶって行った。

次の日、久しぶりに登校した清一は、運動場の真ん中の砂山を、暫《しばら》く遠くから眺《なが》めていた。砂山は彼に対してよそよそしかった。なじみ深いはずの鞦韆《ぶらんこ》や遊動円木さえも冷たくそっぽを向いていた。

だが食後の休み時、誠太郎と豊太にかかえられ、むりに砂山のてっぺんに押《お》し上げられた清一は、やっとそこが自分の学校のような気がした。彼ははだしの足をくすぐる砂の感触《かんしょく》に満足してへらへら笑った。

それから三月二十七日の修業式まで、清一は一日も休まなかった。そして、無事六年生に進級した。進級成績がびりから二番だということは、清一自身も知らなかった。

六

朝粥《あさがゆ》の熱さに、けさの誠太郎は気が揉《も》めた。彼は一刻も早く家を出たかった。去年からの望みが叶《かな》って、きょう、彼は孝二と二人で下川村井野なる母の実家《さと》へ遊びに行くのだ。

孝二も落ちつかぬかっこうで一杯すると、もう茶碗《ちゃわん》をおいて、

「わし、着物、着かえるネ。」

「せやけど、そんなこっちゃ、途中《とちゅう》で腹がへるで、井野は遠いさかいな。」

ふでが案じ顔にもう一杯よそろうとする。

「いらん、いらん。わし、食いとうないネ。」

真実、孝二は腹どころか胸先《むなさき》までいっぱいだった。そこには不安と希望が同居していて、互《たが》いに押し合い、へし合いしていたのだ。

「まあ、井野へ行くのがそねん嬉《うれ》しのか。もっとも、わいかて、この年齢《とし》になっても、まだ母実家《ばばざと》へ遊びに行く夢を見ることがあるからな。はっはっ、、、。」

ぬいは孝二の着がえを手伝った。

ふでは手縫《てぬ》いのきんちゃくから十銭銀貨を取り出し、くるくる紙に包み、更《さら》に風呂敷《ふろしき》に巻きこんで、

「誠太郎。これで手土産を買うて行《い》きや。井野の手前の早瀬に、菓子屋《かーせんや》があるやろ。知ってるか？」

「知ってる。知ってる。井野へ曲る道の角《こ》や。」

「そうそう。あこの饅頭《まんじゅう》は昔からうまいいうて、お祖父《じい》やんが好きやネ。十銭で二十あるさかい、ええ土産や。」

「よっしゃ、わかった。」

誠太郎は三尺帯の上から風呂敷をしめた。

「じゃあ、わいも小遣いをやろかな。」

ぬいが二銭銅貨を一枚ずつ孫の手に握《にぎ》らせた。

「お祖母《ばあ》ん、わしな、正月にもろた五銭もまだここに持ってるネ。みなで七銭や。」

「わしもや。」と孝二も満足顔だ。ぬいはだまって孝二の頭をなでた。

「それじゃ、気イつけて行きや。こんやは泊《とま》れたら泊ってきてもええで。」

「泊るのはあかん。」と、誠太郎は一寸《ちょっと》羞《は》ずかしそうに首をふった。ぬいはその誠太郎の頭もなでた。自分のふところから離《はな》れては一夜も明かせぬ誠太郎は、ぬいにとってもまた手離しがたい〝宝〟だった。

「あ、それから忘れんと言うてや。〝お母んは今はせわしいさかい、ひまになったら行くと言うてた〟て。」

門口《かどぐち》から五、六歩見送ってふでが言った。それは決して空挨拶《あいさつ》ではなかった。霜溶《しもど》け期が過ぎて花のたよりがはじまると、寺々には会式《えしき》が、神社には祭礼が、今日も明日もと取り行われる。麻裏《あさうら》や竹の皮の履物《はきもの》類が、その需要《じゅよう》を高めるのはこの季節だ。ぬいやふでも、このところ手に余る程の注文を問屋筋から受けている。一つには義理めいたものもあって、彼女たちは一日といえども仕事を休むことが出来なかったのだ。

さて、道は連日の日和《ひより》に白く乾《かわ》いて、誠太郎も孝二も新しくおろした麻裏が軽い。むらを出外れてふり返ると、朝餉《あさげ》の煙《けむり》が、帯のように横長く小森字《あざ》をかこんでいた。

「兄《にい》やん、まだみんな寝《ね》とるみたいやな。」

坂田の入口で孝二がささやく。

「うん。」と誠太郎もひそやかに答える。

門構えの多いここ坂田字の家々は、まだたいてい門の大戸がしまり、道沿いに母家《もや》を持つ家も、入口の戸を半開きにして僅《わず》かに朝を迎え入れるかっこうだ。今日から学校が休みの子供たちは、手足をのばして朝の寝心地をたのしんでいるにちがいない。

〝やっぱり早いとこ出てきてよかった。もう一時間おそかったら、あいつら、きっとこのへんに寄り集《たか》って、なんやら、かんやら吐《ぬ》かしたにちがいないわい。〟

安心に裏づけられた勝利感が誠太郎の胸を掠《かす》めた。彼は佐山仙吉の邸《やしき》や、同級生の家の前は、わざとゆっくり歩くことに努めた。ところがいよいよ坂田を出ぬけたとたん、誠太郎は強い追い風を喰らったように吹っ飛《ふ》んだ。それは強敵から遠ざかるというよりも、得体《えたい》の知れぬ化物の恐怖《きょうふ》からのがれ去ろうとする心理に似ていた。

驚《おどろ》いた孝二は半泣きで兄の後を追う……。やっと彼はれんげ田のそばで兄に追いついた。

「孝二、泣いたらあかん。兄やんは、雲雀《ひばり》がいるみたいに思うたから走ってきたんや。」

しかし兄のいいわけは、孝二の耳には入らなかった。彼はすねた様子でれんげをむしり、ぽいぽい誠太郎に投げつける。

誠太郎はその一花を受けとめてひょいと口にあてた。朝露《あさつゆ》のせいか、蜜《みつ》のせいか、れんげの花はうす甘《あま》い。

孝二は急にきげんをなおして、

「兄やん、れんげの花は甘いやろ。」

「うん、甘い。孝二も蜜を吸うたことあるか。」

「あるで。なんべんも。」

孝二も一花とって唇《くちびる》にあてた。そして二人はまっすぐ曾我川《そがかわ》の堤《つつみ》をめざした。

曾我川をこえると、今まで堤と森にかくれていた耳成山《みみなしやま》が真正面にあらわれた。少し右手に畝傍山《うねびやま》も見える。ここは坂田村とは郡ちがいのよそ村だ。誠太郎は身体《からだ》をしめつけていたたがが外れたようにほっとした。

「兄やん、井野はまだまだやな。」

「あたりまえや。まだ来はじめたばっかしやないけ。孝二はもうしんどいのけ。」

「ううん。しんどうない。」

孝二はすたすた歩いた。疲《つか》れていない証拠《しょうこ》を示すためだった。

彼はひとり心の中でくりかえした。〝井野はまだまだや。〟

孝二には井野が遠いということが一つの魅力《みりょく》だった。遠い井野は、そのまま広いもの、遥《はる》かなものに通じる。そして、広いもの、遥かなものは美しい。孝二はきのう歌ったばかりの歌をうたった。

ほたるの光まどの雪……

陽がだんだん昇って、どのむらからも土割りや鍬《くわ》をかついだ人が出て行く。やがて道沿いに、満々と水を張りつめた溜池《ためいけ》がひらけた。溜池の堤には、枯芝《かれしば》にまじって土筆《つくし》の緑、すみれの紫《むらさき》、たんぽぽの黄。誠太郎は一寸足をとめて、

「ずっと昔はな、このへんで何べんも大けないくさをしたんやと。」

「誰《だれ》がいくさしてン？」

「はじめは神さま。それからえらい人たちや。」

「なんで神さまやら、えらい人やらがいくさしやはるネ。」

「それは悪者を攻め滅《ほろ》ぼすためや。学校で歴史を習うと、昔は悪者といくさばっかしし

とったみたいや。」

「田も作らんとか？」

「田か。そうやな。田はどうしとったんやろか。」

誠太郎は思わずあたりを見廻《みまわ》した。菜種は盛りの花を朝日に光らせ、穂孕《ほはら》みの麦は、ここに生命ありとばかり悠然《ゆうぜん》大空に対《むか》っている。人あるところ、今も昔もなくてかなわぬはずの田畑作り。いったい神代といわれるその昔、人は何をもって生きるわざとしたのであろうか？

「孝二、そら昔かて、きっと田や畑は作ってたで。せやないと、今まで生きてこれへんもの。」誠太郎は確信をこめて言った。

「せやけど、いくさばっかししてたら、田や畑は作れへんやないか。」

「せやから、田や畑を作る人は、いくさはしなかったんや。いくさは、悪者を討《う》ち平らげるためや。」

「悪者て、誰や。」

「誰て、大勢いよる。このへんは、しき兄弟いうて、なかなか強かってんで。」

「それ、どんな悪いことしたン？」

「それはわからぬ。学校でも教えてくれはらぬ。」

「その悪者、どないしたやろ。」

「きっと殺されよったな。いくさに負けよったさかい。」

「ふーむ。」と言ったものの、孝二にはその話が腑《ふ》に落ちかねた。彼には尊い神様が、いくさで人を殺すというのがなんとしても不思議だった。といって、学校の先生が嘘《うそ》や間違《まちが》いを平気で教えているとも思えない。

道はそれから幾曲《いくまが》りかしてこんどは飛鳥川《あすかがわ》だ。飛鳥川をこえると、もう井野は近い。

誠太郎は早瀬の入口で腰《こし》の風呂敷をとり、十銭銀貨をてのひらに握った。

さて菓子屋の饅頭はまだふかし立てらしく、並べた菓子箱の硝子蓋《ガラスぶた》が乳色に曇《くも》っていた。

「饅頭十銭おくなはれ。」

誠太郎が声をかけると、誠太郎の母親と同じくらいの年輩《ねんぱい》の小母さんが、「十銭だすか。」と念を押した。誠太郎は十銭銀貨をふたの上においた。

「どこから来やはってんな?」

「坂田村から。」

「まあ、あねん遠いとこからもう来やはったんか。えらい坊《ぼ》んでんな。これからどこへ行きやはるネ。」

誠太郎は口をつぐんだ。

小母さんは幅広《はばひろ》い竹の皮に、二十個の饅頭を二列二段に程《ほど》よく並べ、しゅっと竹の皮

の端《はし》を引き裂《さ》き、それを紐《ひも》にして手早く包みをしばった。ついで小母さんはうす赤色の新聞紙を竹の皮包みの上にかぶせて、

「さあ、風呂敷出しなはれ。あんじょう包んだげる。どこへ行きやはるネ、坊んらは。」

誠太郎はやっぱり口をつぐんだままだ。そして内心、顔をあかくすまいと懸命《けんめい》につとめた。けれどもそんな努力をすればするほど、誠太郎の顔面はあかくなった。

小母さんは不審《ふしん》そうに誠太郎を眺《なが》め、孝二を見やりしていたが、やがて風呂敷包みをかかえ、足早に井野の方角に曲る二人を見送ってひとりごちた。〝あの子ら、一寸見たとこはええとこの坊んやけど、やっぱりエッタかいな。〟

そして、ふたの上の銀貨を、そろっと指先でつまみ上げた。

七

下川村、字井野《あざいの》は戸数百五十あまり。飛鳥川の支流に沿って、そのおおかたが藁屋《わらや》である。中に一棟、きわ立って高い瓦屋根《かわらやね》。満誓寺の本堂だ。

誠太郎たちの母実家《ばばざと》は、満誓寺と向き合っていて、井野ではただ一軒の門構えである。もちろん満誓寺の山門とはくらぶべくもないが、それでも誠太郎には一つのほこりだった。

さて、正午《ひる》少しすぎ、井野の〝精鋭《せいえい》〟三十数人がこの門前に集結。特別志願兵の誠太

郎を加え、時を移さず西に向いて進発した。
「あっはっは……。」
惣七《そうしち》お祖父《じい》やんに、特に誠太郎の後ろ姿を眼で追いながら愉快《ゆかい》そうに笑った。
実際それは愉快な〝軍隊〟だった。彼等の装備は、青竹、古竹。生枝、枯《か》れ枝。そして長さ、太さもまちまちながら、今や不思議にも小銃《しょうじゅう》の役をなし、そしていよいよ激戦となれば、忽《たちま》ち大砲《たいほう》となり、機関銃となって幾多の戦果をかちとるのだ。まさに〝無敵陸軍〟である。
　我等は日本男児なり
　世界で強きは我等なり
　幾千艘《そう》の軍艦《ぐんかん》も
　幾百万の大軍も
　少しも怖《おそ》るることはない
　我等の持ったる鉄砲に
　大和魂《やまとだましい》のたまをこめ
　一度にずどんと撃《う》ってやる……。
「あっ、はっはア……。」
遠ざかる歌声に耳をかしげて、またお祖父やんは笑った。お祖父やんにはありありみえる。勇ましい〝将兵〟の藁草履《ぞうり》にふまれるたんぽぽの花が。さては、あわてて小溝《こみぞ》にとびこむ蛙《かえる》の目玉が。

「このせつの子供は、みな、兵隊が好きやのう。」

やがてお祖父やんはひとりごとのように言いながら、ゆっくり母家に引き返した。

すると、お客然と長火鉢《ながひばち》の前にすわっていた孝二が、

「お祖父やん、わし、兵隊は好かんネ。」

「孝二さんは、兵隊より本の方がおすきや。優等しやはる子は、まさかちがいますがな。」

七重の母のちえが、いそがしく内職の手を動かしながら言葉をはさむ。それは、下駄《げた》や草履の鼻緒《はなお》作りで、井野の女たちは、たいていこれを副業にしていた。

お祖父やんは孝二とむき合いに座を占《し》めると、一寸《ちょっと》のぞき込《こ》むように首をのばして、

「兵隊もええけど、本好きは、もっとええで。孝二が見てるの、それ、なんやな?」

「これ、面白《おもろ》い本や。」

そばから七重が、「桂《けい》兄やんが、きんの(昨日)ほうびにもろてきてン。孝やんは、なにもろてン?」

「わしは、二年生の本、みなもろた。」

「それはよろしワ。」

ちえは他人《ひと》ごとならず満足顔だ。

けれども孝二は、桂三のほうびの方が遥かにうらやましかった。それは松崎豊太にもらった、あの赤い表紙の本に似ていた。

「その本、よむとわかるけ?」

またお祖父やんが訊《き》いた。

孝二はうなずいて、

「わかるで。面白《おもろ》いはなしがいっぱい書いたるネ。お祖父やん、読んだろか?」

「うん、一つきかしてもらうかな。」

お祖父やんはこよりをひねりはじめた。それがお祖父やんのこの頃《ごろ》の手すさびで、お祖父やんは、それで煙草《たばこ》入れを作るのだ。

ところで、おはなしといえば桃太郎か、さもなければ楠公《なんこう》の類《たぐ》いだと思っているお祖父やんには、孝二の読み出した話は、ひどく見当ちがいだった。けれどもお祖父やんは、だまって聞くのが孫への義理だとばかり、神妙《しんみょう》に耳をかたむけている……。

〝その家は、たいそうお金もちでした。その家には、たびたび大勢の人が集まってきました。立派な身なりの紳士《しんし》。美しく着飾《きかざ》った婦人。それから、きれいなリボンを結んだ女の子など。そして集まった人たちは、いつも歌ったり、おどったり、おいしい物をのんだり食べたりして、ほんとにたのしそうでした。それというのも、みんなお金がどっさりあって、その上身分が高くて、くらすのに何の心配もなかったからです。いったい、この人たちは、どういうわけでそうなったのでしょうか。それは、この人たちの祖先が、昔、いくさでてがらを立てたからだといわれています。どうりで紳士や婦人は、いつも遊びあきると、きまってそれぞれの家柄《いえがら》について語りましたが、たいてい先祖は王さまの親戚《しんせき》で、そして馬術や弓術の名人でした。

小さい女の子たちも、またいろいろおうちのことについてはなしましたが、それは見も知らぬ先祖のことではなく、生きているお父さまについてでした。

「うちのお父さまは大臣よ。大臣は、王さまの次に立派よ。」と、一人の子がいました。

「でもそれはふだんのことよ。いざ戦争という時は、うちのお父さまの方が立派だわ。うちのお父さまは大将だもの。」もう一人の子がいいました。

「あら、だけど、戦争の時、一番だいじなのはお金よ。お金がなければ、弾丸《たま》はもちろん、兵隊さんの服も買えないわ。うちのお父さまは、国中で一番お金もちだもの、一番立派じゃないかしら。」

その家の女の子がいいました。

すると、さっきからもじもじしていた青いリボンの女の子が、

「うちのお父さまは新聞を出してるのよ。」と誰《だれ》よりも大きな声でいいました。

「ね、皆《みな》さん、新聞てどんなものか知ってるでしょう。大臣だって、大将だって、お金持ちだって、新聞に悪く書いて出されたらもうおしまいよ。世間の人が、みんな信用しなくなってしまうもの。うちのお父さまもおっしゃってるわ。わしは、王さまの冠は持っていないが、王さまと同じだって。だから私、うちのお父さまこそ立派だと思うわ。」

しばらく女の子たちはだまっていましたが、やがて大臣の子がいいました。

「私たちは、それぞれ立派なお父さまを持ってしあわせだわ。運わるく、つまらない家にうまれた子は、どんなに働いても、いいくらしは出来ないし、どんなに勉強しても、いい地位にはつけないのよ。私たちはうまれつきしあわせな仲間。私たちは手をつないで、天から与《あた》えられたこのしあわせを守らなきゃいけないわ。よその子に、しあわせをぬすまれないように、いつも仲よく手をつないでなきゃいけないわ。」

「ほんと、ほんと。」

女の子たちは手をつないで、部屋の中をぐるぐるまわりました。

ところでこの部屋の窓下に、さっきから一人の少年がしゃがんでいました。少年は、この家の門番の子供で、今日は花壇《かだん》の草むしりをしていたのです。少年は、部屋の中のにぎやかなおしゃべりを、一つのこらず聞きました。そして、なんべんも溜息《ためいき》をつきました。少年のお父さんは貧乏《びんぼう》で、奴隷《どれい》のように卑《いや》しい身分です。そんなお父さんのところへうまれ合せた少年は、どんなに働いてもいいくらしは出来ないし、どんなに勉強してもいい地位につけないと女の子はいいましたが、ほんとにそうなのでしょうか。もしそうだったら……少年は悲しくなりました。でも少年はめそめそせず、いっそう熱心に草をとりました。少年は自分が働けばその分だけお父さんの仕事がらくになるのを知っていたのです。

それから、たくさんの年月がたちました。百年。いいえ。まだもっとたくさんの年月です。そして、金や名誉《めいよ》を持った人たちがたびたび集まったあのお金持ちの家はすっかり新しく、しかも一層立派に建て直されました。その家の子孫が建てたのでしょうか。ちがいます。それは、その地方の人たちがみんなで相談して建てたので、入口の柱には、「子供の家」と、大きくほりつけてありました。それはほんとに子供たちの家で、中には子供のしあわせになるものがみんなそろっていました。勉強場。遊び場。休み場。なんでも好きなものが食べられる食事場など。子供たちはそろって子供の家に出かけました。そして愉快に遊んだり、たのしく勉強したり、面白くおはなしをしたりしました。それから帰りには、みんなきっと玄関《げんかん》にかざってある大きな額の前で〝お父さま、さよなら。またきます。〟とあいさつしました。その額には、にっこり笑っているどこかのお父さまの写真がはいっていました。それは昔、ここが金持ちのやしきだった時、窓の下で草むしりをしながら、女の子たちのおしゃべりを聞いていた、あの少年だったのです。子供たちはたいていそのことを知っていました。けれども、ふらりと遊びにきたよその国の人たちは、時々、ふしぎそうに訊《たず》ねました。

「なぜ皆さんは、この写真をお父さまとよぶのですか。これは、ほんとに皆さんのお父さまなのですか。」

するとと子供たちは胸を張ってこたえるのです。

「そうです。この方は、私たちみんなのお父さまです。この方は私たちの国の中に、一人でも貧乏で苦しむ者があってはいけないといって、いろいろむつかしい仕事をして下さいました。私たちの国に、ぜいたく暮しをする王さまや、威張《いば》る大臣や、人を殺して名誉がる大将や、ずるいことをしてとくいがるお金持ちがいなくなったのもこの方のおかげです。それからというもの、私たちの国では、みなこの方を〝お父さま〟とよんで、みんな力を合わせて働くようになりました。この方こそ、お父さま中のお父さま、世界で一番立派なお父さまではありませんか。私たち子供は、いつでもお父さまが好きなのです。」〟

ところどころつかえたり、よみ間違《まちが》えたりしたものの、孝二はふりがなをたよりに読み終えた。

お祖父《じい》やんはこよりよりの手をやすめて、

「孝二はえらいのう。そねん長いはなしを、みな読んでくれよって……。やっぱり優等生や。」

「ほんまに、よう読みなはる。桂三ら、せっかくほうびにもろうてきても、見向きもせんと兵隊ごとや。」

七重の母も鼻緒縫《ぬ》いの針をおいて、孝二にほめ言葉を送った。けれども、孝二はほめられてもうれしくなかった。お祖父やんも七重の母も、さっぱり話の内容にふれてくれないからだ。

〝お祖父やんや、おばはんは、どねん思うていやるのかな。こんなええ国がどこかにあるのに。この国には、こんなええお人がいやはるというのに……。〟

しかしあからさまに不満な顔つきが出来ない孝二は、〝私たちのお父さま〟と題のついているその話を、もう一ぺんはじめから読み出した。

お祖父やんもこよりをひねり出したが、暫《しばら》くすると遠慮《えんりょ》した口ぶりで、

「孝二、こんどはほかのを読んだら？」といった。

「せやけど、お祖父やん、わし、この話、好きやネ。」

「へえ。なんでやな？」

「ええ話やもん。」

お祖父やんはあきらかに吃驚顔《びっくりがお》だ。お祖父やんは、まさかこの幼い孫が、話の内容まで理解しようとは思わなかったのだ。

「えらいのう、孝二は。その話がわかるとはほんまにえらい。」

それでも孝二はやっぱりうれしくなかった。彼は人まちがいして頭をなでられているようで気がかりだった。しかし、やがて孝二は元気を出して問いかけた。

「お祖父やんも、このはなし、好きけ？」

「わしかて、好きや。はっはっは。」

「ほんまにけ？」

孝二は念を押《お》した。笑うお祖父やんが、少し信用できなかったのだ。

お祖父やんは、指先にぐっと力をこめる。ぴんと、こよりがよれる……。

「ほんまやとも。」

七重は、さっきからおとなしく孝二のそばに坐《すわ》って、時にお祖父やんの顔をみたり、時に孝二の顔をのぞいたりしたが、しかし、おおかたは膝《ひざ》にのせた市松人形をあやしていた。人形は身の丈《たけ》一尺ばかり、松竹梅模様の振袖《ふりそで》に、きんらんの帯をしめ、ふさふさした黒髪《くろかみ》の下に、切れ長の瞳《ひとみ》をかがやかせている。正月、はしかにかかった七重が、なおるまでおとなしくこの人形と寝《ね》ているようにと、お祖父やんが町から買ってきたのだ。

それからというもの、人形は七重の手もとから離《はな》れたためしがなく、もうだいぶくたびれている。しかしうすくよごれた頬《ほお》はかえって生命あるもののように親しくて、七重はかわいさが増すばかりだ。名まえもいつともなく〝八重〞にきまって、どちらが姉やら妹やら……という有様だ。

今も七重は人形に頬をすりよせて、

「八重ちゃんも、はなし、聞いててや。ええ話やで。」

「ははゝゝゝ。七重までええ話やていいよる。」

お祖父《じい》やんはうれしそうに笑ったが、急にその表情をかたくして、

「せやけど、なんぼええ話かて、話だけではどもならぬ。画《え》にかいた餅《もち》と同じこって、腹の足しにはならんからのう。」

「ほんまに世の中のことは、話みたいには行きまへんな。」

合槌《あいづち》を打つ七重の母の顔つきも、やっぱりどこやら暗くて硬《かた》い。

孝二は自分が叱《しか》られたような気がして、思わず膝をもじもじさせた。その時、裏口から風のように吹《ふ》っとんできた桂三が、さも一大事のようにいきせき切って、

「七重。きてんか。みな、待っとんネ。」

「いやや。」

七重は逃《に》げるようにお祖父やんの膝に上った。

「阿呆《あほ》んだら！ お前が来んと負けるやないか。」

「負けたら、兵隊ごとをやめたらええネ。いつまでもそんなことしててみ、怪我《けが》するにきまったる。」

ちえは厳しくいった。

「せやかて、百年戦争をしてるんやもン。七重が出ぬとあかぬ。」

「なんやね？　百年戦争て？」

「イギリスとフランスの昔の戦争や。」

「そんなよその国の戦争のまねまでして、阿呆なこっちゃな。」

「せやかて、日本の戦争はもうみなやってしもた。誠やんも百年戦争が面白《おもろ》いうて、七重を待っとんネ。女の子が出ると、じきに勝つネ。」

「女の子が出ると勝つのけ？　それはまたけったいな戦争やな。」

ちえは苦笑するしかなかった。

桂三はこめかみから流れる黒い汗《あせ》を平手でふいて、

「お母《か》んはよう知らぬのか？　わしら、もう何べんも百年戦争をやって、いつでも勝った。七重が出てくれよったさかいや。せやから、七重がいややったら、きょうは代りにその市松《いちま》人形さんを借りる。市松人形さんも女の子やから、おなじことや。」

「貸したるけ？」とお祖父やんは七重の顔をのぞいた。

「ほんの一寸《ちょっと》の間《ま》だけ貸したり。」と、ちえも取りなすように言う。

「うん、貸したる。」

やっと七重は得心した。

桂三はいつも七重が背負う時の組紐《くみひも》で人形を背負った。

やがて走り出す桂三の後ろ影《かげ》を見送って、お祖父《じい》やんとちえは声を立てて笑った。

しかし、どんなに笑われても桂三にはこたえない。今や国は危急存亡の秋《とき》。それを救い得るのは、一人ジャンヌ・ダークだけなのだ。

八

八畳《じょう》六畳合わせて四間《よま》取りの母家《もや》は、さして大きな構造《つくり》というほどではないが、破《は》風の白壁《しらかべ》は隣家《りんか》の屋根を見下ろしている。納屋《いなや》につづく米蔵《こめぐら》も、戸前が白黒の飾《かざ》り壁で、何となく豊かな匂《にお》いがする。それに母家の裏手近く、太い棕梠《しゅろ》綱《づな》の車井戸。ここでは雨の日もぬれずに水が汲《く》める。お祖父やんの家で、孝二の一番気に入りはこの井戸だ。

時々よそ字《あざ》の子供から〝貧乏たれのドエッタ〟とあびせられる孝二は、ふと井戸綱をたぐりながら考えた。

(お祖父やんとこはエッタやろか？　お寺の秀坊《ぼ》んは〝小森の親戚《しんせき》はみなエッタや。〟ていうたけど、お祖父やんとこはええしゅみたいや。門があって、屋根は瓦《かわら》で、蔵があって、車井戸で……。)

ところで、孝二が井戸綱をたぐっているのに気がついたお祖父やんは、あわてて井戸端《ばた》の見えるぬれ縁《えん》まで出てきて声をかけた。

「孝二、気イつけや。辷《すべ》ったらあかんで。」

「うん、気イつける。」

素直な返事だ。もちろんお祖父やんは、どの孫が特別可愛《かわい》いというわけではないが、誠太郎と孝二は戦争で父親を亡《な》くしているだけに、とかく不憫《ふびん》だった。殊《こと》に孝二は顔だちもふでそっくりで、お祖父やんには一番親身に感じられた。

さて、ごくん、ごくんと水を呑《の》んだ孝二は、口ばたをふきふき、またもとの火鉢《ひばち》のそばに上ってきた。

七重の母は土間におりて〝けんずい〟の支度《したく》にいそがしい。一日四食が習慣のこのあたりでは、午前の飯を早飯といい、午後の飯を間食《けんずい》といった。七重も母のあとを追って、流しと竈《かまど》のあたりをうろついている。部屋にはお祖父やんと孝二の二人きりだ。

お祖父やんはじっと孝二をみつめる。さっきからお祖父やんの心を占めているのは不安と危惧《きぐ》だ。〝この孫も学校でエッタのヨツのというて泣かされとるんやあるまいか。今は子供であんまり苦にしとらんとしても、先行き、やっぱりそれで苦労するんやなかろうか？〟

けれどもお祖父やんは心にもなくにっこり笑って、

「孝二は本が好きやさかい、今にきっとえらい人になるで。」

孝二はだまって本の頁《ページ》を眺《なが》めている。

「のう、孝二。」

返事を促《うなが》すつもりで、またお祖父《じい》やんは呼びかけた。

「なにえ？　お祖父やん。」

「お前はな、本が好きやさかい、今にえろうなるていうのや。どやな、孝二。勉強して先生になるか？」

「………。」

「先生はいやか。」

「好きや。」

「好きやったら、先生になったらええが。」

「せやけどお祖父やん、わしら、あかぬネ。」

「なんであかぬネ。」

「貧乏《びんぼう》たれやもン。」

稚《おさな》い微苦笑《びくしょう》が、幼い顔に走った。

お祖父やんははっと胸をつかれた。幼い孫の苦い笑顔。それはもう自分がエタなのを心得ている顔だ。お祖父やんはあたりかまわず慟哭《どうこく》したかった。自分たちをエタにつきおとす見えない敵にむかって、思いきり恨《うら》みをぶっつけてやりたかった。けれどもお祖父やんは、それがどんなに空《むな》しいことかということを、ちゃんと一方では知っていた。

「はは、、、。孝二とこは貧乏たれけ？」

お祖父やんは涙《なみだ》を流して笑った。つきあたりそうなエタの壁から逃げるためだった。

実際お祖父やんは六十五歳《さい》になって、まだエタとはどういうことなのか、わかったようでわからない。お祖父やんは文盲《もんもう》ではない。むしろ井野では一、二の物知りで、それだけに、〝天に二日なく、地に二王なし。〟という儒教《じゅきょう》思想も心のどこかにしみついている。そんなお祖父やんは、国に一人の元首が存在するのは、天に一つの太陽が輝《かがや》くかぎり当然のことだと思っているし、その元首をささえて、高官たちがきら星の如《ごと》く居並ぶのも少しも不思議ではないと考えている。けれども、エタと賤《いや》しめられる自分たちが、なぜこの世に存在するのか、また存在しなければならぬのか、これだけはどうしても合点がいかぬ。結局お祖父やんは、エタにうまれ合せたのを、前生の因果とあきらめて生きてきた。が、いわばそれは生きるためのごまかしだ。そしてそのことは、お祖父やん自身も知っている。第一お祖父やんは、前生などというものを信じていないのだ。お祖父やんは意味もなく火鉢のふちをなでながら、

「せやけどな、孝二。世の中には、孝二とこより、まだもっと貧乏な家もあるで。貧乏なんか、ちっともこわいことあらへん。よう働いたら金持ちになるにきまってるがな。」

「お祖父やんとこも、もとは貧乏やったんけ。」

「そやとも。今でもええことないけどな。」

「ううん。お祖父やんとこはええしゅみたいや。蔵も門も建ったるもン。」

「なーに、孝二とこも、今に門も蔵も建つわな。」

「せやかてあかぬ。」

「なんであかぬネ。」

「小森やもン。」

「…………。」

「お祖父やん、小森はエッタや。」

「誰《だれ》がそんな。」

「よその奴《やつ》め、みないいよる。」

「…………。」

「お祖父やん、エッタて、なんや。」

「なんやら、お祖父やん、よう知らん。」

お祖父やんは大きく首を横に振《ふ》った。孝二はうなだれた。ふったお祖父やんの首が、二度とエッタを口にしてはいけないと、にらめつけたように思えたからだ。

〝秀坊《ぼ》んがいうたのはほんまや。小森の親戚はみなエッタで、お祖父やんとこも、ええしゅみたいでもやっぱりエッタや。せやから、いうたらあかぬと怒《おこ》らはるネ。〟

孝二は読みつづけるふりをして本の頁をめくった。

暫《しばら》くして、「けんずい、できましてン。あがっとくなはれ。」と、七亖が母親の言葉を伝えにきた。

「兵隊ら、まだやな。孝二と先にたべようか。」

お祖父やんは孝二とならんで膳《ぜん》についた。別炊《べつだ》きの白飯が、お祖父やんと孝二の茶碗《ちゃわん》に盛られた。

そのけんずいが終らぬうちに、
まもるも攻《せ》むるもくろがねの……

道は六百八十里……

ここはお国を何百里……

思い思いに歌いながら、どっと兵隊たちが凱旋《がいせん》した。そしてけんずいの膳《ぜん》を見るなり、
彼等は口をそろえて、

「あ、しんど。はらへったア。」と本音を吐《は》いた。

ところで赤い振袖《ふりそで》の市松人形は、こんどは誠太郎が背負うていた。彼は戦場でジャンヌ・ダークを乗せる白馬の役をやってきたのだ。しかし戦いが終った今となってはさすがにきまりが悪く、彼は急いで負い紐を解いた。

七重の母がうしろに廻《まわ》って手早く人形を抱《だ》きとめながら、

「七重、八重ちゃんは疲《つか》れてきたさかい、早う寝《ね》かしたりや。」

七重は、すぐ座敷《ざしき》のはしに小蒲団《こぶとん》を敷き、自分もいっしょに横になった。

ねんねんよう　ねんねんよ
よい子だ泣くなよ　ねんねんよ
いだくも母よ　なでるも母よ……

一しきり和《なご》やかな雰囲気《ふんいき》があたりを包んで、お祖父《じい》やんも満足そうだ。

ところが不意に、わーんと七重が泣きわめいた。

孝二はびっくりして口もきけない。

「なんや、なんや。蜂《はち》がさしたか。」

お祖父やんは七重を抱きおこそうとする。しかし七重はその手を押《お》しのけて、

「市松《いちま》人形さんやア。市松人形さんやア。」

「市松人形さん、どないしたか?」

「指、とれたア……。」

みんなびくっとして箸《はし》をおいた。

ちえは駈《か》け上って人形を抱き上げたが、

「まあ、ほんまに……。」と声をのむ。人形は無惨《むざん》にも、右手の拇指《おやゆび》が、つけ根からぶ

っつり欠けている。

「つけ、てえ。早《はよ》う、つけてえ！　いちま、さんの、指つけてえ！」

はげしい泣きじゃくりが、七重のわめき声を幾度《いくど》もとぎらせた。

「つけたる。人形さんの指は、あんじょうつけたるさかい、泣かんとき。」

お祖父やんは、いいながら、奥《おく》の仏壇《ぶつだん》に供えておいた孝二たちの土産《みやげ》の饅頭《まんじゅう》を下げてきた。

「せや、せや。七重に、赤い饅頭やっとくなはれ。二つも三つもやっとくなはれ。」

ちえは泣く子をだまそうと懸命《けんめい》だ。けれども七重は、

「いらん、いらん。饅頭いらん。人形さんの指つけてえ。」と、なおも畳《たたみ》にしがみついて泣きわめく。

誠太郎は適当にあやまる言葉がない。もちろん知らぬ間の怪我《けが》だが、その責任はたしかに自分にあるのだ。しかも事もあろうに、あの小さなかわいい手を四本指にしてしまったのだ。

お祖父やんは悵然《ちょうぜん》として暫く腕組《うでぐ》みしていたが、

「そんな市松さん、放《ほ》かしてしまい。お祖父やんがもっとええの買うたるさかい。」

七重ははじかれたように起き上った。険しいお祖父やんの眼が、ぐっと七重を睨《にら》んでいる。それはすぐにも腕をのばして、人形を放りかねない形相だ。

「放かしたらあかん。放かしたらあかんネ……。」

七重は人形を抱いて孝二のそばに駈《か》け寄った。お祖父《じい》やんが常日頃《つねひごろ》孝二をほめそやしているのを知っている七重は、今の場合、孝二が一番たよりになると思ったのだ。

お祖父やんは顔をやわらげて、

「そやったら、もう泣かんと孝二と遊び。さあ、饅頭やるさかい、市松さんにも食べさしたり。」

そして五人の子供に、それぞれ紅白二つの饅頭を配った。

桂三はすぐ饅頭にかぶりついたが、健一はふところに入れて裏に出た。そのあとを誠太郎が追った。

「誠やん、わし、兵隊ごとはもうやめる。」

「わしかてやりとうても、くたびれてもうあかぬワ。」

「誠やんはよう働きよったな。」

「指揮官がうまいさかいや。」

「誠やんは、ほんまに兵隊になるのけ?」

「うん。兵隊はいややいうても、検査に合格したら行くしかないもン。」誠太郎はわざと分別くさくいう。

「でもな、兵隊はなかなか辛《つら》いそうやで。」

「辛《つろ》てもかまへん。」

「上官の命令は朕《ちん》が命令。何のことか知ってるけ。」

「知ってる。」

誠太郎は赤い饅頭をぺろり二口で平らげた。

納屋をぬけると、そこは空地で、片隅《かたすみ》に柿《かき》の木が二本、少し斜《なな》めに立っていた。空地の向うは細い畦道《あぜみち》ですぐ耕地につづいている。

健一はするする柿の木によじ登り、適当な枝に腰《こし》かけてふところの饅頭をとり出した。

「誠やん、これ早瀬の菓子屋《かーせんや》で買《こ》うたんやろ。松葉の焼判は、あこの印や。」

「ふーむ。よう知ってるんやな。」

誠太郎も柿の木に登って、ふところにのこった白い饅頭を取り出した。成《な》る程《ほど》、松葉の焼判だ。

「誠やんが去《い》ぬ時、あこまで送ったるワ。」

「送ってくれんかてええ。」

誠太郎は本気だった。彼は送ってもらいたくなかった。あの店の前は、さっさと通り過ぎるつもりだったのだ。

「七重はもう泣きやみよったらしいで。今泣いたからす、饅頭二つで笑うたア……ていうとこや。あいつに泣かれるとかなわんな。」

暫くして健一が言った。

「わし、悪かってん。後悔《こうかい》したかてあとの祭やけどな、もっと気イつけて走るとよかってん。それをええ馬になったつもりで、無茶苦茶に走ったさかい、きっと堤《つつみ》の木の枝にひっかけて指を折ったんや。」

「かまへんがな。名誉《めいよ》の負傷やもン。ほんまのジャンヌ・ダークは、もっとえらい目におうたんやで。」

「せやかて……。」

誠太郎は素早く健一を見た。そして疑った。〝健やんはほんまに何とも思うてへんのかいな。拇指がとれて四本指になっても平気なんやろか？　もしわしみたいに、ヨツていわれたおぼえがあったら、人形の四本指が、えらいこと気になる筈《はず》や。〟けれども誠太郎は、それを口に出していうことが出来なかった。彼は柿の新芽にちょっとさわり、あわてた様子で下におりた。

さて、母家にもどると、七重はすっかり上きげんで人形を背負うていた。孝二が負傷した八重の右手に繃帯《ほうたい》を巻いてくれたので、七重はいよいよこの人形が好きになったのだ。健一と誠太郎も、それでやっと心のおもしがとれた。

お祖父やんは奥の間で、こっそり銭《ぜに》を包んでいた。もう間もなく小森に帰ってゆく二人の孫に手渡《てわた》してやるためだった。

九

いつの間にか早瀬を過ぎて、四人は飛鳥川《あすかがわ》にきていた。

誠太郎は橋の手前で立ち止って、

「この橋は、健やんも桂やんも渡ったらあかぬで。渡ったら、もっと送ってもらいとうなるよって……。」

「せやったら、誠やんらは走って渡り。わしと桂三はここで立って見てる。」

健一も立ち止った。

孝二はとことこ橋上を駈けた。

誠太郎もあとを追った。

渡り切って振り返ると、健一と桂三は橋の中ほどまでついてきていた。

「さいなら！」

「さいなら！」

あとはすたすた夕日に向いて急ぐ誠太郎と孝二。夕日をうしろにゆっくりもどる健一と桂三。やがて彼等は互《たが》いに振り向いたが、見えるのは飛鳥の川堤ばかりだった。

「兄《にい》やん。去《い》ぬまでに暗うなるか？」

不安が孝二の足をせき立てる。

「ううン。大丈夫《だいじょうぶ》、暗うならへん。お日さん沈《しず》んでも、まだ明るいで。」

けれども誠太郎も、やっぱり不安は否定出来ない。だがその時、帰りがけにお祖父《じい》やんのくれた紙包みが、ふっと誠太郎の心をつかまえた。誠太郎は一瞬《いっしゅん》不安を忘れ、急いで巾着《きんちゃく》を引き出した。紙包みは、そのまま巾着にねじ込んであったのだ。

「あっ、五十銭や。」

思わず足が停《とま》った。

孝二もわくっと身体《からだ》が熱くなった。

「えらいこっちゃ。お祖父やん、五十銭もくれはった。お祖父やんとこ、やっぱりええしゅや。」

誠太郎はもとどおり紙に包み、巾着にねじこんだ。

「兄やん、わしとこは貧乏《びんぼう》たれやな。」

「うん、そうかて仕様ないワ。お父《と》ったん、戦死したもン。健やんとこのお父ったんは、今日も商売に出たはるそやで。仰山《ぎょうさん》、田も作ったはるし、まだその上商売やもン、お金たまるのあたりまえや。」

「なんの商売しやはるネ。」

「むらで作ったはる鼻緒《はなご》ナ。あれ、大阪の方まで持って行かはるんや。」

「せやったら帰りしなにええ土産《みやげ》も買うてきやはるな。」

「うん、ええお父ったんや。」

〝ええお父ったん〟という言葉に、孝二はおはなしの国のお父さまを思い出した。そのお父さまは、少年の頃《ころ》に、地位や名誉やお金を持つしあわせな人たちから仲間はずれにされていたが、しまいには、贅沢《ぜいたく》ぐらしをする王さま、威張《いば》る大臣、人を殺す大将、相手をだまして金をもうけるずるい金持ち、そんな人の一人もいない世の中を作って、どの家の子供も同じようにしあわせにしてくれたのだ。孝二もそのお父さまが好きだ。そのお父さまなら、エッタやヨツなどといって、自分たちをいじめる人間を、きっといなくしてくれたにちがいない……。

孝二は爪先《つまさき》をみつめてさっさと歩いた。

もう半分みちだ。さしかかったむらのどこかで、犬がしきりに吠《ほ》えている。孝二も誠太郎も、犬は好きだが吠えられるとこわい。二人は逃《に》げるようにむらを走った。とそのゆくてに、ひょいと横手から現われ出た人三人。三人とも風呂敷《ふろしき》包みをはすに背負い、手には、二、三足の竹の皮草履《ぞうり》をさげている。

「あれ、わしとこらの小母やんや。」

孝二はたのもしい道づれを見つけたような顔つきだ。

誠太郎も孝二と同時に、それが小森の小母やんたちなのを見分けていた。一人は永井しげみの母親さよ。あとの二人は、佐味田要三の祖母と、小森一の口達者と定評のある、

藁《わら》や棕梠《しゅろ》の仲買人大竹庄平の女房《にょうぼう》だ。けれども誠太郎は、小母やんたちに追いつくより
も、むしろどこかへ身をかくしたかった。竹の皮草履を行商する小母やんたちといっし
ょでは、たとい顔見知りのないむらでも、忽《たちま》ちエタだと見抜《みぬ》かれてしまう。誠太郎は肩《かた》
をすぼめた。見つかるのがこわかった。

だが、それは徒労だった。

しげみの母がふり向くなりわめいたのだ。

「まあ、誠やんやないけ。孝やんもいっしょに井野へ行《い》てきたんけ。さあ、いっしょに
帰ろ。ええ連やで。」

すると要三の祖母も、だまっていては不《ぶ》あいそとでも思ったらしく、

「早うきなはれ。はっはっは、、、。」

もうとても逃げられない。いっそ思い切って小母やんたちを追いこそうか？　それに
はちょうどいい機会だった。小母やんたちは道沿いの家に立ち寄った。売れ残りの草履
をさばくつもりなのだ。

誠太郎は孝二の腕《うで》をつかんでぐんぐん走った。そして小母やんたちの知らぬ間に、そ
の家の前を駈《か》けぬけた。

〝終《しま》いの草履《じょり》や買うとくなはれ……〟

子供がどこかで戯《たわむ》れている。

〝一銭五厘《いっしんごっしん》 負けとこ五厘《ごっしん》
終《しま》いの草履や 負けときまっさ……〟

誠太郎はつきとばされたように身体のしんがよろめいた。一銭五厘《いっしんごっしん》。それをいわれるのは泣くほどつらい。小森では、銭《せん》がしんと発音され、ら行も濁《にご》ることが多い。学校で本を読む時も、小森の生徒は読まぬうちから発音のことで気がひける。そのため、かえって吃《ども》ったり、つかえたりして、先生に、〝小森はあかぬ。〟ときめつけられるのだ。わーん。わーん。手放しで泣いたら、どんなにすっとすることか。しかし誠太郎は泣く代りに大声で歌った。

敵は幾万《いくまん》ありとても
すべて烏合《うごう》の勢《せい》なるぞ……

そして小母やんたちと、だんだん遠くはなれて行った。

やがて曾我川《そががわ》の堤が、長く南北にのびて見えた。ここまでくれば、もう日が沈んでもこわくはない。川を渡れば坂田村だ。すると、その時急に西の方から暗くなり、夕風がさーっと麦の穂《ほ》をゆすって行った。

「兄《にい》やん。」

意味もなく呼んで、孝二は兄に身体をすり寄せる。誠太郎はしっかり孝二の手を握《にぎ》った。

ごーん。ごーん。遠くで寺院の鐘《かね》が鳴りはじめた。

「兄《にい》やん。」

こんどは孝二の声に不安が出ていた。誠太郎は抱《だ》くように孝二の肩に手をかけた。

ごーん。ごーん。ごーんごーんごーん。

「おや、早鐘だ。」

誠太郎はどきっと心臓がふるえた。

曾我川に沿った家々からはあわてたように人々が飛び出し、とっとと堤に駈け上る。

ごーん、ごーん。坂田の釣鐘も鳴り出した。火事らしい。

誠太郎は怨ちのどがやけつくように渇《かわ》いた。彼はじゃけんに孝二を引っぱりながら、

〝火事や、火事や〟と呼吸を乱した。

「坂田やない。坂田の向うや。」

曾我川をこえながら小父《おっ》さんがどなる。

「坂田の向うなら、小森かな?」

「きっと小森や。」

「なーに、小森のまだ向うや。」

堤に立って小母さんたちがわめく。

男たちはどんどん走る。葛城川《かつらぎがわ》の堤をめざしているのだ。

「兄やん。小森が火事か。」

「まだどこやらわからぬ。」

誠太郎は突慳貪《つっけんどん》に言い放つ。けれども彼は、火事はもう小森にちがいないと思った。そしてことによると……、誠太郎には祖母や母の、狂《くる》ったような顔が眼に浮ぶ。

やっと坂田にさしかかった。

「火事はどこや?」ときく小父さん。

「小森だっせ。」と答える小母さん。

「やっぱり小森か。」

「あ、エッタの火事や。」

声をあとに、誠太郎と孝二はやっと学校の前に出た。堤の向うに火の手が見える。わーっ、わーっと地鳴りのようなとどろきがきこえる。二人は夢中で大橋をこえはじめた。とたんに、

「子供は危ない。戻《もど》れ、戻れ。」

と、大きな手が誠太郎のえりがみをつかみ、孝二の身体を吊《つ》り上げた。二人はあっけなく大橋を坂田の側へひき戻された。

「孝二、泣きなや。家は焼けてへん。」

学校の裏手に身を避《よ》けて、誠太郎は孝二の顔をのぞいた。孝二の顔は、涙《なみだ》でぐっしょ

りだ。

「ほんまか、兄《にい》やん。ほんまに、焼けてへんか。」

「ほんまや、ほんまや。わし、よう見える。」

あたりはうす暗い。誠太郎はがたがたふるえながらも小森をみつめた。伸縮《しんしゅく》する炎《ほのお》の中に、時々ちらっと納屋の屋根がみえる。

「わー、焼けよる、焼けよる。」

堤のま上を声が走る。

「エッタの火事はよう焼けよる。」

「小森みたいなもン、丸ごと焼けたらええわい。」

「エッタもいっしょに焼けてしまえ。」

仙吉。重夫。みんな聞きおぼえのある声だ。気がつくと、誠太郎自身は、堤の傾斜《けいしゃ》にはりついていた。

「兄やん、わし、去《い》にたい。」

孝二がしゃくり上げた。

「去にたいうても、今は橋が渡れんさかい、もうちょっと辛抱《しんぼう》するのや。」

「うん。せやけど、お母《か》んとお祖母《ばあ》んはどないしててか心配や。」

「きっと火消し手伝うててや。」

ぽんぽん。ぽんぽん。ぶきみな竹の破裂音。どこかの藁葺《わらぶき》屋根が焼けおちるのだ。それとも火の手は更《さら》に新しくのびて行くのか。

わっしょ、わっしょ。

手押《てお》しポンプが橋を渡って行く。

「おお、くさい？」と女の声。

「ほんまにくさい。」と老人の口跡《こうせき》。

「エッタは火事までくさいのう。」

「ほんまにくさい火事でんな。」

風が西に変って、火煙《かえん》が橋をめがけて打ちなびく。あたりはまったく異様な臭気《しゅうき》だ。

「なんやら、子供が火つけよりましてんと。」

「えらい悪戯《わるさ》な餓鬼《がき》でんな。」

「どうせエッタの餓鬼やもン。」

「ええも悪いも見さかいないわい。」

「それもみんな親のせいやで。」

宵闇《よいやみ》の空を火の粉が星くずのように舞《ま》い狂う。

誠太郎と孝二は仔犬《こいぬ》のように堤を這《は》いおりた。二人は川底を横切って、向う堤にこえようとしていた。

虹《にじ》

一

焼け落ちる棟木《むなぎ》の狂った火炎《かえん》が、裏作の菜種の花に、いなずまのような鋭《するど》い照明をあてる。そこに誠太郎と孝二が立ち竦《すく》んでいた。

怖《こわ》い。恐《こわ》い。我《わ》がとこ（自分の家）が焼ける……。ふるえる二人の頭上を、ごーっ、ごーっと風のようなものが通って行った。

「兄《にい》やん。」

呼ぼうにも孝二は声が出ない。口はからからに渇いて、舌先が日向《ひなた》の雑巾《ぞうきん》のように硬《こわ》張《ば》っている。

誠太郎も同じだった。彼は孝二を勇気づけようと、さっきからしきりに気があせった。だが誠太郎自身、既《すで》に末梢《まっしょう》神経が麻痺《まひ》した形だ。

その時、さーっとホースが水を噴《ふ》きはじめた。たった一台の手押しポンプ。それでも火事場の人々にはたのもしい助太刀《すけだち》だった。彼等は走り、喚《わめ》き、罵《ののし》り、怒《おこ》った。彼等がいき、いきを吹《ふ》き返した何よりの証拠《しょうこ》だ。

「孝二。」

　誠太郎は声が出た。

「兄やん。」と孝二も舌が動いた。

「もう大丈夫《だいじょうぶ》や。」

「ほんまか、兄やん。」

「ほんまや。あれ、見イ。」

　嘘《うそ》でも気休めでもない。母家《もや》の棟木を焼きおとした火炎は、そこで急に向きをかえて、納屋《いなや》とは反対の焼け跡《あと》になびき出したのだ。あのぶんなら納屋は助かりそうだ。

　二人は走った。熱い空気が口の中にとびこんで、のどの奥《おく》までひからびそうだ。

「お祖母《ばあ》んよオ。」

　やっと納屋裏の、そら豆のそばでぬいを見つけた。

「あ、誠太郎、孝二。」

　ぬいの両手が、すばやく二人を抱《かか》えた。抱えられた二人は、お祖母んの大きな口が、ぎゅーっとへの字に曲るのを見た。すると、二人の口もきゅんと曲って、涙が一滴ずつ両方の眼からこぼれ落ちた。

「泣きなや。泣いたらあかんで。家が焼けてもかまひん。わいはな、お前《ま》はんら、どねんしたか思うて、そればかり心配してたんや。」

そら豆の花が仄白《ほのじろ》く誠太郎たちの瞳《め》に映った。

「お姑《かあ》はーん。お姑はーん。」

ふでがわめきながら走ってくる。誠太郎と孝二は火炎のたいまつで、たやすく母に対面した。

「お母《か》んはな、お前はんら二人、どねんしたか思うて……。家は焼けてもかまひん。かまひん。」

そのふでの唇《くちびる》も、ぬい同様への字に曲った。

さて、幾刻《いくとき》過ぎたろうか、人々の乱れ狂った時間の観念の中に、火は十五棟を焼いて鎮《しず》まり、ホースも水をふきやめた。だがその頃《ころ》から、火事場には新しい火炎が立ちはじめた。

〝火元はどこや。〟

〝火元はあいつや。〟

〝いや、火元はおんどれ（汝）だ。〟

〝火元は、警察へ引っ張られるぞ。〟

〝火をつけた奴は監獄《かんごく》行きや。〟

裏畑に持ち出された道具類を、納屋に運び戻す手伝いをしながら、誠太郎と孝二はそんな大人のやりとりがこわくて足がふるえた。もし葛城川の堤《つつみ》で聞いたように、火悪戯《ひわるさ》をしたのが子供だとしたら、その子供は監獄へほうりこまれるのだろうか。それにしても、その子供はいったい誰《だれ》なのだろう。

「わしじゃない。」

けれども誠太郎も孝二も、じっとうしろからにらまれているようで怖《こわ》い。さて、ふでとぬいがどたん場の知慧《ちえ》で作った積み藁の寝床《ねどこ》にもぐりこもうとして、誠太郎は、ふと思い出した。

〝あ、お祖父《じい》やんにもろうた五十銭！〟

もしや夢中で駈《か》け廻《まわ》っているうちに、おとしはしなかったかとふところに手をつっこんだ。ない。あわてて腰揚《こしあ》げにさわった。あっ、硬《かた》い手ざわり。巾着だ。いつ、そこに入れたかは思い出せないが、非常に備えて、誠太郎はその奥に突《つ》っこんだものと見える。

「お祖母《ばあ》ん、これ、井野のお祖父やんが呉《く》れてン。五十銭や。」

誠太郎は巾着ごと、ぬいの手に押しやった。

「あれ、まあ、五十銭も。」

「せや、それ、わし要《い》らんよって、お祖母んにやるワ。」

「…………。」

黙《だま》り込《こ》んだぬいの口が、またゆがみそうに見えた。誠太郎はふとんにもぐり込んだ。

薄《うす》い敷蒲団《しきぶとん》の下で、藁がごそごそ音を立てた。

「兄《にい》やん。怖いな。」

ぴったり孝二が身体《からだ》を寄せる。

「何も怖いことあらへん。もう火事は去《い》てしもたやないか。」

しかし孝二が怖がっているのは火事ではない。それがわかっていても誠太郎には言えない。誠太郎もやっぱりそれが怖いのだ。サーベルをさげて、あるくたびに、ぎっ、ぎっと靴《くつ》をきしませるあの男。ふだん道で出あっても、身体がぞくっと寒気立つほど怖いあの男。今夜、その男が、焼け跡のへんをぐるぐる廻っているというのだ。

「孝二、寝よ。」

ねむれば一さいの恐怖《きょうふ》と絶縁《ぜつえん》だ。誠太郎はしっかり孝二を抱《だ》きよせた。

「わいも、お祖母んも、まだこれから仰山《ぎょうさん》用があるさかい、お前《ま》はんら、よう寝ててや。」

ふでは藁の寝床をのぞきこみ、身支度《みじたく》をなおして、やがて納屋を出て行った。

「兄やん、秀坊《ひでぼ》ん、どないしたはる?」

「どないしたはるか、よう知らんけど、坊んとこは遠いもン、大丈夫や。」

なぜ不意に孝二は秀昭を思い出したのだろうか? けれどもそれを不審《ふしん》がる誠太郎の胸に、やはり秀昭の姿があった。誠太郎はその姿に向いて、既に訴《うった》えてもいた。

〝秀坊ん。あいつら、言いよってン。エッタの火事はくさい、エッタは火事までくさいのう……て。秀坊ん、なんでエッタはくさいネ。〟

その時、軒《のき》のあたりでぎっと軋が鳴った。誠太郎はいきを呑《の》んだ。孝二もあきらかに手足をかたくしている。

「もう寝たけ？」

意外！　秀昭の声だ。それは祭太鼓《まつりだいこ》のように誠太郎を弾《はず》ませた。

「まだ起きてるで。」

誠太郎は声よりも先にとび起きた。

「起きんかてええで。きょうは誠やんも孝ちゃんも井野へ行《い》たときいたさかい、どうしたか思うてきてみたんや。そしたら、今そこでお祖母やんに会うてな、帰ったと聞いて安心したとこや。」

「せや。わし、もうさっき帰ってきてン。へたら、家が焼けとんネ。秀坊ん、なんで火事になったんやろか。」

「そのことナ、今巡査《じゅんさ》が三人で調べたはる。」

あたりは焼け跡からくる火あかりで明るい。秀昭はがらくた道具の間を、縫《ぬ》うようにして藁積《わらづ》みの寝床に近よった。

「わしと孝二で、学校のとこの堤まできたら、誰やら言うとった。小森の悪いがきが、火つけよったんやて。秀坊ん、ほんまにそうか。」

「それが、どうして燃え出したか、まだようわからんらしい。せやけど、一番はじめに燃え出したのが永井さんとこやそうだから……。」

「永井さんて、しげやんとこか？」

「せやで。……かわいそうに、しげみの弟が一人居《お》らぬそうな。」

「武やんとちがうか？」

小さい声で孝二が言った。彼はさっきから、誠太郎のうしろできき耳を立てていたのだ。

秀昭は孝二の方をのぞきこんで、

「孝ちゃんのいうとおりや。武やんの他《ほか》は、もうみなわしとこの本堂に来とる。」

「武やん、どないしたんやろ？」

誠太郎も小声でつぶやいた。そんな怖《おそ》ろしいことは、とてもあたりまえの声ではいえなかったのだ。それにしても、しげみたちの母親はどうしたろうか。一銭五厘《いっしんごっしん》と冷たい嘲《あざけ》りの中で、残り草履《ぞうり》を売りさばこうとしていた、あのさよおばやんは。

髪《かみ》をおどろに乱した凄《すさ》まじい姿が、ふと誠太郎の眼瞼《まぶた》にちらついた。すると秀昭が、まるで誠太郎の眼の中をのぞきこみでもしたように、

「しげやんとこの小母やんは、気イちごうたみたいに、そこら中を走ってる。」と言っ

た。

誠太郎は頭に手をやった。背すじからぞくぞく這《は》い上ってくる冷たいものを防ぐためだった。しかし、そんなことで防ぎ切れる恐怖ではない。武の焼けこげた黒い顔が、既に誠太郎をつかまえているのだ。

武やんは、しげみたち六人姉弟の五番めで、四月一日に入学するはずだった。孝二は三月のはじめ頃から、一年生の教科書を、そっくり武に貸す約束をしていた。孝二の使った教科書なら、さら（新）のようにきれいだし、かたがた、優等の成績にもあやかれるかもしれないというのが、借用を申し入れた時のさよ小母やんの口上だった。

孝二は、そういうようにほめられなくても、武には本を貸してやりたかった。孝二は〝赤い蠟蜆《ろうばい》のしげみ〟といっしょに、その弟の武も好きだった。孝二はひそかに上級生として、武に庇護《ひご》の役を果そうとも考えていた。その武が、もしかしたら焼け死んだかもしれないのだ。孝二は、あごのあたりががくがくふるえた。

「あ、雨が降ってきたで。」

短い沈黙《ちんもく》を破って秀昭が言った。

「うん。雨や。こつん、ぴたんて、へんな音しよる。」

「きっと火事のあとやから、雨の音もちがうんや。」

「それに、えら、臭いワ。」

言ってしまって、誠太郎ははっとした。しかし臭いのは事実だ。それは刺《さ》すような強さで鼻に迫《せま》る。誠太郎は、かえって臭いと言い放った方が、気持ちがすっぱりしそうに思った。……彼はおどけも加えて更《さら》に言った。

「臭い臭い。小森の火事はほんまに臭い。」

秀昭は笑って、

「そら誠やん、臭いのがあたりまえや。こんな天気の時は、ガスがそのへんを這い廻るし、それに何やらかやら汚《きた》ないものも焼けとるし。よそからきたら、きっと臭《くそ》うて臭うて、鼻をつまんで逃《に》げよるで。」

秀昭が言うガスとは、硫黄《いおう》から出る亜硫酸《ありゅうさん》ガスのことで、それは窒息《ちっそく》するような強烈《きょうれつ》な臭気《しゅうき》をもっている。けれども小森の重要な産業である草履表の漂白《ひょうはく》には、どうしてもそれが必要なのだ。そのことは誠太郎も知っている。小森には履物《はきもの》の製造問屋が数軒あって、そこでは納屋の隅《すみ》にかまどを築き、夕方から翌朝にかけて硫黄の燻《くす》べ漂白をやるのだ。そんなことから、かまどの名も〝くすべ〟で通り、そこから多少の亜硫酸ガスがもれても、みんなあたりまえのこととして黙過している。

ところがこんやは火事のとばっちりで、どこかのかまどが破損し、そこからどんどんガスがふき出しているのかもしれぬ。或《ある》いは秀昭のいうように、天気の加減で臭気が集中してこちらに流れてくるのかもしれぬ。どっちにしても、〝くさいエッタの火事〟にちがいない。

しゃーっ。しゃーっ。雨は少し強くなった。

秀昭は雨音に耳をそば立てながら、

「これはにわか雨で、たいがいあしたはやむやろけど……あの、な、誠やん。」

おや、なんのはなしだろうか。誠太郎は両手で膝《ひざ》をかかえ、足の爪先《つまさき》をこすり合せた。もどかしいのといっしょに、妙《みょう》に心配だった。

秀昭は雨脚《あまあし》をすかし見るように首をひねって、

「わし、あしたの朝早うに京都へいくさかい……。」

誠太郎はすねをさすった。いつの間《ま》にか立てた膝がしらの上にのっていた頤《あご》が、がくんがくんと二つ鳴った。

「やっぱり、学校、かわらはるのか。」

悲しい言い方はしたくなかった。まして、恨《うら》みがましい言い方はしたくない。けれども、悲しみや恨みが、ついその短い言葉の中にまじるのを誠太郎は感じた。

秀昭もそれがわかったように溜息《ためいき》をついて、

「わしもほんまは学校かわりとうないのやけど、でも、しゃアないネ。小学校やったら、たとい悪口いわれても仲間が大勢だから辛抱《しんぼう》できる。ところが中学校では、エッタは二、三人や。」

誠太郎は唇《くちびる》をかんだ。秀昭の口からきく〝エッタ〟は、よそ村の子供からきくよりもはるかに辛《つら》い。

誠太郎はことさらに気持ちをかえて、

「秀坊《ぼ》ん、夏休みには帰ってきやはるな。」

「うん。七月二十五日にはきっと帰ってくる。」

「七月二十五日か。わし、たのしんで待ってるワ。」

七月二十五日と、日にちがはっきりしているのが誠太郎にはうれしかった。そこにはもう確かな現実感があった。

ところがその時、一つの想念が誠太郎の胸を掠《かす》めた。

〝秀坊んは、もし京都の学校で、またエッタやいわれたらこんどはどうしやはるのかな?〟

けれども、さすがにそれを言う勇気がなかった。彼はぐっとつばを呑んで、ただ「秀坊ん。」とだけ呼んだ。〝さよなら〟の意味だった。秀昭はそれに答えて、

「じゃ、孝ちゃん。げんきで、よう勉強してや。」と、孝二の名をよんだ。そして、雨の中を帰って行った。

誠太郎はふとんに腹這った。じっとふとんにしがみついても、なおすすり泣きがこみ上げる。それを孝二にさとられまいとすると、いっそう横腹の波がはげしくなるのだ。

そんな誠太郎に、孝二は顔をおしつけて言った。

「兄《にい》やん、わしかて早う大きなって、京都へ勉強にいきたいなア。」

二

あ、硬《かた》い手ざわり。一銭銅貨だ。

あ、また指にさわった。二銭銅貨だ。おや、こんどは五銭白銅。あっ、十銭銀貨。わーっ、二十銭、五十銭。もう川底をさぐる必要がなかった。あたり一面、銭《ぜに》でうずまっている。

誠太郎は胸がドキドキした。天にも昇《のぼ》る心地とはこのことか。身体はふわりと浮《う》きそうに軽い。誰《だれ》もこぬうちに、奴《やつ》らにさとられぬうちに……。誠太郎は呼吸《いき》をはずませて砂上の銭を掻《か》きよせる。

「兄やん、もう一斗枡《とます》にいっぱいや。これだけあったら、わし、京都へ勉強にいける。」

孝二は、にこにこ笑った。孝二は、中学生服を着ていた。

「兄やん、もうええ。一斗枡に二杯や。」

また孝二が言った。

「よっしゃ。帰るとしようか。」

誠太郎は立ち上った。ぽっかり頭の上の空だけ青く、あとはみんな灰色だ。ざ、ざ、ざア……と堤《つつみ》の芒《すすき》がゆれて、ひょっくり兵隊さんが現われた。

「あ、兵隊さん、いつきやはったン?」

駈《か》け寄ろうとしたはずみに、すーっと足の方から正気づくのを誠太郎は意識した。

夢だったのだ。切断されていたものが忽《たちま》ち一本につながって、むっくり起き上る自分のからだにも、もうちゃんと重量がある。時間と空間が誠太郎の上に戻《もど》ってきたのだ。

その時、〝ちーん〟とりんが鳴った。

「なんや、それ、仏壇《ぶつだん》か。」

誠太郎はふき出しそうなのをやっとこらえた。藁《わら》の寝床《ねどこ》のすぐそばに突っ立っている四角い箱。それが仏壇だとは、今の今まで気がつかなかったのだ。むりもない。うまれてこの方、ぬいやふでがうやうやしく開く扉のかげから、半ば強制的におがまされてきた仏壇は、権威《けんい》と荘厳《そうごん》そのものだった。ところが裏から見ると、それは煤《すす》けた大きな箱に過ぎないのだ。

しかし祖母は敬虔《けいけん》な様子で、

「おかげさんで、みんな達者で……なむあみだぶつ。」と合掌《がっしょう》している。ゆうべの大火にもかかわらず、家族四人が無事だったのを仏さまに感謝しているのだ。

誠太郎は武のことを思い出した。

「お祖母《ばあ》ん。」

声をかけると、ぬいは首をのばして、

「あ、誠太郎、目がさめたけ。ゆうべは、武やんさがしでえらいこっちゃった。」

「武やん、どないした？」

「安養寺さんの床下《ゆかした》から出てきよったがな。」

「安養寺の床下から？ へたら武やんはそこにかくれとったんやな。」

「せやがな。よっぽど火事が怖《こわ》かったんやな。」

「わし、武やんに、本貸したるネ。」

孝二はもう風呂敷をひろげかかる。

「本はあとにして、その黒い顔を洗うて来《き》。」

そういうぬいの顔も、かむった手拭《てぬぐい》もまっ黒だ。誠太郎と孝二はだまって井戸端《いどばた》にかけ出した。

夜中にさーっときて、暁《あ》け方に上りがちな春の雨は、けさもその型どおり名残《なご》りなくはれて、井戸端から仰《あお》ぐ空は筒《つつ》ぬけに広い。昨日の夕刻まで、おし合って立ち並んでいた十五棟が消えうせたせいもあろうか。

「お前《ま》はんら、もう起きたのけ。もっと寝ててもよかったんやで。」

井戸端近くで朝飯の支度《したく》をしていたふでが、すすけた眉《まゆ》を子等に向けた。

「うん。特別あつらえのええ寝所《ねんどころ》やさかいな。」

「ぷふん。」とふでは失笑して、

「せやけど、うちは納屋《いなや》が助かったさかい、まだええネ。これも焼けてみ、藁の寝所作られへん。」

「えらいこっちゃ。」

またふでは〝ぷふん〟と笑った。

孝二はじっと焼け跡《あと》を見ていた。崩《くず》れのこった竈《かまど》は、人間の焼屍体《しょうしたい》のようにうすきみ悪い。竈だけは、他の物とちがって、生き物なのかもしれぬ。

さて、申しわけのように洗った顔を、誠太郎と孝二はよごれた手拭で撫《な》でまわした。

それでもやっぱり朝らしい気持ちがして、二人はあらためて空を見た。

「さ、朝飯《あさはん》にしよう。」

ふでがのきばに筵《むしろ》をひろげる。かどの欠けたカンテキ（七輪）に、真っ黒いやかん。灰色の茶碗《ちゃわん》によごれた竹箸《たけばし》。みんな危うくいのち拾いをしたしろものだ。

「誠太郎も孝二も、こっちがよかったら食べてええで。」

いいながらぬいが重箱をひらいた。昨夜配られた炊《た》き出しのむすびが、まだ五つばかり残っている。けさの粥《かゆ》もこのむすびの幾《いく》つかを使ったらしく、粥汁《かゆじる》にごまが浮いている。

「な、お前《ま》はんら、心配せんと、いっぱい食べや。焼けたものは、もうしゃあない。あとは丈夫《じょうぶ》で働いて家を建てるだけや。」

ふでは誠太郎たちの茶碗に粥をよそりながらいう。それはふで自身、一刻も早く類焼の厄《やく》をあきらめたいからだ。

誠太郎はわざとふざけて、

「わし、ちっとも心配なんかしてへん。武やんはお寺の床下から亀《かめ》の子みたいに這《は》い出してきよったいうし、みんなも家がさらになってよろこぶやろし、ええことばっかしや。」

「はは、、。武やんではみなえらい心配したな。」とぬいもおかしそうに笑って、「なにせ、あこが火元やさかい、逃げはぐって焼け死んだのかと思うたで。」

「わしやったら、きっと気イちごうた。誠太郎も孝二も、井野からまだ帰ってへんのがわかってても、もっしゃ火に巻かれたんやないか思うて、えらい気イつこうたものな。」

粥をすするふでの顔に、ふっと生気がよみがえる。ゆうべから灼《や》けついているふでののどには、粥汁は回生の妙薬でもあったのだ。

「おはよう、おばはんとこ、朝飯け。」

焼け跡からかねが呼びかける。道一つへだてた北隣《どな》りのかねの家は、焼けてみれば目と鼻の近み。今更のように、屋敷の狭《せま》さが思われる。

「あ、今すんだとこや。ほんまに、えらいことになってしもたなあ。」

ぬいは昨夜からなんべんか繰《く》り返した言葉をまた口に出した。しかしなんべん口に出しても、そのたびに不思議と新たな情感がもり上るのだ。

かねはつかつかと寄ってきて、

「あのな、火イつけやがったのは、やっぱりあの餓鬼《がき》やて。せやから、お寺の床下にかくれとってン。ほんまにたたき殺しても気イすまんワ。わしら、もう丸乞食《まるこじき》や。」

「せやけど、またなんでそんな火悪戯《ひわるさ》を……。」と、ふでは口ごもる。

「そこが藤作の餓鬼や。親が親なら、餓鬼も餓鬼で、悪戯がしょうばいや。わしら、ゆんべはお寺で泊《と》めてもろたさかい、なんでもよう知ってる。きょうは親も餓鬼も警察署へ引っぱられるそやで。」

そこへ清一が走ってきた。彼は物珍《ものめずら》しげに、あたりを眺《なが》めては笑っている。

「この、阿呆《あほ》ンだら！」と、かねは清一の頭を小突《こづ》いて、「丸焼けになってうれしいのか。」

「誰もうれしないけど、焼けたものは、しゃあない。」

いかにも悟《さと》ったような清一のいいぶりだ。

「せやけど、これん丸焼けになって、もう学校へ行きとうても行けへんど。」

「学校なんか、とうから行きとうないわい。」

「せやからよろこんで笑うてんのか。」

「さよ、さよ。」

清一は、誠太郎とならんで筵の端に腰《こし》をおろした。はだけたきものの前から、灰をなすったような黒い両脛《りょうすね》がのぞいている。ゆうべの奮戦の名残りだ。しかし清一は、そのことはいわずに誠太郎の耳にささやいた。

「秀坊《ぼ》ん、けさ早う、京都へ行かはった。わしちゃんと見たで。」

誠太郎は、うんとも、すんとも言わなかった。

「誠やんは、知ってたんか？」

こんどはだまってうつ向いた。

「わし、きっと、秀坊んはあの中学校がいやになりやはったんやと思うネ。せやから、よそへ行かはるのや。」

「…………。」

「わしかて、大阪行きや。」

「そんな阿呆んだら、大阪の誰が使うてくれるもんか。」

またかねがどなった。

清一はそれにこたえて、

〝お前嫌《きろ》うてもまた好《す》く人が、なけりゃわたしの身も立たぬ〟と聞きおぼえの歌をうたった。みんな思わずふき出した。

その中で孝二だけは風呂敷包みをひろげて、いっしんに読本をみていた。武に貸してやる約束の一年生の教科書だ。見ているうちに、孝二はだんだん眼がかすんで行った。

〝武やん。おまはん、火つけたんか？　そんなん、嘘《うそ》やな。〟

〝嘘やったら、ほんまのこと言わなあかぬで。〟

しかし、長いサーベルをつけた、ぎっ、ぎっとあるくたびに靴《くつ》のなる、あんな怖《こわ》い人の前で、どうして武がものなど言えるだろうか。孝二だって、とても言えそうもない。とうとう涙《なみだ》がこぼれた。それを手でふくはずみに、すーっと幻《まぼろし》の汽車が走った。いつか高田の駅で見た汽車だ。その汽車に秀坊んは乗って行った。大阪よりまだ遠い京都へ――。孝二は、また眼瞼《まぶた》のあたりを手でふいた。

三

気まぐれな風のまにまに話は流れて、坂田、本川、島名、安土など、学校区の大字は早朝から小森の火事の取り沙汰《ざた》でにぎわった。ことに子供を坂田尋常《じんじょう》小学校に通わせる親たちは、この時とばかり、その子らに教訓を垂れた。

「小森の火事は、子供が火イつけよってんと。せやから、小森はこわいのやで。学校でも気イつけや。小森の奴らと遊んだらあかぬ。悪いことはすぐ感染《うつ》るよって。」

松崎豊太も朝飯の席で母親の波から説教された。

「豊太。いくら火事あとみたいいうても、小森の火事では見に行けまへんで。もし行てみなはれ、いっぺんにどづかれまっさ。あいつら、ただの人間やないさかい、ほんまに何しよるかわかりまへん。ゆんべの火事かて、一年生とか二年生とかの子供が火イつけよったそうやけど、ええとこの坊《ぼ》んなら、マッチするのもまだこわい年齢《とし》ごろや。マッチで思い出したけど、あんさん（豊太のこと）が三年生の時や。運動会に提灯《ちょうちん》行列競走というのをやらされはった。そしたら、あんさんと、もう一人の坊《ぼ》んが、ろうそくに火、ようつけんと、そのまま走ってきやはった。まあ、ええとこの坊んいうたらそんなもんだっせ。それが小森の子は、一年生で火事にしよりましてンで。ほんまにこわいやおまへんか。あんさんもよう気イつけなはれや。まさか小森に友達は居《い》まへんやろけどな。」

豊太は神妙《しんみょう》に聞いていた。母親の説教がつづく限り、一時間でもだまって聞いているような顔つきで。といっても、もちろん母親の説教に感動したり、共鳴したりしたからではない。豊太はゆうべから誠太郎や孝二の安否が気づかわれ、けさはそれを確かめに小森に駈けつけるつもりなのだ。そのためには、先《ま》ず母親を安心させねばならない。更《さら》に信頼《しんらい》をかちとらねばならない。

豊太は、ええとこの坊んらしくおだやかに笑いながら、胸の底で呟《つぶや》いた。

「お母さんは、わしが三年生になっても、まだマッチをようすらんかったいうて、ええとこの坊《ぼ》んのつもりでいやはる。お母さんは、わしがこねん辛《つら》い思いしてるの、ほんまによう知らんのやろか。そやったら、まるで阿呆や。阿呆の阿呆の、ど阿呆や。」

するど、急に大人という大人がみんな阿呆に思えた。殊《こと》に大鳥校長の阿呆は底抜けに見えた。それは生徒がどんな気持ちでいるか、てんで推《お》しはかる能力がないからだ。

「お母さん。僕、きょうは坂田へ遊びに行きまっせ。」

箸《はし》をおき際《ぎわ》に豊太が言った。

「へえ、へえ。坂田へでも、安土へでも。」と波は笑顔を作って、

「坂田はやっぱり佐山さんとこでっしゃろ。」

「他《ほか》に行くとこおまへんワ。」

「そやったら、きょうは手土産《てみやげ》持って行きなはれ。お父さまが持ってきてくれはった粟《あわ》おこし、まだたんと残ってまっせ。」

そのお父さんは大阪本町の綿布問屋の主人《あるじ》で、もう五十を過ぎているが、色白の好男子で、毎月末、あわただしくやってきて、またあわただしく帰って行く。豊太は三、四年生の頃《ころ》まで、父とはそんなものだと思って、何の抵抗もなく、その愛情にひたってい た。しかしこの頃の豊太は、そういう父のあり方が異常なのを知っている。ひいては、母も自分も異常なのだということも。けれどもその異常を正常になおす道がわからない。

結局、豊太は、そんな父もあり、母もあるものだと思っているしかないのだ。

ところで、朝飯のあと片付けもそこそこに、波はあれこれと選り好みをした末、紫《むらさき》ち

りめんの風呂敷《ふろしき》に粟おこしを包んだ。できるだけ体裁《ていさい》を飾《かざ》るのが、相手への礼儀《れいぎ》だと思っているのだ。

「これはええ土産や。仙やんきっとよろこぶワ。」

豊太は天井《てんじょう》向きで言う。さすがに気がさして、まともには母の顔が見られなかった。さて、学校前までくると、そこに佐山仙吉たちがたむろしていた。みんな常になく生々している。小森の火事で、彼等はあらためて優越感《ゆうえつかん》を抱くことができたのだ。

「あ、松崎。どこへ行くんや？」

日頃の豊さんでなく、あらたまった松崎の姓《せい》呼ばわりにも、仙吉のけさの気分があらわれている。

「どこか、あててみ。」豊太は軽く相手を去《い》なすつもりだ。

仙吉はにやり笑って、

「あ、そうや。松崎とこは小森に一系《いっけ》（親戚《しんせき》）があったんやな。」

わはは、、、と、その意味がわかるものも、わからぬものもこぞって笑った。仙吉への追従《ついしょう》笑いだ。

「せやとも、わしは日本人やさかい、四海、みな同胞《どうほう》。皇室はわしとこの母家《おもや》や。」

「どえらいこと、言いくさる。」

仙吉は急に調子をかえて「せやけど豊さん。うかうか小森にいたらあかんで。きょうは、あいつら、気イたっとるさかい、他村《よそ》の者はどづかれるで。それに、ゆんべから、えらいこと臭《くさ》いネ。エッタめ、三人ほど焼け死んだからや。」

「ほんまか。」

「ほんまや。せやから、小森の火事の火は青かったんや。」

「阿呆たれめ。」

またみんな笑った。こんどは仙吉にひるみもしなければ、たじろぎもしない大阪生れの少年に媚態《びたい》を示してのことだった。豊太はその笑いをあとに、急ぎ足に大橋をこえた。しかし大橋をこえて、豊太は不安になった。小森へは遊びに行く約束をしておきながら、まだ一ぺんも足をふみ入れていない。誠太郎の家は、焼けているのか、それとも無事なのか。

高田街道《かいどう》を曲ると、道は急に狭《せま》くなる。小森へはその細道を行くしかない。豊太はまた不安になった。そんな細道でやっと街道につながっている小森は、まるで日蔭《ひかげ》のようでたよりない。

だが近づくと、小森はまざまざ火難のあとをさらして、豊太はかえって力強さを感じた。そして、〝誠やんとこも焼けたな〟と直感した。こんな非常の際に、誠太郎が除外されるはずがないとも思った。

すると、すぐ眼の前に孝二の姿が見えた。おや、誠太郎も立っている。さては、どてや、（堆肥小舎《たいひごや》）のようなその家が、誠太郎たちのすまいなのか。

「誠やん。やっぱり焼けてンな。」

「うん、焼けてン。この納屋《いなや》だけのこりよった。」

「あ、これ納屋か。」

「なんやと思たン？」と誠太郎は苦笑した。

　豊太は物珍しそうにあたりを眺めた。その時、異様な臭気《しゅうき》といっしょに、ふと、のきばの大樽《おおだる》が眼についた。のぞくと、どろんとした汚水《おすい》の中に、藁《わら》のようなものがつかっている。たまらない臭気の本もとだ。豊太は好奇心にかられて、

「誠やん、これ、なんの漬《つ》け物や？」

「ヨーの漬け物や。」

「ヨーてなんや。」

「藁の芯《しん》や。そいつで草履表を作るのや。」

誠太郎はまたくすくす笑った。

「なーんや。わしほんまの漬け物かと思うた。せやけど、あんまり臭いよってきいてみたんや。」

「臭いけ、そねんに。」

こんどは豊太がふふっ……と笑った。

「でも、な、こうやって白水《しろみず》（米のとぎ汁《じる》）につけとくと、ヨーは白なるネ。藁からとったすぐのは黄色うてあかぬ。」

「そやったら、臭うても、しゃァないな。こやしに糞《ばば》をつかうのと同じこっちゃもン。臭いのがねうちや。」

「はは、、。臭いのがねうちとは、豊さん、やっぱりうまいこと言いよる。どうりで、家のお祖母《ばあ》んもお母《か》んもこの樽をだいじにしてる。せやけど、わしは好かん。臭い加減が、くさった小便にようにとる。」

そこへ焼け跡《あと》で働いていたふでが、孝二の知らせで小走りにやってきて、

「これは、これは、島名の坊《ぼ》んでっか。こねんきたないとこへ、ようまア来とくなはった。」とていねいにおじぎをした。

豊太は少しどぎまぎして、

「小母さん、これ、うちの母さんが孝ちゃんにやってといいましてン。」

差し出す粟おこしの包みに、明らかに嘘《うそ》を添《そ》えた。ふでは恐縮《きょうしゅく》げに受けとって、

「まあ、そねんなご心配してもろうて、ほんまにすみまへんです。正月にも、子供らがご馳走《つそう》になりよりまして……。」

その挨拶《あいさつ》に豊太はひやっとした。けれどもそれもこれも知る由《よし》のないふでは、さっそく粟おこしを仏壇に供え、ちーんとりんを鳴らした。

豊太は気が咎《とが》めてそっぽを向いた。すると、笑った誠太郎の顔につきあたった。その顔は言ってるようだ。〝豊さん、わしはなんでも知ってるで。〟

事実、誠太郎はそのへんの消息を察していた。豊太の母親は、絶対豊太を小森によこすはずがない。恐《おそ》らく豊太は、〝嘘をつくのもまた親孝行〟とばかり、巧《たく》みに行く先をごまかしたにちがいないのだ。手土産の粟おこしも、当然小森のがきではなく、坂田あたりのええとこの坊《ぼ》んの口に入るべきだったのだ。

「豊さん。清《きよ》やんや、しげやんにも会《お》うてンか。みな丸やけで、お寺にいよるネ。」

誠太郎はさりげなく焼け跡に向いてあるき出す。実は誠太郎も、だまされている母の顔を見るのが辛《つら》かったのだ。

四

焼け跡はむざんだった。けれども傾《かたむ》いた軒端《のきば》にボロをひろげ、異臭をただよわせ、幼児の泣き声をひびかせている家々もやっぱりむざんだ。

その時、ゆくての瓦屋根《かわらやね》に、ずらり草履表《ぞうりおもて》をならべているのが見えた。さては昨夜の火事のどさくさに、水でもかぶったのだろうか?

豊太の怪訝《けげん》な顔つきに、誠太郎はすぐ気がついて、

「あれは、いつでもあないして乾《ほ》すのや。」

「なんで乾すのや。」

「くすべから出したら、すぐ乾さなあかんネ。」

「くすべて？」

「硫黄《いおう》をくすべる竈《かまど》のことや。草履表は、くすべの中で一晩中硫黄をくすべてさらすネ。」

「じゃ、毒やし、ひどいこと臭いやろな。」

「そら、臭いワ。うっかりしてたら、いきがつまる。」

「そんな竈、どこにあるのけ？」

「納屋の隅方《すみかた》に作ったるネ。」

屋根の小父《おっ》さんは、話し声がきこえたらしく、ふと下を向いた。だが、頬《ほお》かむりの手拭《てぬぐい》にかくれて、豊太にはその顔つきがわからない。しかし小父さんは誠太郎を認めた様子で、

「ゆんべは、えらいことしたなア。」と言った。ふとい声だった。豊太は、ぬき立ての ごぼうを思った。ちょうどそんなふうに、しゃんとした感じの小父さんだった。

「あの小父さんは、仕事がなんでも上手や。くすべから草履を出すのも、他《ほか》の人より早《はよ》うしやはる。手拭で鼻と口をふたして、ぽんぽんぽん。二十分もかからぬと、千足からもくすべから出しやはるネ。面白《おもろ》いみたいやで。」

「千足からも？」

「せや、あの屋根一ぱいや。」

「えらい仕事やな。」

「うん。それに臭い仕事や。」と、誠太郎は小父さんの働く屋根をふりかえった。ならべられた草履表は、春の陽に白々と光って、まるで豪華な花模様だ。

「誠やん。わし、小森がなんで臭いか、ようわかった。」

豊太は声を下げて言った。

〝うふっ〟と誠太郎は笑って、「エッタやから臭いのとちがうか？」

「せやで。」と豊太もつられたように笑って、「これやったら、小森は臭うなるのがあたりまえや。仕事がみな臭いのやもンな。」

「でもな、臭い仕事いうても、草履はまだええ方や。ニカワ作りは、まだまだもっと臭いで。牛の皮や骨を水で煮《た》くんやもンな。」

「それも小森でしたはるのか。」

「うん、したはる。仕事場は小森のずっと向うのはしやけどな。働いたはるのは、みな小森の衆や。」

ニカワといえば、豊太は大阪の久宝寺町にその大きな問屋があったのをおぼえている。表の構えはしもたやのようにひっそりしていたが、店員の数は多いらしく、町でも一流の資産家だということだった。その頃の豊太は、ニカワの用途にも無関心だった。ニカワを精製したものがゼラチンだということは知っていても、そのゼラチンが何に使われるか考えてみたこともなかった。ただ、その問屋が資産家だというところから、ニカワやゼラチンは、量《かさ》の割に高価なものなのだろうと一人合点にきめていた。だが今では、ニカワもゼラチンも、工業にはなくてならぬだいじなものだということを知っている。それをこの小森でも製造しているのだ。製造過程のたまらない臭気が、いつともなく働く人々にしみついても何の不思議もない。佐山仙吉たちは、ふたことめには〝エッタは臭い〟というが、臭いのがねうちだということを彼等はしらないのだ。

ふと見上げた眼に榧《かや》の木の緑がとびこんだ。いかにも巨木らしく、どっしり空に向っている。

「豊さん。これ、小森のお寺の安養寺さんや。ここにな、焼け出された家の者《もん》が、みなきて泊《と》めてもろうとんネ。清《きよ》やんとこやら、しげやんとこやら大勢や。」

誠太郎にいわれて豊太は気がついた。そこは安養寺の裏手。榧の大樹は寺院の境内《けいだい》にそびえ立っているのだ。

さて、土塀《どべい》沿いにぐるっと廻《まわ》ると、山門の石段に、見おぼえの顔がずらり並んでいた。小森のおお方の子供が集まっていたのだ。

ところで、それまでわいわい、がやがや、雀《すずめ》の巣のようにさわいでいたのが、瞬間的《しゅんかん》にぴたりやんだ。そして一せいに豊太を見ている。

豊太は闖入者《ちんにゅうしゃ》扱いを受けたようで足がすくんだ。

すると、誠太郎たちのあとについてきていた孝二が、

「しげやん。」と急に声をあげて石段をかけ上った。左右に開いた門扉《もんぴ》のかげに、しげみが子供を背負うて立っていたのだ。背の子供は三つになる末弟の富三で、富三は年齢《とし》の割に頭がばかでかいところから、〝だいもんじゃ〟(福助)の異名をもらっていた。彼《かれ》も富三はその大きな頭を、だらり垂れるようにして姉の肩《かた》で眠《ねむ》っている。

孝二はしげみの前に廻って、

「あの、武やんは?」

しげみはくるりと背を向け、

「知らン。知らン。」と途方《とほう》もない声でどなった。

孝二はまっかになった。しげみの剣幕《けんまく》がこわかった。それに、羞《は》ずかしくもあった。

孝二は学校でも、そんなふうにどなられたためしが一度もないのだ。

誠太郎はつかつかしげみのそばに近よって、

「しげやん、孝二は武やんに本を貸したろと思とんのや。あしたから学校やさかいな。」

となだめるように言った。

しげみはくるりと向きなおり、じろり誠太郎をにらみつけたが、再び背を向けて、

「武は学校へなんど行かしんわい。」

すると五年生の竹松が、

「せや、せや、武やんは警察行きやモン。学校へなんど行かしんわい。」と、しげみの口調をそっくりまねた。

しげみは矢のように竹松に突進《とっしん》する。

背の富三がわっと泣き出す。

竹松がしげみの髪《かみ》の毛をつかむ。

誠太郎が竹松を引っぱる。

「けんかはやめとき。よそ村の者《もん》が見とるやないけ。」

冷やかに清一が言った。またみんなの視線が豊太に集中した。

「ほんまに、けんかしても、一文のとくもないで。」

誠太郎はあたりを見廻して苦笑した。

「せやかて誠やん、このはちめろが悪いネ。先にわしをど突きよってン。このはちめろはいつかて喧嘩《けんか》の大将や。それにこんどは武のやつめ火イつけて、みんなの家を焼きよってン。せやのにあやまりもせんと威張《いば》っとる。一ぺんみんなでひっどいことど突いたらなあかんワ。」

竹松はいかにも憎さげにいいながら、それでも二、三歩退《ひ》いた。

「せやけど、こんどの火事が、どねんして起きたんか、ほんまのとこはようわからんで。武やんが火イつけよったいうたかて、誰《だれ》も見てたんやないもんな。わしとこもそやけど、お前《ま》にんとこらも、みなはかりマッチを使うてるやろ。あれはひとりで火イ出ることがあるんやで。武やんとこも、誰もいない時に、マッチが燃え出したのかしれんやないか。」

一瞬、みんなしゅんとなった。誠太郎の言葉に、うなずけるものがあったのだ。それというのも、みんなはかりマッチの危険を知っていたからである。一升二銭ではかり売りされるそのマッチは、竈のかどで一寸《ちょっと》すっただけで発火する簡便さのかわりに、自然摩《ま》擦《さつ》で燃え出す危険が多分にあった。小森へは坂田村の駐在署《ちゅうざいしょ》から、もうなんべんもそれを使わないようにと注意書きが廻ってきている。けれども美しい包装の箱マッチにくらべて、いくらか格安につくはかりマッチは、なかなか小森の世帯から一掃《いっそう》するわけにはいかなかったのだ。

「でも、誠やん。」

暫《しば》くもじもじしていた竹松が、また進み出て言い出した。

「おれはどねんしても、はちめろとこが悪いて思う。マッチがひとりで燃え出したいうたかて、早いとこ消やしたら大火事にならひん。それを武やん一人になるすさして、みんなよそへ行くさかい、でえらい（大きい）ことになったんや。」

「せやけど。」と、こんどはしげみと仲よしのはつえがどなり出した。「あんな危ないマッチを売りにきよる奴《やつ》も悪いのや。一升なら二銭、二升なら三銭にまけとくいうて、いつでも二升押し売りしてゆきよるさかい、よけ、火イ出るんや。」

「なんや、七《しち》めろ。」と、房吉は憤然《ふんぜん》たる面《おも》もちだ。はかりマッチの行商は、彼の父親の生業《なりわい》だった。

だがみんなは、房吉の憤然たる面もちにもかかわらず、ぷっとふき出した。しげみの、、、はちめろに対して、はつえの七めろはいかにも傑作だったからである。房吉もついに笑って、

「はかりマッチは安い言うて買うといて、売りにきよるのが悪いなんて、わし、呆《あき》れてよう言わんワ。せやさかい、めろは敵《かな》わぬネ。」

「ほんまにわしもはちめろには敵んワ。家を焼かれた上にど突かれてン。」

いいながら頭を撫《な》でるこっけいな竹松のしぐさにも、またみんな笑い崩《くず》れた。

その時、善後策のため本堂に集まっていた大人達の間にも、相談とは名ばかりで、子供たちに劣《おと》らぬ大騒ぎが持ち上っていた。火元の永井藤作夫婦は、武を連れて高田の警察署に出頭、ここには姿を見せなかったが、祖母のおいしが焼け出されの人たちに交って、本堂のすみに坐《すわ》っていたのだ。類焼した家族の怨嗟《えんさ》は、だから祖母のおいしに集中して行く。

しかしおいしは、その名のとおり、石のようにかたく押《お》しだまっている。それ以外に、おいしにはとるべき手段も方法もなかった。一家は、武に幼い〝だいもんじゃ〟を託《たく》し、それぞれ何がしかの儲《もう》けをあてこんで、みんな出払《ではら》っていたのだ。それが悪いといわれたところで、おいしにしてみれば、そんならどうして生きて行くのかと反問したいところだった。

そのおいしの横に、ぬいが口を曲げかげんに結んで坐っていた。

焼けたものは仕方がないと諦《あきら》めてはいるものの、さて、家を建てるどんな目算があるだろうか。五十銭でも非常の足しになろうかと、子供心に巾着《きんちゃく》ごとくれてよこした誠太郎。さては武に教科書を貸してやりたいと、事のなり行きを人一倍案じている孝二。あれを思い、これを思って、ぬいもさすがに溜息《ためいき》の一つももらしたいところだ。しかし男のように大きな両手を膝《ひざ》において、ぬいはじっとそれをこらえた。

ところでその昼すぎ、誠太郎たちの仮住居に、井野のお祖父《じい》やんがうわさに驚《おどろ》いて駈《か》けつけてきた。夕方には、ほかの身内も三人そろってやってきた。みんな家を建てる時は何かの形で助けると力づけてくれた。そして夜になって安養寺から帰ってきたぬいが、

「武やんら、警察から戻《もど》ってきたで。」と、つたえてくれた。

「せやったら、あした、武やんも学校にいけるな。」

孝二はランプの下で、いそいそ一年生の教科書を紐《ひも》で結《ゆ》わえた。誠太郎はだまって孝

二の手もとを見ていた。恐《おそ》らくあすは武やんもしげみも、それから清一や竹松も学校を休むにちがいないと思いながら。そして、この調子では、小森は永久に五等の部団旗だと苦笑した。

しかし、それを口に出していう代りに、彼はふでが分配してくれた粟《あわ》おこしを、ぱりんと前歯で砕《くだ》いた。

豊太がくれた粟おこしは、ぴりっとしょうがの味がした。

五

四月一日。その朝、葛城川《かつらぎがわ》の大橋を渡《わた》ろうとして、誠太郎はふとうしろを振《ふ》り向いた。神妙《しんみょう》にならんだ顔、顔、顔。しかし誠太郎には、眼の前にならぶ顔よりも、欠けている幾《いく》つかの顔がより強く胸の中にやきついた。

竹松、房吉、信次。それに清一とその妹のはるえ。さらにしげみと、弟の安夫。武の顔も予想通り欠けている。

「しやァないワ。小森は、あんな大火事におうたんやもン。」

誠太郎はつぶやく……。欠席の妥当《だとう》性強調だ。けれども皮肉なことに、その瞬間、誠太郎はかえって身がすくんだ。

エッタの火事、くさい火事――。

誠太郎は部団旗をさしあげた。圧《お》しつぶされそうな劣等感《れっとうかん》に対するせいぎりの抵抗《ていこう》だった。

さて、校門をくぐると、誠太郎たち小森の仲間は、一人のこらず吸いよせられるように校庭の一隅《いちぐう》に集まった。そこに石材と木材がうず高く積み重なり、そして既《すで》に何十人かがそれを取り巻いてしゃべっていた。

どうやら畳敷《たたみじ》きの裁縫《さいほう》室を入れて四教室が旧校舎の南側に建つらしい。

「せやけど、四つも教室ふえたら、今の教室があまるやないけ。」

「あまらへん。唱歌室が別になるんや。」

「そうや。よその学校は、もうみな裁縫室と唱歌室は別やで。」

「ええ応接室もあるで。」

「坂田《ここ》もそうせなあかぬ。」

「そんなこというたかて、坂田《ここ》は小森がまじっとるさかい、ええ学校にならへんで。」

「ほんまや。小森ははじめから貧乏《びんぼう》たれやのに、こんどまた火事で仰山《ぎょうさん》焼けよって、みなわがとこ（自分の家）建てるのに一生懸命《いっしょうけんめい》や。学校みたいなものに、なんで金出しよるけ。」

「せやさかい、火イ出さんように、よう気をつけたらえええネ。そやのに、火事にしよるネ。ほんまに小森の奴はかなんなア。」

周りの者がどっと笑った。岩瀬重夫の頭をかかえる〝かなん〟（やりきれない）しぐさが目立っておかしかったのだ。

誠太郎は部団旗をかかえ、じっと彼等の爆笑《ばくしょう》にこらえた。大火にみまわれた小森は、小森の者にこそ〝かなん〟状態だったのだ。

しかしそうしたやり切れない状態も、傍観者《ぼうかんしゃ》の重夫たちには、一種のおかしみにすぎない。彼等はエッタの小森が、貧乏と災難に困憊《こんぱい》するのは、当然なエッタの運命だと思っている。そしてエッタとは反対に、高貴な地位にある人たちが、富と権力に恵《めぐ》まれるのも、また当然な神の意志《こころ》であり、動かすことの出来ないこの世の掟《おきて》だと信じているのだ。

その時、校門をくぐる江川先生の姿が見えた。誠太郎は部団旗をなびかせて玄関《げんかん》に走った。そして旗台のそばで、上ばきにはきかえている江川先生に出くわした。

「畑中とこも焼けたそやな。」

「はい、焼けましてン。」

「こわかったやろの。」

「はい。」

「みんな無事か。」

「はい。」

「今、どないしてるんや。」

「いや、いなやにいまんネ。」

「それは不自由なこっちゃな。」

「今にええ家を建てますネ。」

「ほう。その家早《はよ》う見たいの。畑中、気張って勉強しイや。」

誠太郎は笑ってうなずいた。彼はうれしかった。類焼の損害が、もうすっかり埋《う》め合わされたように、きもちの底から晴々した。そして、もしかしたら今学年は江川先生に受け持ってもらえるかもしれないと思った。すると、うわーっと叫《さけ》んで、いきが続くかぎり運動場を駈け廻りたくなった。

けれども始業式のあと、ふと六年生の教室をのぞくと、そこに新しく赴任《ふにん》した青島先生が立っていた。そばに佐山仙吉と、岩瀬重夫の姿も見える。二人は教卓の掃除によばれたようすだ。

誠太郎の夢は破れた。誠太郎たち六年生の受持ちは、師範《しはん》学校新卒の青島三郎訓導なのだ。

やがて合図のかねが鳴った。誠太郎たちは五年の時の席順で腰《こし》かけた。

青島先生は学籍簿《がくせきぼ》をひろげる。

学籍簿は男女別に、大字《おおあざ》坂田にはじまり、本川、島名、安土、小森の順だ。そして男生の一番は、生れ月の早い佐山仙吉だった。

ところで、安土まで僅《わず》か一人だった欠席が、小森になって忽《たちま》ち八人にふえた。

「へえ。」と先生は生徒席を眺《なが》めて、「なんや、みな休んどるのか。」そして、「志村清一。」とまた生徒席を見廻した。だが、これも返事がない。

「小森はしょうがないな。」

誠太郎はもじもじした。次は自分の番だ。青島先生は一段声を張り上げて、

「畑中誠太郎。」

とたんに四、五人、げらげら笑った。

誠太郎は〝はい〟の返事が出おくれた。

青島先生は〝どうせこれも欠席だろう〟といった素振りで次の名前をよみ上げる――。

「佐味田要三。」

こんどは誰も声を立てない。明らかに意識して、みんな静まりかえっているのだ。

青島先生はそんな教室の雰囲気《ふんいき》から、要三が出席しているのを悟《さと》ったらしく、もう一度、「佐味田要三。」と呼んだ。

けれども要三はだまっている。

青島先生は少し顔を赤くして、

「佐味田要三。」

だが依然《いぜん》として返事がない。

すると佐山仙吉が立ち上って、

「先生、畑中もきとります。来ても返事しまへんネ。」

青島先生の眼がきらり光った。

誠太郎は、光る先生の眼球が、自分一人を刺《さ》し貫《ぬ》くような気がした。すると、自分でも睨《にら》み返さずにいられなくなった。

「畑中誠太郎。」と、鋭《するど》い先生の声が落ちてきた。

誠太郎はぐいと上げた両肩《りょうかた》で、落ちてきた先生の声を受けとめた。

「畑中、なぜ黙《だま》っとるんだ。」

先生の視線は完全に誠太郎をとらえた。返事がなくても、それが畑中誠太郎なのを、青島先生は看《み》て取ったのだ。

どうなることか……と、みんないきを殺している。

と、だしぬけに重夫が叫んだ。

「そいつは火事でつんぼになりよってン。」

「あ、そうか。」と青島先生はうす笑いして、

「佐味田要三。これもやっぱり火事でつんぼになったんか。」

そして学籍簿の頁《ページ》をくった。男生は要三が終りで、次からは女生だ。

ところで女生も、やはり男生同様、小森は七人の在籍中、出席はただ一人だった。その一人の南まきえも、誠太郎や要三としめし合せでもしたように、名前を呼ばれても答えない。〝これはいかぬ〟と、豊太は一人うしろの席で気を揉《も》んだ。

「よろしい。」

先生は学籍簿を閉じた。上唇《うわくちびる》がぴくぴくふるえている。わめくだろうか？　どうなるだろうか？

しかし先生は冷たい表情のまま時間の終りを告げた。

「誠やん、どないしてん？」

教室を出るなり、豊太が駈け寄った。

「別にどうもせへんで。」

「なんで返事せんかってん？」

「なんでやわからぬけ？」

「そらわからぬこともないけどな。せやけど誠やん、はじめから睨まれたら損やで。」

誠太郎は豊太を引っ張って運動場の隅《すみ》に走った。そして、せわしい呼吸《いき》づかいの中から、

「睨まれたら損やいうけど、あいつ、もう初めから睨んどるネ。せやからこっちも睨んだる。負けんと、きつう睨んだる。」

「そやったらしやァないけどな。でも誠やん、しんどいこっちゃで。」

〝どうせエッタにうまれた者はしんどいネ。〟誠太郎はよっぽど言い放ってしまいたかった。けれども、彼はそれだけはこらえた。

間もなく部団毎《ごと》に整列。そして出席成績一等の部団から、順次校門を出はじめた。

「誠やん、あした、休んだらあかぬで。」

校門前で、豊太は念を押すようにいった。

誠太郎は少し気取って胸板をたたいた。覚悟《かくご》の程《ほど》を示す意味だった。

さて、大橋を小森側へ越《こ》えたところで、急に佐味田要三が笑い出した。

「なんや？」

たずねる誠太郎も、もう何やらおかしくて笑わずにいられない。

「だって誠やん、まきやんは名前を呼ばれて返事しよるかと思うてたら、やっぱり黙っとるんやもン。きょうはほんまに、まきやんはえらいなアて思《おも》た。」

だが、当のまきえはにこりともせず、

「そんなン、あたりまえや。あの先生は小森だけを別扱《あつか》いしたはるもン。誠やんを呼びはる声かてまるでちごうてた。せやからみんなげらげら笑《わろ》たんや。そんな先生に、わいら、百ぺん呼ばれたかて、阿呆《あほ》らしゅうてよう返事せん。これからもだまってたる。何いわれても知らんふりしてたる。」

誠太郎はほっとした。先生の態度に不愉快《ふゆかい》な分けへだてを感じたのは、決して自分だけのひがみでなかったのがわかったからだ。

けれどもその半面、誠太郎の心は暗かった。

要三は、一人ではしゃぎ立って、

「あんなン、先生やないわい。あれはにがだまや。」

「ふふゝゝ。にがだまとは、要やん、うまいこと言うた。」

まきえはやっと溜飲《りゅういん》をさげた顔つきだ。誠太郎もおかしくて声を立てて笑ってしまった。

〝にがだま〟とはたなごのことだ。それは、見かけによらず、はらわたが苦い。色白で美男型の青島先生も、そのにがだまなのだ。

要三は小石を拾って小溝《こみぞ》に投げた。灌漑《かんがい》用の小溝は、岸に春の野草を咲かせ、底にたなごを棲《す》まわせている。そのたなごに、要三は小石をぶっつけるつもりなのだ。しかし彼が睨んでいるのは、もちろん宙に浮んだにがだま先生の小白い顔だった。

その翌日――。一時間めは席の入れかえでざわついたが、誠太郎と要三とまきえの三人だけは、ひっそり静まりかえっていた。教室にも〝小森〟があって、そこには誰《だれ》もまぎれこむ気づかいがないのだ。事実、席の入れかえがすんでも、誠太郎の周辺は、やっぱりもとのままの空席だった。

二時間めは教科書の販売で、仙吉と重夫が販売の助手をつとめた。教科書は合計五十三銭。抱《かか》えると、腕《うで》にずしんと重みがかかった。

三時間めは時間割うつし。それがすむと青島先生は緊張《きんちょう》した面持《おもも》ちで、

「きょうはこのあと大掃除《おおそうじ》。そして、あすの土曜は休みになります。なぜ休みになるか知ってる人？」

幾《いく》つかの手があがった。

ところが先生は手をあげない誠太郎の名をよんだ。

誠太郎は〝ちぇっ〟と胸の中でつぶやいて、「神武天皇祭」と、一文字ずつ区切って答えた。

「そう。よろしい。その神武天皇祭とはどういう日だろうか。」

「死なはった日や。」

重夫が勝手にこたえる。

「じゃ、神武天皇のご東征《とうせい》について、松崎豊太、話をしてみ。」

みんな少し難問だと思った。ところが豊太は、日向《ひゅうが》の高千穂《たかちほ》を出た神武天皇が、浪速《なにわ》から紀伊に上り、それから大和《やまと》に入ろうとする時、天皇の道先案内をしたという八咫《やた》の烏《からす》のこと、更《さら》に長髄彦《ながすねひこ》を征伐《せいばつ》する天皇の弭《ゆはず》にとまって、わる者たちの眼をつぶしたという黄金色の鵄《とび》のことなど、歴史で習ったかぎりを淀《よど》みなくのべた。

青島先生は満足の様子で、

「松崎はようおぼえとるな。そのように、この大日本帝国を、はじめてお建てになった尊い天皇さまのお祭り日やから、あしたはみな神武御陵《ごりょう》に参拝しなさい。ついでに、橿《かし》原神宮《はらじんぐう》にも参拝すると一層よろし。橿原神宮はどういうお宮か知ってるだろうな。」

「神武天皇が、天皇の位に即《つ》かはったとこや。」

こんどは仙吉が勝手に答えた。

実は仙吉の母実家《ばばざと》は、橿原神宮に近い久米《くめ》だった。仙吉は、一年に四、五回、母実家に出かける。そんな時、遊び場になるのが橿原神宮の裏手なのだ。そこは丘あり、池あり、林ありで、兵隊遊びにも究竟《くっきょう》だった。

青島先生は教卓《きょうたく》からのり出すようにして、

「あした、神武御陵に参拝しようと思う人、手をあげて……。」

男生の半分以上が手をあげた。

誠太郎はその幾つかの手を、ただ漠然《ばくぜん》と眺めていた。彼は彼なりに、さっきからしきりに神武御陵を考えていたのだ。それというのは、神武御陵に近い畝傍山《うねびやま》の西北隅《ぐう》に、伯母さんたちのすむ〝路《みち》〟部落があったからだ。

伯母さんは、誠太郎の母、ふでの姉で、井野のお祖父《じい》やんの家から、そのむらに嫁入《よめい》ったのだった。子供は四人で、小さい妹が誠太郎と同いどしだ。誠太郎は母につれられて、一度その家に出かけた。家のうしろは嶮《けわ》しい山肌《やまはだ》で、つき出た岩のかたわらに、物置小舎《ごや》が口をあけていたのをおぼえている。字《あざ》の戸数がどれほどか、そんなことにはまだ関心のない誠太郎だったが、家々から立ち昇《のぼ》る煙《けむり》が、山の斜面《しゃめん》をいつまでも這《は》いまわって、なんとなく物わびしかった記憶《きおく》がのこっている。その部落《むら》もやはりエタだった。

それにしても、御陵のある畝傍山に、なぜ忌《い》み嫌《きら》われるエタむらがあるのだろうか。いや、なぜエタは、忌み嫌われ、さげすまれ、別扱いされねばならないのだろうか。エタは、そんなにも悪者なのだろうか？

「先生！」

はげしく誠太郎はよびかけた。つきあたった疑問の壁《かべ》に、頭ごとぶつかって行くきもちだった。

「え。」と青島先生は虚《きょ》をつかれたようにたじたじして、

「なんや、畑中。」

「あの、先生。わし、教えてほしいネ。」

「なんのことや？」

「悪者のことや。」

「悪者？　ああ、神武ご東征に出てくる長髄彦のことやな。」

「はい。その悪者は、どんな悪いことしよりましてン？」

「てむかいしよったんや。そのことは、松崎が上手に話をしたやないか。」

「ちがいますネ。あのな、先生。わし、悪者どもが、どんな悪いことしたか知りたいネ。」

「せやから手むかいしよったんやと言うてるやないか。目上の人、えらい人、貴《とうと》いお方にてむかいしたら、そいつはいつの時代でも悪者や。わかったか。」

最後の一語を、先生はおしつけるように言った。そして更に室内を見廻して、

「みんな、わかったか。」

「わかりました。」

仙吉が代表気取りでこたえる。瞬間《しゅんかん》、誠太郎は反感がつき上げて、かっと顔がほてった。その時、後ろの席でがたんと椅子《いす》から立ち上る気配がして、

「先生。わかりまへんワ。」

豊太だった。

女生徒がくすくす、かくれるようにして笑った。まだ残っている豊太の大阪訛《なま》りが、時によって非常に滑稽《こっけい》だったのだ。

青島先生もつられたようにニヤリとして、

「何がわからんのや、松崎。」

「あのう、なんで神武天皇が、わざわざ遠い日向の国から、長髄彦やら、磯城《しき》やら、悪

い奴《やつ》が仰山いよる大和の国にきやはったのか、そこのところがわかりまへんネ。日本の国は広いのやさかい、悪者のいよらんとこへ行きやはったらよかったんとちがいますか。」

「はは、、、。松崎は面白いことというなア。しかし、そのじぶん、この大和の国は、日本を統治するのに、一番ええ場所やったから、神武天皇さまはご東征なさったんや。」

「そしたら、先に長髄彦が来とりましたんか。」

「まあ、そうだな。その長髄彦が悪い奴で、天照大神《あまてらすおおみかみ》のご子孫の神武天皇さまにてむかいをしよった。」

「なんでだんネ。」

「そこが悪者やからや。」

「せやけど、どねん悪者やいうたかて、同じ日本人やおまへんか。それに、一方は神さまや。神さまが、なんでいくさして長髄彦を負かさはったんか、そこがわかりまへんワ。」

「しかし、この豊葦原瑞穂《とよあしはらみずほ》の国は、天照大神のご神勅によって、天地のつづくかぎり、天孫ご一族がご統治あそばすことにきまったる。そやのに長髄彦は、あくまでも軍勢をひきいてむかえ討《う》とうとする。つまり長髄彦は神さまのご命令にそむきよった。だから悪者として征伐されたんだ。わかったかな。」

〝わかりまへん。〟

豊太はなおも言いたかった。

〝そんなん、みな嘘《うそ》じゃ。なんで神さまが天から降ってくるもんか。〟

誠太郎は叫《さけ》びたかった。けれども、それらの発言を封じるように、カンカン放課のかねが鳴った。

青島先生は兵隊のようなおじぎを生徒に返して、急ぎ足に教室を出て行った。

六

「兄《にい》やん。あした、武やんも学校に行《い》くねで。」

ランプの下で孝二が言った。

すると、不自由な急場凌《しの》ぎの炊事場《すいじば》で、かたこと洗い物をしていたふでが、

「武やんはかわいそやで。毎日、泣いててや。誠太郎も孝二も、あんじょういうて、学校へ連れたりや。」と、いくらか声をふるわせて言った。

「ほんまに、藤作さんはわからぬ人や。」

ぬいは強い非難の口ぶりだ。それは父親の永井藤作が、武が火わるさから大事をひき起したというので、事毎に武に辛《つら》くあたるとのうわさが流れていたからだ。それに藤作が通り一ぺんの詫言《わびごと》の他は、ろくに近所と口をきかないのも、ぬいたち類焼者には不満

の種だった。

ふでも同じことで、焼けて一両日は、すべて運だと心を鎮《しず》めていたが、あれも不自由、これも不自由な生活の中では、つい〝焼けたばっかりに〟と、恨《うら》みと愚痴《ぐち》がいっしょになって、藤作のやりくちをなじってみたくなるのだった。

それでも、昨日、今日と、井野のお祖父《じい》やんが大工といっしょにやってきて、納屋《いなや》の一隅に床《ゆか》を張り、部屋まがいのものを作ってくれたので、やっといくらか気が落ちついた。さて、炊事場を片づけたふでが、ぬれ手をふきふきランプの下をのぞくと、孝二が背中を丸めて本をみていた。

誠太郎は時間割に合わせて教科書を風呂敷《ふろしき》に包んでいる。

「孝二らの先生はどなたにきまったけ？」

「校長先生にきまってン。」

「まあ、二年生は校長先生け。そやったら、誠太郎は他《ほか》の先生やな。」

「ことし来やはった先生や。」と誠太郎はうつ向いたまま答えた。

「それ、なんていう先生やな。」

「にがだまや。」

誠太郎は、ぎゅっと力いっぱい風呂敷のはしを結んだ。

「あかぬで。もうそんな綽名《あだな》つけたりして。先生に知れてみ。叱《しか》られるで。」

「せやかて、ほんまに、にがだまによう似とんネ。」

「あっはっは、、、。なんやら、お祖母《ばあ》んはな、その先生のようすがわかる。こう、色が白うて、やさしいみたいな、きついみたいな、ちょっとえたいの知れぬお人やろ。」

ぬいは大声で言った。

その声にひかれたように、清一の母親の志村かねが入口の蓆《むしろ》をはねのけた。そして畳《たたみ》のならんだ部屋をのぞいて、

「まア、ええうちが出来《でけ》たな。」

そういう彼女も、他の類焼者と同じように既《すで》に焼け跡《あと》にこやを作り、藁《わら》でふきおろした軒端《のきば》には竈《かまど》も築《つ》いて、けっこう三度の煙を立てていたのだ。

思えば奇蹟《きせき》のようだった。日ごろの貧《まず》しさに加えて灰燼《かいじん》の憂目《うきめ》。それでもみんな気も狂《くる》わず、身体《からだ》もそこなわず、火をたき、水を汲《く》みして生きて行く。生命の執拗《しつよう》さというのだろうか。それとも野風呂、野糞《のぐそ》で鍛《きた》えられた魂《たましい》の図太さというのだろうか。

「おかげさんで。」と、ぬいはかねのために席をあけて、「こんやから寝所《ねんどころ》がでけた。やっぱりおかねさん。長生きはせんならん。ええ経験するよってな。はっはっは、、、。」

「ほんまにわいらも、こんどは畳のありがたさがようわかった。筵《むしろ》ぐらしはえらいこっちゃ。まあちょっと坐《すわ》らしてもらいまっせ。」

かねがそろり膝《ひざ》をおろす。

「せやけどな、おかねさん。これから夏に向くとこやさかい、まだましや。これが秋口でもあってみなはれ、泣き面《つら》に蜂《はち》や。」

「あはは、、、。お祖母《ばあ》はん、泣き面に蜂やったらまだええが、わしらの泣き面には、蜂も刺してくれまへんワ。」

蜂も刺《さ》さない泣き面がおかしくて、誠太郎と孝二はげらげら笑った。

ふでも一緒《いっしょ》に笑っていたが、

「小母はんは、いつもうまいこと言やはる。誠太郎は学校で、よう先生におこられまんねけどな、おこられるのは泣き面に蜂でまだよろしのやな。」

「そやともな。蜂もさしてくれんのが一番あかぬワ。清一も先生におこられるのが阿呆《あほ》くそうて、学校に行かんて言うのやけど、お父《と》ったんもわいも、あしたから学校へやりたい思うてまんネ。お父ったんもわいも、字がよめんばっかりに、えらいなんぎしたもんな。親の苦労は、子供に引きつがしとうない、これは親の情や。そら、世間にゃ藤作さんみたいに、女子《おなご》の子三人、みな奉公《ほうこう》に出したり、火事は子供が悪戯《わるさ》したんやから、恨みがあったら子供をど突《つ》いて、と変ったことを言う人もいやるけど、わしら阿呆らしなってしまうワ。あんな小っちゃい子供を、大人がど突いてどうしまんネ。それというのはな、藤作さんは一文のかねも出しとうないのや。そら武やんが火悪戯したのにちがいはないやろが、子供の悪戯は親の責任だっせ。田地を売ってでもまどう（弁償《べんしょう》する）

のがあたりまえや。」

「じゃア、しげやんも奉公に行たんかいな。」

かねの早口のあとでは、ぬいの言葉はひどくのろまにきこえた。しかし誠太郎には、祖母ののろい言葉が、かえって膏薬《こうやく》のように強く胸にはりついた。女子《おなご》三人といえば、なつ、とく、そしてしげみである。あとは武を中に男の子ばかりだから。

「しげやんもやっぱり大阪あたりでっか？」

ふでも気になる様子だ。

「まあ、そんなとこでっしゃろ。上の子は看護婦《かんごふ》、しげやんは子守やというてやけど、なんの看護か知れたもんか。それで、その三人の前借金で、総瓦《そうがわら》四間取りのええ家を建てるんやいうから、もう呆《あき》れてはなしになりまへんワ。」

「人はいろいろやでな。」とぬいが言った。

「まあ、そうでも思うてるしかないわな。そいじゃ誠やん、あした清《きよ》を誘《さそ》うてや。本代もこしらえたさかい。」

かねが出て行くと、急に蛙《かえる》の声がきこえた。

誠太郎はごろんと畳の上に寝ころんだ。睨《にら》んだ空間に、ぞくぞく顔が並ぶ。大鳥校長。江川先生。にがだま先生。仙吉、重夫。豊太、清一。そしてしげみ。

〝しげやん、辛《つろ》うても、辛いて思いなや。どうせ六年生はにがだま先生の受持ちや。学

校に行たかて、面白《おもろ》いことあらへん。大阪で働いてた方がええくらいや。〃

　心の中で言ってみた。ところが、〃ほんまや〃と共鳴してうなずく筈《はず》のしげみが、急にべそをかき出した。すると、誠太郎もべそをかきそうになった。彼はわけのわからぬ声を立てて、両手を宙にふりまわした。

「誠太郎。うたた寝したら風邪《かぜ》をひくで。」

　ぬいが誠太郎の肩先《かたさき》をたたいた。

「うたた寝なんかしてへんで。」

「せやかて、今寝言をいうたやないか。さあ、もうふとんをとって寝たらええが。あしたからまた負けんと勉強せなあかぬよってな。」

　けれども誠太郎はねむくなかった。

　孝二も、今しがた聞いたおかね小母やんの話が心配で、

「武やん、あしたほんまに学校にいくかな?」

「そら、行くとも。一年生から休んでたら、先生が呼びにきやはるさかい。」

「しげやんは、もう学校に行かんかて、先生、よびに来やはらんのか。」

「先生が来やはってもしやァないネ。お父《と》ったんが学校やめさしたんやさかい。」

「しげやんはかわいそやな。」

「うむ。」と誠太郎はあいまいに答えた。

次の朝、誠太郎は思い掛けなく清一の口から、またしげみの名を聞いた。

「わしな、昨日《きんの》しげやんが大阪へ行くとこ見たんや。しげやんはよその小母はんと、麻《あさ》裏草履《うらじょり》をはいて行きよった。なんやら辛そうな顔しとった。あんなはちめろかて、知らんとこへ行くのはこわいのや。」

誠太郎は、やっぱりゆうべのように「うむ。」とあいまいな合槌《あいづち》を打った。

ところで、しげみの弟の武は、ずっと孝二と手をつないでいたが、校門までくると、急に孝二の手を振《ふ》り切って駈《か》け出した。

「あ、武やん。去《い》んだらあかぬ。」

列の後ろにいた要三が、素早く武を抱《だ》きとめた。

「去ぬネ。去ぬネ。」

怯《おび》えた眼差《まなざし》で武はもがく。

「なんで去ぬネ。せっかく学校にきたんやないか。」

「こわいネ。こわいネ。」

「何もこわいことあらへん。武やんにわるさしよったら、わしがそいつをど突いたる。」

「去《い》ぬんやア……。」と、武はとうとう泣き出した。

みんなてこずった。

坂田や島名の子供たちは、汚物《おぶつ》でもよけるように、五、六歩はなれて眺《なが》めている。彼等には、垢光《あかびか》りのきものに、汚《よご》れた前掛《まえかけ》をしめて、狂ったように泣きたてる武が、何か異形《いぎょう》のように思えるのだ。そしてその異形に、もっとも適したよび名が〝エッタ〟だった。

〝この子はエッタや。〟

〝エッタやから汚《きた》ないなりをしとんネ。〟

〝エッタやさかい、あねん泣くネ。〟

声のないささやきが眼と眼で交わされた。もっともなかには、〝かわいそやな〟とひそかに溜息《ためいき》をつく子供もあったが、しかしそんな子供にしても、武をなぐさめたり、いたわったりするつもりはさらさら無かった。それは、〝エッタ〟は人の力ではどうすることも出来ない、あの世からの宿命だと教えられているからだ。だから、たとい心でかわいそうがってみたところで、かわいそうなその身分は動かせないものと信じている。ちょうど、平民の子の彼等が、どんなに皇族を望んだところで、所詮《しょせん》は不可能なのと同じように。

それにしても、なぜあんな泣き方をするのか不思議だ。それは、こわがっている泣き方だ。怯えている泣き方だ。いったい、何がそんなにこわいのだろうか？

そのことは誠太郎たちにも解《げ》せなかった。だから彼等はくり返した。「何もこわいことあらへん。こわいことあらへん。」

だが武はこわい。ぴかぴか光る硝子《ガラス》窓がこわい。窓の中にちらつく洋服がこわい。硝子窓と洋服は、火事の翌朝、父親に連れていかれた高田の警察署そっくりではないか。警察署にはこわい巡査《じゅんさ》が幾人《いくにん》もいたのだ。その中でも、特別鬚《ひげ》の大きい肥《ふと》った人が、

「どないして火イつけたかいうてみ。うそなことというたら、しばってしまうんやで。マッチはどないしてすったン？」と言った。

武はだまっていた。こわくて、ものなどいえなかった。すると父親に、がんと頭のてっぺんをなぐられた。

「お前に子供をなぐれと言うてない。」

鬚の人は父親を横眼でにらんでから、また武に言った。

「マッチは竈ですったんやな。」

「うん。」と武はうなずいた。

「その火を藁につけたんやな。」

「うん。」と、また武はうなずいた。

「火イ燃えるの、面白《おもろ》かったんやろ？」

「うん。」

すると鬚の人は、「よういうた。ええ子や。」と言って、松風煎餅《せんべい》を袋《ふくろ》ごとくれた。武はその袋を抱《かか》えて泣いた。煎餅は一枚も食わず、帰り道でも泣きつづけた。

それからも、武はまた何べんか泣いた。硝子窓と洋服が、ひょいと眼の前に浮《うか》んできて、どうしても泣かずにいられないのだ。するとお父《と》ったんが、〃この火つけの糞餓鬼《くそがき》め！〃と、必ず頭のてっぺんに拳骨《げんこつ》をくわせる。それで武は、また長いこと泣くのだ。こんどはこわいというよりも腹が立ったからだ。くやしくてくやしくて、身体がよじれそうだったからだ。

武はマッチをすった。藁に火をつけた。藁が燃えるのは面白《おもろ》かった。けれども、武は、それが大火事のもとになろうなどとは夢にも思わなかった。

武はその藁を竈で燃やし、上にかけた炮烙《ほうろく》にそら豆を入れ、ごろごろ箸《はし》で掻《か》き廻しながら炒《い》ったのだ。

腹を空かして、さんざんむずかっていた〃だいもんじゃ〃の富三も、武がそら豆を炒りはじめると急に泣きやんで、竈のまわりをうろちょろした。

武は兄《あに》やんらしく、炒れたそら豆を自分で噛《か》み砕《くだ》いては富三に食べさせた。もちろんその合い間には自分ののどにも送り込んだ。

ところが、ふと気がつくと、竈場の隅《すみ》の藁積みが、ぷすぷす煙《けむり》をふいている。武はびっくりして藁束をはねのけた。とたんにぱっと焔《ほのお》が立った。

武ははつるべで水を汲んだ。しかし、水をはこぶ手桶《ておけ》がなかった。さがしている間《ま》に火はどんどん広がって、もう逃《に》げるしかなくなった。

武は、もしそら豆を炒ったことがわかると、どんなに父親になぐられるかしれないと思った。というのは、そら豆は〝エッタの金米糖《こんぺいとう》〟だったからだ。それはもちろん、よその村の者の悪たれたよび名だが、しかし武たちには、事実そら豆は甘露《かんろ》蜜《みつ》で作られた本物の金米糖のように貴重だった。それを武は、空腹に誘われて、ついこっそり炒って食ったのだ。

彼は安養寺の床下《ゆかした》でふるえながら、そら豆のことは絶対いうまいと決心した。盗《ぬす》んだという罪の意識からではない。かくれてそら豆を食ったことに対して、当然ひどい折檻《せっかん》がくると怖《おそ》れたのだ。

さて、武を遠巻きにした一人が、

「そいつ、永井しげみによう似とるな。」といった。

すると別の声が、

「そいつ、はちめろの弟や。」と言った。

更《さら》に幾つかの声が、

「火イつけよったんはそいつやで。」

「そんな悪いがきは、学校へきてもしやァないわい。」

「火つけは去《い》ね、去ね。」

そして小石が投げられた。

とたんに誠太郎のかついだ部団旗が大きくゆれた。

「おんどれめ!」

わーっと声をあげて女生徒が逃げた。逃げながら彼らは叫んだ。

「先生、またエッタが暴れまんネ。」

「部団旗ふりまわして暴れまんネ。」

その騒《さわ》ぎに武はぴたり泣きやんだ。彼は流れるはなと涙《なみだ》を右手の甲でいっしょに拭《ふ》いた。幼い武にも、幼いなりに眼前の事態がのみこめた。もう泣いてなどいられない。彼はエッタの子。火つけの悪いがきなのだ。それが武の胸に、きょうからぶら下る〝名札〟なのだ。

七

れんげ草は甘い蜜の代りに、絹糸のような細っそりとした莢《さや》をつけはじめた。莢の中では、新しい生命《いのち》が日毎《ひごと》に成熟して行く。

菜種もれんげに負けず、下から上へと序列正しく実を結ぶ。やっぱり莢の中で、新しい生命を育てているのだ。

そして人間の暦《こよみ》は、昨日の二日を〝八十八夜〟と記していた。きょうは五月三日。空の色も夏めいた。

「ええあんばいや。」

ふでは暫《しばら》く腰《こし》をかがめてのぞいていたが、やがて満足してひとりごとをつぶやいた。

苗代《なわしろ》の籾種《もみだね》は、一せいに芽吹こうとしていた。陽気もいいが、苗代のしめかげんもよかったし、肥料の調合もあたったのだ。この分ならと、ふでは早くも秋のみのり具合を計算する……。秋のみのりが待ち遠しいのは例年のことながら、わけても今年は家普請《やぶしん》という大きな負担があるだけに、反当り五升でも七升でも、取り増したいと思うきもちはひっしだった。

「お早《はよ》うさん。」

藤作の女房さよの声だ。畦草《あぜくさ》をしゅっしゅっと鳴らせて近寄ってくる。彼女も苗代の見廻りに、顔も洗わずやってきたのにちがいない。むりもないこと。苗代の水かげんは、ここ一両日がまったくの勘所《かんどころ》で、稲を作るほどの者には、手水《ちょうず》も朝飯もなかったのだ。

さよは苗代沿いの小溝《こみぞ》でじゃぶじゃぶ顔を洗った。そして、前掛を手拭《てぬぐい》代りにして顔をふいた。その前掛も、よごれて縞目《しまめ》も見えないしまつである。

けれどもさよ自身はせいせいした様子で、

「わいな、一ぺんおふでさんとこへ、礼を言《ゆ》いに行こう思うてたとこや。おかげさんで、あの悪戯《わるさ》ながきが、よろこんで学校へ行きよりまんネ。」

ふでは返事にまごついた。火事から一カ月、近頃《ちかごろ》は近所のつき合いも、だんだん以前《もと》に戻《もど》ってはきていたが、それでもふとしたはずみに、互《たが》いの心に暗いかげがささないかぎりでもなかった。そんなことから、さよの言葉もどう受けていいのやら、ふではいささか迷いぎみだ。

しかしさよはこだわりのない口ぶりで、

「ほんまに孝二さんのおかげや。学校で、武にわるさしかけよる奴《やつ》がいても、孝二さんが武に味方してくれるさかい、武はいやがらんと学校へいきまんネ。」

それはふでもうすうす感づいていた。武は小森の子供にも、学校の子供にも、ふたことめには〝火つけ、火つけ〟と罵《ののし》られるのだ。

もっとも罵る子供たちには、それも一つの遊びだった。しかし罵られる武は、そのたんびに心臓が縮まるのだ。孝二はそれを知っていて、いつも武のためにやっきになる。ふではそんな時の孝二の顔がまざまざ浮んで、自然と微笑《びしょう》がこみあげる。

さよは先に立って小溝のふちを歩きながら、

「昨日《きんの》も武が石盤《せきばん》に三重丸をもろうてきたというさかい、何を書いたんやて聞いたら、笑うてわいを指しよりまんネ。お父《と》ったんが見たら、〝サヨ〟てわいの名前が書いたりましてンと。わいはいつかて武の頭をど突いてばかしいて、ろくろくかわいがったこともないんやのに……。せやけどほんまは、我《わ》が子が憎《にく》いものはいまへんワ。そら、武があんな悪戯しよったさかい、腹が立って、えらいこと怒《おこ》ったりしましたけどな、今になったらかわいそなことした思うてまんネ。」

さよは眼をこすった。平常《ふだん》から赤くただれぎみな眼尻《めじり》が、更に赤くなった。ふでも鼻の奥《おく》が痛かった。涙が頭の方からおりてくるような気がした。

「こねんなことというたら、きっと笑うてでっしゃろけど、わいは、武も孝二さんみたいに学校が好きになるんやないかと思うてまんネ。火悪戯したいうたかて、火事にしようと思うたわけやなかろうし、火つけ、火つけというていじめるのは酷《こく》なはなしや。せやけど、世間のしゅうは、みなそういう眼でみたはる。火つけしよったんはあいつのがきやて、わいの顔も見たはる。それがどねん辛《つら》いか……。でもな、武がまた三重丸もろうてくるかしれん思うと、なんやらたのしみだんネ。ほんまに阿呆《あほ》なはなしやけどな。」

「それはわいも同じことですネ。子供らがどねんな顔して学校からもどってくるか、毎日たのしみみたいな、心配みたいな。」

それきり、ふでもさよも黙《だま》ってしまった。お互い、もうその先はいいたくなかった。いえばきりもなく、恨《うら》みとなげきがつづくからだ。結局、深い悩《なや》みは、深く心の襞《ひだ》に折りこんで、そっと押しやっておくほかないのだ。

しゅっ、しゅっ。二人の素足の下で、溝縁《みぞべり》の青草だけが微《かす》かに鳴りつづけた。

ところでその日は、一年生の武たちも、二年生の孝二たちも、本や石盤には用がなかった。彼等はみんなはだかになった。先生が三人で、一人ずつ体重をはかり、身長をはかり、胸囲をはかってくれた。

女生の中には、はだかになるのをいやがって、しくしく泣き出す子もあったが、男生はすっぱだかが面白くて、かえっていつもより元気にはね廻った。

誠太郎たち六年生も、午後からやっぱり身体検査だった。だが彼等は、もう低学年生のようにはね廻りはしなかった。殊《こと》に女生徒は、青島先生からその事を聞いた瞬間《しゅんかん》、神《しん》妙《みょう》な顔つきに変った。或る者は、垢じみた肌着《はだぎ》が気にかかった。或る者は、乳房《にゅうぼう》の僅《わず》かなふくらみが罪悪のように羞《は》ずかしかった。

「先生、猿股《さるまた》一つになるんやな。」

身体検査が学籍簿《がくせきぼ》の順で行われるのを知っている佐山仙吉は、検査室前の廊下《ろうか》にならぶと、そういっていっさき帯を解きはじめた。

「そう。みんな猿股一つや。着物ごとでは体重が狂《くる》うぞ。」

「猿股のはいてない者はどうしまんネ。」

岩瀬重夫が、やはり帯を解きながら言う。

青島先生はくすんと笑って、

「おい六年にもなって、猿股をはいとらん奴があるのか。」

「あります。」

「誰《だれ》や。」

「小森の奴らや。小森はいつかてふりちんや。ははゝゝ。」

「ははゝゝ。岩瀬はえらいこと知っとるな。」

「先生、もっと教えたろか。小森の奴らはふりちんやさかい、糞《ばば》は糞、小便《しょんべん》は小便と別に出るんや。」

「ほんまかい。」

「ほんまや。小森の奴らにきいたらわかる。」

「ほんまか？」

青島先生の視線が誠太郎に向いた。

「阿呆たれ！」

それ以外、どんな言葉も冗漫《じょうまん》だった。誠太郎は鋭《するど》くわめいて、さっと着物をぬぎすてた。

あっ！　と声をのむ者。眼をみはる者。その中で松崎豊太がにっこり笑った。誠太郎のはいた白木綿《しろもめん》の猿股。それが何よりも雄弁《ゆうべん》な返答だったからだ。

「お、畑中はちゃんと猿股をはいとるやないか。いくら小森かて、まさか、のう。」

半ば誠太郎のきげんを取り結ぶような青島先生の口ぶりである。

しかし誠太郎はその猿股もぬぎすてた。

すると急にあたりがざわついて……みんな先を争うように着物をぬぎはじめた。

実は小森の他にも猿股なしはたくさんいたのだ。

豊太もキャラコ地の猿股の紐《ひも》を解きながら、

「さあ、みんな猿股をぬげ。兵隊検査に猿股はいとる奴はど突《つ》かれるんやど。」と叫《さけ》んだ。そして誠太郎とならんで検査室に走りこんだ。

さて、体重、身長、さいごが胸囲の検査だった。

「ええからだやのう、畑中。」

胸囲係りの江川先生は、誠太郎の胸部に巻尺をまわしながらにっこり笑った。誠太郎は裸《はだか》の胸の奥深く先生の笑顔《えがお》がとびこむような気がした。

「これやったら、ぽんと背中をたたかれた。

終って、ぽんと背中をたたかれた。

誠太郎は怺《こら》えるせきもなく、ぽろぽろっと涙をおとした。

八

はるか南、吉野の方角に雲がわいた。

雲はいくつもの峰《みね》をうんだ。

峰は怪獣《かいじゅう》に相を変え、盆地《ぼんち》の中央めがけて北進する……。

「これは、でらい（大きい）夕立やで。」

ぬいは確信に満ちて言った。

「もう降ってもらわぬことには、田が保《も》ちまへんワ。」

近づく夕立がうれしくて、ふではことさらな不平顔だ。

あ、畝傍山《うねびやま》が水煙《すいえん》にかくれた。

ざーっ、早くも頭のてっぺんに落ちてきた。滝《たき》のような勢いだ。

ぬいは、笑いがとまらない。

ふでもうれしさがかくし切れない。

誠太郎と孝二は裏口から顔をつき出し、雨しぶきに打たれている……。とどろく雷鳴《らいめい》も、炸裂《さくれつ》する火柱も、二人にはちっとも怖《こわ》くない。もっともっと光ってくれ。もっと烈《はげ》しく鳴ってくれ。そして、じゃんじゃん降ってくれ！

実はここ二十日あまり、お祖母《ばあ》んはきげんが悪かった。お祖母んだけではない。母のふでもめっきり口数が少なくなって、田植じぶんまでしきりに持ち出していた家の建築話もすっかり忘れたかっこうだ。むりもない。田植からこっち雨らしい雨がなく、水がかりの悪い田はひび割れて、稲は分蘖盛《ぶんけつざか》りを、今にも枯れそうになっていたのだ。

そんな瀬戸《せと》ぎわでの夕立である。まさに旱天《かんてん》の慈《じ》雨だ。

「夕立三日……とかいうて、一ぺん夕立したら、またあときっと降るもんや。このあんばいなら、ことしも大丈夫《だいじょうぶ》米はとれるで。」

やがて北西に去ってゆく雲足を見送りながらぬいが言った。ふではつかの間を惜しんでよう切りをしていたが、彼女には何か物足らぬものがあった。その時、村はずれの畦道《あぜみち》を駈けてゆく藤作夫婦の姿が眼にとまった。

「あ、そや、そや。」と、ふでは井戸端《いどばた》に走ってバケツをつかんだ。ぬいは止めるともない口ぶりで、

「おふで。そねんせんかて、大丈夫やないのけ。田は、ええかげんしめったと思うけどな。」

「せやけど、お姑《かあ》はん、たといバケツに一杯《ぱい》でも、よけ掻《か》い込《こ》んどいた方がよろしワ。今やったら掻い込んだだけ水がたまる。おさよさんらも走って行かはった。」

「お母《か》ん、わしも水掻いしたる。」

誠太郎もききつけてはだしで飛び下りた。

「せやったら、まあ二、三杯でも掻いこんできて。わい、夕飯ごしらえしとくよってな。雨《あま》よろこびで、こんやは、ごっそや。」

しかし、ぬいは知っていた。バケツでの掻い込みは、どんなにがんばってみたところでたかが知れている。もし上手《かみて》に一梃《ちょう》水車をすえられたら勝負はおしまいだ。そして、ぬいや藤作の耕地の周辺には、水車を所有《も》っている坂田字の自作百姓《ひゃくしょう》が数人そろっている。いかにあせってみても、所詮《しょせん》勝ちめはないのだ。

それにしても、ともかく今夜は雨よろこび、せめてしるしのご馳走《ちそう》でも作って、仏さまにも供えたい……。ぬいは裏ての畑に出た。蔬菜《そさい》の類《たぐ》いがそれぞれの生命を誇示《こじ》しがおに伸《の》びている。茄子《なす》、かぼちゃ、いんげん、とうもろこし、それに、里芋《さといも》とさつまいも。しかし、なすといんげんのほかは、まだわかくてものの役に立つべくもない。だがそのため、かえってみのりの秋がたのしみだ。秋には里芋をおこし、さつまを掘《ほ》って……。

気がつくと、ぬいの前掛《まえかけ》は茄子といんげんではち切れるほどふくらんでいた。

孝二も祖母にてつだっていんげんをむしっていたが、

「お祖母《ばあ》ん、もうせんど、ここに家があったんやな。」と、ぐるぐるあたりを見廻した。

ぬいは右手で前掛の重みをささえて、

「うん、あったんや。孝二のお父《と》ったんがうまれたじぶんは。」

「その家の人、今、どこにいやはんネ？」

「大阪やそうな。」

「大阪で何したはんネ。」

「さあ、何したはるこっちゃらな。それに、ほんまに大阪にいやはるかどうか、それもようわからん。なにせ、三十年からもたつさかい……。」

「でもなんで大阪へ行きはってン？　火事で家が焼けたんか？」

「火事で焼けたわけやないけどな、まあ、焼けたもおんなじこっちゃ。貧乏《びんぼう》しやはったさかいな。」

「ふーむ。」

「せやさかい、人間はよう働かなあかぬネ。貧乏したら、生《うま》れ所《どころ》にもいられへん。」

「せやけどお祖母ん、大阪はええとこや。わし、大阪、好きや。京都はもっと好きや。」

「はは、、、。京や大阪が好きやいうたかて、孝二は一ぺんも京や大阪は見たことないやないけ。」

「でもお祖母ん。本に書いたるもン。大阪や京都や東京には、ええもの、みなあるネ。」

「そら、そうや。京都や東京には、えらいお方が仰山《ぎょうさん》いやはる。」

「小森はあかぬな、お祖母ん。」

「ううん、小森かて勉強したらあかぬことないで。なんぼでも偉《えろ》うなれる。せやからわいも、お母んも、孝二を中学校へやりたい思うて、家も思い切ってよう建てんといるとこや。家を建てて、金がみなのうなったら、孝二は中学校へ行《い》けへんさかいな。どやな、孝二は中学校へ行きとうないけ。お寺の秀坊《ぼ》んみたいに……。」

「そら、中学校へいきたいワ。」

孝二はそのあと、更《さら》に言いたかった。〝せやけど、お祖母ん。中学校の生徒は、わしをエッタ、エッタいうていじめよるかもしれへん。秀坊んかていじめられはった。なんでお祖母ん、小森はエッタやネ。〟

けれどもそのことを口に出していえない孝二は、かくれるように茂《しげ》ったとうもろこしの中に駈けこんだ。とうもろこしは葉ずれの音といっしょに、したたか雫《しずく》をこぼして孝二の衿《えり》もとをぬらした。

「あ、孝二、虹《にじ》が出たで。」

ぬいはいよいよきげんがよい。稲株《いなかぶ》を蘇生《そせい》させためぐみの雨は、彼女の希望をもよみがえらせたのだ。

「どこや、どこや。」

孝二はとうもろこしのうね間からのぞいた。

東の方《かた》、葛城川《かつらぎがわ》の堤《つつみ》向う、ちょうど畝傍山から耳成山《みみなしやま》にかけて、虹は悠然弧《ゆうぜんこ》をえがく。

「ほんまに、ふしぎなもんやな。」

ぬいは溜息《ためいき》をついた。

自然の壮麗《そうれい》さは、人間のどんなほめ言葉も受けつけないのだ。ところで、溝川の溜《たま》り水を夢中で掻い込んでいたふでも、七色の弧線を発見したとたんに叫んだ。

「あ、虹や。ふしぎなもんや。」

誠太郎もバケツを休めて、

「路《みち》の伯母はんとこから、虹が立ったるみたいや。」

「ほんまにな。」

「せやけど、お母ん。あれはなにも不思議やないネ。虹は、空気中の水分に、お日さんの光があたってでけるんや。」

「そうかてやっぱり不思議やないけ。あの色というたら、まね出来ぬ。」

すると、バケツで溝底をかすっていた藤作が、

「宵虹《よいにじ》は二十日のひでりというて、あしたから照りぬくにきまったる。そんなくそ虹、ほめてもあかぬ。」

「くそ虹はよけいなこっちゃ。」

　さよは、げらげら笑う。

ふでは藤作の不興の原因を知っていた。藤作は、期待したほど溝に水がなく、しかもその僅かな水をふでたちにも掻い込まれたので面白くないのだ。

　ふでは溝川を這《は》い上って、

「せやけど永井さん、夕立三日とかいうさかい、あしたもまた降るかもしれまへんで。」

「それは、運のええところは降るやろ。ところが、わしらは、ことしは運が悪いさかい、家は焼ける、田はやける、暮は火の車にきまったる。」

「そんないや気なはなし、聞きとうないわ。なア、おふでさん。うちのお父《と》ったんの悪

いくせで、人がよろこんだはると、すぐけったいなことというて、心気《しんき》悪うしてしまいまんネ。あしたの天気は誰《だれ》にもわかるこっちゃなし、きょうちっとでも降ったら、ありがたいとしとかなあきまへんワ。」

さよは取りなし顔に言った。

ふでは笑って聞いていたが、内心は呪《のろ》われたように不安だった。

二十日のひでり。火の車の歳末《さいまつ》。家が類焼するような不運な年には、えて有りそうなことだ。

しかし帰りみち、誠太郎は元気にいった。

「お母ん、あした夕立して、溝川《かわ》が流れ出したら、わし、仰山どじょうとったるワ。さでかけたら、五合ぐらいじっきにとれるで。」

けれどもその約束は流れた。

次の日、夕立がこなかったのだ。そして、その次の日も。更にその次の日も。どうやら〝夕立三日〟が外れて、〝宵虹二十日のひでり〟に軍配が上りそうな気配が濃《こ》くなった。

九

七月下旬、盆地の溜池は例外なしにひび割れて、烏貝《からすがい》がむざんに口をあけた。摺鉢《すりばち》型の底に、どろんと取りのこされた僅《わず》かな水も、もう魚のすみかには不向きらしく、鮒《ふな》やたなごが、白々とむくろを浮《うか》べている。

盆地を流れる幾《いく》すじかの川も、川とは名ばかりで熱砂の帯だ。時には日本一の降雨量を記録する吉野の山地も、やはり日でりなのであろうか。それとも、吉野の分水嶺《ぶんすいれい》は意地悪く十津川《とつかわ》、北山川に水を落して、紀州熊野のあたりをうるおしているのでもあろうか？

水不足にいら立つ百姓は、自然をまで疑わずにいられないのだ。

だが、一部の百姓には、まだ最後の手段がのこされていた。それは、田の片隅《かたすみ》の掘井戸に撥釣瓶《はねつるべ》をしかけて地下水を汲《く》み上げる作業、即《すなわ》ち、〝井戸水搔《か》い〟だ。

ぬいたちの小作地、二反《たん》三畝《せ》にも、井戸桁《いどげた》をそなえた専用の井戸があった。ふだんは岩乗なふたをして、その上に耕土をおき、作《さく》をしつけておくが、非常の際は撥釣瓶をしかけて灌漑《かんがい》にあてる。もちろん、この設備は小作料に影響《えいきょう》して、たいていは反当り二石《こく》の高値である。ぬいたちの小作地もこのくちだった。

ところで不幸中の幸いとでもいうのであろう、撥釣瓶の柱も横木も釣瓶も火災をのがれて納屋《いなや》の屋根裏にのこっていた。ぬいたちは北隣《どな》りの小父《おっ》さん、志村広吉をたのんで、七月二十五日の日曜日に井戸をあけた。

誠太郎と孝二も井戸水搔いを手伝った。二人の仕事は、横木の尻引《しりび》きだ。普通、横木の端には、釣瓶につり合った重石《おもし》をつけるのだが、それでは、釣瓶を水面におろすのに骨が折れる。釣瓶の上げ下げに一番らくな方法は、重石を軽くして、そのぶん、汲み上げる時に人の力で横木の尻を引くことだ。いわば人間重石で、これはたいてい子供の役にきまっていた。

だが、こんなにまでして汲み上げても、水は片っぱしから亀裂《きれつ》にのまれて、田の面は依然《いぜん》としてからからだ。それでもふでは懸命《けんめい》に釣瓶をあやつり、やがてぬいが交替《こうたい》する。地下水がつづくかぎり、釣瓶を上げ下げせずにはいられないのだ。

しかし、誠太郎や孝二はこの変った経験が面白くて、歌をうたい、掛声をかけなどして、重石代りをつとめた。

「三日坊主《ぼうず》やったらあかぬで。」と、ふでは休み番の時に言った。

「このあんばいやと、土用があくまで雨がないよって、それまで毎日水搔いや。」

「そんなん、大丈夫や。わし、夏休み中、ずっと尻引きしたるワ。」

誠太郎は調子がいい。実はいつもの年より五日だけ繰《く》り上って、誠太郎たちは、もうあすから夏期休暇《きゅうか》なのだ。

ふでは笑って、

「せやけど、そんなん、わいの方でことわりや。夏休み中井戸搔いしてるようやったら、もう飢《う》え死にやで。いくらおそうても、土用のしまい方には降ってもらわぬことには……。」

「井戸掻いだけではとても保《も》たぬワ。夕立でもきてくれんことには。」とぬいも言った。結局、ひっしの井戸水掻いも雨を待つ間の非常措置《そち》で、もし本格的な雨がなければ、秋の収穫《しゅうかく》は皆無《かいむ》なのだ。

孝二は人間重石の休み番には嬉々《きき》として土をこねた。井戸の周囲には、中から持ちあげられた水色まじりの土塊《つちくれ》が重なっていて、粘土《ねんど》細工には手頃《てごろ》だった。

孝二は、牛や馬を作った。犬と兎《うさぎ》も作ってならべた。兎の長い耳は、すぐに乾いてぽろりと落ちた。

「わしは人間を作ったる。」

誠太郎も三時の間食《けんずい》のあと、張りきって土をこねた。十時の早飯《はやめし》と、三時の間食の二食分を、ふでは握《にぎ》り飯にして用意してきていたのだ。

ちょうど地下水も湧《わ》きがにぶったところだった。ぬいとふでも畦《あぜ》にすわっていきを入れる……。

「あかぬな。人の顔はむつかしいワ。頭のかっこうかて、なかなかや。」

誠太郎は音《ね》をあげ気味だ。それでも、やがて首らしいものが出来た。

「でも、それ、猿《さる》みたいやな。頭が小《ち》っちょうて、口が突《つ》き出たる。」

ふでは額の狭《せま》い塑像《そぞう》を眺《なが》めてくすくす笑った。

「せやけど、それ、やっぱり人やで。藤作さんによう似たるワ。」

ぬいはほめた。

誠太郎はまた土をこねる。

「どれ、わいも何か作ろかな。」

ふでも粘土をつかんだ。ぬいも手を出した。そして、思い思いの形を刻む……。

もう日でりも不作もなかった。

指先からうまれるたった一枚の銀杏《いちょう》の葉に、たった一つの杯に、ぬいとふでの苦労は溶《と》けこんで、微笑《びしょう》がその顔面を撫《な》でさする……。無意識裡《り》の幸福。

だが、幸福は短かった。

「畑中のお祖母《ばあ》ん。」

藤作の声だ。

「みんな揃《そろ》うて、えらいかせがはるな。」

赤銅色《しゃくどういろ》に日やけした身体《からだ》に、ふんどし一本。そのふんどしもゆるんでいる。

「まあ、そこは暑いよって、このかげにきなはれ。」

ぬいは膝《ひざ》を片よせた。そこだけ、日除《ひよ》けのからかさで蔭《かげ》になっていたのだ。

「はは丶丶。暑いのは、屁《へ》でもないけどな、この水饑饉《ききん》はこたえる。」

「お互《たが》いさんや。」

「それが、お互いさんならええけどな、ちっともお互いさんやないネ。」

ふでは［ぎ］くっとした。

ぬいも顔を引きしめた。藤作のはうがよめたのだ。

藤作は腕組《うでぐ》みのまま暫《しばら》く突っ立っていたが、

「お祖母ん、他のこっちゃない。三日に一度、この井戸を貸してもらいたいネ。」

「それは使うてくれてもええけどな……。」

「百姓は相見互いや。」

「………。」

「我がとこだけ水があったらええていう、そんなもんやないで。」

「せやけど、わしとこは小作人や。井戸は地主の佐山はんに掛け合うてもらわぬことには、わしの一存では、どもならんワ。」

「それは逃《に》げ口上や。」

「せやったら、今夜にも掛け合《お》うてきてんか。佐山はんが貸したる言やはったら、わしとこは（わしの家は）あしたは休んでもええネ。」

「そんな話し合いがつくんやったら、なにもお祖母んに頼まんで。あの強欲《ごうよく》地主が、なんで釣瓶一ぱいの水も汲ましてくれるもんか。せやけどな、お祖母んも、おふでさんもよう聞いとき。この井戸から湧く水は、半分はわしの田からしみこんどるのや。せやから、その分だけ、わしが汲んでもええわけや。」

　藤作はいいすてて立ち去った。

「おふで、藤作《あいつ》はあんまり暑うて、きっと気が狂《くる》いかけとるんやで。」

「ほんまに、今の言い草は尋常《じんじょう》やおまへんな。あ、なんやらけったくその悪い……。」

　ふではぺっと唾《つば》を吐《は》いて釣瓶《つるべ》竿《ざお》をつかんだ。釣瓶は具合よく水面で返る。だいぶ水が湧いたのだ。

　誠太郎は粘土を投げて尻引き縄《なわ》をつかんだ。

　さて、夕風が立ちそめる頃、井戸は再び底をついた。

「ちょうどええ切れ目や。誠太郎も孝二もくたびれとる。きょうは、もうしまいにしような。」

　ふでは釣瓶を外す。それだけは持って帰らねば不用心だったからだ。

「お母ん。それ、わしが持ったろか？」

　誠太郎がいった。しかしふでは自分の肩《かた》にまわして、

「誠太郎も孝二も、帰りに寄るとこあるんやないけ？」

「ふふゝ、ゝ、よう知っててや。」

「知らいでナ。」とぬいは笑いを含《ふく》んでいった。

「きょうは秀坊んが京都の学校から帰っておいでる日や。ほんまに帰っておいでたかど

うかな。」

その時、ふでが立ち止って、

「誠太郎も孝二も、ちょっとこれ見てみ。」と、稲の葉先をゆびさした。

ひるま撚《よ》れて黒ずんでいた葉が、日が沈《しず》むといっしょにすっかり開いて、僅《わず》かな風にそよいでいる……。稲は生きているのだ。

それにひきかえ、藤作の稲株は、葉先が撚れたまま突っ立っている。瀕死《ひんし》の状態だ。

「これやさかい、雨が降るまで、石にかじりついても水掻いせなあかぬネ。誠太郎も孝二も、またあした尻引きしてや。」

「うん、したる、したる。」

二人はこたえながら走った。安養寺の屋根が二人のゆくてにそびえていた。

十

「どうやった？　秀坊ん、帰ったはったけ？」とぬいがいった。

「うん、帰ったはった。」誠太郎がこたえた。

「これ、くれはってン。」と、孝二は夾竹桃《きょうちくとう》の枝を出した。

「あ、ええ花やな。仏壇《ぶつだん》に供えてんか。」

ぬいは仏壇を開いた。二十五日は、ぬいの亡夫、文四郎の命日だった。

「秀坊ン、元気け？」

ふでがたずねる。

「元気や。せんより肥えはったみたいやで。」

「やっぱり京には、おいしいものが仰山《ぎょうさん》あるんやな。」

しかし秀昭が以前より元気そうに見えるのは、食べ物のせいばかりではないと誠太郎は思っている。京都には、畝傍中学時代のように、秀昭を〝エッタ〟と罵《ののし》る生徒がいないのだ。もちろんその事を秀昭にたしかめたわけではないが、誠太郎は秀昭の姿をみつけたとたんにそれをさとった。

その時、秀昭は夾竹桃の下に立っていた。夾竹桃の紅《あか》い花は、たそがれの光の中に幾《いく》分《ぶん》くろずんで見えたが、秀昭のきものは、浮き立ったように白かった。秀昭は糊《のり》のきいた、白地がすりのゆかたを着ていた。誠太郎は、それを見ただけでもう十分だった。

「秀坊ん、雨が降ったら遊びに寄せてや。」

誠太郎がいうと、秀昭は少し笑って、

「誠やん、もうじっき雨が降るで。方々で、雨乞《あまご》いの松明《たいまつ》行列するそうやからな。」とこたえた。

さて、夕飯の粥《かゆ》をすする軒端《のきば》に、ふではそら豆のから、を重ねて火をつけた。そら豆のから、からは硫黄《いおう》のような黄色い煙《けむり》を立てて、〝土用の暴《あば》れ蚊《が》〟を追い払《はら》うのだ。

「あ、こんやもやっぱり曇ってきたで。お祖母《ばあ》んは〝日でりの夜曇り〟ていうたけど、あれほんまやな。」

箸《はし》をおいて、誠太郎は声をはずませた。日でりの脅威《きょうい》よりも、ぴったりあたるぬいの経験が、彼の興味をそそるのだ。

みんな外に出た。見上げる空は、今にも雨が降りそうに曇っている。

「これで、あしたの九時頃になると、かんかん照り出すんやから、てんきは不思議なもんや。」

ぬいの調子も以前《もと》より明るい。明日《あした》は、明後日《あさって》はと不安と焦燥《しょうそう》で空を眺めた頃より、かえって心が落ちついたのだ。それは一つには旱魃《ひでり》もここまできては、くよくよするひまがなかったからだが、また一つには井戸水掻いという最後の手《て》段をもっていることに安心感があったからだ。その安心感は、そうした手段を持たない者への優越感《ゆうえつかん》といっしょになって、一種の快感を構成する。

〝藤作らは、どねんするこっちゃら。〟

それはふでも変りがなかった。彼女も藤作夫婦の困惑《こんわく》顔を思い描《えが》きながら、のんきらしくぬいにこたえた。

「上らぬ雨はないよって、降らぬ雨もおまへんワ。わいら、降るまで根くらべしまっさ。」

次の朝、ふでは四時前に起きた。そして五時半には一家そろって出動だ。

孝二は水の土瓶《どびん》を片手に、まっ先き畦草をふんで走る。畦草は露《つゆ》にぬれて、連日の旱天《かんてん》など嘘《うそ》のようだ。

「これで水の心配がなけりゃ、夏の朝ほどええものはないなア。」

孝二のあとを追いながらぬいがいう。

「山はよろしなア。ええ気持ちそうに、まだ寝《ね》たはるワ。」

ぬいの背後でふでが笑う。葛城、金剛《こんごう》をはじめ、二上《にじょう》、信貴《しぎ》、生駒《いこま》の山々は深い朝靄《あさもや》の中に稜線《りょうせん》をかくして、ちょうど心地よい朝の眠《ねむ》りの中にいるようだ。

その時、しんがりの誠太郎が歩調をとって歌い出した。

源氏平家のたたかいは
先《ま》ず手はじめが富士川よ
平家の軍勢五万余騎《き》
夜半の寝ざめの水鳥の
飛び立つ音に驚《おど》ろきて
得物をすてて逃げ帰る

次は越中礪波山《となみやま》
義仲《よしなか》牛をかりあつめ
松明つのに結びつけ
平家の軍にけしかけて
倶利伽羅谷《くりからだに》に追いおとす

終りは長門《ながと》の壇の浦
白旗赤旗入り乱れ
波を蹴立《けた》ててたたかうに
那須の与一宗高《むねたか》は
扇《おうぎ》の的を射たりけり

それは三年生の時、受持ちだった江川先生が、あんまり達者でないオルガンの伴奏《ばんそう》で教えてくれた〝源平の歌〟だ。誠太郎は、今でもこの歌をうたうと、〝江川先生のオルガンがきこえるような気がする。そして〝先生！〟とよびたくなる。でも江川先生は、けさはまだ眠っているのではあるまいか。あの葛城山や金剛山のように……。

「源氏平家のたたかいは……」と、ふでも口ずさんだ。彼女も一節だけは聞きおぼえていたのだ。それにしても……とふでは思う。〃なにも食うに困るわけでもなかったやろに、どうして源氏と平家は、そねんきついいくさをしたんやろか。お互いに天下をにぎりとうても、そこは日本人同士や。殺し合いせんでもよかったのになア。〃飢餓線で、子供たちといっしょに旱魃《かんばつ》とたたかっているふでには、所詮《しょせん》不可解な源氏であり、平家だった。

さて、孝二はいち早く井戸ぶちに駈《か》け寄ったが、土瓶をおろすのを忘れて、しきりに何かをさがしている。

「孝二、どないしたん?」とぬいは怪《あや》しんだ。

「あの、昨日《きんの》の牛が居《お》らへんネ。馬もおらんし、犬もおらん。」

「みな、逃げよったんか?　きっと孝二があんまり上手に作ったからやで。孝二は、左《ひだり》甚五郎《じんごろう》や。」

ぬいは自分の冗談《じょうだん》がおかしくてにやにや笑った。

だが次の瞬間《しゅんかん》、ぬいは愕然《がくぜん》として眼をみはった。井戸の周囲は、今しがたまで水を汲《く》んでいたらしい形跡《けいせき》が明らかだ。〃さては!〃と藤作の田の面をのぞくと、土は黒々と湿《しめ》って、稲の葉先は点々露を宿している。

「おふで、えらいこっちゃ!」と、ぬいは声をあげた。

ふでは駈け寄りざま井戸をのぞいた。六、七尺は欠けない筈《はず》の水丈《みずたけ》が、せいぜい二尺あるかなしだ。

「あ、やっぱり汲まれてしもた。お姑《かあ》ん。わいな、ゆうべ井戸が空になった夢を見ましてン。そしたらほんまに夢どおりになってしもた。どねんしたらよろしやろ？」

「どねんしたらいうたかて、向うはいのちがけや。わいらはだまって見てるしかないわナ。せやけど、毎晩水をぬすむ奴《やつ》は、身体も保《も》たんし、罰もあたる。」

「水ぬすみは誰《だれ》け？」

誠太郎は声をひそめて、

「武やんのお父《と》ったんやないのけ？」

「そんなン、いうたらあかぬ。」と、ぬいは手を振《ふ》った。

誠太郎はげらげら笑った。彼はこみ上げるようにおかしかった。徹夜《てつや》の水盗人《ぬすびと》は、水鳥の羽音に驚いて、武器をすててにげた平家の軍勢よりも、よっぽど豪傑《ごうけつ》に思えたからだ。それにしても、釣瓶の尻引《しりび》きは誰が受持ったのだろうか。まさか武や、武の兄の安夫ではあるまい。武は一年生、兄の安夫とて、まだ四年生だ。いくら藤作がこわい父親でも、夜まで子供を酷使《こくし》することはあるまい……。

誠太郎はいつか神妙《しんみょう》な顔つきで、じっと足もとをみつめていた。すると、その足もと近く、粘土のかたまりが目についた。

「あ、わかった。」

誠太郎は急《せ》きこんでいった。

「孝二の牛も馬も犬も兎も、みな水どろぼうに踏《ふ》み殺されてン。この粘土のかたまりは、わしが作った人の顔や。」

孝二はつぶれた馬を取り上げて、

「せやけど、兄《にい》やん、ほんまは死んだとちがうで。これはふまれて気絶しただけや。わし、また生かしたる。」

「水でこねてか。」

答える代りに、孝二はふふっと笑った。

ふでが釣瓶をとりつけ、早速水を汲みはじめる。その水の流れに孝二はひからびた塑《そ》像《ぞう》を浸《ひた》した。

誠太郎は一人で尻引きをした。孝二は無心に土をこねる。

やがて靄がはれ、西の山々が紺碧《こんぺき》にかがやき、そして畦草の上には、牛と馬と犬と兎が顔をならべた。

「孝二、気イつけや。うっかりしてたら、そいつら、みな遊びに行ってしまうで。」

ぬいが面白そうにからかった。

けれども孝二は笑わなかった。返事もしなかった。孝二は再生した動物たちと話をするのにせわしかった。

孝二は、たくさんおとぎばなしを知っている。それを、みんな動物たちにきかせてやるのだ。なおその他に、海へ帰してやった蛽《ばい》のはなし、それから秀坊《ぼ》んのはなし、更《さら》に七重と武やんのことも話してやらねばなるまい……。

十一

井戸は五朝《いつあさ》つづけて安泰だった。ぬいは夜中にたまった豊かな水に釣瓶《つるべ》をおろしながら、

「このあんばいやと、盗人《あいつ》はもう水ぬすみをあきらめたんやな。どうせこの日でり具合じゃ、ちっとばかりぬすんでみても、焼け石に水や。」

ふではそれを聞くと、かえって気持ちが冴《さ》えなくなった。藤作の百姓《ひゃくしょう》熱心は衆目の一致するところ。その藤作が水ぬすみをあきらめるようでは、もう脈がないのではあるまいか？　そういえば昨日あたりから動かぬ撥釣瓶《はねつるべ》が多くなった。彼等も井戸水搔《か》いをしたところで所詮は徒労だとさとってきたのかもしれぬ……。

それでもふでたちは井戸底をついては休み、また底をついては休みしながら夕方までがんばった。しかし帰りぎわになっても、稲株《いなかぶ》の大半は葉をよじらせて開く気配がない。

ぬいは嘆息《たんそく》まじりに、

「これは、ひょっとしたら饑饉《ききん》やで。こんだけ水搔いしてても、その割に験《げん》が見えんも

んな。」と言った。

饑饉。孝二にははじめての言葉だった。にも拘《かかわ》らず、孝二は死につながる恐怖《きょうふ》を感じた。彼は夕飯の時、またそれを思い出して、

「お祖母《ばあ》ん、饑饉になったら何を食うのけ。」

「阿呆《あほ》やな。食うものがあったら饑饉やないわい。」

粥《かゆ》の米粒《こめつぶ》をすくい取るのに苦心しながら、誠太郎は大声に笑った。

「ほんまやな。食うものあったら饑饉やないワ。せやけど、饑饉やいうたかて食わんと居《お》れへんさかい、孝二がいうのもやっぱりほんまや。」

ふでは孝二の茶碗《ちゃわん》に巧《たく》みに粥の米粒をすくってやった。

ぬいは暫《しばら》くだまっていたが、

「今からすると、もう百年からも昔のことやけど、天明の饑饉いうて、何万人も死んだことがあるそうな。米糠《こめぬか》やなんば（とうもろこし）の木はご馳走《つそ》で、たいていは藁《わら》を食うたんやと。その藁ものうて、江戸や大阪では仰山人が死なはるし、奥州辺ではみな乞食《こじき》に出て、しまいは道ばたで骸骨《しゃれこべ》になってしもたそうな。そんな時は、ちっとばかり金があったかて、食い物の値がどんどん上るよって、下の者は死ぬほかないのやな。」

「上のしゅうは饑饉かて食う物あるのけ。」

また孝二がきいた。

こんども誠太郎は笑って、

「上のしゅうは仰山金を持ったはるもン、どねん米が高うても買わはるし、それに、そんなしゅうは、米たて蔵《くら》にいっぱい持ったはる。せやから、その米を売って、またもうけはるんや。」

「ほんまにそのとおりや。」とふでが言った。彼女のこめかみからは、伝うように汗《あせ》が流れていた。

孝二は腑《ふ》に落ちなかった。彼は、饑饉とは死につながるこわいものだと感じている。それなのに、母たちは饑饉に米を売って、金をもうける人があると話しているのだ。もしそれがほんとうなら、それは饑饉ではないではないか。饑饉とは、人の力ではどうすることも出来ないものだと孝二は思う。ところが饑饉だといいながら、上の人には金があり、米がある。反対に、下の人には、金もない、米もない。でも、またなんで、そんな上と下の区別があるのだろうか。誰がそんなことをはじめたのだろうか。

すると、ふっと頭に浮《うか》んだ。この春、七重の家でよんだおはなし〝私たちのお父さま〟だ。そのお父さまの国にも、もとは上と下の区別があって、子供の頃《ころ》のお父さまは、さんざん苦労をした。門番の子だといってはずかしめられたこともあれば、食べ物がなくてひもじい思いをしたこともあった。お父さまは子供心になげき、悲しみ、憤《いきどお》った。そして、生涯《しょうがい》をかけて、上下の区別をなくすことに努力した。その甲斐《かい》あって、今はもう威張《いば》って贅沢《ぜいたく》暮しをする王さまも大臣もいない。いくさで人を殺して名誉《めいよ》の勲章《くんしょう》をぶらさげる大将も元帥《げんすい》もいない。人の難儀《なんぎ》につけこんで、物を高く売りつけるずるい商人もいない。その国の人はみんな平等に働いて、みんな平等に豊かである。子供たちは、自分の好きな勉強が出来る。もちろん、エッタという子も、いわれる子もいないにきまってる！

「孝二、もうしまいけ？　お粥さん、まだあるで。」

空《から》茶碗をしっかりつかんでいる孝二に気がついて、ふでは杓子《しゃくし》で鍋《なべ》をかきまわした。

「もうええネ。」

孝二は茶碗をおいてのひらをなめた。つぶれた肉刺《まめ》が全身にしみるほど痛かった。でも舐《な》めると、瞬刻痛みがとまるのだ。

「もうええ加減雨が降ってくれんことには、誠太郎も孝二もへたばるのう。」

ぬいが孝二の手をのぞく。そのぬいの両手も、指のまたがただれていた。野井戸はかなけが強くて、すぐ皮膚《ひふ》を荒《あら》すのだ。

「夜までえらい暑いことでンな。」

程《ほど》なくかねがうちわで足もとの蚊を追いながらやってきた。

ぬいもうちわを膝《ひざ》のあたりで動かして、

「なんでまあ、こねん照りつづくことやら。稲も稲やが、人もへばってしまうわナ。」

「はは、、、。でもお祖母《ばあ》んとこは、雨が降るまできっとみな丈夫や。何せ、水掻いで一心やさかい。」

「いくら一心かて、もうあかぬワ。早いとこあきらめた方がとくや。」

まったくぬいもそんな気がしはじめたのだ。

「せやけど、まア、乗りかかった舟や。もう五、六日がんばりなはれ。そのまにきっと降りまっせ。あねんどこでも雨乞いしたはるもンな。」

そのことは誠太郎や孝二も知っていた。ここ数日、近くの村々、さては山寄りの遠い村々でも松明《たいまつ》行列をやっていて、それが時には狐火《きつねび》のようにうすきみ悪く明滅《めいめつ》するのだ。

「それはそうとな、藤作さんが瘧《おこり》にかかってるの、こっちの家では知ったはるけ?」

それが今夜の話題だというように、かねは身をのり出した。

「へーえ、初耳や。」とぬい。

「四十の初瘧は危ないそうや。」とふでもいう。

「やっぱり、あんまり強欲《ごうよく》にするとばちがあたるんや。なんでも、夜どおしよその井戸から水を汲んで、我がとこの田にはこんだそうな。その時、きっと悪い蚊に刺《さ》されて瘧にかかったんやとみんな言うてる。」

「怖《こわ》いな。」

ぬいはぞっとした。あの井戸のあたりに、その悪い蚊がいたにちがいないと思ったのだ。

「ほんまに、おてんとさんは見通しや。ええも悪いも、よう知ったはるワ。」

けれども、誠太郎は不満だった。彼はかねに笑いかけて、

「そねんお日さま、何でも知ったはるなら、田が灼《や》けて、わしらが水掻いで苦労してるのも知ってくれはるとええのに。」

「せやけど、誠やん。おてんとさんにはおてんとさんの考えがあるネ。この日でりも、きっとおてんとさんが、何か意志《つもり》があってしたはることやで。」

「せやったら、雨乞いの松明みたいなもン、なんぼたいてもあかんやないか。」

「はは、、、。誠やんはりくつたれやなア。」

かねは一切をふきとばすように笑った。

さて、次の日、水掻い帰りのふでたちは、血のような夕焼の中に一団の雲をみつけた。

「あれは雷《かみなり》雲や。ひょっとしたら、今夜にも降るかもしれぬ。」ふでは声がはずんだ。

「そうやな。今夜は降らんでも、あしたはきっと降るな。長いこと、みんなに苦労かけたけど、これで助かる。ありがたいこっちゃ。」

ぬいももう頭の上にどっと雨が落ちてきたように生々した。

ところが、家の前に待ちかまえていたかねが、暑さのあいさつもぬきにして、

「大阪、火事やと。あの雲、見てみ。ただやないワ。もう朝から焼けとるそうな。お父《と》

ったんが仕事に行って聞いてきたんや。」

嘘《うそ》ではあるまい。このところ広吉は大阪通いの仲仕《なかし》をしているのだ。

ふでもぬいも、一瞬《いっしゅん》我が家の焼け落ちる恐怖がよみがえった。その上を絶望が走った。

〝あれは雷雲ではなかったのだ！〟

時間を取り失ったような空白感に、ぬいもふでも、がっくり膝をつきそうだ。

やがてぽそぽそと気の滅入《めい》る夕飯がはじまった。

それでも誠太郎と孝二は、箸《はし》をおくなり元気そうに外に駈《か》け出した。葛城川の堤《つつみ》から、火事を見物するつもりなのだ。

「早う戻《もど》ってきいや。」

ぬいはそれだけ言った。

「けがしたらあかんで。」

ふでの注意もそれだけだった。

しかし、そんな注意は無用だった。誠太郎と孝二の帰りは早かった。

「よその火事見たかて、ちっとも面白《おもろ》いことなかったやろ？」

ふでがいうと、二人は顔を見合せた。

実は葛城川の東堤に坂田の連中が集まっていて、彼等はきこえよがしに言ったのだ。

「大阪は朝から焼け出してまだ焼けとる。エッタの火事よりでえらいな。」

「でえらい火事でも臭《くそ》うないワ。」

「あれは大和《やまと》のひでりに、雨乞いの松明《たいまつ》たいてくれとんのや。」

「あしたか、あさって、きっと降るで。」

「せやけど、エッタに降らしたるのはもったいない。」

みんながどっと笑い崩《くず》れた。

誠太郎も孝二も、そしていっしょに行った清一も要三も、背を丸めて堤をかけおりた。

さて、盆地に沛然《はいぜん》たる雨がきたのはそれから九日めで、土用を過ぎた稲は、穂孕《ほばら》みの寸前で、もうおおかたが枯死していた。それでも村々には一応雨よろこびのふれが出た。

小森も雨よろこびで半日休みにきまった。誠太郎と孝二は、清一と要三を誘《さそ》って安養寺の石段を上った。

夾竹桃《きょうちくとう》は、その厚ぼたい葉のかげに、まだたくさん紅《あか》い花をつけていた。芭蕉《ばしょう》の広葉も、旱魃《かんばつ》をよそごとのように茂っている。安らぎが誠太郎たちの胸をくすぐる……。みんな、にこにこせずにいられない。

「ようきたな。さ、上って遊び。」

秀昭は涼《すず》しい庫裡《くり》の廊下《ろうか》に誠太郎たちを上げてくれた。

そこには将棋盤《しょうぎばん》もあれば碁盤《ごばん》もあった。誠太郎たちははさみ将棋と、五目ならべの名人だ。学校では、運動場の片隅《かたすみ》に盤目をかき、大石と小石で勝負を争う。それがきょうは本物のこまもあれば盤もあるのだ。さあ、一丁、勝負といくか！

しかし秀昭の話もききたかった。秀昭はたくさん新聞をひろげて、

「地震《じしん》、なみなり、火事、おやじというけど、火事ほどこわいものはないた。此《こ》の間の大阪の火事では、一万一千三百六十五軒も焼けたんやで。」と言う。

一万一千三百六十五軒……では、坂田村が四十近くも焼けてなくなった勘定《かんじょう》だ。

「それに、焼けたのは大阪の北の方で、そっちには、大阪控訴院《こうそいん》、大阪地方裁判所、北区役所、大阪一等測候所、府立工業試験所、商品陳列所《ちんれつじょ》というように、大切な建物が仰《ぎょう》山《さん》あったさかい、損害も大きゅうて、ざっとわかっただけで一千五百万円や。」

一千五百万円……。それは五十銭銀貨で何枚になるのか、もう勘定が出来ない。

〝きっと一斗枡《とます》に何杯《ばい》もあるやろ。〟と孝二はひそかに考えた。

「やっぱり大阪もずっと日照りつづきやったよって火事もよけ強かったんやな。三十一日の朝四時に燃え出して、とうとう一日の朝まで二十四時間燃えた。焦熱地獄《しょうねつじごく》というのはこのこっちゃで。地震や雷より、よっぽど怖い。」

〝まったくだ〟とみんなうなずく……。

「せやけどな、農商務省の山林局という役所から、家を建てる材木が特別に出るそうやし、銀行も保険会社も金を融通《ゆうずう》するさかい、焼け跡《あと》にはじき家が建つで。皇室からもお使いの人が来やはって、一万二千円お内帑《ないど》金《きん》を下しはったと新聞に書いたる。」

「お内帑金て何やネ？」

要三が、大人びたあぐらの膝をたたきながらきき返した。

「お内帑金ていうのは、皇室のお手許金《てもときん》、つまりこのへんでいうたら天皇陛下の小遣い銭や。」

「小遣い銭が一万二千円け。へたら、天皇陛下はえらい金持ちやな。」

要三があきらかに羨《うらや》ましそうな顔をする。

「そら、何《なん》というたかて、皇室は日本一の金持ちや。」

「何して、そねん儲《もう》けはったんかいな。」と誠太郎。

「きっと相場や。」と清一は将棋の駒《こま》をならべながら、「うちのお父《と》ったん、いつかていうてるワ。大阪の堂島に相場をやるとこがあって、そこで米やら、会社の株やらを売ったり買《こ》うたりして、みな、えらいこと儲けはるんやて。天皇陛下も仰山株を持ったはって、それで儲けたはるんや。その他に、山やら田やら仰山持ったはる。せやもの、一万二千円くらい爪《つめ》の垢《あか》や。」

「そねん持ったはるんやったら、小森の火事にかてお内帑金くれはったらええのにな。天皇陛下は国の父君で、皇后陛下は国の母君やて、いつかて先生がいうたはる。それがほんまやったら、小森にもくれはってええわけや。小森かて国のこどもや。」

「せやけど誠やん。天皇陛下もきっと小森はきらいや。わしらのにがだま先生かて、小森をきろうて、わしらには一つも甲をくれぬ。わしは、丙《へい》と丁《てい》ばっかしや。」

要三はそう言いながら将棋の駒をとって清一と向き合った。

「誠やん。やるか。」と秀昭は誠太郎に対《むか》った。

「うん。」

誠太郎はぱちりと黒石をおいた。

秀昭は高い鼻梁《びりょう》をひきしめて白石をぱちり。そして互《たが》いにじっと顔を見合せた。

かたわらで、孝二は一人で考えていた。

〝饑饉《ききん》になっても、小森には誰《だれ》も助けにきてくれない。みんな小森はいやがって遊びにもきてくれない。でも、豊さんはちがう。豊さんは遊びにきてくれる……。〟

ところで、夏に降り忘れたのを取り戻すように、彼岸《ひがん》過ぎから雨の日が多くなり、秋の訪れも早かった。その日――明治四十二年十一月四日、ふでとぬいは稲を刈《か》った。

畦《あぜ》には、地主の佐山慶造が行きつ戻りつしていた。彼は、反《たん》あたり二俵の収穫見込《しゅうかくみこ》みでは、ふでたちにそっくり飯米にされるだろうと危惧《きぐ》して、立毛《たちげ》で刈りわけることにきめ、二人の作男（下男）をつれていたのだ。

立毛の刈り分け。それはふでたちにとって辛《つら》い条件だった。孝二や誠太郎の、てのひらの肉刺《まめ》を思うと、ぬいもふでも心臓が痛む。しかし彼女たちには地主の提案を拒《こば》む力がない。拒めば小作地を取り上げられるのは必至である。

架《か》け稲をする必要もない白けた葉茎。刈り跡はいつもの年より寒々として広かった。

〝去年の今頃《いまごろ》は大演習がはじまるいうて……。〟

ふでも、ぬいも、つい、きのうのような気がする。しかし、あれからかっきり一年なのだ。そして誠太郎たちの坂田小学校は、昨日の天長節につづいて、きょう四日も小学校で式を挙げていた。ただ昨日とちがって、式場の日の丸には、黒い布きれが下っていた。伊藤博文の国葬《こくそう》だったのだ。

それにしても、もとの韓国統監《とうかん》、枢密院《すうみついん》議長の伊藤博文が、なぜ韓国の安重根に、ハルピンで狙撃《そげき》されたのだろうか。安重根は、なぜ博文を狙撃しなければならなかったのだろうか？

「安重根という悪者に、天皇陛下の重臣であり、日本の大黒柱ともいうべき伊藤博文閣下が……」と、大鳥校長は目を鋭《するど》くして語った。誠太郎は、悪者という一語にはげしく胸を衝《つ》かれた。この前、にがだま先生も教室で言った。

〝目上の人、えらい人、貴いお方にてむこうたら、そいつはいつの時代でも悪者や。〟

だから安重根も〝悪者〟なのだ。彼は、韓国が日本に合併《がっぺい》されるのを残念がって、もとの統監にてむかったのだ！

誠太郎たちは東に向いて黙禱《もくとう》した。国葬は東京の日比谷公園で執行《しっこう》されているとのことだった。

十二

孝二はけんめいに土をこねた。稲《いね》の葉がさらさら鳴った。

誠太郎は土の中に膝頭《ひざがしら》までめりこませて、

「わしは足でこねたるネ。手なんか、まどろこしゅうてあかぬワ。」という。

「孝二。わい、こんなん作ったで。」

少しはなれたところから母がよぶ。見ると、おや、大きな水がめが、いつの間にか三つもならんでいる。

お祖母《ばあ》んがうれしそうに、

「おふで、これにいっぱい水を汲《く》んどこな。」といった。

お母《かあ》んは疳高《かんだか》い声で、

「わいもそのつもりで、この水がめを作りましてン。ここへいっぱいいためといたら、もうどんな日でりがきたかて大丈夫《だいじょうぶ》や。」

そして、とびかかるようにはね釣瓶《つるべ》の竿《さお》をにぎった。

孝二は走りよって尻引《しりひ》き縄《なわ》をつかんだ。頭のてっぺんに、日がかんかん照りつける。

暑い、暑い。のどがかわく。水。水。ああ、水がのみたい。

「水う……。」

「あ、水け。」

母の声に、孝二ははっきり眼がさめた。夢だったのだ。けれどものどのかわきはほんとである。

「せやけど孝二、あんまり仰山のむとあかぬで。はしかやさかいな。」

ふでは、土瓶《どびん》の口をほんの少しかたむけた。孝二はききわけよく寝《ね》たままうなずいて、

「お母ん、去年の正月は、井野の七重ちゃんがはしかしやってン。ことしは、わしや。」

「まあ、孝二はようおぼえてたな。」

「七重ちゃんも、こねんしんどかってンな。」

「せやとも。はしかは、みな、しんどいネ。お母んもいまだにはしかのことはおぼえてる。こわい夢を仰山見てな、二、三べん泣いたで。」

「わしかて、今、夢見ててン。お母んが井戸水かいして、わいが尻引きするとこや。へたら、暑うて暑うて、えらいことのどがかわいてきてン。そんで、水う……というたんや。」

〝かわいそうに。〟と、ふでは口に出す代りに孝二の頭をなでた。頭は火のように熱かった。

孝二は、母の手の下でにっこり笑って、

「その夢でな、お母んはええもの作らはってンで。」

「わし、何、作ったン？」

「水がめや。大けなの、三つも作らはった。」

「ほゝゝ。それはまた妙《みょう》なもの作ったもんやな。」

「せやけど、お母んは言うたで。〝ここへいっぱい水ためといたら、もうどねん日でりがきても大丈夫や〟て。せやさかい、わし、尻引きしたんや。」

〝かわいそうに。〟

こんども危うく口に出そうなのをこらえて、ふではもう一ぺん孝二の頭をなでた。

「お母ん。」

孝二は小さく呼んで、母の手に赤い発疹《はっしん》の頬《ほお》をすりつける……。たといはしかはしんどうても、孝二はそう辛くはなかった。むしろ母につききりでいてもらえる昨日今日は彼には絶頂の幸福だった。

その時、がたごと下駄《げた》が鳴って、

「ただいま！」と羽織姿の誠太郎が、入口の風よけ筵《むしろ》をはねのけた。

「おかえり。」

ふり向くふでに、

「孝二、ようなったけ？」

「あ、だいぶようなってな、今、わいとはなしをしてたとこや。」

「なんのはなしけ?」

「夢のはなしや。」

「なーんや。しょもない。そんな夢のはなしよりか、孝二、この方がええで。」

誠太郎は孝二の両手に一つずつ蜜柑《みかん》をにぎらせた。

「まあ、ことしもやっぱり学校は蜜柑をくれはったんやな。」

ふでは感心顔にいう。

「そら、あたりまえや。正月の式やもん。」

「せやけど、坂田村は向う五カ年諸事倹約《けんやく》のことにきまった矢先やよって、わいは正月の蜜柑も倹約かと思うたんや。」

「そやかて、お母ん。校長先生はいつもとおんなじに、白い手袋《てぶくろ》はめて教育勅語《ちょくご》を奉読《ほうどく》しやはるし、わしら生徒は君が代と年の始めを歌うし、式は一つも倹約なことあらへん。せやもの、蜜柑もくれはらぬことにはあかぬワ。」

「誠太郎はうまいこというてや。はは、、。」

ふでといっしょに孝二も笑った。

誠太郎は羽織の紐《ひも》をときながら、

「わしのいうの、嘘《うそ》やあらへんで。お母ん、学校にはな、ええらい立派な御真影室《ごしんえいしつ》もでけたんや。お母んは御真影室というの知ってるか。」

「知ってる。天皇さんの写真を入れとくとこや。」

「見たことあるか。」

「見たことあらへん。」

「わしも中は見たことないネ。廊下《ろうか》で仕切って、大きな戸がたてたるもの、そばへ行けへん。その廊下かて、品行甲《こう》の生徒だけで掃除《そうじ》するさかい、わしらは用無しや。」

かちんと、ふでは胸にこたえた。陸軍大演習の時も、小森には兵隊宿舎の割りあてがなかった。そんな小森の生徒は、掃除の上でもまた分けへだてをされているのだ。それにもかかわらず、戦争にだけは引き出されて今までも死んだし、これからも死ぬにちがいない……。

さて、もうひるに近かった。式の出がけに粥《かゆ》を食ったきりの誠太郎は、腹を空《す》かしているにきまっている。ふでは炊事場《すいじば》におりて朝の残り粥に水をさし、大根と水菜を刻みこんだ。

その炊事場のむし喰《く》い柱に、ちょうど護符《ごふ》のように短冊形《たんざくがた》の紙片《しへん》が貼《は》られていた。紙片には木版で、

坂田村一円

向う五カ年諸事倹約之《の》事

己酉《つちのととり》　師走《しわす》

と刷ってある。いうまでもなく、四十二年度の凶作《きょうさく》対策なのだ。

しかしそうはいうものの、坂田村の地主の中には、まだ四十一年度の産米を相当量かかえているものもあった。そうした地主のいかめしい門柱にも、同じように木版刷りの紙片が貼られていた。

ところで、かまどの火をたくふでの耳に、ひそかに孝二のいうのがきこえた。

「兄《にい》やん、秀坊《ぼ》ん、帰ってきやはったけ。」

「ううん、まだや。」と誠太郎の声も低い。

「いつ帰ってきやはるのかなア。」

「さあ、いつやろ。」

「もうじっき、冬休み、のうなるのにな。」

「ひょっとしたら、春まで帰ってきやはらんかもしれんで。」

「なんでや？」

「勉強、せわしいからや。」

しかし孝二は、兄の言葉をそのまま受取りかねるように「ふーむ。」と鼻声をたてた。

すると誠太郎は急に笑い出して、

「あ、せや、せや。秀坊んも、向う五カ年諸事倹約やいうのきいて、それで正月でも帰ってきやはらんネ。帰ると汽車賃がいるよって。」

けれどもそれは誠太郎のじょうだんだった。彼は秀昭の身辺がなんとなしに気がかりであり、同時に長い間たのしみにしていたそのあてが外れた空《むな》しさから、ついそんなことでも言ってごまかすしかなかったのだ。

ふではやがて煮えた粥鍋《かゆなべ》をおろして、

「誠太郎。でけたで。孝二もどうや？　ちょっと食べてみるけ？」

「わし、食べとうないネ。」

孝二は腹這《はらば》って、枕《まくら》もとにたたんで置かれたままの羽織に、供えるように二つの蜜柑をのせた。せっかくの蜜柑もまだ食べたくないのだ。

「秀坊んが帰ってきやはったら、孝二は一ぺんに元気が出るねけどな。ほんまに秀坊んはどうしやはったんやろ。」

ふでは愚痴《ぐち》っぽく言った。彼女は秀昭の話となると、誠太郎や孝二の表情が忽《たちま》ち生彩《せいさい》を帯びてくるのを知っていたので、こんどのようにものも食べたがらない孝二には、どうしても秀昭の顔が必要に思えたのだ。

しかし誠太郎や孝二が、なぜそんなにまで秀昭に魅力《みりょく》を感じるのか、ふではつきつめて考えたことがなかった。

そして誠太郎の方でも、そのことは内証《ないしょ》にしていた。彼は秀昭とエッタについて話し合ったことなど、祖母にも母にもおくびにも出していない。いや、出せないのだ。

それは孝二も同じだった。孝二も秀昭にはなんでも思ったとおりのことが言えるし、秀昭もまた、なんでも教えてくれる。小森の親戚《しんせき》が、小森と同じようにみんなエッタだということも、瀬川丑松《せがわうしまつ》という小学校の先生が、エッタだったので苦労して、とうとうアメリカへ渡るはなしも、みんな秀昭がしてくれたのだ。それでことしは、どうしてそんなエッタが出来たのか、孝二は、根掘《ねほ》り、葉掘りに訊《き》くつもりだった。もし、働かずになまけた者が乞食《こじき》になるとすれば、エッタになるわけは何だろうか？

さて、そこそこに粥をすり終えると、誠太郎は母とならんで筵にすわった。そこからは、寝ている孝二の顔が近い。

「お母《かあ》ん。わしも草履《ぞうり》を作ったる。麻裏表《あさうらおもて》はあかぬけど、これやったら作れる。」

誠太郎は材料の竹の皮をひきよせた。

「よけなこと、せんとき。」

ふでは低声《こごえ》に言った。叱《しか》るような、なげくような、そして、どこか嗤《わら》ってもいるような不思議な声だった。

「なんでや？」と、誠太郎は母とは反対の高声《たかごえ》で、「わしかて、銭《ぜに》もうけせんことにゃ……。」

「阿呆《あほ》いいナ。おまはんの作った草履みたいなもン、誰《だれ》も買《こ》うてくれんワ。」

「せやけど、そねんいうてたら、いつまでたっても上手にならへん。」

「上手にならんかてええやないか。おまはんは学校の勉強したらええネ。草履みたいなもン作っててみ。一生ええことあらへん。」

「そやったら、お母んはなんで草履ばっかし作ってんネ。」

「それは阿呆で、ほかに何《なん》も能がないからや。せやけど、孝二やおまはんは、勉強次第でなんぼでもえろうなれるやないか。」

しかし、どんなに勉強したところで、エタはやっぱりエタではないか。だが、そこまでくると、誠太郎は沈黙《ちんもく》するしかなかった。

「じゃ、お母ん、わし、竹の皮さきをしたる。ようきりの代りや。」

誠太郎は少し場所をかえて、竹の皮をさきはじめた。

このところ、ふでは麻裏の表編みを中止して、竹の皮草履を作っていた。それは、旱《かん》魃《ばつ》でやけた藁《わら》からは、麻裏表の材料であるようがとれなかったからである。そうかといって、旱魃をまぬがれた遠い地域から藁を買い入れては、材料高の製品安ということになって、とても間尺《まじやく》に合うものではない。勢い材料の手に入り易《やす》い竹の皮草履に転向せざるを得なかったのだが、しかしその竹の皮草履も問屋渡《わた》しでは一足わずか八厘《りん》。材料代を差しひくと、一日の手間がやっと五銭か六銭というところ。それで祖母のぬいが行商役を引きうけて、きょうも早朝から外に出ているのだった。

だがその行商とて、決してらくでないのをふでも誠太郎も知りぬいている。

一銭五厘《いっしんごっしん》　負けとこ五厘《ごっしん》
　エッタ婆《ばば》あの　くそたれ婆あ

悪態は、祖母の骨肉《ほねみ》を刺《さ》すだろう。けれども祖母は、大きな口をへの字に曲げて、じっと悪態をかみころしているにちがいない……。

〝お祖母《ばあ》んよ！〟

誠太郎はお祖母んゆずりといわれるその大きな口を、いつかしっかりへの字に結んでいた。

十三

「お寺の秀坊《ぼ》んな。」

祖母の声に誠太郎は眼がさめた。自分ながら不思議なほどのさめ方だった。

しかしぬいはそれと気がつくはずがなく、でも要心深く声だけはおさえて、

「なんやら、また学校かえはったそうやで。おくにさんが、そういうてた。」

おくにさんというのは、佐味田要三の祖母で、ぬいの行商仲間だ。家が安養寺に近いとこから、法事などには時々たのまれて手伝いにゆく。だから、秀昭の消息には誰よりも通じていたのだ。

ふでは眉《まゆ》を上げて、

「へーえ。そやから冬休みでも帰ってきやはりまへんのやな。」

「そやがな。こんどは東京やいうさかい、ちょっとにはよう帰って見えんのがあたりまえや。」

「でもまたなんで東京みたいな遠いところへ？」

「それがな、秀坊んの学校に、秀坊んの顔をよう知ったはる先生がつとめに来やはって、〝おい、こら。お前は誰もお前のうまれをよう知らん思うとるやろが、わしが来たからもうあかぬぞ。〟といやはったんやそうな。それで秀坊んが、中学校をやめるというてきやはったんで、ご院主さんが心配して、東京の学校へかわらせなはったということっちゃ。」

ふでは、〝まあ〟とも言わない。誠太郎はそんな母が気がかりで、そっと細目をあけた。母はランプの下でわきめもふらず竹の皮をさばいている。きっと激しく胸が波立っているのだ。その母と向き合って、祖母もやっぱり竹の皮草履を編んでいる。もう何十年となくしみついた夜業《よなべ》の習慣は、ひるまの行商で疲《つか》れていても、なおやむことがないのだろうか。

「かわいそうに。」と、祖母はきゅっと草履のしん縄《なわ》をひきしぼって、「秀坊んは運が悪かったなア。京都の学校なら身もとがわかるまいと安心していやはったやろに、顔見知りの先生に出くわすとはなア。」

「でも、お姑《かあ》はん、そのことは誠太郎や孝二には内証だっせ。」

「それはもう、おまはんが言うまでもないこっちゃ。誠太郎はそんなこと聞いたら、どねん口惜《くや》しがるかしれんし、それに小森にうまれた者は、なんぼ勉強したかてあかぬのやいうて気落ちしよるにきまったる。」

「せやけどお姑はん、誠太郎らも、だんだんそんなめに遇《あ》いますのや。じっと気イつけて見てると、誠太郎は、もう以前《もと》みたいに兵隊、兵隊とさわぎまへんし、学校の勉強かて上の空みたいや。二学期の通知簿《つうちぼ》も乙《おつ》と丙《へい》ばっかしで、毎日学校で何をしてるのかわかりまへんワ。」

「でもな、おふで。そんなことというたかて、誠太郎もかわいそやがな。春からこっち、やれ火事だ、日でりだで、おちおち勉強するひまがなかったもんな。せやから、まあどんな家でも早《はよ》うたてて安心させたらなあかぬワ。」

「わいもこの頃《ごろ》そう思うてきましてン。あのもろてる公債《こうさい》な、二百五十円でならいつでも売れるというさかい、いっそ手放して家を建てた方がええやないか……て。」

「おふでがそのつもりやったら、わいもそれでええ。ご仏壇《ぶつだん》もいつまでこんなとこへ置いとくわけにも行かぬしな。ただそうなると、孝二が中学校へ行きたいいうても、やってやるわけにいかぬので、それがどうもかわいそうや。」

「でも、その時の事情で、それはしようおまへんワ。それに中学校へやって、秀坊んみたいなことになったら、かえってかわいそうやおまへんか。秀坊んはまだ東京へ行ける身分やからええけど、孝二ら、どっちつかずになりまっさ。」

微《かす》かにふでが笑った。その時、十一時が鳴った。誠太郎にふとんにもぐり込《こ》んで、「ど教員め！」とわめいた。わめきはふとんにしみ込んで、ふでやぬいは夜風の音を聞いただけだった。

さて、次の日、一月七日の金曜から学校は三学期の授業がはじまるのだ。ふではその朝、孝二の首に綿ネルの襟巻《えりまき》を巻いてやりながら、さりげない調子で言った。

「みんな、よう勉強しいや。秀坊んも、三月の末にはきっと帰ってきやはる。その時、優等証書を見せて上げんことには……。」

「せやけどな、わしらのにがだま先生は女の子が好きで、みなそいつらに甲《こう》をやってしまうさかい、わしの貰《もら》う分がのうなるネ。」

誠太郎は、わざとおどけた風に言った。しかし、それは嘘《うそ》でも冗談《じょうだん》でもなく彼の本心だった。青島先生が、一、二の女生徒を特別ひいきにしているのは、もはや衆目の一致《いっち》するところだったのだ。

ところが一時間め、教室の気流が急に変った。

「相川久子さんです。きょうから皆《みな》さんの友達です。」

妙《みょう》に気取ったいい方で青島先生が紹介《しょうかい》したのは、長い下げ髪《がみ》の少女で、紫地《むらさきじ》に菊《きく》の模様の被布《ひふ》を着ていた。もちろん転校してはじめての登校なので、特別のよそいき着をつけているのだろうが、それにしても久子は際立《きわだ》って美しかった。

誠太郎はごくんとつばをのんで〝どこの子やろ〟と考えた。

そこここでささやくのがきこえた。

「あの子、坂田やで。」

「こんど、坂田の駐在所《ちゅうざいしょ》にきた子や。」

「琴《こと》も習うてんねと。」

「勉強もよう出来る子や。」

それでわかった。このほど駐在所の巡査《じゅんさ》に異動があり、坂田には久子の父の相川巡査が赴任《ふにん》してきたのだ。

久子の席は、一番後ろの宮島きぬとならんで作られた。そこは新校舎の中でも特別の一等席で、晴れた日は、まぶしいほど太陽がさしこみ、机においた硯《すずり》の水が天井《てんじょう》にくるくる光の輪をはねあげるのだ。

「にがだま先生、もう宮島きぬはペケにする気やな。」とその日の帰り佐味田要三が言った。

「せやとも、そんなん、ようわかったるワ。」と南まきえが応《こた》えた。

「わし、ちょっとうしろ向いたら、にがだま先生、久子さんの毛をぐるぐる手に巻いてふ、、、。」

笑《わろ》うとった。久子さんの頭髪《あたま》には虱《しらみ》がおらぬさかい、きっと、ええ気持ちやネ。うふ

「にがだま先生、久子さんを嫁《よめ》さんにしよるネ。えっへへ、、、。」

志村清一は股《また》のぞきの時のように大きく身体《からだ》を曲げて笑った。

「あはは、、。ほんまや、ほんまや。久子を嫁さんにして、にがだまはええことしよるネ。はは、、、。」

「あっはは、、、。おもろい、おもろい。」

要三と清一は、互《たが》いに身体を小突《こづ》き合っている。

「阿呆やな。」

冷たく誠太郎が言った。

「なにが阿呆や？」

まだ笑いの残った顔つきながら、要三の口調はきつい。

誠太郎も声を強めて、

「阿呆やないか。そんなこと言うて。」

「そんなことて、どんなことや？」

「今言うたばっかしやないか。」

「へーえ。今いうたなかに、そんな阿呆なことあったかいな。」

すると清一が言った。

「誠やんはな、このごろにがだま先生の気に入りやよって、先生のことをいうと腹を立てよるネ。はは、、、。」

そして要三と肩《かた》を組んで走り出した。そのあとを、南まきえも追って行く――。

誠太郎は、身も心もがっくりした。

〝久子を嫁さんにして、にがだま先生は……。〟

要三が言ったのは、阿呆なことどころか、立派に可能性のあることなのだ。いつの日か、二人がそういう生活に入るかもしれないということは誰にも否定出来ない。にもかかわらず、いや、それだからこそ、誠太郎はそれを聞くのがいやなのだ。それを露骨《ろこつ》に口に出す要三は、にがだま先生よりなお憎《にく》い。けらけら笑う清一も、がんとなぐりとばしてしまいたい……。

おきまりの強い西の吹《ふ》きおろしだった。誠太郎は水洟《みずばな》といっしょに、久子の面影《おもかげ》をぐっと呑《の》みこんだ。

十四

三学期はじめての歴史の時間。青島先生はいきなり志村清一の名をよんで、

「五箇条《かじょう》の御《ご》誓文《せいもん》の第一番目をいうてみ。」

清一は右手を頭のうしろにやってだまっている。思いだそうとしてもちょっと思い出せない、といったかっこうだ。

二、三人、へらへらと笑った。先生の質問に答える自信のある連中だろうか。

「なんや。忘れたのか。それとも、はじめからおぼえておらんかったのか。これは冬休みの宿題として暗記してきたわけやぞ。」

「忘れましてン。」

清一はうつ向いたまま答えた。

「そうか。忘れたものはしようがない。しかし、腰《こし》かけたまま答えてはいかぬ。立ってもう一ぺん言え。」

「忘れましてン。」

安心したのか、清一は元気にくり返した。

「それじゃ、佐味田要三。」

「わしも忘れましてン。」と、要三も威勢《いせい》がいい。

「わしも、とはなんだ。わしも、とは……。」

しかし青島先生は急に要三の追及《ついきゅう》を打ち切って、

「畑中はどうだ。畑中も忘れたか。」と誠太郎に視線を向けてきた。

誠太郎は戸惑《とまど》った。彼も忘れたことにしてしまいたかった。けれどもそうした時の先生の文句がこわい。先生は冷笑まじりにいうだろう。

〝小森はあかぬのう。〟

誠太郎は立ち上ると同時に高々と暗誦《あんしょう》した。

「一つ、広く会議を興《おこ》し万機《ばんき》公論に決すべし。一つ、上下《しょうか》心を一《いつ》にして盛に経綸《けいりん》を行うべし。一つ、官武一途《いっと》庶民《しょみん》に至る迄《まで》各《おのおの》其《そ》の志を遂《と》げ、人心をして倦《う》まざらしめんことを要す。一つ……。」

「ほう。畑中はみな知っとるのか。」

「はい。」

「それはえらい。じゃ、いうてみ。」

「一つ、旧来の陋習《ろうしゅう》を破り天地の公道に基《もと》づくべし。一つ、知識を世界に求め大いに皇基を振起《しんき》すべし。」

「よう出来た。ほかに、五箇条みんな暗記できる者？」

先生はぐるぐる室内を見廻《みまわ》した。しかし一つの手も挙がる様子がない。

「みんな、あかぬのう。畑中に負けたやないか。畑中は明治維新《いしん》のありがたさを、やっぱり一番よう知っとる。明治の新政府は、このありがたい五箇条のご誓文の大御心にそい奉《たてまつ》って、それまでの徳川幕府の悪い政治を、かたっぱしから改めることにした。そのことは、二学期のしまいに、もう習うたな。そこで、徳川幕府の政治がどんなものだったか、松崎豊太、こたえてみてくれ。」

「はい、徳川幕府の時は、武士が威張って、罪のない人を殺しました。」

「それから。」

「百姓《ひゃくしょう》から重い年貢《ねんぐ》をとりたてました。」

「なかなかよろしい。それが明治の新政府が打ちたてられて、ここに四民は平等になった。四民というのは、士、農、工、商。幕府時代は、これが身分として分けられていて、百姓は武士とは対等に口をきくことも出来なかった。それが今では、みんな平等で、だから久子さんの家ももとは武士だったが、きょうびは士族というよび名はあっても、こうしてみんなといっしょに机をならべて勉強しているんです。わかったな。」

わかりましたという代りに、みんな久子の方をふりかえった。久子は頭を下げている。どんな意味でもじろじろ眺《なが》められてはきまりが悪いのだ。

「ところで、士、農、工、商の分けへだてを無くされた天皇陛下は、明治四年の八月、更《さら》に穢多《えた》・非人も平民の列に加えて下さった。つまりその人たちは、新しく平民になったから新平民で、全国では約四十万人いるそうです。」

くくっ、くくっと忍《しの》び笑うのがきこえた。

誠太郎は熱い火煙《ひけむり》の中に閉じこめられたように呼吸《いき》がつまった。

シンヘイ。あのエタ同様、時にはエタにも増して身内のすくむ言葉は、単なる悪意のつぶてではなく、れきたる意味をもった自分たちのよび名だったとは！　エタに加えられたこの汚辱《おじょく》。この痛み。それは天皇のせいなのだ。

「先生。」と、その時松崎豊太が立ち上った。

「なんや。また質問か。君はなんでもよう訊《き》くのう。」

「教えてほしいから訊きまんネ。あのう、先生。日本は四民平等になった言やはりましたけど、わし、ほんまはちがう思いますネ。」

「ちがうというと？」

「皇族、華族《かぞく》、士族、平民と、今でもちゃんと四つに別れてます。」

「それはあたりまえや。皇族さまや華族さまは別のお方で、士、農、工、商、つまり人民の間に分けへだてがないというのが四民平等だよ。」

「じゃ、皇族さまや華族さまは人民やおまへんのか。」

「皇族さまや華族さまは天皇のお身内か、それに近いお方やからのう、人民ではないわけだ。」

「でも、みな同じ日本人でっしゃろ。」

「そんなこと、言わんでもわかっとる。せやから、五箇条のご誓文に、上下心を一にして盛に経綸を行うべし、と申されてる。これは皇族も華族も平民も心を合わせて、日本の政治について考えたり、行《おこの》うたりせよということや。わかったな。」

「なんやら、よけいわかりまへんワ。」

豊太は頭をかくような手つきで腰かけた。みんな声をたてて笑った。彼等は先生を小馬鹿にしたような豊太の態度に、一種の解放感を味わったのだ。実際、よけいわかりまへんワ〟という豊太の発言どおり、維新も王政復古も華族制度も、彼等には理解がつきかねた。

ところでその日の便所掃除《そうじ》は、誠太郎たち小森組が当番だった。

「誠やんは、やっぱりちがうな。あんなむつかしい文句を、ようまあおぼえたもんや。」

清一は、おぼえなかった自分の方が、むしろ常態だというように言った。五箇条のご誓文のことなのだ。

要三も柄《え》つきタワシで小便溝《みぞ》をこすりながら、

「わしかて、あんなむつかしいの、ようおぼえぬワ。せやけど、こんど試験に出たらあかぬさかい、一つだけおぼえとく。誠やん、一つ、何ていうんやった?」

「ふふ……。あんなもの、おぼえぬかてええやないか。」

誠太郎はいいながらバケツで水を流した。

「なんでや?」

「おぼえたかて、しやァないもんな。」

「なんでしやァないネ。」

「そうだ。なんでしゃァないか、先生もきかせてもらおう。」

いつの間にか青島先生が便所の近くにきていたのだ。

誠太郎は空バケツをさげてじっと先生をみつめた。

「バケツをおけ。」

誠太郎はバケツをおろした。

「さあ、なんで五箇条のご誓文をおぼえてもしゃァないんだ?」

「…………。」

「しゃァないわけが言えないのか?」

言える。けれども言ったところでわかってもらえようがないのだ。そればかりか、言えばなぐられるにきまっている。だが言わねばならない。いや、言ってやる。言ってやるとも!

瞬時《しゅんじ》にして誠太郎は心が決った。

「先生。わしらは新平民や。五箇条のご誓文をそらで読んでも、そらで書いても、新平民はなおりまへん。」

「お前はそねん新平民がいやか。じゃ、もとの穢多の方がええのか。畏《おそ》れおおくも陛下さまがせっかく新平民に引き上げて下さったのに、ありがたいと思わぬ、この罰《ばち》あたりめ!」

どんと肩口を突かれて、誠太郎はよろよろっとバケツの上に尻《しり》もちをついた。

「誠やん、堪忍《かにん》してや。」と要三は校門を出るなりわびた。

「なにも堪忍することないワ。要やんが悪いことしたんやないもン。」

「せやかて、わしがあれを教えてくれいうたさかい、あんなことになってン。」

「ちがう、ちがう。」

すると清一が言った。

「あいつが誠やんをなぐりやがったのは、わしらがエッタで新平やからや。掃除かて、わしらはわしらだけでやらされる。よそむらの奴《やつ》らが、小森の者といっしょのバケツで雑巾《ぞうきん》しぼるの、きたないてぬかすからや。こんな阿呆《あほ》くさい学校に、もうあしたからくるもんか。にがだまのくそ教員！」

そして大橋の上から、三人声をそろえてくりかえした。

「にがだまのくそ教員！」

金剛山はそれでもやっぱり青かった。誠太郎たちは山に向いて大きくいきを吸った。

十五

いやーだ　いやだよ
ハイカラさんはいやだ

頭のてっ皿に
さざえのつぼ焼き
なんてまがいんでしょ

さすような二月の朝風を堤《つつみ》でさけて彼等は唄《うた》った。おおかたは六年の男生で、主唱格は佐山仙吉だ。

さて、ひとしきり笑いさざめいた彼等は、こんどはぐっと声をおとして、

いやーだ　いやだよ
青島はいやだ
色は黒ても
杉野が好きとは
なんてまがわるいんでしょ……

すると彼等を取り巻く群れからもどっと哄笑《こうしょう》が湧《わ》いた。

誠太郎もその群れにまじっていた。もちろん彼も笑った。誠太郎には、その替《か》え唄は仙吉の作でないまでも、こうして先き立ちで唄う仙吉の気持ちがわかる。仙吉は新学年当時青島先生に眼をかけられただけに、このごろの疎遠が身にしみるのだ。

それにしても、この替え唄は、たれの口からうまれたのだろうか。四年生を受持っている杉野先生は中学出身で、席次は青島先生より下だが、色が浅黒くて絵がうまい。坂

田や安土や島名では、内職に木綿機《はた》を織る娘も、農閑期《のうかんき》裁縫《さいほう》に通う娘も三人よれば杉野先生のうわさである。そんな事情は誠太郎の知るところでなかったが、仙吉や豊太は疾《と》うからそれを嗅《か》ぎつけていた。そんな彼等は、誠太郎の思い及《およ》ばぬ興味をこめて、意味深くまた替え唄をくり返すのだ。

いやーだ　いやだよ

青島はいやだ……

さて、三たびくり返したところで仙吉が言った。

「こんどは、ちがうの教えたる。みんな、早《はよ》うおぼえるんやど。」

そして、ゆっくり唄った。

いやーだ　いやだよ

相川さんはいやだ

むかしさむらい

今は巡査《じゅんさ》

なんてまがわるいんでしょ……

「それもしまいの方は〝まが悪い〟のやな。」

岩瀬重夫が念をおした。

「せや。なんでかいうたら、相川久子の家は、昔は武士で威張《いば》っとった。せやけど、今は巡査や。巡査みたいなものあかぬ。あんなん、えらいと思うとるのは、貧乏《びんぼう》たれと小っちゃい子供だけや。嘘《うそ》やあらへん。巡査みたいなもン、わしとこに来たらぺこぺこやで。」

さもあろう、というように、みんなうなずいた。そして唄いはじめた。けれども唄い終っても、どこからも笑いの波があがらない。一つには運動場のどこかで聞いているかもしれない久子に、なんとなく気がねなものがあったのだ。

事実、久子は聞いていた。彼女は、教室の席につくなり、肩《かた》を落してわっと泣き出した。

あの唄のせいだ！　と誠太郎は直感した。彼は思わず久子の方を振《ふ》り向いた。とたんに〝畑中〟と青島先生の鋭《するど》い声がとんできた。

しかし久子を振り返ったのは決して誠太郎一人ではなかった。十数人が首をのばして久子をみつめていたのだ。

「怒《おこ》られるのはいつもわしや。」

けれども、もうそんなに悲しくはなかった。くやしくもなかった。どうせあと一月あまりで卒業なのだ。誠太郎は悠然《ゆうぜん》と本をひろげた。時間割は修身だった。

青島先生は久子の机のそばに立って、しばらく彼女のうったえを聞いていたが、

「みんな、本をしまえ。きょうは考査だ。」

と急ぎ足に教壇《きょうだん》にもどった。

「なーんや。考査か。」

がっかりしたように誰《だれ》かがつぶやく。誰も彼も急に天井《てんじょう》が低くなったように頭が重い。空気も変質したように胸苦しい。

やがて藁半紙《わらばんし》が一枚ずつ、列長たちの手で配られた。青島先生は、

修身考査

問題

五箇条の御誓文を記し奉《たてまつ》れ

と三行に分けて板書した。

「先生、あれみな本字で書きまんのか。」

豊太が腰《こし》かけたまま質問する。

「本字で書くにこしたことはないが、本字はだいぶむつかしいから、かなでもええことにまけてやる。五箇条で十点。一箇条なら二点だ。もし一箇条も書けなんだら、その者は落第やぞ。」

「先生。ほんまに落第にしやはりまんのか。」

また豊太がたずねた。

「ほんまも、嘘もない。修身が零点《れいてん》だったら落第にきまっとる。」

「そうかて、先生、これは考査でっしゃろ。考査と試験はちがう。試験は中学校の入学試験みたいに成績一つできまるけど、考査はあい（ふだん）の成績と合わして通知簿《つうちぼ》につけるんやて、この前先生がいやはりましたやないけ。」

「そや、そや。」と二、三の声が豊太を支持し、応援《おうえん》した。

青島先生は右手の白墨《はくぼく》を無意識のように左手の爪先《つめさき》で削《けず》りながら、

「それはそのとおりだ。だけど、こんなだいじな問題に、答えを一つもよう書かぬような者《もん》は、あいの成績も悪いにきまっとる。第一、五箇条のご誓文も知らぬで、義務教育が終ったといえるか。お前ら、これは卒業前の考査やど。さあ、気張って書け。」

しかし全然暗記していない者には気張りようも頑張《がんば》りようもなかった。彼等は内心、誠太郎がうらやましかった。その時間の誠太郎は、彼等には文句なしに英雄だった。

要三は先生のすきをねらって、しきりに誠太郎の机をのぞいた。一行でも目にとまれば、それを手がかりになんとか一箇条ぐらいはものになりそうな気がしたからだ。

だが誠太郎は答案用紙に無数の線をひいているだけである。そしてとうとう一時限のかねが鳴った。

要三はしかし〝誠やんはなんで答案を書かなかったんや〟とたずねる勇気がなかった。彼は誠太郎のなかに為《え》体《たい》の知れないものがひそんでいるようで急に恐《おそ》ろしくなってしまったのだ。

その日放課まぎわに、誠太郎、豊太、仙吉、重夫の四人が居残りを言い渡《わた》された。教室掃除がすむまで廊下《ろうか》に立つことになった彼等は、はじめのうちは少しきまり悪そうにしていたが、やがて掃除当番の女生徒たちが帰るのを待って豊太が言った。

「誠やんは、いやーだ、いやだと唄わなかったのに、わしらといっしょに残されて、まア〝なんてまが悪いんでしょう。〟」

「あはは、ゝゝ。ほんまや、ほんまや。」

仙吉は豊太の頓知《とんち》に拍手《はくしゅ》した。

「それはな、きっと久子の奴め、誠やんもいっしょに唄うたとぬかしたからや。誠やん、あした久子をどづいたったらええワ。」

重夫も義憤《ぎふん》めいた口ぶりでいう。

しかし誠太郎は、自分がのこされたのは、豊太たちのように替え唄を唄ったからではないのを知っていた。そのことは程《ほど》なく豊太たちにもわかった。職員室から出てきた青島先生は、「おい、畑中は別だぞ。」と豊太、仙吉、重夫の三人を教卓《きょうたく》の下にならばせたのだ。そして、

「お前ら、ええ唄を作ったそうやな。昔さむらい、今はなんとか。さあ、それをここで唄うてみろ。」と言った。

くすっと重夫が笑った。笑いは豊太と仙吉にも感染《かんせん》した。

「さあ、唄えというのに、わからぬ奴らだ。」

「せやけど、あんな唄、教室で唄う唄やおまへんワ、先生、もう唄いまへんよって、堪《か》忍《にん》しとくなはれ。」

「ふふ、、。松崎は口がうまいからのう。じゃもう明日から唄わぬな?」

「はい。唄いまへん。」

「そんなら帰れ。あした久子さんにあやまるんやぞ。」

仙吉と重夫は文字どおりあとを見ずに昇降口《しょうこうぐち》を駈《か》けおりた。

「松崎、お前も早《はよ》う帰れ。」

青島先生は廊下に突っ立っている豊太にあごをしゃくった。

「わし、誠やんを待ってまんネ。」

「なんで待ってるんだ。帰る方角がちがうやないか。」

「わし、誠やんに用がありまんネ。」

「用があったらあしたにせい。畑中は、きょうはまだ帰せぬのや。」

豊太は昇降口から教室の窓下に廻《まわ》った。

「畑中、なんでのこされてるのかわかるか。」

青島先生はおさえた声で言った。

「わかりまへん。」と誠太郎は頭をふった。

「わからぬ？　ほんまにわからぬのか。」

「はい。」

「きさまはなまいきだ。おい、これはなんだ。」

先生は半紙をつきつけて、

「あのとおりちゃんと知っておりながら、きょうの考査に一字も書かんとは何事だ。これは先生を馬鹿にしとるのか、それともおそれ多くも五箇条のご誓文《せいもん》に対し奉り、不敬きわまる心をもっとるのか、さあ、どっちだ。」

「…………。」

「まったく、きさまの心はねじれとる。きさまはお父《と》ったんの面《つら》よごしだ。」

誠太郎は先生の洋服の一番下のボタンを見ていた。

「さあ、顔を上げろ。日露《にちろ》の役《えき》に名誉《めいよ》の戦死をとげたお父ったんが、きさまの不忠、不孝に泣いているのがわからぬか！」

がたん！　机といっしょに誠太郎は横たおしにはりたおされた。はりたおされながら、彼はいなずまのように胸の中ではじけるものを感じた。

忠義とはなんだ。

孝行とはなんだ。

エタとはなんだ。

新平民とはなんだ！

誠太郎はおよぐように床《ゆか》をなでた。それから両手を突《つ》いてもっくり四つん這《ば》いになり、やがてゆっくり起《た》ち上った。

長い時が経《た》ったようで、彼はあたりが一変してみえた。そして自分の背丈も三、四寸伸《の》びたように感じた。

「よし、帰れ。」

青島先生は教壇に上った。実は退却《たいきゃく》したのだ。先生には床から起ち上った誠太郎が異様に大きく見えたのだ。

誠太郎は冷たい廊下をすたすた歩いた。彼は豊太が、きっとどこかで待っていてくれると思った。

十六

「六年生の成績表は、きのうすっかり出来上りました。どの学年よりも一番早いです。」

青島先生の唇辺に微笑《びしょう》が動いた。

生徒たちは顔を見合せた。晴れの卒業生代表にえらばれて、在校生の祝辞に答えるのは誰だろうと、互《たが》いに意見をさぐり合っているのだ。

ところが先生は、

「その中に落第するものが二人いる。」とつづけていった。

みんな先生をみつめた。冷たい緊張《きんちょう》が暫《しばら》く生徒たちを釘《くぎ》づけにした。

その日の帰り、大橋の中ほどでふいに清一が言った。

「落第はわしにきまったる。三学期の考査は、おおかた欠席して受けなかったもン。」

すると要三が教科書包みを頭にのせて、

「橋を渡ってしまうまで、これが落ちなかったら及第《きゅうだい》。落ちたら落第や。」

包みは彼の苦心にもかかわらず、もう一足というところでばたりと落ちた。

「あっ！　げんくそわるい。」

要三は包みをけとばして、

「わし、もうあしたから学校に行きとうないワ。」

「せやけどほんまのとこ、落第はわしやで。」

誠太郎は立ち止って川底を見た。川砂は白くかわいて、ざっく、ざっくと歩いてみたい衝動《しょうどう》がわく。

「誠やんが落第？　阿呆なことばっかし。」

清一はからかわれたようにぷんとした。

「それは、清やんがわけを知らぬさかいや。にがだまは、六年生でわしが一番きらいやネ。要やんにきいてみ。要やんがみな知っとるワ。」

要三はあいまいに笑った。彼は内心、修身考査に白紙答案を出した誠太郎は、或《あ》いは落第の罰《ばつ》を受けるかもしれないと思っていたのだ。

「ちょっとあの成績簿、のぞきたいな。」

清一は校舎の方をふりかえった。

「のぞいたかて、落第はなおらぬで。」と誠太郎が言った。

「ほんまか、要やん？」

「せやかて、わかったら安心や。」

「落第がわかっても安心か？」

「せや。今のうちに、ようくお父ったんにいうとけば、お父ったんかてあきらめる。」

「そんなこというたかて、清やん、むりや。どないして、成績簿がのぞけるネ。」

「たあれも先生が居《い》ぬ時に、ちょっと見るんや。」

「先生、いつでも居るもの、あかぬ、あかぬ。」

要三は手をふった。

「そやったら、あした職員室掃除《そうじ》の時、うまいことしてのぞいたる。」

「清やんはしぶといな。」

誠太郎は小石を一つ川底に投げた。

その夜、ぬいは行商で少しくたびれたといった。誠太郎はとんとんとんぬいの肩をたたき

ながら、

「お祖母《ばあ》ん、わし、もうじっき働くさかい、お祖母んもらくしたらええワ。」と言った。

ぬいは、〝おや〟と意外そうに、

「誠太郎は高等科に行かぬのかい。」

「行かぬ。わし、ひょっとしたら、ことしは落第や。」

「ははゝゝゝ。それはまた気の小さいことをいい出したもんや。去年あたりは、えらい兵隊さんになるんやていうてたのに。」

「あれは、子供で、なにも知らぬかったからや。」

ぬいはひやりとした。

ふでもはっと顔を上げた。

「な、お祖母《ばあ》ん、わし、落第してもかまわんな。わし、学校より働く方が好きや。」

「せやけど、誠太郎は何をする気やネ。」

「なんでもやるで。百姓《ひゃくしょう》でも、靴屋《くつや》でも。」

ぬいは溜息《ためいき》をこらえた。ふでは涙《なみだ》をのみこんだ。二人にはわかる。誠太郎は自分が何かということを、もうはっきり知ったのだ。

さて、次の日のこと。誠太郎はまたしても居残りを言い渡された。佐山仙吉と松崎豊太もやっぱり居残り組だ。けれども豊太はしょげる色もなく、

「誠やん、きょうの居のこりは、きっと風向きのええはなしやで。ひょっとしたら先生は、誠やんにも中学校の試験を受けてみ、ていやはるんやないかな。」といった。というのは、仙吉と豊太は中学校の受験組で、この程願書を提出したからである。けれども誠太郎は、自分の居残りは、豊太たちとは別口なのだろうと思った。それにしても、まったく心当りのない居のこりだった。

誠太郎たち三人は、やがてそろって応接室に呼び込《こ》まれた。

豊太は誠太郎の小脇《こわき》をつつきながら、

「そら、み。やっぱりええ風向きやで。」とささやいた。

そこへ江川先生もやってきた。誠太郎は自然にほころびる唇《くちびる》をおさえかねた。

「畑中。正直にいいや。」と、江川先生は青島先生とならんで腰《こし》かける。

〝なんのことだろうか?〟

誠太郎は二人の先生を見くらべた。

「これ、知ってるか。」

青島先生はテーブルの下から大きな本を取り出した。

あっ！　美濃表紙の〝六学年成績簿〟だ。

誠太郎は足がふるえた。やっぱり自分が落第なのだと思った。

「きさまか。」と青島先生は誠太郎の肩口《かたぐち》をつかんだ。

「わし、落第ですか。」

おちつくつもりでも声がふるえた。

「あたりまえだ。きさま、いつこれを盗《ぬす》んだ、正直にいわぬと……。」

昂奮《こうふん》しきった青島先生の言葉はそこで途切《とぎ》れた。

「畑中、この成績簿をぬすみ出したのはお前かい。正直に言わぬといかぬで。」

江川先生は卓上に両手を組んで、じっと誠太郎をみつめる。誠太郎にはすべてが〝寝《ね》耳《みみ》に水〟だった。自分が何をぬすんだというのだろうか？どうやら誰《だれ》かが成績簿をぬすんだらしいが、しかし、ぬすまれた成績簿が、なぜ眼の前にあるのだろうか。それとも、それはぬすみ見のことなのだろうか。

ぬすみ見といえば、昨日の帰り、清一がしきりにそれを口にしていた。しかし、彼がその機会をつかんだとは思えない。とすると、いったいこの事態は何だろうか。

疑いと迷いに閉じこめられて、誠太郎は茫然《ぼうぜん》と突《つ》っ立っているばかりだ。

すると、佐山仙吉が、

「それはわしがとりました。」と言った。

「なにっ！　きさまがとった？」

「はい。ちょっと見るつもりやったんだす。きのう職員室を掃除した時に。」

「そ、それを持って帰って、またもとに戻《もど》しといたのか。」

青島先生はふるえる身体《からだ》を卓の端《はし》で支えた。

「それじゃこのように、ところどころ成績を書きなおしたのも佐山やな。」

江川先生は成績簿の頁《ページ》をくった。

仙吉はうなずいた。

「でもまたなんでこんな事をしたんだね。」

「誰が総代で、誰が落第か、早《はよ》う知りたかったんです。」

「うん。その気持ちはわかるが、なぜ成績を書き直したんだい。自分のほかに松崎や畑中の分まで。」

「自分のだけなおすと、すぐ分ると思ったんだろう、この悪党め。」

青島先生はがんと仙吉の横面《よこつら》をなぐりつけた。

「青島先生。暴力はいけませんぜ。」

江川先生は静かにいった。仙吉は江川先生の方に身体を寄せて、

「あの、あんまり無茶やと思うとこをなおしましてン。誠やんは丁が三つもついたるけど、それみな、甲があたりまえや。せやから、甲になおしましてン。豊さんのもちごうたる。豊さんは総代があたりまえや。」

「でも、のう、佐山。それはお前の方が無茶だ。先生には先生の眼があり、考えがある。それによってついた点数だ。畑中はお前に甲をもろうたおかげで、危うく犯人にされよ

うとしたやないか。しかし、まあええ。お前が正直にいうたから、畑中も松崎もあんまり迷惑《めいわく》せずにすんだ。」

そして江川先生は青島先生に言った。

「もうみんな帰したらいいでしょう。あとの事は、またあとの事として。」

誠太郎は、江川先生があけてくれた扉口《とびらぐち》をまっ先に飛び出した。妙《みょう》な夢をまだ見つづけているようで、足もとがいやにふわふわした。

坂田村で最有力者と目される仙吉の父親が、羽織袴《はかま》で学校に出向いて、仙吉の不都合をわびたとのうわさを、誠太郎はそれから数日たって学校できいた。しかし仙吉の不都合の内容については、誰もくわしくは知らないらしかった。誠太郎と豊太は、もちろんかたく秘密を守ることにしていた。二人には急に仙吉が身近な存在に感じられたのだ。

こうして、やがて卒業式がやってきた。

「なーんや。総代は宮島きぬ、女か。」

式の当日、誠太郎はがっかりしたような男生の声を聞いた。

「にがだまの奴、落第が二人いるというたけどあれは嘘《うそ》やってン。わし、心配して、えらい損した。」

卒業証書をくるくる巻いて、清一はそれでもさすがにうれしそうだった。

「誠やん、さいなら。」

校門前で豊太が手をふった。

「さいなら、豊さん。」

誠太郎はしばらく後ろ向きにあるいた。久子の長い袂《たもと》が見えた。仙吉の新しい帽子も見える……。

「みんな、さいなら。」

けれどもこんどは声に出なかった。別れの言葉は誠太郎の胸に沈《しず》んで、そのまま重く凝結《ぎょうけつ》した。明治四十三年三月二十八日。誠太郎は数えて十三歳。裏作の麦はもうみんな節間《ふしま》が伸び切って、盆地《ぼんち》は春のいのちにあふれていた。

こおろぎ

一

六月初旬——。梅雨《つゆ》をひかえて、照りつける太陽はもう真夏のように強い。

葛城川《かつらぎがわ》流域は、裏作の大麦が刈《か》りとられ、ところどころ、水に光る田も見える。そら豆、れんげ、小麦も、ここ半月足らずのうちには姿を消して、耕地は全面的に本作（水稲）田に切りかわるのだ。

去年旱魃《かんばつ》でいためつけられているだけに、ことしはその埋《う》め合せをしようと、大和盆地《やまとぼんち》は人も自然も共に気が急《せ》くようすである。

さて、六月六日の月曜日。朝の日をまともに浴びて登校する孝二たち小森の子供は、男女とも一人のこらずこめかみをぬらしていた。もちろん、暑さのせいもあったが、それに拍車《はくしゃ》をかけたのは、出がけに食った水のようなお粥さんだ。孝二たちは少し足を急がせると、みんなポコポコ腹が鳴り、汗《あせ》がたらたら流れるのだ。

といってもそれは今朝にかぎった異状ではない。走ればポコポコと鳴る粥腹《かゆばら》は、孝二たちには常態なのだ。

やがて、校門をくぐった孝二たちは、追い廻《まわ》されたあとのにわとりのように、校庭の隅《すみ》にかたまった。この四月から校内のきまりが変って、彼等は授業がはじまるまで、自由に教室に出入りすることが許されなかったのである。勢い、子供たちは教科書包みをかかえて始業のかねを待つしかなかった。

しかし実際は、後生大切に教科書包みをかかえているのは低学年生と、一部、気の弱い女生徒と、そして孝二たち小森組だけだった。坂田や島名の五、六年男生は、この頃《ごろ》、急にはやり出したベース・ボールに、運動場の大半を占領《せんりょう》して、右に左に駈《か》け廻っている。

それは見ていてもたのしかった。孝二たちも学校から帰ると、狭《せま》い道ばたで時々そのまねごとをやる。チームは男女混成。ボールは、灯心のしんに糸を巻いた女の子のてまりで、バットはてのひらか、時によってはれん木（すりこぎ）を持ち出すこともあった。それでも打った、打たれたが面白くて、彼等は日の暮れるのが惜《お》しかった。それがもし本物のバットでボールがカーンと打てたら、どんなに胸がすっとすることだろうか。

孝二たちはにこにこ笑った。無言の応援《おうえん》だった。その時、カーンと音がして……ごろごろっとボールがころげてきた。武がやにわにそれをつかんだ。

「こらっ！」

走ってきた一塁手が、どなって武をけとばした。

「お前ら、あっち行け。こんなとこにいたら邪魔《じゃま》や。」と、監督格《かんとく》の少年も大人びた口ぶりでどなった。

孝二たちはだまっていた。身動《みじろ》ぎもしなかった。居場所をかえず、じっとそこにとどまっていることが、彼等には精一杯《せいいっぱい》の抵抗《ていこう》だった。

「しぶとい奴《やつ》らやな。」

「ボールがあたって怪我《けが》したかて知らんど。」

いいすてて坂田と島名の少年は走り去った。

孝二たちは、始業のかねが待ち遠しかった。それにしても、いつもよりかねがおくれているのはどうしてだろうか？　孝二は日のさしかげんで、たしかに時間のおくれているのがわかるのだ。

〝もしかしたら、きょうは郡長さんがくるんやなかろうか？〟

思ったとたんに、孝二は胸のあたりがどきんとした。

だがそんな気配もなく、やがていつものように中庭に向いた玄関《げんかん》のあたりでかねが鳴った。そして三分後には一年から六年までちゃんと朝礼の姿勢をととのえていた。

先生たちも、柏木はつ先生を先頭に、大鳥校長がしんがりになって、職員室から旧校舎の廊下《ろうか》にやってきた。旧校舎の廊下は濡《ぬ》れ縁《えん》式に直接運動場に向いていて、朝礼の時、先生たちはずらりこの廊下に並ぶのだ。

ところで廊下に突っ立った大鳥校長が、じろり生徒を一瞥《いちべつ》した瞬間、孝二はやっぱりいつもとちがって何かがあるのを直感した。しかも、それは決して、いい意味の何かではないようだ。或《ある》いは小森に対して、ひどい叱責《しっせき》がとび出すのかもしれぬ。そういえば、小森の上級生は殆《ほとん》ど欠席している……。孝二は、また胸先がどきどきした。けれども、何事もなく、やがて江川先生の号令でご真影室《しんえいしつ》に向いての最敬礼が終り、つづいて深呼吸体操も終った。あとはそれぞれ教室に向いて行進するだけだ。生徒たちは足もとの教科書包みを取り上げ、〝前へ進め！〟の号令を待った。ところが意外にも、江川先生は、〝気をつけえ！〟と叫《さけ》んで、自分でも身体《からだ》を硬《かた》くした。

生徒たちは何かの間違《まちが》いではないかと、きょろきょろあたりを見廻した。

「みなさん、きょうは、大変なことが出来ました！」

孝二は沈痛という言葉を知らなかった。けれども、大鳥校長の言いぶりが、そんな性質のものなのを彼は了解《りょうかい》した。とにかくどこかで異常な事件が勃発《ぼっぱつ》したらしい。

「皆《みな》さんはおぼえてるでしょう。去年の十月二十六日、わが伊藤博文公がハルピン駅頭で韓国の悪者のためにピストルで撃《う》たれてお亡《な》くなりになりました。国葬《こくそう》は、十一月四日、天長節の次の日に行われて、皆さんも式をやりましたね。ところで、その悪者の安重根は、ことしの三月二十六日、まる五月《いつつき》めに死刑《しけい》になりました。伊藤公を暗殺した大悪人ですから、これは死刑になるのがあたりまえです。」

孝二は急にはげしい尿意《にょうい》に襲《おそ》われてぶるっと身体がふるえた。

死刑――。孝二はそれがどんなことかを知っていた。この世で、一番こわいこと。いやなこと。それが死刑だ。彼のはげしい尿意は、その衝撃《しょうげき》の結果なのだ。

しかし孝二自身は、尿意がそのためなどとはもちろん知る由《よし》もなかった。彼は時ならぬ尿意にまごついて、顔を赤くしながら両股《りょうまた》に力をこめた。

尿意はそれで一時抑《おさ》えることが出来たが、しかし三月二十六日の死刑を、大鳥校長はなぜ六月六日のきょうになって事あたらしく話し出したのだろうか？　或いは安重根のような青年が、また韓国のどこかにあらわれたのだろうか？　そうだ。きっとそうにちがいない。さもなければ、今ごろ安重根の死刑話が出てくるいわれがないではないか。

孝二は首をのばして大鳥校長をみつめた。すると、それに応《こた》えるかのように、校長はかみしめていた唇《くちびる》を開いて、

「ところが、このたび、伊藤公の暗殺より、まだ百倍も千倍も悪いことが国の中に起ったのです。」

校長は、そこでまた唇をかみしめた。

孝二はいよいよ二人めの安重根が出てきたのだと思った。しかし、孝二は校長先生が

いうほど、それを、〝たいへん〟とは感じなかった。孝二は、誰《だれ》かが誰かをピストルで撃ったはなしよりも、死刑の方がずっと薄気味《うすきみ》悪いのだ。

それにしてもひどい暑さだ。すぐ前に立っている女の子の髪《かみ》を、虱《しらみ》がうようよ這《は》いまわっている。虱は暑さにたえかねて、かっこうなかくれ場所をみつけているのだろうか、それとも虱はこういう暑い日ざしが好きなのだろうか。五匹十匹十五匹。とても数え切れない……。

「皆さん、それはどんなふうに悪いことかというと、ちょうど、あの太陽をなくしてしまうのと同じように悪いことなのです。みなさん、私たちはたった一日もお日さまなしではいられません。お日さまがなくては、世の中はくらやみで、私たちは生きて行けません。

ところが、安重根よりいっそう悪い奴が出てきまして、この日本の国をくらやみにしようとしたのです。

もちろん、その悪い奴らはつかまりました。みんなで七人で、そいつらは爆裂弾《ばくれつだん》を作って、日本で一番尊い、私たちが太陽と仰《あお》ぐ天皇陛下に投げつけて、世の中をくらやみにしようとしたのです。

なんという悪い考え、なんという恐《おそ》ろしいたくらみ、なんという憎《にく》むべき行いでしょうか。伊藤公を狙撃《そげき》したのは朝鮮人ですが、こんどのはみんな日本人なのです。

みなさん。まったくこれは悲しい、恐ろしい、憎むべき大事件です。天皇陛下に対し奉《たてまつ》り、なんともおわびの申し上げようもない不祥事《ふしょうじ》です。

おそれおおいことですが、私たち六千万国民は、陛下を御父君と仰いでいます。陛下もまた私たち国民を、赤子《せきし》としておいたわり下さるのです。こういう国柄《くにがら》は、世界に二つとはありません。日清、日露のたたかいに、日本が大勝利を得ましたのも、この世界に二つとない国柄、つまり陛下の御稜威《みいつ》のたまものであります。私たち国民は、いつでも陛下のおんために、いのちを捧《ささ》げてたたかうことを名誉《めいよ》と心得、また本分と心得ています。

この天皇陛下に爆弾を投げつけようなどというのは、まったく、きちがいのしわざでありまして、大日本帝国をくらやみにし、六千万国民を塗炭《とたん》の苦しみに追いやるなどということは、天もゆるさぬところであります。」

では、その七人はきちがいだったのだろうか？　校長先生の言葉はむつかしくて、ところどころ意味の解《げ》せないふしもあったが、それでも校長先生のいうとおり、それがたいへんな出来事なのを孝二は了解した。なぜなら、それは天皇陛下に関する事件だからである。

天皇陛下はかみさまである……と孝二たちは教えられている。神さまというのは、少しでもいやなことをされると、すぐに怒《おこ》って、そのいやなことをした者にひどいばちをあてるのだ。神さまを祀《まつ》ったお宮が、どこもきれいで立派なのは、ばちがこわいからにきまっている。天皇陛下の写真を、誰も通らぬ廊下の向うの〝ご真影室〟に祀っておくのも、それから写真の出し入れをする時、校長先生が特別立派な洋服を着て、真っ白い手袋《てぶくろ》をはめるのも、やはり天皇陛下のばちがこわいからだ。このように、何かといえばばちをあてたがる神さま天皇に、爆裂弾など投げつけてはどんな大ばちがあたるか、孝二は想《おも》っただけでも寒くなる。

だが、天皇陛下に爆裂弾を投げつけると、世の中がくらやみになると校長先生がいうのはほんとだろうか？　もし爆裂弾にあたって、天皇陛下が伊藤博文公みたいに死ぬと、こんなにも頭からかんかん照りつけているお日さまが、すっと消えてなくなるのだろうか？　しかし、天皇陛下がほんとに神さまなら、爆裂弾にあたっても死なないはずだ。それを、爆裂弾にあたると死ぬというのはおかしいではないか。

孝二は、右、左の仲間をみた。みんな校長先生のはなしなど、上の空の顔つきをしている。そんなことより、友だちは一刻も早く教室に入りたがっているのだ。もうもう暑くて暑くてたまらないからだ。

しかし校長先生のいわゆる〝陛下におわびの申し上げようもない不祥事〟の報告はまだ終っていなかった。

「みなさん。さっきもいいましたように、その七人の悪者はつかまりました。そいつらの考えは、ほんとにきちがいです。そいつらは、なぜ爆裂弾を作って、天皇陛下に投げつけようとしたかといいますと、そいつらは、もうずっと前からこの世の中をたいそう不平に思っていまして、いつかおりがあったら世の中をひっくりかえそうとねらっていたのです。そして、そうするには、日本の国の中心でいらせられる、太陽のような天皇陛下をなくすことが、一番早みちだと考えたのです。

そいつらは、日清戦争や日露戦争にも反対を唱えました。戦争は、悪いことだというのです。天皇陛下が、露国と戦えと詔《みことのり》を下していられるのに、それに反対するとはなんという不忠でありましょうか。」

がーんと、孝二は何かにぶつかったような気がした。

〝戦争は悪い！　戦争には反対だ！〟

そんなことを言った人が、この日本にいたなどと、孝二は今の今までゆめにもしらなかった。もしその人たちのいうように、みんなで戦争に反対したら、今ごろ日本はどうなっていたろうか。それは孝二にはわからないが、ただ一つはっきりしているのは、日露戦争がなければ、バンコ頭のお父《と》ったんが、今も達者で生きていたろうということだ。そして、お父ったんが生きていれば、兄《にい》やんは大阪へ丁稚奉公《でっちぼうこう》に行かず、高等小学校に通えたかもしれないのである。

孝二は田植がすむと、兄の誠太郎が大阪へ丁稚奉公に出ることに話がきまっているのを、もうとうから知っていたのだ。

孝二は流れる汗《あせ》を右手でふいた。そしてふいた手のひらを更《さら》にきものの脇《わき》にこすりつけた。

「みなさん、その悪いやつらは戦争に反対したばかりではありません。まだもっと恐ろしいことを考えたのです。そして、それこそこの世の中をまっくらにするものです。そいつらは世の中から金持ちをなくそうとしました。金持ちから金を取り上げようとしました。そいつらは、人間はみな平等だから、金も平等にしなければいかぬというのですが、しかし、それでは、誰もまじめに働かなくなり、世の中は強い者がちになってしまいます。この恐ろしい一味は無政府党というて、中心人物は幸徳秋水《こうとくしゅうすい》、名は伝次郎というのです。」

〝わかった〟と、孝二はからだの真ん中で叫んだ。〝むせいふとう〟とは何のことか理解できなかったし、そのほかにもわからぬ言葉は沢山《たくさん》あったが、〝こうとくしゅうすい・名はでんじろう〟なるその人が、何をしようとしたかということは、腹から背中へつきぬけるようにはっきりわかった。

こうとくしゅうすい・名はでんじろうは、去年の春、下川村井野のお祖父《じい》やんの家で読んだ、〝私たちのお父さま〟というおはなしの、あのお父さまと同じようなことをやろうとしたのだ。つまり親たちが働いても働いても貧乏《びんぼう》で、食う物もない小森の子供に、腹一杯食うものをわけてくれようとしたのだ。それを校長先生はくりかえして悪いというが、そんなら今のように、小森は貧乏でエッタがいいというのだろうか。それから先生に、天皇陛下に国民の父君だというが、おはなしの中の〝お父さま〟は、国中の人がしあわせにくらして行けるように骨を折ったからこそ〝私たちのお父さま〟とよばれるようになったのだ。ところが、天皇陛下は、こうとく・しゅうすいや、その仲間の人をつかまえさせたではないか。それは、ばちをあてるためにきまっている。

自分の写真を誰かが手袋なしで持つと、もうそれだけでばちをあてる恐《こわ》い人。そんな人は〝お父さま〟じゃなくて、やっぱりかみさまだ。かみさまというのは人にばちをあてるのが仕事やから……。

くるくるくると足もとの地面が廻って見えた。そして、ふき出ていた汗が一ぺんにかわいて、肩《かた》のあたりが冷たくなった。孝二は思わずしゃがみこんだ。と、その鼻先に、どたりと音をたてて黒いものがたおれてきた。

「あっ！　武やん……。」

叫んだはずみに、孝二は身体がしゃんとした。

柏木先生が上履《うわば》きのまま飛びおりてきて武を抱《だ》き上げた。武たち二年生は、柏木先生の受持ちだったのだ。

江川先生はあわてた声で「休め！」と号令をかけた。

みんな崩《くず》れるようにしゃがみこんだ。そして或る者は口をあけ、ある者は眼を丸くして、柏木先生にかかえられて行く永井武を見送った。武はうんともすんともいわず、柏木先生の紫《むらさき》の袴《はかま》すれすれに黒い両足をたらしている……。

「武やん、死んだんかいな。」

小森の女の子がいった。しかし誰もこたえなかった。誰にもようすがわからなかったのだ。

孝二はわきの下にたらたら冷たい汗が流れた。孝二は恐かった。死ぬ武やんも、そして武やんが死ぬということも。それでいて孝二は武やんがうらやましかった。柏木先生に抱いて行ってもらえた武やんは、もうそのことだけで自分よりずっとしあわせのような気がするのだ。

二

うの花の　におう垣根《かきね》に……

オルガンに合わせて歌う柏木先生の声は、ちょうど硬《かた》くも柔《やわ》らかくもないてのひらで、背中を上から下へ撫《な》でさするようにひびく。不思議な作用だ。けれどもなぜそうなのか孝二にはわからない。また〝なぜ〟と考えたこともない。孝二には、まだそんなちえの芽生えはなかった。

　　ほととぎす　はやもきなきて……

唱歌だけ柏木先生の受持ちなのだ。

　　しのびね　もらす……

先生は練習をくりかえさせる。

　　しーのびーね　もおらあす……

孝二は口をいっぱいにあけて歌った。

窓からはすいすい風が吹《ふ》きこんで、柏木先生のハイカラ髪のほつれ毛が、なぶるように先生の頰《ほお》をなでている……。

武やんは死ななかった。一時間めが終ると、いつもより少し元気はなかったが、あたりまえにみんなと口をきいていた。孝二は、武やんは損をしたと思った。その分、自分が得をしたような気がした。それも、なぜそうなのか孝二はわからなかったし、また〝なぜ〟と考えてみもしなかった。

　　なつーはきぬゥ……

そしてこんどはつづけて歌った。

　　うの花の　におう垣根に
　　ほととぎす　はやもきなきて……

ところが孝二ののどには、歌がもう一つからみついていた。

〝こうとくしゅうすい・名は、でんじろう。〟

朝、日のさしつける暑い校庭で、その暑さといっしょに灼《や》きついた〝うた〟だ。それは孝二が作ったふしに、ちゃんと乗ってくるからふしぎである。

〝こうとくしゅうすい・名は、でんじろう。〟

おそくも速くも、高くも低くも自由自在にうたえる。しかも孝二がそんなうたを歌っているとは誰も気がつかないのだ。ゆかいだ。先生も知らないのだ。これはちっとつまらないが……。

孝二は柏木先生をみつめた。少し白粉気《おしろいけ》のある先生の顔に、もう一つの顔が重なっている。その顔は少し赭《あか》くて、白い長いひげが垂れている。もうずいぶんおじいさんだが、でも、まだ若いところもある。それがこうとくしゅうすい・名はでんじろうで、彼は柏木先生の鼻のあたりで笑っている。孝二を眺《なが》めて笑っているのだ。

「一人で歌えるひと……。」と、柏木先生がオルガンの上に首をのばした。

杉本まちえが手をあげた。孝二は助かったと思った。算術や読み方では誰にも負けない自信があったが、唱歌では女生徒にかなわない。殊《こと》にまちえときては、孝二はもう完全に降参だ。

うの花の　におう垣根に……

まちえはぴったりオルガンに合わせて歌って行く。

「ほかに歌える人？」

一人も手をあげない。まちえのあとでは、歌ってもはえないのを、みんな心得ているようだ。

「畑中孝二さん。うたってみなさい。」

孝二は立ち上った。歌えても歌えなくても、名を指されては腰《こし》をあげるしかなかったのである。

けれども孝二は安心した。柏木先生は伴奏《ばんそう》だけでなく、孝二といっしょに声を張り上げて歌ってくれたのだ。

　うの花の　におう垣根に

孝二は、自分で自分の歌に感心した。すごく上手に歌えたと思った。歌い終って腰かけても、まだうれしくて孝二は背のあたりがむずむずした。その時四時限のかねが鳴った。

柏木先生はオルガンを閉じて教壇《きょうだん》に上った。が、いつものように〝礼〟とはいわない。何か話があるらしいのをみんな感じた。

「みなさん、先生は……。」

先生の顔が少し赤くなった。

「先生は、こんど皆《みな》さんにお別れすることになりました。」

先生は袴の前ひだに両手を重ねた。

おわかれとはなんだろうか？　先生はよそへ行ってしまうのだろうか？　そうだ。それにちがいない。しかし先生はなぜ一学期の途中《とちゅう》でよそへ行ってしまうのだろうか。先生は、ちっと無茶や。孝二は眼を伏《ふ》せた。

「先生がこの学校にきまして、一番はじめに仲よしになったのがみなさんでした。みなさんも一年生、先生も先生の一年生でした。それで先生は、みなさんのことがよけい心配になるのです。お別れしたあとも、げんきで、よう勉強してくださいね。」

それから少し間《ま》をおいて先生が〝礼〟といった。孝二は泣きそうなのをこらえて頭を下げた。そして先生がいっしょに歌を歌ってくれたのは、〝お別れ〟のためだったと信じた。

うの花の　におう垣根に……

学校を出ると、小森の仲間はふざけ調子で歌った。大橋も歌いながら渡《わた》った。柏木先生がどこかへ行ってしまっても、小森の仲間は平ちゃらなのだ。

〝阿呆《あほ》ンだら！〟

孝二は胸の中で毒づいた。けれども孝二は、みんな阿呆んだらでよかったのだとすぐ気がついた。彼等は柏木先生がなぜ孝二といっしょに歌をうたったか、そんなことは考えてみようともしないのだ。

その日の夕はん時、孝二はさりげない調子で伝えた。

「相木先生、よそへ行かはるネ。」

「へーえ。」と誠太郎は高めの声で受けとめて、「先生、こんどはどっちの学校や？」

「そんなん、わし、よう知らぬ。」

するとふでが少し笑って、

「先生はお嫁さんに行かはるのやないけ。」と言った。

「そら、もう、それにきまったるがナ。」

ぬいは確信に満ちて言う。

「なーんや。先生かて嫁さんにいかはるのけ。」

孝二は抗争《あらが》うようにいった。

ぬいは苦笑して、

「そら行かはるともな。先生かて女子《おなご》やもんな。」

「先生かて嬢《いと》はんかて、女子はみな嫁さんに行かんならんネ。」

ふでは先の微笑《びしょう》を引っ込《こ》めて、急に神妙《しんみょう》な表情を打ち出した。

「なんでや？」と、孝二は母に食い下る。

「なんでやいうたかて、今はまだ孝二にはわからぬことや。大きなったらひとりでにわかる。」

「なんや、けったいな。」

孝二は面白くなかった。といっても、それは母や祖母がでたらめを言うと思ったからではない。彼は母たちのいうのがあまりにもほんとうなので、かえって戸惑《とまど》ってしまったのだ。

さて夕飯のあと、ふでとぬいは納屋《なや》のランプに火をともした。夜業《よなべ》に麦をこくのだ。

誠太郎と孝二はがらんとした部屋の中で向き合った。焼け跡《あと》にはまる一年ぶりで家が建ち、誠太郎たちは五月の末に移り住んだのだ。けれども家の中の造作はこれからで、今はまだ寝間《ねま》にしか畳《たたみ》がない。それも納屋から持ちもどした古畳で、あとの二間《ふたま》は荒筵《あらむしろ》だ。

誠太郎はその荒筵にごろりひっくりかえって、

「わしな、きょうは馬耙《まんが》かきしてえらいくたびれた。ほんまに百姓《ひやくしよう》はしんどいワ。お母《か》んやお祖母《ばあ》んは、ようまあ今まで働いてきやったと思うて感心したで。」

馬耙かきというのは、麦の刈りあと田に水を張り、馬鍬《まぐわ》で土をかきならす作業である。いうまでもなく田植の準備で、それがどんなに辛《つら》い仕事かということは、馬鍬を使う人たちの、全身泥《どろ》まみれの姿を見ただけでもよくわかる。

それを母たちといっしょにやってきた誠太郎は、今夜はへとへとに疲《つか》れていて、もうねむいにちがいない……。

しかし孝二は、あの〝こうとくしゅうすい・名はでんじろう〟の一件だけは、どうしても兄の耳に入れたいと思った。それには、どこからどう話せばいいのだろうか。

〝兄《にい》やんも〝私たちのお父さま〟を読んでたら、ようわかるんやけどな……。〟

それを読んでいない誠太郎には、せっかくの、こうとくしゅうすい・名はでんじろうも、はっきりわからないのではないかと心配である。それに、あのむつかしい話を、うまく順序立てて伝える自信も孝二にはない。

「兄やん、天皇陛下が死なはったらどうなる?」

やっと口をきった。

けれども誠太郎には、まったくのだしぬけだ。彼はくすっと笑って、

「なんや、こんどは柏木先生やのうて天皇陛下け。それはえらいこっちゃ。」

「な、兄やん。天皇陛下が死なはったら、ほんまにくらやみけ?」

誠太郎はもう笑わなかった。自分を上からのぞいている孝二の顔が、今にも泣き出しそうに見えたのだ。

誠太郎はくるり起き直って、

「天皇陛下が死なはったら、こんどはむすこの皇太子殿下《でんか》が天皇陛下にならはるもン、くらやみになるというたかて、それはたとえばなしだけや。」

「ばくれつだんにあたって死なはってもけ？」

「ばくれつだん？　なんで天皇陛下が爆裂弾《ばくれつだん》にあたって死なはるネ？」

「誰《だれ》やら、ばくれつだん、こしらえたんや。」

「それはこの前ピストルで撃《う》たれた伊藤博文公の話とちがうのけ。」

「ちがうで。兄やん、あれは、あんじゅうこんや。」

「あ、そや、そや。おまはん、ようおぼえてた。わしよりやっぱり記憶《おぼえ》がええワ。」

「せやかて、きょうまた校長先生が話をしやはったもン、おぼえてるの、あたりまえや。」

「なんでそんな話をしやはったん？　あれはもう去年のことやが。」

「それはな、こんど、ばくれつだんで、天皇陛下を殺そうとした人があったからや。」

「爆裂弾で、天皇陛下を？」

「うん。」

「ほんまかいな。」

「ほんまや。校長先生は、殺そうとしたのは七人で、みなつかまえられたて言やはった。」

「七人か。」

間《ま》をおいてまた誠太郎はつぶやいた。

「七人か。」

〝たった七人か〟という気がした。

〝七人もいたのか〟という気もした。

「孝二、その人らの名前、きいたか?」

「一人だけ聞いた。」

「なんていう名や。」

「こうとくしゅうすい・名はでんじろう、や。」

「こうとくしゅうすい・名はでんじろう?」

「うん。ほんまの名はこうとく・でんじろうで、しゅうすいというのはきっとごうや。この前豊さんが、巌谷《いわや》小波《さざなみ》おじさんの小波はごうで、ほんまの名はすえおやていうたもン。あれとおんなじこっちゃ。」

「ほんまに、おまはんときたら、何でもよう知ってんねなア。そのこうとくしゅうすいら七人が、なんで天皇陛下を殺そうとしたんか、それも知ってたらいうてみ。校長先生は、そのことも話さはったやろ?」

「うん、話さはった。そのこうとくていう人はな、戦争は悪いことやさかい、反対するて言やはってン。」

「ふーむ。そうか。ようわかった。天皇陛下は大元帥《だいげんすい》で兵隊の総大将やさかい、いつかて戦争したがるワ。」

「それからな、貧乏《びんぼう》な人はかわいそやから、金持ちの金を分けたらなあかぬていやはってン。」

「それもようわかった。天皇陛下は日本一の大金持ちで、大阪の火事にかて、一万二千円も小遣いを出さはったもんな。せやから爆裂弾で……。でも、あかぬワ。巡査《じゅんさ》も兵隊も、みな天皇陛下のけらいやもン。その人ら、じきにつかまって死刑になるだけや。」

ぶりぶりッ！　ぶりぶりッ！　母と祖母の麦をこく音が高い。

「そのこと、きっとみな新聞に出たんやな。」

誠太郎はいいながら両肘《りょうひじ》を曲げて頭のうしろにあてた。

新聞。なるほど、そうだったのか……。では秀昭もどこかでその新聞を見ているだろうと孝二は思った。豊さんも見ているかもしれぬ。たとい新聞を見はぐっても、豊さんは中学校で、やっぱり〝こうとくしゅうすい・名はでんじろう〟と聞かされたにちがいない……。

巨大な歴史の流れ。誠太郎にも孝二にも、もちろんそんな意識はなかった。けれども筵に耳をつけた二人は、ごうごうと何かが遠くで鳴りひびくように感じた。

三

七月二日は半夏生《はんげしょう》だった。早稲《わせ》はもう黒ずんで、さかんな根張りを示していた。

〝ことしは、天気加減もよさそうや。〟

何がなし、みんな希望を持った。そしてその朝、下川村井野の悠治伯父（ふでの兄）に連れられて大阪へ行くことにきまった誠太郎も、見たところ、なかなか元気がよかった。

「兄《にい》やん、いつ帰ってくるけ？」

孝二がきくと、彼は筒袖《つつそで》の両手をひろげて、「これが袂《たもと》になったら帰ってくるワ。その時は、肩揚《かたあ》げもないかもしれんで。」と答えた。

孝二は袂袖の兄やんを想像してにこにこ笑ったが、しかしそれには長い時間がかかるのだと思うと、笑った唇《くちびる》が曲りかけた。

誠太郎の奉公先《ほうこうさき》は米屋ということだった。母や祖母は、鮟鱇《あんこう》の誠太郎には願ってもない奉公口だといった。米屋なら、とにかく飯《めし》だけはたらふく食えると思ったからだ。しかし丁稚《でっち》にやるためにわざわざ作って着せた白地に井桁絣《いげたがすり》の単衣《ひとえ》は、それから幾日もふでとぬいの眼瞼《まぶた》からはなれなかった。

さて、孝二が柏木先生の消息を知ったのは、七月ももう終り方だった。早川と姓《せい》の変った先生が、坂田小学校の全校生宛《あ》てに手紙をくれたのだ。その手紙は二日間裁縫室《さいほうしつ》前の廊下に貼《は》り出された。孝二は何べんものぞきに行ったが、いつも上級生がたかってい て、彼はゆっくり読めなかった。それでも五、六行だけそらでおぼえた。

およぎつかれると、大きな石の上で、亀の子のようにせなかをほすのです。そんな子供をみるたびに、みなさんにも、この吉野川でおよがせてあげたいと思います。吉野川の水は、すきとおるようにきれいです。

柏木先生は、吉野川のほとりの村へお嫁《よめ》にいったのだ。坂田村からは何里も南らしかった。

うの花の　におう垣根に……

孝二たちはその歌の二番と三番を柏木先生のあとにきた高野先生に習った。高野先生は島名の地主の嬢《いと》はんで、海老茶《えびちゃ》の袴《はかま》をはいていた。声はきれいだったが、めったに笑わないので孝二はこわかった。それに、孝二たち小森の子供のそばは、いつもよけて通るように見えた。孝二は母や祖母に、高野先生のことはなんにも話さなかった。柏木先生の手紙のことも話さなかった。先生の姓が早川に変ったことなどおくびにも出さなかった。そして、うの花の……と歌うことがあってもそれは胸の中だけで、決して声には出さなかった。

「誠太郎に行かれてしもて、孝二はげっそりしたんやな。でもじっきに馴《な》れるワ。」

妙に無口になった孝二のために、ぬいがうまい説明をしてくれた。孝二は自分でもきっとそうなのだと思った。

ところで去年にひきかえ、ことしに時々雷雨《らいう》があって、稲の成育は極めて順調だった。冬から春にかけて、乞食《こじき》同様な草履《ぞうり》行商でやっと食いつないできた永井藤作の一家も、秋には俵米《たわらごめ》が食えそうだと元気がよかった。その中で、武だけが毎日ふるえていた。病気のせいではない。日に一回、必ず相川巡査が靴《くつ》をふみ鳴らして巡回してくるからだ。巡回はたいてい午後の一時過ぎだった。武はその時刻になると、遊びにきたようなふりをして孝二の家の納屋にかくれた。新しい住居が建った孝二のところでは、納屋はそのかげになって、通り道からは見えなかったのだ。

孝二もその時は武と行動を共にした。火事以来、ひどく巡査を恐怖《こわ》がる武やんがかわいそうなからだったが、実は孝二も巡査の靴とサーベルがあんまり好きではなかったのだ。

相川巡査をかくれてやり過したのは武と孝二だけではない。小森では小さい子供のおかたがいきを殺してふるえていた。〝こら、泣いたらあかぬ。巡査がきやはるぞ。〟彼等は日になんべんとなく大人たちからどなられる。だから彼等は安心して泣くこともできない。しかも彼等の身辺には、泣きたい材料ばかりが多いのだ。

〝腹がへったよ！〟〝石筆買う銭《ぜに》ほしいよう！〟

けれどもそんな欲求が文句なしでかなえられたためしがない。ある子供はぶたれ、ある子供は罵《ののし》られてつい泣いてしまうのだが、泣くと巡査が怒《おこ》りにやってくるというのである。なおその上に、ことしの夏は、はだかでいるところを見つかると、忽《たちま》ち巡査にくくって行かれるということだ。結局、へそをとりにくるかみなりより、まだもっと恐《おそ》ろしい巡査は、かくれてやり過すしかないのだ。

しかし大人たちはかくれるわけにも行かなかった。といって、夏場はたいてい半裸《はんら》でくらしてきたのを、今急にきものぐらしに切りかえるのは苦痛だった。だが、はだかでとられる十銭の科料はなお痛い。自然彼等は相川巡査の白服が見えると、あわててきものらしきものを引っかけるのだ。

だが科料ははだかだけではなかった。女たちがその頭髪《あたま》にさし忘れた一本の縫《ぬ》い針や絎《く》け針も科料の対象になった。ところが女たちはまたふしぎに裁縫の途中《とちゅう》、ひょいと針山代りに頭髪《あたま》に針をさしたがる。それはたしかに怪我《けが》のもとで、国民の生命財産を保護《ほご》するのが使命であろう警察としては、見すてておけない事柄《ことがら》にちがいなかった。

しかし世間の噂《うわさ》によると、針の取りしまりは、それによって、女が男に致命傷《ちめいしょう》を与《あた》えることがあるからとのことだった。いずれにしても、針の科料は女たちには災難だった。

ところではじめのうち、相川巡査は殆《ほとん》ど素通りのように小森を巡回していたが、日がたつにつれて戸別に足をふみ入れるようになった。それは次のような指導を与えるためだ。

毎朝歯をみがけ。

毎朝髪《かみ》を梳《す》いて虱《しらみ》をとれ。

トラホームの伝染《でんせん》を防ぐために、家族は手拭《てぬぐい》を別々にせよ。

外に出る時は、男女とも必ず帯をしめよ。

夜は必要の他外出するな。

野糞《のぐそ》をたれるな。

火の用心を厳しくせよ。

紊《みだり》に他人の噂をするな。

けれども他人の噂が好きな北隣《どな》りのおばやん、志村かねは、相変らず少しのひまを見ては孝二の家にやってきた。彼女の話によると、永井藤作の上娘二人は苦海に身を沈《しず》め、藤作はその金で三五（三間に五間）の家を建てたとのこと。

孝二は、くかいとは何のことかはっきりわからなかったが、つらい奉公だろうということだけは想像できた。

おばやんはまた、清一は大阪の靴屋で、靴作りを見習っているとはなした。そして、今に田舎の人も靴をはくようになるにきまっているから、誠やんも米屋に奉公させるより、靴屋の方が見込《みこ》みがあっていいのではないかとも言った。

さて、二百十日が過ぎると、暑いとはいってももうはだかの季節ではなく、みんな科料の心配から解放された。だがその代りこんどは風呂《ふろ》の心配である。日向水《ひなたみず》の行水が出来ない季節には、やはりどんな工面をしても風呂をたくしかないのである。

幸い孝二の近所は、互《たが》いに風呂をもらい合う習慣がついていた。もとより洗い場とてない風呂桶《おけ》一つの据《す》え風呂で、蛙《かえる》のようにぽかんと浮《う》いているだけだが、それでも湯につかる快さは、ついみんなを風呂のある家に向わせるのだ。

その晩――九月中旬――は孝二の家の風呂がたった。広吉とかねは宵《よい》のうちからきていたが、近所の者がいるうちは、広吉はむっつりぎみにだまっていた。やっと十時近く、近所の者が帰って行くと、広吉は俄《にわ》かに眼をかがやかせて、

「こんやは、ちっと面白《おもろ》いことおしえたる。このせつ毎日毎日巡査がきよるけど、あれはちゃんとわけがあってのことやで。なんでも夏のはじめの頃《ころ》、学のある連中が無政府党とかいうのを作って、えらい謀反《むほん》をたくらんだというはなしや。」

「謀反？　それはまたえらいこっちゃ。」とかねが口を入れた。彼女もそれを聞くのはこんやがはじめてだったのだ。

広吉はにやりとして、

「おまはん、謀反てなんやら知ってんのか。」

「はは……ン。知ってるの、なんの、わいがお父《と》ったんにかくれて間男したら、それが

謀反や。」

「まあ、そうやな。ところがな、こっちの謀反はちっと大《で》えろうて、今の政府のやり方はいかぬ、第一、天皇がいかぬというて、爆裂弾《ばくれつだん》をこしらえて殺《や》ろうとしたんや。」

「天皇さんをかい？」とまたかねが口をはさんだ。

「そやがな。大臣や大将は殺《や》ってもまた代りができるさかい、なんぼしてもあかんけど、天皇は一人きりやさかいなァ。」

「せやけど、そんなことがわかったとこみると、そいつらはもうみなつかまえられたんやな。」

「うん。つかまえられた。残りの四、五人も、この間大阪でつかまえられたというはなしや。」

「まあ、大阪にも仲間がいたんかい。」

「いたんや。せやから警察はこのへんにもまだ一味がかくれとるかと思うて探しにくるのや。こんな小森みたいな村に、そんなえら物《ぶつ》がいたら、孫末代まで話の種になるんやけどな。」

「ほんまにな。」とぬいがためいきともつかぬ音《ね》をあげた。

「そんでこのせつは、早ういうたら日本中が警察の網《あみ》や。せやけど、いくらなんでもひとの家をただではのぞけぬよって、はだかはいかぬ、虱はとったか、顔を洗うたかというて、それとなしに匂《にお》いを嗅《か》ぎにきよるネ。いぬとはうまいこというたもんや。ははゝゝ。」

「恐《こわ》いこっちゃ。わいら、何もしらぬさかい、巡査はほんまに虱のことで文句を言いにきよるんやとばかり思うてたがな。」

「そら、わいらかておかねさんと同じですがな。新聞はなし、世間には出ぬし、世の中が西向きやら東向きやらちっともわかりまへんワ。わかったところで、腹がいっぱいになるわけやなし……。せやけど、事が事やさかい、おっさん、また何か聞いたら教えとくなはれや。つかまった衆らは、いずれ裁判にかけられて……。」

「そや、そや。」と広吉はそこでふでの言葉を引きとって、

「大阪へんでは、今の総理大臣の桂《かつら》太郎というのは陸軍大将で、天皇の一番《いち》のけらいやさかい、謀反人にはきっと重い刑をくわっしよるやろて、みなこそこそ言うたはる。もし大《で》えらい声でいうたら、いうた者まで引っぱられるよってな。おまはんらも、よその人に言うたらあかぬで。」

「そんなん、言うもんかいな。せやけど、世間はさまざまやな。この前は耳成山《みみなしやま》で天皇陛下の糞《ばば》を拾うて、えらいことよろこんだおっさんがいよったというのに、こんどはその天皇陛下を爆裂弾で殺《や》るんやて……。なんのことやら、わいら、さっぱりわからぬワ。」

わからなくてもかねは痛痒《つうよう》を感じなかった。そして広吉といっしょに、彼女はやがてその掘立小舎《ほったてごや》に帰って行った。

孝二はずっと背中にしていたランプに向き直った。ランプの灯はいつもより黄色くて、母の顔も、祖母の顔もひどく尖《とが》ってみえた。

孝二は迷った。こうとくしゅうすい・名はでんじろう。それを言おうか、言うまいかと。実はさっき広吉おっさんの口から、孝二はその名が出るかとはらはらしたのだ。そしてその時も、出てほしいと思ったり、いや、出ないでほしいと思ったり、心がみだれてランプの方を向くのさえこわかったのだ。

けれども、孝二はやっぱり言わないことにきめた。

その夜半、孝二は三度眼がさめた。そして三度ともこおろぎが鳴くのをきいた。

四

「わいな、ゆうべ誠太郎の夢を見たで。」

日ごろ、めったに夢ばなしをしない祖母のぬいが言い出しただけに、ふでも孝二も耳を傾《かたむ》けた。

「それが夕方で、なんやらせわしゅうしてたら、〝ごめん〟というて誠太郎が帰ってきよった。見たら、誠太郎はちゃんと袂《たもと》の着物をきとるやないか。そんでわいが、〝誠太郎は大阪に行く時、袂のきものを着るようになったら帰るというたが、ほんまに袂のきものやな。〃いうたら、〃せやで、お祖母《ばあ》ん。わし、手代《てだい》になったさかい、もう袂の着物や。〃いうて、両手をひろげて見せよったんや。」

まア……と、母がのどのあたりでよろこびの叫《さけ》びをあげるのを孝二は聞いた。母のふでは〃鎌納《かまおさ》め〃のおはぎを作っていた。そして孝二は母の作るおはぎの飯が、まだ焚《た》きたてでひどく熱かったので、早く冷めるようにうちわで煽《あお》いでいたのだ。

ぬいは、おはぎの餡《あん》ごしらえに腕《うで》をふるいながら、(というのは、塩餡の味かげんはなかなかむつかしかったのだ)

「ところが誠太郎の着物の袂に、なんと、紅絹《もみ》のふりがついたるやないか。わいはびっくりして、〃まあ、誠太郎。それは女物やないか。なんでそんな着物をきて帰ったんや。近所のしゅうにも笑われるで。〃というたんや。そしたら誠太郎は、〃お祖母ん、これがこの頃の大阪の流行《はやり》や。〃とえらい神妙《しんみょう》な顔して返事しよるネ。するとおかしなもんで、わいは、なるほど、大阪は大阪だけあるなア……と、かえって感心したもんや。夢なんて、いつかて阿呆《あほ》なもんや。」

ぬいは愚《おろ》かな夢を語る自分の愚かさを嗤《わら》うように笑った。

けれどもふでは、

「せやけど、お姑《かあ》はん、誠太郎がそんな大阪の流行《はやり》の着物を着て帰るとこみると、もう

大阪になれたのとちがいますやろか。」と言う。それが、また余りに生《き》まじめだったのでぬいは笑うわけにはいかず、

「せやな。もうじき五月《いつつき》になるよって、誠太郎もだいぶ大阪の方角をおぼえたやろな。」

と調子を合わせた。

「兄《にい》やんも、やっぱりわしらの夢を見るかな。」

孝二はうちわの風を、わざと母の顔に向けた。ふでは眼《ま》ばたいて、

「こんやあたり、おはぎの夢を見るかもしれぬで。去年は旱魃《ひでり》で鎌納めのおはぎもよう作らぬかったけど、ことしはこうやって作っているさかい、きっと大阪まで匂うわな。」

「よっしゃ。そやったら、もっとよけ匂わしたる。」

孝二は力をこめて、湯気を西北に煽ぎつけた。

まもなく、塩餡のおはぎが出来上って、一皿は仏壇《ぶつだん》に、一皿は稲刈り鎌に、もう一皿は誠太郎のために膳《ぜん》の上にのせられた。

「こんな塩餡みたいなおはぎ、不味《もみ》のうてよう食わん……そねん誠太郎はいうかもしれんけどの、まあ、鎌納めやさかい、一つ食うてンか。はは、、、。」

ぬいは大きな口をあけて笑う。いかにも屈託《くったく》なさそうだが、その実、寒さに向いて誠太郎はどうしているかと心配なのだ。彼女は誠太郎からなんのたよりもないと時々愚痴《ぐち》るふでに、〝たよりがないのは無事な証拠《しょうこ》や。〟と言いはしたが、実はのどから手の出る

ように誠太郎のたよりがほしかったのだ。

しかし、大阪で奉公している誠太郎の様子が、まるでわからないわけでは勿論《もちろん》なかった。井野の悠治伯父《おじ》さんは、商用で大阪へ行ったついでに、誠太郎の主家を訪ねてくれるらしく、もう二回、誠太郎は元気で働いていると知らせてくれた。そして一昨日は、米の俵装かたがた、また新しいしらせを持って近々行くとハガキをくれたのだ。

ぬいが何時《いつ》になく夢を見たのも、一つには悠治伯父を待ちかねてのことかもしれない。というのは、〝近々〟といっても、悠治が訪ねてくるまでには、まだ相当の日数がかかるからだ。刈《か》って、架《か》けて、扱《こ》いて、乾《ほ》して、磨《す》って、そしてやっと米は俵に入るのだから――。

ところで、もう長い間、南京米と麦粉と糠《ぬか》の類《たぐ》いで飢《う》えをごまかしてきたふでたちの胃の腑《ふ》には、鎌納めのおはぎは、うまいというよりもいのちそのものだった。それは生きていた。だから一口毎《ごと》に、ごくん、ごくんと音《ね》をあげて、胃袋《いぶくろ》のまん中にとびこんで行った。

「百姓《ひゃくしょう》はえらいもんや。」と、やがてぬいは満腹のげっぷをして言った。

「天皇さんは新嘗祭《にいなめさい》とかいうのが来《こ》ぬうちは、新米をよう食わぬそうやが、わいらは新米のおはぎのせんど食いや。」

「ほんまや。」とふでも合槌《あいづち》を打った。

彼女たちは二反三畝《たんせ》の小作田のうち、三畝にだけ極早稲《ごくわせ》をしつけておいた。それが昨日玄米《げんまい》になり、こんやはおはぎになったのだ。尤《もっと》も、それには少し手品も要《い》った。新米とはいうものの、それは粳《うるち》なので、そのままではおはぎにならない。そこでふではもち米の代りに里芋《さといも》を刻み込み、巧《たく》みにおはぎらしい粘《ねば》り気を持たせておいたのだ。

さて、それから四日目が新嘗祭だった。孝二は〝きょうは丸休みや。〟とよろこんだ。三大節のように、式で学校へ行く必要がないからだ。それになんという嬉《うれ》しい廻《めぐ》り合せだろうか、ちょうど昼ごろ誠太郎からハガキがきたのだ。

ハガキは裏の通信欄《らん》を墨《すみ》でまっ黒に塗《ぬ》りつぶし、上から鉛筆《えんぴつ》で書いたもので、斜《なな》めにしなければ読めなかった。斜めにすると、文字が銀色に光って、案外はっきり見えるのだ。

ぬいは裏ての野菜畑をほし場にして、そこに籾《もみ》をひろげていたが、それが誠太郎からのたよりだと聞くと、

「せんど書きなおしたんやな。そねんまっ黒けなところみると。」と、笑いながらもう鼻の奥《おく》をつまらせた。

「まあ、えらい細々《こまごま》書いたりまっせ。」

ふでは手拭の端《はし》をひき下げ、ゆっくり声に出して読んだ。

拝啓《はいけい》 天高く馬肥ゆる候 お祖母《ばあ》さんはじめ、皆々様《みなみなさま》お変りも之《これ》無く候哉《そうろうや》 お伺《うかが》い申し上げ候 降《くだ》って私事 日増しに仕事にも相なれ申し候えば ご休心下され度《た》く候 十一月はじめより夜分はそろばんを習い居り候 米のこともいろいろ教えてもらい候えども、米のことはむつかしゅうて、まだまだようわからず候

孝二に、もろうた雑誌を送ります。わしはせわしゅうて雑誌をよむひまがありません。これから寒くなりますから、からだに気をつけて下さい。さようなら。

暫《しばら》く三人ともだまっていた。それぞれにせわしく駈《か》けめぐる思いがあって、ちょっと立往生の形なのだ。

「孝二に、本を送ってくれるんやと。本は、きっとあしたか、あさって着くで。」

やっとふでが口を切った。つづいてぬいも、

「そろばんを習うてるて、ええこっちゃな。」と言った。

「米のことはむつかしゅうて、ようわからぬと書いたるけど、どねんむつかしいんでっしゃろか。」

「それは、品の見分けのこともあるやろし、相場のこともあるやろし……。わいらみたいに、泥《どろ》まめしで米を作る者《もん》も苦労やけど、商人《あきんど》は商人で、また筋のちがう苦労があるわな。」

そして、はっはっは、とぬいは胸を張った。

「ほんまに、そうでっしゃろな。」とふではいったが、

「せやけど、お姑《かあ》はん、わいらの苦労も、ことしからは泥まめしになるだけやおまへんがな。」と、含《ふく》みのある口ぶりでつけ足す。

ぬいはうなずいて、

「あ、あの小作人泣かせができたさかいな。」

それは〝米穀《べいこく》検査制度〟のことだった。それまでの産米は、米問屋の同業組合で検査が行われるたてまえだったので、個々の小作人は、契約の小作料を、ただ地主の立ち会いで納めるだけで事はすんだ。もっとも中には、幾度《いくど》も枡《ます》にかけさせたり、枡目不足をいい張って余分に取り立てる地主もないではなかったが、それでもそれは地主と小作人の間の問題として話し合いがついた。ところが今年から、検査は県営ということで、小作米はもちろん、自作農が販売しようとする産米も一斉《いっせい》にその対象とされるのだ。そしてそのために、先《ま》ず俵装の検査が行われようとしていた。ぬいやふでには、このところ、それが一番頭痛の種だった。俵装の目方に一定の規準があり、それを外れては検査が通らないのは当然である。だから今まで何気なしに踏《ふ》んできた桟俵《さんだわら》も、ことしからは藁《わら》の目方をはからねばならないし、その藁の質も吟味《ぎんみ》しなければならない。こうして一の関所をこえても、更《さら》にきびしい第二の関所が待っている。その関所をこすためには……あ

あ、まだまだ乾《ひ》が甘《あま》い……。ぬいはいつの間にか籾の筵《むしろ》にしゃがみ込《こ》んで、籾の乾《かわ》き加減をためしていたのだ。

ところで、母や祖母の不安は孝二にもひびいていて、彼は米検の話をきくたびに相川巡査を思い出した。孝二はなぜか、米の検査員は、巡査といっしょにやってくるような気がしていたのだ。そして今も、孝二はその幻想《げんそう》を追い払《はら》うことが出来なかったが、しかし、それより一歩手前に、も一つの幻想が浮《う》き上って、それが孝二をにっこりさせた。彼は母の手からハガキをとって、一人で何べんも読みかえした。ところどころ読めない本字がまじっていたが、母が読んだ時のききおぼえで、それもなんとか読みつなげたし、表の〝大阪市東区玉造町五十七番地安井商店方〟というのも大方よめた。

その夜、孝二はハガキを枕《まくら》もとにおいてねむった。そして朝までに、誠太郎の夢を見るかもしれないと思ったが、夢に出てきたのは秀坊《ぼ》んだった。その秀坊んも、誰《だれ》かとしきりに話をしていて、孝二の方は見向いてくれなかった。けれども孝二は、そんな夢を見たことさえ忘れて、ハガキを天井《てんじょう》にほうり上げた。黒い方が出たら、きょう雑誌がくるんやで……と一人ごとを言いながら。そしてまんまと黒い裏を出した。

五

広くもない家の土間に筵を敷《し》いて、ぬいは縄《なわ》をない、ふでは俵を編んだ。空俵の検査は、一回めが十二月一日、二回めが十二月十五日の通達で、それまでにまだ少し間《ま》はあったが、ぬいもふでも気がかりな仕事は早く片づけて、あとは麻裏草履《あさうらぞうり》の夜業《よなべ》に専念したかった。

孝二は夕飯前からもみながら火鉢《ひばち》のそばにすわりこんでいたが、ふでは夕飯に誘《さそ》っただけで、よけいな口出しはしなかった。孝二が待望の雑誌を手にして、そのとりこになっているのがよくわかっているからだ。けれども時計が九時を過ぎてはだまってもいられなくて、

「孝二、また明日《あした》読んだらええやないけ。」

ぬいも、「あんまり一ぺんに読んでしもたら、あとのたのしみがのうなるで。」と調子を合わせた。

「うん。」と孝二は頁《ページ》を閉じたが、

「お祖母《ばあ》ん。峠《とうげ》て、知ってるけ？」

「とうげ？　あの山の上の峠のことかい。」

「せや、その峠や。どこぞにあるけ。」

「峠なら仰山《ぎょうさん》あるがな、河内《こうち》の国へこえるとこにも、竹内《たけのうち》峠、十三峠、暗《くらがり》峠。吉野へ行くにも芦原《あしはら》峠、涙峠。まだほかに二つ三つはあるんやないかな。」

「お祖母んは峠をこえたことあるけ？」

「わいは越《こ》えたことはないけどな、隣《とな》りの広吉小父《おっ》さんは、いつかて峠をこえて大阪へ行かはるねで。」

「峠の向うは……。」

「河内の国や。」

ぬいは教え顔に笑って言ったが、しかし孝二は、もう祖母の言葉など耳にとまらなかった。彼は寝所《ねんどころ》にとびこんで、「峠の向うは、峠の向うは……。」と口の中でくりかえした。

実は誠太郎が送ってくれた少年雑誌に、〝峠の秋〟と題した物語がのっていて、その主人公の大原与吉が、〝峠の向うは僕《ぼく》のふるさとです。そして、そこは……〟と相手に告げる一節があるのだ。

はじめ孝二は、それは遠いところの話だと思っていた。与吉が小間物類を背負うて、旅から旅へ商《あきな》ってあるくようになったのは十四歳《さい》のころで、着物にはおろした肩揚《かたあ》げのあとがのこっていた。

しかし与吉は、大人たちが驚《おどろ》くほど商売熱心だった。それにどぎついかけひきをすることもなく、いつかお客たちは与吉が年に何回か廻ってくるのをおぼえて、心待ちしていてくれるようになった。

こうして五年が過ぎて、十九歳の若者となった与吉は、もう旅の行商から足を洗って、町に店をかまえることが出来るほどお金をためていた。

こんな与吉に、嫁《よめ》をせわしようという話はたくさんあったが、与吉はみんなことわった。与吉は、峠のふもとの旅宿で、五年ごし働いている娘《むすめ》だ嫁にほしかったのだ。

娘は加代という名で、うわさによると、近いみよりもなく、それを宿の主人夫婦がいとしがって、特別眼をかけているとのことだった。与吉は宿の主人に自分の心を打ちあけた。

主人はたいへんよろこんで、加代を自分の娘分として与吉の嫁にくれるといった。与吉はこのうれしいたよりを、ふるさとの両親に伝えるため、峠をこえて帰ることにきめた。

〝そんなら加代にも、あなたのふるさとを見せてやってはくれまいか。そして、ご両親や兄妹しゅうにも引き合せてやってはくれまいか。〟と主人はいった。それは与吉も望むところだった。与吉は加代を援助《たす》けてけわしい峠をこえることにした。

ちょうど秋のさなかで、山々の紅葉は花よりも美しく二人の眼にしみた。

さて、峠のいただきに辿《たど》りついた二人は暫く疲《つか》れた足を休めていたが、やがて峠の下りにかかろうとして、与吉はまた石のように立ち止った。そして〝どうかしましたか。〟と心配そうにたずねる加代に、与吉はいった。〝峠の向うは僕のふるさとです。そして、そこは、エタ村です。僕は今までそれをかくしていたのです。〟

その与吉の胸に顔をうずめて加代はよよと泣いた。泣きながら加代はいった。〃ほんとうは、私もエタの娘《こ》なのです。〃

こうした〃峠の秋〃は、孝二にはもう遠いところの話ではなくなった。孝二には、与吉の顔が見える。加代の泣く声がきこえる、峠の紅葉も眼にうつる。そして夕日のさすふるさとに向いて、並んで下って行く二人の後ろ姿が……おや、不思議だ。いつか二人はこちらに向いてあるいてくる。若者は誠太郎だ。

「誠太郎が今の商売をおぼえて、大阪で店を持ってくれるようになったら、わいは、もういつ死んでもええワ。」と、その時ぬいのいうのがきこえた。

「わいも、早うそねんなってくれたらと思いますけどな。まだまだ先の長い話や。」

「せやけど、三年、五年はじっきに経《た》つで。進吉かて、もう七年やものな。」

はっと孝二はいきをのんだ。七年というのは、父が戦死してからの年月なのだ。孝二は祖母や母が、進吉の七年忌《き》には近所に配り物をしたいものだと、もう何べんか話し合ったのを知っている。命日は十二月三日。もうあと九日だ。

すると、ひょいと〃こうとくしゅうすい・名はでんじろう〃が、耳のうしろ辺からやってきた。九月以来、誰からもきかないその名は、ずっとどこかにかくれひそんでいたのだが、こんやは戦死したバンコ頭のお父《と》ったんとならんでやってきたのだ。こうとくしゅうすい・名はでんじろうは、やっぱり白いひげを生やしていた。

それから三日め、「孝二、あの雑誌はもうみな読んでしもたのけ。」と訊《き》く母に、孝二は、「友達に貸したった。」と嘘《うそ》をついた。まさか母が雑誌をよみたいとは言うまいと思ったが、しかし、もしや、ということもある。孝二は〝峠の秋〟を母に読ましたくなかったし、読まれたくもなかったのだ。

そんなことを知らないふでは、

「貸したってもええけどな、あとで、ちゃんとしときや。せっかく誠太郎が送ってくれたんやさかい。そしたら、またあとも送ってもらえるがな。」と言った。

孝二は、よっぽど〝峠の秋〟だけ切りとってしまおうかと思った。けれども、与吉の胸で泣いているさしえの加代を見ているうちに、やはりそのままにしておく気になった。麻裏草履をはいたさしえの加代は、大阪へ行ったはちめろのしげみに、どこか似ているようだった。

さて、進吉の七年忌に、ぬいたちは安養寺さんをたのんでお経《きょう》をもらい、近所には供《く》物《もつ》の餅《もち》を二つずつ添《そ》えて皿を配った。配り役は孝二で、彼は同じ口上を十五へんくりかえした。

〝きょうな、お父ったんの七年忌だンネ。これ、ほんのしるしやけど、おさめとくれなはれ。〟

はじめの二、三軒《げん》は口ごもったが、あとは大きな声ですらすらいえた。

「もう七年かいな。早いもんやな。」と感慨《かんがい》深く受け答える小母《おば》やんもいた。

「まあ、ええ皿や。」と、皿の裏をひっくりかえしてみる小母やんもあった。

武の家では、武と、兄の安夫と、弟の富三の三人で、二つの餅のとり合い喧嘩《けんか》をやった。そして、母親のさよに三人とも頭をなぐられた。

その夜、ふでは藁仕事を休んで、代りに木綿針を持った。いよいよ寒さに向うので、二晩三晩は針を持ち、ぼろはぼろなりに形を整える必要があった。

ぬいは珍《めずら》しく火鉢に手などかざして、

「これでどうやら気イ済んだな。」と肩の重荷をおろした口ぶりだ。それはふでも同じだった。一枚八銭の安皿ながら、十五枚で一円二十銭。それは玄米《げんまい》で約九升《しょう》の金高《たか》で年がら年中粥《かゆ》をすすっている彼女たちには腹にこたえる出費だった。しかし彼女たちはそれを敢《あ》えてした。死んだ者への供養《くよう》もさることながら、隣り近所へのギリからだったのはいうまでもない。そして隣り近所では、国のために名誉《めいよ》の戦死をした進吉のためには、遺族として当然それくらいの事はすべきだと思っていた。

「この次は十三年忌やけど……。」と少し間をおいてふでが言い出した。

「その時はお姑《かあ》はん、もうちっとましなことをせぬといけまへんやろな。」

「それはまあ、十三年忌はどこでも気張るさかいな。せやけど、おふで。何も今から一人で心配せんかてええ。十三年忌には誠太郎が十九になるよって、けっこう相談にのってくれるがな。」

「ほんまに十三年忌には、誠太郎は十九になりまンな。」

ふでは十九の誠太郎を、もう眼のあたりに見るように微笑《びしょう》した。

孝二はだまって火鉢の灰を見ていた。孝二は〝峠の秋〟の与吉を考えていたのだ。自分のうまれた村は峠の向うのエタ村だと、加代に打ちあけた時、与吉は十九だった。兄の誠太郎も十九になれば、やはり与吉のように、自分のうまれた村はエタ村の小森だと、誰かに打ちあけるようになるのだろうか？

〝あの雑誌は焼いてしもたろ。〟

孝二は決心した。孝二は与吉や加代は好きだったが、〝峠の秋〟はきらいなのだ。それは〝孝二お前もエタやぞ。〟と、どこかで言ってるような気がするからだ。しかし三年生の孝二には、それがなんのせいか理解することはむつかしかった。

次の日、風呂《ふろ》たきを幸い、孝二は雑誌を火の中に投げこんだ。

六

井野の悠治伯父《おじ》さんが俵《たわら》しめにきてくれたのは十二月下旬で、孝二はもう冬休みだった。

「検査員にもよるけどな、検査はえらいやかましいさかい、もう一ぺん万石《まんごく》（篩《ふるい》の一種）

にかけた方が安心やで。」と、伯父さんはふごの玄米をしらべながら言った。

ふではすぐその準備を整え、玄米はやがて万石を流れはじめた。万石は傾斜《けいしゃ》の角度で撰別《せんべつ》の度合いに差がつくのだが、ふでたちとしては、万石の下にふるい落される米は、できるだけ少なくしたいのが当然だ。けれども撰別をゆるめては検査に合格しないというし、不合格米は、地主が小作米として受取らないとあっては、無念ながら万石の傾斜をゆるめて、ふるい落される米の量に眼をつむっているしかないのだ。

「まア、こういう世の中になっては、なんというても仕様がないさかい、万石下《まんごくした》は飯米にするんやな。」

ざあざあと万石下に落ちる米をみて、悠治伯父さんはなだめるように言った。

「せやけど、兄《あに》さん、こんなきつい調製したら、わいらの飯米は万石下ばっかしや。」

「せやからな、なにもかも世柄《よがら》やと思うて、あきらめなあかぬというてるネ。米の検査は、もともと金持ち衆のためにできたもんやさかい、作ってる者《もん》が苦労するのは言わんかてわかったる。」

「ほんまに米の検査で、地主さんはとくしやはるワ。きっと地主さんのためになるように、誰かしらんけど、こんな検査を考えついたんやな。」

「米相場をしやはる旦那《だんな》らも、やっぱり米の検査をよろこんだはるそうや。米の質が、一年ましにようなるのは眼にみえてるさかいな。」

「兄さん、その米相場のことやけどな、わいら、どねん考えてもふしぎやネ。食う米を、売った、買《こ》うたというのやったらわかるけど、定期とかいうて、ほんまに売りも買いもせぬ米を売った買うたとかけをして、それで儲《もう》けはりまンのやろ？」

「せやで。それが投機や。」

「せやったら、米相場はばくちやな。」

「せやとも、ばくちもばくちも大ばくちや。」

「せやけど兄さん、ばくちは悪いのとちがうか。」

「悪いのは小っちゃいばくちや。株やら米やら、でえらいばくちになると、株式取引所、米穀《べいこく》取引所というて、いろいろむつかしい法律もあって、そらもうたいしたもんや。」

「そんなン、昔からあったんか？」

「この前、大阪の安井さんに聞いたはなしやけどな、米相場というのは、もう旧幕時代からあって、それも大阪がはじまりやということや。」

「へーえ。安井さんがいやはるんやったらほんまですやろ。」とぬいが言った。彼女は万石の口から吐《は》き出される米を一斗枡《とます》ではかっていた。

　悠治伯父さんはそれを俵に込めて、

「なんで米相場が大阪からはじまったかというと、徳川幕府のはじめ頃《ごろ》、大阪が日本で一番大きな都会《まち》で、ざっと四十万の人口があって、米の売れ高が一番大《で》えらい。そこでどんどん領米をはこんできて、そうして蔵役人に米を売らせたんや。なんでも三代将軍の時分には、大阪には五百からも蔵屋敷があったそうで、そのうち、米の売りさばきは武士《さむらい》がやるより町人に委託《まかこ》した方がええというようになって、とうとうそういう人達が集まって毎日売った、買うたと米市をたてるようになったそうな。それが米相場の元祖やいうことや。」

「それじゃ、そのじぶんの米市は、みな現物を売り買いしやりましたんかいな。」

「ところがそうじゃのうて、今よりまだもっと無茶をしよったそうな。その仕組みていうのは、大名がめいめい米切手というのを売り出して、それと引きかえに現品を渡《わた》すのがほんまやのに、どの大名もそれでは藩《はん》の財政のやりくりがつかぬので、蔵にない米をあるように見せかけたり、来年の年貢米《ねんぐまい》をあて込んで空切手を売り出したりして金を掻《か》きあつめたそうな。それというのも、将軍家はじめ大名、武士《さむらい》、みなくらしが贅沢《ぜいたく》この上なしやさかい、正直にやっては間に合わなかったんや。ところが米商人の方では、その切手をもとに売った買うたとせり合って、値の上げ下げでもうけて行く。中には買い占めをして、えらいこと値をつり上げて、ぬれ手で粟《あわ》の儲けをした人もあったそうや。せやけど空切手が仰山《ぎょうさん》出てるさかい、だんだん辻褄《つじつま》が合わんようになってきて、しまいには現物の不足がわかってくる。そうなると米は値上りで、貧乏《びんぼう》人は米が買えぬよって、とどのつまりは富豪《ふごう》のやしきを打ちこわしたり、焼き打ちをしたりするような騒《さわ》ぎになったそうな。」

「ほんまに、世の中いうたら、いつかて悪い奴《やつ》の天下やでな。」

ぬいは苦笑した。彼女は一斗枡ではかって、四斗ずつ俵につめこんでいるのは、自分たちの馬鹿正直そのもののような気がしたのだ。

「そうすると、わいらはばくち打ち衆らの下働きに汗水《あせみず》たらして米を作っているようなものやな。」

ふでもそう言ってやっぱり苦笑した。彼女はこの社会の仕組みは複雑で、到底《とうてい》自分たちには理解することが出来ないむつかしいものだし、国はまた自分たちとはかけ離《はな》れた高遠な存在で、指一本ふれるどころか、うかつには口にも出来ない種類のものだと思っていたが、今その正体がするすると解けて見える気がしたのだ。

悠治伯父さんもおかしそうに笑って、

「世の中、万事、ばくちみたいなものや。いうてみれば、戦争も一つのばくちや。関ケ原の戦いは豊臣《とよとみ》と徳川のばくちやし、日露戦争は日本とロシヤのばくちや。わしら百姓かて、毎年田畑相手に野天ばくちをやるしなア。」

「あれはどうですやろ？　あれもばくちですかいな。」

ぬいは斗掻《とが》きをぐいと手前にひいた。斗枡の米は、見事、枡の縁《へり》並に平らになる。

悠治伯父さんは〝あれも年の功か〟とぬいの手さばきの鮮《あざ》やかさに感嘆《かんたん》しながら、

「〝あれ〟というのはなんの話ですかいな。」

「そーら、あの、誰《だれ》やら爆裂弾《ばくれつだん》を作って、天皇をどうやらしようとしたはなしや。」

「あ、わかった、わかった。」

悠治伯父さんはうなずいたが、

「せやけど、あんな話を、おばあはんは、ようまア知ったはりますな。」

「ははゝゝ隣りの小父《おっ》さんが教えてくれましてン。小父さんは夏ごろ大阪へ仲仕通いをしたはりましてな、いろいろ聞いてきたらしい。今は吉野の方で炭焼きの手伝いをしてるそうで、もうとんとおもろい話がきけまへんワ。」

「さよか。わしかて詳《くわ》しいことはよう知りまへんがな、なんでも今までに二十六人つかまえられたということや。」

「まあ、二十六人も。こわいことでンな。」

「ほんまに、こわいことをはかったもんや。それにおばあはん、その中に女の人が一人まじってまんのやで。」

「え、女の人が。それはまあ、えらいこっちゃ。」

「首領の嫁《よめ》さんで三十とかいうことだっせ。」

「なんでまた、そんな考えを起さはったんかいな。」

「そら、わしらにはわからぬ、いろいろのわけがあっての事でっしゃろが、どっちにしても天皇陛下を殺《や》ろうというのは大ばくちやさかい、もしうまいことあたればえらいもんやが、外れたら自分の首が飛びますがな。その二十六人も、大逆罪というて、一番重い罪で起訴《きそ》されるよって、きっと近いうちに死刑《しけい》の判決が出るんやないかて世間ではいうてます。せやけど、そんなことどうなっても、わしらには何のかかわりもおまへんワ。わしらは、誰が将軍になろうが、天皇になろうが、いつかて同じこっちゃ。」

そうだろうか？　と、孝二は伯父さんの顔を見た。孝二は俵に米を込《こ》める伯父さんに手伝って、ずっと俵口の漏斗《じょうご》をささえながら、大人たちの話に耳を傾《かたむ》けていたのだ。けれどもそうとは知らぬ伯父さんは、

「孝二、大人の話はむつかしゅうて面白《おもろ》うないのう。」と、孝二のきげんをとるようにいった。

「ううん。面白いで。」

孝二は反撥《はんぱつ》口調で答えた。

「ほお、面白いか。」と、伯父さんは孝二を見おろして、「じゃ、話がわかるのか。」

「うん。わし、その話、知ってるネ。この前、学校で校長先生から聞いたもン。」

「へーえ。校長先生がそんな話をしやはったのか。それはきっと校長先生もえらいびっくりしやはったからや。そらもう、誰かてびっくりするワ。天皇陛下を爆弾で殺《や》ろうと

したんやからな。」

「せやけど伯父さん、その小父さんは、自分で天皇陛下になりとうてしたんやないねで。」

伯父さんは笑おうとした。が、うまく笑えなかった。ぬいもふでもやはりそうだった。三人が三人とも、まさかこんな話題に孝二の意見を聞こうとはゆめにも思わなかったのだ。そんな三人に、孝二は更《さら》にいった。

「その小父さんは、戦争は悪い、天皇陛下は、戦争したがるよってあかぬていうたんや。」

「ほんまかいな。」

ふでは思わず口に出した。

「ほんまや。校長先生がいうた。それから、その小父さんは、金持ちの金を、貧乏な者《もん》に分けたろうと思うたんや。」

「それは変ったお人やな。」と、ぬいは斗掻きを握《にぎ》りしめた。

「でも、それは、今の世の中では危険思想ていうネ。つまり、天皇さんはじめ、政府《おかみ》のやり方に反対してるんやからな。今の世の中は弱肉強食というて、強い者が弱い者を食うて肥《ふと》るようにちゃんと出来てるんやから、百人、二百人、それにさかろうたところで蟷螂《とうろう》の斧《おの》や。また、あの人らみたいに、金持ちの金を貧乏人に分けたらなあかぬというたかて、金持ちがみな反対するにきまってるから、とても、出来るもんやない。」

ぬいもふでも黙《だま》っていた。

「せやからな、わしらは米の調製をようやって、ちっとでもええ等級をもらうようにすることっちゃ。一等級ちがうと、一俵で三、四十銭もちがうんやで。」

ざあざあ……と玄米は万石を流れている。ぬいとふでは、流れる米、落ちる米をあらためて眺《なが》めた。

納屋《いなや》ののきばに射《さ》すうすら陽《び》は、誰の肌《はだ》にも寒かった。

七

〝酒やご馳走《つそ》でじょうずすると、米の等級がようなるそうや。〟と、ふでたちは、いつ、誰からともなくうわさを聞いた。けれども、それはよそ村でのことで、小森には通用しまいとふでたちは思った。米穀検査員の大垣秀夫は島名の自作農で三十一歳。もしそういう職掌柄《しょくしょうがら》でなければ、小森には恐《おそ》らく小便たれにも立ち寄りはしまいからだ。十二月、安養寺の境内《けいだい》で一せいに空俵《からだわら》検査があった時も、大垣検査員は一杯《ぱい》のお茶ものまなかった。

だがそれでも米の検査当日、ふではあたりを掃《は》いたり拭《ふ》いたり、やかんも特に磨《みが》いたりして一応お茶の心用意《きまわり》をした。

やっと午後になって大垣検査員は茶縞《ちゃしま》の羽織にセルの行燈袴《あんどんばかま》、鳥打ち帽子《ぼうし》に黒の編上げ靴《ぐつ》のいでたちで廻《まわ》ってきた。

「あ、あ、えらい道や。」と、彼は入口の閾《しきい》で靴の泥《どろ》をおとした。実際小森はどの通路もひどい霜《しも》どけだった。それに細々《こまごま》と建ち並んだ家々からは下水が流れ出て、ところによってはまるで泥田のようにぬかっていた。

「お寒いとこを、ご苦労さんでございます。」

と、ぬいとふでは同時に手拭《てぬぐい》をとった。

大垣検査員はそのまますいと家の土間を通りぬけ、納屋をのぞいて、

「何俵だね。」

「ここに出ている、十一俵半を小作に持って行きまんので……。」

「じゃ、早いとこ看貫《かんかん》して……。」

というのは、一俵毎《ごと》に目方をかけることだ。ふでは既《すで》に借りてきておいた二十貫秤《ばかり》を俵にあて、ぬいが片棒をかついで次々目方を調べて行く……といえばことはさも簡単のようだが、十七貫以上もかかる米を二人で看貫するのは、ぎしぎしと腰骨《こしぼね》のきしむような重労働だった。

大垣検査員は、おもむろに目方を標箋《ひょうせん》に書きこみ、こんどは持参の鉄刺《かなざし》をぶすっと俵の胴腹に刺し込《こ》む。また次の俵に刺し込む……。ぬいもふでも、その度に自分の胴腹に

衝撃《しょうげき》を感じるのだ。

「みな同種《どうて》やな。」

一俵に鉄刺《さし》を入れ終って検査員がいった。

「はい。みな、神力《しんりき》でして……。」

「田も一つとこか？」

「はい、佐山はんの地所の二反長《にたんごさ》で……。」

二反長《にたんごさ》（二反つづきの田）は珍《めずら》しかったので、ぬいはそれを答えに使ったのだ。

検査員はぽんぽん判を捺《お》しはじめた。たどん大の黒丸だ。

「何等《なんと》でっしゃろか。」

不安な緊張《きんちょう》でたずねるふでを、検査員は横眼でみた。うすい八字ひげのある唇《くちびる》に、皮肉のような、また悪戯《いたずら》のような笑いを浮《うか》べている。何等《なんとう》か見ればわかるじゃないか……といってるようだ。

ぽんぽん。黒丸二つ。二等だ。ぬいもふでも胸がひらけた。〝これはきっと二等やで。〟と悠治もいいのこして行ったことなのだ。

ところが、あれ、こんどは三つ。また三つ。またまた三つだ。ぬいとふでは顔を見合せた。同種《どうて》の俵に、二等と三等の区別がつくなんて、そんな阿呆《あほ》なことがあるもんかと、歯ぎしりせずにはいられない。

ふではとうとう黙っていられなくて、

「あの、旦那《だんな》はん、これはどういうわけでっしゃろか？」

「なんやて？」

「この十一俵は、みな同種ですネ。」

「それはわかったる。」

「そやったら、なんで二等と三等と……。」

検査員はにやりと笑った。そしてゆっくり言った。

「そんなら、みな、おなじ等級にしたろか。」

えっ！ ふでは声がのどにつまった。同じ等級にするというのは、明らかに二等を三等に格下げすることだ。なぜなら、既に三つおした黒丸の一つを消して二つにすることはむつかしいが、二つを三つにふやすことはたやすいからだ。それにふでたちは、酒やご馳走できげんを取り結ぶても持たない。一旦《いったん》きまった等級の格上げなどということは、およそ不可能だ。

「どうもすみませんです。」

ふでは、足もとをがたつかせながら頭を下げた。

「そんなら、これで文句ないな。ほんまいうたら、これはみな三等のくちやで。乾《ひ》はようきいてるが、あらが高いからな。せやけど女手でこれだけ調製するのはえらかったやろうと思うて、三俵だけ二等にまけたったんや。いうてみれば親心や。ははゝゝ。」

「ほんまにいろいろご心配にあずかりまして。」と、ぬいは土間にとってかえし、やかんの湯を急須《きゅうす》にさした。

「おばあさん。それはいらぬ。お茶をよばれたりすると、つい人情で検査にえこひいきがつくさかいな。わしはどこまでも厳正公平主義や。」

検査員は表口から出て行った。

ふではその時気がついた。孝二もずっと納屋のすみで検査のようすを見ていたのだ。そして彼は更によその家の検査も見るつもりらしく、検査員のあとを追って駈《か》け出した。

「子供は珍しものが好きやな。」とふでは苦笑して、並んだ俵を眺め廻した。二等が三俵に三等が八俵。その二等は、ひいきのおまけだと検査員はいうが、ふではごまかされたようで後味が悪かった。

「お姑《かあ》はん、年貢《ねんぐ》は早いとこ持っていきましょな。」

ふでは眉《まゆ》をしかめて言った。

「わいはあんな検査、けったくそ悪うて、俵を見てとうない。一寸《ちょっと》ぐらい米をぬいてのぞいて見たかて、なんでええ悪いがわかるもんでっか。米のええ悪いは、作ったわいらが一番よう知ってます。それを乾《ひ》がどうの、あらがどうのといいくさって、みな小森や思うて阿呆にしとりまんネ。」

しかしそうした無念さをならべ出してはどこまでもきりがない。ぬいは、「それはほんまにその通りやけど、まあ、しゃァないやないけ。四等つけられたかて、けんかも出来ぬこっちゃし。」とふでをなだめた。そこへ「けんかやア……」と孝二がわめきながら飛び込んできた。

「なに、けんか?」と二人は思わず立ち上って通りをのぞいた。

走ってくるかねとすれちがいに二、三人、左向うの角を曲って行くのが見えた。

「まあ、えらいこっちゃ。藤作さん、検査員をなぐってな……検査員がこけてンと。」

かねはせわしい呼吸の下から言った。かねは現場に居合せたわけではないが、早くもどこかで情報をつかんできたのだ。

「なんでまたそんな荒っぽいまねを……。」

けれどもそれは当然な成り行きのようにもふでは思った。

かねは明らかに藤作を非難する口ぶりで、

「悪い奴《やつ》やで、あの藤作は。なんぼ等級が気に入らぬいうたかて、向うはちゃーんと検査員の免許《めんきょ》を持ってるんやもんな。みててみ。藤作はきっと懲役《ちょうえき》食うで。」

それから数日、ふでたちの耳にはさまざまな噂《うわさ》が流れ込んだ。藤作はどんなに悪くても、自分の産米は三等だろうと近所の者にも話していたのに、検査の結果、四等と五等を捺されたので、物も言わず朸《おうご》で検査員の頭をなぐったとか、乾《ひ》が甘《あま》いといわれたのに腹を立てて、そんなら乾《ひ》をきかしてやろうかとばかり撲《なぐ》りかかったとか。そして女房《にょうぼう》のさよも、亭主を制止《とめ》るどころか、いっしょに検査員をなぐったとか、いや、それは嘘《うそ》だとか。

そのなかで、去年まで藤作の自作田だった一反歩が、ことしから小作田に切り換《かわ》っているという噂だけは、どうやら確実のようだった。藤作がその一反歩を我《わ》が所有《もの》にするのに、どれだけ長い間孜々《しし》として働いたかはぬいもふでも知っている。それが僅《わず》か五、六年、彼に所有のよろこびをゆるしただけで、再び小作田に籍《せき》をかえたのだ。気の狂《くる》うような失意の中で、小森の小作百姓としてあしらわれた藤作が、朸を振《ふ》り上げたとてそんなに不思議ではなさそうだ。が、小森のおおかたは、〝阿呆な奴や。〟と藤作を冷笑した。

さて、大垣検査員殴打《おうだ》のかどで、藤作は一週間ばかり高田警察署に留置され、まったく、〝阿呆なめ〟をみたが、一月の末には小作米を積んだ荷車をひいて、葛城川《かつらぎがわ》の大橋をこえた。ちょうど孝二たちの登校と同時刻だった。

「押《お》したろ、押したろ。」

孝二たちは群《むらが》るように荷車にとりついて坂を押し上げた。

「あはゝゝ。あはゝゝゝ。」

ありがとうという代りに、藤作は大口をあけて笑った。吐《は》くいきが煙《けむり》のように白くゆれ動いた。孝二は背中にびっしょり汗《あせ》をかきながら校門前まで車を押した。
その日の一時間めは読本だった。孝二は汗ばんだあとの背中がひやりとしたが、しかしそれもすぐに忘れた。受持ちの生田先生が、孝二をさしてくれたのだ。孝二は勢いこんで朗読した。

一つとや　人々忠義を第一に
あおげや高き　君の恩国の恩
二つとや　二人の親御《おやご》をたいせつに
思えばふかき　父の恩母の恩
三つとや　みきは一つの枝と枝
仲よくくらせよ　兄弟《あにおとと》　姉妹《あねいもと》
四つとや　よきことたがいにすすめ合い
悪《あ》しきをいさめよ　友と友　人と人

五つとや　いつわりいわぬが子供らの
学びのはじめぞ　つつしめよいましめよ

「よろしい。大そうよく読めました。」

先生の中で、一番年よりの生田先生の頭は、ひたいのあたりがもうすっかり禿《は》げていた。けれども、月給は安い方から二人めだと孝二は聞いている。しかし、孝二は生田先生は決してきらいではなかった。

「一つとや、人々忠義を第一に……私たちは、みな、天皇陛下に忠義をつくさねばなりません。それは私たちはみな天皇陛下のおかげで、こうやってしあわせに生きていることが出来るからです。天皇陛下と、国の恩は、たとえていうと、富士山のように高いのです。」

恩とは何のことか孝二はわからなかった。それが富士山のように高いと聞いてますますわからなくなった。でも、先生の言葉はおぼえねばならないと思い、けんめいに口まねをした。〝天皇陛下と国の恩は、たとえていうと富士山のように高いのです。〟

「ところが……。」と生田先生は急に力をこめて、

「この前、校長先生が話をなさったように、悪い奴が出てきて天皇陛下に爆裂弾《ばくれつだん》を投げつけようとしたんです。せやけど、みなつかまえられて、そうして、三日前に十二人死《し》

刑《けい》になりました。」

ぶるんと孝二はのどのあたりがふるえた。と思うと、じーんと耳の底が鳴り出した。

「あとの十四人は懲役で、ずーっと監獄《かんごく》にいます。みな死刑になるとこやったのが、天皇陛下のありがたい思召《おぼしめ》しで、いのちを助けてもろたんです。皆《みな》さんもよう勉強して、忠義な人にならぬといけません。」

〃そんなはなし、いらぬわ。先生の阿呆、阿呆。〃孝二は心の中で突《つ》っ張った。机のきずが一つ大きく眼に映る他《ほか》はなにも見えない。

「二つとや、二人の親御をたいせつに……というのは、お父さんやお母さんのご恩は海よりも深いもので……。」

〃お父《と》ったんは死んでいやへんわい。孝行なんか出来るかい。〃また突っ張った。

「三つとや、みきは一つの枝と枝……みなさん、兄弟は仲よくせぬといけません。なぜかというと……。」

〃阿呆たれ。兄《にい》やんは大阪へ丁稚《でっち》にいてしもて、いやへんわい。読本に書いたるのはみなうそやア……。〃、

涙《なみだ》が頰《ほ》っぺたのひびにぴりっとしみて、孝二はもう机のきずが見えなかった。

八

朝風きよく　足かろく
我が校あとに　立ち出《いず》る
修学旅行の　面白さ
うれしや庭の　小鳥まで
雄々《おお》しく進む　旅立ちの
歩調合わせて　歌うなり……

歌っているその歌どおり、五月の朝はすがすがしかった。歩くその足どりもまた軽い。去年は旱魃《ひでり》のため〝諸事倹約《けんやく》〟で、坂田小学校は全学級修学旅行の類《たぐ》いは取りやめになったが、ことしは新学年がはじまるとすぐに旅行計画が組まれ、今日は全校一せい、それぞれの目的地に向うことになったのだ。

とはいっても、もとより金をかけての遠い旅行ではない。六年の奈良と五年の法隆寺《ほうりゅうじ》はいくらか汽車賃が要《い》ったが、孝二たち四年生は当麻《たいま》寺《でら》で、これは文字どおりの〝遠足〟である。さしあたっての負担といえば、弁当と新しい草履《ぞうり》くらいのものだ。だがそれでも小森の仲間は男生九人のうち三人が脱落していた。

けれども今はそんなことにこだわっているひまがない。孝二はきのう友達の源二が

〝阿呆《あほ》んだら、遠足どころか。〟とそのお母《か》んに頭をなぐられるのを見た時は、自分も半分なぐられたように頭のしんが痛くなったが、けさはもうけろり忘れた顔つきでみんなといっしょに歌っている……。

さて、

野辺に花あり　いざつまん
山に石あり　いざとらん
習いし学課の　修業も
いざこの時ぞ　怠るな
絵にしてみたき　風景は
磯辺《いそべ》に立てる　松一木《ひとき》

なんべんか〝修学旅行〟の歌を繰《く》り返すうちに、孝二たちのゆくてにはほんとに〝絵にしてみたき風景〟が現われた。それは磯辺に立つ一本《ひともと》の松ではなかったが、孝二たちはその美しさに思わず声をあげた。

〝あっ！　塔《とう》が見える。〟

〝二つも見える。〟

塔は二上山を背景に、そば立つという形容をしりぞけて、静かに森の中に眠《ねむ》っている。それとも近づく孝二たちの足音に、ひそかに微笑《びしょう》しているのであろうか。孝二たちは一刻も早くその塔の下に行き着きたかった。

道はそのあたりからゆるい上り勾配《こうばい》になって、まっすぐ当麻の村里《さと》にのびている。孝二はふと三年生の国語読本に〝たいまのけはや〟というのがあったのを思い出した。それによると、たいまのけはやは力が強く、それを自慢《じまん》に乱暴などしていたところ、時の天子さまが〝のみのすくね〟というけらいとすもうをとらせ、たいまのけはやを蹴殺《けころ》させた、というのだ。

孝二は蹴たおされているさし絵のけはやがひどくひげぼうぼうなところから、けはやとは毛生《けは》やのことだと一人合点をしていたが、先生のはなしによると、それはその人の名前で、そして大和《やまと》の人だということだった。すると、たいまのけはやは、もしかしたらこの当麻の里のうまれだったかもしれぬ。

しかし孝二は、そんなことを言い出しては、〝なにを阿呆な〟と、先生にも友達にも笑われそうな気がした。けれども一旦《いったん》動き出した好奇心はおさえることが出来なかった。それに、いいあんばいに杉野先生がちょうど孝二のそばをあるいていた。

「先生、あの当麻が、たいまのけはやの村でっか。」

言ってしまって、孝二は赤くなった。

だが先生は、「そうだよ。」と、うれしい質問を受けた時の笑顔を見せて、「畑中、よう気がついたな。あすこには、けはやの屋敷跡《やしきあと》だというところがあるよ。」

「じゃ、先生、あのはなしほんまでっか。」

「ほんまにけはやとのみのすくねはすもん（すもう）取ったんでっか。」

「せやったら、のみのすくねも、ほんまに居た人でっか。」

俄然《がぜん》、質問の箭《や》が杉野先生に集中した。杉野先生は孝二たち四年生の受持ちで、そして今日の引率者《いんそつしゃ》だ。誠太郎たちが卒業してからは、孝二たちは〝いやだいやだ青島はいやだ、色が黒うても杉野が好きとはなんてまが悪いんでしょ〟というあのかえ歌を聞くことはなかったが、杉野先生の人気は相変らず学校の内にも外にもよかった。

杉野先生はちょっとまごついたように眼をぱちくりやって、

「きみたちも五年生になると歴史を習うから、その時になればようわかるが、野見宿禰《のみのすくね》は日本歴史では名高い人や。それまでは天皇や皇后というような身分の高い人が死ぬと、大勢の家来たちは殉死《じゅんし》というていっしょに死ななけりゃいけなかった。それを野見宿禰が、そんなことはあんまり無茶やというて、代りに土で人形をこしらえて、それを死んだ人のまわりに埋《う》めるようにしたんや。これは埴輪《はにわ》の制というて、大昔としては、なかなか思い切ったいい事やったんやな。それで野見宿禰は、天子さまから土部《はじ》の臣《おみ》という姓《せい》をたまわったということだよ。」

けれども子供たちが知りたいのは、埴輪の制を案出した野見宿禰ではなく、たいまのけはやを蹴殺したのみのすくねだった。孝二もやっぱりそれが知りたくて、

「先生、のみのすくねは、なんですもんやのに、たいまのけはやを殺しましてン？」とまた顔を赤くしながら問いかけた。

孝二のそばにいた一人も、

「先生、すもんやのに人を殺して、のみのすくねは悪い人でんな。」と先生の顔を見た。

すると米の検査員を父に持つ大垣久雄が、

「先生、こいつら、読本をもう忘れとりまんネ。あれは天子さまが、けはやが悪いことをするさかい、のみのすくねにいいつけて、すもんをさせはったんや。すもんは力くらべで、今でいうたらけんかやもン、のみのすくねが、たいまのけはやを蹴って殺してもかまへんネ。先生、そうでっしゃろ。」

「それはそうだな。」

「それに先生、昔の天子さまは今の天皇陛下やもン、悪い奴は、みな殺してしまわはる。そんなンあたりまえや。」

久雄は勝ちほこったように笑って孝二のわきをすりぬけた。

孝二はうつ向いた。一層顔が赤くなった。しかしそれは読本を忘れたといわれたのが恥《は》ずかしかったからではない。読本なら、孝二は一年生からずっと暗記しているのだ。孝二は誰《だれ》にも知られず、そっとだいじに胸にかかえているものを、不当にも嘲笑《ちょうしょう》され、侮辱《ぶじょく》されたようで、その怒《いか》りと悲しみをどうすることも出来なかったのだ。もし久雄流にいうなら、こうとくしゅうすい・名はでんじろう、彼もまた天皇によって死刑にされても、それはあたりまえになるではないか。

それにしても天皇だけが、自分の悪いと思う人間をいくらでも殺せるというのは、いったいどうしてだろうか？ 誰がそんなふうに決めたのだろうか？

そうだ。それは天皇と、そのひいきの家来が相談してきめたのにちがいない。のみのすくねも、きっとその時の天子の、ひいきの家来だったんだ……。

読本のさしえの「のみのすくね」が、孝二には等身大にひろがって見えた。と思うと、それは行燈袴《あんどんばかま》に編上げ靴《ぐつ》をはいた大垣検査員に入れ代り、そして蹴たおされたたいまのけはやのひげ面《づら》が、武の父の永井藤作になって、むっくり本の頁《ページ》から起《た》ち上ってきた。

「わーっ！」とその時はげしい叫《さけ》びが孝二の耳もとで渦巻《うずま》いた。孝二は、はっと正気づいた。山門の仁王尊《におうそん》の異形に、半ば怖《おそ》れ、半ばよろこんだ友達が、目的地に辿《たど》りついたうれしさもてつだって、ことさら大げさにわめき立てたのだ。

先生はねずみ色の中折帽子《なかおれぼうし》をとって、「それでは、ここで少し休みます。歌ってきた歌にもありますように、きょうはふだん教室で習っていることを、ほんとうに眼でたしかめ、足で踏《ふ》んで調べるのが目的ですから、ききたいことは、何でもききなさい。塔のことや、いろいろな宝物のことは、お寺の和尚《おしょう》さまがあとできっとよく教えて下さるでしょう。」

そしてハンカチで額の汗をふいた。

すると杉本まちえが先生にすり寄って、

「先生、仁王さんはなんでこんな恐《こわ》い顔して怒《おこ》ったはりまんネ。」といった。

久雄がすぐに、

「阿呆かいな。笑うてたら仁王さんになれへんわい。」
七、八人げらげら笑った。
先生はハンカチをポケットに押《お》し込《こ》んで、

「仁王さんは、怒ってるんやないが、あんまり強いからきっと怒ってるように見えるんだと思うな。こっちのあーんと口をあけてるのが金剛像《こんごう》。うーんと口を引き結んでるのが力士像《りきし》。両《ふた》つ合わせて金剛力士。まあ、この世で一番強いというわけや。」

「せやけど先生、どねん力が強うても、仁王さんはお寺の番人やもン、あきまへんやないか。」

また久雄がいった。先生は笑いながら、

「おい、おい。そんなこというと、仁王さんに叱《しか》られるぜ。」

それから少し間《ま》をおいて、

「仁王さまは仏法の守護神《しゅごしん》だということです。」と、教室でいうような調子で言った。

みんな黙《だま》って聞いていた。しかし、仏法の守護神の意味は誰にもわからない。もちろん孝二も何のことやらさっぱり意味がのみこめなかった。

ところで、森の中に静かに眠るように見えた二基の塔が、近づいて見るとまるで威圧《いあつ》するようで、孝二は奇怪《きかい》な恐怖《きょうふ》さえ感じた。先生のいうところによると、これは仏さまのお骨《こつ》をおさめるためのものだそうだが、ではここにおさまっている仏さまも、やっぱり人間の死んだものなのだろうか。

さて、曼荼羅《まんだら》堂では、渋紙《しぶかみ》色の顔をした老僧《ろうそう》が、複雑な模様の織物をひろげ、これがありがたい曼荼羅だといって、その由来を長々と話してくれた。しかしこんども、孝二はそれがなぜありがたいのか判断に苦しんだ。

孝二だけではない。みんなもなんの事やらわからぬ証拠《しょうこ》に、ぽかんと口をあけたり、きょろきょろあたりを見廻《みまわ》したり、横腹をつつき合ってふざけたりしている。

ただ女生徒の中には、曼荼羅の神秘に感心したような顔も幾《いく》つか見えたが、あとは螺《ら》鈿《でん》の欄《らん》に見惚《みと》れている。それは母や姉たちが髪飾《かみかざ》りに使う櫛《くし》や簪《かんざし》の中に、それに似た青貝をちりばめたものがあり、蝶貝《ちょうがい》といってなかなか高価なのを知っているからだ。

それにしても、中将姫《ちゅうじょうひめ》が蓮《はす》から糸をとり、それを染めて機《はた》にかけると、忽《たちま》ち、沢山《たくさん》の仏像が現われてきて、この曼荼羅が織り上ったとは、あまりにひどい嘘《うそ》ではないか。孝二は気持ちがいらいらした。孝二は四年生の修身教科書に、神さまを売りものにして金もうけをした男のはなしがのっているのを、既《すで》に読んで知っている。その男は、ご幣《へい》を立てる壺《つぼ》の中にどじょうを入れておいて、そのどじょうのためにご幣が動くのを、神さまがのりうつったからだといって信者をだましていたのだが、もし蓮から絹糸がとれたの、その絹糸が井戸の中で五色に染め分けられたりしたのという坊さんの話をそのまま信じるなら、どじょうで動くご幣を神さまのせいだと信じるのと少しも変らぬではないか。

孝二はふりかえって先生を眺《なが》めた。先生はかしこまった顔つきで、両手をきちんと膝《ひざ》のあたりに重ねている。孝二には、そんな先生がわからない。先生はさっき仁王門のところで、今日はふだん学校で習っていることを、眼でたしかめ、足で踏んで調べるために来たんだといった。それがほんとうなら、なぜ曼荼羅の嘘や迷信をだまって聞いているのだろうか？　それとも、大昔、天子の一族が建てたこういう立派なお寺には、そういう変った事があっても不思議はないと思ってるのだろうか？

孝二は、この当麻寺は、法隆寺を建てた聖徳太子の弟で、まろこ（麻呂子）王という人が、もと二上山の西側、即《すなわ》ち河内の国に建てたのを天武天皇のみ代になって、ここへ移されたのだと、坊さんがいともていねいに話すのを、ちゃんと耳にとめていたのだ。

しかし不思議である。聖徳太子やまろこ王は、何をどうするつもりでこんな立派なお寺を建てたのやろうか？　そのじぶんは今の小森のように、お粥《かゆ》も食えない貧乏人《びんぼうにん》は一人もいなかったのだろうか？　供養《くよう》とか、報恩とか、そんなことがわかろう筈《はず》もない孝二には、お寺は所詮《しょせん》奇怪な謎《なぞ》だった。

当麻寺を出ると、もう正午に近かった。

「おべんとうは、石光寺《せっこうじ》で食べます。」

先生はそういって、列の先頭に立って歩いた。石光寺は当麻寺から北へ数町、そこからは盆地《ぼんち》が一目に見渡《みわた》されるし、それにつつじの名所でもあった。

さて、石光寺に着いた一行は、折柄《おりから》さかりのつつじの株間を嬉々《きき》としてはね廻った。規模のささやかなこの寺院の庭では、花もなんとなく親しみ深かった。

「さ、みんな、自分のむらが見つかるかな。」

先生は境内《けいだい》の外れでのび上る。そこからは大日本紡績の二本の煙突《えんとつ》が手にとるようにはっきり見えた。

「あ、あの煙突の横の池は、わしらとこの村の池や。」

「あ、あれは畝傍山《うねびやま》。」

「こっちが耳成《みみなし》。」

「その向うが三輪山。」

「わしらの学校もよう見える。」

孝二はだまって当麻寺の塔を見ていた。近寄れば威圧してくる奇怪な塔だが、離《はな》れて見れば夢のように美しい。

やがて孝二たちは思い思いに弁当をひろげた。孝二の占めた場所は、紡績工場の煙突が見える境内の東端とは反対に、二上山を見上げる西端だった。孝二は、誰かに、「あ、あすこがエタ村の小森や」と指摘《してき》されそうな気がして、とても東端には坐《すわ》れなかったのだ。

気がつくと、小森の仲間はいつの間にか孝二を取り巻く位置に集まってきた。そして孝二を入れて六人、申し合せたような麦めしのにぎり飯を大口にぱくついた。

その時、右手に坐った一団が弁当の交換《こうかん》をはじめた。久雄の仲間で、彼等は海苔巻《のりまき》や油揚巻を持ってきていた。

それと見てとった葛《かつら》松吉は、大きな竹の皮包みを両手でかかえ、すたすた久雄たちの方に近よりながら叫んだ。

「うまい、うまい、さかなのおしずし。おしずしはいらーぬかいな。」

あたりの者はげらげら笑った。松吉の調子が、呼び売り商人《あきんど》のそれにそっくりだったからだ。もともとひょうきん者の松吉はいよいよ浮《う》かれて、も一度「うまい、うまい。」と繰り返しはじめた。そのとたんだった。

「隠亡《おんぼう》のすしやァ、くさいわい！」

大垣久雄が浴びせかけた。

松吉は見る見る青ざめて、ぱたり竹の皮を取り落した。

孝二は何を考えるひまもなかった。彼はとびかかるように久雄の前に駈《か》けよりざま、

「大垣、もう一ぺんいうてみ。」

それは自分ながら冷たい声だった。

久雄ははね返すように孝二を眺めたが、そのままだまって先生のいる庫裡《くり》の方へ走って行った。

まわりの友達は、奇蹟《きせき》でも見るように孝二を見ていた。彼等には、そんな孝二の姿ははじめてだった。そして孝二自身にも、そんな自分はやっぱりはじめてだったのだ。

松吉が取りおとしたおしずしのさかなは、紅《あか》いつつじの中で蝶貝のように青く光っていた。

九

隠亡というのは墓穴を掘《ほ》ったり、死体を焼いたりするものなのを孝二は知っている。

島名の葛松吉の家は、今は白壁《しらかべ》作りの米蔵《こめぐら》もあって、村ではええしゅ組だが、昔は安土と島名の中間にある共同墓地の一角で、隠亡をしてくらしを立てていたのだという。

もっとも孝二がそれを知ったのは近頃《ちかごろ》のことで、それも学校で上級生たちが話しているのを、ふと耳にはさんだのだった。

だがそれだから、松吉のおしずしがくさいという理由はあるまいと、孝二の心は、く

りかえし、くりかえし反撥《はんぱつ》する……。

けれども石光寺での出来事を、そのままお祖母《ばあ》んたちに伝える気にはどうしてもなれない。そんな事を告げようものなら、お祖母んたちは孝二もそれに似たことを言われているのではないかと気を廻すにちがいないからだ。

幸い誠太郎から雑誌がきていた。去年の秋以来六冊めで、最近の三冊にはつづきもののお伽噺《とぎばなし》がのっている。外国のものらしく、〝白雪姫〟というのだ。今月はその最終回で、白雪姫はめでたく王子と結婚《けっこん》、そして白雪姫の美しさを嫉《ねた》んで、四度も白雪姫を殺そうとした継母のおきさきは、とうとう罪が露見《ろけん》して焼けただれた鉄の靴《たび》をはかされ、狂《くる》ったように踊《おど》りながらいきが絶えて行くのだ。

それはたしかに面白く、鏡がものをいうところなど孝二は特別に好きだった。けれどもこんや三回めを読み終って、孝二は急にむかむかと吐きそうになった。まま母のおきさきの死の場面があまりに残酷《ざんこく》だったからだ。

それにしても不思議である。白雪姫と当麻《たいま》の中将姫は、はなしがおおかた同じだ。中将姫も、今でいえば大臣のような家柄のうまれで、そしてまま母の照日前に大和の雲雀《ひばり》山《やま》に捨てられ、危うく殺されるところを下男に助けられるのだ。ただちがうところは、白雪姫が王子と結婚するのにひきかえ、中将姫は寺にこもり、蓮糸で曼荼羅《まんだら》を織るところだけだ。結局、お母さんに死に別れ、まま母にいじめられても、高貴なうまれの姫たちには、かがやくようなしあわせが待っていたのだ。そしてこれからも、そういう人たちにはやっぱりしあわせが待っているだろう。ところが同じ雑誌のおはなしでも、与吉や加代の場合はちがうのだ。与吉と加代は、自分の働いたお金で結婚式をあげることにきまっても、ふるさとの見える峠《とうげ》で、さめざめと泣かねばならなかったのだ。

ぱたんと孝二は雑誌を閉じた。その時、流しもとからふでが言った。

「孝二。にぎりめしが二つものこったるけど、どうしたんやね。」

遠足から帰るなり雑誌に飛びついた孝二は、食べのこしの弁当包みを、上りはなに投げ出したままにしておいたのだ。

ぬいは夕飯の準備に、いつものようにランプをかけかえていたが、

「もったいないこっちゃ。せっかくの弁当、のこしてきて。孝二がいらぬのやったらわいらがご馳走《つそ》になるワ。」

「うん。お祖母《ばあ》んとお母《か》んにやる。わしの土産や。」

孝二は元気に言った。石光寺の一件を祖母たちにさとられまいと気を張ったのだ。

「せやけど、あねん遠いとこあるいてきて、一つ食べたくらいでは腹がへったやろに？身体《からだ》のあんばいが悪いんやないのけ？」

またふでが言った。

「ちがう。わし、どこも悪いことないネ。ほんまはな、友達にうまいご馳走もろたん

や。」

「へーえ。なんのご馳走？」

「すしや。さかなをのせたおしずしや。」

「まあ、そんなえらいご馳走、どこの坊《ぼ》んが持ってきやはってン？」

「米の検査員さんとこの子や。」

とっさの嘘だった。けれども、さかなをのせたおしずしに、最も関係深い大垣久雄は、この際当然出るべき名前ではあった。

ふでは安心したように笑った。ぬいも嬉《うれ》しそうに、

「それは、ええことしたな。お祖母んも一ぺん、さかなのおしずし、食うてみたいワ。あれはうまいというこっちゃ。」

「田植でもすんだら。」と、ふでがいう。田植がすむまでには約二カ月もの時日があることによって、ふではかえってそれが可能のように思うのだ。

しかしぬいは、それが「気やすめ」というものなのを知っている。そこで彼女は、あはは、ゝゝと大きく笑って受け流した。

さて、五月から六月にかけて気候は割合順調に進み、七月の半夏《はんげ》には、麦もおおかたかたづいた。ぬいやふでは、月おくれの盆（新暦八月十五日）には、或《ある》いは誠太郎が一年ぶりで帰宅するかもしれないと望みをかけたが、中旬に訪れたのは誠太郎でなくて一通

の封書《ふうしょ》だった。しかしそれでもふでたちは満足だった。ペン書きの手紙は、十分誠太郎の成長を語ってくれたからだ。

光陰《こういん》は矢の如《ごと》しとか、家を去ってから一年一カ月になります。この間、悠治伯父《おじ》さんが寄ってくれて、お祖母《ばあ》んはじめ、みな元気だとはなしてくれました。僕《ぼく》も元気で、相変らず大めしを食べていますから安心して下さい。飯といえば、ことしの作がらはなかなかよいそうで、ほんとうにうれしいことです。井戸水かいは、ほんまにかなませんからネ。

けれども、作がらがよいというのに、この頃は米の相場がどんどん上って、大阪では今日は中米一升《しょう》十八銭五厘《りん》にもなりました。来月になったら二十銭をこすだろうというので、米屋さんはどこでも米を買いこんでいるそうです。これは大阪だけではありません。東京でも問屋さんはみな買い占《し》めというのをしてるそうです。それで政府では米の定期をしてはいけないという命令を出しなされたそうですが、そんなことをすると、米はよけい高《たこ》うなるんやとご主人さんはいうています。

定期というても、お祖母んたちにはわからないでしょう。僕はこのごろ、どんなふうにしてやるのか少しわかりかけてきました。これは早《はよ》ういうたら米でばくちを張ることで、思わくがあたると成金さんになるかわりに、外れたら身上じまいになるのです。それから今のように米のねだんがどんどん上ると、売る米のあるええしゅはとくやが、買《こ》うて食う者はかないません。それで、このごろは、大阪でも南京《ナンキン》米がたいそう売れてきました。小森でもきっとみな南京《ナンキン》米を買うてるんやないかと思いますが、家はどうですか。南京米いうてもいろいろで、うまいのもあれば、もむないのもあるのです。この前家で食うた赤や青のまじったくさい米は江西米というのですが、あれは一年に二回とる米やよってもむないのやとご主人さんが教えてくれはりました。

それから、ことしの米は検査がしてあるよって、石も籾《もみ》も少のうて、米屋はえらいらくになりました。検査は、これからもっときつうなるそうです。米屋の丁稚《でっち》の僕はええけど、お祖母んら、えらいことです。

それから、まだもっともっと面白《おもろ》いことがあるんやけど、それは手紙に書けません。ことしの正月に帰らせてもろたらその時にはなしをします。

小森にはまだ電気燈はつきませんか。電気燈がついたら夜なべもらくやし、孝二も勉強がよう出来るのにと思うとざんねんです。

それから、秀坊《ぼ》んがどうして居やはるか、もし何か聞いたら教えて下さい。では、こんやはこれでペンをおきます。さよなら。

ふでが読み終るのを待ってぬいは便箋《びんせん》を我《わ》が手に受けた。そして文盲《もんもう》の眼に文字を追

いながら、

「誠太郎は、ようまあそねン米のことをおぼえたもんや。せやけど、孝二かてよう勉強してる、電気燈はまだつかへんけど、毎晩勉強してる、そう返事を書いたらないかんワ。」といった。

「ほんまでんな、お姑《かあ》はん。」とふではうなずいた。というのは、孝二の一学期の平均点が実に九十八点五分という見事さだったからだ。

けれども孝二は祖母たちに成績を云々《うんぬん》されてもさほどうれしくなかった。孝二は当麻寺に遠足したその日から、一層しんけんに勉強することを決意したが、それは勉強がたのしいからではなく、一にも二にも大垣久雄を負かしてやりたいためだった。ところがそれに気がつく筈《はず》もない祖母たちは、まるで孝二を神童のようにもてはやしたがっているのだ。

「お祖母《ばあ》ん。兄《にい》やんには、わし、手紙を出したるワ。お祖母んのことも、お母んのこともあんじょう書いて……。」

いくらかじょうだんもあったが、孝二はむらのことも学校のことも入れて、とにかく一ぺん誠太郎に手紙を書くつもりだった。

けれどもいざとなると手紙はなかなかむつかしく、つい三日四日と日がたって、夏休みはあますところもう二日のところまで来てしまった。するとその日の昼すぎ、開け放しの門口に霜《しも》ふりの中学生服を着た松崎豊太がひょっこり姿を見せた。

「まあ、島名の坊《ぼ》んやおまへんか。」と、ふでは黄色い声を上げたが、まったく豊太の出現は、ぬいにも孝二にも衝撃《しょうげき》だった。

「いつものことで取り散らしてますねけどな、さ、入っとくなはれ。」

ふでは仕事台を押《お》しやって豊太を迎《むか》えに土間におりた。

「ごめんやす。」と豊太は大人っぽく頭をさげたが、ふと孝二に笑いかけた顔は、やっぱりもとの豊さんだった。

「これ、孝二さんに持ってきました。僕は九月から大阪の中学校へ行くことになりましてン。」

豊太はいいながら上りはなに風呂敷《ふろしき》をひろげた。書籍が五冊だ。

「それじゃ坊んとこは大阪へ去《い》なはりまんのか？」

「はア。」

「それは、それは……。せやけど坊んが大阪へ去なはったら、誠太郎が会わせてもらえますさかい、わいら、ありがとおますワ。」

「あの、それで、誠やんの居るとこ、教えてもらいたいと思いまして……。」

「あれまア、それじゃ誠太郎は、坊んとこへ一ぺんもたよりをしていきまへんのか？」

「あねん仲ようしてもろてましたのに……。」とぬいも誠太郎の忘恩《ぼうおん》をなじるように言った。

豊太は返事に困ったようすで、風呂敷をなわのようによじっている。

しかし孝二は、兄が豊太にたよりをしないのはあたりまえだと思った。豊太のお母さんは、誠太郎を坂田の佐山家の坊《ぼ》んだと思って友達づき合いをゆるしていたのだ。そんなところへ、大阪の奉公《ほうこう》先からたよりをしようものなら、忽《たちま》ち嘘《うそ》がばれて、かえって豊太に迷惑《めいわく》をかけることになるのは明らかだ。豊太もそのへんの呼吸を知っているからこそ、今まで誠太郎の居所をたずねようとしなかったのにちがいない。

それがこんど事情が変って、豊太は大阪へ戻《もど》ることになり、そのつもりになれば、誠太郎に会うことが出来るのだ。

「これ、兄《にい》やんから来た手紙や。」

孝二は封筒《ふうとう》を豊太の前においた。

「見せてもろてもよろしおまっか？」

豊太は封書を取り上げた。

「さ、どうぞ見たっとくなはれ。誠太郎は、今、そないしてますのや。」

ふでは微《かす》かなほこりをその頰《ほお》に浮《うか》べた。

「まあ、よう書いたる。誠やんは、えらい勉強家や。」

豊太は半分も読み進まぬうちに、お世辞でなく手紙をほめた。都会の精米店を知っている豊太には糠《ぬか》まみれのあつしに、眉《まゆ》やまつ毛まで白くしている誠太郎が、ありあり浮んで見えたのだ。

やがて豊太はポケットから手帳を出して誠太郎の店の名前を書きこんだ。

「大阪へは、いつお出《いで》でっか？」

「あしたか、あさってです。」

「それはなんというても、大阪の方がよろしもんな。」

「…………。」

「もう坊んには、いつお会いできるかわかりまへんな。」

「…………。」

「お母さまにも、よういうとくなはれや。」

「さいなら。」

入ってきた時よりも顔を赤くして豊太は閾《しきい》を外に跨《また》いだ。

「わし、送っていく。」

孝二は一人でつぶやいて豊太のあとを追った。

「孝やん、あの大橋まで送ってや。」

豊太の手が孝二の肩《かた》にかかった。孝二はぞくっとするほどうれしかった。

「孝やん、さっき見せてもろた誠やんの手紙な、あこに秀坊《ぼ》んがどうしていやはるか……て書いたっけど、あれ、村上の秀昭君のこととちがうか。」

「ちがわん。秀坊んとこはお寺で村上ていう姓《な》や。」

「そやったら、秀坊んは東京の美術学校で絵の勉強をしてるぜ。」

「それ、なんでわかってン？」

「それはな、孝やんもよう知ってる坂田の仙やんな、あの仙やんの兄の貞一君が、ことしやっぱりその美術学校にはいって、ひょっこり秀坊んに会うたんやそうな。秀坊んはなかなか絵がうまいていうから、先行きえらい絵かきさんになるかもしれんで。」

或いはそうかもしれぬ。けれども孝二はそんな先のことを考えるゆとりがなかった。貞一に出くわした時、秀坊んがどんな表情をしたかと、孝二はもう胸がいっぱいなのだ。

孝二は秀昭と貞一が、小学校から中学校までずっと同級だったのを知っている。秀昭としては、この世で一番遇《あ》いたくないのが貞一にちがいないのだ。にも拘《かかわ》らず、秀昭は貞一に遇うたのだ。

「孝やんはしあわせや。」

何のことだろうかと、孝二は豊太を見上げた。

「孝やんとこのお母さんはええお人間《びと》や。」

再び何のことかと孝二は豊太をみつめた。

「孝やんには、ほんまのことというとくワ。僕のお母さんは、こんど、よそへ行かはることになったんや。」

よそへ行くとはどういう意味だろうか？

「僕はお父さんとこから学校通いや。大阪へは行きとうないねけど、しゃァないネ。せやけど誠やんがいるよって、それだけたのしみや。じゃ、孝やん、ありがと。……さいなら。」

愁傷《しゅうしょう》という言葉を孝二は知らない。けれども孝二の胸に湧《わ》くものはそれだった。

「豊さん、さいなら。」

孝二は、橋の袂《たもと》に立ちつくした。

雷雲が畝傍山のあたりをゆっくり東に動いて行った。

みぞれ

一

明治四十四年の産米は、小森では軒並《のきなみ》等級がよかった。検査員の大垣秀夫が、去年永井藤作の枌《おうご》でなぐられたせいだというものもあれば、いや、ことしの等級が正当で、去年は悪過ぎたのだと、検査員への恨《うら》みを新たにするものもあった。

ふでたちの場合は、去年より少しよくて、二等が五俵、三等も五俵だった。しかし、だからことしの等級が正当だとは、ふでやぬいには思えなかった。同じ一枚の田から収《しゅう》穫《かく》した、同一品種の米に、どうしてそういう差がつくのか、むしろ疑念は増すばかりだ。

ふでは、二等と三等に等級が分けられた瞬間《しゅんかん》、ふっと心の隅《すみ》でうなずいた。ふでは、人間もまたそういうように等級別の判を捺《お》され、結局自分たちのように等外のエタができることになったのではないか……と考えたのだ。けれどもそんな考えはもちろん口に出しては言えなかったし、また言いたくもなかった。しかしそれだけに、ふでは更《さら》に一人で考えた。そして、米に等差をつけることが地主や相場師の利益になるように、人間に等差をつけることも、きっと誰《だれ》かの利益になるにちがいない……と思った。その時、意外にも大垣検査員が、検査の様子を見ていた孝二に話しかけた。

「おまはん、孝二さんか。」

「うん。」と、孝二は半歩後ずさりした。無意識の動作だった。

検査員は、検査道具を袋《ふくろ》につめながら、

「おまはん、勉強がよう出来るそうやな。」

孝二は検査員をみつめた。彼の真意がわからなかったからだ。

すると検査員は、視線をふでとぬいに交互《こうご》に向けて、

「孝二さんは、何でもよう知ってるいうて、家《うち》の子が感心しとります。この前、内閣が代った時も、孝二さんだけが前の内閣総理大臣の名を知ってて、ちゃんと答えたそうや。」

「はー、さいでっか。」とはいったが、ぬいには何のことやらさっぱり見当がつかない。もちろん、ふでにもわからない。しかし孝二には、それはまだ生々しい記憶《きおく》だった。

実は二学期のはじめの日、始業式の席で大鳥校長がいったのだ。

「皆《みな》さん。こんど、内閣が更迭《こうてつ》しまして、総理大臣は西園寺公望《さいおんじきんもち》というお方です。総理大臣のお名前だけは、いつでもおぼえておかねばなりません。」

そして校長は、前の総理大臣は何というお方だったかと質問したのだった。

式場には全校生が並んでいたが、一人として手を挙げる者はない。

「知ってる者、手をあげて……。」

青島先生は、特別自分の受持ちの六年生を促《うなが》した。それでもやはり手は挙がらない。

よし、そんなら……と孝二は心がきまった。孝二はさっと手を挙げた。

「お、畑中孝二、いうてみ。」

大鳥校長の眼は、微かな笑《えみ》をふくんで孝二の上に光った。

「はい、桂太郎《かつらたろう》です。」

とたんに、くすっと笑い声がもれた。孝二にはそれが大垣久雄なのがわかった。そして、なぜ彼が笑ったかということも、孝二はぴんと胸にきた。

久雄は、級友の松吉が同音の葛姓《かつらせい》のところから、総理大臣とおんぼの対比をおかしがって笑ったのにちがいないのだ。

さて、式場を出ると、六年の男生数人が、口々に〝桂太郎〟と叫びながら孝二のそばをすりぬけた。いうまでもなく嘲弄《ちょうろう》だ。孝二はぶるんと足もとがふるえた。しかしすぐに立ち直って唇《くちびる》をかみしめた。冷たい汗《あせ》が、わきの下からにじみ出るのがはっきりわかった。

その日学校から帰ると、孝二は母にも祖母にもたのまれないのに、一人でよう切りをした。上級生から受けた〝桂太郎〟の嘲《あざけ》りは、なかなか耳の底から消えなかったが、しかし彼等を出しぬいて、それを答えたことのほこりも、、、また強く胸にやきついていた。

それに、何よりもうれしかったのは、桂太郎がもう総理大臣ではなくなったということだ。ちょうど一年前の九月、孝二は隣《とな》りの志村広吉小父《おっ》さんからその名を聞いたのだ。

〝大阪へんでは、今の総理大臣の桂太郎というのは陸軍大将で、天皇の一番《いち》のけらいやさかい、謀反人《むほんにん》にはきっと重い刑《けい》をくわっしよるやろて、みなこそこそ言うたはる。もし大《で》えらい声でいうたら、いうた者まで引っぱられるよってな。……〟

そして、その通りになった。こうとくしゅうすい・名はでんじろうたちは死刑にされた。けれども、こうとくたちを死刑にした桂太郎も、もう総理大臣ではなくなったのだ。

一人、なやの隅で藁《わら》にうもれながら、孝二はなんべんもどなった。

〝六年の奴《やつ》ら、なんとでも吐《ぬ》かせ。桂太郎とでも、エッタとでも好きなだけ吐かせ。〟

もうわきの下から冷や汗は流れなかった。額ににじむのは、きもちのよい仕事の汗だった。理由《わけ》を知らないぬいとふでは、孝二がびっくりするほど沢山《たくさん》ようを切ってくれたとて、手ばなしでよろこんだ。

ところで、検査道具を肩にかけた大垣検査員は、俵《たわら》の上においてあったこげ茶色の手袋を取り上げ、

「こういう子は、先行き、たのしみやな。」と、うすい八字ひげのある上唇をなめた。

「なんの、たのしみなんかありますかいな。」

ぬいは相手の空世辞を吹《ふ》きとばすように高々と笑った。

「いや、たのしみや。昔とちがうよってな。まあ、中学校にでもやったげなはれ。」

「中学校？　何をいうとくなはるこっちゃら。」と、ふでも笑いで堰《せき》とめた。ぬいやふでには、世辞めいた相手の言葉が、かえって不愉快《ふゆかい》だった。そんな二人は、去年のようにお茶の支度《したく》もせず、そのまま検査員を見送った。

だがその夜、「孝二、あしたからこれをふるしき（ふろしき）にしいや。」と、四角い布をひろげて見せたぬいは、やっぱりひるま孝二がほめられたのをうれしがっていた。

孝二は布にさわってみた。薄手《うすで》で、柔《やわ》らかで、今まで使っていた木綿《もめん》ぶろしきよりもずっと使い心地がよさそうだ。

「これ、お祖母《ばあ》んが買《こ》うといてくれたんけ。」

「そやで、二幅《ふたの》ものの金巾《カナキン》やさかい、はしをくけたら、ええふるしきや。」

それにちがいなかった。その上孝二は、その濃《こ》い水色も気に入った。彼は布をたぐりよせて、ひょいと頭からひっ被《かぶ》った。

「はは、、、。孝二、それん気に入ったけ？」

ぬいは笑って、布の上からぽんと孝二の頭をたたいた。

孝二は水色の布ごしにランプを見た。織り目のつんだ金巾は、ランプのあかりをぼうとさせて夢のように美しい。

「じゃ、わいが縁《ふち》をくけたるさかいな。」

ふでが布を引きはがす……。剝《は》がされて孝二は眼をこすった。そして苦笑しながら頭をかいた。

それはほんの短い間《ま》だったが、水色金巾を頭から被った孝二は、久しぶりに柏木先生と向き合ったことなのだ。

柏木先生は、やっぱり紫紺《しこん》の袴《はかま》に白足袋《しろたび》をはいていた。白足袋の甲《こう》はむっくりと高かった。そして黒と緑の縞《しま》のきものに、水色の風呂敷包みをかかえている。かかえている左手の五本の指はふっくらとして桃色《ももいろ》だ。

「先生、見とくなはれ。これ、わしのふるしきや。先生のと同じ色や。」

ちょうどその時、母が布を引きはがしたのだ。だから柏木先生は、何もいわずにすーっと消えてしまったが、もしあのままもう少し向き合っていたら、柏木先生は訊《き》いてくれたのではあるまいか。

〝孝二さん。冬休みの宿題はみなやりましたか？〟と。そしたら孝二も正直に言えたのだ。

〝先生、わし、あの宿題はやりとうないネ。〟と……。

孝二のやりたくない宿題というのは〝私の家〟という課題の作文だった。もちろん孝二は図画や書き方の宿題同様、作文の宿題も果そうとして、冬休み中何べんか鉛筆《えんぴつ》をにぎった。殊《こと》にきのうは、なんでもかんでもまとめなければと夢中で鉛筆をなめ、その毒でとうとう胸先を悪くした。けれども、作文はやはり〝私の家は……〟で行きづまり、にっちも、さっちも行かなかった。というのは、〝私の家は小森にあります〟と、先《ま》ずその所在地を明らかにしなければならないと思いながら、どうしても小森の二字が書けないからだ。

こんなわけで、三学期をあすにひかえて、孝二の心はおしつけられるように重い。せめて誰かに、この宿題が果せないのは、決して不勉強のせいではないのを認めてほしかった。更にできることなら、こんな作文の課題が、孝二にとってどんなに辛《つら》いかを理解してもらいたかった。すると、水色ずきんの中にひょっこり柏木先生が出てきてくれたのだ。けれども残念！　その先生も行ってしまった……。

すると、急いで裁《た》ち目をくけ終えたふでが、

「孝二、宿題はみな揃《そろ》うてるけ。」といった。

孝二はさすがにぎくりとしたが、

「揃うてる。」と案外ためらわずに答え、更に嘘《うそ》の上塗《うわぬ》りに付け加えた。

「そんなもン、もうとうにしてしもた。」

「孝二のことやもんな、はは、、。」と、ぬいはかえってふでの取りこし苦労を嗤《わら》うように笑った。

「そら、わいもそう思うてますねけどな、こんなええふるしきがでけたよって、ちょっと訊いてみましてン。それに検査員みたいな、よそのしゅうにあない褒《ほ》められると、なんやら責任がでけましてな。」

そして水色のふろしきをきちんと四つに折りたたみ、わざと手をのばして孝二の頭にのせた。

「おおけに。」と孝二は少しふざけ気味に頭を下げる……。風呂敷は四つ折りのまま辷《すべ》って膝《ひざ》におちた。孝二はそれをつかんで次の間《ま》に起《た》った。その部屋の隅に、学校道具と、出来上った宿題とが、既《すで》に縞風呂敷に包んでおいてあったのだ。

さて、暗がりで学校道具を新しいふろしきに包みかえていると、ふでが首をのばして、「孝二、包んだとこをお祖母《ばあ》んに見せてみ。」といった。孝二はちょいと包みを持ち上げ、またすぐ暗がりにおいた。母や祖母にはわかるはずがないと思いながら、孝二はやっぱり宿題が一つ欠けていることで気が咎《とが》めたのだ。

それにしても、作文の宿題は、〝忘れました〟では通るまい。忘れたものは、次の日提出せよといわれるにきまっている。いつまでも提出しなければ、三学期の成績がそれだけ悪くなるのは明らかだ。

〝兄《にい》やんが冬休み中に帰ってくるとよかったのに……。〟

そちらへ心が動いた。誠太郎が組の中で、ずばぬけて作文がうまかったのを知っているからだ。すると、急に眼の前の壁《かべ》に穴があいて、そこから誠太郎の顔がのぞいているような気がした。

「あ、そうや。」

孝二は声に出して言った。そして風呂敷包みをランプの下に持ち出した。

「なんや。これから勉強するのけ？」と、ふではランプのしんを大きくした。

「うん。米の検査員とこの子に負けたらあかぬもの。」

半分はじょうだんだった。孝二は手早く風呂敷をひろげ、読本を下じき代りにして藁半紙に作文を書きはじめた。

私の家は、お父さんがいません。日露《にちろ》戦役《せんえき》で戦死しました。戦死したのは明治三十七年十二月三日で、しゃがというとこです。

お祖母《ばあ》んは年こしがきたら六十一になります。もうだいぶ白がです。お母んは三十七になります。頭の毛がすこし赤いです。兄やんは十五になります。せやけど今は家にいません。大阪の米屋さんで、でっちをしています。

兄やんは、夏休みの時は正月に帰るというてきましたが、十二月の末に、十五日のやぶ入りに帰ると、またいうてきました。十五日はもうじきです。私は、うれしくてたまりません。兄やんは、きっと、たもとのきものを着て帰ると、お母んがいうてます。ほんまに、たもとのきものを着て帰るでしょう。兄やんのあだ名は、あんこうです。口が大きいからです。今でも兄やんは口が大きいと思います。

読み返して、孝二はつぶやいた。

「へんな作文や。」

しかし孝二は解き放たれたようにほっとした。これで宿題の責は終ったのだ。しかも〝小森〟の二字はどこにも使わずに……。

安心してふとんにもぐると、誠太郎の顔がうす暗い天井《てんじょう》にぽっかり浮《う》き出した。依然《いぜん》、口の大きい顔だった。そして孝二自身は、仰向《あおむ》けの姿勢のままやがて寝息《ねいき》を立てた。

二

坂田の子供らにかこまれて校門をはいってきた青年は、そのまま昇降口《しょうこうぐち》から職員室に消えこんだ。孝二たちの受持ちの杉野先生より、年は少し若そうだが、背は高い。誰《だれ》だろうか？　好奇心を動かしたのは孝二だけではない。子供たちは、学校にやってくる大人にはみなそれぞれ曰《いわ》くがありそうな気がして、なんとなく物珍《ものめずら》しいのだ。殊にけさの来訪者は、久留米絣《くるめがすり》の対《つい》にセルの袴をはいている。そんな身装《みなり》は、普通ではできない。もしかしたら、あの青年はどの先生かの代りにこの学校に赴任《ふにん》してきたのではあるまいか？

けれどもそうでないのが直ぐわかった。坂田の子供が、みんなの好奇心を満たすこと

に自分でも満足した顔つきで、

「あのしゅうは佐山の坊《ぼ》んや。東京の絵かきさんの学校にいたはるんや。」といったのだ。

みんな〝なるほど〟という表情でこたえた。地主の佐山家の子息なら、東京への遊学も可能だということを、子供は子供なりにわきまえていたのだ。

そのなかで、一人孝二だけは激しく胸を波打たせていた。孝二は去年の夏、大阪へ戻《もど》ることになった松崎豊太から、秀坊んの消息は仙吉の兄の貞一が知っていると聞いたが、その兄が彼だったのだ。そして孝二は、彼が畝傍中学時代、その学友たちに、秀坊んは小森のエタだといいふらしたので、秀坊んはとうとう中学校に居たたまれず、京都へ移って行ったのも知っている。そんな貞一は、東京でも秀坊んはエタだといいふらしているかもしれないではないか。

気がつくと、運動場に向いた応接室の窓が開かれて、そこに校長先生と向き合っている貞一の横顔が見えた。校長先生は、きげんでもとるように、しきりにうなずきながら笑っている……。

孝二は羨《うらや》ましかった。秀坊んや自分がエタだという悲しみよりも、ただただ、応接室に迎えられている青年が羨ましかった。青年には、坂田小学校は、〝なつかしの母校〟なのだ。

孝二は水色の風呂敷《ふろしき》包みをかかえて運動場を北へ走った。北風がまともに吹《ふ》きつけて、忽《たちま》ち鼻の奥《おく》が痛くなった。孝二は苦笑いしながら涙《なみだ》をふいた。あした帰ってくる予定の誠太郎も、曾《かつ》てはこうやって涙を流しながら運動場を駈《か》け廻《まわ》ったのではないかと、ふと思い及《およ》んだのだ。

さて、次の日は雨だった。ふでとぬいは〝悪い雨やなア。〟とこぼしたが、孝二は雨など平気だった。孝二は、どんなに大雨でも誠太郎は帰ってくるものと信じていた。けれどもひるめしを食べに家に駈け戻ってみても、誠太郎はまだ帰っていなかった。ぬいとふでは、〝この雨やからなア。〟と、もう半ばあきらめたようない方をした。孝二は誠太郎のために用意された巻きずしをもらってたべながら、そんないい方をする母たちに、心の中でうんとすねた。

ところが午後の授業が終り、〝こんどはもう兄《にい》やんが帰っているぞ。〟と、張り切って教室を出ようとして、孝二は思いがけなく杉野先生に呼びとめられた。

「畑中、用があるからのこってくれ。」

悪いことで居残りをくうおぼえはなかった。しかしやっぱり心配だった。孝二は掃除当番の邪魔《じゃま》にならぬようにと、下駄箱《げたばこ》のそばで待つことにきめた。すると、また杉野先生がいった。

「唱歌室があいてるから、あすこでやろう。」

何をやるのだろうか？　孝二は旧校舎の東端にある唱歌室前で先生を待った。

「寒いか。寒かったら先生の火鉢《ひばち》をかしたるで。」

硯箱《すずりばこ》の上に青い罫紙《けいし》をのせてきた先生は、そういって孝二に笑いかけた。

「寒いことありまへん。」

そんなことよりも、孝二は早く用件を知りたかった。

「あのな、冬休みの宿題の作文。あれをよそへ出すことにしたさかい、この紙に清書するんや。」

先生は入口に近い机に硯箱をおろし、自分で墨《すみ》をすりはじめる。

「なんでだんネ、先生。」

「なんでというて、うまいこと作ったるからや。」

「作らしまへん。みな、ほんまや。」

「せやせや、ほんまやからええネ。先生もそこが気に入ったんや。」

しかし、小森の二字がぬいてある。それでもほんまといえるだろうか。孝二は急に耳たぶがほてり出した。

さて、二枚むだをして、三枚めの罫紙に孝二はやっと宿題の作文を書き上げた。

「ご苦労さん。」

孝二は頭を横にふった。それから一つおじぎをして、すばやく下駄箱まで駈けおり、足袋《たび》をぬいでふところにねじこんだ。

〝兄《にい》やん、ほんまに帰ってきてるかな？〟

たのしみよりも不安の方が大きかった。しかしとにかく、全速力で駈け帰るつもりで、孝二は教科書包みを斜《はす》に背負い、校門までは傘《かさ》もひろげずにすっとんだ。ところが校門前で傘をひろげようとして、孝二はあっ！　と声をのんだ。大橋の中ほどで、こちら向きに立っているのは、紛《まご》う方なき袂姿《たもとすがた》の兄やんではないか。

孝二は傘をひろげるさえもどかしく、そのまま右肩《みぎかた》にかついで走った。彼は〝兄やん〟とも呼ばなかった。

誠太郎も〝孝二〟とよばなかった。彼は駈けよる孝二に傘をさしかけ、だまって川下を眺《なが》めている……。やがて彼は左手の手袋《てぶくろ》をとって、

「孝二、片方《かたっぽ》だけでもはめてみ。毛糸やさかい、ぬくいで。」

「わし、そんなん、ええが。」

引っ込《こ》めようとする孝二の手を、誠太郎はぐいとつかんで手袋に押《お》しこんだ。

「どうやな？」はじめて誠太郎は笑った。

「ぬくい。」と孝二も笑って手袋の手で頬《ほお》をさすった。

「孝二、おぼえてるけ？」

「?………。」

「いつやったか、二人して、蛽《ばい》を放《ほ》かしにきたな。」

「…………。」

「忘れたけ？」

「ううん。おぼえてる。」

微《かす》かに首をふった。強くふると、それだけ感情の振幅《しんぷく》が大きくなって、兄《にい》やんに笑われるような事態になりかねないのがわかったからだ。

「ふーむ。おぼえていたけ。わしも、ようあの時のことを思い出すネ。」

兄やんはその思い出の中でいつもどんな顔をするのだろうか？　孝二は眼を上げた。

誠太郎の視線は、川底の一点に吸いつけられている……。そこに仄白《ほのじろ》く光るものがあったのだ。きっと瀬戸物《せともの》のかけらにちがいない。けれどもじっと見ているうちに、孝二は灰色の川底で光るその白いかけらが、一番兄やんの心を知っているし、また自分の心もわかってくれるのではないかと思った。なぜなら、うれしくて悲しいきもち、たのしくて寂《さび》しいきもち、その上何やらなさけないこんなおかしげな気持ちは、とても先生や友達にはわかってもらえる筈《はず》がないからだ。けれども、冷たい川底で光っている瀬戸物のかけらなら、自分たちのきもちがわかるんじゃあるまいか？

「大演習の時の夜、ここへさつま芋を持ってきたら、兵隊さんがえろうよろこんでなア。あれもおぼえているけ？」

もちろん孝二はおぼえている。そして佐山仙吉が、それはエッタのさつまで、くさいくさいと鼻をつまんだことから、とうとう兄やんとけんかになったことも忘れていない。

「もしええ天気やったら、学校の運動場を一まわりするんやけどな。」

では兄やんにも、坂田尋常小学校は、やっぱりなつかしい母校なのだろうか。あんなにエッタ、エッタ、エッタといじめられた学校でも……。

「兄やん、帰ろ。」

孝二は誠太郎の袂を引っぱった。

「あ。帰ろ。……孝二、ええふるしきをおろしてもろたな。兄やん、こんど帰る時は鞄《かばん》を買《こ》うてきたる。鞄は持ちよいでな。」

二人は一つ傘のまま西に向いてあるき出した。雨はいつか霙《みぞれ》をまじえて、さらさらと傘を鳴らす……。

「兄やん、豊さんに会《お》うたけ?」

「うん。正月に会うて話をしたで。豊さんもえらいこっちゃ。」

「中学校へ行たはるけ?」

「そら、お父さんの家がええさかい、学校はなんぼでもやらしてもらえるけどな。」

実は、誠太郎は豊太の様子から、彼が決して現在の生活に満足していないのを知った。

そして、それは無理のないことだと思った。私生児から庶子《しょし》に戸籍《こせき》が変った豊太は、姓《せい》も母方の松崎から父方の渡辺となり、これまでとはまるでちがった雰囲気《ふんいき》の中で、しかもそれが豊太自身のせいでもあるように、事々に肩身の狭《せま》い思いをしていなければならないのだ。そんな豊太に、〝誠やんの方がしあわせやで。〟といわれて、誠太郎は笑うにも笑えなかった。エタの苦しみがわからない豊太に、〝いや、わしはもっとふしあわせや。〟と、抗弁《こうべん》してみたところで仕方がないとも思った。

さて、家の閾《しきい》を跨《また》ぐと、とたんに濃《こ》い煙《けむり》が目鼻にしみた。ふでの焚《た》く竈《かまど》の煙が、たまたま開いた戸口に押し寄せたのだ。誠太郎はその煙の中に、味噌《みそ》雑炊《ぞうすい》の匂《にお》いをかぎとった。味噌雑炊は彼の注文のご馳走だった。

「今日にかぎって、孝二はまたえらい遅《おそ》かったやないけ。兄やんが案じて迎《むか》えに行てくれたんやで。」

ふでは膳支度《ぜんじたく》をしながらいう。

「せやかて、先生が作文を書かせはったんやもン。」

孝二は竈の火にぬれた足先をあぶった。

「作文？　そんで、書いたんけ？」と、ふでは急にうれしそうだ。

「書いた。」

「なに、書いたン？」

「わしとこの兄やんは、口が大きいさかい、あんこうというあだ名がついたる……て書いたんや。」

「あはは、、、阿呆《あほ》ばっかし。そんな作文あるかいな。」

ふでは信じなかった。彼女は作文というのは、色の黒い母親でも少しは白いこうに、また、けんかばかりしている兄弟でも仲好《なかよ》しのように、とかく、きれいにつくろって書くのが常道で、口の大きい兄を、そのまま口が大きいなどと、馬鹿正直に書くべきものでもなければ、また書ける筈のものでもないと思っていたからだ。

しかし誠太郎は、

「それはええ作文や。わしは今でも鮟鱇《あんこう》で、好きなおみ、、(味噌雑炊)なら十杯《ぱい》や。」といった。

いつもならまだランプをともすには勿体《もったい》ない時刻だったが、雨のせいかうす暗く、それに誠太郎へのもてなし、、、のつもりもあって、ぬいはランプに火を入れた。

「孝二。きてみ。おまはんにやる土産《みやげ》や。」

誠太郎はランプの下に風呂敷をひろげる。

孝二は少しはにかんでボール箱のふたをとった。ぬいもいっしょにのぞき込《こ》んで、

「誠太郎は、まあ仰山《ぎょうさん》えんぴつを買うてきたんやな。おや、絵の具もけ。」

一ダース揃《そろ》った鉛筆《えんぴつ》。黒く塗《ぬ》ったブリキの箱入り絵の具。曾ての日、望んでも得られなかった憧憬《どうけい》の二品を、誠太郎は、孝二への土産として、きょうやっと我《わ》が手に提《さ》げて

きたのだ。

「それだけあったら、なんぼでも作文書けるで、な、孝二。」

〝ありがと〟とあらたまって言うのが気羞《きは》ずかしい孝二は、しきりに絵の具箱をあけたり、しめたりした。

「じゃ、夕飯にしようか。」誠太郎はえんりょせぬと、帯をゆるめて食べてや。」

ふでは笑いながら誠太郎の膳を上座にすえた。誠太郎はその膳の前に、きちんと膝《ひざ》をそろえてすわる。平らな四角い膝つき。ぬいもふでも、過ぎ去った一年六カ月の歳月《さいげつ》をその膝に見るような気がした。

三

土焼の火鉢は四人そろって手をかざすには小さ過ぎた。その火鉢に、更《さら》に広吉小父《おっ》さんの手が加わった。ふでは孝二のうしろに廻り、そこから右手だけを火鉢のふちにのばして、

「わしとこは、ことしの米は、二等が五俵に三等が五俵やった。同種《どうて》の米に、二等と三等の区別がつくのは解《げ》せぬ話やおまへんか。」

「そら、おっかしワ。あいつら、何をしやがるかわからぬ。もし朝の出がけに女房と喧《けん》嘩《か》でもしたら、その日の検査はみな等外にしくさるんやないかな。あはは、、、。」

「それは小父《おっ》さんの言やはるとおりかもしれまへんで。米の等級はその時の検査員の気分でどうにでもなるて、店でもよう話が出ます。その証拠《しょうこ》に同じ土地から出来た同じ等級の米でも、米市場ではえらい値の開きが出ますのや。もし二等米はこれ、三等米はこれこれと、はっきり区別がつくものなら、そんな阿呆なことおまへんものな。」

「そやそや。誠やんはやっぱり玄人《くろうと》や。」

「玄人やおまへん。丁稚《でっち》や。」

「そうかて、門前の小僧《こぞう》習わぬ経《きょう》を誦《よ》むとかいうてな。」

「せやけど誠太郎、米市場でそんな値開きの出るような検査やったら、やるだけ手間と費用《かかり》が損やないのけ？」ぬいがいった。

「でもな、お祖母《ばあ》ん、米の検査があると、百姓《ひゃくしょう》はええ等級をとろうと思うて、肥料も吟味《ぎんみ》するし、田植も稲刈《いねか》りも季節を外さぬように気をつけるよって、米の質がだんだんようなるというとくがあるのや。」

「せやけど、それでとくをするのは、地主さんと米屋で、小作百姓も損なら、米を買うて食うわしらも損や。人手がかかればかかるほど、米の値は高くつくものな。」

「それは小父さんのいわはる通りや。米が町の人の口にはいるまでには、なんべん人の手をくぐるかしれまへんものな。一番近道を通っても、農家、才取《さいとり》、土地の問屋、町の廻米問屋、仲次、精米卸商《おろししょう》、白米小売商と、まあ七へん居所《いどころ》が変りまんネ。」

「そーれ、み。誠やんはそない玄人や。せやから、なんで此《こ》の頃《ごろ》、こねん米が値上りするか、それもわかるやろ。わしらほんまに、一升《しょう》二十銭からもする米はとてもよう買わんよって、このせつは南京米《ナンキン》ばっかしや。」

「きっと誰《だれ》か思惑《おもわく》をして、米の買い占《し》めをしてますねで。米相場というのは天下ご免《めん》の大博奕《おおばくち》で、病《や》みついたらやめられぬものやというさかい。」

ふでが笑いながら言った。

「わてはまだ丁稚で、なんで米の値が上るか、そんなむつかしい事はわかりまへんけどな、こないだ(この間)旦那《だんな》はんから話をおしえてもらいましてン。うちみたいな精米やは、米市場へ米を買いに行きます。売るのは産地から買い付けたり、委託《いたく》を受けたりして米を扱《あつか》っている問屋さんです。その中にいるのが仲次さんで、これは証人みたいなもんやそうです。ところでどないして相場がきまるかというと、米だけは他の品とちごうて、売人《ばいにん》が二十円と相場を出す。その時、買人《かいにん》が〝買《こ》うた〟と声をかけると、それで二十円の売買ができますネ。ところが誰も〝買うた〟と声をかけないと、普通《ふつう》は売人が、こんどは十銭なり二十銭なり下げた値をいうことになりますやろ。」

「それはむろん、そうやな。」

「ところが小父さん、近頃はあべこべに、売人が二十円五十銭とか、二十一円とか高い値をいうことが多いんやそうです。そうするのを、値を引きしめるというそうで、そうなると買人の方で、〝おまはん、先に二十円というたやないか。せやから二十円で売りなはれ。〟とどねん言うても、もう通りまへんネ。米相場というのは、そういうやり方できまるようになってますネっ」

「それはまたなんでやネ。二十円でも買いての無いものを、なんで二十円五十銭だの、二十一円だのと吊《つ》り上げよるネ。」

「それが清算米市場のせいですがな。向うからどんどん高い相場がはいってくる時は、売人は強気にぽんと一円でも二円でも値を上げよります。この頃は相場は上りづめやよって、買人はぐずぐずしてたら米が買えまへん。米がのうては商売が出来ぬよって、精米やはもうみな血眼《ちまなこ》や。」

「その清算市場というのが堂島のことやろな？　じゃ、堂島で売った、買うたとかけをしよるのが、わしらが買うて食う米の相場になるわけかい。」

「そうでんネ。」

「そんなら、わしら、みな博奕の材料《もと》にされてるみたいなもんやな。」

「ほんまに阿呆な話や。」とふでも言った。

「せやけど今は万事金の世の中やさかい、博奕でもなんでも金をつかんだ者が勝やなア。去年は三井八郎次郎、住友吉左衛門、鴻池《こうのいけ》善右衛門、藤田伝三郎、そういう金持ちの旦那はんらが揃うて男爵《だんしゃく》をもらわはったけど、それみな、金の力や。誠やんも一つ米相場の玄人になって、成金さんになったらええやないけ。」

誠太郎は袂《たもと》からはな紙を出してちんと鼻をかんだ。

「いや、ほんまやで、誠やん。」と、広吉小父さんはあぐらの膝頭《ひざがしら》をたたいて、

「わしは無学やけど、世間を広う歩いたさかい、いろいろ耳学問をしたで。もう三、四年前のことやが、河内の宿屋で泊《と》まり合せた中に一風変った人があってな、その人の話によると、日本は大昔から、金さえありゃア、どんな位でも買えたそうな。せやから位の欲《ほ》しい者は、仰山金を背負うて、山を越《こ》えたり、海を渡《わた》ったりして京へ上った。しかし中には運の悪い人もあって、途中《とちゅう》でその金を盗賊《とうぞく》にとられたり、せっかく京に着いた思うと、一つしかない生命《いのち》を鬼にとられたりして、位につきはぐったのもあったそうな。わしはその話を聞いた時は、こりゃア、この人のうまい作り話やなかろうかと疑うたが、今になって、あれはやっぱりほんまに有ったことやとわかった。三井の旦那はんらも、金の力で男爵の位をもらわはったものな。男爵の位だけやないワ。お寺の坊さんかて、本願寺へ金をあげりゃええ称号がもらえるし、わしらもお布施《ふせ》を仰山すればええ戒名《かいみょう》がもらえる。〝地獄《じごく》の沙汰《さた》も金次第《しだい》〟とはうまいこというたもんや。ははゝゝ。」

「小父さん。その位を売らはるのは誰やネ?」

いい気持ちにしゃべってきた広吉小父さんは、思わぬ小石にけつまずいたように眼をみはった。孝二の質問は当然でありながら、それでいて実に意外な感を与えたのだ。小

父さんはきまじめな顔つきで、

「それは昔も今も政府《おかみ》や。政府は天皇さんのものやさかい、位は天皇さんが売らはることになる。この位ていうやつは、どねん仰山売っても売り切れる心配はないよって、天下で一番ええ商売やで。」

「じゃ、天皇さんは、誰から天皇さんの位を買わはったン？」

「それは買わはったんやない。天皇さんは、昔橿原《かしはら》で天皇さんの位を拾わはったんや。わしの先祖も、早いとこ位を拾うか、買うか、うまいことしといてくれたら、わしも今頃仲仕をせぬかてよかった。天皇さんなら、糞《ばば》かてたからものになるものな。」

〝わはは、、、〟とみなそれぞれに声を立てて笑った。その笑いが消えると、ふしぎな静けさがあたりを包んで、五人とも、心に空洞部《くうどうぶ》ができたのを感じた。その空洞部に、カッチン、カッチン時計の振子《ふりこ》がはねかえる……。

さて、時計が九時を打つのを聞いて広吉小父さんは帰って行った。ふでは仏壇《ぶつだん》のある奥の間に、四人の頭が一番接近するような形にふとんを敷いた。

「兄《にい》やん、もうあした去《い》ぬのけ？」

「うん、でもひるからや。」

「わし、学校から帰るまで居てや。」

「あ、居るとも。」

二人は一つの床《とこ》に頭をならべた。入れたばかりのバンコ（炬燵《こたつ》）はまだ冷たくて、誠太郎も孝二もすぐには足をのばしかねた。

「な、誠太郎。奉公《ほうこう》には口にいわれぬ苦労もあるやろけど、まあ、しんぼうしてや。」

「そんなン、大丈夫や。それにお祖母《ばあ》ん、商売の面白みもあるよって、けっこうしんぼうできる。」

「それでこんどは何時《いつ》帰るつもりけ？」

ぬいは膝をついて誠太郎のふとんの裾《すそ》をたたいた。

「まあ、年季があけてからやなア。」

「じゃ、来年の夏け。」

「普通は年季があけるまで一ぺんも帰らしてもらわれへんネ。」

「店では、みな親切にしてくれはるけ。」と、こんどはふでがランプのしんを小さくしながら言った。

「うん。みなええ人や。……わて、こんど帰る時はええ羽織を着てくるで。」

ふでもぬいも、その羽織紐《はおりひも》が眼瞼《まぶた》に浮んだ。金《かね》かんつきの絹紐だった。

ところで次の朝、誠太郎は予定をかえて至急大阪に戻ることになった。大阪が大火に見舞《みま》われて、まだ盛《さか》んに燃えているらしいのがわかったからだ。大阪の街並に比較《ひかく》的あかるい広吉小父さんは、〝あの空の色かげんでは五、六千軒《けん》は燃えている〟と判断した。

そして、「この前は土用さなかの火事で北区が焼けたよって、寒中のこんどは南区やで。」と冗談《じょうだん》を言った。ふでたちはその冗談が当るのを願った。誠太郎の主家は東区だったからだ。

するとそれから三日め、広吉小父さんの冗談があたって、〃大火は南区難波新地《なんばしんち》の風呂屋さんが火元で、十時間のうちに四千五百戸あまり燃えました……。〃と誠太郎から鉛筆書きのはがきがとどいた。ふでは、やぶ入りが終ったあとの店は、丁稚の誠太郎がゆっくり手紙を書くひまもないほどせわしいのだろうと思った。しかし類焼を案じていたところだけに、そういうせわしげなはがきの書きぶりも、かえってふでにはうれしかった。

四

四月になって、孝二の家は急に人の出入りがふえた。先《ま》ず井野のお祖父《じい》やんが、乳ボーロを手土産《てみやげ》にしてやってきた。お祖父やんは、「孝二がどない大きなったか思うて、ちょっとのぞきに来たんや。」といったが、孝二はお祖父やんが着物の裾をからげ、はるばる井野からやってきたのには、ほかに目的があるにちがいないと思った。しかしそれが何《なに》なのかわからぬうちに、お祖父やんはもう帰り支度をした。そして大橋の近くまで送って行った孝二に、お祖父やんは光る五十銭銀貨をにぎらせて、

「この前、誠太郎と二人で遊びにきてくれた時のことな、あれを七重は今でもようおぼえとって、時々孝二のはなしをしよるんや。七重も孝二にようにて、えらい勉強好きで、ことしは優等総代や。せやから、孝二とはうまが合うと思うのやけど、孝二はまだ一人で井野までよう来んかいの。」といった。

「うん、よう行かん。」

　羞《は》ずかしい気もしたし、また残念でもあったが、孝二は正直に答えた。実はこれまでに、孝二はもうなんべんか〝井野へ行きたいなア〟と考え、〝行こうかなア、〟と思案した。だがたった一人で坂田をこえ、曾我村をぬけ、飛鳥川《あすかがわ》を渡って行くのが恐《こわ》かった。といって、母について行くのもこわかった。それは曾《かっ》て誠太郎が経験したのと、全く同じ理由からだった。もし母と連れ立っているところを、〝エッタ〟と浴びせかけられたらどうしよう。想《おも》っただけでも、孝二は身内が冷えるのだ。

　それから三日めの夕方、こんどは悠治伯父《おじ》さんがやってきた。伯父さんも光る二十銭銀貨をくれながら、

「孝二、一ぺん井野へ遊びに来《き》イ。みんな孝二を待っとるで。」といった。

「夏休みになったら行く。」と孝二はこたえた。ふと、その頃には行けそうな気がしたのだ。

　さて、その週の土曜日には路《みち》の伯母さんと、その夫の増吉小父《おっ》さんがやってきた。火

事見舞以来三年ぶりの訪問で、孝二はいよいよ何かわけがあるのだと思った。すると、夜になって祖母がいった。

「孝二。もしうまいこと行たら、俺《わし》とこと志村の本家は、廻り一家《いっけ》になるかもしれんネ。」

うまいこと、とはどういう意味だろうか？　口で問う代りに孝二は母を見やった。

ふでは少し笑顔を作って、

「孝二は、路のおつやさんて、どんな娘《こ》か、顔もよう知らんやろが、孝二には従姉《いとこ》にあたるええ娘や。その娘が、こんど志村の本家へ嫁《よめ》にもらわれてくるかもしれへんネ。そうなったら、俺とこと志村の本家は、廻って一家になるわけや。」

「ふーむ。」と孝二はかんしんして唇《くちびる》を結んだ。実際、孝二の受けた衝動《しょうどう》は、かんしんとでもいう以外に表現のしようがなかった。おつや姉さんが小森の志村家に嫁にくる。そして、孝二たちは志村の本家と一家になる。それは単なるうれしさでもなければ、また興味でもない。そこにはぐっと孝二の心をしめつけるものがあった。

祖母のぬいは、いよいよ気をよくした口ぶりで、

「そうなったら、孝二と貞夫さんは、もう兄弟みたいなもんや。将来《さきゆき》も仲ようして、何事も相談してやってみ、お互《たが》いに助かるがな。」

そのことは孝二もうなずける。貞夫は、おつや姉さんの縁談《えんだん》の相手である志村敬一の

弟で、孝二とは同級の親友だ。そして学科の平均点では、貞夫は孝二より少し下だが、算術だけはいつも級の首位で、孝二もその点は羨《うらや》ましかった。それに、どこか誠太郎に似たところがあって、もう何べん上級生と喧嘩《けんか》をしたかしれない。原因は、いつも〝エッタ〟で、喧嘩のあとではきまって廊下《ろうか》に立たされた。

そんな貞夫と、友達以上に一家《いっけ》としてつき合うのは、全くぬいのいうとおり、〝助かる〟ことにちがいなかった。そうだ、これからは〝エッタ〟と嘲弄《ちょうろう》する相手には、二人で立ち向って行けるのだ。

それにしても、おつや姉さんは、なぜ小森へ嫁にくるのだろうか？　エッタの路からは、やっぱりエッタの小森へくるしかないのだろうか？　しかしそんなことをするから、よけい路も小森もエッタになるのではあるまいか？

貞夫と一家になるのはうれしかったが、その裏に妙《みょう》なかすがのこるのを孝二は感じた。ところで、おつや姉さんの縁談は見合いから結納《ゆいのう》と順調に進み、四月二十一日、いよいよ挙式にきまった。

ぬいやふでは、〝ええ縁組みや。〟と飽きもせずくり返したが、志村広吉と女房のかねも、「これで、わしとこと、ここの家《いえ》は廻り一家や。」とぬいたちに劣《おと》らずよろこんだ。事実そのとおりだった。広吉の家は、志村姓を名乗る他の数軒と同じように、いつの代かに志村の本家から分家するか、或《ある》いはその分家からまた分家するかして、とにかく志村の一統だった。広吉夫婦にはそれが一つの自慢《じまん》だった。というのは、志村の本家は代々農業と併《あわ》せて履物《はきもの》類を扱《あつか》い、小森では資産家ともくされていたからだ。こんどの結《けっ》婚《こん》についても、結納金が百五十両だとか、いや、二百両だとかうわさがしきりで、それもまた広吉夫婦の鼻を高くした。

さて、婚礼の二十一日、ふでと孝二は志村本家のお客に招《よ》ばれ、親戚《しんせき》の人たちにまじって、曾我川の高橋まで花嫁を出迎《でむか》えることになった。

高橋は島名の少し上手《かみて》にかかる橋で、そのあたりが路《みち》と小森の中間にあたるところから、花嫁の見送り人と、花嫁の出迎え人がそこで落ち合い、型通り挨拶《あいさつ》を取り交わす手はずになっていたのだ。

幸い二十一日は日曜だった。孝二と貞夫は大人たちの案内役のように、しじゅう先に立って歩いた。そして二人は二人だけの話をした。新しく受持ちになった青島先生のことや、男女合わせて五十三人におよぶ級友のことなどを。更《さら》に孝二はおつや姉さんを通して新しく一家《いっけ》になる貞夫には、心の中のことも話してみたかった。けれどもそれにふれるひまがないうちに、孝二たちは高橋の袂《たもと》に来てしまった。

見ると花嫁の行列も、ちょうど向う堤《づつみ》にさしかかろうとしている。打ち合せは、申し分なくぴったりで、迎えの人数は、いそいそ高橋を渡《わた》り、型通りの挨拶をくりひろげた。

孝二はその間《ま》に花嫁の顔を見た。花嫁はまともに射《さ》しつける太陽を、水色の絹こうもりでさけていたが、それでも孝二にはよく見えた。白粉《おしろい》で塗《ぬ》りかため、べにで色どった花嫁の顔は、市松人形にそっくりだ。

孝二は、笑ってはいけないと思った。すると、まるでどこかをくすぐられてでもいるように、ますます調子外れにおかしくなった。その時、仲人《なこうど》の車が動き出し、つづいて花嫁の車。そして二棹《さお》の箪笥《たんす》と一荷《か》の長持《ながもち》、それに柳行李《やなぎごうり》と行器《ほっかい》が新しい人足に肩替《かたがわ》りして、威勢《いせい》よく高橋をこえはじめた。

孝二と貞夫は、列のしんがりになって橋を渡った。渡り切って振《ふ》り返ると、悠治伯父《おじ》さんを中ほどに、見送りの人数は向う堤の高みに横一列に並んでいた。

〝さよなら〟とは誰《だれ》の口からも出なかった。けれども、みんなそういってるのを孝二は感じた。孝二は急に胸がつまって、くすぐられるような感触《かんしょく》は、もうどこにもなかった。

「貞やん、あとで、ええはなし、教えたるで。」

島名を過ぎて孝二はいった。実は島名は、孝二には第一の関所だった。もし大垣久雄の家が道沿いにでもあれば、てっきり飛び出してきて、二言三言いうにちがいない。孝二はそれが怖《こわ》かった。ところが久雄の家は道沿いではないらしく、家々から駈《か》け出してきた人数の中に、それらしい姿はなかった。駈け出してきた大人たちも、「ええ嫁さんやなア。」「ええ荷やなア。」と褒《ほ》め言葉をもらすだけで、それが小森の嫁さんだと指摘《してき》する声はなかった。或いは誰もそのことに気づかなかったのかもしれぬ。とにかく孝二は〝よかった〟と思った。

「ええ話か？　おもろいな。」と貞夫は朗《ほが》らかに受けて、「孝やんは本を読むのが好きやさかい、おもろい話、よう知ってるやろな。」

そして、ふいとうしろをふりかえった。孝二は貞夫にとっても、島名はやはり一つの関所だったのを知った。

さて、第二の関所、坂田は、もう眼の前に迫っている。その時、行列の足並が急に速くなった。

エッサ　ハイヨー

いよいよ坂田だ。

エッサ　ハイヨー

荷かつぎ人足の掛《か》け声は、まるで何かを叱咤《しった》するようだ。

しかし坂田では戸外に駈け出す人数が意外に少なく、構えの大きい家では、女たちは門を細目にあけてのぞくだけだった。ただ、学校前の店や近くに五、六人の子供がたむろして、口々に〝三《み》さしや、三《み》さしや。〟とわめき立てた。

三さしというのは簞笥二棹に長持一荷をいうので、界隈《かいわい》としては豪勢《ごうせい》な部に属する調度だった。ことに小森では何年に一度もないことだ。

花嫁の列はやがて大橋をこえて一ぷく入れた。小森の入口には、既《すで》に出迎え人と見物人が黒山をなしている……。

ボオーッ。紡績工場の正午の合図が、麦の穂波《ほなみ》に乗って北へ流れ、花嫁の車も、間もなく同じ方向にゆっくり梶《かじ》を上げた。

五

「これ、嫁さんの土産《みやげ》や。子供しゅうに一つずつ呉《く》れはるんやで。」

蔵《くら》の前で、広吉小父《おっ》さんが行器《ほっかい》の朱房《しゅぶさ》を解いた。

ふたをあけると、紅白の菊、黄の蛤《はまぐり》、緑の筍《たけのこ》と、さまざまな形の朧饅頭《おぼろまんじゅう》が山のように重なっている。みんなよだれが舌の根元から湧《わ》き出るようだ。上皮をむいたそんな上品な饅頭には、大方、はじめてお目にかかるのだ。

「お父《と》ったん、わい、その紅《あか》い花や。」

待ちきれずに、はるえが手を出した。

「ほい、そら。あとは誰や？」

広吉小父さんは気前がいい。

わいも紅い花。

わしは白い花。

忽《たちま》ち七つ八つ手がのびる。

「孝やんはどれやな？」

広吉小父さんは孝二を促《うなが》した。

「わし、その蛤型だええワ。」

「はは、、、。孝やんは蛤がすきけ。こいつは、どうも、びっくりしたな。」

すると横合いからかねがいった。

「なに、阿呆《あほ》なこというてるネ。孝やんは男やもン、蛤がきらいやったら大事《おおごと》や。」

「あはは、、、。」

広吉小父さんといっしょに、みんなげらげら笑った。

孝二は、やっとそのおかしげな意味に気がついた。孝二はだまって蔵の前をはなれた。

「孝二。」と、その時ふでが離《はな》れ座敷《ざしき》の縁先から呼んだ。

「孝やん。」と貞夫も孝二を手招いている。

「なんや？」とはいったが、孝二にはもうわかっていた。花嫁のおつや姉さんが、きっとそこでくつろいでいるのだ。

「四つか五つのじぶんに遇《お》うたきりやよって、何のおぼえもないやろけども……。」

ふではいいさして、花嫁の前に孝二を坐《すわ》らせた。

「孝二さんけ。ほんまに、大きなりやはったこと。」

脂《あぶら》の唇が少し重そうだったが、花嫁はそういうとにっこり笑って、

「お母はんに、ようにたはる。」とつけ加えた。

孝二は口がきけなかった。大きな市松人形から話しかけられるような不自然さに、つ いからだが硬《かた》くなってしまった。

「この夏は、貞夫さんといっしょに、峰山《むねやま》さんに寄せてもらい。」

ふでがいった。

「峰山さんはにぎやかだっせ。」と付添《つきそい》の婦人《ひと》もいう。それは路《みち》の婦人らしく、彼女は ずっと花嫁の人力車に付き添ってきたのだ。

「ほんまに忘れんと、来とくなはれや。七月の二十八日やさかい。」

また付添の婦人がいった。

「孝やん、行こな。」と、貞夫はもう決定顔だ。

峰山さんというのは、畝傍山《うねびやま》の古いよび名で、吉野の山上ケ岳から、釈迦《しゃか》岳《だけ》や大日岳 にわたる大山岳地帯を大峰山《おおむねやま》とよぶのに対する、それは自然的な名称かもしれなかった。 ふでなどは、畝傍山といわれても、未《いま》だにぴんと山容が浮ばない。それが峰山さんと聞 くと、春夏秋冬、さては照る日曇る日の山のすがたのちがいまで、はっきり思い浮《うか》ぶか ら不思議である。

そのように、峰山はふでの中で生きていた。もっとも、それはいつともなく心にしみ た、古い言い伝えのせいかもしれなかった。その言い伝えによると、峰山さんは女体で、それに恋《こ》いこがれた男体の香久山《かぐやま》と耳成山《みみなしやま》が、はげしく相争うたというのだ。峰山がその頂上に神功《じんぐう》皇后を祀《まつ》り、安産の神山として七月二十八日に里人をかきあつめるようになったのは、或いは思いの他新しいかもしれぬ。けれども性につながるもののはなしは、歴史よりもまだもっと古い時代にうまれたのではあるまいか。そして路はもうその頃《ころ》から、働く人たちのすまい場だったのかもしれぬ。

それとも、畝傍御陵《ごりょう》が出来て、その後にどこからともなく連れてこられた一族。それが路の先祖なのだろうか？

ぶーんと虻《あぶ》が二匹、西日のさす障子の外を飛びはじめた。ふではひどく場ちがいなことを考えていたように、あわてて膝《ひざ》をあげた。孝二と貞夫もそれをしおに外に出た。

「孝やん、食べんか。」

貞夫はふところから紙包みを出した。蛤型の朧饅頭だった。

「半分、おくれ。」

「よっしゃ。」

貞夫は割った半分を孝二の手にのせた。

「孝やん。ええ座敷に行こか。」

「？」

「ここや。」と貞夫は納屋《いなや》に駈け込《こ》んだ。片隅《かたすみ》に藁束《わらたば》が階段状に積み重なっている。屋敷内でひっそりしているのは、このてっぺん位のものだ。

二人は並んで階段を上った。藁束はふわりとして、あるところではぐらっと揺《ゆ》れた。

やがて二人は、長々と両足をのばし、がっぷり饅頭にかじりついた。

「貞やん。」とやがて孝二が呼びかけた。

「ううん？」

「貞やんは峠《とうげ》を知ってるけ？」

「山を上って下る、あの峠け？」

「うん。」

「それなら知ってる。通ったことはないけどな。」

「通らんかてええネ。その峠のふもとの宿屋に、加代ていう娘《こ》がいたんや。もらい子で、よう働くええ娘やった。」

「なんや。ええ話というのはそれけ。」

「せやで。その宿屋に、与吉はいつも泊《とま》った。与吉は十三の時から小間物屋さんになって、村から村へ行商して歩いてた。」

「ふーむ。」

「その与吉が、十九になった時、その娘を嫁《よめ》さんにもらうことにしたんや。」

「ふーむ。」

「与吉は、よう働くええ若者やし、加代はすなおでええ娘やし、宿の主人もよろこんで、仲人さんになるというたんや。それで与吉は、加代を一ぺん自分の家に連れて行こうと思うて、峠を上って行ったんや。与吉の家は、峠の向う側やったさかいな。」

「ふーむ。」

「その時は秋で、峠のへんは紅葉が美しゅうてな……。」

「それで、どないしてン？」

紅葉のことより、貞夫は与吉や加代のことが気になり出したのだ。

孝二は唇《くちびる》をかんだ。唇の内側には、まだ仄《ほの》かに朧饅頭の甘《あま》さがのこっていた。

「な、孝やん、早ういうてみ。」

積み藁の座敷は割合明るかった。ちょうど西側に明りとりの窓があって、荒い縦桟《たてざん》のすき間から、光の縞《しま》が流れ込むのだ。孝二はその光の縞の中になお暫《しばら》くだまっていたが、

「与吉は、峠をよう下らぬと、じっと立ってたんや。石みたいに。」

「なんで峠をよう下らぬネ？」

「与吉は、加代にかくしてることがあったんや。」

「………。」

貞夫はごくんとつばをのんだ。もしや、という不安が胸を掠《かす》めた。

「でもな、とうとう与吉はいうた。〝峠の向うは僕《ぼく》のふるさとです。そして、そこはエ

夕村です。僕は今までそれをかくしていたのです。〟」

孝二はそこだけ、活字のままに伝えた。

貞夫は両脚《りょうあし》を立て膝に組みなおして、

「やっぱり、そうか。」とつぶやいた。

「そしたら、加代が泣いて泣いて、そうしていうたんや。〝ほんとうは、私もエタの娘なのです。〟」

その時、にぎやかな手拍子《てびょうし》が流れてきた。表座敷の祝宴《しゅくえん》はいよいよたけなわになって、主客ともに歓《かん》を尽《つく》しているのがよくわかる。今しがたまで、あちこちとせわしげに駈《か》けまわっていた手伝いの女たちも、遊びに飽《あ》きた子供たちも、そろって祝宴を見物しているのであろうか、納屋のまわりにはあまり足音も聞えない。

孝二と貞夫は、深い断層に落ちこんだように呼吸《いき》を喘《あえ》がせた。

「それ、小説やな。」

暫く間《ま》をおいて貞夫がいった。

「うん、〝峠の秋〟という小説や。兄《にい》やんに送ってもろうた雑誌にのってたんや。」

「それ、わしも読んだる。」

「せやかて、もうないで。」

「どないしたン？」

「風呂《ふろ》にくべて、燃やしてしもた。」

「なんで、また燃やしてしもてン。」

「気持《きやあ》、悪いさかいや。」

「…………。」

「貞やんは、気持《きやあ》、悪うないけ？」

「わしは、与吉も加代もかわいそでかなン。」

明らかに涙《なみだ》をこらえた声だった。

「そら、わしかてかわいそや。与吉と加代は、どない思うて、だんだん暗うなって行く峠道を下って行たか……わし、それ考えて、いつかて泣くネ。」

「そやのに、孝やんは、気持《きやあ》、悪いのか。そんなン、おっかしやないか。」

いわれて孝二は返事につまった。与吉と加代の幻《まぼろし》をなつかしく胸に抱《だ》きしめながら、一方〝峠の秋〟を厭《いと》う心の謎《なぞ》は、孝二自身にも解けなかった。

孝二はいつか藁の上に立てた膝をしっかり両手で抱《かか》えていた。

「な、孝やん。孝やんは、加代がエッタでなかったらよかったんか？」

「いいや。そうでもない。」

「そやろ。もし加代がエッタやなかったら、与吉はもっとかわいそうや。なんでいうたら、加代はもう与吉の嫁さんになるのはいややていうにきまってるからや。」

「じゃ、貞やんは、エッタはエッタどうしがええというんか?」

「ええとは言わぬけど、しゃァないやないか。」

「せやけど、しゃァないというてたら、エッタはいつまでも無《の》うならんで。貞やん、わしは、エッタが一番きらいや。」

「わしかてきらいや。」

「ほんまにきらいやったら、無《の》うせなあかぬワ。」

「…………。」

「貞やん。わしは、エッタはエッタどうしで……と峠の秋に書いたるみたいな気がして、そこが気持《きやぁ》悪いネ。わしら、エッタになりとうてなったんやない。エッタてなんやら、わけも知らんと、ただそねん言われるさかい、泣き泣き辛抱《しんぼう》してるだけや。貞やんはエッタて何やら知ってるか。」

「そんなン、よう知らぬ。」

「そやなのに、なんでしゃァないというネ。」

「…………。」

「なんで、エッタはエッタどうしでええネ。そんなことというてたら、ほんまにエッタはいつまでたってもエッタやで。」

宿命の字句も概念《がいねん》もまだ孝二の知識にはなかった。けれども生きている現実そのものが、宿命に名をかりた不当な差別なのを、孝二の魂《たましい》はいち早く感づいていたのだ。

貞夫も孝二と話しているうちに、がんじがらみ全身に巻きついていた太縄《ふとなわ》の一部が、どこかでぷつりと断《た》ち切れたように感じた。そして、もう少し力を入れると、太縄は更《さら》に切れて、手足が自由になりそうにも思った。

「孝やん、いっしょに行こな。」と貞夫はいった。

「うん、いっしょに行こ。」

「どこへもな。」

「うん、どこへも。」

そして二人は互《たが》いの肩に手をのせた。

「孝やん、わし、とぶで。」

やがて立ち上った貞夫は、さっと両手をふって藁の階段をはねとんだ。孝二もつづいて飛びおりる。とたんにだだっと藁束が崩《くず》れた。

「あはは、、、。」

頭から藁をかぶって、二人は爆発《ばくはつ》したように笑った。笑いながら、貞夫は胸の中でくり返した。

〝孝やん、いっしょに行こな。どこへもな。〟

「お祖母《ばあ》ん、ご馳走《つそ》もろうてきたで。早うたべや。」

弾《はず》み切って閾《しきい》をまたいだ孝二は、急にばつが悪くてうつ向いた。火屋《ほや》のくもったランプの下に、ぬいと頭を突《つ》き合せて坐っているのは武やんの姉のなつで、しかも彼女は大きく泣きじゃくっている。それがどんな理由にせよ、二十歳《はたち》娘のなつが、子供の自分に泣いているところを見られるのは、きまり悪いにきまっている……。それで孝二は、ご馳走の折りづめをぬいの方に押《お》しやって、そそくさ着物をぬぎはじめた。

ぬいは奥《おく》の間に孝二のふとんを敷きながら、

「孝二は朝から、あっち、こっちとせわしゅうしたさかい、もう寝《ね》た方がええわ。」といった。ぬいは孝二に、あんまりなつの話を聞かせたくなかったのだ。

けれども、寝床《ねどこ》の中で孝二はきき耳を立てていた。

「おなつさん、まあ、このご馳走でも食べてみ。変ったもんなら、あんじょう納まるもんやで。」

というのは、なつは病気でもあるのだろうか？

「おばあはん、わて、何もよう食《た》べまへんネ。それに、食べとうないし……。」

「せやけど、そんなことしてたら、身体《からだ》がもたへんで。」

「死んだ方がよろしおまんネ。」

そして、またなつは泣き出した。それはほんとは死にたくないからにきまっている。

「阿呆《あほ》ばっかし……。死んで、何がええネ。」

「せやけど、生きてられしまへんワ。ただな、生きてるうちに、おばあはんにでも、ほんまのとこ聞いといてもろうたら、わては死んでも迷わんと、極楽《ごくらく》へ行けそうな気がしましたんや。おばあはん、エッタみたいなもン、生きてたかて、ちっとも生きてる甲斐《かい》はおまへん。こんどというこんど、ほんまに、しんからわかりましたで。」

やっぱりそのことかと、孝二は胸の上に両手を組んだ。

「家の両親《おや》にいうたかて、あのとおり、何のわけもわからぬさかい、だまされた汝《われ》が阿呆やいうて、かえって怒《おこ》るだけやし、わては相談するとこ、どこにもおまへんワ。」

いったい、なつは誰にだまされたのだろうか？

「おばあはんはよう知っててくれはりますやろ。わては家のためやと思えばこそ、辛《つら》い奉公《ほうこう》もまる三年しんぼうして、一ぺんも帰ってきまへんでした。それは妹らもおんなじこっちゃ。時たま帰ってみたいと思うても、帰るには汽車賃が要《い》るよってに。そないして、やっとこせ人並に世帯が持てると思うてたら……。」

あいにく思わぬ災難で、なつは世帯が持てなくなったのだ。その災難というのは、正月のやぶ入りの、あの大火事ではないかと孝二は考えた。

というのは、十六の秋に大阪へ奉公に出たなつが、ことし四年ぶりで帰ってきたのは、ちょうど大火のあとだったからである。そして、そのうち誰《だれ》がいいだしたともなく、なつの奉公していた難波新地《なんばしんち》の小料理屋は、火元の湯屋に近かったところから、なつは持ち物一切《いっさい》を失《な》くしてしまい、おまけにどこかに火傷《やけど》を負うたらしいとのことだった。その後、なつは、大阪との間を往《い》ったり来たりしていたが、ここ一カ月ばかり時々ぬいやふでを訪ねてくるようになり、孝二もその話をもれ聞いた。そしてなつが火事で火傷をしたというのは本当だろうと思った。なつの様子が、何となく病人くさかったからだ。

けれども今夜、孝二はなつが病人くさくなったのには、他にも原因があるのを知った。

〝エッタみたいなもン、生きてたかて、ちっとも生きてる甲斐はおまへんワ。〟

泣きながらそれをいうなつは、きっと大阪で、お前はエッタやと言われたのにちがいない。

「おばあはん、なんで、わてら小森はエッタですねやろ。」

何か食べ物を口に入れたらしく、なつの声は少し調子が変って、

「ほんまに、エッタみたいなものに産んでくれて、わてら、親を恨《うら》みとうなりまっせ。わてがあたりまえやったら、あの人かてなんで今更《いまさら》別れようといいますもんかいな。おのろけみたいになりますけどな、あの人は、もとはわてがしんから好きでしてン。」

「それじゃな、おなつさん、もしはじめに、おなつさんが大和《やまと》の小森やというたら、その人はどないしたやろか。」

「さあ、それは……。」

「それはわからぬやろ？」

「わかりまへん。」

「それやったら同じことやないか。おそかれ、早かれ、その縁談《えんだん》はあかぬかったのや。」

「じゃ、わてらは、やっぱりわてらどうしで一緒《いっしょ》になるしかおまへんのやろか。」

さて、それに対してお祖母《ばあ》んは何とこたえるだろうか。孝二は胸がどきどきした。

お祖母んはげらげら笑って、

「それでええやないか。尻《しり》に尾があるわけやなし、頭に角が生えてるわけやなし。」

「せやさかい、わては、エッタやいわれるのが口惜《くや》しおまんネ。どこかちごうてるならともかく、どこもちごうたとこがないのに、なんでわてらはエッタですネ。」

「そんならきくけどな、大将や大臣や天皇さんは、どこぞちごてるか、おなつさん。」

「それはちがいまへんやろ。天皇さんかて、大臣さんかて、物を食べなはるし、嫁さんもろうて子供を産ませなはるし、それに、しまいには死なはるんやもの。」

「そうやろ。その同じように物を食うて、嫁さんもろうて、しまいには死ぬにきまってる天皇さんや大臣さんが、天皇さんや、大臣さんやいうて威張《いば》ってええくらしをしたはる分だけ、わいらがエッタで苦労をするようにできたるネ。」

「それは、ほんまやなア。せやけど、どいつがそないな区別をはじめよりましたんやろ。」

「そら、悪い奴《やつ》にきまったるがな。はは、、、。」

あとはぬいの声もなつの声もかすんで、孝二は睡気《ねむけ》が足の爪先《つまさき》まで走るように感じた。

次の暁《あ》け方、孝二は母と祖母のひそひそ声で眼がさめた。

「おなつさんもかわいそうやけど、でも、しやァないこっちゃ。どねんかくしたところで、いつかはわかる事やさかいな。」

「そうですとも。きょうはばれるか、あしたばれるか思うて、ひやひやしながらくらすより、いっそ今のうちにばれた方が、おなつさんもきらくでよろしがな。」

「ところが当人は、なかなかそう思えぬらしゅうてな、はっはっは、、、。」

「でも、わざわざ、おなつさんは小森のうまれやて、その男に教えに行く女も女や。それ、安土の者とかいうやおまへんか。」

「そういう話やったな。おなつさんとは同級生とかいうことで。」

「やっぱり、わいらはわいらどうしの方が安心でよろしワ。敬一さんもおつやも、あれで一生しあわせや。」

孝二はねむったふりをしながら、ゆうべからの話をつなぎ合せた。なつは、誰かと結《けっ》婚《こん》するはずのところ、安土の者にエタだと相手方に告げられ、そのため、破談になったのだ。

祖母や母は、エタだということをかくしてくらすより、いっそ今のうち破談になった方がきらくだというが、孝二はそこのところが腑《ふ》に落ちなかった。もしゅうべ祖母が言ったように、自分たちをエタにしたのが悪い奴なら、その悪い奴のやり方に、いつまでも従っているてはないように思われる。それとも、自分たちがエタだと差別されるのには、やはり何か理由があるのだろうか。

金持ちになっても、学者になっても、それだけはなおらぬというエタのふしぎさ。孝二はふとんの中で、手のとどく限りそのふしぎな自分の身体をなでてみた。

七

「孝二はすなおでええのう。兄《あに》きはごんたで屁理屈《へりくつ》たれで、喧嘩《けんか》早うて、学校の厄介者《やっかいもの》やった。ああいうのは損や。友達にはきらわれるし、なんぼ勉強が出来ても優等にはしてもらえぬし。」

はじめて青島先生にいわれた時、孝二は顔をあからめた。誠太郎がそんなふうに言われるのは仕方のないことだし、誠太郎の弟として自分が文句をいわれるのも、またやむを得ないと考えた。けれども二度めには、孝二はかえって誠太郎にすまなくなった。誠太郎がそんな評価を受けるのは、自分のせいだという気がしたのだ。

しかし三度めには、孝二は心でせせら笑った。〝阿呆たれ。兄《にい》やんは屁理屈たれるもんか。兄やんはいつかてほんまをいうんじゃ。〟

あの霙《みぞれ》まじりの日、大橋の上からのぞいた川底の瀬戸物《せともの》のかけらが、そうだと応援《おうえん》してくれた。

ところでその後、青島先生は忘れたように誠太郎の名を口にしなくなった。自然、孝二に対するほめ言葉も出なかった。孝二はむろんその方がよかった。小森を口うらに含《ふく》ませての褒《ほ》め言葉は、正面きっての罵倒《ばとう》より、はるかに孝二の心を刺《さ》すからだ。

さて、学校は毎日どの級かに、泣いた、泣かせた、泣かされたのごたごたはあったが、バケツや大算盤《おおそろばん》を持って立たされるほどの事件もなく、やがて一学期も半ばを過ぎた。

小森に電燈《でんとう》がつくかもしれないと孝二たちが聞いたのはその頃《ころ》で、うわさだけでも心のひらけることだった。

「孝やん、電気になったら、毎晩いっしょに勉強しような。」

貞夫は勢い込《こ》んでいった。五年生になっていよいよ頭角を現わしてきた彼は、この辺で大垣久雄を打ち負かそうとしていたのだ。

しかし孝二は、実力では既《すで》に貞夫が級で一番なのを知っていた。六月はじめ、面積の出し方を習った時も、縦が五間《けん》に横が四間の教室は二十坪《つぼ》で、畳《たたみ》をしくとすれば四十枚だと即答《そくとう》したのは貞夫だけだった。そうした貞夫といっしょに勉強するのは孝二も望むところだ。

ところが残念たことに、小森の点燈問題は暫《しばら》く足ぶみ状態がつづいたっ てんづに貧乏《びんぼう》人《にん》に電気燈はもったいないという者もあれば、電気燈は便利にはちがいないが、ランプよりも不経済だという者があったりして、なかなか一定の燈数がまとまらなかったのだ。それでもあれこれと文句をならべるのはまだ電燈に気のある組で、米の一升《しょう》買い組に至っては、ランプさえともしかねるのが実状だった。

なつの姿が小森に見えなくなったのは、白米小売一升二十二銭という未曾有《みぞう》の高値に、人々が眼を丸くした直後だった。彼女は流産したとか、させたとか、とかく小うるさい村人のうわさの中にしばらくぶらぶらしていたが、このほど漸《ようや》く働けるからだになったのか、それとも二十二銭の米を徒食する苦しさにたえられなくなったのか、とにかくまた大阪に行きますと、ふでたちに挨拶《あいさつ》をのこして出て行った。

しかし、米価は二十二銭が天井《てんじょう》ではなかった。

「ことしの夏はえらい暑さで……」という書き出しで、七月十日に誠太郎がよこした手紙には、稲作《いなさく》の模様をたずねた次に、こんな文句が並んでいた。

「さて、当地堂島では、七月一日、遂《つい》に二十三円買いの高値が出ましたそうで、主人は開闢《かいびゃく》以来のことやとびっくりしています。そうして、白米小売は一升三十銭になり、まだもっと上るそうです。これは、よそへはいえませんが、三等米も四等米も、今はもうみな二等で売っていて、商売の面白味は、こういうとこにあるんやと、主人はいうてます。これは、よその店のことですが、この間、とくい先へ米を配達する途中《とちゅう》、警察官に枡目《ますめ》をしらべられましたところ、警察官がはかると一斗ないのに、米屋さんがはかると一斗からあったので、警察官は〝商人の手品《てずま》にはかなわん〟というたそうです。わてはまだまだそないうまいこと手品がつかえません。日に日に上る米を買《こ》うて食べる人の身になれば、よけい、そんな事は出来ないと思いますが、こんな根性では、商売はあかぬかもしれません。けれどもお店をやめたいというのではありませんから安心して下さい。外米も二十二銭からしているこのごろ、みなさんのくらしはどういう具合かと心配しています。」

ふでたちは、年がら年中粥《かゆ》ながら、どうにか秋まで食いつなげる見込みがあった。だから電燈がひけるものならひきたかった。

それから十日あまりたっての朝、

「孝やん、小森はまだか？　島名はきんの（昨日）から電柱立てやど。夏休みになったらぴかぴかや。」と大垣久雄がいった。孝二は無表情をよそおうたが、心は決して平らでなかった。ところが朝礼がはじまって、孝二はまた別な刺激《しげき》を受けた。

「天皇陛下にはこのたび重いご病気におかかり遊ばされまして、日本中、歌舞音曲《かぶおんぎょく》、つまり遊びの類《たぐ》いは取りやめになりました。皆《みな》さんも、静かに勉強しなくてはいけません。喧嘩、口論、悪ふざけは陛下に対し奉《たてまつ》り不忠であります。そうして、今夜から、それぞれ村の氏神《うじがみ》さまにお詣《まい》りして、陛下の御平癒《ごへいゆ》をお祈り申し上げるのです。これが我々国民のご奉公であります。わかりましたか。わかった者、手をあげて……。」

大鳥校長めがけて、上級生は一せいに手を挙げた。下級生は上級生のまねをして手を挙げた。手を挙げるのは、そのようにたやすい事だった。その中で、孝二は挙げかけた手をふいと引っ込めた。

ちょうどその日から学校は半日授業で、孝二たちの帰りは日盛《ひざか》りだった。既に分蘖《ぶんけつ》期を過ぎた道ばたのたんぼは、はげしい草いきれを立てて、孝二たちは呼吸《いき》がつまるようだ。それに、着ている単衣《ひとえ》も汗《あせ》で重い。冬期、寒さにふるえる小森の子供たちは、その分夏に暑い思いをするのだ。

「もう、わかれや。」と、六年の部団長が大橋をこえて間もなく号令を出した。部団旗を先頭に、列をなして帰るにはあまりに暑過ぎたのだ。

みんな思い思いに駈《か》け出した。早く帰って冷たい水でも、というのがその望みだった。「わし、孝やんとこの水、よばれていくワ。」と貞夫も走りながらいった。孝二の家は、学校の帰り足には近い上に、その井戸水は春の水質検査の折、〝良〟の査定証をもらっている。小森では、そういう良質の井戸はほんの数えるほどしかなかった。

さて、貞夫の顔を見たふでは気てんよく釣瓶《つるべ》をあやつって、

「貞夫さん、峰山《むねやま》さんは、もうじきでっせ。」といった。

貞夫は答えずに孝二を見た。どうしようか？ とたずねているのが孝二にはわかる。

孝二はふと、ことしの峰山祭はふいになるのではないかと思って、

「お母《か》ん、天皇さんが死んでも、峰山祭はやるけ？」

ふではあたりを憚《はばか》るように声をおさえて、

「まあ、孝二は何をいうこっちゃら。よもや天皇さんが死なはることなんかあるかいな。」

「ううん、ある。天皇さん、今、えらい病気や。な、貞やん、きょう、校長先生がいうたなア。」

「うん、言うた。せやから、今夜から村の氏神さんにまいって、天皇陛下の病気がなおるようにおがめというた。」

「へーえ。ほんまかいな。」

そのふでのうしろからぬいが言った。

「それはきっとほんまやで、天皇さんかて人間やもン、病気もすりゃア、死にもする。それに年齢《とし》もだいぶ寄ったはるし。」

実は天皇がことし数えて六十一なのを、ぬいはちゃんと記憶《きおく》していた。というのは、

ぬいもまた同じ嘉永《かえい》五年うまれの六十一だったからである。

「せやけど、お祖母《ばあ》ん、小森には氏神さんがないよって、わしら、まいらんかてええなア。」

水でぬれた口ばたを手でこすりながら孝二がいった。

小森にはよそむらのように、神社はなかったのだ。ぬいはうなずいて、

「それは、そうやのう。氏神さんの代りに、お寺へまいるのもへんなものやしのう。」

それがまたひどく滑稽《こっけい》に聞えて、ふでは思わずくすくす笑った。

さて、峰山祭の二十八日には、峰山神社をはじめ、あたりの神社はあげて天皇の平癒を祈願《きがん》することになった。孝二と貞夫は、その夜は貞夫の家の二階から峰山を眺《なが》めた。

峰山には、点々と灯《あかり》が動いた。人々は提灯《ちょうちん》をさげて参詣《さんけい》するらしかった。

次の日の朝礼に、大鳥校長は直立不動の姿勢で訓辞した。

「皆さん、宮城の二重橋前では、幾万《いくまん》という赤子《せきし》が、自分の手のひらに油をそそぎ、それに灯をともして、夜、昼、陛下のご平癒をお祈り申し上げています。この至誠は、きっと天に通じて、陛下にはご快癒の日もそう遠くはありますまい。まことに陛下のおいのちは、私たち六千万国民のいのちにもかえがたいのであります。皆さんも更に誠の心をもって神さまにお祈りしなければなりません。」

けれども二重橋前の掌の燈明も、結局なんの効果もなかったのを孝二たちは知った。

七月三十日の午後、天皇の死のうわさが小森にも流れ、こえて三十一日の朝、孝二たちはあわただしく式場に並ぶことになったのだ。大鳥校長は愁然《しゅうぜん》として、

「天皇陛下には六千万国民の至誠の祈願も空《むな》しく、三十日午前零時《れいじ》四十三分、とうとうおかくれ遊ばされました。まことに哀《かな》しみの極《きわ》みであります。」と声をふるわせた。

孝二は三年生のおり、大鳥校長が朝礼の庭で〝もし天皇陛下がおなくなりになれば日本中はくらやみだ。〟と生徒たちをにらみつけたのを思い出した。それはこうとくしゅうすい・名はでんじろうがつかまえられた時のことだ。だがきょうの大鳥校長は日本がくらやみになったとはいわず、「けれども。」と言葉の調子を切りかえて、「皇太子殿下《でんか》には、きのうご践祚《せんそ》遊ばされ、年号も大正とかわりました。皇室のみ栄えは、ご神勅のとおり天壌無窮《てんじょうむきゅう》であります。私たちは先帝陛下のご遺訓を奉《ほう》じ、世界に冠《かん》たる我《わ》が大日本帝国をして……。」と、三十分以上も話しつづけた。

みんなこっそり幾つもあくびをした。けれども、

「きょうから、誰《だれ》も彼も喪章《もしょう》をつけないといけません。もしつけないで外を歩くと罰金《ばっきん》です。」

そう聞いたとたん、一せいにはっと眼がさめた。

つづいて高野先生が黒い布きれをみせて、

「喪章はこういう黒いきれなら、品はなんでもかまいません。絹でも木綿《もめん》でもよいので

す。それをこんなふうに蝶型《ちょうがた》に結んで左の胸につけます。洋服の時は左の腕《うで》に巻きます。」と実演まじりに説明した。

もうみんな睡気《ねむけ》どころでなく、生々と瞳《ひとみ》をかがやかせた。生徒たちは一刻も早く胸に蝶型の黒リボンをつけて、生活の単調さからぬけ出してみたかったのだ。

孝二も、帰るや否《いな》や、母に黒布をせびった。ふでは黒繻《じゅ》子の襟《えり》をさいて、二つ蝶型を作った。一つは失くした時の予備のつもりだった。けれども孝二は、それを白絣《しろがすり》の単衣につけてくれという。白絣の単衣は誠太郎のお下《さが》りで、孝二の外出着だった。

ふでは怪《あや》しみ笑いを浮《うか》べながら、「峰山さんはもうすんでしもたし、孝二はどこへ着ていくつもりけ？」とからかった。

「井野にきまったる。」いつになく孝二は反撥《はんぱつ》口調でいい返した。

「井野へ？」

「そうや。この前、伯父《おじ》さんに、夏休みになったら行くと約束したもン。伯父さん、きっと待ってるワ。」

「せやかて、行くとしたら孝二、一人やで。一人でもこわいことないのけ？」

孝二は口を結んだまま笑った。その笑いの中に、〝何がこわいもンか〟と不敵なものがひそんでいるのをふでは看てとった。

「行くとしたら、いつやな？」

「あしたや。」決然と孝二はいった。

さて、そのあした、ふでは井戸端《いどばた》で顔を洗っている孝二にいった。

「井野へ行たら、小森にも、いよいよこんど電燈がつくようになったというてんか。天皇さんが死んだら、みな、にわかに気イ変ったと見えて、電気ぐらいつけなあかぬというて、ゆうべ相談がまとまったんや。」

万歳《ばんざい》！ という代りに孝二は背伸《せの》びをした。すると、いつもより遥《はる》かに広くて高い空が、〝そら、そら、もっと！〟と孝二に背のびをけしかけた。

八

誠太郎のおさがりである白絣の単衣は、腰《こし》あげも肩《かた》あげもともに深くて、孝二はそのあたりに特に汗を感じた。けれども全体の着心地は悪くはない。孝二の身体《からだ》は、もう本《ほん》裁《だち》ぎものが着こなせるだけに、丈《たけ》も厚みもできていたのだ。

さて坂田の家々は、みな一様に弔旗《ちょうき》をかかげていた。殊《こと》に佐山家では、門の左右に二旒《りゅう》、それも真新しいのをかかげ、黒布も絹らしく、どっしりとしている。孝二はその旗の下をゆっくり通った。そして、もし仙吉や、兄の貞一と顔が合っても、決してびくつくものかと心の中につぶやいた。まして坂田尋常《じんじょう》小学校の仲間など幾人いても平ちゃらだ。石を投げるなら投げてみろ。瓦片《へぐら》をほうるならほうってみろ。エッタと吐《ぬ》かすなら吐かしてみろ。何が恐《こわ》いことあるもんか。天皇は死んだんだぞ。天皇だって死ぬんだぞ。金持ちも、大臣も、大将も、みんな、みんな人間で、だからみんな死ぬんだぞ……。にも拘《かかわ》らず、坂田を出はずれたとたん、孝二は恐怖《きょうふ》に駆《か》られて突《つ》っ走った。曾《かつ》ての日、孝二をおいてけぼりにして、誠太郎も逃《に》げ走った道だ。孝二は今にして、その時の誠太郎が理解できる。肩肱《かたひじ》を張って自信ありげに振《ふ》る舞《ま》ってはいても、誠太郎は坂田が恐かったのだ。そのように、孝二もやっぱり坂田が恐い。坂田は、いつ孝二の心臓に鋭《するど》い爪《つめ》でつき刺《さ》すかもしれないのだ。坂田は油断もすきもない猛獣《もうじゅう》だ。

ところで、猛獣が一番恐いのは捨て身で猛獣と対《む》き合った時ではない。危うくその顋《あぎと》をのがれた瞬間《しゅんかん》にこそ、新しい恐怖がおし寄せる。

無事に坂田を通りぬけた孝二も、だから急に駈け出さずにいられなくなったのだ。

「あ、しんど。」

曾我橋をこえて、孝二は意識的に、大きく溜息《ためいき》をついた。逃げ走った自分の意気地なさを嘲《あざけ》る意味もあったが、同時に、そんな自分を肯定《こうてい》したい気もあった。それから三十分あまり、孝二はわき目もふらずに歩いた。そして、幾つかの大字《おおあざ》を通りぬけたが、互《たが》いに見しらぬ大字は、少しも恐くなかった。

ところで、次は早瀬である。

〝夏場やさかい、ひょっとしたら饅頭《まんじゅう》はこさえてないかもしれんけどな、もしあったら

十銭がとこ買《こ》うていき。饅頭がない時は松風二百め買うたらええわ。〃

出かけに母が言ったのは、恐《おそ》らく早瀬の菓子屋《かしや》を心に含《ふく》んでのことにちがいない。しかし孝二は、その店ではなるべく買いたくなかった。この前、誠太郎と二人で土産《みやげ》の饅頭を買った時、小母はんが「坊《ぼ》んらはどこへ行きなはるネ。」と二度も訊《き》いたのを、忘れることができないからだ。もしもきょう、またしてもあのように訊かれたら、孝二も誠太郎のように顔を赤らめてだまっているしかないではないか。それとも〃井野へ行く〃とはっきりいってやるとしようか？

心が決まらぬうちに孝二はもうその店前にきていた。

しかし一目店をのぞいて、孝二はなーんやと拍子《ひょうし》がぬけた。店内には菓子のかげもなく、雑然と並んだ空箱や空瓶《からびん》の類には真っ白にほこりがたかっている。

そんなら……と、孝二は店先を井野の方角に曲らず、まっすぐ奈良街道《かいどう》めざして歩いた。それは目的の井野には可成り廻《まわ》り道になったが、街道沿いには何軒も家が建ち並び、なかには饅頭を商《あきな》う店もあるように思われたからだ。孝二は学校に上る以前、母親に連れられて、二、三度この道を通った記憶がある。一度はたしか夏のことで、街道に出る少し手前の神社の木蔭《こかげ》で、金魚屋が店をひろげていた。孝二は母親が泉水のほとりで休息している間、金魚店をあかずに眺めた。もちろん泳ぐ金魚もほしかったが、ちりん、ちりんと風にこたえる水色ガラスの風鈴《ふうりん》が、その十倍もほしかったのだ。けれども、恐らく高価《たか》いものにちがいない風鈴は、どうせねだってもものにはなるまいと思ってだまっていた。すると、神社を出てからふでが言った。

「孝二、金魚はじきに死ぬし、風鈴はじきにわれるし、あんなもの買うてもつまらんで。」

それで孝二もこたえた。

「わし、あんなもん、ほしゅうない。」

けれども今もって孝二は金魚も風鈴もほしいのだ。もしかしたら、きょうもまたあの泉水のほとりに、金魚店が出ているかもしれぬ。ささやかな希望が、孝二の足を急き立《せ》てた。

さて、神社の境内《けいだい》に近づくにつれて、孝二は小鼻がひくひくした。甘《あま》い、香《こう》ばしい匂《にお》いが、杜《もり》の木立をぬけてくる。とうとう孝二ははげしい食欲に揺《ゆ》すぶられ、ごくんと生《なま》唾《つば》を呑《の》みこんだ。

「あ、やっぱり鯛焼《たいやき》や。」

孝二はふところに手をやった。巾着《きんちゃく》は安泰《あんたい》だ。孝二は微笑《びしょう》しながら屋台の前に駈《か》けよった。

屋台はまだ商いをはじめて日が浅いらしく、道具一式、新《さら》である。その新しい台の上に、焼きたての鯛が六つ頭を並べている。

「おくなはれ。」

　孝二は十銭銀貨を台の端《はし》においた。

「なんぼやな。」

　小父《おっ》さんは鉄製の焼き型をがちゃんと裏がえしながら、ちらと孝二に視線を向けた。

　孝二も素早く小父さんを眺めた。

　小父さんは五十がらみ。肩幅が広い割には、顔の面積が小さいようだ。しかしそう感じるのは、或いは長過ぎる頸《くび》のせいかもしれぬ。そして、どこやら志村広吉小父さんに似通って見えるのは、この小父さんの眼尻《めじり》も広吉小父さんのようにいくらか下っているからだ。

「十銭。」

　孝二はいいながら、台のはしにおいた十銭銀貨を、更《さら》に小父さんの方に押《お》しやった。

「十銭、みなか。せやったらちょっと待っててや。じき焼くさかいに。」

　そして小父さんはせわしく焼き型を扱《あつか》うなかから、ひょいと鯛焼の一つを孝二にくれた。孝二はそれが〝おまけ〟なのを直感した。

「それ、食うてみてんか。美味《うま》いか、不味《もむ》ないか。」

　笑いもせずに小父さんは言う。

　孝二はがぶっと鯛の頭にかぶりついた。餡《あん》の甘味が、熱さともつれて舌に溶《と》けこむ。

孝二は首をすくめて、

「えら、うまいで、小父さん。」

「うまいか。」

また笑わずに小父さんが言う。

その時泉水の向うから子供が二人駈けてきた。つづいて祖母らしい婆《ばあ》さんが追うようにやってきて、

「どねんだましてもあかぬネ。こっちの方からええ香気《かざ》がしてくるというてなア。あははは。」

婆さんは屋台に一銭銅貨をおくと、鯛焼を二つとって孫たちに一つずつ持たせた。三つくらいの女の子は、平手ではなを横なでして、鯛焼を尻尾《しっぽ》から食いはじめた。六つくらいの男の子は、にやにや笑いで妹の口もとを眺めている。どうやらもう少しでかげも形もなくなる妹の鯛焼にひきかえ、自分の鯛焼が、まだ全然無きずなのが得意のようだ。

すると婆さんが言った。

「しげは、お母《か》んによう似て、うまいもんはなんでもむしゃむしゃ食うのう。せやけど、そねん早《はよ》う食うてしもたら、おばあはんはもう買《こ》うたる甲斐《かい》が無《の》うなるで。ちっとはだいじにするもんや。」

しかし女の子は、おばあんの小言といっしょに、けろり、さいごの一口をのみこんだ。

「ほーら、兄やん、十銭がとこ。」

間もなく屋台の小父さんは、二つの紙袋《かみぶくろ》に十ずつ鯛焼を入れた。

「まあ、まあ、どこの兄さんやら、えらい仰山《ぎょうさん》買うたこと。」

婆さんは明らかに孝二の顔をのぞいていた。

孝二は屋台わきの切り株に風呂敷《ふろしき》をひろげた。切り株はもう何年となく人々の腰掛《こしか》けに役立ってきたらしく、切り口が磨《みが》いたように光っている。

「こぼしたらあかぬ。しっかり包んでいきや。」と婆さんは孝二のそばに近よって、

「兄さんは、どこぞ、よそへ行くのけ?」

「うん。」

「親類へ遊びにけ?」

「うん。」

「それは、ええこっちゃな。せやけど、ここは涼しいさかい、まあ、ゆっくり休憩《やすん》で行きや。兄さんは通りかかりの子やよって、ここのことはよう知るまいが、ここは昔、弘《こう》法大師《ぼうだいし》さんの勉強しやはったお寺があったとこやで。この泉水も、弘法大師さんが杖《つえ》を振らはると、その振らはったかっこうに水が湧《わ》いたとこでな、どんな大旱魃《おおひでり》がつづいても、一寸《ちょっと》も水が減らへんネ。それに、も一つふしぎなのは、どないな蛙《かえる》もようすまンこ

とや。なんでも弘法大師さんが勉強したはると、蛙がげこげこ、やかましゅう啼《な》いたんやと。それで大師さんが、〝こら、蛙どもやかましい〟と怒《おこ》らはったそうな。それからというもン、蛙はこの泉水に来《こ》んようになってしもたんや。ほんまに、弘法さんのお力というものはえらいもんやな。」

孝二はだまって風呂敷の端を結んだ。孝二は弘法大師というのは、僧《そう》空海の諡名《おくりな》なのを知っている。それは歴史の教科書に出ていることで、空海は唐《とう》に学び、後、高野山に金剛峰寺《こんごうぶじ》を建てたのだ。

それにしても孝二は不思議で仕方がない。聖徳太子といい、その弟の麻呂子王《まろこおう》といい、そして僧空海といい、いわゆるえらい人、尊い人は、なぜとてつもない大きな寺を建てるのだろうか。それとも、その人たちは、とてつもない大きな寺を建てたからこそ、今に到《いた》るも尊まれ、うやまわれ、ありがたがられるのだろうか。

「気イつけて行きや。」

声をかけてくれる婆さんに、孝二は帽子《ぼうし》のままうなずいた。女の子は指をくわえて、ふくらんだ孝二の風呂敷を見ていた。男の子は鯛焼をかじりながら、泉水に小石を投げた。泉水は微《かす》かに音《ね》をあげ、それまで映していた夏空を、すーっと波紋《はもん》で掻《か》き消した。折から、それら一切《いっさい》を見下ろす位置で、しゃーん、しゃん、しゃんと蟬《せみ》が啼いた。

九

それと気づいて井戸端からかけこんできた七重に、

「七重、これ、誰《だれ》やら忘れたやろ?」と母親がいった。

お祖父《じい》やんも、

「そうや。七重はもうきっと忘れとるで。」という。

七重は首をすくめたり、あごを突《つ》き出したり、あかんべをしたりして、たちの悪い母や祖父のからかいに抵抗《ていこう》した。実際七重は、そんないい方をする母や祖父が面白くなかった。それは〝孝二さん〟と飛びついて行く機会を阻《はば》んでしまうからだ。

孝二も少しとまどったが、

「これ、七重ちゃんに買《こ》うてきた。」と、うまい具合に風呂敷包みを差し出した。七重は胸に抱《だ》くように受けとめて、はじめてにっこり笑った。背丈《せたけ》は驚《おどろ》くほど伸《の》びていたが、笑《え》くぼの出る笑顔は、孝二の記憶《きおく》のままだった。

やがて桂三が汲《く》んでくれた井戸水で、孝二は顔を洗い、手足を洗った。ちえ（七重の母）は着がえのきものを取り出してきて、

「ここは孝二さんの家《うち》とおんなじことやさかい、夏休み中、遊んでなはれや。七重も、孝二さん、孝二さんいうて、えらいこと待っとりましたんや。孝二さんなら、なんぼで

も本を読んで聞かしてくれはる、いうてな。ほんまに遠いとこ、一人でようまあ来とくなはった。桂三ら、もう高等やのに、わいの実家《さと》へまだ一人でよう行きまへんのやで。」

桂三はにやっと笑った。桂三は高等小学校の一年だが、母の実家へは、まだ一人で行ったことがない。それは母の実家は吉野郡で、大人でもそこへ行くには、いささか覚悟《かくご》が必要なほど道のりがあったからだ。

その遠いちえの実家へ、長男の健一が七月の末からずっと泊《とま》りがけで行っているのを、やがて孝二は聞き知った。ちえの話によると、農林学校の二年に籍《せき》をおく健一は、ちえの実家が葉たばこを耕作しているところから、その実習をかねてこの夏は手伝ってくると、自分から進んで出かけたのだという。孝二はききながら、そんな健一は、もうすっかり大人だと思った。しかし三年前、兵隊遊びの大将だったその面影《おもかげ》がじゃまをして、孝二は感心するかたわら、少しおかしかった。

それから間もなく、悠治伯父《おじ》さんが西瓜《すいか》をかかえて帰ってきた。田の修理（草とり）に出ていたことは、ぬれたパッチ（股《もも》ひき）でよくわかる。

「孝二、ほんまにきたのか。えらいのう。」

伯父さんはごろり西瓜を縁《えん》のはしにころがして、

「どうやな。みな、達者か。」

「達者や。それから、な、伯父さん。こんど小森にも電気がつくんやて。」

つい忘れていた母の言伝《ことづ》てを、孝二はあわてて取り次いだ。

「ほう、電気がつくか。それはよかったなア。」

ちょっと間をおいて、

「孝二。もう二十年もしたら、このへんにも電車が走るようになるで。世の中は変り出したらどんどん変るもンや。」といった。

孝二は電車を知らない。見る機会が全然ないからだ。けれども、どんなものかは想像がつく。教科書の挿絵《さしえ》に出ているし、学校の掛図では、更に拡大したのも見ている。

すると桂三が、

「早う電車が走らんかいな。電車さえ走りよったら、わし大阪へでも吉野へでも、なんぼでも行たるワ。わし、てくてく歩くのが一ばん敵《かな》んネ。」と大きく抑揚《よくよう》をつけていった。

伯父さんは笑って、

「桂三は頭もかわいがるが、足もなかなかかわいがるんやのう。」

頭をかわいがるとは、頭を使わぬこと、つまり勉強しないという意味だ。孝二は、桂三が苦笑するのを見て、その意味合いがのみこめた。

「西瓜でも冷やしたろ。」

桂三は父や祖父の眼をのがれるように西瓜をかかえて井戸端に走った。その桂三に、

「こんどは、口をかわいがるのけ。」と母が笑いかけた。

「うん。そうや。その前に、あれをたべたるワ。今、ええあんばいに腹が減ってるさかい、二つ三つはぺろぺろや。」

「ほんまに、食うことときたら、おまはんは寝《ね》た間《ま》も忘れぬな。」

「うん。さよ、さよ。それをむつかしく言うと、夢寐《むび》にも忘れぬ……となるネ。」

「ふふ、、、。さすがに高等の先生はむつかしいこと、教えはるなア。哺乳類《ほにゅうるい》の特徴《とくちょう》も、なんやら、えら、むつかしかったやないけ。温血、胎生《たいせい》にして哺乳すること……とかいうて。」

――というのは、理科の考査だという前日、桂三が哺乳類の特徴を暗記するために、百ぺんも同じ文句を繰《く》り返したので、ちえもついその通りにおぼえこんでしまったのだ。

桂三はげらげら笑って、

「哺乳類の特徴其《その》二、体の区分諸器官は人体のものと大差なし……。」

そしてそのはしゃいだ勢いで、ちえが戸棚《とだな》にしまった孝二の土産《みやげ》の紙袋を取り出した。一袋は祖父の手で既《すで》に仏壇《ぶつだん》に供えてあって、それには桂三も手を出しかねたのだ。

「それじゃ、みんなで分けてよばれ。」

ちえは昼餉《ひるげ》の支度《したく》をつづけながらいう。

桂三は鯛焼が十個なのをたしかめ、孝二、七重、祖父の順に二つずつ配った。

父と母には一つずつ。残った二つは自分でとった。

悠治伯父さんはきせるに刻みのたばこをつめながら、

「孝二、知ってるけ。哺乳類というのはな、親の胎《はら》からうまれて、親の乳をのんで育つ、からだの温《ぬく》い生き物のことで、人も馬も牛も犬もみなそうや。さかなはそれとくらべてだいぶ違《ちが》う。さかなは卵からかえるしからだも冷たい。」

なるほど、と孝二は感心した。

「せやけど、お父《と》ったん。孝やんが買うてきてくれたこの鯛は、哺乳類みたいに温血や。あはは、、、。」

桂三は大きく笑った口に、鯛焼の頭を押《お》しこんだ。

「あはは、、、。桂三は、阿呆な冗談《じょうだん》だけはうまいのう。」

悠治伯父さんも一先《ひとま》ずたばこをおいて鯛焼を頭からかじる。

むしゃむしゃ。ごくん。誰の舌にも、鯛焼の餡《あん》は甘《あま》く、皮の部分は香《こう》ばしく、忽《たちま》ちのどの奥《おく》に辷《すべ》りこむ。

ところが二つめを口にはこぼうとして、桂三はためらう恰好《かっこう》で鯛焼の匂《にお》いをかぎはじめた。孝二はもしや酸《す》っぱい匂いでもするのではないかと、気になるままに桂三のようすを見ていた。

桂三はなお暫《しばら》く、、、、くんくん小鼻を動かしていたが、やがて汚《きた》ない物でもあるように鯛焼

のしっぽをつまんで、

「これ、香気《かざ》が好《よ》うすぎるで。」といった。

孝二はなぜ香気がよすぎてはいけないのかと反問の意《こころ》をこめて、

「ようすぎると、あかぬのけ？」

「そら、あかぬ。過ぎたるは及《およば》ばざるに如《し》かず……というてな、なんでも過ぎるとあかぬネ。これも香気がよう過ぎるさかい気になるネ。孝やん、これ、どこで買うてきたン？」

「早瀬のこっちがわや。早瀬の菓子屋《かーせんや》が何も売ってなかったさかい、廻り道して、あの弘法清水《いけ》のあるお宮のそばを通った。そしたら、これを焼いてたさかい、買うたんや。」

「どんな人が焼いてた？」

「痩《や》せた、背の高い小父《おっ》さんや。」

「ろくろく首やなかったけ？」

孝二は口ごもった。まさにその通りだったからだ。

すると意外にもお祖父《じい》やんがどなった。

「阿呆め！」

孝二はぎくりとした。阿呆は自分で、そしてそれは、ろくろく首の小父さんから鯛焼を買ったせいではないかと思ったのだ。

けれども、阿呆は桂三なのがすぐにわかった。お祖父やんは、こんどは苦笑いしながらいった。

「そない気になるんやったら、鯛焼はみなわしが食うたる。ほんまに、なにをぬかすこっちゃら。桂三の阿呆め。」

「じゃお祖父やん、これ食うて。わし、こんなもの要《い》らぬワ。あ、気持《きゃあ》悪い。」

桂三はほうり出すように鯛焼をお祖父やんの手にのせた。

七重も食いかけを父におしつけて、

「わいも、こんなン、要らぬ。」

「あ、要らんけりゃ、みなわしがよばれたる。こんなうまい鯛焼は、大阪にもあらへんで。」

悠治伯父さんはげらげら笑って、桂三の分も平らげた。

ちえはせっせと孝二の昼餉の膳《ぜん》を作っていたが、

「孝二さん。桂三が阿呆なこというても、気イ悪うしとくなはるなや。」と取りなすように言う。孝二は首の長いあの小父《おっ》さんに、きっと何か曰《いわ》くがあるのだと思った。もしかしたら桂三たちは、あの小父さんの首が夜になると、ほんとに伸び縮みするとうわさし合っているのかもしれぬ。それともあの小父さんはエタで、自分たちもそうなのを知らない桂三と七重が、エタを嫌《きら》う学校仲間といっしょになって、そうしたけぎらいをするのだろうか？

鯛焼を二つ平らげたせいもあったが、孝二はせっかくよばれる白飯《しろめし》も、あんまりおいしいとは思わなかった。そして夕方まで、ついに鯛焼のことは一言も自分の口から切り出さなかった。

ところが夜、奥座敷《おくざしき》の蚊帳《かや》の中で桂三がいった。

「孝やん。お母《か》んはあないに言うても、やっぱりろくろく首の鯛焼はよう食わんネ。あんまりうまいさかい、気になるんや。お祖父《じい》やんは年よりやから、もう怖《こわ》いも、きたないもあらへんけど、わしら、いやや。孝やんかて聞いたら、もう二度と買う気がせえへんで。あの小父さんはオンボやもン。」

うす暗い蚊帳の中で幸いだった。孝二は自分の顔色が一時に蒼《あお》ざめるのを感じた。

〝こんやは孝二といっしょに寝《ね》ようなア。〟といって、孝二のそばに横になっていたお祖父やんは〝えへん、〟と咳払《せきばら》いをした。孝二は、お祖父やんは〝もうそんな話はやめにし。〟といっているのだと思った。けれども桂三は話をつづけた。

「孝やんはオンボ、知ってるけ？　オンボは墓の番人で、墓穴《はかあな》を掘《ほ》ったり、死人《しびと》を焼いたりするんやで。あのろくろく首の小父さんは、オンボの鉄というて、わしらの学校の、じきそばの墓に住んどるネ。そこの墓場は広うて、焼き場もええのが建ったる。鉄はその焼き場で、死人《しびと》から出る油を取って、それで鯛焼をするさかい、あない、ええ香気《かざ》がするネ。あたりまえの油やったら、なんであないええ香気がするもんけ。」

まさか、という代りに、孝二はくすんと鼻をならした。

その否定に桂三は不満の色を現わして、

「なんや、孝やんはわしの言うこと、嘘《うそ》や思うのけ。嘘やあらへん。みな真実《ほんま》や。」

「せやけど桂やんは、小父さんが油とる所《とこ》、わが眼で見たんやないやろ?」孝二も強く言った。

「そら、見たことない。あいつ、かくれて取りよるもン、誰も見られぬワ。」

「それなら、嘘か真実《ほんま》かわからぬやないけ。」

「せやかて、みな、そう言うとるし、それにあの香気や。あんなええ香気は、人間の油にきまったる。」

「じゃ、餡が甘いのもその油を入れるからけ?」

痛烈《つうれつ》な皮肉のつもりだった。けれども桂三には通じないらしく、彼は大まじめに、その上少し急《せ》きこんで言った。

「餡には骨の粉を入れよるネ。」

「阿呆たれ。そんなことが、出来るか、出来ぬか、たいがいわかりそうなもんや。のう、孝二。桂三がいうのは、みな悪口じゃ。」

きっぱりお祖父《じい》やんがいいきった。

さすがに桂三も口を閉じて暫く青蚊帳の天井《てんじょう》を見ていた。そして孝二よりも先に寝いきを立てはじめた。

孝二はなかなか寝つけなかった。ふでやぬいの顔が浮《うか》んだり、誠太郎の姿が現われたり、かと思うと市松人形のようなおつや姉さんの嫁入り姿が見えたりして……。そのうち、

〝かわいそうに。鉄は自分《わが》がオンボやよって、人がきろうて鯛焼を買《こ》うてくれないとは思わぬのや。よそよりちっと甘《うも》うしたら買うてくれるか、もうちっと甘《うも》うしたら買うてくれるか思うて、砂糖も上ものを使うし、焼き型にひく油にしても、とび切り上等の胡麻油にして香気も好うしとるんや。その苦労も察してやらんで、人間の油やとか、骨の粉やとか、ほんまに不人情なことをいくさる。そういう奴らは、もし鉄の鯛焼が、そのより汚《きた》のうて不味《もみ》なかったら、〝やっぱりオンボや〟といいくさるし、うまけりゃうまいで、また難癖《なんぐせ》をつけやがる。かわいそうに、鉄は自分《わが》がオンボやよって、人がきろうて鯛焼を買うてくれぬとは思わぬのや……。〟そう、お祖父やんがくりかえし、くりかえしつぶやくように思った。すると、やがてそれとそっくり同じことを一匹の蚊がしゃべりはじめた。……孝二はいつか眠《ねむ》りにおちていたのだ。その耳もとを、一匹の蚊がほんとにぶーん、ぶーんとしつこく飛びまわっていた。

十

母家《おもや》の中《ちゅう》二階は、物置きと畳《たたみ》敷きの部屋に区切られていて、桂三はその部屋の窓ぎわに勉強机を置いていた。けれども彼が机の前にすわるのはほんの朝のうちだけだ。

朕惟《チンオモ》フニ我皇祖皇宗国ヲ肇《ハジ》ムルコト宏遠ニ徳ヲ樹《タ》ツルコト深厚ナリ……

毎朝教育勅語《ちょくご》を奉読するのが夏休みの宿題の一つだということで、彼はけさも声高かにそれを読んだ。そして、きょうはおまけだといって、戊申詔書《ぼしんしょうしょ》もつづけて読み上げた。一つは孝二に対する示威《しい》の意味もあった。しかし教育勅語も戊申詔書も暗記している孝二は、別に驚《おどろ》いたようすも、感心した顔つきも見せなかった。実は桂三といっしょに中二階に上った瞬間《しゅんかん》から、孝二は吊《つ》り棚《だな》にならんでいる雑誌の類に気をとられていたのだ。

「桂やん、あれ、見せてもろてもええけ？」

孝二がいうと、桂三は笑って、

「なんや、孝やんは雑誌が好きけ。わし、あんなもン、大きらいや。どうせ嘘《うそ》ばっかし書いたるネ。」

だが、そういいながらも、桂三は机を踏《ふ》み台にして棚の雑誌を取りおろした。雑誌は健一が買いだめたものらしく、裏表紙の隅《すみ》に、「峯村健一」と記名してあった。

「これだけあったら、三日や五日、読んでられるやろ？　孝やんには、ええ菓子《かーせん》や。」

それにちがいなかった。孝二は舌なめずりがしたくなるほどうれしかった。

ところが、ふと視線に飛びこんできた一冊。孝二はぎくんとして桂三をぬすみ見た。

桂三は雑誌にも孝二にも関心がないらしく、机の上の教科書類もそのままにして、歌を歌いながら階段を駈《か》けおりて行った。

孝二は雑誌を手にとった。忘れもせぬその表紙。ラケットをにぎった少年が、大きくこちらに笑いかけている。

〝峠《とうげ》の秋〟は、この号のしまいの方に掲載《けいさい》されている筈《はず》だ。

孝二は追われるように頁《ページ》をくった。見当らない。もう一ぺん繰《く》り直した。やっぱり〝峠の秋〟は見当らない。

〝おかしいな。〟

つぶやきながら目次をかえした。ちゃんと〝峠の秋〟と出ている。こんどは該当《がいとう》頁をさがした。だがそこだけ欠けている。明らかに切り取ってあるのだ。

孝二ははげしく心臓が鳴った。忽ちあたりががらんとして、坐っている自分のからだが、その空洞《くうどう》に消え込《こ》むようだ。孝二はにわかに母のそばに帰りたくなった。

「孝二さーん。」

七重だ。髪《かみ》に白いリボンをつけている。

「どないしたン？」

いぶかるように孝二を見ている。

「あといくつ泊《とま》っていく？」

「もう、じき、去《い》ぬネ。」

かすれ声でやっとこたえた。

「あーら、もうじき去ぬの？　なんでそない早《はよ》う去ぬの。」

七重はいいながらそばに坐った。

「お祖母《ばあ》んが待ってるさかいや。」

「ほんまか？」

「ほんまや。お母《か》んも待ってるし……。」

「うそや。孝二さんは、わいが昨日《きんの》、鯛焼を要らぬというたさかい、怒って去ぬのや。」

「…………。」

「な、孝二さん、そうやろ？」

「ううん。あんなこと、もう忘れてた。」

「せやったら、なんで去ぬいうネ。わい、な、孝二さんに教《おせ》てほしいことあるネ。」

七重はぐいと身体《からだ》で孝二を押した。

「なに、教てほしいネ。算術け、読み方け。」

「そんなんとちがう。」

「じゃ、いうてみ。」

「あのう。」

心持ち七重の顔が青ざめた。孝二は不安になったが、わざとおどけて、

「払《はら》いたまえ、助けたまえ、天理王のみこと。」と手を振《ふ》った。

七重はぷっとふき出した。孝二の冗談《じょうだん》がぴんと通じたのだ。それはこのごろ天理教の布教がさかんになってきていて、どこの学校でも相手が何かで困ったと見ると、忽《たちま》ちそれを助ける意味で、そうした冗談を飛ばすのがはやっていたからだ。

だが笑いがしずまると、七重はまたしても〝あのう〟……と口ごもって、こんどは少し赤くなった。それからやっと決心したように上眼づかいに孝二を見つめて、

「あか児《ご》は、どないしてうまれるの？」

「？………。」

孝二は突然曠野《とつぜんこうや》にでも放り出されたように茫然《ぼうぜん》とした。七重の質問は極《きわ》めて単純なことのようでありながら、同時に考え及《およ》ばない程《ほど》複雑だし、極めて身近なことのようでありながら、同時に手の及ばない遥《はる》かな天空の事象《ことがら》なのだ。

するとまた七重がいった。

「わいのお腹《なか》に赤児《あかご》が居るけ？」

もう、払いたまえ、助けたまえも役に立たない。言葉につまり、答えに窮《きゅう》して助けを欲《ほっ》しているのは孝二自身なのだ。

「な、孝二さん。わいのお腹に、指みたいな赤児、居るかしらん？」

いよいよ孝二は狼狽《ろうばい》した。巨大なものが、物すごい速度で頭の上に落ちかかってくるようだ。

「そんなもの、居るもんけ！」

とうとうすてみで、その巨大なものにむき合った。

「ほんまけ？　ほんまに居ないけ？」

「ほんまに、居やせんわい！」

「あ、好《よ》うかった。わい、赤児がいたら、どないしょう思うて心配しててン。」

「阿呆やな。」

「そねんいうたかて……わい、心配やってン。」

「なんでや？」

ぴしりと、七重は孝二の背《せな》をたたいた。四つ、五つ、自分のてのひらが疼《うず》くまでたたいた。

「あ、ええきもちや。もっとたたいてんか。」

七重を笑わせるつもりで孝二は年寄りの仕種《しぐさ》を真似《まね》た。けれども七重は笑わなかった。

彼女は疼くてのひらに〝はア……〟といきを吹《ふ》きかけて、

「もし、わいのお腹に赤児がいたら、しまいに出てきよるやないけ。出てきよったら、それ、ニッタやモン、心配や。」

ああ、そうだったのか……。

ぴくり、ぴくり、孝二は眼瞼《まぶた》と唇《くちびる》がいっしょに痙攣《けいれん》して、涙《なみだ》も声も出なかった。孝二は今まで、自分はエッタや、と思いながらも、それが腹の中に巣くっているなどとはてんで考えなかった。けれども、エタ村にうまれた子供《もの》がみなエタだとすれば、エタは腹の中に巣くっていることになり、女の子の七重がそれを案じるのはあまりにも当然ではないか。

けれども、そのエタとは何だろうか？

「孝二さん。知ってるけ？　家《うち》も、孝二さんとこも、路《みち》のおばさんとこも、みなエッタやで。わい、エッタが一番きらいや。」

「…………。」

「エッタて、何《なん》やネ？　孝二さん、教《おせ》て。」

えくぼのあたりに、一滴、涙がおちた。七重はあわててそれを手の甲《こう》で拭《ふ》いた。

「わし、よう知らんよって、それ、お祖父《じい》やんに教てもろたらええワ。」

「阿呆やな。」

じーっと、七重は孝二をにらんだ。それから、弟にでもいうようにいった。

「孝二さん、エッタのことは、お祖父やんやら、お母んやらにいうたらあかぬで。いうたら、わいが学校で、みんなにそういわれているのわかって心配しやはるもン。だまって知らぬ顔してたら、わいが何も知らんと学校へいてると思うてよろこんだはるワ。」

孝二はそれに異論がなかった。孝二も祖母や母に対して、やっぱり同じ態度をとっている。誠太郎もやはりそうだった。彼は外でどんなに辛《つら》いめをみても決して家ではいわなかった。

「孝二さん、早う去《い》んだらいややで。」

七重は孝二の膝《ひざ》に手をのせた。

「うん、去《い》なへん。」

孝二は七重の手をにぎった。滞留《たいりゅう》を約束する意味だった。

七重の手は柔《やわ》らかく、そしてびっくりするほど冷たかった。

十一

「えらい、ゆっくり遊んできたな。井野はおもしろかったけ？」

「仰山《ぎょうさん》、ごっそ、あったけ。」

「七重も桂三も、えろう、大きなってたやろ？」

　五日ぶりに帰ってきた孝二に、ぬいとふでは代る代る話しかけた。

　孝二は井野でよばれたご馳走《ちそう》をかぞえ上げた。読んだ雑誌が面白かったことも伝えた。一日《いちにち》はお祖父《じい》やんと近くの町へ買い物に出て、筆と墨《すみ》を買ってもらったことも報告した。そして帰りには五十銭銀貨をもらったといってそれを取り出してみせた。

「ほんまに、ことしはええ夏休みやな。」と、ぬいもふでもよろこんだ。孝二は、ぬいやふでがよろこびそうもない話をうまく隠《かく》していることに満足しながら、一方ではそれと気がつかず、そうして簡単によろこぶぬいやふでが不満だった。

　しかしそうはいうものの、ことしは〝ええ夏休み〟にちがいなかった。先《ま》ず第一に旱魃《ひでり》の心配がなかった。盆地《ぼんち》の中心部は雨が少なかったが、上流の山地には時々、大雨がふるらしく、葛城川も曾我川も水量が多かった。だから孝二は水かいにこき使われることもなく、日々の雑用の他《ほか》はたいてい自由にふるまえた。第二に、夏休みの宿題は、志村貞夫というたよりになる仲間といっしょにどんどん片づけることが出来た。そして第三に、八月末から電燈工事がはじまったのだ。しかもそれだけではない。同じ日に、誠太郎と豊太が顔をそろえてやってきた。

「あ、ほんまに生き写しやなア。」

　ぬいは三十ぺんばかり繰り返した。写真は手札形で、誠太郎は鳥打帽《とりうちぼう》を、豊太は中学の制帽をかむっていた。背丈《せたけ》は二人とも同じくらいだったが、横に結んだ誠太郎の口は豊太の倍も大きく、その点、まったくの生き写しだった。

〝大橋まで孝二君に送ってもらったのは、去年の夏休みのことでした。あれから、ちょうど一年です。僕は、こんなに変りました……といっても、どこがどう変ったか、孝二君にはわからないでしょう。でも、元気なことは、もとと同じです。誠やんは、もとよりまだもっと元気で働いていますからご安心下さい。〟

写真といっしょにとどいた豊太のハガキには、印刷のようなきっちりとした文字で、こう書きしるしてあった。孝二はもちろん写真はうれしかったが、それに劣《おと》らずこのハガキもうれしかった。その夜、孝二はハガキの全文が、ちゃんと頭にやきついているのに気がついた。

さて、二学期はじめの日、孝二は誠太郎、豊太の写真を読本に挟《はさ》んで学校に出かけた。

そして、

「これ、誰《だれ》やら知ってるか。」と、早速大垣久雄に出してみせた。

「ふん、写真か。」

久雄は侮《あなど》りぎみにいったが、眼はじっと写真の顔をみつめていた。

他の友達もそれに気がつき、我も我ものぞきこむ。

すると杉本まちえが、

「あーら、これ、豊坊《ぼ》んやないの。」と、意外な事実を発見したように叫《さけ》んだ。

「うん。豊さんや。まちえさんは、ようおぼえてたな。」

「おぼえてるの、あたりまえや。豊さんは去年までこいつとこのそばに居たもン。」

久雄はまちえを小突《こづ》くようにしながら言った。

まちえはそれにかまわず、写真のはしに手を添《そ》えて、

「豊坊ん、やっぱり大阪で学校へ行《い》たはるんやな。」

「こいつ、豊さんが好きやネ。あはゝゝ。」

久雄は笑ってみんなを見廻した。五、六人、おついしょうのように笑い声をあげた。

「阿呆にしな！」

まちえは赤くなった。するとまた久雄たちがはやし立てるように笑った。

孝二はすごすご写真をしまいこんだ。何か取り返しのつかぬ失敗でもしたように心が重かった。

その日の朝礼時、大鳥校長は孝二たち全校生徒に言った。

「おかくれ遊ばされました大行天皇さまは、この程、明治天皇と申し上げることにきまりました。ご大葬《たいそう》は九月十三日で、この日の夜十二時、三年生以上の皆《みな》さんは、学校の式場から明治天皇さまをお送り申し上げるのであります。その時、必ずお家《うち》の誰か一人が、いっしょにこなければいけません。式がはじまるのは、十時からであります。わかりましたか。」

「わ、面白《おもろ》いな。夜、学校にくるんやと。」

校長の話が終ると、そんなささやきがそこ、ここに聞えた。けれども孝二には、それも気の重くなる話だった。孝二は、ぬいやふでが学校に出てくるとは思えなかったのだ。

それでも、学校から帰ると孝二は伝えた。

「十三日の夜、式があってな、それに、家の人も出てくるように校長先生が言やはったけど、お母ん行くけ？」

「あ、天皇さんの葬式やな。」

ふではすぐに察した。

「あ、天皇さんの葬式け。せやかて、式に行かはるのは、いつかてえらいさんばっかしや。わいらみたいな家《うち》のもん、行たらかえって悪いで。」

ぬいは静かに言った。孝二はやはり自分の予想どおり、祖母にも母にも学校に出かけるつもりがないのをみてとった。

けれども十三日、小森も戸毎《とごと》に弔旗《ちょうき》を立てた。孝二の家でも、新しい竿玉《さおだま》に黒布を巻いて揚《あ》げた。十三日には駐在巡査《ちゅうざいじゅんさ》が〝不忠者〟をみつけにやってくるとのうわさが流れていたので、十二日の夕方、やむなく国旗を買い入れた家が多かったのだ。

さて、孝二たちは九時過ぎ、列をととのえて学校に向った。三日月は既《すで》に沈《しず》んで真っくらだった。大人は区長の小父《おっ》さんだけで、上級生が提灯《ちょうちん》をもって下級生を案内した。

式場はうす暗かった。しかし、大垣検査員の八字鬚《ひげ》を、孝二はたやすく見つけた。大人は、みんなで五、六十人で、それも小父さんばかり。そして大鳥校長が長々と話をつづけるうちも、小父さんたちはこそこそ話をやめなかった。

そのうち、江川先生が〝廻れ右〟の号令をかけた。西向きに並んでいた孝二たちは、くるりと東に向きをかえた。とたんに式場はまっくらになった。ランプも、蠟燭《ろうそく》も一時に吹き消されたのだ。そして〝黙禱《もくとう》〟がはじまった。さすがに、あたりは闃《げき》として、もはや何の声もない。

その闇《やみ》の静寂《せいじゃく》の中で、孝二ははっといきをのんだ。一つの手が、ぎゅっと孝二の手をにぎりしめたのだ。

いたずらだろうか？　もちろんいたずらにきまっている。

誰だろうか？　まだ離《はな》さない。

それは女の子の手のようだ。

そうだ。杉本まちえだ。すぐ横にいるのは杉本まちえのはずだ。

孝二は、力いっぱいにぎり返した。

手は、すなおに握《にぎ》り返されている……。

孝二は呼吸が迫《せま》って、胸のあたりが苦しかった。にも拘《かかわ》らず、彼は更《さら》に苦しさを求めて一層強くその手を握った。その時、〝なおれ〟の号令がかかり、闇の手は、すっと闇の中に戻《もど》って行った。

　やがてランプがともり、蠟燭が燃えはじめる……。ご大葬の遥拝式《ようはいしき》は終ったのだ。式場は騒然《そうぜん》として、父親はしきりに我《わ》が子を呼びたてる。大垣検査員も提灯をふりながら、

〝久雄、久雄〟と連呼している。

　孝二は出口に向いて押《お》しつ、押されつするなかで杉本まちえの顔を見た。まちえも孝二を見た。そして少し笑った……と孝二は思った。けれども次の瞬間《しゅんかん》、まちえの顔は廊《ろう》下《か》の暗がりに消えこんで、孝二は誰かにうしろからどづくように突きとばされた。

　家ではぬいもふでも、まだ夜業《よなべ》をつづけていた。

「孝二が帰るまでと思うてな。」と、ふではすぐ仕事場を立ってきて、下戸《したど》の枢《くるる》をおとし、

「どうやな。残りのお粥《かい》さんでも食べて寝《ね》るけ。えらい、腹が減ったやろ?」といった。

　なるほど、腹はとことん空いていた。けれども、何も食いたくなかった。孝二は早く蚊帳《かや》の中にもぐりこみたかったのだ。

「じゃ、わい、一杯《ぱい》たべてから寝るワ。夜業もええけど、こねン腹がへるとかえって損や。」

　ふでは笑って、一人で粥を食べる支度《したく》をした。

「孝二。ねむたいやろ。こねんおそうなって。」

ぬいがやがて孝二の横に枕《まくら》をつけながらいった。孝二はだまっていた。ねむたいからではなく、あまりにも眼がさめきっていたからだ。その理由《わけ》を孝二は知っている。けれどもお祖母《ばあ》んにはいえない。お母んにもいいたくない。エッタといわれる辛さ悲しさをかくしておくように、たのしかったあの手のこともかくしておくのがいいようだ……。

間もなくぼーんと時計が一時を打った。孝二はまださっぱりねむくなかった。まるで身体の芯《しん》に新しい何かの物質でも出来たように、孝二は身体全体が、ふわりと宙に浮《う》きそうなのだ。

白い番傘《ばんがさ》

一

　その朝、中稲《なかて》は一せいに苞《つと》をつき破って花穂《かほ》を出した。きょうの好天気が実を結ぶのに幸いなのを知ってるようだ。

〝あ、稲《いね》の花！〟

　孝二はじっと瞳《ひとみ》をすえた。淡黄色《たんこうしょく》の、花というにはあまりにも淡《あわ》い稲の花。けれども雌蕊《めしべ》をかこんで、雄蕊《おしべ》が微《かす》かに微かにふるえている。ひそかに、しかも精いっぱい花粉をはき出しているのだ。そして雌蕊は自らの役目の重大さを心得がおに静かに取りすましている……。

〝理科で習うたとおりや。〟

　孝二の心はときめいた。それは、誇張《こちょう》していうなら、宇宙の秘密がわかりはじめたよろこびだった。そんな孝二は、こんどは伸《の》び上って見えるかぎりの稲田を望んだ。花盛《はなざか》りの中稲。結実をいそぐ早稲《わせ》。ともに満ち足りた表情だ。

〝ほーい。〟

突然《とつぜん》、孝二が声をあげた。

「なんや？」と貞夫はあたりを見廻《みまわ》して、

「孝やんはあの人を呼んでるのけ？」

ちょうど高田に向いて一人の小父《おっ》さんが足を急がせていた。

「うん。わし、井野の伯父《おじ》さんかと思うてン。せやけど、あれはよその人や。」

孝二はうまうま嘘《うそ》をついた。嘘をつくしか仕方がなかった。というのは、誰《だれ》にともなく声をあげて呼びかけたい身内の衝動《しょうどう》は、そう易々《やすやす》言葉で説明することが出来ないからだ。

間もなく孝二たち登校の一団は大橋にさしかかった。渡《わた》りなれて、いつもは無意識にこえてしまうこの橋も、きょうは橋としてははっきり意識にのぼる。橋を渡れば学校だ。学校には、もう杉本まちえが待っていそうな気がする……。

深夜のご大葬遥拝式《たいそうようはいしき》以来、学校は代替《だいがえ》休みや日曜がつづいて、孝二たちはきょうは三日ぶりの登校だった。

さて、橋を渡りはじめて、ふと気がついたらしく貞夫がいった。

「孝やん、ええ喪章《もしょう》、つけてるな。」

孝二は少し顔が赤くなった。

「それ、買《こ》うたんけ?」

「うん。」

「いつ買うたン?」

「きんの(昨日)や。」

嘘ではなかった。去る七月三十一日から向う一年間、誰もがつけることにきまった喪章は、けっこう商品として成り立つらしく、八月このかた、大小さまざまのが安全ピンつきで売り出されていた。孝二はとうから一つ欲《ほ》しかった。けれども、母に作ってもらったので間に合ううちは、買うのもなにやら気がひけて、ついよれよれのままで辛抱《しんぼう》していた。それが昨日の夕方、急にこらえ性《しょう》もなく欲しくなって、とうとう学校前の店やまで走ってきた。そして、一銭、一銭五厘《りん》、二銭と三種類ならんでいるなかから、一番たかい二銭のを選んだのだ。

けれども、母や祖母にはかくしていた。見つかると〝そんな喪章みたいなもンに銭《ぜに》出して、阿呆やなア〟と文句をいわれるのがわかっているからだ。それと意味や立場はちがうが、貞夫もやっぱり喪章に眼をつけたのだ。

孝二は心のひだをのぞき見されるような恥《は》ずかしさで一層赤くなった。二銭の喪章はまったくのおしゃれで、孝二自身誰よりもはっきりそれを知っている。

「孝やん。」と、しかし貞夫は孝二のそんなひみつには気がつくはずもなく、

「きょう、ひょっとしたら、校長はわしらにもう一つ喪章をつけよというかもしれんで。校長は乃木《のぎ》きちがいやからな。」と皮肉に笑った。

「ほんまや。」と孝二も合槌《あいづち》を打って、

「それに校長は泣き上戸《じょうご》やさかい、きっと乃木さんのはなしをして泣き出すで。わし、なんやらそんな気がするワ。」

すると、部団旗をかついでいた六年生の大竹孫一が、

「乃木さんて、乃木大将のことか？」と、貞夫のそばに寄ってきた。

「そやで。」

「その乃木大将、どないしたんやて？」

「切腹したんや。」

「切腹？　それ、新聞に出たんやな。」

「うん。」

「そやったら、ほんまやな。」

「そら、ほんまや。夫人もいっしょに死なはった。」

「やっぱり、切腹か？」

「ちがう。夫人は刀でのどを突《つ》いてん。」

孫一はごくんと唾液《だえき》をのんだ。ほかにも何人か、そっと唾液をのみこんでいた。みん

な呼吸《いき》がつまりそうに胸苦しくて、つばでものまずにいられなかったのだ。

「せやけど、乃木大将は、またなんで切腹したんや。」

孫一の不審《ふしん》は、みんなの不審だった。彼等が絵の上で知っている乃木大将は、胸にいっぱい勲章《くんしょう》をぶらさげ、大きな鳥毛のついた帽子《ぼうし》をかむり、堂々馬にまたがって、時には叱咤《しった》し、号令し、そしていかなる大軍をも威圧《いあつ》する英雄だ。あの難攻《なんこう》不落とうたわれた旅順《りょじゅん》の城も、それだからこそ落ちたのだ。水師営《すいしえい》におけるロシアの将軍ステッセルとの会見も、それだからこそ読本にのっているのだ。

こうした武勲にかがやく一代の名将が、なぜ切腹して我と我《わ》が生命を断ったのか、どう考えても不思議である。

「それはな、明治天皇が死んだからや。乃木大将は明治天皇にひいきされてたさかい、天皇が死んで気落ちしたんやろて、うちのお父《と》ったんがいうてた。」

「なんや、天皇もひいきするのか。」

孫一はけげんそうな顔つきをしたが、孝二は、それはありそうなことだと思った。孝二はこれまでも、こうとくしゅうすい・名はでんじろうたちが死刑《しけい》になったり、内閣が目まぐるしく代ったりするところから、天皇を取り巻くいわゆる上層部の人たちが、絶えずごたごたやっているのに気がついていた。しかし、それがなぜそうなのか深い理由はわからない。しかし名誉《めいよ》もあり、財産もある人たちが、貧乏《びんぼう》に苦しむ人たちよりかえって仲が悪いということは、孝二には不愉快《ふゆかい》きわまることだった。

その時、思いがけなくかねが鳴った。朝会がはじまるのだ。つい橋の袂《たもと》に足をとめて、乃木大将の話に打ち込《こ》んでいた孝二たちは、びっくりして校門に駈《か》けこんだ。そのあとから島名の一団も走ってきた。朝会がいつもより十分早かったのだ。

「あ、しんど。あ、しんど。」

やっと五年生の列にすべりこんだ杉本まちえは、風呂敷《ふろしき》包みを足もとにおいて、しきりに胸をなでている。孝二はもしかしたら、それは自分に対する何かの合図かもしれないと思った。孝二はじっとまちえの顔を見た。まちえも孝二を見た。そして、にこっと笑った。その瞬間《しゅんかん》、大垣久雄が、ぐいと斜《なな》めうしろからまちえの髪《かみ》を引っぱった。五年の女生は、もうおおかた髪をたにしのように後ろで巻いていて、おさげにしているのはまちえのほかに三人だけだった。そのうちでもまちえの髪が一番長かった。

まちえはじろっと久雄をふりかえった。何のいたずらかと責め問う眼つきだ。

「ふふん。まちえはちっとばかし走ったら、もうえらいことしんどいのやと。」

久雄は孝二に告げるようにそれを言った。

まちえは向きを変えながら、

「ひとのこと、構《かも》うていらぬワ。」

久雄は再び笑って、

「まちえが構うてもらいたいのは、畑中、誰か知ってるか。それはな……。」

「阿呆、阿呆。」

しかし、まちえはもう久雄をさえぎる必要がなかった。

〝気をつけえ！〟

朝会の号令が、完全に久雄の口をふさいでくれたのだ。そして大鳥校長は、貞夫や孝二の予想どおり、早くも涙声《なみだごえ》でいい出した。

「皆さんのなかには、もうおうちで聞いて、知ってる人もありましょう。十三日、明治天皇さまのご霊柩《れいきゅう》が二重橋をお出まし遊ばす時刻、乃木大将ご夫妻は殉死《じゅんし》なされました。殉死であります。ただのご自害ではありません。乃木大将ご夫妻は、明治天皇さまに殉死なされたのであります。乃木大将は日露《にちろ》戦役《せんえき》の際、第三軍の司令官として旅順を攻略なさいました。旅順は難攻不落といわれた要塞《ようさい》で、敵も味方もたいへんな死傷でありました。大将の二人のご令息も、やはりこの方面で戦死なされているのであります。

乃木大将は、嘗《かつ》てこの戦いに沢山《たくさん》の部下を失うたおわびに自刃《じじん》しようとなされました。その時、明治天皇には、〝乃木、そちの生命《いのち》は朕《ちん》があずかったぞ。〟と仰《おお》せられたそうであります。大将はこのありがたい陛下の思召《おぼしめ》しに感泣《かんきゅう》して、自刃を思いとどまられたのでありますが、このたび陛下にはご崩御《ほうぎょ》あそばされ、大将も殉死を覚悟《かくご》なされた次第であります。まことに、乃木大将こそ、日本武士道の鑑《かがみ》であります。ご辞世のお歌は、

うつし世を神去りまし大君の
みあと慕《した》ひてわれはゆくなり
うつし……世を、神……去り……」

辞世の歌をくりかえそうとして校長の声は途切《とぎ》れた。文字どおり、涙が滂沱《ぼうだ》として頬《ほお》を流れている……。

〝あ、やっぱり校長は泣いた。〟

孝二はおかしさが腹の底からつき上げる。あまりにも見事に予言が的中したからだ。

貞夫もおかしさを怺《こら》えるふうに、しきりに右手を開いたり閉じたりしている。だが、とうとう怺え切れなくて、彼はくすんと笑ってうつ向いた。すると、それが導火線になって、忽《たちま》ちいくつもの笑いが爆発《ばくはつ》した。

実は大鳥校長には、〝大雨〟の綽名《あだな》があった。それは酒に酔《よ》うと泣き上戸になるのと、何かの催しを企画すると、その日はふしぎに大雨になるからで、綽名としてはつみのない無邪気《むじゃき》なものだった。

その綽名の大雨よろしく、大鳥校長は泣いているのだ。もしかしたら日頃《ひごろ》敬愛する乃木大将殉死の悲報に堪《た》えかねて、朝酒をあおってきたせいかもしれぬ。けれども生徒たちにはそれがどういう原因にせよ、とにかく眼の前に大鳥校長の大雨ぶりを見るのはおかしかった。

ところが校長の大雨は、その時一転して雷《かみなり》になった。

「こらっ！　乃木大将のご殉死がおかしいのか。」

わめきざま生徒の列にとび込んだ。校長は、孝二と貞夫の襟《えり》がみをむずとつかんだ。

ごつん！

孝二は眼のうちに青い火花が散った。

貞夫は尾骶骨《びていこつ》にまで疼痛《とうつう》を感じた。

「きさまらのようなドエッタは……。」

校長は更に二つの額を激突させるべく、ぐっと二人の頭をおさえた。その一瞬だった。

孝二はがきっと校長の右手にかみついた。

ううむ……と校長は呻《うめ》いた。

「こらっ、こらっ！」

青島先生が孝二の頭を拳骨《げんこつ》でなぐる。

「畑中。わかった。もうはなせ。」

江川先生の声だ。

孝二は足もとの風呂敷包みをひろうと、まっすぐ葛城川《かつらぎがわ》の堤《つつみ》にかけ上った。そのあとを貞夫が追った。二人はそのまま大橋をこえた。

「孝やん、このままうちへいぬのか？」

「うん。」

うなずくはずみに孝二は涙があふれた。

「せやけど、このミミいぬだら、孝やんとこのお母《か》んら、誰とけんかしたんか思うてきっと心配するで。」

「せやから、わし、みな、わけをはなしたる。」

孝二は額をなでた。大きなコブが出来た額は、さわると頭のしんまで痛い。

「せやけど、わけをいうたら、お母んら、よけ心配するで。」

それもそうだった。ことに、ドエッタと罵《のの》しられたことなど、とても打ち明けられそうもない。けれどもそれを言わねば、校長にかみついた理由はわかってもらえないのだ。

二人は川底に下りた。川底はひやりとするほど涼《すず》しかった。二人はゆっくり川下に向いて歩いた。

「な、孝やん。きょうは授業がしまいになるじぶんまでここで遊んでいようよ。そしたら、わしとこのお母んも、孝やんとこのお母んも、学校で勉強してた思うて安心してるワ。」

「うん。きょうはそれでええけど、あした貞やんはどないするつもりや？」

「あしたも休む。」

「あさっては？」

「あさっても休む。もうずっと休む。どうせ勉強みたいなもン、いくらやってもあかぬ。」

「わしかて、もう学校、やめや。」

孝二はまた涙があふれた。ところが、その涙が塩っぽく唇《くちびる》をぬらしたとたん、孝二は〝おい、学校にもどれ〟と鋭《するど》く呼びかけられたような気がした。孝二は暫《しばら》くあたりを見廻していたが、

「貞やん、わしら、やっぱり学校に行かぬとあかぬワ。さあ、すぐ学校にもどろやないけ。」

「何《なに》、阿呆《あほ》なこというネ。今、孝やんは学校やめるというたばっかしやで。」

「うん。せやけど、わし、気イついた。このまま学校やめてみ。わしらの負けやで。」

「…………。」

「あいつらに負けてたまるケ。」

「うん。孝やん、わかった。」

貞夫の眼がしらにも涙が浮《う》いた。

生きるためには、エッタをはねのけねばならない。はねのけるためには、闘《たたか》わねばならない。闘うためには、武器が要《い》る。勉強は武器の一つだ。

二人は学校側の堤をはい上った。穂芒《ほすすき》が二人のコブをなでる。

「貞やんの頭はかたいな。せやから、わしの頭にこんな大《で》えらいコブが出来たんや。」

「そねんいうけど、孝やんの頭も岩みたいにかたいで。みてみ、わしのコブの方がずっと大《で》えらいワ。」

手にさわる自分のコブは、眼で見る相手のコブより、互《たが》いに大きく感じるものなのだ。

「悪かったな。貞やん、かんにんしてや。」

「わしの頭も……かんにんしてや。」

急に二人はげらげら笑った。そして笑った勢いで、そろって五年の教室にかけつけた。

青島先生は白墨《はくぼく》をにぎったまま、暫く口をあけて二人を見ていた。

二

「おい、校長先生にかみつくようなけもの、、、、は、もう学校にくること要らぬ。」

青島先生は教壇《きょうだん》の上からどなった。飛びおりてきて、また頭をなぐるものと予想していた孝二は、かえって進退に窮《きゅう》したようにもじもじした。

「さ、畑中も志村もあやまりや。」

それは江川先生だった。先生は孝二たちのことを案じて、わざわざ教室にきてくれたのだ。そのことは孝二にも貞夫にもよくわかる。けれども、なぜ孝二たちはあやまらねばならないのだろうか。孝二が教室にもどる気になったのは、誰かにあやまるためではなかったのだ。

孝二は問うように江川先生を見上げた。

「校長先生も、あやまればきっとかんにんして下さる。どんな悪いことしても、悪いと気がついてあやまればそれでええのや。これからもつまらぬ強情《ごうじょう》、張ったらいかぬで。さあ、青島先生には先生があやまったるさかい、校長先生には青島先生といっしょに行ってあやまってもらい。」

「あやまれ。」と青島先生も教壇を下りてきていった。

「ほんまは、どねんあやまってもかんにんしてもらえないとこやが、江川先生もいうて下さるから、こんどだけ校長先生にかんべんしてもろうたる。もう一ぺんあんなまねをしてみろ、その時は誰がなんというても退校やぞ。」

そして孝二の肩《かた》をつきとばした。校長のいる職員室へ孝二を追い立てて行くつもりなのだ。

孝二は教科書包みを右脇《みぎわき》にかかえなおし、さっさと職員室への廊下《ろうか》をあるいた。くそっ！　乃木大将がなんだ。旅順攻略がなんだ。戦争に勝ったのは死んだ兵隊のおかげやぞ。俺《わし》のお父《と》ったんも死んだんやぞ！

くそっ！　天皇がなんだ。殉死がなんだ。人間はみんな死ぬんやぞ。

くそっ！　俺らがドエッタで、それがなんやというんだ。校長のくそたれめ！

まさに悪態の武装だった。孝二は校長の前に突《つ》っ立った。

「よろしい。」と校長は繃帯《ほうたい》した右手をあわててうしろに廻した。

「そら、あやまれ。」

青島先生はぐいと孝二の首すじをおした。

「もう、よろしい。」

校長は机の書類に眼を向ける。どうやら孝二のコブを見るのがいやなのだ。

「ほんまに、申しわけありませんでした。」

青島先生は尻《しり》をうしろにつき出すようなかっこうでおじぎすると、また孝二の肩をつきとばした。その時、孝二は貞夫が職員室の入口に立っているのに気がついた。

「阿呆、お前は来《こ》ぬかてえぇのじゃ。」

青島先生は貞夫に近よって、こつんとその頭をたたいた。それはなぐるというようなものではなかった。貞夫は首をすくめてぺろり舌を出した。

かくてあらしはおさまった。

それからちょうど一週間め、九月二十三日の月曜日――。中庭は旧校舎の瓦《かわら》かけで足のふみ場もなかった。二十二日の夜半から二十三日の未明にかけて、本物の大嵐《おおあらし》が大和《やまと》盆地《ぼんち》を吹《ふ》き通って行ったのだ。

「ゆうべはみんな、恐《こわ》かったやろのう。畑中とこはどうしたか？」

瓦かけを片づける五、六年生にまじって、自分もシャツ一枚で働いていた江川先生がいった。

「わしとこ、家の瓦がとんで、納屋《いなや》がだいぶ曲りましてン。」

「でも、それくらいですんだらええ方や。きっとよそでは、家がつぶれたり、流れたりで、人もだいぶ死んでるぜ。」

「大阪へんはどうですやろ。」

「大阪か。大阪は、まあだいじないやろ。畑中は兄《にい》やんを心配してるのか。」

「はい。」

「兄やんは大丈夫や。兄やんは、死んでも死なぬ男や。孝二も兄やんに負けぬ強い男やけどのう。はは、、、。」

「こいつ、ほんまにこわい奴や。うっかりいうたら嚙《か》みつきよる。」

横から久雄が口を入れた。けれども孝二は笑いながら、「阿呆たれ」と言ったきりだった。孝二には、久雄はもう競争相手とするには不足のような気がしていたのだ。

「それに畑中、この嵐では米が値上りして米屋さんは儲《もう》かるから、兄やんは一層元気を出して働くだろうよ。しかし農家は気の毒だ。せっかくの豊作が一晩で吹きとんでしもたからな。」

やっぱり先生だと思った。孝二は一晩の嵐で、米の値段が上るとは気がつかなかった。

それにしても、お母んやお祖母《ばあ》んは、今ごろ作り田を見廻って悄然《しょうぜん》としているのではあるまいか。孝二の家では、草履表《ぞうりおもて》を編む関係から、毎年藁丈《わらたけ》の長い中稲《なかて》と晩稲《おくて》を作る。ところが晩稲はちょうど一番だいじな出穂期《しゅっすいき》にかかっていて、それだけ被害《ひがい》が大きいわけだったのだ。

その日は午後の授業が取りやめになった。傾《かたむ》いた旧校舎は、応急修理をしなければ危険だったからだ。

「学校みたいなもン、つぶれるか、流れるかしてしもたら面白《おもろ》いネ。」

「先生も死んでしもたらええのに。」

「校長のくそたれめ、乃木さんに殉死《じゅんし》したらよかったんやで。」

濁流《だくりゅう》の渦巻《うずま》く葛城川をこえながら、小森の子供たちは口々にわめいた。胸に鬱積《うっせき》する憎《にく》しみと呪《のろ》い。それをおりにふれて吐《は》き出すことが、彼等には生きるために必要な健康法だったのだ。

その夜、嵐で稲《いね》はどうなったかと、案じ顔にたずねる孝二に、ふでは反対にたずねた。

「孝二、おまはんが校長先生に嚙みついて、怪我《けが》さしたとかいうのはほんまけ?」

嘘《うそ》だとはいえなかった。といって簡単にほんまだというのも残念だった。孝二は、嚙みつくだけの理由があってのことだと今も信じている。それなのにふでは早くもひなんするような口ぶりできくのだ。

「な、孝二。もしほんまやったら、あやまらなあかぬで。あんなこと、しくさるさかい、小森やとか、小森やさかい、あんなこと、しくさるとか、よそ村のしゅうに言われてみ、小森のしゅうにも迷惑《めいわく》になって悪いやないけ。」

「せやけど、おふで。孝二は、わけもなしにそんな無茶をする子やないで。」

ぬいが言った。孝二にはお祖母んの口がいつもより一段大きく見えた。

「せやで。校長め、わしと貞やんにごつんこさせやがったんや。」

孝二はぬいの方に身を寄せながらいった。

「それ、また、なんでやな？」

「朝会の時、笑《わろ》うたのいかぬというてや。」

「なんで笑うたん？」

「乃木さんが殉死したいうて、大雨ふらしよったからや。殉死みたいなもン、何《なに》も泣かんかてええワ。自分で覚悟《かくご》して死んだんやもン。そやのに、校長め、ほんまに泣っこってン。ふだん生徒に、忠義第一、忠義第一と教えてるくせに、乃木さんが殉死したいうて大雨ふらしよってン。せやからわしと貞やんが笑うたんや。」

「それ、み。孝二はちゃんと、笑うだけの理由《わけ》があって笑うたんや。それを、ごつんこくわすなんて、校長が間違《まちご》うてる。わいらも、そりゃ死んだ乃木さんはかわいそうや思うで。せやけど、おんなじ死んだいうても、うちの進吉らとわけが違《ちが》う。わいは乃木さんが死んだいうて校長が泣くんやったら、今さら進吉のために泣いてくれとはいわぬが、せめて孝二の頭だけはなぐらんでくれといいたいネ。」

〃そやのに校長に、ごつんこさせた上にドエッタ……とぬかしたんや。〃

しかし孝二はそれを言わず、ひそかに拳《こぶし》を握《にぎ》りしめた。

ふでは暫くだまっていた。進吉の名が彼女の胸を打ったのだ。

「実はな、わいはそんな阿呆みたいなことから……。」とやがて彼女はいった。

「孝二がもっしゃ学校をきらうようにでもなったら、それこそあかぬ思いましてン。この間の晩も進《しん》さんが夢に出てきて、孝二だけはどない苦労しても学校にやったってくれ、言やはりまして……。」

「せやから。」とぬいはふでの言葉を中途《ちゅうと》で引ったくって、

「わいらもこうして毎晩よなべをするわけや。わいは今まで誰にもいわぬと内密《ないしょ》にしてたけど、進吉が戦死した時から心にきめてることがあるんやで。むろん、成るか、成らぬか、それはまだはっきりいえぬけどな。」

「お祖母《ばあ》ん、なに、きめたんやて?」

「はは丶丶。孝二は聞きたいけ。」

「うん、聞きたい。お祖母ん、言うて。」

「それはな、あの人らよりも長生きするこっちゃ。」

「あの人らて誰や？」

「あててみ。そのうちの一人はわいと同《おな》いどしやったが、もう死んださかい、わいの勝や。」

明治天皇はたしかお祖母《ばあ》んと同いどしだった。そしてもう死んだ。では、お祖母んの競争相手の一人は明治天皇だったのだろうか？

「もう一人はまだ生きてるらしい。死んだうわさは聞かぬよってな。死ねばきっと新聞に出て、どこからかうわさがきこえてくるワ。」

「それ、誰やネ。」

孝二はぬいの袖《そで》をぐいと引いた。

「ははゝゝ。わからぬけ？　二人とも進吉のかたき同然やで。」

「………。」

「こんど死んだ乃木さんは、日露戦争の時は第三軍の司令官やったそうな。進吉は第二軍で、司令官は奥大将やった。わいは、その大将より長生きせぬことには気イすまん。なんでも奥というのは弘化三年のうまれやというから、わいより六つほど年寄りや。せやから、まあ、めったに、わいが先に死ぬようなことは無いわナ。」

ぬいはそこであははゝゝ笑って、

「こないにお祖母んは長生きするつもりでいるのやさかい、孝二もよう勉強しいや。お祖母んは孝二がえろうなるのを見たいばっかりに、長生きして、そうして働いて、孝二に本も雑記帳も買うたるんやからな。」

孝二は額にコブ《こ》をでかし、もう学校になんか行くものかと、ごそごそ川底を歩いていた自分に、〝おい、学校にもどれ。〟と鋭《するど》く呼びかけたのはお祖母んではないかという気がした。そして、そんな不思議な作用が可能なお祖母んは、きっと奥大将よりも長生きするにちがいないと思った。その証拠《しょうこ》に、天皇だってお祖母んより先に死んだではないか。

ふではかくすようにして眼をふいていたが、

「わいも、長生きします。働いて長生きする分には、誰《だれ》にも迷惑をかけるわけやなし……。そこへいくと、乃木さんらはかわいそうや。殉死やいうて、腹を切って死なんけりゃなりまへんもンな。ほんまにむごい話や。」

それが権力の非情さであり、権力に追随《ついずい》するものの悲劇だとは、ぬいもふでも口に表現することが出来なかった。けれども天皇の権力を頂点とする世の中の仕組みが、いかに罪悪をかもし出すかということは、骨肉《ほねみ》にしみて知っていた。

進吉は戦死した。

小森はエタだ。

そしてぬいたちは粥腹《かゆばら》で、こんやも草履を作っているのだ。

三

嵐にいためつけられた稲作は、二割方の減収はまぬがれそうもなかったが、小作料の減額は殆《ほとん》ど望みがなかった。地主に交渉《こうしょう》する何のてだてもないからだ。しかもこういう年にかぎって米の検査はきびしく、等級は恐《おそ》らく去年より下廻るだろうとのことだった。それでも他の土地では家がつぶれたり流されたりで、死傷者の数も決して少なくないなどと聞くと、〝小森はまだましや。〟とほっとするのだ。それに、もう一つ、待望の電燈が十月はじめからつきはじめ、それがぐっとみんなの気持ちを引き立てた。

「もうこれからランプのホヤ掃除は要《い》らんよって、孝二は安心して大きなってええで。」

とぬいは孝二をからかった。孝二の手がもうホヤ掃除《そうじ》には少し無理なほど大きかったのだ。

こんななかで、志村広吉小父《おっ》さんの家は狭《せま》い耕地にたよっている家よりもかえって金廻りがよく、かねは一斗《と》ずつまとめて白米を買うこともできた。それは大阪の靴屋《くつや》で働いている清一がなにがしかの金を送ってくるのと、広吉小父さんが五月から生駒《いこま》トンネルの工事に出ているからだ。

生駒トンネルは大和と河内にまたがる標高六百四十二メートルの生駒山を東西に貫通、大阪と奈良を最短距離《きょり》で結ぼうと、大軌（大阪電気軌道株式会社）が計画したもので、去年（明治四十四年）の六月、既《すで》に河内側の西口と、大和側の東口から工事がはじまっていた。そしてこの十月には早くも予定の半分以上掘《ほ》り進み、この分で行くと来年の夏にはものの見事に開通して、東洋一の大トンネルをほこることになるだろうとのことだった。

それはあながち地元の誇張《こちょう》ではなかった。延長一万一千余呎《フィート》の生駒トンネルは、その長さの点では笹子《ささご》トンネルより少し下廻っていたが、笹子トンネルが単線狭軌《きょうき》式なのにひきかえ、これは複線広軌式軌道であるところから、まさに東洋一といってよかったのだ。しかしそれだけに工事も昼夜兼行《けんこう》のはげしさで、東西両口の掘《くっ》さくには毎日賞金がかけられ、工夫たちは競争で脂汗《あぶらあせ》を流しているわけだった。

広吉小父さんはもともと仲仕で、トンネルの掘さくには無経験だったが、しかし現場にはさまざまの仕事があり、小父さんは大阪通いするよりも、ずっといい手間賃になるらしかった。それに都合のいいことに、かねの実家《さと》が生駒に近いところから、小父さんはずっとそこから仕事に通うことが出来たのだ。

女房のかねは、小森では働き者にかぞえられる方ではなかったが、このごろくらし向きにゆとりが出来て、気持ちに張りが出たらしく、この秋は稲刈《いねか》りや稲こきの日傭《ひやとい》に出るといった。そして十一月に入ると、ほんとに島名の農家へ働きに出かけた。

島名は比較的大百姓《おおびゃくしょう》の多い字《あざ》で、毎年農繁期《のうはんき》には相当の日傭を入れた。小森は、いわばその季節労働の給源地で、口入れ役は大竹庄平小父さんが引き受けていた。

ところが、せっかく勢いこんでいたにもかかわらず、かねの日傭《ひよう》とりはたった三日しかつづかなかった。

〝稲刈りや稲こきは口ではやれぬさかい。〟と、かねの仕事の飽《あ》きっぽさと、その口達者を合わせてそしる声もきこえたが、ぬいやふでは、かねの気性《きしょう》では、島名の日傭とりはむりなのがあたりまえだと思っていた。

「なんぼ安うても、家で草履《じょり》作りしてた方がええワ。」

もらい風呂にきたおりかねもいった。ぬいやふでは敢《あ》えてその理由を聞かなかった。彼女が島名でどういう待遇《たいぐう》を受けてきたかは、もうその口裏にはっきり出ているからだ。それに孝二の前では、ふでもぬいもなるべくそんな話はしたくなかった。

けれどもふでたちの心づかいも結局はむだだった。孝二はかねをはじめ、島名に働きに出かけた人たちがどんなあしらいを受けているかを、学校仲間から聞かされた。それによると、島名ではどの家でも小森から働きにきた者には必ず欠けた茶碗《ちゃわん》で湯をのませる。そしてその茶碗はその場でわって捨てる。日傭賃は手渡《てわた》しせず、床や地面におく。また家の表口からは出入りをさせない。もし出入りをするとすぐ塩をまいてエタのけがれを浄《きよ》めるというのだ。

なんという、島名は〝くそたれ〟だろうか。そんなくそたれのところで、かね小母やんが働いていられないのはあたりまえだ……と、孝二は聞いただけでも歯をくいしばらずにいられない。ところが小森の人たちは、まだやっぱり島名へ働きに行ってるのだ。そしてこれからも行く、だろう。一升《しょう》二升の米のために、くそたれのくそを拝んで舐《な》めるようなめにあわされるだろう。自らをけものの低さにおとしこんで、それに堪《た》えることが生きる道のように、黙《だま》って働きつづけるだろう。すると相手はいよいよますます小森はけものだと思いこみ、欠けた茶碗で湯をのませ、日傭のゼニは地面に投げ、通った門口《かどぐち》には塩をまくにちがいないのだ。

しかもそれは、ひとり島名だけではないのである。

〝せやけど杉本まちえはわしと手をにぎってンで。あれはいったい、どういうわけや？まちえは島名で、わしは小森や。ほんまにあれはなにやってン？〟

孝二はかねが日傭とりをやめて以来、もう何度となく自分で自分に問いかけた。しかし答えはむつかしかった。そしてきょう五時限、唱歌室で歌をうたいながら、孝二はまたしても同じ文句で問いかけた。

〝せやけど杉本まちえはわしと手をにぎってンで。あれはいったい、どういうわけや？〟

するとと青島先生のオルガンに乗って、思いもかけない方向から回答がひびいてきた。

〝あれは、まちえが、間違えたんや。〟

「そんなこと、あるもんか。」

孝二は押《お》しかえした。しかし我ながら弱々しかった。

〝いや、ほんまに、間違えたんや。あの暗やみでは間違うのがあたりまえや。〟

「なるほど、それでわかった。」と孝二はつぶやいた。

〝まちえは島名や。〟

「その通り。」

〝お前は小森や。〟

「よう知ってる。」

〝島名と小森が手をにぎるわけがあるもんか。〟

「まったくや。」

〝島名は小森の者には塩をまくんや。〟

「ようわかった。」

〝まちえと大垣久雄はもとから仲よしや。〟

「聞かんでも知ってるわい。」

〝お前は阿呆や。〟

「うん、阿呆や。」

〝そんな喪章《もしょう》、買《こ》うたりして……。〟

孝二はじっと胸の喪章をにらんだ。

「こんな喪章、ほんまに鼻糞《はなくそ》ほどのねうちもないわい！」

孝二は喪章の安全ピンを外しにかかった。

その時、「杉本まちえさん。」と青島先生がオルガンの上に首を出した。唱歌の時間、まちえはきまって独唱をやらされる。きょうもそうなのだろう。ところが先生はつづけて言った。

「杉本さんは、いっしょに歌いたいと思う男生の名を指しなさい。」

ええっ！　という驚《おどろ》きがみんなの顔を引きしめた。先生が指名して特別二、三人に合唱させることはあっても、生徒が生徒を指すやり方は未《いま》だ嘗《かつ》てないことだった。

「指された男生は歌ったあと、こんどは男生を指名します。するとその男生は、こんどはいっしょに歌いたい女生を指します。」

くすくすっと……誰かが笑った。

「その女生は歌ったあと、女生を指名します。その女生は、いっしょに歌いたい男生を指すわけです。但《ただ》し、一ぺん歌った人は指さないこと。わかりましたね。」

〝いやだ〟という声はどこからも起らなかった。むしろ誰が誰を指すだろうかと、みんな興がっている様子だ。殊《こと》に杉本まちえは組の女王格だけに、果して誰を選ぶかと男生も女生も緊張《きんちょう》した。

〝むろん、大垣久雄にきまったる。〟
ところが「畑中さん。」とまちえの声だ。
唱歌室はざわめいた。
「じゃ、畑中君、前に出て……。」
もう否応《いやおう》はなかった。孝二はまちえとオルガンの横に並んだ。歌は習ったばかりの〝京都〟だ。
　花はあれども嵐山《あらしやま》
　月はあれども桂川《かつらがわ》
　なみなみならぬ色と香《か》は
　ほかに類《たぐ》いはあらざらむ
　雪の円山《まるやま》　紅葉の高尾
　賀茂《かも》のみたらし　北野の梅……
歌い終って孝二は指した。
「大垣久雄君。」
あとは飛ぶように自分の席にもどった。そしてふと胸の喪章が傾《かたむ》いているのに気がついた。孝二は安全ピンをとめなおした。
「まちえは、わしの名をさした。」

〝おお、そうや。〟

「まちえは、わしと歌った。」

〝そこや、みんなも聞いてた。〟

「まちえとわしは手をにぎった。」

〝あれは間違《まちが》いやなかったんか？〟

「間違いなもんか！」

昂然《こうぜん》と頭を上げて孝二は久雄たちの歌を聞いた。あんまり上手だとは思わなかった。

さて、放課後、掃除当番を終えての帰りみち、「孝やんはええこっちゃな。」と小森仲間の佐吉がいった。孝二は、あ、あのことをいい出したな……とくすぐったく思いながら、「何がええこっちゃネ？」と白ばくれた。

「ええやないけ、なア、貞やん。」

佐吉は同意を求めるように貞夫の顔をのぞいて、

「杉本まちえは、きっと孝やんが好きやねで。」

「ふふんふ、、ん。」と貞夫は笑った。佐吉に反対するような笑い方だった。

佐吉は意外そうに、

「なんや、貞やんはそう思わぬのけ？」

「わし、そんなこと、わからぬワ。」

「なんでわからぬネ。もしまちえが、孝やんが好きで無《の》うたら、名は指さへんで。」

「そんならそうしとき。せやけど、わしは、名を指したからそいつが好きということは無いと思うなア。わしはお秋を指したけど、別に好きやないワ。」

お秋の家は坂田で、父親は農業のあいまに豆腐《とうふ》売りをしていた。片眼がくもっているところから眼一《がんいち》をつまってがんち、がんちとよばれ、お秋はこの父親と通学の途上《とじょう》であうのを何よりもいやがった。

佐吉も、そんなお秋を貞夫が好きでないというのはほんとだと思う。では貞夫はどんな気持ちでお秋を指したのだろうか。

すると貞夫がいった。

「佐吉《さき》やんは、まだ番が廻らぬさかい、ようわからぬのやで。番が廻ってみ、なんでみんなが見てる前で好きな奴《やつ》の名が指せるけ。」

「そら、きっと、ほんまやなア。」

佐吉は少し赤くなった。

「せやから、わし、お秋にしたんや。あはは、、、。」

「お秋は、かわいそなこっちゃ。はは、、。」

では、杉本まちえもやっぱり好きな相手の名を指すのが羞《は》ずかしくて、このわしを指したのだろうか？　エッタのわしを……。

〝孝二はかわいそなこっちゃ。はは、、、。〟

耳底にひびくざんこくな声を、孝二は防ぎかねた。その頭上を、烏《からす》が四、五羽はばたいて行った。

盆地《ぼんち》はもうおおかた稲《いね》が刈りとられ、西の茜雲《あかねぐも》はあしたの霜《しも》を予告するように鋭《するど》く光っていた。

四

真っ白におりた霜が、掻《か》き消すような速さで消えた。〝霜折れ〟だ。盆地の空は忽《たちま》ち鉛色《なまりいろ》にくもって、太陽の輪郭《りんかく》だけが僅《わず》かに黄色い。こんな日は、たいてい午後から雨になるのだ。

孝二は出がけに用意よく雨傘《あまがさ》をかかえた。

貞夫は雨傘なしで下駄《げた》をはいていた。これも午後から雨になるのを予想しての身支度《みじたく》だった。

他の大方は、傷ついた鶏《にわとり》のように首をすくめて歩いた。湿気を含んだ朝の空気はへんに肌寒《はだざむ》くて、垢《あか》じみたきものの衿《えり》が特別冷たく感じられ、自然、えりもとがすくむのだ。それでも彼等には共通なたのしみがあった。きょうは十二月二十三日で月曜日、この週いっぱいで、学校は冬休みになるのだ。

さて、校門をくぐったとたんに孝二は気がついた。昇降口《しょうこうぐち》の掲示板《けいじばん》に、杉野先生がチョークを走らせている。そばに十二、三人、既《すで》に立ちはだかっているのは、掲示文が面白いからだろうか。

「孝やん、見よう。」と貞夫もすぐ気がついて、孝二のかかえた傘の柄《え》を引っぱった。

孝二は引かれるかっこうで掲示板の下に立った。

〝二十一日、第三次桂内閣が成立しました〟

少し右肩《みぎかた》さがりの杉野先生の文字が、掲示板から石つぶてのように孝二の胸を撃《う》ってくる。しかし、まわりの生徒は面白そうに、或《あ》いはとくいそうに、ふり仮名だよりに読み上げた。

内閣総理大臣兼外務大臣　桂　太　郎

内務大臣　大浦兼武《かねたけ》

大蔵大臣　若槻《わかつき》礼次郎

陸軍大臣　木越安綱《きごしやすつな》

司法大臣　松　室　致《まつむろいたす》……

そして先生がさいごの海軍大臣斎藤実《まこと》にふりがなをつけた時、六年生の一人がいった。

「先生、第三次というのは、三べんめの桂内閣ということでっか。」

「そうだ。」と先生は踏《ふ》み台からおりて、

「ところで、前の総理大臣は？」

誰も答えなかった。

先生はうす笑いしながら、

「なんや、もうみんな忘れたんか。そんなことではあかぬな。」

すると大垣久雄が、

「先生、こいつやったらきっと知っとりまっせ。この前も、こいつは、桂太郎の名をおぼえとりましたさかい。」

と孝二を指した。

「あ、畑中か。畑中ならおぼえとるやろのう。」

けれども孝二は先生の言葉が終らぬうちにこたえた。

「忘れました。」

それというのは、〝誰が知ってても言うもんか。〟と、孝二はのどのあたりまで反感がつき上げてきたからだ。

「忘れた?」と先生は首をかしげ、それから、はは、、と笑って、

「じゃ、しようがないから、先生が言おう。前の総理大臣は西園寺《さいおんじ》公望侯爵《きんもちこうしゃく》で、長い間フランスに留学したはったお方やった。」

「先生、なんでそない常《じょう》たり、内閣がかわりまんネ。」

また久雄が口を出した。

「それは、いろいろわけがあるからや。」

「どんなわけだんネ。」

「わけは複雑で、話してもお前らにはとてもわからぬけど、まあ、かんたんに言うたら、政治にたずさわるえらい人たちの間に意見のちがいがあって、それでしじゅごたごたしてるからや。前の西園寺内閣では陸軍大臣が陸軍を二コ師団ふやそうというし、内閣側はふやすのはいかぬというし、それでとうとう意見が衝突《しょうとつ》して内閣が持ち切れなくなったんや。」

「でもなんで師団をふやすのがいけまへんネ。」

久雄の疑問は、また大方の疑問だった。彼等は、天皇を大元帥《だいげんすい》とする日本軍隊は、その勇猛《ゆうもう》さに於《お》いて、その神聖さに於いて、まさに世界に冠《かん》たるものだと教えこまれている。だから、そういう軍隊は、ふやせばふやすほど国威《こくい》を発揚《はつよう》することになるとしか思われない。それなのに、師団をふやすのがいけないとは、いったいどうしたことか不審《ふしん》なのだ。

杉野先生はためらいぎみにチョークを指先でもてあそんでいたが、

「陸軍を二コ師団ふやすのは、海軍でいうたら、大きな軍艦《ぐんかん》を建造するのと同じことで、どっさりお金がかかるんや。今の日本の財政では、そういうことは無理やから、内閣側はいかぬというしかない。ところが陸軍側は、陸軍の望みどおりにしないのなら、陸軍大臣はやめるというて、ほんまにやめてしもた。これは家でいうたら、だいじな柱が一本ぬけたようなものやから、内閣はたおれるしたなかったんだ。」

「じゃ、先生、こんどの内閣はどないしやはりまんネ。」

六年生がきいた。それもまた大方の生徒の聞きただしたいところだった。しかし杉野先生は廊下《ろうか》の方へ歩いて行きながらこたえた。

「さア、どないしやはるかな。そんなむつかしいことは先生にはわからぬ。」

生徒たちは顔を見合せた。はじめに杉野先生が言ったとおり、複雑な政治向きのはなしは、所詮《しょせん》、子供には不可解だった。にも拘《かかわ》らず、内閣交代のたび毎《ごと》に、子供たちはその閣僚名の暗記を迫《せま》られるのだ。

「貞やん、あっちに行こ。」と孝二は貞夫の袖をひいた。

「うん。」と引っぱられながら、貞夫は〝文部大臣柴田家門〟を口の中でくりかえしている。

「そんなもン、おぼえぬかてええやないけ。」

「せやけど、教室にはいってみ、きっと青島のやつ、文部大臣の名をたずねよるで。せやから、総理大臣と文部大臣の名はおぼえとかぬとあかぬ。」

「わしはおぼえても知らぬというたるワ。」

「なんでやネ。」

「なんでいうて、わし、あの桂太郎という人は好《す》かんネ。」

「うふ、、、。」

貞夫は笑った。貞夫は、内閣総理大臣というような遥《はる》かな存在に対して、〝好かん〟という孝二が、愉快《ゆかい》でもあれば、同時に滑稽《こっけい》でもあったのだ。

二人はちょうど便所の近くにきていた。

「わしは、この前、桂太郎の名を知ってたのは孝やんだけやさかい、孝やんはよっぽど桂太郎を尊敬してるんやと思うてた。」

貞夫は小便をしながら早口にいった。

「阿呆、いいナ。」

孝二もならんで用を足した。

「わしとこのお父《と》ったんも、ほんまは、桂太郎は好かんていうてるネ。ゆんべも新聞よんで、悪い奴《やつ》が内閣とったもんやて、兄やんとはなしをしていた。」

声を落していいながら、貞夫はきものの前を搔き合せた。

孝二は一すじ光を見たような気がした。新聞をとっている貞夫のお父ったんは、なぜそんなにも頻繁《ひんぱん》に内閣が更迭《こうてつ》するのか、そのわけを知っているにちがいない。そしてたのめば、いろいろ教えてくれるのではあるまいか。しかし、ことによると、子供はそんなことを知りたがるものではないいうかもしれぬ。貞夫のお父ったんの志村国八は、小森では安養寺の住職をのぞいて一番学問があるといわれていたが、あまりむらの事には口出しをせず、区長も引き受けたがらない極《ご》く内輪な性格だったのだ。

ところで、霜折れの寒々とした空は、とうとう午後から雨になり、五時間めが終った時は、中庭に向いた雨樋《あまどい》がジャアジャア音を立てて雨水を吐《は》き出していた。

その時、「久雄」と教室のすぐ出口のあたりで大垣検査員の声がした。久雄は駆《か》け寄って、父の手から雨傘を受取った。

「これは、まちえさんのや。」と、検査員はもう一本の傘をまちえに渡《わた》した。

「あ、よかった。わい、心配してたとこや。」

まちえはうれしそうに雨傘をかかえた。

孝二は教室を出たところで、足袋《たび》をぬぎ、ふところにねじ込んだ。その頭の上で大垣検査員がいった。

「君、孝二さんやな。」

「は。」

「傘は？」

「あります。」

「ほんまに？」

「きょうは降るやろ思うて、用意《まわり》してきましてン。」

孝二は傘かけから傘をはずした。傘には木の名札が結びつけてあった。

「久雄、みてみ。勉強のでける子はやっぱり、ちがうで。朝から、もうちゃんと傘を持ってきててやないけ。お前《ま》はんもちっと見習うもんや。」

大垣検査員は高い声でいった。しかし、それは決して久雄に対することではなかった。むしろその言葉のうらに、検査員は優越《ゆうえつ》の快感をむさぼっていたのだ。それというのは、小森で小森の子供を見るよりも、こうして学校で小森の子供を見る時、いっそうはっきりと彼等の上に小森の運命を感じるからだ。

「しかし、考えてみりゃア、哀《あわ》れなもんや。どないはつめい（利発）にうまれついたかて、どないけんめいに勉強したかて、小森では、どうにもならぬさかいな。」

エタ。それがその人間の生涯《しょうがい》にどういう作用を及《およ》ぼすかを知りつくしている大垣検査員は、校門を出たあたりで、一人ひそかにつぶやいた。そうつぶやく彼の顔には微笑《びしょう》が浮《う》いていた。それは当然な微笑だった。一人でもより多くの人間を押《お》しのけ、一人でもより多くの相手を蹴落《けおと》すことが自分の立身出世に通じる世の中では、小森のような、終生浮ぶ瀬《せ》のない人間がいることは、たしかに一つの幸いだったのだ。しかも小森のみじめさに対して、検査員個人はいささかも責を感じる必要がない。

「結局、あんな小森みたいとこへうまれてくる奴が運が悪いのや。きっと前世で何か悪いことでもしたんやろ。」

検査員は微笑をくりかえした。彼はそこに仕掛《しか》けられた思考の魔術《まじゅつ》には気がつかない。小森に対するざんこくな差別が、前世の罪という、まことにえてかってな解釈《かいしゃく》で、あっさり正当化されていることにも思いも及ばない。彼にはあくまで小森は小森であり、それは何者の力をもってしてもゆるがすことの出来ない宿命だったのだ。ところで――

「孝やん、さっき久雄のお父《と》ったんは、孝やんに、傘は？　てきいたけど、もし、孝やんが〝ない〟ていうたら、貸してくれるつもりやったんやろうか？」

孝二のさしかける傘に、貞夫は自分も片手を添《そ》えながらいった。ちょうど大橋を越《こ》えたところで、うすい紫色《むらさきいろ》の煙《けむり》が、帯のように小森を取り巻いていた。

「うふふ……ン。」と孝二は笑った。

「ふふ………ン。」と貞夫も笑った。

羽織を着て、編上げ靴《ぐつ》をはいて、にやにやしながら我が子のあとを行く大垣検査員が貞夫には眼に見えるようだ。そして孝二もそれは同じだったが、彼の眼瞼《まぶた》にはもう一つの幻《まぼろし》がちらついていた。

白足袋をはいて、久雄とならんで行く花模様のドンザ（袖《そで》なし羽織）。ドンザの肩《かた》で時々くるっと廻る雨傘には、傘職人の太い筆で書かれた〝大字《おおあざ》島名杉本まちえ〟の九文字が黒々と光っている……。

孝二たちの組で、そうした誂《あつら》え傘を持っているのは、杉本まちえの他に四、五人だった。

孝二はじっと傘を見上げた。孝二のはまだ新しい白の番傘で、これにも頼《たの》めば、傘屋は孝二の名を書き入れてくれるだろう。けれども、その頭に小森と書かれるのはまっ平だ。

〝くそたれめ!〟

不意に孝二はののしりたくなった。傘に書けない〝小森〟がにくかった。傘に書ける〝島名〟もにくかった。花模様のドンザにも腹が立った。

雨はいつか霙《みぞれ》をまじえて、さらさら傘をたたいていた。

五

「二百万円と、口でいうのは易《やす》いけどな、二百万円いうたら、どえらい金だっせ。」

広吉小父《おっ》さんはそこで言葉を切って一座を見廻した。一座は、貞夫の両親に兄の敬一。それに貞夫、孝二。ほかにおつやねえさんと、貞夫の姉のきくえが、出たり入ったりしている。新の正月で、たまたま家に帰ってきた広吉小父さんは、留守中の礼かたがた、仕事現場の話がしたくて本家に顔を出したとこなのだ。

「そら、二百万円いうたら大金やとも。十円紙幣《さつ》で二十万枚やからな。はは丶丶。」

父親の国八は珍《めずら》しく陽気に笑って、「金もあるとこにはあるもんやのう。」と、広吉小父さんに杯をさす。

「おまはん、そら、わいらとはケタがちがいますがな。」

と、母親のとよもきげんがいい。

「せやけど、どねん金があるいうても、二百万円をトンネルにかける思い切りは、なかなか普通ではつかぬこっちゃ。」

酒も煙草《たばこ》もたしなまぬ敬一は、さかなの煮《に》しめだけをむしゃむしゃ食いながらいった。

彼は明けて二十四歳になるわけだが、年よりは三つ四つ老《ふ》けて見えた。面長なその顔立ちと、職人風に刈《か》りこんだ頭髪《かみ》のせいだろうか。しかし笑うと真っ白な歯並びが美しくて、その瞬間《しゅんかん》はあべこべに年齢《ねんれい》より若く見えるのが特徴《とくちょう》といえば特徴だった。

「せやで。敬一つぁん。」

広吉小父《おっ》さんは我《わ》が意を得たり……と意気ごんで、

「わしが感心するのもそこのとこや。堂島で米相場を張るのとちごうて、こっちは、世の中のためになる事業や。あのトンネルがでけてみ、大阪と奈良は一つなぎや。ほんまに、岩下清周《せいしゅう》というのは、えらい男やなア。」

そして小父さんは、ふと貞夫と孝二が眼をかがやかせているのに気がついて、

「岩下清周というのはな、北浜銀行の頭取と、大軌の社長をやったはるお人や。このお

人が、うん、やろう、と言わはったよって、生駒トンネルが出来るんやが、それには、二百万円もの大金がかかるんやで。たいしたものやろうが。」

「そのトンネル、いつでけるネ。」

貞夫が膝《ひざ》をのり出すようにしてたずねた。

「なんでも、話では、ことしの八月いっぱいやそうな。八月いっぱいに出来ると、二年二カ月で完成というわけやが、しかし今のあんばいで進んで行ったら、もっと早うでけるやろ。何しろ、もう七割方掘《ほ》り進んでいるさかいな。」

「みなで、どれくらいの長さになるネ。」と孝二もたずねた。

「みなでは、富士山の高さや。」

「富士山は、一万二千三百六十五尺。」と孝二は口の中でいった。富士山の高さは、一年の月数の十二に、日数の三百六十五を付け足せばいいのだと、いつか杉野先生がいったのを思い出したのだ。

「へーえ。生駒トンネルは富士山の高さけ。」と、とよはひどく感心して、

「そんな長道中を掘って、危ないことないもんかいな。」

「それは何かの拍子《ひょうし》でけがをする人もいるし、つまらぬ喧嘩《けんか》でいのちをおとす人もいますけどな、トンネルの方は、こんりんざい大丈夫《だいじょうぶ》や。何しろ、えらい博士さんたちがちゃんと測量してやったはることやし、現場の監督《かんとく》さんたちも眼の利《き》く人やし、それに坑《こう》

木《ぼく》も二尺からの松丸太を林みたいに入れて行くのやからな。それから掘ったとこの半分以上は、もうちゃんと煉瓦《れんが》が巻いたります。それはもう、見事なもんで、貞やんや孝やんに一ぺん見せてやりたいくらいや。」

「わしらかて見たいで。」と、国八がにっこり笑った。

「そやったら、電車が走るようになったら乗って、よう見とくなはれ。その中に、わしの運んだ煉瓦もおますネ。はは、、、。」

それで孝二にもわかった。広吉小父さんは、トンネルの煉瓦運びをしているのだ。

小父さんは杯を重ねて、

「もっともこのわしかて、はじめのうちはトンネルにはいるのがなにやら気色《きしょく》悪かった。ぐーっと奥《おく》の奥へ吸いこまれて、そのまま出てこれないみたいな気イしてな。ところが自分のはこんだ煉瓦が巻かれて行くのを見てるうちに、こんどは、すっきりトンネルが好きになってしもた。人間てこんなもんや。せやから本職の工夫さんらは、どんな危ない個所に出くわそと、なんぎな岩にぶっつかろとこわいも、いやもないのはあたりまえだす。」

「まったくただの、ゼニ、カネでは、ああいう仕事はでけんのう。本職の工夫さんでも、やっと五十銭ぐらいやろうが?」

「なんの旦那《だんな》、五十銭にもいきますもんかいな。普通、監督さんで四十七銭。工夫さんで四十二銭。女子衆では三十銭そこそこや。」

「四十二銭では、やっと二升《しょう》でんな。」

とよが二升というのは米のことなのが孝二にもわかる。

「すると、米は高いみたいで……。」とつやがいう。

「いや賃の方が安いのや。」と敬一はつやの意見を糺《ただ》すようにいった。

「せやけどな、敬一つぁん、今はどこで働いたかて、たいていそんなもんや。本職の工夫は、まあ、いうてみりゃ、日本中の炭鉱から腕《うで》を買われてきた人らやけど、みなそれでとくしんして、よう働いてるで。もっとも勝った方には毎日ほうびの金が出ることになってて、互《たが》いに負けられぬという意地もあるんやな。わしの働いてるのは、トンネルの東口やが、こっちは今のとこ、西口より二百呎《フィート》ほども勝ち越してるネ。わしはただの人足やさかい、ほうびの金はもらえぬが、それでも勝ってる側で働いてるのは気持ちのええもんでなア。はは、、、。」

「結局は、金の力やのう。」と国八がいった。

「それは、そうだす。岩下清周がえらいのは、二百万円もの大金《おおがね》が動かせるからで、もしわしらみたいに身体《からだ》一つの人間やったら、岩下もくそもありまへんワ。」

「せやから、広吉つぁん、せいぜい身体をだいじにせなあかぬで。働いてくらすものには、自分のからだだけがしんしょうやからな。」

「あんまりええしんしょうやないけど、たった一つきりやよってだいじにします。」

広吉小父《おっ》さんはしばらく腹巻のあたりをごそごそさぐっていたが、やがて小さな布の袋《ふくろ》を取り出し、うやうやしく両手にのせて押しいただき、再び腹巻にしまいこんで、

「今のはありがたい聖天さんのお守りで、このお守りを肌身《はだみ》はなさず持ってりゃ、何もこわい事も、心配なこともおまへんネ。」

そして、にっこり、黄色い歯を見せて笑った。

「しょうてんさんて、何やネ。」

いいながら、貞夫は袋の中味をのぞきたい衝動《しょうどう》にかられた。

広吉小父さんは腹巻の上に手をあてて、

「聖天さんは、生駒の宝山寺のご本尊さんや。トンネルで働くようになって、わしもそのご利益《りやく》がわかってな、月の十五日にはお詣《まい》りすることにきめてるネ。嘘《うそ》か真実《ほんま》か知らぬけど、ご本尊さんは、からだが人間で、首から上は象やというこっちゃで。」

「ふーむ。おっかしな神さんやな。」

貞夫といっしょに孝二も笑った。

「ははゝゝ。おっかしな神さんには、おっかしな神さんや。男と女で抱《だ》き合《お》うてる神さんやからな。」

「広吉さんは、何をいい出すことやら。」と、とよは口をつぼめて笑った。とよは反《そ》っ

歯《ぱ》で、普通に笑うと、ひどく前歯が大きく見えるのだ。

「いや、お主婦《かみ》さん、これはほんまの話ですがな。嘘や思うたら旦那にきいてみなはれ。ここの旦那は、なんでもよう知ったはる。」

「ほんまでっかいな?」

とよは、まだ信じられない顔つきだ。

「それは、ほんまや。もっとも、わしは本物を拝んだわけやないがな。なんでも、聖天さんていうのは仏教の守護神《しゅごしん》で、男の神さんは魔王、女の神さんは十一面観音の化身《けしん》やそうな。それが抱き合《お》うてるから、信心すると夫婦仲が好《よ》うなって子宝にめぐまれるし、病難も盗難《とうなん》ものがれるというわけや。」

「へーえ。そいじゃ生駒の聖天さんにお詣りすると、神さんか仏さんかわかりまへんが、その変ったお姿がおがめまんのか?」

「拝めまいよ。ああいうのは、みな秘仏というて、お厨子《ずし》におさめて、奥の方にまつってあるもんやからな。」

「せやから、よけ、ありがたはんネ。ほんまにあない大けな工事が、なんのさわりものう、どんどんはかどるのは、みな聖天さんのおかげだす。」

貞夫と孝二は顔を見合せた。二人は二百万円よりも、からだが人間で、首から上が象だという、そのおかしげな神さまの方が、いつの間にか小父《おっ》さんによって偉大《いだい》な力を持たされているのに気がついたのだ。

「それはそうと、広吉つぁん。こんど小森も百二十円で消防ポンプ、買うたで。おかねさんに聞いたかえ。」

「あ、それは、ゆんべ帰ってくるなりききましたとも。なにせ火事ではひどいめに遇《お》うてるさかい、嬶《かかあ》もえらいことよろこんで話しよりました。それについては、本家の旦那がたいそう骨を折ってくれはったそうでんな。おかげでわしら、よそで働いてても安心や。聖天さんにも、火伏《ひぶ》せのご利益だけはおまへんさかい、わしら消防ポンプをたよりにしてまっさ。」

それから広吉小父さんは貞夫と孝二に眼を向けて、

「おまはんら、消防の提灯《ちょうちん》おとしを見たことあるけ？」

「ある。」と貞夫がこたえた。

「去年の春、学校のとこで……。」と孝二がいい添える。

「その時、面白《おもろ》うなかったんかい。」

広吉小父さんは不満顔だ。

「ううん。面白うないこともないけどな。」と貞夫は孝二を見やって、

「な、孝やん、去年はよそのポンプばっかしやったさかい、見ててもつまらぬかったなア。」

「せやったらことしは面白いで。ことしは小森のポンプも提灯おとしに出るさかい。」

とよが言った。

提灯おとしはポンプの放水検査をかねた消防訓練で、坂田村では毎年一回、坂田、島名、本川、安土の四大字が消防ポンプをくり出し、学校前の用水路で技《わざ》を競い合った。そして提灯落しの一等には優勝旗がおくられる習わしで、大字《おおあざ》坂田が、このところ三年つづけて獲得《かくとく》していた。

こうした競技は当然子供たちの昂奮《こうふん》をかき立て、対抗《たいこう》意識をあおって、当日はみなそれぞれの大字を応援《おうえん》、祭りのような騒《さわ》ぎを呈するのだった。

けれども消防ポンプの備えがない小森は、この競技に参加するわけにいかず、競技見物の孝二や貞夫は、面白いどころか、むしろポンプのないことにひけめを感じるのだ。

だがことしは……と、孝二も貞夫も、もう今から気がはやる。広吉小父さんもぐいと両肩を持ち上げて、

「なーに、今までは坂田が優勝しとったかしらぬが、ことしからは、そうは問屋がおろさぬわい。なんの、おろさすもんか。な、若大将、しっかりやって、優勝旗とってきてや。孝やんも貞やんも、若大将を応援したってや。この小父さん、よう頼んどくぜ。」

〝若大将〟の敬一は小父さんの杯に景気よく酒をつぎこんで、

「小父さん、心配せぬと任しとき。ことしの優勝旗は、生駒山がここから西北に見える

かぎり小森のもんや。ははゝゝゝ。」

「ははゝゝ。それ聞いてわしも安心や。生駒山がここから西北に見えるかぎり……とは、吉大将、うまいこというたもんや。その生駒山に、わしはまたあしたから働きに行くさかい、旦那、おかみさん、何分よろしゅう頼ンまっせ。」

酒もてつだっていたが、広吉小父さんの両眼はぬれていた。小父さんは、〝ええ正月させてもろた。〟と、ほんとに泣くほどうれしがっていたのだ。

その日は夜まで、とうとう小父さんは腰《こし》をすえきりだった。

六

「孝やん、十五日はきょうやで。」

「うん、きょうは十五日や。」

「ちがう。十五日はきょうやいうネ。」

同じ十五日でも、そこに微妙《びみょう》なちがいがあるのを孝二も感じた。

「わかったケ？」

「？…………。」

「そら、新宅の小父《おっ》さんのことやが。」

いわれて孝二も思い出した。貞夫が、〝新宅の小父さん〟というのは志村広吉小父さんのことで、広吉小父さんは月の十五日にはかかさず生駒の聖天さんにおまいりするといったのだ。

「せや、あれはきょうやったな。」

いいながら、孝二は生駒を眺《なが》めた。

「新宅の小父さん、きっと今ごろ聖天さんをおがんでるで。けがせぬように、金、たまるように……というて。」

貞夫も生駒に眼をやった。生駒は眉形《まゆなり》の柔《やわ》らかい曲線の上に、三きれ、うすい灰色の雲をのせている。一きれはまるで噴煙《ふんえん》のような形だ。

「せやけど、貞やんは、ようおぼえてたものや。わしは、もうころっと忘れてた。」

「それは、聖天さんて、おかしげなかみさんやさかいおぼえてたんや。」

「なんや？　聖天さんは神さんケ。わしは、仏さんや思うてた。」

「そら、ひょっとしたら仏さんかもしれぬけどな、神さんかて、仏さんかてよう似たもんや。みなわしらにばちをあてよるネ。」

「ぷふっ！」と孝二は一声はじけるように笑った。貞夫が、ぴったり、自分と同じ考えを言ったからだ。

「孝やん、ほんまやで。」と、貞夫は力んだ。

「ほんまやとも。」と、孝二は忽《たちま》ち顔をひきしめて、

「わしも神さんや仏さんは、大きらいや。もし神さんやの、仏さんやのがいて人間のためにええことしてくれるんやったら、なんでわしらをエッタにしとくネ。聖天さんかて、やっぱりあかぬワ。信心すると、子のない人にも子がでけるんやていうけど、ニッタの子みたいなもン、でけてもあかぬ。」

すぐる去年の夏休み、いとこの七重も、そのことの不安で、幼い顔を青くしながらいった。

〝もし、わいのお腹に赤児《あかご》がいたら、しまいに出てきよるやないけ。出てきよったら、それ、エッタやもン、心配や。〟

こんな苦しみ、こんな悩《なや》みをそのままにして、それでもこの世に、神、仏が存在するといえるだろうか。

その時、「畑中。」と江川先生の声がした。孝二は思わずふり向いた。

「志村と二人して、何を見てるのかい。」

「生駒さんを見てますネ。」と孝二がこたえた。

「生駒さん？　それはまたええもの、見てるんやのう。」

江川先生は笑った。先生の笑ったいきが、なまあたたかく孝二の首すじを撫《な》でた。

「先生、今、生駒さんにトンネルつけてますやろ。」と、こんどは貞夫がいった。

「あ、つけてる。」

「わしとこの新宅の小父さん、トンネルで働いてますネ。」

「ほう、そうか。」

「その小父さんが、生駒トンネルの長さは、富士山の高さとおんなじくらいやて言いまして
ン。」

「それは面白《おもろ》いのう。それで志村と畑中は生駒さんに興味がわいてじっと見てたンか。」

孝二と貞夫は顔を見合せて笑った。ほんとうは聖天さんが問題だったのだが、二人ともそのことは言いたくなかった。というのは、江川先生の周囲には、もう十五、六人も集まってきていたからだ。

江川先生はぐるっと子供たちを見廻して、

「実は先生のうまれた村は生駒のじき下や。」

すると六年の女生徒が、

「そこから先生は隣《とな》りの松川村へむこさんに来やはってン。」と、みんなに紹介《しょうかい》するようにいった。

既《すで》にそのことを知っていた子供も、今はじめてそれを知る子供も、ともに声を立てて笑った。彼等の抱いている、先生とはこわいもの、気むずかしいもの、寄りつきがたいものという日頃《ひごろ》の観念が、先生がむこさんにきた……という一事で、あっさり打ち砕《くだ》かれてしまったのだ。

江川先生も一しきり笑っていたが、

「ところで、五、六年生は〃ながすねひこ〃というのを歴史で習うたやろ。」

「はーい、習いました。」と杉本まちえが答えた。それにつづいて大垣久雄がいった。

「そのながすねひこというのは、一番強い悪者や。」

「そのながすねひこは、生駒に住んでいたんだ。つまり、ながすねひこは生駒の土豪《どごう》だったんだな。」

「じゃ、先生の先祖はながすねひこでっか。」

「それはわからぬ。或《ある》いはながすねひこかもしれぬし、反対にながすねひこを殺した〃にぎはやひのみこと〃やったかもしれぬ。」

「せやったら、先生とこは、神武天皇よりまだもっと前から生駒にいやはりましたンか。」

「それもわからぬなア。」

「せやけど、先生、そのじぶんも生駒の山はあんなでしたんやろか？」孝二が口を入れた。

「それは、そうだろうな。」

「人も大勢住んでましたやろ。」

「それは住んでたな。ながすねひこの軍勢がなかなか強かったのも、きっと人が大勢いたからや。」

「その人ら、なにしてくらしたはりましてン？」

それはいつも孝二の胸に淀《よど》んでいる疑問だった。

「そうだな。まず、食う物をとるために田畑を耕したり、山で狩りをしたり。そのあいまには着るもの、はくもの、その他、いろいろな道具を作ったりして、みんなせわしく働いていたろうよ。」

「そこへ神武天皇が神さまのいいつけで攻《せ》めてきやはりましたんや。なア、先生。」六年生がいった。

「ほんまかいな。」と誰《だれ》かが疑わしげに口をはさむ。

「教科書に書いたるもン、ほんまや。」

〝六年の、阿呆《あほ》たれ。〟

孝二は胸の中ではげしく六年生を罵《ののし》った。けれども口に出して反撃《はんげき》することが出来ない。天孫降臨《てんそんこうりん》のはなしは、歴史の教科書にちゃんと出ているのだ。

その日の帰りは、寒《かん》にはいって以来の冷たい金剛颪《こんごうおろし》だった。孝二も貞夫も、ネルのシャツに厚い綿入れをきていたが、それでも寒気が身にしみて、口もきかずに駈《か》けもどった。口をきくと、忽ち切るような冷気が胸に侵入《しんにゅう》していき苦しくなるのだ。

「あ、寒かった。」

やがて家の閾《しきい》をまたいで、孝二は思わず口走った。もう大丈夫《だいじょうぶ》という安心からだった。

すると上り口の障子が開いて、

「孝二。」と、誠太郎の顔が笑った。

孝二は這《は》うようなかっこうで部屋に上った。あまりにも思いがけないよろこびに、孝二は平常通りの姿勢ではいられなかったのだ。

「孝二は襟巻《えりまき》、ないのけ？」

誠太郎は自分の襟巻をはずした。鉄色の布だった。彼はそれを孝二の首に巻いた。抱《だ》いてやりたい衝動《しょうどう》がそれで幾《いく》ぶんとくしんした。

「この冬から、五、六年の男生は襟巻したらいかぬことになってン。」

孝二は巻いてもらった布にあごをこすりつけた。柔らかい絹の感触《かんしょく》が快かった。

「孝二、夢みたいやろ。兄《にい》やんがひょっこり帰ってきて……。」

ぬいは眼をしばたたく。ぬい自身、誠太郎の帰省がまるで夢のようなのだ。

「うん……。せやけど、わし、きょうは大阪の方はやぶ入りやさかい、ひょっとしたら兄やんが帰ってくるかもわからぬ……と思うててン。」

嘘《うそ》ではなかった。孝二は先刻《さっき》大橋を駈け足で渡《わた》りながら、去年誠太郎と二人で、じっと川底をのぞいたのを思い出したことなのだ。

ふでは眼頭《めがしら》をふいて、

「去年誠太郎が帰ってきた時も、みぞれまじりの雨が降ってて、やっぱり寒うてなア。」

誠太郎は、火鉢《ひばち》にかざした手の指をぽきぽきならしながら、

「わても、こない不意に帰るつもりはおまへんでしたんや。去年、こんど帰る時は羽織を着てくる……といいましたが、ほんまにそのつもりでいましてン。ところが、今、はなしたように、けさになって、旦那《だんな》はんがいっしょにまいろ、といやはりましてな、俄《にわ》かにおともしてまいって来ましてン。」

「それはけっこうなこっちゃ。いっしょにおまいりさせてもろた上に、こない、家に帰らせてもろて……。」

「そういうわけやから、今日のところは帰ったんやのうて、ほんの一寸《ちょっと》寄っただけですネ。もしほんまに帰るんやったら、お祖母《ばあ》んに仰山《ぎょうさん》、みやげ、買《こ》うてきますがな。」

「あはは、、、。何をいうこっちゃら。」

ぬいは笑って、やっぱりふでのように眼頭をふいた。二人とも、うれし涙《なみだ》なのが孝二にもわかる。それにしても、誠太郎は主人のおともをして、どこにまいってきたのだろうか？　しかし孝二が訊《き》く間もなく誠太郎がいった。

「旦那はんは、もう長いこと生駒の聖天さんを信心したはるそうだす。」

「やっぱり生駒の聖天さんけ。」孝二は笑いをこらえて言った。

「やっぱり……て？」

「向《むか》いの小父《おっ》さんかて、聖天さんやネ。」

「志村の小父さんか？」

「うん。小父さん、今、トンネルで働いてるさかい、けがせぬように、毎月十五日に聖天さんにまいるんやていうてた。せやから貞やんと二人でひるの遊歩時間に生駒山を見てたんや。今ごろ志村の小父さん、聖天さんをおがんでるかいな、いうて。」

「ふーむ。」と誠太郎は口を結んだが、ふでは、

「へーえ。孝二はまた妙なことを知ってたんやな。」と口をあけて笑った。

「せやかて、小父さん、正月に帰ってきた時、貞やんとこでいろいろ話をするの、わし、そばで聞いてたもン。」

「貞やんといえば、あすこへ嫁さんにきやはったおつやねえさん、どないしたはる。」

「どないしたはるいうて、そら、もうしあわせなこっちゃ。身上《しんしょ》もええし、それに、みなようわかったお人やし。」

「わての顔、わかるやろうか？」

「そら、わかるともな。おつやは、おまはんが鮟鱇《あんこう》やさかい、男らしゅうてええといつかてほめてた娘《こ》やもン。」

ふでは笑いながら土間におりた。誠太郎にうまい夕飯をつくるつもりだった。

「それで、志村の小父さんは、トンネルでどんな仕事をしたはるネ。孝二、それもきい

たけ？」

土産《みやげ》に買ってきた巻きせんべいを、誠太郎は自分でもとり、孝二にもやった。

「煉瓦《れんが》はこびやそうな。」

ぬいがいう。

「じゃ、きょうも王寺の駅から、煉瓦をはこぶ牛車が仰山出てきたが、小父さんもあのなかにいたのかな。」

「ちがう。小父さんは、牛車がはこんできた煉瓦を、トロッコでトンネルの中にはこぶんや。」

「おや、おや。孝二は、そねんくわしいことまで聞いたんかい。」

ぬいは感心顔にいって、

「なんでも、生駒トンネルというのは、でえらい工事やそうな。誠太郎も、のぞいてくりゃよかったな。」

「外からやけど、見てきましたで。トンネルから運び出した岩を、女の衆らが大勢して、トントン金槌《かなづち》で砕いたはった。それをトンネルの中に運んで、またコンクリートに使うんやそうな。それから、送風機というて、トンネルの中に圧搾《あっさく》空気を送る機械が、ごうごう鳴ってましてな、戦争というものも、こんなものやろかと思うたことですネ。旦那はんも、岩下はんは、日本一の度胸者やて、えらい感心したはりました。岩下はんというのは、あのトンネルを掘《ほ》ったはる大軌の社長さんで、うちの旦那はんは、その株をだいぶ買《こ》うたはりまんネ。」

「それじゃ、トンネルがもししくじったら、旦那はん、損しゃはるわけやな。」

ふでが流しもとからいった。

「そうですネ。そのかわり、トンネルがでけましたら、旦那はん、大もうけや。株も値が上るし、土地も値が出ますよって。なにせ、生駒トンネルを通って奈良へ行く電車は、お店のじき南がわを走りますさかいな。」

「そやから、旦那はん、よけ、聖天さんを信心しやはるんやな。」

「そうかもしれまへん。」

「聖天さんを信心すると、ほんまにええことあるのけ。」

孝二の質問に誠太郎は大きな口をあけて笑った。そして、

「信心するとええ人もあるし、信心してもあかぬ人もあるらしいで。」

「志村の小父さんはどっちやろ。」

「志村の小父さんは正直者やさかい、きっと聖天さんもたのみ事を聞いて下はるわナ。」

いいながらぬいも土間におりた。夕飯の支度《したく》を手伝うためだった。

「兄《にい》やん。貞やんは、神さんも仏さんも、わしらにはばちばっかしあてよるというた。せやから、わし、笑うてン。」

孝二はふでたちには聞えぬように誠太郎の耳にささやいた。

「うん、それは、ほんまにそのとおりや。つまり、世の中には、神も仏もいやせんネ。もしいたら、小森みたいなものつくるわけがない。」

「せやけど、兄やんみたいに大阪にいたら、小森やていうこと、もうわからぬな。」

「それはわからぬ。けどな、孝二、これから手紙をくれる時は坂田村だけにして〝小森〟とは書かぬといてや。誰がどうして小森のことを知っとるかもしれぬよって。」

「うん。」

孝二は、がくっと首をおとした。孝二は、誠太郎に裏切られたような気がしたのだ。もっともそれが矛盾《むじゅん》なのは孝二にもわかる。日頃、孝二は誠太郎が小森から遠くはなれてくらしているのをよろこんでいる。にもかかわらず、その小森から遠ざかろうとする誠太郎を見るのが孝二は不愉快《ふゆかい》なのだ。

「孝二、おまはんも、学校卒業したら大阪へくるけ?」

「………。」

「くらすなら、やっぱり広いとこや。」

「でも、大阪にいても、小森の者やいうのわかったらあかぬのやろ?」

「せやからわからぬように、よう気イつけるのや。」

そんな大阪へ行きとうない……こみ上げる怒《いか》りと悲しみをこらえるために、孝二はぽきんと巻きせんべいを嚙《か》み砕いた。その孝二の膝《ひざ》に、誠太郎がつと手をのばした。置かれたのは一円紙幣だった。

「これ、土産の代りや。」

一円紙幣はうれしかった。けれども孝二はいよいよ誠太郎が遠くへ去って行くような気がして、〝ありがと〟ともいえなかった。

翌《あく》る朝、まだ金剛颪の吹《ふ》きすさぶ中を、誠太郎は早々に大阪へ戻《もど》って行った。

一本梶《かじ》の牛車

一

「昔から〝小寒は大寒にまさる〟ていうけども、やっぱり大寒は大寒だけのことがあるなア。」

ぬいは笑顔でそれを言った。

「ほんまに、ひと口に寒いていうても、こんやのはちがいますな。寒いていうより、からだのしんまでしびれるみたいや。」

ふでもその凛冽《りんれつ》さをたたえるようにいう。

もちろん夜業《よなべ》をする身に寒さは辛《つら》い。けれども、人間の依怙《えこ》も情実も作為《さくい》もゆるさない自然のきびしさが、ぬいやふでには安心なのだ。大正二年一月二十六日のこんやは、坂田、島名、安土の各字《かくあざ》はいうまでもなく、金剛、葛城、さては吉野の峰々《みねみね》にいたるまで、みな一様に凍《い》てついているにちがいない。

「孝二、勉強するのはええけどな、こねん寒い晩は、早《はよ》う寝《ね》たらどうやネ。」

暫《しばら》くしてふでが言った。

「うん。」

孝二は手早く教科書の類を風呂敷《ふろしき》に包むと、必要以上にぐっと強くその端《はし》を結んだ。そうして余分に力を出すことで、孝二は寒さに抗《こう》しているのだ。

ぬいは時計を見上げて、

「まだ八時前やな。せやけど、こんな晩は誰《だれ》も来やへんさかい、孝二、もう枢《くるる》をおとしてきてンけ。枢をおとしたら、寒さも遠慮《えんりょ》してはいって来《こ》ぬわナ。」

「でも、お祖母《ばあ》ん。向いの小母やんはまだ来《き》やはるかもしれへんで。」

「そんなン来やはらヘン。」とふでは軽く首をふりながら言った。

「おかねさんは、こんやは本家へ風呂をもらいに行く番やさかい。」

本家とは志村貞夫の家だ。貞夫の家では三晩おきに風呂がたつ。かねはのがさずその風呂をもらいに行くが、代りにちゃんと風呂の跡《あと》しまつもしてくるので、貞夫の家でも、あてにして待っているような次第《しだい》だった。

「じゃ、おとしてくるワ。」

孝二は土間におりて草履《ぞうり》をつっかけた。

さて、表口は、ひるまは障子戸で、夜分、更《さら》に板戸を引く仕組みになっている。そしていつもは夜業がすむまで障子戸だけにしておくのだが、こんやは特別寒気がはげしいところから、ふでは夕飯がすむなり板戸をひき、枢だけはおとさずにおいたのだ。

孝二は少し背伸《せの》びをして、ことんと枢をおとした。けれども、彼はまたすぐその枢をもどし、重い板戸をぎーっと引きあける。

ふでがその物音を怪《あや》しんで、

「孝二、なにしてるネ。寒いさかい、早《はよ》うしめてんか。」

だがその時、〝こんばんは。〟と思いがけない声がして、提灯《ちょうちん》が二つ、閾《しきい》をまたいだ。しかも脚絆《きゃはん》にわらじの足ごしらえである。

ふでは忽《たちま》ち不吉な予感にとりつかれて、

「あのう、井野からおこし下はりましたんやろか。」と土間にかけ下りた。彼女はもうてっきり井野のお祖父《じい》やんが危篤《きとく》か、或《ある》いはいきを引き取ったしらせにちがいないと思ったのだ。

すると訪客の一人はわび入るように腰《こし》をかがめて、

「こないな刻限におさわがせ申してすみまへんです。実は、わしらは滝からきましたんやが、おかねさんはどこぞへ行てますやろか。なんぼ戸をたたいたかて返事がありまへんので、ちょっとお聞き申そうと思いましてナ。」

滝というのはかねの実家《さと》の字名《あざな》である。ふでは災《わざわ》いが我《わ》が身から遠のいたのにほっとして、

「あ、おかねさんなら、わいが走って呼んできますさかい、一寸《ちょっと》その提灯、貸しとくなはれや。」

「それがよろしワ。」とぬいもいった。そして彼女に寒夜の使い客をもてなすべく、早速竈《かまど》におりて火を燃やしはじめた。

「ほんまにえらいお世話かけてすみまへん。それじゃ、滝から弟が知らせに来たという て下はりまへんか。」

「へーえ。あんたはん、おかねさんの弟さんだすかいな。」

ふでは受けとった弓張り提灯を眼の高さにかかげて相手を眺《なが》めた。なるほど、面《おも》ざしがかねに似ている。

「は、わし、弟の亀三だすネ。こっちは甥《おい》の政吉だす。」

「しますと、こんやのお知らせというのは、滝のお母《かあ》はんのおくやみ事とはちがいますんやな。わいはまた、滝のお母はんは、もうだいぶええお年齢《とし》やて聞いてたさかい、てっきりそうかと一人合点してましたんや。」

「はア、年寄りが死んだんやったら、何もくやむことはおまへんでしたんや。ところが、あんた、三時ちょっと過ぎにトンネルが崩《くず》れましてな、百五、六十人も生き埋《う》めになってしもて、こっちの義兄《あに》さんもどないなったか、皆目《かいもく》知れまへんのや。それで、急いで姉をむかえにきたようなわけですねン。」

ふではだまって提灯をのぞいた。

ぬいは竈の中を眺めている。二人とも恐怖《きょうふ》にのどもとを扼《お》されて口がきけないかっこうだ。それでも、やがてぬいが、その恐怖の手をおしのけるように立ち上って言った。

「おふで、これは、大事《おおごと》やでな、ここでぐずぐずしてたらあかぬ。亀三はんらに、すぐ本家へ行てもろて、みな揃《そろ》うたとこで、よう相談してもらうこっちゃ。そうして一刻も早う生駒へ行かんことには……。」

そしてぬいはたっぷり竈に水を打った。

孝二はお祖母《ばあ》んもいっしょに本家へ行くつもりなのを悟《さと》った。だからこそお祖母んは、用心のためにそうやって竈の残り火を消しているのだ。孝二はお祖母んに飛びついた。怖《こわ》いなかにも、孝二は何やらたのしみだった。

ところで、表口からはいってくるふでやぬいを、かねは風呂場に近い裏口からみつけた。彼女はちょうど着物を引っかけたところで、手早く前身を打ち合せながら早口にいった。

「おふでさんも来たんけ。今夜の寒さはちがうさかい、風呂でももらわぬことにゃ、うまいこと寝つけやへん。さ、ちょうどええとこや。もう一足おそかったら、つめ（栓《せん》）を抜《ぬ》いてしまうとこやった。歌の文句にも、〝ぬいたお前はよいけれど、ぬかれたわたしの気の悪さ〟てあるさかいな、うっかり抜いたら恨《うら》まれる。あはは、。」

しかしその陽気な笑いも、次の瞬間《しゅんかん》凍てついた。かねはぬいの背後《うしろ》に亀三と政吉を見つけたのだ。彼女は怖《こ》わ怖《ご》わ亀三に近よって、

「今ごろ、いったい、なんやネ。」

「トンネルが崩れたんや。」

政吉はさげていた提灯をぷっと吹《ふ》き消した。広い土間の中に、その音が異様に高くひびきかえった。

二

「三時ちょっと過ぎてましたやろか。」と、亀三はすすめられるままにわらじを解きながら、もう気ぜわしく話しはじめた。

「わしは、いつもと同じように、王寺駅からつけてきた煉瓦《れんが》をおろしてましたんや。そしたら山の方から、いきなりごーっと大風が吹きおろしてくるみたいな音がした思うと、ダ、ダ、ダーンて、それはどえらい地響《じひび》きがしましてな、わしは、こりゃもうてっきり生駒山が総崩れになるんや思うて、牛も車もほったらかして逃《に》げましてン。それは、もうだいぶ前から、聖天さんのお山を荒《あら》した罰に、今に仰山人死《ぎょうさんひとじに》が出るような事が起るやろうと、恐《こわ》いうわさがあったよって、そら、来よった！　と思いましたんや。せやけど、いくら逃げよう思うても、そない遠くまでとても逃げられるものやおまへ

ん。気イついたら、政吉がそばに居よって、〝叔父《おじ》さん、えらいことでけた。小森の小父《お》さんは、トンネルの中や。〟いいますネ。それから会社の事務所へ走っていきましたんやが、事務所はもう大けな騒《さわ》ぎで……。」

なんでも東の入口から五、六町奥《おく》のところで崩れてますんやそうな。」

「じゃ、そこからずーっと奥まで崩れてんのかな？」

「それが、旦那《だんな》はん、どんなあんばいか、わしらが来る時はまだわかりまへんでした。三、四間《けん》崩れただけか、それとも、掘《ほ》ったとこがみんな崩れてしもたんか。もしそうやったら、四、五町も崩れた勘定《かんじょう》で、なかで働いたはった百五、六十人は、みな死んでしまうしかおまへん。いくらなんでも、そねんむごい事があってよろしもんか！　働いたはる人らは、みな聖天さんを信心して、肌身《はだみ》はなさずお守りをいただいてますんやさかい。」

「お父《と》ったんかて聖天さんを……。」と、かねは涙《なみだ》につまった鼻をふいた。

「せやけど、考えてみると、一つはその人の運だすな。政吉はトロッコを押《お》して、いつかてトンネルを出たり入ったりしとりますんやが、ダダッ……ときたのは、ちょうどトンネルを出よった時だすネ。そうかと思うと、一人の監督《かんとく》さんは、三時前まで外の事務所にいやはったのに、ダダッ……とくるほんの一分前に、トンネルに入って行かはったそうだす。」

「なるほど、運とはそういうものやろな。」

国八は誰の顔も見ずにつぶやいた。

すると政吉が、「わし、聖天さんを信心してなかったのに助かりましてン。」と、膝《ひざ》に眼をおとしたままいった。政吉はそれまで亀三のかげにかくれるように坐《すわ》っていたのだ。

敬一は、自分より五つ六つも若そうに見える政吉に、「それがお前《ま》はんの運や。」と笑いかけた。

「せやけど、信心したはる人がやられて、信心してないわしが助かって、なんやら、へんな気持ちだんネ。」

「阿呆《あほ》、いいナ。政吉まで岩の下敷《したじ》きになってみ、このわしがたまらぬがな。」

そういう亀三の顔にも笑いが浮《うか》んだ。それは不思議な作用だった。運よくいのち拾いをした政吉が、聖天信者でなかったということが皮肉でなしにみんなの心を解き放ってくれたのだ。

さて、国八の女房が手廻《てまわ》しよく炊《た》いて出した夜食の色飯《いろめし》（醤油《しょうゆ》の炊きこみ飯）は、俄《にわ》か炊きの常で熱くて硬《かた》かった。けれどもこんな寒い夜にはその熱さがたのもしく、歯にこたえる飯粒《めしつぶ》の硬さも、不安なみんなには何か心のたよりになった。

もちろん貞夫と孝二も大人たちにまじって夜食を食った。食いながら、孝二は眼がおでいった。

〝貞やん、このめし、うまいな。〟

〝うん、うまい。〟と貞夫も眼がおでこたえる。孝二はつづけていった。

〝トンネル崩れて、大勢生き埋めになって、その中に広吉小父さんも居るネ。〟

〝うん、そうや。〟

〝せやけど、この飯、やっぱりうまいワ。〟

〝ほんまに、おっかしなもんや。〟

〝大人らは、どない思うて、飯、食うてるんやろな？〟

〝やっぱりわしらと同じに、うまい思うて食うてんのとちがうか。〟

〝そうやろな。みな仰山お代りしよるものな。〟

「ふ、、、。」とうとう貞夫が声を出して笑った。

「はは、、。」と孝二も笑いをおさえることが出来なかった。

「貞夫さんも孝二も何を笑うてンネ。何もおっかしな事ないのに、おっかしな子やな。」

ふでが周囲《まわり》を憚《はばか》るようにいう。

「ほんまに子供ていうもンは……。」と、貞夫の母親もきがねらしい口ぶりだ。孝二と貞夫はいっそうおかしくて、笑いをこらえるのに骨を折った。まったく、二人は笑うまいとすればするほどおかしくなるのだ。トンネルの崩壊《ほうかい》。百五、六十人もの生き埋め。そんな大惨事《だいさんじ》にもかかわらず、みんなやっぱりうまそうに飯を食っている。おかね小母《おば》やんも、亀三小父《おっ》さんも、政吉兄やんも負けずにくっている。これが笑わずにいられようか。

次の朝、眼をさました孝二は、母親の平常着が自分の頭にかぶせるようにぬぎ捨ててあるのに気がついた。

「お祖母《ばあ》ん、お母《か》んはやっぱり生駒へ行たンけ?」

孝二はきものを押しやって、横に寝《ね》ているぬいをのぞいた。彼はゆうべ夜食のあとで、大人たちが生駒へ行くことについて、いろいろ相談していたのを思い出したのだ。

「うん、行たで。」と、ぬいは箱枕《はこまくら》をきしらせながら孝二の方に向きかえて、

「生駒まではええ道のりがあるさかい、おふでもしんどいこっちゃ。せやけど、こない な時は遠いも寒いもいうてられへン。わいとこは、おかねさんとことは廻り親戚《いっけ》で義理があるさかいな。」

生き埋めになった広吉小父さんが気の毒だから行ったとも、おかね小母やんがかわいそうだから行ったともぬいは言わない。孝二は、ふと試してみたい気になって、

「な、お祖母ん、小父さんはトンネルの中でもう死んでるんやないやろか?」

「さア、それはわからぬな。ゆうべの話やないけども、何事もみな運やさかいな。」

「運てなにやネ。」

「めぐり合せのことや、孝二も今にわかるようになるわナ。人間はな、どこで死ぬのもみな運や。」

では、どこに生れるのもまた運で、だからエタの小森にうまれても、それが運だと思ってがまんしろというのだろうか？

「じゃ、お祖母《ばあ》ん、うちのお父《と》ったんは戦死しやはったけど、あれも運やさかい、しやァ無いのけ？」

「あれは、孝二、いうたら、進吉は戦争というにくたらしいくもの巣に引っかけられたんや。せやからわいは、此《こ》の間もいうたやろ。せめてあいつらより長生きしてたるて。あいつら、みなくもや。」

〝せやけど、そういうお祖母んかて、小森というくもの巣にひっかけられてるやないけ。〟

けれども孝二は、そうと口に出すのが怖《こわ》かった。そんな孝二はふでのきものをまた頭から引っかむり、かげでぎょろり眼玉を光らせた。

三

生駒トンネル大崩壊。それは椿事《ちんじ》だけに、貞夫は小森の通学仲間に、かんたんにその事実を告げるのが惜《お》しかった。しかも一方では、早くみんなにその事を悟らせたい気も

するのだ。そこで貞夫は、

「孝やん、ゆうべの飯、うまかったなア。」と、わざとみんなに聞えるように言った。

「うん、うまかった。ご馳走《つと》さん。」

こたえる孝二も、秘密をたのしむ笑いを顔中にひろげた。

「お前ら、なんやネ。」

案の定、六年生の大竹孫一が、羨《うらや》ましそうな、同時に不快そうな眼つきで二人を睨《にら》んだ。

「あのな、孫やん、ゆうべはたいへんやってンで。嘘《うそ》や思うたらあれを見イ。」

貞夫は伸《の》び上って生駒を指した。

「あっちの空がどないしたんや？」

「空やないネ。生駒山や。あの山のてっぺん、ちっとへっこんだやろ。」

「阿呆いうナ。火山やないのに、なんでへっこむネ。」

「そうかて、きんのトンネルが崩れたもン、それだけ山がへっこんだはずや。」

「ほんまかい。」

「ほんまやとも。きょうの新聞に、もうきっとのっとるワ。な、孝やん。」

「うん。」と孝二はうなずいた。

しかし孝二の保証がなくても、新聞ときいて孫一はもう疑わなかった。彼は小森の仲間といっしょに、暫《しばら》く立ち止って生駒を見ていた。

生駒はきのうと少しも変りがなく、眉《まゆ》のような曲線で空をかぎっている。にも拘《かかわ》らず、やがて孫一はつぶやいた。

「なんやら、ちっと、へっこんだみたいや。」

貞夫はほくそ笑んだ。いたずらの成功にのどが鳴る思いだった。

そんな貞夫は、学校に着くなり、五年の仲間にも同じ手口を使った。

「あれ、見イ。生駒山のてっぺん、へっこんだやろ。きんのトンネルが崩れて、百五、六十人も生き埋めになったんや。ほんまにえらいこっちゃ。」

「まあ、怖《こ》わ。その人ら、みな死んだんか。」

女生たちは完全に怯《おび》えた顔つきをした。だが男生は、

「嘘《わら》ぬかせ。トンネルが崩れたくらいで山がへっこむか。」とかえって貞夫の無知を嘲《あざ》笑った。一つにはトンネル崩壊の情報を貞夫に占《し》められたのが面白くなかったのだ。

なかでも久雄は、

「百五、六十人くらいなんやネ。北海道の炭鉱では、一ぺんにその倍も死んどるワ。」

といった。それはより大きな惨事を引き合いにすることで、貞夫の情報価値を牽制《けんせい》しようとするものだった。勢い、貞夫は言った。

「北海道の炭鉱で、もう何べんもガスが爆発《ばくはつ》して、大勢死んだのはわしかてちゃんと知

ってるわい。せやけど、そんなン、よその事や。こんどの生駒は我が事や。わしとこの新宅の小父《おっ》さんかて生き埋めになっとるのに、それも知らんと、阿呆かいな。」

「阿呆はわれ（汝）や。」と、久雄はすぐにやり返した。

「わしとこはエッタに親類ないよって、そんなン、なんぼ死んだかてかまへんワ。炭鉱やら、トンネルやら、あんなとこに働いとるのは、みんなおおかた、エッタにきまったる。」

とたんに笑いが渦巻《うずま》いた。久雄の勝利に拍手《はくしゅ》を送る代りのようだった。

孝二はあふれる涙を辛《かろ》うじてこらえた。口惜《くや》しくて泣くと思われたくなかった。悲しくて泣くとも思われたくなかった。孝二はこらえた涙の下でつぶやいた。

〝小父さん、死になや。死んだらあかぬで。〟

放課後、貞夫と連れ立って帰る道でも、孝二はまた思い出してつぶやいた。

「小父さん、死になや。死んだらあかぬで。」

孝二は、炭鉱やトンネルで惨死するのが、エタに生れたものの当然な運命のように考えている久雄たちに、せめて広吉小父さんの生還《せいかん》で、それが当然でないのを思い知らせてやりたかったのだ。

四

「孝二、どうしたんやネ。そねん仰山《ぎょうさん》弁当のこしてきて……。」

孝二のほうり出した弁当箱がずしりと重いのをみてとって、ぬいはその意《つもり》でもなく、叱言《こごと》っぽくいった。

「せやかて、お祖母《ばあ》ん、ゆうべおそうに貞やんとこでうまい夜食をよばれたやろ。せやからきょうは腹へらぬネ。」

「おや、おや、孝二はうまいことというてや。ほんまは、お祖母んの入れた弁当が不味《もみ》ないのとちがうか。あはは、、、。」

実はけさぬいが孝二に作ってやった弁当は、いつもの麦飯とちがって白飯だった。それは生駒へ出かけるふでのために特別炊いた飯ののこりで、その上ぬいはおさいに孝二の好きなめざしをそえてやったのだ。だから孝二が弁当をのこしてきたのは決して、不《も》味《み》ないせいでないのがわかる。わかるからこそぬいはいったのだ。

〝お祖母んの入れた弁当が……。〟

それにしても、その弁当を殆《ほとん》ど食べずにきたのには、何か理由があるはずだ。

ぬいは孝二の顔色をのぞいた。しかし熱がありそうな様子もない。

すると孝二が時計を見上げて、

「お祖母んも半分よばれよか。」

「うん、三時や。孝二は、腹へったんやろ？　腹へったら、その弁当、食べたらええネ。お祖母《ばあ》んも半分よばれよか。」


孝二は流しもとから箸《はし》を一ぜんとってぬいのそばに坐った。

「お祖母ん、小父《おっ》さんはどないしたやろか。」

「孝二はずっとそれを心配してたんけ？」

「うん。」

「弁当も食いとうないほど心配してたんけ。」

「うん。」

「運がええけりゃ助かるし、悪けりゃあかぬ。」

また運か……。孝二は食うつもりでいたのこり弁当が、急に食いたくなくなった。

ぬいは一はし大きく口にほおばって、

「麦めしとちごうて、白飯は冷《つめ》とうてものどの通りがええのう。」

そして、ごくんと音を立ててのみこんだ。

「お祖母ん。わしらはどないしても運に勝てへんのけ？」と、孝二は箸をにぎったままだ。

「なんやて？」

「運に勝てへんのけ、いうてるネ。」

「そら、勝てへん。」

「小森も運け?」

「孝二、そのことやがな、わいらは運やいうて諦《あきら》めてるけど、ほんまは諦めてやへんネ。ただ諦めたことにしとかぬと生きてられへんさかい、諦めたつもりでいるだけや。」

孝二はめざしをかじった。はらわたのほろ苦さが口中にしみた。

「きょうもわいはずーっと一人で仕事をしながら考えてたンけどな、戦争で死ぬのも、けがをするのも、みなその人の運やいうものの、何もその戦争が天から降ってくるわけやなし、みな何奴《どやつ》かが膳立《ぜんだ》てさらしたことや。せやから、けさもいうたように、進吉は悪いくもの巣にひっかけられたも同然やネ。」

「お祖母んもめざし食うてみ。うまいで。」

孝二は食いかじっためざしの半分をぬいの口に押《お》しこんだ。

「広さんかてやっぱり同じわけや。」と、ぬいはめざしを舌の先であしらいながらいいつづける。

「もしトンネルで死んだら、周囲《まわり》の衆に広さんは運が悪かったていわれるやろ。せやけど、なにも聖天さんがトンネルを崩《くず》すわけやなし、運がどうのこうのいうのはまちごうてる。トンネルが崩れたのは、工事に手ぬかりがあったからや。」

「お祖母ん、ほんまや。」と孝二は思わず膝《ひざ》をのり出した。孝二はうれしかった。たとい広吉小父さんがトンネルで死んでも、それはエタに生れた小父さんの当然な運命ではなく、鉄道会社の責任なのをお祖母んははっきり指摘《してき》してくれたのだ。

「あ、うまかった。」

やがてぬいは箸をおいた。

「お祖母ん。わし、これ洗うとくワ。」

孝二は流しもとにおりて弁当がらを洗った。洗いながら、孝二は今ごろお母んはどないしてるんかいな……と首をかしげた。孝二には眼の前の棚《たな》に伏《ふ》さったふでの茶碗《ちゃわん》が不安の種だった。彼はなお二日も三日も、茶碗はそのままそこに伏さっているのではないかという気がするのだ。

ところでその時刻、ふでは汗《あせ》をかきかき生駒の山坂を登っていた。それはふでとしても思わぬ事の成り行きで、その次第《しだい》はざっと次のようだった。

その日、ふでたちがトンネルの東口に辿《たど》り着いたのは九時過ぎで、休憩《きゅうけい》場にあてられた飯場小舎《こや》は、遭難者《そうなんしゃ》の親類縁者《えんじゃ》でごった返していた。その中でいち早くふでたちが耳にしたのは、救援《きゅうえん》作業はきのうの夕方から夜を徹《てつ》してつづけられているが、遭難者の生死は全然不明で、不安に居たたまれなくなった家族の多くは、けさ方、ぞくぞく宝山寺さして山を登って行った、ということだった。

「この上あるくのはしんどいやろが、おかねさんも聖天さんにお詣《まい》りしてきたらどうや。広吉はえろう聖天さんを信心してた様子やからな。」と、国八はすすめ顔でかねにいった。

「小母やん、詣ってきなはれ。ここには、わしとお父《と》っつぁんがいるさかい、どんな用が起きても大丈夫や。」と敬一も口を添《そ》えた。

「おかねさんが詣らはるんやったら、わいもいっしょに詣らせてもらいまっせ。」

ふでもおあいそでなくいった。ふではそうして現場を離《はな》れることで、かねの気持ちが幾《いく》らかまぎれるだろうと思ったのだ。

けれどもかねは、

「わいは詣りとうないネ。お父ったんはもうゆんべのうちに死んでるのに、詣ったかて屁《へ》の役にも立たへン。」と歪《ゆが》んだ笑顔でいった。

国八もふでも、広吉が死んだときめるのはまだ早過ぎる……とはいわなかった。国八もふでも、所詮《しょせん》は諦める以外にどうしようもあるまいと考えていたし、それに長い時間、生き埋《う》めの不安にふるえているよりは、むしろ死んだと諦める方が、今のかねには気がらくなのもわかるからだ。

ところが午後になって新しい情報が入ってきた。

〝掘《ほ》り進んでいる通路の向うに呻《うめ》き声がきこえた。〟

〝何人かは生きているのが確実だ。〟

〝夕方には救出可能の見込《みこ》みが立った。〟

それと知るや、今まで落ちついていたかねが急にふるえ出して、

「お父《と》ったんは生きてるかも知れへん。いいや、生きてんネ。ほんまに生きてんネ。あない聖天さんを信心してたんやもン、生きてるにきまってる。せやから、生きてるうちに、早う助けとくなはれテ、わい、聖天さんに詣っておがんでくるネ。」と、狂気《きょうき》のように騒《さわ》ぎ立てた。

しかしそうした取り乱し方は、決してかね一人のことではなかった。生き埋めの人たちがまだ生きているらしいということは、もちろんたとえようもない大きなよろこびだったが、それだけに〝もし救援作業がおくれたら……〟と、新しい恐怖《きょうふ》と不安が、一様に関係者を怯えさせたのだ。

こんなわけで、ふではかねといっしょに、聖天を祀《まつ》る宝山寺目ざして生駒の山坂を登ることになった。いわば新しい不安と恐怖からの逃避行《とうひこう》だった。

さて、宝山寺はふもとから俗に十三町といわれ、古くに切り開かれた登山路は、決して嶮《けわ》しいというような勾配《こうばい》ではない。けれども既《すで》に遠《とお》みちを歩いてきたふでたちには、相当足にこたえる道中だった。

「おふでさん。えらい目に合わせてすまんな。」

山門前の石段にさしかかってかねがいった。そのあたりから勾配がにわかに急になって、ふでもかねも、はアはア呼吸《いき》を切らしていた。しかしふでは、「なんの、おかねさん。」と笑顔でこたえた。一つは儀礼もあったが、ふでは内心、こんな機会でもなければと、欲深くあたりを眺《なが》めて満足していた。聖天信者でないふでにも、山の自然はそれほど魅力《みりょく》的だったのだ。

ところで山門をこえて、次の石段にさしかかった時、

「小母はんら、急《せ》きなはれ。ふってきまっせ。」と、うしろから走ってきた小父さんがいった。しかし頭の上は青空だ。これで降るのだろうか？と見る間に、杉の大樹がごーっと一せいに唸《うな》りをあげ、灰色の渦巻《うずまき》雲が忽《たちま》ち青空を閉じこめた。ふでとかねは大あわてに肩掛《かたかけ》を頭からかむった。そんな二人をなぎたおすように、雪まじりの突風《とっぷう》が、どっと山頂から吹《ふ》きつける。

「あ、怖《こ》わ。」

「どないなるんや思うたがな。」

やっと本堂ののきばに駈《か》けこんで、ふでとかねは顔を見合せた。気がつくと、すぐ眼の前の大香炉《こうろ》からは紫《むらさき》の煙《けむり》が立ち昇《のぼ》り、人に埋まる外陣《がいじん》からは、松籟《しょうらい》のように読経《どきょう》の声が流れてくる。

かねは賽銭箱《さいせんばこ》に五銭白銅を投げこみ、更《さら》にろうそく二本と、線香一把《わ》の代金を払《はら》った。

ふでもかねと同じにした。

「すまんな。」と、またかねがいった。そして彼女は敷石《しきいし》の上に膝をついた。

「さあ、さあ、遠慮《えんりょ》せぬと、上っておがんで行きなはれ。」

線香売りの爺《じい》さんがいってくれた。けれどもかねと並んで、ふでも石畳《いしだたみ》に膝をついた。

「見なはれ。もう青空が出てきましたで。」

やがてふでたちが立ち上ったのを見て爺さんがいった。

「このお山は、桜が咲く頃《ころ》になっても、さっきみたいに俄《にわ》か雪が時々ふりましてな、はじめてお出《いで》た方《かた》さんは、みなびっくりしやはります。せやけどわしは、これは聖天さんが生きたはる証拠《しょうこ》や思いますネ。いうたら、雪も風も聖天さんの吐《は》かはる呼吸《いき》ですがな。」

「ほんまにお爺さんはええこと言いなはる。わいかて、きょうお詣りさせてもろうてそんな気イしましたで。わいとこのお父《と》ったんもやっぱり聖天さんを信心してましてな、トンネル工事に出たかて、ちっとも危ないことあらへん言うてましたんや。それがあんた、えらいことになってしもて……。せやけど、聖天さんはきっと助けて下はりますワ。なア、お爺さん。」

「さいやとも！　なにも心配しなはらんでもよろしで。聖天さんが正直に働いている人らをなんで見殺しにしやはりますかいな。さ、お山を下ってみなはれ。ええたよりが待ってまっせ。」

「そう言うとくなはると、一ぺんに足まで軽うなりますがな。いろいろとおおけに。」

かねは石段を下りはじめた。かねは真実足もとが軽くなったらしく、ふではついて行くのに骨が折れた。

さて、宝山寺の境内《けいだい》をぬけると視界は急にひらけ、やがて夕日に映《は》える白壁《しらかべ》が、点々、ふもとに見え出した。

「もうあと四、五町やな。」と、かねはたのしそうだ。〝ええたより〟を信じているのだ。

道はそのあたりから右にうねって、そのままトンネルの東口につづいている。急げば六、七分であろうか。その時、ダッ、ダッ……と異様な物音がどこからともなく響《ひび》いてきた。

かねは怯《おび》えたように足をとめて、

「おふでさん、あれは風かいな。」

だが次の瞬間《しゅんかん》、かねは〝あっ！〟と声をのんだ。

人、人、人。右手の山ひだからなおも現われる人、人、人。五十人。七十人。いや、百人をまだ上越《うえこ》すほどの人数だ。人数はダッ、ダッ、ダッと山坂を踏《ふ》み鳴らし、はだかの肩《かた》で、はだかの胸で、刻々かねたちに迫《せま》ってくる。

もう疑う余地はない。それはたった今、死のトンネルから救い出された人たちなのだ。中には、広吉もまじっているにちがいない。

「お父ったーんっ」

「広吉さーん。」

かねとふでは口々に叫《さけ》んで半裸《はんら》の列に駈けつけた。けれども向う鉢巻《はちまき》のどの顔も、何の反応も示さない。似た顔。似ない顔。みんなそっぽを向いている。

「お父ったーん。」

「広吉さーん。」

呼んでも叫んでも最早《もはや》無駄《むだ》だった。半裸の列は背中を見せて、いっきに宝山寺へと進んでいく……。

「おふでさん、やっぱりお父ったんはあかぬネ。おんなじように聖天さんを信心してたかて、わいらにはご利益《りやく》なしや。」

いつの間にか丸めて抱《かか》えていた肩掛を、かねはまた肩にひろげた。

〝そんなこと言いなはるな。〟

ふでは言おうとして、ふと唇を閉じた。空《むな》しい思いが、夕風といっしょに、疲《つか》れた肉体を吹きぬけた。

ところで次の日の同じ時刻、かねはまた同じ言葉をくりかえした。

「やっぱりお父ったんはあかぬネ。おんなじように聖天さん信心してたかて、わいらにはご利益なしや。」

ふではやっぱり唇を結んでいた。

すると国八が言った。

「おかねさん、あかぬのは聖天さんだけやない。広吉はほかの工夫さんと同じように働いてて、同じようにトンネルの中で死んだ。せやけど臨時人足やからいうて、工夫や監《かん》督《とく》さんみたいなことは、何一つしてもらえぬ。いうたら、会社もわいらにはご利益なしや。」

「そうかて、旦那はん、お父ったんは皆《みな》はんにこない面倒《めんどう》みてもろて、どねんよろこんでるかもしれまへん。わい、これで満足や。」

かねは大きくすすり上げた。

亀三が王寺駅から煉瓦をはこびつづけた一本梶《かじ》の牛車には、将棋倒《しょうぎだお》しの坑木《こうぼく》で圧死した広吉が、両手を胸に組んで眠《ねむ》っていた。

牛は啼《な》かず、ふでたちも言わず、寒い黄昏《たそがれ》を、生駒はだんだんうしろに遠のいて行く。

五

「広さんはええ死に方や。兵隊なら名誉《めいよ》の戦死というとこや。」

通夜の席で永井藤作がいった。集まった人たちは誰《だれ》も否定しなかった。

けれどもかねは、

〝トンネルの中で圧《お》し殺されて、それがなんでええ死に方や。汝《われ》がそんなことぬかすのは、わしとこのお父《と》ったんが死んで、ええきみやと思うてくさる証拠や。〟と、はげしく胸の中で反撥《はんぱつ》した。その反撥がささえになって、かねは人前で涙《なみだ》をこぼさずにすんだ。

父親の葬式《そうしき》のため、三年ぶりで大阪から帰ってきた清一《きよかず》も、ふでや国八の予想に反して少しも取り乱したようすがなく、親戚《しんせき》には親戚らしく、近所には近所らしく、挨拶《あいさつ》もちゃんと使いわけた。靴《くつ》の底付師として、やがて三年の年季を終ろうとする清一は、仕事の上の自信といっしょに、世間的な常識も身につけはじめていたのだ。

妹のはるえも、一年半ばかりのうちに見ちがえるほど背《せ》丈《たけ》がのび、顔つきも大人びて、近所の女房《にょうぼう》たちに眼をみはらせた。彼女は小学校を五年で退学して、はじめは子守の契《けい》約《やく》で堺《さかい》の飲食店に奉公《ほうこう》に出たが、今では店の仕事をてつだっていた。そんな環境のせいもあって、彼女はもう肩揚《かたあ》げをおろし、前髪《まえがみ》には毛たぼを入れている。彼女も他人の前ではさっぱり涙をこぼさなかった。一つには、かねがこう言ったからだ。

「お前《ま》はんら、泣かぬといてや。なんぼ泣いたかて死んだお父ったんは帰ってこぬのやさかい。それを泣いてみ、近所の奴《やつ》らがよろこぶだけや。お父ったんがこんな死に方をして、気の毒やとか、なんやとか口ではうまいこというたかて、腹の中ではみんな、ええ、ええきみやとよろこんどる。乞食《こじき》にでもなりゃええと首をのばして待っとる。あかの他人て、みなそんなもんや。」

ところで葬斂《そうれん》にはかねの実家《さと》の滝から、弟の亀三はじめ、親類縁者《えんじゃ》が十数人、はるばるわらじばきでやってきた。

他村からの会葬者は亀三たちを取り巻いて、トンネルの崩壊《ほうかい》ばなしに耳を傾《かたむ》けた。一瞬にして百五十三人が生き埋めになり、十九人が惨死《ざんし》したこんどの椿事《ちんじ》には、浄瑠璃《じょうるり》で聞く心中物のような哀艶《あいえん》さはなかったが、その代り聖天さんという、地上の権力を超《こ》えた怪奇《かいき》な力がつきまとい、それがみんなを魅了《みりょう》するのだ。

「ほんまにこないして、おてんとさんの照る下でいつでも水が飲める、物が食えると思うてると、一時間や二時間はじきに経《た》ちますけどな、まっ暗《くら》けな穴の中に閉じ込められて見なはれ、その一時間、二時間がどないに長いか。いつやら、あんまり恐《こわ》いめに遭《お》うたんで、一晩で頭の毛が真っ白になってしもうた人の話を聞いたことがあるけど、それ、嘘《うそ》やおまへんで。一時間が一年ほども長いとしたら、十時間では十年やさかい、頭も白うなるわけや。

トンネルに埋まった人らも、呼吸がつまるか、腹がへって死ぬか、そのどっちかやと思うと、自分自身が恐うて、恐うて、かたときもじっとしてられなんだそうな。それできちがいみたいに聖天さんを祈《いの》ってましてンと。もっとも中には、聖天さんを信心してたのにこんな目におうて、もう聖天もへちまもあるもんかいうて、えらいこと腹を立てた人もいたそうな。

それが二十四時間めに助かりましたんや。穴から出てきた工夫さんらが、その足で聖天さんにお礼詣《まい》りするんやいうて、山を駈《か》け上って行かはったのも無理おまへん。わしはちょうど志村の旦那《だんな》はんといっしょにトンネルのそばに立って見とりましたが、みな、子供のようにわアわア泣いて……。背中一面に竜の刺青《いれずみ》のある工夫さんも、やっぱし手放しで泣いとりました。

ところが一人だけ、〝わしはもともと不信心者で、この世には神も仏もないと思うてる。二十四時間も食わずにいて、その足でお礼詣りなんか阿呆くそうて出来るもんか〟いうて、すぐ飯場にもどって、飯を食うて寝《ね》たのがいますネ。どこうまれの工夫さんか知りまへんが、その度胸にはびっくりしましたな。」

「あれは福岡うまれで、楠木ていう男や。わしは前からよう知ってて、話をしたこともあるネ。」

政吉が口をはさんだ。

「とにかく変った男やおまへんか。みながきちがいみたいに聖天さん、聖天さんと騒《さわ》いでるなかで、平気で聖天さんみたいなもン……と言うのやからな。やっぱり若い者にはかないまへん。その男も、まだやっと二十一、二にしか見えまへんネ。そうかと思うと、一人、とてもかわいそうなのが居てますネ。ほんまの姓《せい》は伊勢田やそうなが、現場では〝はげ地蔵〟で通ってまんネ。

はげ地蔵ていうのは、右のこめかみに大きな禿《はげ》があるからだす。きっと子供の時分、たちのようないはれものでも出来て、そのあとが禿げましたんやろ。兵隊検査の時も甲種合格になるとこやったが、兵隊帽《ぼう》子《し》をかむっても、その禿が帽子のひさしにかくれないとかで、検査員が〝この不忠者の禿げ野郎〟と怒《おこ》って第二乙種のはんをついたそうだす。

検査員には不忠者かしらぬが、このはげさんはほんまにええ性質で、えらい子供好きですネ。それで、〝はげ地蔵〟の綽名《あだな》がついてしもたんやが、本人はええ綽名やてよろこんでました。

ところがこんどの事故で、はげ地蔵は左腕《ひだりうで》を折りましてな、外に出てきた時は、ろくろく口もきけないほど弱ってました。それが一通りの手当を受けると、またすぐトンネルに引っ返しまして、それから一昼夜、〝おためー、おためよー。〟てよびつづけだすネ。

はげ地蔵は、この正月、おためと世帯を持ったばかりだす。近くの百姓《ひゃくしょう》家の一間を借りましてな。生れは和歌山の田舎《いなか》やそうなが、事故を知ってもすぐにかけつけてくれる身よりもないようだす。

おための死骸《しがい》はまだ掘《ほ》りあたりまへん。きっと大きな岩の下じきになってますんやろ。はげ地蔵が〝おためよー〟て呼ぶのを聞くと、誰でも地獄の底をのぞいたみたいに、身体《からだ》中が寒うなるていうてます。真夜中にあの声を聞いたら、ほんまにもう二度と眠《ねむ》れやしまへんワ。

聖天さんていうのは、男の神さんと、女の神さんが仲よう抱《だ》き合《お》うてるそやさかい、わしはもっと物わかりがよろしかと思うてたら、なんの、大ちがいや。それとも、はげ地蔵夫婦の仲があんまりええので、聖天さんが嫉妬《やい》て、あないにはげ地蔵をいじめはるのかいな。あはは、、、。」

亀三をかこむ人たちも笑った。

「じゃ、そのおためとかいう嫁《よめ》はんも、やっぱりトンネルで働いてましてんな。」

ききての一人がたずねた。

すると、亀三に代って政吉がこたえた。

「はあ、その嫁はんは毎日トンネルの中で煉瓦洗いをしたはりましてン。トンネルに巻く煉瓦は、使う前に、みな水で洗いますネ。

トンネルは床《ゆか》から天井《てんじょう》まで高さが七間《けん》もありますし、地盤の柔弱《よわ》いとこは十二枚も重ねて巻きますさかい、その数というたら、もうはなしになりまへん。

煉瓦巻の職人さんは十五、六人居たはりますが、みな出雲《いずも》から来たはるそうだす。ほかには、トンネルの煉瓦が巻ける職人さんが居ないそうで。ところがその職人さんも三人死なはりました。

はげ地蔵の嫁はんは職人さんのそばで煉瓦を洗《あろ》うてたさかい、やっぱりいっしょに死にましたんやろが、まだ死骸がみつかりまへんネ。ここのおじさんもその近くでやられましてンけど、運よう、次の日に出してもらいましてン。わしも毎日おじさんといっしょに仕事してたさかい、ほんまいうたら死んでるとこやったが、崩《くず》れた時はちょうど外に出てましてな、それで助かりましてン。」

「運がよろしなア。よっぽど聖天さんを信心したはりましてンな。」

一人が溜息《ためいき》まじりにいった。

「ところがこれは神さん嫌《ぎら》いで、聖天さんも毘沙門《びしゃもん》さんも、お伊勢さんも稲荷《いなり》さんも、どれ一つおがんだことがおまへんのや。」

亀三は政吉を見やって、また声を立てて笑った。それから一しきり、この世に神様が居る、いや、居ないで座がにぎわったが、やがて亀三がいった。

「わしはこの世に神、仏がいるやら、いないやら、そんなことはよう知りまへんが、トンネルみたいな危ない仕事をしたはる人は、やっぱり神さんを信心してた方が、心のたよりになってよろしのや。会社側でもそう思うて、工夫さんらには聖天さんを信心するようにすすめていやはった。ところが、トンネルが崩れて十九人も死んでしもた。工夫さんらは、これは聖天さんのお怒《いか》りやいうて、みな青うなってしもてます。ここまで行たら、もう誰もトンネルにはいりたがりまへん。はいったかて、いつ罰がおちてくるか、おちてくるかと心配で、仕事が思うように進みまへん。せやから半年ででけるものが一年からもかかって、とどのつまりは会社の損になりますがナ。

なんでもうわさに聞いたら、トンネルが崩れたあくる日、大軌株は五十円が五円に落ちてしもうて、きんの（昨日）あたりはただになったということや。いいえ、ただならまだよろしネ。もし崩れたところをもと通りにするのに日数がかかったり、あとを掘るのに思わぬ費用がかかったりすると、株主さんらは一株について三十七円五十銭払《はら》い込《こ》まされます。

どうしてかというと、株は額面が五十円で、そのうち、四分の一の十二円五十銭が払い込んであるだけやよって、こんどはあとの三十七円五十銭を、株主の責任で払い込むのやそうだす。

生駒のへんは地元のことで、金持ちしゅうらはだいぶ大軌株を持ったはるさかい、みなえらい心配したはりまんがな。でも、しやァおまへん。儲《もう》けるつもりで張ったばくちが、さいころの加減で負けと出たんやから、誰のせいでもありまへんワ。

でも、まあ、なんというても一番頭が痛いのは大軌の社長の岩下はんでっしゃろ。え、らいお人にはちがいおまへんが、聖天さんにかかってはあきまへんな。もう一ぺんトンネルが崩れてみなはれ、北浜銀行も戸じめになりかねまへん。そうなったら大阪の商人さんも大事《おおごと》や。巻き添えくうて、つぶれてしまう店かてでけまっせ。」

〝あ、お母んも聞いてるな。〟

孝二は土間でいそがしく立ち働きながら、ふでが亀三の話を聞きもらすまいとしているのに気がついた。生駒トンネルが成功すれば、株と土地の値上りで、誠太郎の主家は大もうけするはずだった。それが今はあべこべに、株主は大損をするというのだ。孝二には、母親の胸の中がよくわかる。母親は安井米穀《べいこく》店が店じまいをして、誠太郎が舞《ま》いもどってくるような破目《はめ》にでもなったらと、早くもきもを冷やしているのだ。けれども孝二は、どんな事情があっても誠太郎が小森に舞い戻《もど》ることはあるまいと思った。たとい戻ってくれと望んでも、誠太郎は背中を向けて更《さら》に遠くへ行ってしまいそうな気がする。

しかし、その誠太郎が死んだ時はどうなるのだろうか？　生きているうち、エタをかくしてくらしていても、死ねばまたもとのエタにかえるしかないのじゃあるまいか。それとも死ねばエタも消えるのだろうか？　いや、死んでもエタは消えまい。天皇は死んでも天皇のように、エタは死んでもきっとエタにちがいない。

〝小父《おっ》さん！〟

広吉の棺に向いて孝二は掌を合わせた。涙がぐいぐいこみ上げる。孝二は今となっては、小父さんがトンネルで惨死したことよりも、小父さんが小森にうまれ、小森に生きてきたのが悲しいのだ。更にいくつも、いくつもの生命《いのち》が、小父さんと同じようにエタの刻印の下に生きなければならないのが悲しいのだ。

さて、小父さんの遺骸《いがい》を安養寺の墓地に葬《ほうむ》っての帰り、はるえは孝二の肩に手をのせて、

「孝やんに泣いてもろて、お父《と》ったん、きっと満足しててやわ。」

といった。

孝二ははるえの手から逃《に》げるように走った。毛タボを使ったハイカラ髪のはるえと口をきくのはなんとなくはずかしかったし、それに、そんなはるえの挨拶には、第一、こたえようがなかったのだ。

あくる木曜日、孝二と貞夫は受持ちの青島先生から、無断欠席のかどで叱言《こごと》をくった。

「小森の者は、親も子供も学校を休むくらい、屁《へ》とも思うとらぬ。しやァない奴らや。」

二人はだまっていた。血縁でもない広吉小父さんの葬式で欠席したのがわかると、更に〝せやから小森は……〟といやな文句を聞かされるのがわかっていたからだ。

六

夕はんのお粥《かゆ》さんに、丸い白もちが浮《う》いている。今ごろなんのもちだろうか。なんのもちでもいい。もちはうまいにきまってる……。

孝二は首をのばしてもちを茶碗《ちゃわん》によそいこんだ。とたんに熱い粥汁《かゆじる》が茶碗にあふれ、彼は思わず〝あっちち……。〟と茶碗を右に持ちかえた。

「そねんあわてんかてええがな。もちはみな孝二にやるさかい。」

粥鍋《かゆなべ》にはもう一つもちがおよいでいたが、ぬいはそれをよけて、ただの粥だけを自分の茶碗によそった。つづいてふでもぬいと同じように粥杓子《かゆじゃくし》を扱《あつか》った。ぬいもふでも、もちは孝二に食べさせようと思っているのだ。

孝二は茶碗を左手に移し、注意深く粥汁をすする。もちはあとのたのしみなのだ。さて、思いがけないせいもあって、もちはごくんとのどで一おどりしながら食道を下って行く。甘《あま》い餡《あん》ころもちより、孝二はふしぎと粥の中で煮られた、うすい塩味のもちが好きなのだ。

「孝二、うまいけ？」とふでは横目づかいに笑って、

「お前《ま》はん、男の子でよかったなア。女子《おなご》やったら、なんぼ食べたいいうても、その餅《あも》は食べさしてやらぬで。」

「なんでやネ。」

「なんでいうて、それ四十九日の餅やもン。四十九日の餅をたべてみ、女子《おなご》の子は縁《えん》が遠うなってなんぎするねで。」

〝縁が遠うなる〟というのは、嫁入りがおくれることなのを孝二も知っている。だから〝嫁入り〟をしない男の子は食べてもいいというわけなのだろう。

孝二はやがて二つめのもちも遠慮《えんりょ》なく自分の茶碗《かん》によそいこんだ。

ぬいはごそごそ大きな音をたてて粥をすする間に、

「死んだあとは、日がたつのが早いていうが、広さんも、もう四十九日や。」と言った。

では、このもちは広吉小父さんの四十九日の供養《くよう》だったのかと、孝二はあらためて茶碗をのぞいた。そして頭の中で計算してみた。

広吉小父さんが死んだのは忘れもしない一月二十六日の日曜だった。それからかぞえて、なるほど、三月十五日のきょうは四十九日である。

すると、またぬいが言った。

「考えてみると、人間てつまらぬもんや。死んだら、みな土になってしまうのに、生きてるうち、互《たが》いに欲を張って、悪口いうたり、喧嘩《けんか》したりしてのう。」

「ほんまでんな。それに、男の子は四十九日の餅を食うてもええが、女子《おなご》の子は食うたらあかぬと、つまらぬことで分けへだてをしたりして。は丶丶。」

ふでは笑った。全く、笑い事だと孝二もおかしくなった。

「せやがな。四十九日のもちやろが、正月のもちやろが、もちに変りはあらへん。それを四十九日のもちやからどうの、こうのと阿呆なはなしや。それというのも、男は好きな娘《こ》がいると、嫁はんにおくなはれというて行けるが、女子《おなご》は人さんが嫁はんにもらいに来てくれるのを待つ身やさかい、万《よろず》、つつしめていうわけや。あはは、ゝゝ。」

ぬいも笑った。いつもの、大きくひびく声だった。けれども、孝二はこんどは少しもおかしくなかった。ぬいの言葉に、共鳴しかねるふしがあったのだ。しかしぬいはそれと気がつかず、

「孝二はほんまに男でよかったな。安心して四十九日の餅がくえる。」といった。そこには好きな娘に自由にいい寄れる男の冥利《みょうり》の暗示もあった。孝二は顔が赤くなった。けれどもそれはほんの束《つか》の間《ま》で、彼は忽《たちま》ち身も心も青くなった。ぬいは〝男は好きな娘を嫁はんにおくなはれというて行ける。〟というが、果してそうだろうか。

孝二は箸《はし》をにぎった右手を眺《なが》めた。この手を、六カ月前のあの夜、まちえは式場の闇《やみ》の中でさぐりあて、静かににぎりしめたのだ。それは、好意のしるしとしか思えないし、現に孝二はまちえが好きだ。通学の張り合いも、かかってまちえにあるのを、孝二は羞《は》ずかしいけれど認めている。そして大人になっても、孝二は今の気持ちに変りがあるまいと信じている。

だがそうだからとて、孝二はまちえが欲《ほ》しいなどと言って、まちえの家の閾《しきい》がまたげるだろうか。千べん、万べん〝否々《いないな》〟だ。孝二は自分が六尺ゆたかの若者に成長し、働いて生きて行く知慧と力を身につけても、絶対島名では人間としては取り扱ってくれまいと思っている。

ふいに孝二はにぎった箸が、竈《かまど》の金火箸ほどにも太く見えた。浮《うか》んだ涙《なみだ》が、凸《とつ》レンズの作用をしたのだ。

「ご馳走《つと》さん。」

孝二は箸をおいた。

ふでが怪《あや》しんで、

「孝二はもう食べないのけ。」

「うん。腹がいっぱいになってン。」

「そんなんいうたかて、まだ二杯《はい》やないけ。」

「そうかて、もちを二つたべたもン。」

「ほんまならええけどな。誠太郎が五年生のじぶんは、どんな晩かて五、六杯はたべよったで。自分で、わしは鮟鱇《あんこう》やいうて。」

いつもなら鮟鱇から発展して、一しきり誠太郎を話題にするところだ。けれども今夜の孝二は、すっとそのまま夕飯の座を起《た》った。

〃まちえはわしの手をにぎった。わしかてまちえの手をにぎった。せやけど、あかぬ。わしは小森やさかい。小森はエッタやさかい。もう二度とあの手は握《にぎ》れやへん。〃

孝二はふでたちに背中を向けて、またじっと手をみつめた。時々よう切りをやるので、両手はかさかさに荒《あ》れてる上に、だいぶ爪《つめ》がのびている。我ながらうすぎたない手だ。

孝二は部屋の隅《すみ》の針箱をかきまわし、いつも爪切りに使う小さなにぎり鋏《ばさみ》を見つけた。ちょっきん。右手の拇指《おやゆび》爪はかたくて、はじくような音がした。

「孝二、なんやネ。今ごろ爪切りしたらげん（縁起）が悪いやないけ。やめとき、やめとき。」

ぬいが叱《しか》るようにいった。しかし孝二はだまって人さし指の爪も切った。

「お祖母《ばあ》んがやめとき言うたはるのに、なんで孝二はきかへんネ？」

ふでも怒気《どき》を含《ふく》んでいう。

それでも孝二は、だまって中指、薬指と切り進む。

「そんならかまわぬとほっとくさかい、なんぼでも爪を切り。その代り、けがしても知らぬで。」

「けがなんかしやァへん。」と、孝二はうしろ向きのままいった。

「昔はランプで暗かったさかい、けがすると思うて、夜に爪をきるとげんが悪いていうたんや。今は電気やもン、なんでまちごうて切るもんけ。」

「それは、そうやなア。このごろ、孝二は理屈《りくつ》が達者になったさかい、わいら、もう、かなんワ。」

ぬいはあっさり兜《かぶと》をぬいだ。

「お祖母ん、ほら。」

やがて孝二はくるり向きをかえて、ぱっと両手をひろげてみせた。ぬいはその意味が解《げ》せなくて、

「その手、どうしたんやて？」

「よう見てみ。」

ぬいは手よりも孝二の顔をみた。

「あのう、わしの手はお祖母《ばあ》んゆずりやて、この前井野のお祖父《じい》やんがいうたで。」

ふではぎょっとして思わず鍋《なべ》のふたをつかみ、そのまま言葉もなく眼をみはっている……。

「なに、お祖母んゆずりやて？　ああ、わかった。孝二の手はお祖母んゆずりで不細工やていうのやな。」

「ちがうがな、お祖母ん。お祖父やんは、わしの手がお祖母んゆずりで指が長いさかい、字が上手やていうたんや。せやから精出して習字しいやいうて、あの時筆と墨《すみこ》を買うてくれてン。今、爪きってたら、指の長いのがようわかったで。」

もしそれに嘘《うそ》がなかったらありがたいが、と、ふではなおも気をゆるさずに孝二を見ていた。彼女には、孝二がにわかに爪を切ったり、両手をひろげて見せたりするのには、てっきり曰《いわ》くがあるとしか思えなかった。お祖母んゆずりの長い指は器用だという言い方もごま化しで、ほんとうは〝お祖母んがエッタでヨツやさかい、孫のわしかてエッタでヨツや。〟と、ひろげた手のかげでつぶやいているような気がした。ふでは、更《さら》に孝二がこうも言ってはしまいかと考えた。

〝坂田や島名の奴《やつ》らは、小森はこれやいうて、拇指を折り曲げてあとの四本指を出して笑いよるネ。向うどうしでわしらの話をする時には、これがあした、こうしたと四本指を出すだけで、小森とは言わぬ。わしはあの四本指を見るのが、口でエッタやとか、新平やとかいわれるよりまだもっと辛《つら》いネ。四本指を出されるとぎょっとして足がすくんでしまうネ。わしの手にはちゃんと指が五本ある。せやのに、なんで四本やていわれるんやろか。今も一本一本かぞえて爪をきった。こんど、お前はこれやというて四本指を出す奴がいたら、わし、そいつの前で、この拇指を切ったろかいな。切れば血が出る。血が出たら、わしの手に拇指があるのがわかるやろ。〟

実はふでにもそんな日があった。

「おふでさんは器量よしやけど、かわいそうにこれやさかい、ええとこへ嫁《よめ》にゆけへん。」

お針子《はりこ》娘が拇指を折り曲げた四本指で仲間に話すのをふでは見かけた。ふではいきなり裁《た》ちばさみで拇指の爪をきった。一本、二本、三本。ゆっくり十本の爪をきった。まわりのお針娘たちはいきをのんでふでの手もとを見ていた。ふでのゆっくりとした動作の中に、指もきり捨てかねないすさまじさがひそんでいたからだ。

それから間もなくふでは畑中の家に嫁《か》してきた。遠い血縁ではあったが、ふでの親戚《しんせき》の中ではこの家が一番貧しいところから、縁談が整うまでにはいろいろな曲折があった。しかし、ふで自身はこの縁談を望んだ。それは四本指の宿命に絶望したからではなく、四本指の宿命を貧しさのどん底で追いつめてみたい気があったからなのをふでは今でもおぼえている。そしてふでの望みは叶《かな》った。叶い過ぎるほど叶った。彼女は進吉の戦死という、此《こ》の上なしの貧乏《びんぼう》くじを引きあてたのだ。

しかしこの大きな貧乏くじは、その大きさに比例してふでの眼を開かせてくれた。ふでは進吉への思慕《しぼ》の中で、戦争を考え、天皇を考えた。そして一人のなまの人間が神聖視される非理な仕組みの世の中では、働く多数の人間が、けだもののように蔑《さげす》まれる非道が、大手をふって通るのだということを理解した。

畢竟《ひっきょう》、エタの苦しみ、ヨツの痛みは、地主、金持ち、華族、皇族などに、よってたかって上からのしかかられる苦しみであり、痛みなのをふでは悟《さと》ったのだ。

しかし悟ったからとて、現実には何の救いでもない。孝二は曾《かつ》てのふでの道を歩いている。これからも歩いて行く。たとい今夜の爪切りはそうでなくても、いつかは涙にぬれながら、指を切りすてかねない荒々しさで、一本一本かぞえて爪をきる日が決して無いとはいえないのだ。

背負うた荷物の重みは、その荷物をおろしてはじめて解消する。背の荷物を千べん万べん確認《かくにん》しても、確認しただけでは、絶対に重みは解消しない。そのように、上からのしかかられる苦しみや痛みも、のしかかる一切《いっさい》のものをはねとばさない限り解消しないのだ。それらのことを、ふではちゃんと心得ている。

心得ていてもどうにもならない。

心得ているだけでは屁《へ》の足しにもならない。

「孝二、そやったら、その字の上手なとこで誠太郎に手紙を書いたってんか。」

暫《しばら》くして、ぬいが電燈《でんとう》をつりかえながらいった。ふではあわてて夕飯のあとを片づけはじめた。

「うん、せやけどなんて書くネ。」

このごろ雑誌を送ってくれなくなった誠太郎に、孝二は一寸《ちょっと》手紙の書きようがない気がしたのだ。

「なんて書くいうて、ことしも優等で六年生になったと知らしてやったらえやないけ。」

「そうかて、修業式はまだ十三日先やもン、優等するか、どうか、わからぬで。」

「じゃ、修業式がすんでからでもええわ。とにかく一ぺん手紙を出したり。」

「優等せぬかったら出さへんで。」

「はは……。孝二が優等せぬで、誰が優等しやるネ。」

「そうかて、お祖母《ばあ》ん、わし、ことしは品行が乙《おつ》か丙《へい》で、優等にはなれぬて思うネ。この前、校長にかみついたったし……。」

「優等せぬかてかまへん。」

流しもとからふでが言った。

品行とは人間としての行いのことであり、品格のことである。とすれば、孝二の品行点に甲がつかないのは当然である。先生は小森をエタとよび、孝二をけだもの並のヨツだと思っているのだ。

〝勉強しいや。〟というのさえ、今夜のふでにはむごいことのように思われた。

呱《こ》呱《こ》の声

一

〃ほーたーるの、ひーかーり……。〃大垣久雄が鼻唄《はなうた》もどきに歌った。それに誘《さそ》われたように、四、五人〃まどの、ゆーきー〃と声を張り上げる。あすは修業式。みなそれぞれにたのしいのだ。

わけても久雄は得意気だ。さっきもらった通知簿《つうちぼ》に、優等総代の記載《きさい》があったからではあるまいか。

〃そうや。それにきまったる！〃

四つん這《ば》いで教室の床《ゆか》をふきながら、孝二は胸の深みでつぶやいた。すると、既《すで》に覚《かく》悟《ご》していたにもかかわらず、無念さがぐっと突《つ》き上げて、危《あや》うく下顎《したあご》ががたつきそうになった。孝二はあわてて、一直線に床を這った。

それは昨夜《ゆうべ》のことだ。孝二はいつものように夜業《よなべ》しているぬいの前に坐《すわ》って、

「あしたは、もう、弁当無しや。」といった。

「あ、そうやったな。あしたで孝二の五年生はしまいやな。」

ぬいが察しよくいってくれた。孝二はそれに力づいて、

「そやさかい、おばあん、わしに雑巾縫《ぞうきんぬ》うてんけ。あしたの大掃除《おおそうじ》に使うネ。」とせびりかけた。

「ほしいのやったら、なんぼでも縫うたるがな。雑巾みたいなもン、じっきや。」

ぬいはぼろ入れのかごから古手拭《ふるてぬぐい》を見つけ出した。うすよごれてはいたが、それでも雑巾にはもったいない程《ほど》の白さだった。

「じゃ、孝二、針に糸を通してんケ。このせつは、わいも年寄りになってしもて、うまいこと糸が通らぬネ。」

ぬいは針箱を孝二の前においた。

孝二は一本長い針をみつけ、器用に黒糸を通した。杉本まちえが、白い布に黒糸で山みち型にさした雑巾を持っているのを思い出したのだ。もっとも、まちえのは雑巾というよりも布巾《ふきん》で、彼女はいつもそれを硯《すずり》の下敷《したじ》きに使っていた。

さて、ものの五分とかからずに、ぬいは雑巾をさし終えた。

「孝二、これでええけ?」

「ええワ。上等や。」

文句なしに孝二はうれしかった。雑巾には、黒糸で麻《あさ》の葉《は》型が縫われていたのだ。孝二は出来ればそのまま取っておいて、まちえのように硯の下敷きに使ってみたいと思った。

するとと横合いから、

「そんなええ雑巾で一生けんめい掃除したら、孝二も品行が甲《こう》に上って、優等でけるかもしれへんで。」とふでがいった。

「そやったら、もう二、三枚縫うたろか。」

そして、あはは、、、あはは、、、ぬいは大風のように笑った。

孝二もいっしょに笑った。笑いながら、孝二はたまらなくかなしかった。ふでがその言葉のうらに何をかくしているか、ぬいがその笑いの底に何を包んでいるか、手にとるようにわかるからだ。ほんとは、祖母も母もこう言いたいのだ。

〝孝二、おまはんは、ことし優等できぬいうて、肩身《かたみ》をせもうして、学校で使う雑巾まで気がねしてるみたいやけど、おまはんが優等できぬのは、勉強なまけて、学科の成績がおちたからやないのは、わいら、よう知っている。おまはんが優等できぬのは、校長に嚙《か》みついて、品行の点が悪うなったからや。せやけど、おまはんが校長に嚙みついたのには、嚙みつくだけの理由《わけ》があったんやもの、優等できぬかてかまへん。おまはんも気《き》イおとさぬと、その雑巾で精いっぱい大掃除して来いや。〟

だんだん胸がいっぱいになってきた孝二は、〝優等雑巾〟とふざけて、雑巾を押《お》しいただくまねをした。孝二もやはりほんとの言葉は胸の底にかくしておくしかなかったのだ。

ところで、ぬいの刺《さ》してくれた麻の葉雑巾は、事実優等雑巾だった。それは手あたりが柔《やわ》らかく、孝二は思うように二つに折ったり、四つにたたんだり、時にはタワシのように丸めて床をこすることが出来た。

だが、孝二がどんなに優等雑巾で大掃除の成績をあげても、そのことで孝二の品行が甲に評価変えされることは絶対にない。そして孝二も、そんな期待は夢さらさら持ってはいない。しかし、この大掃除をさいごに一応別れることになる教室は、やはり精いっぱい綺麗《きれい》に掃除しておくのが五年生の責任だ。

その責任を一人で背負うたように、孝二は汗《あせ》をかきかき床をふく……。ちょうどそこに大人の足跡《あしあと》ほどの墨汁《すみ》あとがあって、それがなかなか思うように落ちないのだ。

すると、頭の上で貞夫がいった。

「孝やん、そんなもン、晩まで拭《ふ》いたかてとれるもんけ。もうええかげんやめとき。」

実は廊下《ろうか》側の窓ふきをしながら、貞夫はさきほどから孝二のようすをうかがっていた。どうやらことしの優等総代は大垣久雄らしい匂《にお》いがするなかで、孝二は何を考えているだろうかと気がかりだったのだ。

「せやけど、貞やん、見てみ。雑巾がこねん黒うなったもン、それだけ墨汁《すみ》がとれたんやで。」

床に膝《ひざ》をついたまま孝二は雑巾をひろげた。雑巾は黒糸で刺した麻の葉が、もうそれと見さだめかねるほどよごれている。

貞夫は言うすべもなく苦笑した。

「せやから雑巾すすいで、もう一ぺん拭いてみたる。そうしたらきっとおおかたとれてしまうで。」

孝二は立ち上ってあたりを見廻した。おりよく水を汲《く》みかえに出ていたバケツが、新しい水をたたえて教室にもどってきた。孝二は駈《か》け寄って、ざぶんと雑巾の手を突っこんだ。その瞬間《しゅんかん》だった。

「あっ、阿呆《あほ》め!」

「ど阿呆め!」

ぶんなぐるような激しい罵声《ばせい》が、左右から孝二をはさみ撃《う》った。

孝二はぐらり身体《からだ》がのめる気がした。彼はいいようもなく羞《は》ずかしかった。不注意にも掃除用でないバケツによごれ雑巾を突っ込んだと思ったのだ。

「なんや?」

貞夫はびっくりして窓閾《まどしきい》から床にとびおり、首をのばしてバケツをのぞいた。貞夫も孝二の雑巾が、何か思わぬ過失を招いたのではないかと心配だったのだ。けれどもバケツはまちがいなしに教室掃除用。雑巾は新しい水の中に浮《う》きつ沈《しず》みつしているだけでどこにも異状は見られない。

「汝《われ》ら、なにが阿呆やネ。」

貞夫は与一と長次をにらみつけた。

与一は喧嘩《けんか》ごしに肱《ひじ》を張って、

「そんなことという汝も阿呆や。」

「なにが阿呆や。」

「自分《わが》らのエッタ、よう知らぬ阿呆や。」

「…………。」

「知ってたら、俺《わし》らのバケツで雑巾濯《ゆす》ぐな。」

「…………。」

「エッタに雑巾濯がれたら、一ぺんにバケツの水が臭《くそ》なるわい。」

何人かが久雄のきげんをうかがうように、彼を見ながらげらげら笑った。

〝そうだったのか。〟

孝二は身の毛だった。今にして孝二はわかる。平常《ふだん》、掃除当番は字別《あざべつ》に組まれているが、それは故《ゆえ》なきことではなかったのだ。孝二は右足をあげてバケツをけった。

がちゃーん！　がらっ、がらっ……。

バケツは水を吐《は》きながら床の上を横転した。

「先生！　またエッタがあばれまんねエ！」

女生徒が二、三人、金切り声をあげて廊下を走った。

孝二は雑巾をひろい上げた。雑巾は水死した鼠《ねずみ》のようなかっこうで、ぽたぽた雫《しずく》を垂らしている。

「阿呆、阿呆。」

叫《さけ》びながら与一は窓にとび上った。長次は教室を逃《に》げ出した。長次と与一は、てっきり孝二の雑巾は自分たちめがけて投げつけられると感じたのだ。

「孝やん、やめとき。けんかするだけ阿呆くさいで。」

貞夫はけんめいに孝二の手をおさえた。その時、皮靴《かわぐつ》のようなかたい上ばきの音がして、

「おいあばれとるのはどいつや。」

「先生、あばれとるのはそいつだんネ。」

久雄が窓閾に立って孝二を指した。

「やっぱりお前か。あした修業式やというのに、今ごろあばれて、ほんまに阿呆やのう。」

うすら笑いで、青島先生は孝二を見やった。

「わし、あばれまへん。」

「じゃ、まちごうてバケツをひっくりかえしたんか。」

「いいえ。知ってやりましてン。」

「阿呆、知ってひっくりかえして、それであばれたんやないというのか。」

「先生、こいつ、わしの汲んできたバケツを、腹たてて蹴《け》りよりましてン。」

長次が先生にすりよりながらいった。

青島先生は長次の頭をちょいとつついて、

「バケツを蹴っとばすような奴はかんしょ（きちがい）やから、お前はそんなかんしょに構わないで、さっさと、水を拭いたらええやないか。ぐずぐずしてたら、この教室掃除が一番あとになってしまうぜ。」

「そうかて先生、バケツを蹴ったのは畑中やから、畑中に拭かすの、あたりまえや。」

「それに、先生。」と与一は長次のそばにおりてきながら、

「それ、畑中の雑巾水やもン、わしも長やんもなんやら穢《きた》のうてよう拭きまへンね。」

「阿呆いうな。雑巾水はきたないのがあたりまえや。」

「そうかて、エッタの雑巾は特別や。」

「そんなこと言うたらいかぬ。」

「せやったら、先生はどうだんね。先生はエッタといっしょに風呂《ふろ》にはいらはりまっか。」

「風呂とバケツとはちがうぞ。」

「ちがいまへん。風呂もバケツも似たもんや。せやからエッタと同じバケツで雑巾しぼるの、わし、かないまへんネ。」

孝二はうつ向いていた。しかしうつ向いていても、与一をはじめ、与一を取り巻く満足そうな幾《いく》つかの顔が電流のように孝二を衝撃《うつ》てくる。

〝よっしゃ、わかった。エッタの雑巾水はエッタのわしが拭くわい。〟

孝二はつかんでいた雑巾を床に投げ、くるくるっと着ていた羽織を脱《ぬ》ぎすてた。与一は素早く先生のうしろに身を退《ひ》いた。与一は先生を楯《たて》にするつもりなのだ。だが与一は事の意外に固唾《かたず》をのんだ。当然飛びかかってくるものと思った孝二が、四つん這いで床をふきだしたのだ。しかも驚《おどろ》いたことに、孝二は紺絣《こんがすり》の羽織を雑巾にしているのだ。

実は五年の男生二十数人のうち、紺絣の羽織で通学するのは孝二を入れてわずか五人きりで、与一は残念ながら指をくわえて羨《うらや》ましがる側だった。その羨ましい羽織を、孝二は雑巾にしているのだ。

〝孝やん、ほんまに、かんしょになったんやろか？〟

怯《おび》えた与一は教室の隅《すみ》に退却した。

「こらっ！　畑中。きさま、かんしょか。」

あきらかに先生もあわてていた。

ところがその時、貞夫も四つん這《は》いになって床をふきはじめた。やっぱり着ていた羽織が雑巾だ。

「こら、志村、きさまもかんしょか！」

青島先生はうしろからぐいと貞夫の三尺帯を引っ張った。

「かんしょやおまへん。」

貞夫は両手、両足でふんばった。

「かんしょでなけりゃ雑巾でふけ。」

「せやけど、エッタの雑巾はきたないさかい、あきまへんネ。」

また貞夫がこたえた。

「よおし！　きさまら、先生をてこずらせたろ思うて、そういう無茶をするんやな。」

全然、そんなつもりがないとは、孝二も貞夫も言いきれない。けれども、先生をてこずらせたいためだけで、あたら、羽織を雑巾にしているのではない。

「ちがいます。」

四つん這いのまま孝二は首をふった。

「じゃ、なんでそんなことするんだ。このど阿呆め！」

皮上ばきの右足が、ぽんと孝二の尻《しり》を蹴った。孝二はつつう……とのめって、どんと顔を床《ゆか》にぶっつけた。しかし次の瞬間孝二はばね仕掛《じかけ》のように起き上り、ぬれた羽織をくるくる巻いた。

貞夫も同じように羽織を丸めて左の小脇《こわき》に抱《かか》えこむ。

「ほんまに呆《あき》れた餓鬼《がき》らや。そんなまねして見せたら、この先生が恐怖《こわ》がるとでも思うてるのか。」

では先生は自分たちが怖《こわ》いのだろうか？　そうだ、先生はエッタの自分たちが怖いのだ。怖くなければそんな風に言う筈《はず》がない。

しかし不思議である。孝二たちは、先生の家は隣村《となりむら》でなかなか勢力のある地主さんだと聞いている。また学校に於《お》ける先生は、師範出《しはんで》の訓導として、四十を過ぎた生田先生よりも席が上なのだ。それにひきかえ、小森うまれの孝二や貞夫は、〝エッタ〟の一ことで完全にまいってしまう、犬ほどの力もないあわれな存在だ。そんな小森のがきめらが、なぜ先生は怖いのだろうか。

孝二は身じろぎもせず床を見ていた。羽織でふいたところは際立《きわだ》って綺麗だ。だが、そのぶんだけ羽織がよごれた勘定《かんじょう》だ。

〝これは四つ身で、蔵《しも》といても小イそなるさかい、きょうから学校行きにおろしたる。

だいじに着いや。〟

去年の末、霰《あられ》のふる寒い朝に、そういって着せかけてくれたお祖母《ばあ》んは、異様によごれた羽織を見て、きっと眉《まゆ》を寄せるだろうな。お母《かあ》んも手強《てごわ》いにきまっている。喧嘩をして水たまりにころんだといっても、それにしては汚《よご》れ具合がおかしいで、と、忽《たちま》ち見破るにちがいない。それらをどう切りぬけようか？

孝二はぴくんと肩を持ち上げた。

その肩《かた》の動きが、青島先生はかんに障《さわ》った。

「この強情《ごうじょう》ものめ！　すなおに〝すみません。〟と言えぬのか。」

孝二はうつ向いたままだまっていた。

〝すみません。〟そんな詫《わ》び言《ごと》を、なぜ自分が言わねばならぬのだろうか？　誠太郎は荒《あら》っぽかったが、その代り無邪気《むじゃき》であっさりしとった。

「きさまも誠太郎にそっくりじゃ、いや、きさまの強情はまだ上だ。誠太郎は荒っぽかったが、その代り無邪気であっさりしとった。きさまと来たらすることに毒がある。子供らしいところがちょっとも無い。まるで蛇《くつな》みたいにいやな餓鬼だ。しかし、先生は蛇ぐらいにびくつかぬぞ。怖がると思うたらあてがちがうぞ。」

ゆっくり孝二は顔を上げた。

蛇《くつな》。それは孝二も大きらいだ。ごそごそと草にふれる音を聞いただけで、孝二はぞっと身の毛立つ。怖くて憎《にく》らしくて、見るのもいやだ。そのくせ出あえばそのゆくえが気にかかり、時には怖《こ》わ怖《ご》わあとを追っても行く。まことに不思議な生きもの、蛇。その蛇のように、先生はエッタの孝二が怖くて憎らしくていやなのだ。先生には、エッタは世にも不思議な生きものなのだ。

わなわなと孝二の唇《くちびる》がふるえた。

心もち、頤《あご》が上向いた。

ぴくぴくと眉が動いた。

眉の付け根がこぶのように盛り上った。

〝あ、孝やんは泣くぞ！〟

貞夫はいきをのんだ。一刻、二刻。だが孝二は泣かない。

貞夫は半ば呆れて孝二を眺《なが》めた。

孝二は遠い空の彼方《かなた》をでも見るように、じっと空間をみつめている。もう眉は動かない。瞳《ひとみ》も唇も動かない。

それは悲しんでいる顔ではない。怒《いか》り、呪《のろ》っている顔でもない。それはもうせっぱつまって、泣くことも出来なくなった顔だ。貞夫は怖い。そんな孝二の顔が怖い。

〝あっ！〟貞夫は思わず小脇の羽織を抱《だ》きしめた。彼はそれとそっくり同じ顔を、どこかでたしかに見ているのだ。

そうだ。それは〝あしゅら〟だ。父の国八が〝あしゅら〟と教えてくれた、手が六本のあの少年の顔だ。

実は貞夫の母親は奈良市のうまれで、実家《さと》は手広く皮革を扱《あつか》っていた。そんな関係から、貞夫はもうなんべんとなく市中の神社仏閣をめぐり歩く機会にめぐまれていた。尤《もっと》も貞夫のたのしみといえば、公園の鹿にたわむれること、大仏の鐘《かね》の下でそのうなりにあわてて耳をふさぐこと、大仏殿の柱の根もとをくぐり遊ぶことなどで、歴史の苔《こけ》を生やした建築物や仏像には、未《いま》だ興味のわくべきよすがはなかった。

ところが眉根にこぶのようなしわを刻み、遥《はる》かな空間をひっしにみつめる〝あしゅら〟だけは、不思議にも記憶《きおく》のひだにしのび込《こ》んでいたのだ。

それにしても、あの古い仏像の面影《おもかげ》に、孝二が生きうつしなのはあまりに怖い。

「孝やん！」

貞夫は夢中で叫んだ。そのまま遥かな国へ行ってしまいそうな気がする孝二を、この世に呼びもどしたかったのだ。

すると怖さの代りに、こんどは悲しさがこみあげた。貞夫は泣きながら、二回つづけて孝二を呼んだ。

「孝やん！　孝やん……。」

「おい、志村、泣かぬでもよろしい。」

青島先生は釘《くぎ》づけから解放されたように床をあるきながらいった。

「先生は、お前らが憎くていうてるんやない。お前らのためを思うていうてるんや。せやから、お前らが悪かったとわかればそれでええのだ。ところで注意しとくが、あしたの修業式に休んだ者には、修業証書は渡《わた》さぬから、今まで学校を休んどった者も、あしたは誘《さそ》うてくるんだ。わかったな。」

「はーい。」久雄たち四、五人がこたえた。

「じゃ、掃除はこれでしまいにして、もうみんな帰ってよろし。」

二、三人、窓からどすんと飛びおりた。

「あ、杉本まちえさん、ちょっと用があるから職員室に来てくれんか。」

廊下《ろうか》に出ようとするまちえを先生が呼びとめた。

「先生、杉本さんはあしたの祝辞のけいこ、しやはりまんのやな。」

一人がいった。

では、ことしは杉本まちえが在校生を代表して卒業生に祝辞をおくるのか——。

眉間《みけん》にしわを刻んだまま、孝二はまちえの後ろ姿を見送った。

二

「孝二、どないしたんやな。」

お祖母《ばあ》んは眼が早い。孝二が小脇に羽織をかかえているのを、もう不審《ふしん》がっているのだ。

「ぬくいさかい、脱いできてン。」

考えぬいての嘘《うそ》だ。

「外はそねんぬくいけ。」とふでは障子をあけて、

「ほんまにきょうはええ天気や。溝川《かわ》のふちは、もうつくつく（土筆《つくし》）が出たやろな。」

ありがたい、助かった。溝川とつくつくが母の口から出ようとは、孝二は夢にも考えていなかったのに――。

孝二は笑い出しそうなのをこらえて、

「出てるテ、出てるテ。それでな、貞やんといっしょに取ろうと思うたら、この羽織、川におとしてしもてン。」

「じゃ、羽織は濡《ぬ》れてるのけ。」

「うん。」

もう悪怯《わるび》れる必要がない。孝二は羽織をひろげた。

「はっ、はっ。孝二は川のふちできっと蛇《くつな》にでも会《お》うたんやろ。」

孝二はひやりとしてお祖母んを見つめた。裏を見ぬかれているような気がする。だが、まさかそんなはずはあるまい。

「あの溝川のふちは、どういうかげんか、昔から蛇がよう居てなア。ことに春先はじっ

ととぐろを巻いてて、踏《ふ》みつけるほど近《ちこ》うよってもまだ動かぬネ。わしもびっくりして、一ぺん川にはまったことがあるで。」

そしてぬいは、またはっはと笑った。

〝よっしゃ、そんなら……。〟と、孝二はみちみち練り上げてきた筋書きに、もう一枚蛇を加えて、

「おばあんはよう知ってんなア。わし、ほんまは蛇が川のふちにいよるのを、知らぬと踏んでしもてン。それで、きゃーっというて、この羽織をほうり出してしもたんや。」

と、一層嘘を複雑にした。

ぬいは自分の推量どおりなのに気をよくして、

「孝二は蛇がきらいやさかい、おおかた、そんな事やろと思うたわな。」

「せやけど考えたら、蛇は因果なことでんな。悪いこともしやへんのに、えらいこと、人にきらわれて。」

ぬれた羽織を軒端《のきば》の竿《さお》にひっかけながらふでが言った。

「それはわいかて、蛇を見るたびにかわいそうと思うで。いつやったか、安養寺さんが話をしてくれはったけど、蛇は人間よりも先にこの世に住んでたそうな。それをあとから来た人間がひどう邪魔《じゃま》にして、見かけしだい、いじめたり、殺したりする。蛇ははじめのうちは、それでも負けぬとけんかをしたけども、だんだん人間にかなわぬようにな

ってしもて、とうと今のようなかっこうに姿をかえたそうな。蛇にしてみりゃ、いじめる人間がいちばんいやがるかっこうに姿をかえるのが、つまりかたき討《う》ちやったんやなア。

その時安養寺さんは、大昔の三輪山《みわやま》には、お山を七巻き半もする大蛇がいて、それが大和《やまと》の主やった話もしてくれはった。いずれ作り話にはちがいないけども、わいらと蛇は、なんやら縁《えん》が深いみたいやで。」

〝ほんまにおばあん、わしらと蛇は縁が深いワ。わしはたった今、「きさまは蛇みたいにいやながきや。」といわれて来てんで。〟

ぬいとふでには、それとはっきり打ちあけたかった。けれども一番打ちあけにくいのがぬいとふでだ。孝二はしらずしらずのうちに、また眉根にこぶじわを寄せていた。

すると、暫《しばら》くだまっていたふでが、ふと思い出したように膝《ひざ》のあたりをさぐって、

「あ、忘れてた。誠太郎から手紙が来たんやで。」

手紙は、ふでの敷《し》いたかたいざぶとんの下から出てきた。

「読んでみ。誠太郎はやっぱりお前《ま》はんのことをいちばん案じてるみたいや。あたりまえのこっちゃけどな。」

読まなくても孝二には見当がつく。誠太郎は孝二の成績はどうかと書いてきているのだ。

「お母ん。わし、やっぱり品行が乙《おつ》で優等やないネ。せやから、兄《にい》やんに返事、よう出さぬ。」

先手を打つつもりでいってみた。

「まあ、そんなこと、どうでもええがな。誠太郎も別にお前はんに返事をくれていうてるわけやなし……。」

孝二は手紙をつかんで外に出た。誰《だれ》の眼もないところで便りをひろげたかったのだ。

さて、三枚の便箋《びんせん》のうち、一枚は母と祖母にあてたもので、気候のあいさつを冒頭《ぼうとう》に、

〝志村の小父《おっ》さんが、生駒トンネルでなくなられた由《よし》、驚《おどろ》き入りました。あの当時は、ご主人様も大いに心配なされました。何を申しますにも株価の下落がひどく、まちには復旧おぼつかなしとのうわさが流れ、私どもまで安き心がありませなんだ。しかし、トンネルの復旧は意外に早く、三カ月の予想が一カ月で完全にもとどおりになり、その後もどんどん工事が進行していまして、来年の四月には、いよいよ開通するそうであります。私もその頃《ころ》は、何やらよいことがあるような気がします。どうか、お祖母んもお母んも長生きして下さい。大阪見物をしてもらう日が、きっと来ると思うています。〟

とあった。そして孝二あての分には、

〝三月というと、特別な気分がするのは、僕だけじゃあるまいな。うれしいような、つまらないような、なんとも言えぬ気分だ。毎年優等するひとは、うれしいだけかもわか

らぬが、優等できない者には、ほんまに妙《みょう》な気分のする月やで。手紙には書ききれないからやめとくが、僕は六年を卒業する時、えらい目におうた。今になると面白《おもろ》いとも思うが、三年前の僕には、えらいことやった。幸い、豊さんというええ友達がいてくれたから、どうやら卒業出来たが、もし豊さんがいなかったら、僕は五年生で退学して、悪いことばっかしする子供になってたと思う。今でも、僕の一番の友達はやっぱり豊さんだ。豊さんは、ことしは中学の四年になるが、気持ちは小学校の時とさっぱり変らない。

　孝二は貞夫君とええ友達らしいから、僕は安心している。一人では、学校に行くのがいやになるからね。二、三年まではよいが、五年生、六年生となると、先生の眼がちごうてきて、ふたことめには、なまいきだというてどづかれる。人間並のことをいうと、なまいきだと叱《しか》られるんだから、しまいにはどうしていいかわからなくなる。そんな時、力になってくれるのが友達だ。

　この間、豊さんが見せてくれた中学生の雑誌に「ふるさとへ帰る道は、冬はあたたかく、夏は涼しい。」と書いてあった。それを見たとたんに、僕は胸がいっぱいになった。ほかでもない。秀坊《ぼ》んのことを思い出したんだ。秀坊んはさっぱり小森に帰って見えないが、それはふるさとへの道が、冬は凍《こお》るように寒く、夏はやけつくように暑いからだ。そして、正直にいうて、僕もそんな気がするのやけど、でも僕は帰るよ。孝二は春の休みに、井野へ遊びに行くといいぜ。じゃ、元気でね。さよなら。〟

それじゃ兄《にい》やんは、〝手紙をくれる時は小森と書かぬといてや〞とはいったが、小森から逃《に》げ出すつもりも、見すてるつもりもないのだ。兄やんは、ふるさとへの道は、冬は凍るように寒く、夏はやけつくように暑くても、やっぱり帰るといっている。

ほたーるの　ひーかーり

孝二は歌いながらふでのそばへ戻《もど》って行った。あしたの修業式には、胸を張って出かけるつもりなのを、ぬいやふでに知ってほしかったのだ。

三

〝第一課、吉野山。吉野山かすみの奥《おく》は知らねども、見ゆるかぎりは桜なりけり……。〞

孝二も貞夫も声が弾《はず》んだ。二人とも、うれしい事ずくめだ。その一つは眼の前にひろげてある〝第六学年全科氷解〞で、これさえあれば、新しく出てくる漢字はもちろん、むつかしい熟語の意味もすぐに解けて、予習も復習も意のままだ。

この〝全科氷解〞は、学年はじめのきょう、町の本屋さんが教科書といっしょに学校に売りにきたのだった。孝二たちの組では、孝二と貞夫を入れて七人がこれを手に入れた。あとのみんなも、のどから手が出るほどほしかったのだが、定価の二十五銭が高すぎて、指をくわえて眺めているしかなかったのである。貞夫と孝二もやはり、二十五銭の持ち合せがなく、一時はしょんぼりしたが、やがて二人は互《たが》いの持ちゼニを出し合えば一冊買えることに気がついた。

本屋の小父《おっ》さんはにこにこ笑って、

「おまはんらは、なかなか知慧《ちえ》があるなア、二人で一冊買《こ》うたら、ゼニは半分ですむし、勉強の方はいっしょにやるさかい倍もすすむし、六年を卒業する時は、もう優等にきまったる。」とおじょうずをいった。

貞夫はすかさず、「小父さん、おおけに。」と氷解書を押《お》しいただくまねをした。まわりの五、六人が、「優等する気やテ。はは、、、。」と意味ありげに笑ったが、孝二も貞夫もそしらぬ顔をしていた。実は孝二も貞夫も、ことしは優等になれるかもしれないと、希望と自信の両つを持っていたのだ。それは六年の受持ちが、首席の江川先生にきまったからで、二人《ふた》が金を出し合って〝氷解〟を手に入れる気になったのも、いわばそのためだった。江川先生なら勉強に張り合いがある。先生は小森だから、エタだからとて品行点を下げるような、そんな依怙《えこ》はやるまいからだ。

孝二と貞夫だけではない。小森の生徒は、みんな江川先生を信頼《しんらい》している。江川先生は、大鳥校長や、青島先生のような白い眼で小森を見ない。同じように、〝小森〟と呼んでも、校長と江川先生では、まるで響《ひび》きがちがうから不思議である。その江川先生に、来春卒業するまで受け持ってもらえるのだ。さあ、全力をあげて勉強だ！

さて、第一課の素読を終えたところで、ふと孝二がいった。

「貞やんは吉野へ行ってみたいと思うたことないけ？」

「ない。吉野には何も用がないもン。孝やんはどうやネ。」

「わしは行てみたい思うてる。井野のおばはんが吉野からきたはるし、それから、あの柏木先生な、先生は吉野へ嫁《よめ》はんに行たはるし……。」

「ふーむ。そうけ。」と貞夫は感心した。柏木先生が嫁に行くため学校をやめられたのはおぼえているが、その先が吉野だときくのは初めてだ。それにしても、なぜ孝二がそんなことまで記憶《きおく》しているのだろうか。すると貞夫の疑問に答えるように孝二がいった。

「わし、な、先生が学校にくれはった手紙のこと、おぼえてる。先生のそばたしの子は吉野川へ泳ぎに行くんやて。わしらがもし葛城川《かつらぎがわ》で泳いだら、すぐに罰金とられる。せやから、吉野川がけんなるうて（羨《うらや》ましくて）ようおぼえてたんや。」

孝二の胸から柏木先生の記憶が消えないのは、果してそんな理由からだろうか？

「孝やんは柏木先生のひいきやったさかいな。」

貞夫はいたずら半分に言ってみた。孝二は大掃除《おおそうじ》の時のように、ぐっと眉根《まゆね》にしわを寄せた。

〝なーんや。わしはじょうだんに言うただけやのに、孝やん、ほんまに怒《おこ》ったんかいな。〟思っていると、孝二が言った。

「貞やんは、こうとく・しゅうすい、知ってるけ。」

「知ってる。」

反射的にこたえて、貞夫は孝二の顔を見た。貞夫はいつだったか父の国八から、幸徳秋水の名を言ってはいけないと言われた。それが逆効果となって、貞夫は幸徳秋水の名をはっきりおぼえてしまったのだ。

貞夫は読本を屏風《びょうぶ》のように立て、声をおとして孝二の耳にささやいた。

「孝やん、これは内密《ないしょ》やで。わしとこのお父《と》ったんと兄やんは、時々、幸徳秋水はえらい人やったいうて、感心してはなしをしてる。せやけどお父《と》ったんは、子供はこんな話を聞きたがったらいかぬいうて、わしがきき耳を立てると、えらいこと怒るんや。せやから孝やんも、わしとこでは、そんなこと、何も知らぬ顔をしててや。」

「うん。わかった。せやけど、貞やんも、こうとく・しゅうすいは好きなんやろ。」

「そら、好きや。」

「わしはこうとく・しゅうすいが大好きやネ。こうとく・しゅうすいは、戦争は悪いというたんや。世の中に、金持ちと貧乏人《びんぼうにん》があるのはいかぬというたんや。せやから、天皇を尊くして、エッタを賤《いや》しゅうするのもいかぬと、きっというたにちがいないと思うネ。」

「それ、孝やん、どこで聞いてン？」

「あの日、校長がいうたやないけ。〝こうとく・しゅうすい、名はでんじろうという悪い奴《やつ》が、神さまでいらせられる天皇陛下に、爆裂弾《ばくれつだん》を投げつけようとした。〃って。わし、その時、こうとく・しゅうすいが、貧乏やら、エッタやらで苦労してる者を助けよう思うて、そういうことをしたのがようわかって、一ぺんにこうとく・しゅうすいが好きになってしもてン。」

「そうやったかな。孝やんはほんまにおぼえがええな。」

「わし、あの日のことは、つまらぬことまでおぼえてる。頭のうしろから陽《ひ》がかんかん照って、前に並んどるお秋の髪《かみ》に、虱《しらみ》が二十匹《ぴき》からも這《ほ》うとった。そしたら、武やんがまっさおになって倒《こ》けて、柏木先生が抱いて行かはった。柏木先生が学校をやめると言わはったのは、その日の唱歌の時間やってン。」

言われてみれば、成《な》る程《ほど》、貞夫にも記憶がある。

「せやから、貞やん、わし、吉野というと柏木先生を思い出すし、柏木先生というと、いつかてこうとく・しゅうすいを思い出すネ。」

「じゃ、別に、ひいきしてもろてたからやないねな。」

「ううん。ひいきには、ひいきやった。柏木先生は、わしに郡長さんのほうびをくれはったものな。」

二人は笑った。二人とも悲しくもないのに涙《なみだ》がにじんだ。その時、ぷーんと二人の鼻を衝《つ》くものがあった。あ、牛肉の煮《に》える香気《かざ》だ。香気はぐーっと空《す》き腹にしみこんで、ごくんとひとりでに咽喉《のど》が鳴る。

「貞夫も孝二さんも早《はよ》うおりて来《き》いや。ご馳走がたけたで。」

階下《した》から貞夫の母親が呼んだ。貞夫は孝二の手を引くようにして梯子段《はしごだん》をおりた。

四

「自分《わが》の牛肉を買《こ》うてもろて、それをご馳走になるのは虫がよすぎて悪いのやけど、まあ、かにしとくなはれや。」

国八の家族といっしょに、牛鍋《ぎゅうなべ》のそばに坐《すわ》り込《こ》んだ志村かねが、持ち前のよくひびく声で言った。かねは広吉の四十九日がすむと、まもなく牛肉の行商をはじめた。牛肉は国八の口ききで高田の精肉問屋からうけることになり、素人《しろうと》ながら、損をする心配が少なかった。そしてきょうは国八の女房《にょうぼう》に売れのこりの三百匁《め》を引きとってもらい、おまけに、それをいっしょによばれることになったのだ。

とよは笑って、

「おかねさん、そんな遠慮《えんりょ》はいりまへんで。牛肉《ぎゅう》の焚《た》き食いだけは、一人でも多い方がよろしネ。早いとこ煮えたのを食べたろう思うて、みな、眼を光らしてさがすさかい、にぎやかで、面白《おもろ》うて……。みなはれ、貞夫らも一生けんめいだす。」

「うん、わし、一生けんめいや。せやけど、牛肉は見つからぬと、こんにゃくばっかし見つかるネ。」

あはは、、と、めずらしく国八が大声に笑った。

「そら、貞やん、しようないワ。牛肉は焚くと縮むさかい、仰山《ぎょうさん》焚いたようでもかくれてしまうネ。」

「じゃ、こんどはお父《と》ったんが一貫匁《め》も買《こ》うて、貞夫らに千度《せんど》食《ぐ》い（飽食《ほうしょく》）さしたろかな。酒のことを思うたら、牛肉は安いもんや。それに、ほかの物よりたしかにうまいしな。」

国八も牛肉は好物だったのだ。

「旦那《だんな》はん、考えたらおっかしなもんでな。わいら、島名へ仕事で雇《やと》われて行た時は、いつかて表口から入れてもらえまへんでした。それが牛肉を売りに行く時は、大威張《おおいば》りで表からはいっても、誰も文句を言わぬし、お前の牛肉は小森やからきたないとも言いまへん。それどころか品物の箱を、みな食いたそうな顔してのぞいとりますネ。ほんまに勝手な奴らや。」

「おかねさん、世間て、みな勝手なもんや。この焚き食いにしてからが、昔は牛肉はけがれものやいうて、鍋《なべ》で焚くことも出来なんだそうな。それが明治になって、文明開化の風《ふ》が吹き出して、牛肉はけがれ物どころか、一番のご馳走になってしもた。もしきょう日、牛肉がけがれ物やいうてみ、みなから、チョンマゲやいうて嗤《わら》われるのがおちやがな。」

「そら、その通りだす。それはそうと、牛肉が鍋で焚けんかった昔は、何を使《つこ》うて焚きましてンな。」

とよがいぶかって国八に問いかけた。

国八は肉片をもぐもぐやりながら、

「鋤《すき》や。田の溝《みぞ》を掘《ほ》る、あの鋤を使うたんや。」

鋤とは、また意外である。みんな思わず箸《はし》を休めた。

とよはいよいよ腑《ふ》に落ちかねて、

「へーえ。せやけど、あんな平たい刃の上で、どないして牛肉を焚きましたんやろ。汁《しる》がみなこぼれてしまうやおまへんか。」

「せやから昔は牛肉は焚かんと、みな焼いて食べたそうな。その焼くのにも七輪や火鉢《ひばち》を使うと、牛肉のけがれで、もうあとは役に立たぬというて、土間で火を燃やして、それに鋤をかけて、その鋤が熱うなるのを待ってジャーッとやったそうな。今でも大阪では、牛肉の焚き食いをスキ焼きというてるが、あれは鋤を鍋の代りに使うた昔のなごりで、牛肉にしてみりゃ、あんまりうれしゅうないやろな。」

「ほんまでんな。」

とよはうなずいて、またたのしそうに箸を使う。もちろん、かねも敬一も、つやもきくえも、遠慮《えんりょ》は損だと箸をつっこむ。けれども孝二は、なんとなく箸が重い。その昔、けがれ物だからとて、土間の火で、鋤にのせて焼かれたという牛肉。その牛肉が、今ではすっかり世間の評価が変り、どこの家でも一級のご馳走に昇格《しょうかく》、鍋を使って座敷《ざしき》のまんなかで焚かれている。それなのに牛肉を扱《あつか》う人間だけが、昔そのまま、なぜエタだ、ヨツだと差別されねばならぬのだろうか？

国八小父《おっ》さんは、鍋で焚かれても依然《いぜん》としてスキ焼きといわれる牛肉は、あんまりうれしくあるまいと言ったが、日本国民の三大義務というのを果しながら、なおエタの賤《せん》称《しょう》からのがれられない自分の仲間は、牛肉以上に面白くないのがあたりまえだ。

おかね小母やんにしても、たとい大威張りで島名や安土の家々に商いに出かけたところで、やはり、小森のエタはまぬがれられないではないか。

こんなおかしげなことが、なぜこの世にあるのだろうか？　こんなおかしげなことがあっても、日本は世界に冠《かん》たる国なのだろうか？

ところで、そんな〝沈思黙考《ちんしもっこう》〟の孝二を、とよはてっきり遠慮しているのだと思い、

「孝やん、ほら、これ、うまそうやで。」と、あぶら肉《み》のまじった大きな肉片を孝二の茶《ちゃ》碗《わん》にはさみ入れた。

貞夫も、「孝やんと飯の食いくらべをしようか。孝やんはまだ二杯《はい》やろ？　わしはこれで三杯や。あと、もう二杯食うたるネ。」と、孝二に遠慮させせまいと気を配る。

だがそうされると、孝二はかえって負担になって、「わし、もう、たんとよばれてン。」と遠慮せずにいられなかった。

すると敬一が、

「あした、わしが孝やんと貞夫に牛肉の千度食いをさしたる。」といった。貞夫は、そういう兄の口ぶりがじょうだんらしくないだけに、かえって不審《ふしん》になって、

「兄やん、あした、ええことあるのけ？」

「あるともな。あしたは、小森の優勝祝賀会や。消防の提灯《ちょうちん》おとしは、あしたやることにきまったさかいな。」

「ほんまにたのむで。」とかねもいった。

「わいとこの死んだお父《と》ったんかて、草葉のかげで一生けんめい加勢してる。せやから、あしたはなんとしても勝ってもらわぬことにゃどもならぬ。」

「勝つとも、勝つとも。まあ、小母やん、任しとき。ポンプは上等で新《さら》やし、わしらの腕《うで》は筋金入りやし、これで負けたらふしぎやないけ。」

「おまけに、今夜は牛肉《ぎゅう》の焚き食いで元気がついたし……。」

とよはそのへんから視線を嫁のつやに向けかえて、、、、

「おまはんも、なるたけ仰山食べときや。ひょっとしたら、今夜あたりはじまるかもわからぬさかいな。」

つやはもじもじした。孝二は、とよがはじまるといったのは、おつや姉さんが産気づくことなのをおぼろげながら悟《さと》った。去年の四月、路《みち》から嫁にきた時のおつや姉さんは、まるで市松人形のようにきれいだったが、今は頰《ほお》がとがって色も黒い。つい先達って、祖母のぬいと、母のふでが、おつや姉さんのうわさをしながら、〝ああ、やつれたところと、うまれるのはきっと男の子やで。〟といったが、孝二はそんなものかと、あらためておつや姉さんを眺《なが》める気になった。

さて、家に帰った孝二は、

「お祖母《ばあ》ん、ええお月さんやで。」と力をこめていった。

ぬいはふり向いて、

「ご馳走《つそ》をよばれた時は、お月さんかて、よけ美しゅう見えるもんでな。」

「なーんや、お祖母んはもう知ってんのけ。」

「知らいでサ。ええ香気《かざ》がした。」

実は孝二より一足先に帰ったかねが、孝二が焚き食いの相伴《しょうばん》にあずかったことを、ぬいやふでに知らせたのだ。

孝二もおおよその察しがついて、

「ほんまに、うまかった、牛まけた……や。」とおどけて見せた。

「そねん牛肉《ぎゅう》が好きやったら、そのうち孝二にも買《こ》うたるワ。」

静かにふでが言った。

孝二はふでの背後《うしろ》の日めくりをのぞいた。四月一日の1の数字の横に、小さく「旧十四日」とある。月が美しいのも道理だ。

「あした、消防の提灯おとしやで。」

孝二がいうと、ふではうなずいて、

「優勝するとええなア。」

「そやとも、そら、なんでも、かんでも勝たなあかぬワ。口でいうより、勝つのが先やでな。」

ぬいはでんとすわりなおした。これは何時間も夜業《よなべ》をつづける覚悟《かくご》なのだ。

〝えらいお祖母んや。〟

やりこめられたような気がしながら、孝二は何ともいえずうれしかった。

こうしてうれしいことずくめで新しい学年がはじまった。

五

葛城川の流水は樋門《ひもん》から溝川《かわ》に導かれ、溝川は延々耕地をめぐって灌漑《かんがい》の役目を果す。そんな溝川は、田植にそなえて、春、れんげの花が咲く頃《ころ》から満水の常態におかれるのが習わしである。

というのだ。
　坂田村消防団は、きょう、その水を利用して、各字《あざ》の消防ポンプの放水検査をやろう
ちょうど坂田小学校では二時間めの授業が終ったところで、それと気がついた子供た
ちは、〝わア、提灯おとしや。〟と、まるでつむじ風のように砂ぼこりを巻き立てて走っ
た。むりもない。大人たちさえ、きょうは本番の放水検査よりも、余技の提灯おとしに、
より多く興味をかけているのだ。その興味をいやが上にもそそるように、優勝旗が大橋
の袂《たもと》でひるがえる。濃《こ》い紫《むらさき》の地色に緋桜《ひざくら》の華《はな》やかなその優勝旗は、もうすぐことしの勝
者の肩《かた》にかがやくのだ。そしてその勝者が自分《わが》の字《あざ》でありたいと願う子供たちは、みな
いちように昂奮して、声を限りに叫《さけ》び出した。
　坂田、坂田ァ。
　安土ィ。
　島名、しっかり。
　本川ァ、勝てえ！
　あたりには笑いが渦巻《うずま》き、拍手《はくしゅ》がひびく。
　その中で、孝二はじっと唇《くちびる》をかんだ。ゴム状の皮膜《ひまく》がのどに張りつきでもしたように、
孝二は声が出ない。ぐいと両足をふんばって見た。やっぱり〝小森〟はのどにつかえ、
溜息《ためいき》だけがカスのようにもれてくる。

〝阿呆、阿呆。わしの阿呆。〟

泣くに泣けない孝二を尻目《しりめ》に、ポンプはその時、一せいにホースの筒先《つつさき》をえものに向けた。えものの紅提灯《あかぢょうちん》は、その瞬間《しゅんかん》を、悠然《ゆうぜん》、竹竿《たけざお》の上で待っている。その提灯を、筒先をにぎった敬一が、はっしとばかりにらんでいる。この息づまる瞬間を、

「兄やーん。」と貞夫が叫んだ。折から、ピリピリッと笛が鳴った。

忽《たちま》ち五台のポンプは唸《うな》りをあげ、放水は銀色の鞭《むち》となって赤いえものにとびかかる。

「小森ィ！」

遂《つい》に孝二ののどが炸裂《さくれつ》した。圧《お》しつけられた炸薬に、一瞬、砲弾《ほうだん》が破裂《はれつ》するのに似ていた。

「小森ィ！　小森ィ！」

つづいて幾《いく》つもののどが炸裂した。その炸裂のただ中に、紅提灯が一つ、落花のように舞いおりた。

あっ！　小森だ。小森の優勝だ！

「小森、ばんざーい。ばんざーい。」

凱歌《がいか》は校舎や堤《つつみ》にこだました。

そのこだまの中を掻《か》いくぐるように、一人の男がタタッ！　と大橋の袂に駈け上った。

と見る間に、男は優勝旗を引っかついだ。

「待てっ！」と敬一が躍《おど》り出た。

「なにをっ！」

「返せ！」

「エッタに優勝旗渡《わた》せるか！」

とうとう堤は切れたのだ。怒《いか》りと、憎《にく》しみの激流の中に、呶《ど》号《ごう》と叫喚《きょうかん》の渦が巻く。

おおかたの子供は悲鳴をあげて校舎の中に逃《に》げこんだ。

孝二と貞夫は、半ば呆然《ぼうぜん》としてその場に佇《たたず》んでいた。その眼の前を、優勝旗を肩に、男が疾風《しっぷう》のように走り過ぎた。つづいて、どっとなだれる小森の顔、顔。更《さら》にそれを追う数多《あまた》の顔、顔。

かん、かんとかねが鳴る。三時間めの授業がはじまるのだ。

教室に行くべきか？　敬一を追って坂田に走るべきか？　孝二と貞夫は、顔を見合せた。

しかしためらいは、瞬時にして断ち切れた。二人は走った。不当にも奪《うば》われた優勝旗は、いのちにかけても奪いかえさなければならない。

折しも、ジャンジャンジャンと坂田の半鐘《はんしょう》が鳴り出した。

〝エッタだ、暴徒だ、出合え、出合え……。〟

半鐘は狂気《きょうき》の如《ごと》く鳴りひびく。

「畑中ァ……志村ァ……。」

あ、江川先生が追ってくる。

「待てえ、畑中ァ……。」

だが孝二は走りつづけた。貞夫は孝二の前方を走って行く。

「おおーい。待てというに……。」

しかし待てない。先生が何というても待てるもんか！

孝二は来春卒業の日まで、江川先生に絶対心配をかけまいと思っていた。そのため生徒仲間のどんな嘲笑《ちょうしょう》や侮辱《ぶじょく》もがまんしようと覚悟《かくご》していた。けれども、きょうの事態は予想の外だ。坂田になだれ込んだ小森の小父《おっ》さんたちが、いのちにかけて奪い返そうとしているのは、決して優勝旗だけではない。不当に奪われた優勝旗のそれのように、先祖代々不当に奪われつづけてきたその一切《いっさい》のものを、小父さんたちは取り返しに行ったのだ。

みんなも、はっきりその眼で見たではないか。ちゃんとその耳で聞いたではないか。小森は、きょうの競争に、ものの見事に優勝した。優勝旗は優勝者に。それは、みんなで決めた、絶対動かすことの出来ないきまりだ。

そのきまりを、坂田や島名は破ろうとしている。いや、破ったのだ。更に当然な、人間のきまりをもめちゃくちゃにして、お前らは長い間小森をいじめてきたのではないのか！

〝知ってるぞ！　何もかも知ってるぞ！〟

孝二はのどが裂《さ》けるまで叫びたかった。先生や生徒の耳がつんぼになるまでわめきたかった。

「おい！　こらっ。ここは子供のくるところじゃないわい。」

永井藤作だった。彼は大手をひろげて孝二と貞夫をせき止めた。そこは、地主であり、坂田の消防団長でもある佐山慶造の門前で、閉ざされた門扉《もんぴ》を、敬一たちがはげしく打ちたたいている。優勝旗はこの邸内《ていない》に隠匿《いんとく》されたのだ。孝二も貞夫も直ちにそのことをよみとった。

「小父《おっ》さん、なんで邪魔《じゃま》をするネ。」

一度でもいい、孝二はその門扉にどんと身体《からだ》が打《ぶ》っつけたかった。

しかし藤作は首をふって、

「子供みたいなもの、邪魔になるばっかしや。ひょっとしたら血の雨が降るかもわからぬのに、孝やんら、ぐずぐずしてたら危ない。さ、帰れ、帰れ。」

「危のうてもええわい。」

貞夫が藤作の腕をすりぬけた。

「阿呆め。」と、しかし、貞夫は忽ち敬一に肩口を突《つ》きとばされた。

「帰れ。先生が心配して、よびに来たはる。」

江川先生は既《すで》に五、六歩のところまで孝二たちを追ってきていたのだ。

その時、小森の方角から怒濤《どとう》のようなざわめきが聞えてきた。閉ざされていた門扉が、さっと内から開いたのはその瞬間だった。敬一たちはどっと門内になだれ込《こ》んだ。

「はなしは、大人のしゅうらでつける。お前らは、学校に戻《もど》らないかぬ。」

江川先生は坂田を北にぬける道をとった。急をきいて駈《か》けつける小森勢に、ぱったり孝二たちを行きあわせたくなかったのだ。

坂田を出ぬけると、すぐ眼の前に運動場が見えた。どの学年であろうか、体操をやっている。

「なにも心配、いらぬで。」

静かに先生がいった。

ぐぐう、ぐぐうと涙《なみだ》がこみ上げて、孝二は泣いた。声をあげて貞夫も泣いた。

坂田の半鐘がやっと鳴りしずんで、十一時をしらせる紡績工場の笛が、孝二たちの頭上をゆるやかに流れて行った。

その夕方、孝二たちは優勝旗が焼きすてられることに決ったのを知った。場所は大橋の袂。そして、村長はじめ、消防役員、それに駐在巡査、学校長などが立ち会うとのことだった。

孝二たちは、せめてその旗竿にでもさわってみたかった。けれども、それもゆるされなかった。騒《さわ》ぎの再燃を警戒《けいかい》して、一定の立ち会い人以外は、絶対人を寄せつけないというのだ。

だが貞夫の家の二階からは、優勝旗の焼ける煙《けむり》が見えるにちがいない。孝二と貞夫はいきをころす気持ちでその時を待った。

「どうやな。もう煙は見えたかい。」

暫《しばら》くして国八が上ってきた。

「ううん、まだや。でもお父《と》ったん、阿呆なこっちゃな。旗は何も悪いことしたわけやないのに、焼いて放《ほ》かしてしまうのやモン。」

少し甘《あま》えぎみに貞夫がいった。

「せやけどの、よう考えてみたら、どうも旗という奴《やつ》はあんまりええことはせぬわい。きょうみたいに人をけんかさしやがる。」

孝二は口の中でまねてみた。

〝旗という奴はあまりええことはせぬわい。きょうみたいに人をけんかさしやがる。〟

「あ、火をつけたで。」

貞夫が叫んだ。

うごめく人影《ひとかげ》。

小さな炎。

橋上は、仄《ほの》あかるい。

その時、〃オギャ、オギャア〃とはじけるような声がひびいた。

「あ、孫め、うまれよったな。」

つぶやいて、国八は階段をおりて行った。

ふふ……、ふふふっ……。

貞夫と孝二は、その辺をころげたいようにおかしかった。

すると、また階段にあわただしい足音がして、

「貞夫さんと孝二で、早《はよ》う敬一さんに知らしてきてんか。大けな男の子がうまれたて。わかったな。」

ふでが、昂奮《こうふん》をかくさずにいった。つやの叔母《おば》にあたる彼女は、ひるすぎから離《はな》れのうぶやにずっとつめかけていたのだ。

ははゝゝ。ははゝゝ。

孝二と貞夫は身体を寄せ合って笑った。笑う以外に、二人には感情の表現法がなかったのだ。

やがて二人は大橋さして野道を走った。春の野道は白く乾《かわ》いて、あたりはれんげの匂《にお》いにあふれている。孝二は鼻いっぱいに吸ったれんげの匂いをふーっと吐《は》き出して、

「貞やん、赤《あか》ごは、はだかや。」

「あはは、、、。そんなン、あたりまえや。」

笑われながら、孝二は更にいった。

「貞やん、赤ごは、名なしや。」

「あはは、、、。孝やんはおかしなことばかしいう。誰《だれ》かてうまれたてははだかで名無しや。」

「うん。天皇かて、エッタかて、みな、うまれたては名無しではだかや。」

「わーっ！」

ひと声、貞夫は叫んだ。折から伊勢との国境を、満月がニョッキリ盆地《ぼんち》に向いて昇ってきていた。

（第二部に続く）

新潮文庫版あとがき

一九二二年（大正十一年）三月三日、京都の岡崎公会堂で、全国水平社創立大会が開かれた。参加者、二千余人といわれる。今からかぞえて六十年の昔である。けれども私には〝昔〟の感はない。それはきのうのことであり、きようのことであり、更《さら》にはあすのことというのが実感である。

事実、きのうもきようも人間の平等が声高くうたわれ、平等なくして世界の平和は有り得ないと真剣《しんけん》に叫《さけ》ばれている。おそらくはあすもうたわれ、叫ばれるだろう。世界的に輪をひろげながら。全人類的に結びつきを強めながら――。そしていつの日か人間平等の耀《かがや》く土台に、世界平和の塔《とう》がそびえ立つにちがいない……。思えばそれもこれも、血と涙《なみだ》でつづられた〝水平社宣言〟が、自《おのずか》らにして指し示す人間の歴史と言えば言い過ぎになるだろうか？

私は〝老子《ろうし》〟の第五十六章に次のような意をよみとる。

親密があれば　疎遠《そえん》がある

利益があれば　損害がある
貴人があれば　賤民《せんみん》がある
いずれも人の構《かま》えるところ。道（自然の法則）には親疎利害貴賤はない。
さて私自身、この世に生きる人間に〝貴〟と〝賤〟の別があり、その別は死んでもなおつきまとう世襲《せしゅう》的なものだということに気がついたのは満六歳、小学校一年生の時だ。機縁《きえん》はその年（一九〇八年——明治四十一年）の秋、ふるさと大和《やまと》を舞台にして行われた〝陸軍秋季特別大演習〟である。
この大演習は毎年日本《くに》のどこかの地域で行われるのが慣習で、それを統監《とうかん》するのは大元帥《げんすい》、即《すなわ》ち天皇である。よってこの時も大和三山の一つである耳成山《みみなしやま》に、統監本部、兼《けん》、行在所《あんざいしょ》を造営した。地もとの人たちがその突貫《とっかん》工事に〝えらいもんや〟と眼をみはったのはいうまでもない。一八六五年（慶応元年）生れの私の母などもすっかり驚愕《きょうがく》して、何度か言ったことだった。
〝わいが子供の時分《じぶん》は、禁裏《きんり》（天皇）さまをじかに拝むと、禁裏さまの後光で眼がつぶれるいうてな。それ、みな、ほんまにしてたもんや。けど、あれ、嘘《うそ》やってんなア。もし、じかに拝んで眼がつぶれるんやったら、兵隊さんら、演習でけへんわけやさかい。そいでも、禁裏さんはやっぱし禁裏さんや。一ぺんに山の姿、変えてしまわはるがナ。〟

ところで大演習の四日間がつつがなく過ぎるや、むらは稲刈《いねか》りのおくれを取り返すべく繁忙《はんぼう》を極めた。そこに、耳成山麓《さんろく》の一農夫がいち早く山に上り、行在所跡《あと》から天皇の煙草《たばこ》の喫《す》い殻《がら》を拾ってきたとの噂《うわさ》が伝わってきた。

〝その男、うまいこと、もうけよったなア。〟

〝それはゼニ、カネでは買えぬ宝物《たからもん》や。〟

〝孫子《まごこ》の代まで家宝になるがナ。〟

人々は羨《うらや》ましげに話し合った。

私は、天皇も煙草を喫うからには、わが家の父や兄と同じに人間なのを知った。にも拘《かかわ》らず、それほどまでに天皇の喫い殻を珍重《ちんちょう》する人々。〝阿呆《あほ》かいな。〟と、私は子供心におかしかった。

ところがそれから二、三日たってのこと、又々、天皇のかたみを手に入れた男の噂が流れてきた。ハナシによると、こんどの男は煙草の喫い殻を拾いはぐった不覚に発奮、ちえをしぼって、とうとう喫い殻以上の宝物を手に入れた、というのだ。

その宝物とは、実は天皇の糞《ばば》だった。（〝糞《ばば》〟は幼児語とみられているが、その頃《ころ》の大和では大人の日常語だった。）ところで人々に言わせると、行在所のはばかり（便所）は天皇さんの専用だそうだから、そこで拾ったとあれば間違《まちが》いなしにほんもの。だからそれは口にくわえられただけの煙草の喫い殻とちがい、玉体を通過したことで百倍も千倍も値打ちがある……というわけなのだ。

実は小学校に上る一年ほど前、私は〝なぜ自分はくさい糞なんかたれるのだろうか?〟と、ひどい自己嫌悪《けんお》におち入り、その為《ため》の劣等感《れっとうかん》から、一年に入学しても、教室では全く口をきくことができなかった。そんな折柄《おりから》の天皇のかたみ騒《さわ》ぎである。私は、〝神さまと言われたはる天皇さんかて糞をしやはる。それは天皇さんかてものを食べはるからや。せやさかい、私《わい》と同じや。他《ほか》の人もみな同じや。みな同じに人間や。〟と、心の中でしつこく繰《く》り返した。すると、それまでの劣等感は雲散霧消《うんさんむしょう》。以来〝怖《こわ》い〟と思うものが何一つなくなった。もちろん教室でも一番に発言するこどもに変った。

しかし、その代りとでも言おうか、私は自分で自分に一つの荷を背負わせた。他でもない、天皇の煙草の喫い殻と糞を証拠《しょうこ》に、人間は人間としてみな平等であり、誰《だれ》も彼も人間として平等に生きる権利があるということを日本中《くにじゅう》の人にわかってもらう、そんなはたらきをするということだ。

それから十五年めにして、人間の平等をうたう水平社の創立を見るはめになり、私はその「宣言」に文字通り魅了《みりょう》された。けれども、そのようにも魅力的な「水平社宣言」が、いったいどのようにしてうまれ出たか、その筋道を私なりにあきらかにするためには長い月日を待たねばならなかった。

しかし、遂《つい》にその日がやって来た。一九五七年(昭和三十二年)七月二十一日。夫、犬田卯《しげる》が数えどし六十七歳の生涯《しょうがい》を閉じた日がそれである。亡夫《ぼうふ》は私に語りかけた。

〝人間はこのように必ず死ぬんだよ。必ず死ぬということは、地球の生物はすべて地球時間の制約を受けるということだ。この視点から、時間の前に人間はすべて平等だということが明らかになる。きみは迷わず、惑《まど》わされず、自分のやりたいと思う仕事にいのちをかけてくれ。〟

泣く代りに、私は〝ありがとう〟と礼を言った。〝誰も彼もものを食えば糞になる。だから人間はみな同じ〟と六歳の日に感じたそれは、実は時間の上に人間はすべて平等だ、ということだったのがあらためてわかったからだ。

こんなわけで〝橋のない川〟の原稿《げんこう》には亡夫遺愛の万年筆（ウォーターマン）を使った。

〝水平社宣言〟のうまれる必然性を、どこまで解明できるかと、時には不安に怯《おび》えながら、結局十六年間書きつづけた。

ところで〝橋のない川〟のモデルは？ と、興深げに訊《き》かれることがある。そんなとき、私は答える。〝モデルは水平社宣言です。〟と。しかしながら、〝水平社宣言〟の背後には、貴賤貧富《ひんぷ》の差別に泣いた、千、万、億人の涙《なみだ》がある。その意味で、〝橋のない川〟のモデルは、実は無数であり、更には小説作品としての出来、不出来も、私にとっては二の次——。

ご同感いただけますなら幸いです。

一九八一年一月十日

牛久沼畔にて　住井すゑ

この作品は昭和三十六年九月新潮社より刊行された。

藤沢周平著

竹光始末

糊口をしのぐために刀を売り、竹光を腰に仕官の条件である上意討へと向う豪気な男。表題作の他、武士の宿命を描いた傑作小説5編。

藤沢周平著

時雨のあと

兄の立ち直りを心の支えに苦界に身を沈める妹みゆき。表題作の他、江戸の市井に咲く小哀話を、纖麗に人情味豊かに描く傑作短編集。

藤沢周平著

冤（えんざい）罪

勘定方相良彦兵衛は、藩金横領の罪で詰め腹を切らされ、その日から娘の明乃も失踪した……。表題作はじめ、士道小説9編を収録。

藤沢周平著

橋ものがたり

様々な人間が日毎行き交う江戸の橋を舞台に演じられる、出会いと別れ。男女の喜怒哀楽の表情を瑞々しい筆致に描く傑作時代小説。

藤沢周平著

神隠し

失踪した内儀が、三日後不意に戻った、一層凄艶さを増して……。女の魔性を描いた表題作をはじめ江戸庶民の哀歓を映す珠玉短編集。

藤沢周平著

春秋山伏記

羽黒山からやって来た若き山伏と村人とのユーモラスでエロティックな交流——荘内地方に伝わる風習を小説化した異色の時代長編。

三島由紀夫著

仮面の告白

女を愛することのできない青年が、幼年時代からの自己の宿命を凝視しつつ述べる告白体小説。三島文学の出発点をなす代表的名作。

三島由紀夫著

花ざかりの森・憂国

十六歳の時の処女作「花ざかりの森」以来、巧みな手法と完成されたスタイルを駆使して、確固たる世界を築いてきた著者の自選短編集。

三島由紀夫著

愛の渇き

郊外の隔絶された屋敷に舅と同居する未亡人悦子。夜ごと舅の愛撫を受けながらも、園丁の若い男に惹かれる彼女が求める幸福とは？

三島由紀夫著

盗賊

死ぬべき理由もないのに、自分たちの結婚式当夜に心中した一組の男女——精緻微妙な心理のアラベスクが描き出された最初の長編。

三島由紀夫著

禁色

女を愛することの出来ない同性愛者の美青年を操ることによって、かつて自分を拒んだ女達に復讐を試みる老作家の悲惨な最期。

三島由紀夫著

鏡子の家

名門の令嬢である鏡子の家に集まってくる四人の青年たちが描く生の軌跡を、朝鮮戦争直後の頽廃した時代相のなかに浮彫りにする。

三浦綾子著

塩狩峠

大勢の乗客の命を救うため、雪の塩狩峠で自らの命を犠牲にした若き鉄道員の愛と信仰に貫かれた生涯を描き、人間存在の意味を問う。

三浦綾子著

道ありき
—青春編—

教員生活の挫折、病魔——絶望の底へ突き落とされた著者が、十三年の闘病の中で自己の青春の愛と信仰を赤裸々に告白した心の歴史。

三浦綾子著

泥流地帯

大正十五年五月、十勝岳大噴火。家も学校も恋も夢も、泥流が一気に押し流す。懸命に生きる兄弟を通して人生の試練とは何かを問う。

三浦綾子著

天北原野
(上・下)

苛酷な北海道・樺太の大自然と、太平洋戦争を背景に、心に罪の十字架を背負った人間たちの、愛と憎しみを描き出す長編小説。

三浦綾子著

細川ガラシャ夫人
(上・下)

戦乱の世にあって、信仰と貞節に殉じた悲劇の女細川ガラシャ夫人。清らかにして熾烈なその生涯を描き出す、著者初の歴史小説。

三浦綾子著

広き迷路

平凡な幸福を夢見る冬美に仕掛けられた恐るべき罠——。大都会の迷路の奥に潜む、孤独と欲望とを暴き出す異色のサスペンス長編。

山本周五郎著

青べか物語

うらぶれた漁師町浦粕に住みついた〝私〟の眼を通して、独特の狡猾さ、愉快さ、質朴さをもつ住人たちの生活ぶりを巧みな筆で捉える。

山本周五郎著

柳橋物語・むかしも今も

幼い一途な恋を信じたおせんを襲う悲しい運命の「柳橋物語」。愚直なる男が愚直を貫き通したがゆえに幸福をつかむ「むかしも今も」。

山本周五郎著

五瓣の椿

自分が不義の子と知ったおしのは、淫蕩な母と相手の男たちを次々と殺す。息絶えた五人の男たちのそばには赤い椿の花びらが……。

山本周五郎著

赤ひげ診療譚

小石川養生所の〝赤ひげ〟と呼ばれる医師と、見習い医師との魂のふれ合いを中心に、貧しさと病苦の中でも逞しい江戸庶民の姿を描く。

山本周五郎著

大《おお》炊《い》介《すけ》始末

自分の出生の秘密を知った大炊介が、狂態を装って父に憎まれようとする姿を描く「大炊介始末」のほか、「よじょう」等、全10編を収録。

山本周五郎著

小説日本婦道記

厳しい武家の定めの中で、夫や子のために生き抜いた日本の女たち——その強靱さ、凜とした美しさや哀しみが溢れる感動的な作品集。

井上靖著

猟銃・闘牛

芥川賞受賞

ひとりの男の十三年間にわたる不倫の恋を、妻・愛人・愛人の娘の三通の手紙によって浮彫りにした「猟銃」、芥川賞の「闘牛」等、3編。

井上靖著

敦煌

（とんこう）

毎日芸術賞受賞

無数の宝典をその砂中に秘した辺境の要衝の町敦煌——西域に惹かれた一人の若者のあとを追いながら、中国の秘史を綴る歴史大作。

井上靖著

あすなろ物語

あすは檜になろうと念願しながら、永遠に檜にはなれない〝あすなろ〟の木に託して、幼年期から壮年までの感受性の劇を謳った長編。

井上靖著

風林火山

知略縦横の軍師として信玄に仕える山本勘助が、秘かに慕う信玄の側室由布姫。風林火山の旗のもと、川中島の合戦は目前に迫る……。

井上靖著

氷壁

前穂高に挑んだ小坂乙彦は、切れるはずのないザイルが切れて墜死した——恋愛と男同士の友情がドラマチックにくり広げられる長編。

井上靖著

天平の甍

芸術選奨受賞

天平の昔、荒れ狂う大海を越えて唐に留学した五人の若い僧——鑒真来朝を中心に歴史の大きなうねりに巻きこまれる人間を描く名作。

池波正太郎著

忍者丹波大介

関ケ原の合戦で徳川方が勝利し時代の波の中で失われていく忍者の世界の信義……一匹狼となり暗躍する丹波大介の凄絶な死闘を描く。

池波正太郎著

闇の狩人（上・下）

記憶喪失の若侍が、仕掛人となって江戸の闇夜に暗躍する。魑魅魍魎とび交う江戸暗黒街に名もない人々の生きざまを描く時代長編。

池波正太郎著

上意討ち

殿様の尻拭いのため敵討ちを命じられ、何度も相手に出会いながら斬ることができない武士の姿を描いた表題作など、十一人の人生。

池波正太郎著

闇は知っている

金で殺しを請け負う男が情にほだされて失敗した時、その頭に残忍な悪魔が棲みつく。江戸の暗黒街にうごめく男たちの凄絶な世界。

池波正太郎著

雲霧仁左衛門（前・後）

神出鬼没、変幻自在の怪盗・雲霧。政争渦巻く八代将軍・吉宗の時代、狙いをつけた金蔵をめざして、西へ東へ盗賊一味の影が走る。

池波正太郎著

さむらい劇場

八代将軍吉宗の頃、旗本の三男に生れながら、妾腹の子ゆえに父親にも疎まれて育った榎平八郎。意地と度胸で一人前に成長していく姿。

橋《はし》のない川《かわ》㈠

新潮文庫　す-1-2

昭和五十六年三月二十五日　発行
平成十四年六月二十日　四十九刷改版
平成二十五年九月三十日　五十六刷

著者　住《すみ》井《い》すゑ
発行者　佐藤隆信
発行所　株式会社 新潮社
郵便番号　一六二―八七一一
東京都新宿区矢来町七一
電話　編集部(〇三)三二六六―五四四〇
読者係(〇三)三二六六―五一一一
http://www.shinchosha.co.jp

価格はカバーに表示してあります。

印刷・株式会社光邦　製本・憲専堂製本株式会社

ISBN978-4-10-113702-5 C0193